BASTEI
LÜBBE

PETER F. HAMILTON

DER DRACHENTEMPEL

DRACHEN FEUER

ROMAN

Ins Deutsche übertragen
von Axel Merz

BASTEI
LÜBBE

BASTEI LÜBBE TASCHENBUCH
Band 23 256

1. Auflage: Januar 2003

Vollständige Taschenbuchausgabe

Bastei Lübbe Taschenbücher ist ein Imprint
der Verlagsgruppe Lübbe

Deutsche Erstveröffentlichung
Titel der englischen Originalausgabe:
Fallen Dragon, Part 2, Kapitel 11-Ende

Lektorat: Martina Sahler / Stefan Bauer
Titelillustration: Arndt Drechsler
Umschlaggestaltung: QuadroGrafik, Bensberg
Satz: Heinrich Fanslau, Communication / EDV, Düsseldorf
Druck und Verarbeitung:
Brodard & Taupin, La Flèche, Frankreich
Printed in France
ISBN 3-404-23256-9

Sie finden uns im Internet unter
http://www.luebbe.de

Der Preis dieses Bandes versteht sich einschließlich
der gesetzlichen Mehrwertsteuer.

KAPITEL EINS

Die Erde. Einmal mehr.

Die strahlend weiß-blaue Welt faszinierte Lawrence immer noch genauso sehr wie während seiner ersten Ankunft fünf Jahre zuvor. Wie immer während des Transfers von Centralis hinunter in den niedrigen Orbit verbrachte er so viel Zeit wie möglich damit, auf die Echtzeitbilder zu starren, die von den visuellen Sensoren des Interorbitalschiffs übertragen wurden. Als sie über den beiden amerikanischen Kontinenten hereinschwebten, beobachtete er die Wolkenwirbel über dem westlichen Atlantik, die sich zu einer großen Sturmspirale zusammenzogen. Rein weiß um die ausgefransten Ränder und immer dunkler in Richtung des dichten Zentrums, als würde aus seinem Herzen die Nacht hervorbrechen. Innerhalb weniger Tage würden die karibischen Inseln sich unter Stürmen und Wellen und prasselndem Regen ducken, während entfesselte Elemente die Blätter von den Bäumen rissen und das Land in neue Form wuschen. Einmal mehr würde sich die Bevölkerung in Sicherheit bringen und darauf warten, dass der heulende Sturm vorüberzog. Hinterher würde sie weitermachen, als sei nichts geschehen, und das Ereignis wie einen verdorbenen Ferientag in Erinnerung behalten. Die Palmen würden neue Wedel hervorbringen, die Menschen würden an den sauberen Stränden schwimmen und Sport betreiben.

Er lächelte von seinem Engelsausguck auf sie herab. Nur auf einer so lebendigen Welt kann man sich derart akklimatisieren, dachte er. Einer Welt, auf die das Leben gehörte und wo die Symbiose aus Natur und Umwelt der alles beherrschende Faktor der Evolution war. Im Gegensatz zu Amethi.

Er hatte immer noch eine Menge Gefühle für seine alte Heimatwelt. Sie waren nicht mehr so stark wie damals, als er zum ersten Mal auf der Erde angekommen war, und die meisten waren sowieso widersprüchlich. Doch hin und wieder erinnerte er sich an Orte und Namen auf dieser Welt und aus einer Zeit, als er wirklich glücklich gewesen war oder zumindest Spaß gehabt hatte. Nicht, dass irgendeine dieser Begebenheiten mit Roselyn in Zusammenhang stand. Er verdrängte diese Erinnerungen noch immer. Sie enthielten zu viel Schmerz, genauso scharf und deutlich wie an dem Tag, an dem er weggegangen war.

Seine Hand ging zu dem Anhänger unter seinem Hemd. Er hätte ihn fast weggeworfen an dem Tag, an dem er Amethi verlassen hatte. Dann hatte er beschlossen, ihn zu behalten, damit er all den Verrat niemals vergessen würde, den es im Universum gab. Heutzutage war er zu einer Art Talisman geworden, Beweis dafür, dass er das Schlimmste überlebt hatte, was das Leben einem Menschen antun konnte.

Die Xianti 5005, die sie nach unten brachte, landete auf dem Raumhafen von Cairns an einem weiteren kochendheißen Nachmittag, wie sie für Queensland typisch waren. Niemand wartete, um Lawrence zu begrüßen. Er ging an seinen Platoonkameraden vorbei, während zahlreiche Familien in die Ankunftshalle stürzten. Ehefrauen und Freundinnen warfen sich ihren Männern und Freunden an den Hals, klammerten sich fest und versuchten nicht zu weinen. Bis zur Rückkehr des Raumschiffs aus dem System von Quation vor zwei Tagen hatte niemand gewusst, wie die Gewinnrealisierungskampagne verlaufen war, wer noch lebte, wer verletzt war und wer nicht zurückgekehrt war. Erleichterung und Furcht echoten durch die große klimatisierte Halle. Kinder rannten um die sich umarmenden Paare, lachend und glücklich, dass Daddy wieder zu Hause war.

Es hatte ein Mädchen aus der Gegend gegeben, Sandy, die Lawrence in der Zeit zwischen Floyd und Quation als Freundin gehabt hatte. Sandy hatte ihm versprochen, auf ihn zu warten, doch das war inzwischen mehr als neun Monate her. Sie war einundzwanzig; er hatte nicht einen Augenblick lang ernsthaft erwartet, dass sie hier war, um ihn zu begrüßen.

Also ging er aus dem Terminalgebäude hinaus in die saubere Seeluft, warf einen langen Blick auf die von Gestrüpp überwucherten Hügel hinter dem Raumhafen, die dunkel aufragten, als die Sonne hinter ihnen versank. Eine feuchte Brise wehte vom Ozean herein. Möwen kreischten. Ein weiteres Raumflugzeug durchbrach die Luft über ihnen wie langsames Donnergrollen. Er lächelte beim Anblick von alledem und begrüßte es wie einen alten Freund. Er würde das Meer und seinen Geruch bis in alle Ewigkeit mit der Erde assoziieren.

Der Taxistand befand sich am südlichen Ende des Terminals. Lawrence ging dorthin und warf seinen Seesack auf den Rücksitz der länglichen weißen Blase. Sie hatte einen menschlichen Fahrer statt einer

AS, einen alten Chinesen, der ein Gespräch darüber anfangen wollte, wie Manchester United in dieser Saison spielte. Er hielt Lawrences Akzent für britisches Englisch.

»Nie dort gewesen«, musste Lawrence gestehen.

»Aber Sie kennen Man-U?«, fragte der Fahrer eifrig.

»Hab davon gehört.«

»Selbstverständlich haben Sie. Die berühmteste Mannschaft auf dem ganzen Planeten. Ich sehe mir jedes Spiel an. Ich hab ein horizontales Hologrammpaneel in unserer Wohnung eingebaut, damit ich das ganze Feld sehen kann. Meiner Frau gefällt's nicht.«

»Kein Witz?«

»Ja. Sie wollte lieber ein neues Sofa. Ich seh mir die Spiele auch mit meinen Membranen an. Die letzten drei Spielzeiten hab ich für Multi-Player-Viewpoint-Übertragungen bezahlt. Es kostet eine Menge, aber es ist jeden Credit wert. Auf diese Weise kann ich sehen, was direkt am Ball geschieht, und gleichzeitig den Überblick behalten. Ich bleibe gerne bei Paul Ambrose als primärer Perspektive, wenn die erste Elf spielt. Er hat ein gutes Ballgespür.«

»Klingt großartig.«

»Die erste Elf spielt nur einmal alle vierzehn Tage. In der Zwischenzeit muss ich mich mit der zweiten und dritten Elf begnügen.«

»Aha.«

»Nachmittags sehe ich mir die Jugendmannschaften an. Manchmal zeichne ich die Übertragungen auf, weil ich arbeiten muss. Meine Freunde aus den anderen Taxis machen sich immer einen Spaß daraus, mir zu erzählen, wer gewonnen hat. Ich schalte meinen Datapool-Zugriff ab, und sie fahren neben meinen Wagen und rufen mir das Ergebnis durch das Fenster zu. Eines Tages, wenn ich genug Geld gespart habe, fliege ich nach Europa und sehe mir ein Live-Spiel an. Meine Frau weiß nichts davon.«

»Wirklich.« Sie hatten den Raumhafen hinter sich gelassen und befanden sich auf der kurzen Schnellstraße in die Stadt. Zur Linken sah Lawrence den schmalen Streifen geschützter Mango-Sümpfe entlang der Küste. Zur Rechten erstreckten sich Vorstadtsiedlungen bis in die Hänge der Hügel hinein.

»Sind Sie gerade von Quation gekommen?«

»Jepp.«

»Ihre Frau hat Sie nicht abgeholt?«

»Bin nicht verheiratet.«

»Kluger Mann. Genießen Sie es, solange es noch geht, mein Freund. Wenn ich nach Europa fliege, nehme ich meine Frau auch nicht mit. Wissen Sie schon, wo Sie heute Nacht bleiben?«

Lawrence hätte geradewegs zur Kaserne zurückkehren können; es hätte ihn nichts gekostet. Doch die gesamte Flotte hatte vier Wochen Urlaub, und die Bonuszahlung für die Kampagne war auf seinem Bankkonto, genau wie der Lohn für die ganzen letzten neun Monate. Er hatte keinerlei Pläne für seine Rückkehr gemacht. Ein paar der anderen Singles an Bord des Raumschiffs hatten darüber geredet, zwischen den pazifischen Inseln hin und her zu segeln una auf jeder einzelnen davon ein Fest zu feiern. Colin Schmidt hatte ihn auf eine Tour durch die Casinos von Hongkong und Singapur eingeladen. Andere schworen, dass Perth noch immer die Party-Hauptstadt der südlichen Hemisphäre sei, eine bequeme Zugfahrt entfernt. »Nein«, sagte er. »Ich weiß noch nicht, wo ich bleiben werde.« Er drückte auf den Fensterknopf und ließ die Scheibe halb nach unten gleiten. Wind und Highwaylärm erfüllten die Kabine. Ein Stück voraus flackerten bereits die Neonlichter vom Strip durch die umliegenden Häuser der Stadt. Lawrence lachte beim Anblick der schrillen Neons und Hologramme, die ihn gierig willkommen hießen. Er war noch niemals so vollkommen zufrieden gewesen. Keine Sorgen, keine Verpflichtungen, reichlich Geld und jede Menge Zeit, um es auszugeben. Das Leben konnte nicht viel besser werden.

»Ich kenne ein paar Läden«, sagte der Taxifahrer und bedachte ihn mit einem hoffnungsvollen Seitenblick.

»Bestimmt, ja. Also schön, ich möchte ein anständiges Hotel, vielleicht eins mit einem Pool. Nichts zu Teures, aber etwas mit einem Breitband-Datapool-Anschluss und Vierundzwanzig-Stunden-Zimmerservice. Und wo man nichts dagegen hat, wenn ich einen Gast für die Nacht mit auf mein Zimmer nehme. Ginge das?«

»Ah!« Der Taxifahrer nickte glücklich. »Da hab ich genau das Richtige.«

Das Hotel war auf der heruntergekommenen Seite seiner Zwei-Sterne-Bewertung. Doch es besaß einen Pool, und zu Lawrences Zimmer in der ersten Etage gehörte ein winziger Balkon mit Ausblick über das graue geometrische Gewirr des südlichen Cairns. Er checkte ein und wanderte die nächstgelegene Einkaufsstraße hinab, eine breite, glasüberdachte Betonpassage, deren Händler erfolgreich die größeren Kettenläden vom Investieren abgehalten hatten. Er kaufte verschiedene Kleidungsstücke in den kleinen Läden. Nichts zu Schickes, sondern Sachen, die er draußen auf dem Strip tragen konnte und die kein Zantiu-Braun-Logo besaßen.

Er lernte früh am Abend ein Mädchen kennen. Eine großgewachsene Tramperin um die Zwanzig, die mit ihren Freundinnen unterwegs war und die australische Küste mit dem Rucksack bereiste. Sie war hübsch und schlank, besaß olivenfarbene Haut und hatte das Haar zu kleinen Zöpfen geflochten, deren Enden von Bändern mit leuchtenden Perlen zusammengehalten wurden. Wenn sie rasch den Kopf bewegte, wirbelten sie herum wie ein regenbogenfarbenes Halo. Er überredete sie, noch zu bleiben, als ihre Freundinnen in ihr Hotel und die im Voraus gebuchten Kojen zurückkehrten. Sie war fasziniert von der Tatsache, dass er auf einer anderen Welt geboren war, dankbar für das gute ausländische Bier, das er spendierte, und zeigte begieriges Interesse, als sie erfuhr, dass er monatelang von der Erde weg gewesen war.

»Heimweh?«

»Ich schätze, das könnte man so sagen, ja«, gestand er. »Die Einheimischen waren nicht besonders freundlich.«

Zurück im Dämmerlicht seines Zimmers vögelte sie ihn wie ein unter Strom stehendes Känguru und hüpfte auf ihm auf und ab. Die erste Stunde war er sicher, dass das altersschwache, wacklige Bett unter ihnen nachgeben würde. Er goss mehr von dem teuren Bier über ihre Brust und leckte es ab, bevor sie seinen Kopf nach unten zwischen ihre Beine drückte. Sie sahen eine Thrash-Rock-Übertragung und versuchten, im Takt zu der dröhnenden Musik zu vögeln, bis sie schließlich lachend zusammenbrachen, als der mit einem mächtig gefüllten Hosenlatz ausgestattete Sänger irgendwelche Strophen kreischte, in denen er es seinem ›Babe‹ so richtig besorgen wollte. Der Zimmerservice brachte Club-Sandwichs und weitere Getränke, und sie saßen mit untergeschlagenen Beinen auf der durchhängenden Matratze und fütterten sich gegenseitig. Hinterher sahen sie eine Non-I-Komödie, bevor sie erneut vögelten.

Gleich am nächsten Morgen ging sie, um sich zu ihren Freundinnen zu gesellen. Sie wollten weiter nach Norden und hofften, in Port Douglas Arbeit zu finden, um die nächste Etappe ihres großen Mittelklasse-Abenteuers zu finanzieren. Gegen Mittag musste Lawrence bereits angestrengt nachdenken, um sich an ihren Namen zu erinnern.

In der nächsten Nacht war es ein anderes Mädchen. Sie mochte Highballs statt Bier und Electric Jazz statt Rock, doch sie war genauso scharf.

Die gesamte erste Woche verging auf die gleiche Weise. Schlafen während des Tages, eine anständige Mahlzeit irgendwann nachmittags, ein Spaziergang, bevor der Abend anfing. Nach Sonnenuntergang auf den Strip. An manchen Tagen lief er anderen Squaddies von der Flotte über den Weg, und sie tranken ein paar Runden zusammen, spielten die eine oder andere Runde Pool oder verbrachten eine Stunde in den Spielsalons. Er wurde nie betrunken; angesichts seines Endspiels gab es nicht genug zu gewinnen. Ein- oder zweimal ging er in einen Club tanzen. Jedes Mal deswegen, weil die Mädchen unbedingt zuerst tanzen wollten.

Sieben Tage nach der Landung empfing sein Armband-Pearl eine Nachricht von der Flottenverwaltung, in der er zur Berichterstattung zur Basis befohlen wurde. Seine Bewerbung für das College für Raumschiffsoffiziere war angenommen worden. Er würde zu einem Aufnahmetest nach Amsterdam geschickt werden.

Er setzte sich im Bett auf, hielt die Brille vor das Gesicht und las die Nachricht erneut, während langsam Freude in ihm aufkeimte. Sein Leben nahm endlich die Wendung, die er immer gewollt hatte. Sein Vater, Roselyn, Amethi – er hatte lange genug bezahlt. Er hatte sich seinen Platz auf den Raumschiffen von Zantiu-Braun *verdient*.

Das Mädchen im Bett neben ihm hob den Kopf und sah sich in klassischer morgendlicher Verwirrung im Zimmer um. Sie blinzelte Lawrence an. Ihr Gesichtsausdruck spiegelte allmähliches Erkennen wider. »Hi«, brummte sie.

»Guten Morgen.«

»Gute Neuigkeiten?« Sie nickte in Richtung der Brille in seinen Händen.

Lawrence dachte über ihre Frage nach. Die offensichtliche Reaktion wäre gewesen, seine Versetzung herauszuplappern und ihr zu sagen, was ihm das bedeutete. Es war die Art von freudiger Nachricht, die geteilt werden wollte, die zu einem glücklichen gemeinsam verbrachten Tag führte, vielleicht einer guten Mahlzeit mit einer Flasche Champagner. Aber der einzige Mensch, mit dem er hätte reden können und der seine Freude geteilt hätte, war Ntoko. Und er war ziemlich sicher, dass der Corp nicht in seinem Urlaub bei seiner eigenen Familie gestört werden wollte, schon gar nicht von einem plappernden Lawrence Newton, der sich damit brüstete, dass er endlich das Platoon hinter sich lassen würde.

Da wurde ihm bewusst, wie einsam er geworden war. Dass es wirklich niemanden gab, den er hätte anrufen können. Niemanden auf dem ganzen verdammten Planeten, der ihn kannte, niemanden, dem er etwas bedeutet hätte.

Er warf die Interface-Brille zurück auf den Nachttisch und zog das Laken zurück, bis sie beide nackt dalagen. Ein paar Sonnenstrahlen fielen durch Spalte zwischen den Vorhängen auf das Bett und ihre Körper. Das Mädchen grinste unsicher, als er sie anstarrte. Trotz aller Intimität der Nacht spürte er nichts, keine Verbindung, keinen Drang, eine Beziehung aufzubauen. Der einzige Grund, aus dem sie hier war, hieß Sex. Er verspürte nicht einmal Schuldgefühle deswegen. Sie war selbst heiß wie die Hölle gewesen.

Er erinnerte sich, dass er nach einer Nacht mit Roselyn bereit gewesen war, den Rest seines Lebens mit ihr zu verbringen. Mein Gott, wie dumm er doch damals gewesen war, noch ganz grün hinter den Ohren. Heute konnte er ihr ein paar Dinge beibringen.

Wie immer stieg der verräterische kleine Gedanke in ihm auf: Ich frage mich, was sie jetzt wohl macht?

»Nichts von Bedeutung«, sagte er brüsk, wütend über sich selbst wegen seiner Schwäche. Dann rollte er sich herum und legte seinen Mund an das Ohr des Mädchens, und mit heiserem Flüstern sagte er ihr, was er von ihr wollte. Leicht zögernd legte sie sich so über die Bettkante, wie er es verlangte, so dass er mit ihr auf die einzige Weise feiern konnte, wie es zwischen ihnen beiden jemals geschehen würde.

Lawrence nahm den Zantiu-Braun-Flug von Cairns nach Paris, der zweimal täglich ging: eine große Unterschall-Passagiermaschine, die in Singapur einmal zwischenlandete. Von Paris aus stieg er in einen Zug, der ihn durch die stark bewaldete europäische Landschaft nach Amsterdam brachte. Er kam in dem alten Hauptbahnhof mitten in der Stadt an, der direkt an den Hafen grenzte.

Cairns mit seiner immerwährenden Hitze hatte ihn vergessen lassen, dass auf der Nordhalbkugel erst Frühling war. Er zog sich seinen langen Mantel an, als er aus dem Bahnhof kam, doch er machte sich nicht die Mühe, ihn zuzuknöpfen. Die Sonne schien aus einem klaren Himmel und erwärmte die Luft.

Draußen schien Prins Hendrik Kade eine zwanzigspurige Straße ausschließlich für Radfahrer freigegeben zu haben. Lawrence hatte noch niemals so viele Räder auf einem Fleck gesehen. Sie besaßen ausnahmslos alle die gleiche seidenweiße Farbe und das Wappen der Stadt auf dem Rahmen. Überall klingelte es, und er riss erschrocken den Kopf herum. Zweimal musste er sich mit einem hastigen Sprung zur Seite in Sicherheit bringen, als Radfahrer mit hoher Geschwindigkeit auf ihn zukamen. Sie wären offensichtlich nicht ausgewichen.

Optronische Membranen erzeugten einen Stadtplan, und er marschierte in Richtung Dam Rak davon, der langen breiten Straße gegenüber dem Bahnhof. Straßenbahnen polterten über Schienen, die in das Kopfsteinpflaster eingelassen waren. Lawrence hatte noch niemals Maschinen gesehen, die so alt aussahen, auch wenn sie in technisch einwandfreiem Zustand waren. Es war gut, durch eine Stadt zu gehen und endlich einmal nicht mehr auf der Hut sein zu müssen. Quation hatte Zantiu-Braun nicht gerade freundlich empfangen. Aber hier lächelten die Bürger freundlich, wenn sie seine malvenfarbene Uniform erkannten.

Es überraschte ihn nicht. Nach dem Briefing zu urteilen, das er aus dem Speicher der Company heruntergeladen hatte, war Zantiu-Braun in Holland ein wichtiger Investor. Und dort, wo sie ihre Niederlassungen hatten, war stets eine ganze Serie kleinerer Companys aus dem Boden geschossen, Zulieferbetriebe, die sowohl spezielle als auch allgemeine Ausrüstung lieferten. Holland war ein sehr reiches Land geworden, selbst nach europäischen Standards.

Die erste Spur von Ernüchterung kam draußen vor dem Offizierscollege. Zantiu-Brauns Amsterdamer Hauptquartier, in dem das College untergebracht war, erwies sich als ein großes fünfstöckiges Steingebäude, das achtzig Jahre alt war, obwohl die Fassade aussah, als stammte sie aus dem neunzehnten Jahrhundert, mit hohen, schmalen Fenstern. Es stand an einem großen gepflasterten Platz gegenüber dem festungsartigen königlichen Palast, und seine Architektur war mehr als angemessen.

Eine kleine Gruppe von Demonstranten drängte sich um eine Art Stand zwanzig Meter vor dem Eingang. Kartoffeln brieten in einem Ofen, der wahrscheinlich der primitivste Gegenstand auf dem gesamten Planeten war, einem Zylinder aus massivem

Eisen. Hinter einem Rost auf der Vorderseite glühte Holzkohle, während ein schwarzer Schornstein aus der Rückseite ragte und dem Ding das Aussehen eines Dampfmaschinenkessels verlieh. Das Schild über dem Stand bot die Kartoffeln mit einem Dutzend verschiedener Füllungen feil. Auch das Schild war billig und einfach gemacht, bemerkte Lawrence. Ein smaragdgrüner Kreis an einem Ende, mit einem stilisierten weißen Vogel darin, der seine Flügel weit ausgebreitet hatte. Keiner der Passanten auf dem Platz schien sich für die Kartoffeln zu interessieren. Die Demonstranten, größtenteils junge Leute, sangen einigermaßen dissonant, was die Kundschaft wohl vom Besuch des Stands abschreckte. Lawrence kannte das Lied nicht, es schien eine Art Protestsong mit einem sich wiederholenden, herausfordernden Refrain zu sein:

Gebt uns uns selbst zurück,
Nehmt euer Geld
Gebt uns uns selbst zurück,
Nehmt eure Raumschiffe.
Gebt uns uns selbst zurück.

Mehrere der Demonstranten trugen Hologrammpaneele an langen Stangen, auf denen Anti-Z-B-Slogans prangten. Zwei gelangweilte Polizeibeamte standen fünfzehn Meter daneben und beobachteten das Treiben. Die jungen Leute spotteten und verhöhnten jeden, der die breiten Stufen des großen Hauptquartier-Gebäudes hinauf- oder hinunterging. Zantiu-Braun-Mitarbeiter, die ein- und ausgingen, ignorierten sie geflissentlich.

Als Lawrence die Treppe hinaufstieg, riefen sie ihm Beleidigungen hinterher. Er lächelte und winkte fröhlich in dem Wissen, dass er sie damit gründlich ärgerte. Sein Blick erfasste eine junge Frau in der Mitte der Gruppe; sie war attraktiver als ihre Genossinnen, wirkte aufgeweckt und besaß zierliche Gesichtszüge. Sie trug einen altmodischen navyblauen Dufflecoat mit Holzknöpfen. Die Kapuze war zurückgeschlagen und enthüllte rabenschwarze, lockige, kurz geschnittene Haare. Ihre Blicke begegneten sich, er verbreiterte sein Grinsen und lachte ausgelassen wegen ihres wütenden Stirnrunzelns.

Minderheiten-Faschistin, kein Sinn für Humor.

Drei Rezeptionistinnen saßen hinter einem geschwungenen Teak-Schalter in der weiten, leeren Lobby. Eine von ihnen erklärte ihm den Weg zum Offizierscollege, das in einem eigenen Anbau auf der Rückseite des Hauptgebäudes untergebracht war. »Warum sind die hier?«, fragte er und deutete durch die großen Glastüren auf die Protestanten.

»Regressoren«, sagte sie. »Sie wollen, dass wir weggehen und aufhören, ›ihr‹ Leben mit ›unserer‹ Politik zu beeinflussen.«

»Warum?«

Die Rezeptionistin bedachte ihn mit einem mitleidigen Blick. »Wir sind nicht demokratisch.«

»Aber jeder kann Anteile von Zantiu-Braun erwerben.«

»Sagen Sie das denen.«

Das Offizierscollege war ein moderner Glaskasten, der durch zwei Brücken in der zweiten und fünften Etage mit dem Gebäude des Hauptquartiers verbunden war. Lawrence überquerte die obere und bemühte sich, seine Beklommenheit abzulegen. Wenn alles gut ging, würde er die nächsten drei Jahre hier verbringen und alles über Lebenserhaltung bis hin zu Astrogation lernen. Obwohl sein Briefing nichts darüber verraten hatte, warum ausgerechnet das flachste Land der Welt als Ausbildungszentrum für Raumschiffe ausgewählt worden war. Irgendjemand in der Company musste einen ausgesprochenen Sinn für Ironie haben.

Er meldete sich bei dem Corporal im Foyer und salutierte militärisch. Der Mann winkte Lawrence desinteressiert und trug ihn in die Administrations-AS ein.

»Melden Sie sich morgen Früh um Null-siebenhundertfünfzehn«, sagte der Corporal. »Sie erhalten Ihre Einführung in die Assessment-Woche. Dies ist Ihr Quartiersschein«, er reichte ihm eine kleine Karte. »Sie werden im Holiday Inn wohnen. Dieser Schein berechtigt zu einem Einzelzimmer einschließlich Frühstück und Abendessen. Versuchen Sie nicht, den Zimmerservice in Anspruch zu nehmen oder Bier damit zu bestellen. Das Mittagessen werden Sie hier in der Messe einnehmen. Sie sind in Gruppe Epsilon drei. Kommen Sie nicht zu spät.« Der Corporal wandte sich wieder den Paneelen auf seinem Schreibtisch zu.

»Danke. Ah, wie viele andere sind in der Gruppe?«

»Dreißig.«

»Und um wie viele Plätze bewerben wir uns?«

Der Korporal schenkte ihm einen müden Blick. »Wir ziehen eine Gruppe pro Woche durch. Und wir nehmen jährlich hundert Kadetten auf. Rechnen Sie sich Ihre Chancen selbst aus.«

Lawrence kehrte durch das Hauptgebäude auf die Straße zurück. Im Durchschnitt nahmen sie also zwei Mann aus jeder Gruppe. Eine Chance von eins zu fünfzehn. Nein, verbesserte er sich selbst. Es hat nichts mit Chance und Zufall zu tun. Ich werde es schaffen.

Als er in das Holiday Inn kam, war die Hälfte der Leute in der Lobby von Zantiu-Braun, und einige von ihnen waren offensichtlich für das Offiziers-Assessment in der Stadt. Er erkannte sie schon von weitem. Anfang zwanzig, fit, mit ernsten Gesichtern, gut sitzender Kleidung und bemüht, ihre flatternden Nerven zu verbergen. Vermutlich erkannten sie ihn mit der gleichen Leichtigkeit.

An diesem Nachmittag ging er hinunter in den Pool im Keller und schwamm eine Meile. Wie immer hatte seine Fitness auf dem Raumschiff zurück von Quation gelitten, und die letzte Woche war nicht gerade gesundem Leben gewidmet gewesen. Er kletterte hinaus, einigermaßen zufrieden mit seiner Zeit. Die Übung gab ihm diesen gewissen zusätzlichen Grad an Selbstvertrauen für den nächsten Tag; dank des Trainingsprogramms hatte Zantiu-Braun ihn in den letzten fünf Jahren in Topform gehalten.

Lawrence konnte den Gedanken nicht ertragen, sein Abendessen im Hotelrestaurant einzunehmen. Der Saal würde voll sein mit all den anderen Kandidaten, die sich dazu zwangen, höflich miteinander umzugehen. Also machte er sich auf einen kurzen Spaziergang durch die alte Stadt, als die Dämmerung herabsank. Das Herz Amsterdams war wunderbar erhalten, mit seinen schönen alten Häusern entlang den Kanälen, jedes mit einem eigenen Hebekran in der obersten Etage. Die antiken Mechanismen funktionierten noch; sie dienten dem Heraufziehen von Mobiliar, sodass es durch die Fenster nach drinnen gebracht werden konnte. Hausboote lagen vertäut im stillen schwarzen Wasser zwischen den geschwungenen Steinbrücken, angefangen bei winzigen Kabinenkreuzern bis hin zu Leichtern mit Doppeldecks und Dachgärten. Die Liegeplätze waren so wertvoll geworden, dass die Stadt seit mehr als zwei Jahrhunderten keine neue Hausbootlizenz mehr erteilt hatte; in seinem Briefing hatte gestanden, dass einige inzwischen seit mehr als acht Generationen im Besitz der gleichen Familien waren.

Die Bar, die er schließlich auf dem Rembrandtplein fand, servierte eine anständige heiße Mahlzeit und Bier, das angeblich auf das Rezept eines alten holländischen Lager zurückging. Es war nicht das schickste Lokal in der Stadt, doch es hatte eine lebendige Atmosphäre, und ein Hologrammpaneel zeigte eine Sportübertragung. Er saß an einem Tisch in der Nähe der Rückseite und ging die Speisekarte durch. Es dauerte einen Augenblick, bis er herausfand, dass die letzten zehn Punkte auf der Speisekarte Narkotika waren, drei davon ziemlich stark. Es bestand sogar die Möglichkeit, einige von den schwächeren als Garnierung zum Essen zu bestellen.

Sein Kellner nahm die Bestellung auf und lieferte ihm etwas von dem angeblich unverfälscht schmeckenden Lager. Lawrence setzte sich zurück und warf einen Blick in die Runde. Das große Paneel auf der gegenüberliegenden Wand zeigte Manchester United gegen Monaco. Er grinste und nahm einen weiteren Schluck von seinem Lager.

Das Mädchen aus der Gruppe von Demonstranten saß am Tresen und starrte ihn kühl an. Er schrak zusammen, dann lächelte er und hob sein Glas zum Gruß. Sie blickte hastig weg.

Zu schade, dachte er. Sie war mit ein paar anderen Mädchen da, keine männliche Begleitung in Sicht. Ihr Dufflecoat hing über der Rücklehne ihres Hockers. Sie trug einen dünnen roten Rollkragenpullover mit einem unpraktischen langen Schal, den sie locker um den Hals geschlungen hatte, und weite olivgrüne Hosen, die mit einem breiten Regenbogenperlengürtel zusammengehalten wurden. Mit diesen Sachen und einem Alter, das er drei oder vier Jahre jünger als sein eigenes einschätzte, musste sie Studentin sein. Ohne Zweifel Philosophie, dachte er, oder Soziologie. Irgendetwas für die wirkliche Welt völlig Nutzloses.

Sein Essen traf ein. Pasta mit einer Soße aus drei Käsesorten und geräuchertem Schinken. Eine Beilage aus Knoblauch-Brötchen. Frisch gemahlener Pfeffer. Kein Haschisch.

Er wickelte die ersten Nudeln auf seine Gabel.

»Heute schon jemanden umgebracht?«

Er blickte auf. Das Mädchen stand an seinem Tisch.

Genau wie Roselyn. Taucht aus dem Nichts auf und spricht mich an.

Allem Anschein nach steckte aber ein anderes Motiv dahinter.

»Weder heute noch an sonst irgendeinem Tag«, entgegnete er höflich-gelassen. Ihre Nase war zu breit, um sie zu einer klassischen Schönheit zu machen, doch sie hatte in den Augen, was die Menschen leidenschaftliche Intelligenz nannten. Analysierte und beurteilte alles, was sie sah. Es machte sie sehr ansprechend, das und ihre unverhohlene Feindseligkeit. Sie ins Bett zu kriegen wäre eine richtige Herausforderung.

»Sie sind einer von diesen Cybersoldaten«, sagte sie. »Ich kann die Blutventile an Ihrem Hals sehen.«

Sie hatte einen Akzent, den er nicht ganz zuordnen konnte. »Und Sie sind eine Sozialhilfeprinzessin. Ich habe Sie auf dem Damplatz herumstehen gesehen, während alle anderen für ihren Lebensunterhalt gearbeitet haben.«

Ihre Wangen wurden dunkel vor Zorn. »Ich widme meine Zeit dem Erreichen eines Ziels, das die Mühe wert ist: Ihrem Sturz.«

»Bis jetzt irgendwelche Erfolge?« Lawrence hatte gehört, dass sich Gegensätze angeblich anziehen, doch das hier war lächerlich. Er war sicher, dass sie ihr Glas über ihm ausleeren würde. Nur, dass ihr Glas auf dem Tresen stand. Sie konnte keine Waffe bei sich tragen. Oder vielleicht doch?

»Wir werden gewinnen«, sagte sie.

»Und wer soll unsere Fabriken und Revitalisierungsprojekte kontrollieren, wenn Sie uns aus dem Land vertrieben haben? Sie und Ihre Freunde vielleicht?«

»Wir werden Ihre Fabriken schließen. Wir wollen keine derartige Gesellschaft.«

»Ah, grüne Anarchie. Interessante Ideologie. Viel Glück beim Überzeugen aller anderen, sie sich zu eigen zu machen.«

»Ich verschwende meine Zeit. Sie dürfen überhaupt nicht denken; Sie rezitieren nur die Dogmen

Ihrer Company. Als Nächstes werden Sie mir erzählen, dass ich mir Anteile kaufen soll, wenn ich möchte, dass sich die Dinge ändern.«

Lawrence schloss den Mund, bevor er dachte: Nun ja, eigentlich wollte ich das tatsächlich.

»Ist Ihre Karriere und Ihr Anteil so viel wert, dass Sie sie auf der Zerstörung anderer aufbauen müssen?«

Sie blickte ihn so verdammt ernst an, als sie die Frage stellte. Es war die schlimmste Sorte von Studentenpolitik: Wir können die Welt ändern, wenn wir nur in einen Dialog eintreten können. Versuch mal, einen Dialog mit einem Mob zu führen, der dich mit Molotow-Cocktails bewirft. »Ich habe niemals jemanden zerstört«, antwortete er leichthin.

»Sie haben bei den Kampagnen mitgemacht und andere Welten geplündert. Wenn das keine Zerstörung ist, dann weiß ich es nicht.«

»Nichts wurde zerstört. Und unsere Kampagnen helfen dabei, das größte menschliche Unternehmen zu finanzieren, das es gibt.«

»Und das wäre?«

»Kolonien auf neuen Welten zu errichten.«

»Mein Gott, Sie sind schlimmer als ein Cybersoldat! Sie sind ein Befürworter des Ökozids!«

»Offen gestanden, es ist noch viel schlimmer. Ich bin hier in Amsterdam, weil ich mich um einen Platz im Offizierscollege beworben habe. Ich will viele neue Welten finden, auf denen wir dann Ökozid begehen können.«

Sie schüttelte ungläubig den Kopf. »Warum?«, fragte sie ehrlich verwirrt. »Warum sollte jemand so etwas tun? Das ist es, was ich an Typen wie Ihnen einfach nicht verstehe. Warum glauben Sie immer, dass Sie nur dann etwas erreichen können, wenn Sie die Natur verletzen? Wenn Sie diesen Drang verspüren, warum können Sie ihn nicht in etwas Positives kanalisieren?«

»Das Universum zu erforschen ist das kreativste Unternehmen, das es überhaupt geben kann. Es ist der Höhepunkt von tausend Jahren Zivilisation.«

»Raumfahrt ist die erschreckendste Verschwendung von Geld und Ressourcen, die es gibt. Zantiu-Braun praktiziert mit seinem Expansionsprogramm einen interstellaren Expansionismus. Es gibt nichts, was dieses Vorgehen rechtfertigt. Wir haben hier einen Planeten, der verzweifelt unsere Hilfe auf fast jedem Gebiet benötigt, das man sich vorstellen kann – und wir können ihm diese Hilfe nicht geben, weil Sie uns zu Tode bluten lassen.«

»Zantiu-Braun steckt fast genauso viel Geld in ökologische und städtebauliche Revitalisierungsprojekte wie in die Raumfahrt.«

»Aber es sind *Ihre* Revitalisierungsprojekte. Sie revitalisieren nach Ihren Vorstellungen und streuen Ihre Monokultur in schwächere Gesellschaften.«

»Hören Sie, ich kann verstehen, warum Sie so denken. Sie möchten, dass Geld in Projekte gesteckt wird, die Ihnen wichtig erscheinen. Das ist vollkommen normale Politik, Regierungen und Korporationen zu überzeugen, für Ihre eigenen Lieblingsprojekte zu bezahlen oder genügend Wähler auf Ihre Seite zu ziehen, um eine Wahl zu entscheiden. Meinetwegen. Machen Sie weiter, öffnen Sie den Leuten die Augen. Aber Sie werden meine Stimme niemals, niemals bekommen. Ich werde immer für noch mehr

Raumschiffe stimmen. Und die einzig mögliche Art und Weise, wie ich Schiffe bekommen kann, ist durch einen Anteil an Zantiu-Braun. Tut mir Leid, ich werde meine Meinung nicht ändern. Ich mache bereits das, was ich mir mehr als alles andere gewünscht habe.«

»Es ist falsch, und in Ihrem Herzen wissen Sie das.«

»Ich weiß es nicht! Ich fürchte, all Ihre Argumente sind bei mir verschwendet, aus dem einfachen Grund, dass Sie nicht über den eigenen Horizont sehen können. Sie haben keine Phantasie, keinen inneren Antrieb. Sie haben sich selbst darauf beschränkt, nur das kleinste Steinchen im Puzzle zu sehen. Sie praktizieren die schlimmste Form von bürgerlicher Beschränktheit.«

»Ich sehe diese ganze Welt, und ich sehe, wie verletzt sie ist.«

»Genau. Diese Welt und keine andere. Ohne Raumfahrt wäre ich niemals geboren worden. Ich bin nicht von dieser Welt.« Er lächelte in ihr verwirrtes Gesicht. »Ich komme von Amethi. Und wir praktizieren keinen Ökozid auf unserer Welt. Wir regenerieren eine ganze lebendige Biosphäre. Etwas, wovon ich glaube, dass es jeden Aufwand wert ist.«

»Sie sind nicht auf der Erde geboren?«

»Richtig.«

»Und doch sind Sie hergekommen und zu Zantiu-Braun gegangen, damit Sie Raumschiffe tiefer in die Galaxis fliegen können?«

»Jepp.«

Ihr kurzes Lachen war reinste Ungläubigkeit. »Sie sind verrückt.«

»Schätze ja.« Lawrence grinste zurück. »Also wünschen Sie mir Glück für mein Assessment morgen?«

»Nein. Das kann ich nicht, niemals.« Ihr Gesichtsausdruck war betrübt, als sie sich abwandte.

»Hey!«, rief er ihr hinterher. »Sie haben mir Ihren Namen nicht gesagt!«

Einen Augenblick lang glaubte er, sie würde ihn ignorieren. Dann sah sie über die Schulter zurück und fuhr sich mit der Hand durch das schwungvolle Haar, während sie ihre Entscheidung traf. »Joona«, sagte sie schließlich. »Joona Beaumont.«

»Joona. Das ist gut. Das gefällt mir. Ich bin Lawrence Newton. Und ich wünsche Ihnen ein glückliches Leben, Joona.«

Endlich, kurz bevor sie wieder auf ihren Barhocker kletterte, gestattete sie ihm zu sehen, wie ein leichtes Lächeln um ihre Lippen spielte.

Das Frühstück war genauso deprimierend, wie Lawrence es erwartet hatte. Das Holiday Inn Restaurant war voll mit Kandidatenkollegen, und alle waren eifrig und zuversichtlich. Er gesellte sich zu ihnen und setzte die gleiche tapfere Fassade auf, die er zu Hause gelernt hatte, als sein Vater andere Vorstandsmitglieder im Haus begrüßt hatte und er ein kleiner gut erzogener Newton sein musste. Es war überraschend, wie leicht ihm die Täuschung fiel.

Die anderen Hoffnungsvollen stammten größtenteils aus Familien des oberen Managements mit großen Anteilen an Zantiu-Braun, frisch vom College oder mit ein paar Jahren, die sie in den verschiedenen Raumfahrtdivisionen von Zantiu-Braun verbracht hatten. In seiner Uniform der Strategischen Sicherheitsdivision und mit seiner Raumfahrterfahrung stand Lawrence bald im Mittelpunkt ihrer Aufmerksamkeit. Sie beschäftigten ihn während der gesamten Mahlzeit mit dem Beantworten von Fragen. Er war immer noch dabei, von Floyd zu erzählen und von den Aliens, als sie alle zusammen hinüber zum Gebäude des Hauptquartiers wanderten. Lawrence blickte sich suchend auf dem Vorplatz um, doch es war kein Zeichen von Demonstranten zu sehen. Nicht, dass er sie so früh am Morgen erwartet hätte.

Der Morgen von Gruppe Epsilon drei begann mit der Einführung, einem halbstündigen Vortrag von einem Captain über das, was Zantiu-Braun von seinen Raumschiffsoffizieren verlangte. Das übliche Geschwafel über Hingabe und Pflichterfüllung, Kameradschaft, Professionalismus. Lawrence erhielt jedes Mal eine andere Version von einem Offizier der Strategischen Sicherheitsdivision, wenn das Platoon eine neue Trainingseinheit absolvierte. Der Captain schloss seinen Vortrag mit: »Wir erwarten, dass Sie uns mehr geben als Ihr Bestes.«

Tag eins verging mit dem Testen ihrer Reflexe. Das I-Environment des Colleges war das am höchsten entwickelte, das Lawrence jemals erlebt hatte. Man gab ihnen Ganzkörper-Stimsuits zum Tragen, einen eng sitzenden Einteiler, der aus einem Gewebe aus piezoelektrischen Fasern bestand. Dann führte man sie in einen großen anakustischen Raum mit drei Reihen von Gyrositzen. Sobald sie angeschnallt waren, begann die AS mit einfachen Koordinationsaufgaben. Es war anfangs leicht, dreidimensionale Gitteranordnungen wie im Innern eines Holopaneel-Diagramms, und sie mussten grüne und rote Symbole aufreihen. Bald ging es damit weiter, Fahrzeuge schnell durch ein Labyrinth zu steuern, und nach und nach wurden verschiedene Reifenbeschränkungen und Maschinenfluktuationen hinzugefügt. Die Unfälle wurden zunehmend heftiger. Nach dem Mittagessen bekamen sie volle Flugzeugsimulationen in einsitzigen Jet-Trainern. Das war, als die AS anfing, sie unter Stress zu setzen und ihnen Triebwerksausfälle, versagende Klappen und so schnelle Sturzspiralen vorgab, dass Lawrence sich übergeben musste. Fehlfunktionen der Ausrüstung in kritischen Augenblicken. Feuer im Cockpit, mit echtem Rauch, der durch die Anzugsbelüftungen kam, und Hitze, die ihnen Hände und Beine versengte.

Als es schließlich vorüber war, musste sich Lawrence am Stützpfeiler des Gyrositzes festhalten, während seine Beine langsam ihre Kraft wiederfanden und aufhörten zu zittern. Es war ein spürbarer Mangel an jovialem Kameradschaftsgeist in den Umkleideräumen, als sie sich hinterher alle duschten und umzogen.

Es regnete, als sie aus dem Gebäude des Hauptquartiers kamen, ein schwaches kaltes Nieseln, das von erratischen Böen aus den Straßen gepeitscht wurde, die den Platz umgaben. Joona Beaumont stand dort, die Kapuze ihres Dufflecoats hochgeschlagen gegen den Regen, und stampfte mit den Füßen auf dem Pflaster. Außer ihr waren nur drei weitere Demonstranten da, und der Kartoffelstand fehlte ebenfalls. Sie hielten ihre Protestpaneele in die

Höhe, doch sie brachten nicht genügend Begeisterung auf, um irgendetwas zu rufen.

Lawrence schenkte ihr ein rasches Nicken, doch sie antwortete nicht. Er war nicht einmal sicher, ob sie ihn gesehen hatte.

Eine Stunde später hatte es aufgehört zu regnen, und er ging wieder in die Bar am Rembrandtplein. Diesmal suchte er sich keinen Tisch, sondern setzte sich gleich an den Tresen und bestellte sich einen Mango-Apfelsaft.

Wenige Minuten später kam Joona. Sie bemerkte ihn sogleich, und Lawrence bot ihr den leeren Hocker neben sich an. Einen Augenblick lang zögerte sie, dann kam sie heran, während sie das Wasser aus ihrem Mantel schüttelte.

»Sie sehen erfroren aus«, sagte er. »Darf ich Sie zu etwas Heißem einladen?«

»Tee, bitte«, winkte sie dem Barmann. »Und tu ein Gramm rein.«

»Das ist nicht gut für Sie, wissen Sie das?«, sagte Lawrence.

»Was denn, es bringt einem die Schaltungen durcheinander? Ich schätze, Sie verlieren nicht gerne die Kontrolle, wie?«

»Das hat nichts damit zu tun. Es ist ein Gift, das ist alles.«

»Jede Medizin ist zu einem gewissen Grad giftig. Deshalb tötet sie ja Keime. Vollkommen natürlich.«

»Wenn Sie meinen. Wie war Ihr Tag?«

»Wir haben unsere Meinung dargelegt.«

»Hat jemand zugehört?«

»Dort zu sein ist das, worauf es ankommt.«

»Dann nehme ich an, sie waren dort.«

Ihr Tee wurde geliefert. Sie schenkte dem Barmann ein dankbares Lächeln.

»Werden Sie mich jetzt fragen, wie mein Tag gelaufen ist?«, erkundigte sich Lawrence.

»Nein.«

»Meinetwegen.« Lawrence warf einen EZ-Zehn-Dollar-Schein auf den Tresen, stand auf und ging. Und wie cool ist das?

Fast hätte er es an der Tür vermasselt, als er sich umdrehte, um zu sehen, wie sie reagierte. Sie reagierte nicht. Sie saß dort mit den Ellbogen auf dem Tresen und hielt die Tasse Tee mit beiden Händen an ihre Lippen.

Er zuckte die Schultern und stapfte in die Nacht hinaus.

Tag zwo verlief mit Rätseln. Die AS, die das I-Environment kontrollierte, versetzte ihn auf eine kleine tropische Insel, vierhundert Meter lang und kaum siebzig breit. Ein paar Palmen und dürre Büsche wuchsen auf dem Mittelstreifen, doch ansonsten war sie unwirtlich. Er hatte die Verantwortung für eine Gruppe von fünf Mann, die draußen am Riff tauchen gewesen waren. Einer von ihnen war schwer verwundet und konnte nicht transportiert werden, außerdem benötigte er dringend medizinische Hilfe wegen Taucherkrankheit und unbekannten Verletzungen innerer Organe. Drei Inseln waren in der Nähe, eine davon mit einem Resort-Komplex, die zweite mit einer verlassenen Plankton-Erntefabrik und die dritte ebenfalls verlassen, aber mit einer weiteren Gruppe von Tauchern, die sie besuchten. Das Resort war am weitesten entfernt. Von der Planktonfabrik wussten sie, dass sie über eine fortschrittliche

Erste-Hilfe-Ausrüstung mit einer Quasi-AS-Diagnostik verfügte. Sie hatten nur ein Boot, das es nicht bis zum Resort schaffen konnte, bevor der Verletzte starb. Es gab keine Kommunikationssysteme.

Lawrence warf einen raschen Blick auf die Karte und verglich die Positionen der Inseln. Er ließ zwei Leute bei dem Verletzten zurück, dann machte er sich im Boot auf den Weg zur dritten Insel mit den anderen Tauchern. Er bat sie, zur Plankton-Fabrik zu fahren und die medizinische Ausrüstung zu dem Verletzten zu schaffen. Dann machte er sich allein auf den Weg zum Resort. Nur er allein war im Boot, und er warf alles an überflüssiger Ausrüstung über Bord, das er finden konnte, sodass das Boot so schnell wie nur möglich fuhr. Theoretisch sollte die medizinische Ausrüstung, die die anderen Taucher eingesammelt hatten, den verletzten Mann am Leben halten, während er die weite Tour zum Resort unternahm, um ein Helikopter-Rettungsteam zu alarmieren.

Die AS ließ sein Szenario gelten, auch wenn die Sanitäter des Helikopters ihn tadelten, weil er ganz allein im Boot zum Resort gefahren war. Das andere Team wurde von einem erfahrenen Segler geführt, der schneller vorangekommen wäre. Doch der verletzte Mann überlebte.

Für die zweite Expedition war er in einem tiefen Felsencanyon in einem Dschungel. Sein kleines Team kam wesentlich langsamer voran als erwartet, weil das Terrain so schwierig war, und das Essen ging ihnen allmählich aus. Die Canyonwände waren zu steil, um sie zu erklimmen.

Lawrence erkundigte sich nach den Fähigkeiten der einzelnen Leute und fand ein Mitglied, das erfahren im Umgang mit Kanus war. Das Team fällte Bäume und baute ein improvisiertes Floß. Der Kanufahrer wurde flussabwärts geschickt, um das Basislager zu kontaktieren.

Nach zwei Kilometern fand der Kanufahrer Stromschnellen vor, die zu gefährlich waren für das Floß. Er musste warten, bis die übrigen Mitglieder zu Fuß herangekommen waren und ihm halfen, das Floß umzubauen, sodass es auseinandergenommen und um die schwierigen Abschnitte herum getragen werden konnte. Richtige Idee, aber die Methode nicht gründlich genug überlegt.

Eine arktische Wildnis kam als Nächstes, mit Lawrence selbst im Zentrum eines Ringes aus verschiedenen Ausrüstungslagern. Um ans Essen zu kommen, das sich auf dem Kamm einer Aufwerfung befand, musste er zuerst die Kletterausrüstung einsammeln, um es zu erreichen. Doch die Kletterausrüstung war zu sperrig und zu schwer, um im Rucksack getragen zu werden, er brauchte den Schlitten, der auf der anderen Seite einer bodenlosen Schlucht war. Die faltbare Brücke über die Schlucht brauchte den Schlitten, um transportiert zu werden.

Er fand einfach keine Lösung. Doch er tat sein Bestes, nahm ein einzelnes Stück Seil aus dem Lager mit der Kletterausrüstung und versuchte, sich damit über die Schlucht zu schwingen. Es endete damit, dass er in den schwarzen Abgrund stürzte, als der Eispickel, den er als Anker benutzt hatte, losbrach.

Danach folgte ein klassisches Zellenlabyrinth. Die AS steckte ihn in einen Raum mit fünf Türen, von denen jede in einen weiteren Raum mit weiteren fünf Türen führte. Die Fallen waren größtenteils sichtbar,

Falltüren, Spitzen, die aus den Wänden kamen, Flammen, ein Pendel, Löwen, Wände, die sich zusammenzogen, dünne Drähte in Halshöhe, unter Strom gesetzte Segmente, Steine, die von der Decke fielen, Pfeile, die durch Stolperdrähte ausgelöst wurden, Moos mit Säuresaft, Rattenschwärme, doch es gab auch andere, wie Gas und Ultraschall, die er nicht fand, bevor er weit im Raum stand. Die Türen enthielten Hinweise, was im Raum auf der anderen Seite wartete, manchmal in numerischer Form, manchmal als Symbol, Sternzeichen oder sogar Poesie.

Er hatte fünf Versuche. Das Weiteste, das er von seinem Ausgangspunkt schaffte, waren acht Räume.

Er wurde in ein Raumschiff kurz nach dem Zusammenstoß mit einem Meteoriten gesteckt. Die Lebenserhaltungssysteme drohten auszufallen, die Luft entwich, die Energieversorgung schwankte, das Netzwerk war gestört, es gab keine Raumanzüge und nur wenig Werkzeug. Er musste sich einen Weg suchen von seiner eigenen schlimm zugerichteten Sektion zur Rettungskapsel auf der anderen Seite des Habitationsrades.

Danach steckte die AS ihn in einen Raumanzug, der nur noch wenig Sauerstoff und Energiereserven besaß, und ließ ihn auf einem kleinen Asteroiden zurück. Sein Schiff befand sich auf der anderen Seite. Mehrere verschiedene Sorten von Überwachungssensoren waren über die Oberfläche verteilt, welche er für Ersatzteile und Gas ausschlachten konnte, während er versuchte, zurück zum Schiff zu kriechen. Das Mikrogravitationsfeld des Felsens war gerade ausreichend, um ihn daran zu hindern, mit reiner Muskelkraft den Orbit zu erreichen, doch es war schwach genug, um ihn mit all den typischen Schwierigkeiten des Manövrierens im Freien Fall zurückzulassen. Er schaffte es tatsächlich bis in Sichtweite des kleinen silbernen Fahrzeugs.

Die Stimmung im Umkleideraum war an jenem Abend noch bedrückter als am Abend zuvor. Die Kandidaten sahen alle benommen und bis ins Mark erschüttert aus. Die Unterhaltungen drehten sich um Fragen wie: »Aber was hast du an der und der Stelle gemacht...?«

Er sah keine Demonstranten draußen auf dem Platz. Das Wetter war sehr viel besser als am Vorabend; hohe Wolken und ein trockener Wind, der vom Land auf das Meer hinaus wehte. Es war immer noch kalt. Er hätte eine große heiße Kartoffel vertragen können.

Joona war in der Bar, als er eintraf. Sie saß an ihrem üblichen Platz, mit leeren Hockern rechts und links. Nicht allzu sicher, was den Status ihrer Beziehungen anging, ließ er einen Platz zwischen ihr und sich frei und bestellte seinen Mango-Apfelsaft.

»Sollten Sie nicht etwas Stärkeres bestellen?«, fragte sie. »Ich würde sagen, Sie haben eine schweren Tag hinter sich.«

»Alkohol hilft nicht. Der morgige Tag wird noch härter. Ich muss einen klaren Kopf behalten.«

»Ist es die Sache wert?«

Er nahm einen tiefen Schluck aus seinem Glas. »O ja.«

»Scheint mir aber nicht der Fall zu sein. Sehen Sie sich doch an! Was haben die heute da drin mit Ihnen gemacht?«

»Sagen wir es so. Wenn sie je in einer Eiswüste abstürzen, die von fleischfressenden Zombies bewohnt ist, dann halten Sie sich an mich. Ich schaffe Sie da raus. Nichts leichter als das im Vergleich zu dem, was ich heute durchgemacht habe.«

Joona legte den Kopf zur Seite und sah ihn interessiert an. »Und wie genau soll ihnen das bei der Auswahl ihrer Offiziere helfen?«

»Sie testen unsere Fähigkeit, unter Druck zu denken. Sie haben uns in alle möglichen unvorstellbaren Situationen gesteckt.« Er drehte das Glas zwischen den Handflächen und betrachtete es elend. »Ich war nicht besonders gut. Ich habe gar nicht mehr mitgezählt, wie oft ich gestorben bin. Andererseits waren die andern auch nicht viel besser, nach dem zu urteilen, was sie erzählt haben.«

»Wie gut sind Sie?«

»Wie meinen Sie das?«

Sie schob die Hände über den Tresen, schob die Teetasse von sich und bewegte sich mit katzenhafter Eleganz, als sie sich zu ihm beugte. »Ich meine, Sie sind ein ... Sie sind ein Soldat, der schon einmal im Kampf gewesen ist. Sie haben schon in echten Schwierigkeiten gesteckt, auf den Welten, die Sie plündern, richtig?«

»Ja. Aber wir sind ausgebildet, um mit feindlichen Menschenmengen oder mit Hinterhalten fertig zu werden. Ich weiß, was ich tue.«

»Sicher. Aber im Grunde genommen lernen Sie doch nur, unter gegnerischem Feuer einen kühlen Kopf zu bewahren. Und heute haben sie lediglich die Hitze hochgedreht. Waren es wirklich unmögliche Situationen, oder haben Sie einfach nur Mist gebaut?«

»Sie nehmen wohl nicht viele Gefangene, wie? Vermutlich hätte ich mich in einigen besser schlagen können, wenn ich mehr über Technik und anderes Zeug gewusst hätte.«

»Ist Ihnen schon einmal der Gedanke gekommen, dass diese Tests in Wirklichkeit zwei verschiedene Zwecke verfolgen? Wenn Sie mich fragen, klingt es, als würde nicht nur Ihre Fähigkeit zu denken getestet, sondern auch Ihr Charakter.«

Er sank auf dem Hocker zusammen. »Möglich. Dann stecke ich wahrscheinlich bis zum Hals im Dreck.«

»Warum denn das?«, fragte sie in träger Amüsiertheit.

Lawrence erkannte jetzt erst, wie breit sie war. »Ich habe keinen Charakter. Das haben Sie selbst gesagt.«

»Ich habe nicht gesagt, Sie hätten keinen Charakter. Ich habe gesagt, sie hätten den falschen Charakter, was für die Zwecke der Experimente, die man heute mit Ihnen veranstaltet hat, durchaus dienlich war. Sie sind genau das, was die wollen.«

»Hoffen wir's. Schaffen Sie's von hier aus nach Hause?«

Sie straffte sich wieder. »Oh, ich brauche Ihre Hilfe nicht. Ich habe eine Citybike-Karte. Ich nehme einfach eines aus dem Gestell, und bruummmm! bin ich zu Hause.« Sie winkte den Barmann heran und deutete mit dem Finger auf ihre Tasse. »Noch mal das Gleiche.«

Lawrence leerte seinen Saft und stand auf. »Passen Sie auf sich auf.« Er ging zum anderen Ende des Tresens, wo der Barmann den Tee zubereitete. »Tun Sie mir einen Gefallen«, sagte er leise zu dem Barmann.

»Wenn sie geht, rufen Sie ihr ein Taxi. Das hier sollte reichen.« Er legte einen EZ-Zwanziger auf den Tresen. Der Barmann nickte und steckte die Banknote ein. »Sicher.«

Tag drei war miteinander verknüpftes Teamwork. Die AS teilte sie in Fünfergruppen und ließ sie in einem gemeinsamen I-Environment zurück. Es würde acht Tests geben. Für die ersten fünf würden sie die Führerschaft wechselseitig übernehmen, während die letzten drei eine gemeinsame Gruppenanstrengung sein würden. Lawrences Gruppe hatte als erste Aufgabe, einen Fluss zu überqueren. Er wand sich durch einen unangenehm heißen Dschungel, komplett mit Insekten, die sich auf jeden Zentimeter nackter Haut stürzten, und stinkender morastig-schwefliger Luft, die aus dem Schlamm entlang der Uferbänke blubberte. Krokodile beobachteten sie aus der Flussmitte und schnappten gelegentlich erwartungsvoll mit den Kiefern. Am Ufer waren Seile, Ölfässer und Holzplanken aufgestapelt. Selbst alle Planken hintereinander aufgereiht waren nicht lang genug, um über den Fluss zu reichen.

Ihr designierter Teamleiter bellte Befehle. Er wollte eine Plattform bauen, die halb über den Fluss führte, dann würden sie die Sektion hinter sich abbrechen und vor sich bis zum Ufer weiterbauen. Lawrence half willig mit, auch wenn er wusste, dass es Zeitverschwendung war. Der Plan war viel zu kompliziert. Besser, wenn sie ein Floß bauten.

Er spielte kurz mit dem Gedanken, nicht nach Kräften zu helfen oder sein Seil nicht so fest zu binden, wie es erforderlich war. Keine aktive Sabotage, doch weil die Idee sowieso nicht zum Erfolg führen würde ... Es gab schließlich nur zwei Plätze. Doch er schätzte, dass die AS bemerken würde, wenn eines der Teammitglieder weniger als hundert Prozent Engagement zeigte.

Wie nicht anders zu erwarten, endeten zwei von ihnen damit, zusammen mit einigen Planken in den Fluss zu fallen, als sie aus der Brücke eine Plattform machten und anfingen, die letzte Sektion zu bauen. Die Krokodile näherten sich aufmerksam, und riesige Kiefer klafften weit.

Lawrences eigener Auftrag lautete, den letzten Stein in einem Steinkreis aufzurichten. Er überflog die Ausrüstung, die man ihnen zur Verfügung gestellt hatte, hauptsächlich Balken, Schaufeln und Seile, und erteilte seine Instruktionen. Sie maßen die Länge des Steins und die Höhe der anderen. Auf diese Weise fanden sie heraus, wie tief das Loch an der Basis des Steins sein musste. Nachdem sie damit fertig waren, machten sie sich daran, ihn in den richtigen Winkel zu bringen und mit Hilfe von Hebeln und Flaschenzügen in das Loch zu schaffen. Dieser Teil erforderte einen hohen Anteil an koordinierter Teamarbeit, und jeder spielte seinen Teil perfekt und befolgte jeden der Befehle, die Lawrence brüllte. Schließlich kippte der massive Block aufrecht. Lawrence durchfuhr ein Schreck, als er einen Augenblick lang schwankte, doch er blieb stabil.

Es waren die letzten drei Tests, die ihn verärgerten und enttäuschten. Es herrschte einfach zu viel Wettbewerb zwischen den einzelnen Teammitgliedern, als dass sie den anderen ihre eigenen Ideen verständlich machen konnten. Lawrence schätzte, dass die AS die Aufgaben absichtlich so strukturiert hatte, dass es verschiedene Lösungen zu jedem Problem gab. Seine Mitkandidaten begannen zu diskutieren und zu fragen und zu schimpfen, wenn ihre eigenen Vorschläge abgelehnt wurden. Als Lawrence überzeugt war, dass er die effizienteste Lösung für die zweite Aufgabe gefunden hatte, musste er brüllen, damit sie ihm zuhörten, was sie zornig machte. Sie lagen im Wettstreit und kooperierten nicht. Die Simulationen wichen von der Art und Weise ab, wie sich Menschen im wirklichen Leben verhielten. Von seiner eigenen Zeit mit dem Platoon wusste Lawrence, dass die Zusammenarbeit in der Wirklichkeit besser gewesen wäre.

Kaum jemand redete ein Wort, als sie an diesem Abend gingen. Lawrence hörte, dass es in anderen Teams während der drei letzten Tests fast zu Schlägereien gekommen wäre. Wenigstens hatte sich seine Gruppe einigermaßen zivilisiert verhalten. Das musste ihnen zum Vorteil gereichen.

Joona stand auf dem Platz. Der Kartoffelstand war ebenfalls zurück, zusammen mit einer größeren Gruppe von Demonstranten. Sie erblickte ihn und fing ihn ab. Lawrence versuchte, die verblüfften Blicke der anderen Kandidaten mit einem Lächeln abzutun. Obwohl er genau wusste, was sie denken mussten.

»Ihres«, sagte Joona knapp und drückte ihm einen EZ-Zwanziger in die Hand. »Ich brauche Ihre Mildtätigkeit nicht.«

»Es war keine Mildtätigkeit. Ich war besorgt wegen Ihres Zustands, das ist alles.«

»Hab ich Sie darum gebeten?«

»Wie denn? Sie wussten ja nicht einmal mehr, auf welchem Planeten Sie waren.«

Sie wandte sich brüsk um und marschierte zurück zu ihren Freunden. »Ich habe in dieser Stadt überlebt, bevor Sie hergekommen sind, Spaceboy.«

»Tut mir Leid, dass ich mich um Sie gekümmert habe!«, rief er ihr hinterher.

An jenem Abend aß er im Holiday Inn.

Tag vier bestand aus Interviews und Auswertungen. Als Erstes wurde Lawrence von zwei College-Offizieren über seinen Hintergrund und seine Motivation befragt sowie über seine Vorlieben und Abneigungen. Er wusste, dass er höflich und bescheiden und ehrlich und entspannt bleiben und zeigen musste, dass er einen Sinn für Humor besaß und über alle Maßen interessant war. Ziemliche Aufgabe, all diese Begabungen in neunzig Minuten zu packen, während man seine Lebensgeschichte erzählte und sie so darstellte, dass die Inquisitoren es gar nicht wagen können, einen nicht im College aufzunehmen.

Die zweite Unterhaltung fand mit einer Assistentin des Deputy Principal statt. Es war eine vergnügte ältere Frau in Kleidern, die seit einem Jahrhundert außer Mode waren, wahrscheinlich, um sich in eine autoritäre, gouvernantenhafte Aura zu hüllen. Sie saßen sich an einem stahlblauen Schreibtisch in ihrem Büro gegenüber, einem Raum im dritten Stockwerk mit einer hübschen Aussicht auf den Kanal.

Daten scrollten über ihr Desktoppaneel, das gerade so gestellt war, dass er nichts lesen konnte.

»Sie haben sich in den Simulationen sehr gut

geschlagen«, sagte sie. »Gute Reflexe, guter räumlicher Instinkt – was auch immer das ist. Gute Leistungen in logischer Analyse. Gute Integration in die Gruppendynamik. Ein schneller Denker. Möchten Sie vielleicht irgendeinen Kommentar dazu abgeben, Mr. Newton?«

»Die letzten drei Simulationen gestern waren ein Chaos. Zu viel Wettbewerb.«

»Das ist richtig. Das ist der Grund, warum wir sie in die Tests mit einschließen. Betrachten Sie sie als einen Test, wie selbstlos Sie sein können.«

»Und war ich?«

»Sie haben jedenfalls gezeigt, dass Sie sich der Situation bewusst waren. Es war eine reife Reaktion. Sie haben das Potenzial, Offizier zu werden.«

»Ausgezeichnet.« Lawrence konnte nicht anders; er zeigte ein hungriges Grinsen.

»Was mir einigermaßen Kopfzerbrechen bereitet. Verstehen Sie, diese Wochen suchen wir nach mehr als Kompetenz. Wir müssen auch Ihren Anteil an Zantiu-Braun in unsere Rechnung mit einbeziehen. Und offen gestanden, wir haben Kandidaten mit den gleichen Fähigkeiten, die einen sehr viel größeren Anteil an Zantiu-Braun besitzen als Sie.«

Lawrence behielt mühsam seinen Ausdruck freundlichen Respekts. »Ich vermute, die anderen haben ihre Anteile ausnahmslos geerbt. Es ist überhaupt nicht möglich, dass jemand meines Ranges in der Strategischen Sicherheit einen höheren Anteil verdienen kann, als ich ihn habe. Viele Platoon-Mitglieder der Flotte besitzen sehr viel geringere Anteile. Das sollte Ihnen mehr als alles andere zeigen, wie sehr ich gegenüber Zantiu-Braun loyal bin.«

»Das tut es, Lawrence, und es ist tatsächlich sehr beeindruckend, genau wie der Bericht Ihres kommandierenden Offiziers. Doch die Zahlen sprechen für sich. Außerdem müssen wir uns an unsere einmal gewählte Methode der Selektion halten. Das verstehen Sie doch, oder?«

Er nickte heftig. Das ist ein Abschuss, dachte er. Sie wirft mich hinaus. Ich habe versagt. *Versagt!* Seine Finger schlossen sich fest um die Armlehne des Stuhls.

»Gut«, sagte sie. »Ich würde vorschlagen, dass Sie sich in zwei Jahren erneut bewerben. Mit den Ergebnissen der letzten drei Tage würden wir Sie jederzeit für ein weiteres Assessment willkommen heißen. Und bis dahin sollte Ihr Anteil einen ausreichenden Prozentsatz erreicht haben.«

»Danke sehr.« Das war es also, worauf es letzten Endes hinauslief. Danke sehr. Sein Lebenstraum, verwehrt. Danke sehr. Fünf Jahre hingebungsvoll dieser Gesellschaft gewidmet, sein Leben für sie eingesetzt. Danke sehr. Er hatte seiner eigenen Welt den Rücken zugekehrt, seiner Familie, seiner einzigen Liebe. Danke sehr. Danke sehr. Ich danke Ihnen verdammt noch mal sehr.

Es war sonnig und kalt, als er die Steinstufen hinunter und auf den Platz marschierte. Ein wolkenloser azurblauer Himmel leuchtete über ihm. Er blinzelte wegen des grellen Lichts, und seine Augen tränten. Normalerweise war es bereits dunkel, wenn er aus dem Hauptquartier kam. Menschen kamen ihm in den Weg, als er davonging. Er schob sich an ihnen vorbei, ohne auf ihre Proteste zu achten. Trams genauso. Sollten sie verdammt noch mal warten. Diese dämlichen Radfahrer waren ständig im Weg.

Glücklicherweise war die Bar fast leer. Doch es war erst drei Uhr nachmittags. Wenn die abendlichen Gäste eintrafen, wollte Lawrence zurück ins Hotel und den Zimmerservice für die restliche Nacht in Anspruch nehmen. Er öffnete seinen Mantel und kletterte auf einen Barhocker. »Margarita«, bestellte er. »Ein Glas.« Er knallte zwei EZ-Zwanziger auf den Tisch. »Und zwar ein vernünftiges Glas. Mit Salz.«

»Jawohl, Sir.« Der Barmann würde nicht argumentieren, noch nicht.

Lawrence ließ den Kopf in die Hände sinken und stieß einen gequälten Seufzer aus. Es überraschte ihn, dass er nicht schrie vor Wut. »Scheiße! Scheiße! Scheiße! Verdammte Scheiße!«

Irgendjemand zog sich den Hocker neben ihm zurecht und setzte sich darauf. Als hätten sie nicht die ganze verdammte beschissene Bar, um sich einen anderen Platz zu suchen. Er riss wütend den Kopf herum, um dem Neuankömmling die Meinung zu ... »Oh.«

»Ich dachte, ich sehe besser nach Ihnen«, sagte Joona leicht verlegen. »Sie wären fast von einer Tram überfahren worden.«

Er wandte sich ab. »Genießen Sie Ihren Augenblick des Triumphs.«

»Das Leiden anderer ist niemals ein Grund für persönlichen Triumph.«

»In diesem Fall behalten Sie Ihre Hippie-Philosophie für sich. Sie kotzt mich an.«

»Man hat Sie abgelehnt.«

»Ja. Zufrieden? Man hat mich abgelehnt. Bastarde.«

»Haben sie Ihnen gesagt warum?«

»Ich bin nicht reich genug. Das war es letztendlich. Meine Anteile an der Company sind nicht groß genug. Verdammt noch mal, ich investiere dreißig Prozent meines Lohns in Zantiu-Braun-Aktien! Ein Drittel von allem, was ich verdiene, fließt geradewegs wieder zurück in die Company! Was zur Hölle wollen sie denn noch?«

»Ich weiß es nicht. Was haben Sie von ihnen erwartet?«

»Eine faire Chance. Nein, eigentlich nicht. Ich hätte es wissen müssen. Von allen Leuten hätte ich es wirklich wissen müssen. Ich weiß, wie Companys funktionieren. Was wirklich zählt.«

Der Barmann stellte den Margarita-Becher vor ihm hin und schob einen Deckel für das Glas nach vorn. Es war ein richtiges Margarita-Glas mit einem dünnen Salzstreifen rings um den Rand.

»Was zählt denn?«, fragte Joona.

»Interne Politik. Wollen Sie auch einen davon, oder müssen Sie noch zurück und meine Cyborgkameraden von der Company anbrüllen?«

»Wir arbeiten nicht nach Schichtplan.«

Lawrence nickte dem Barmann zu. »Noch ein Glas, bitte.«

Das Aufwachen war von der zeitlosen Frage begleitet: Wo bin ich? Lawrence öffnete die Augen und sah einen langgestreckten Raum mit einem Schreibtisch und zwei abgewetzten gemütlichen Sesseln an einem Ende. Der Boden bestand aus nackten Holzdielen mit ein paar Läufern darauf. Auf einem davon lag er. Gegenüber befand sich ein breites Bogenfenster mit dicken alten Vorhängen davor. Das Licht von Straßenlaternen fiel durch die Spalte an den Seiten und erzeugte einen trüben, gelblichen Schein an den Wänden. Mehrere große Drucke hingen über dem kleinen Ofen, Poster von verschiedenen Ausstellungen und Dichterlesungen, die Jahrzehnte her waren. Definitiv eine Studentenbude. Die Tür war gerahmt von hellem Licht. Als er den Kopf hob, sah er am anderen Ende des Zimmers ein Bett. Joona saß darauf, mit dem Rücken gegen das beschlagene Messing gelehnt. Sie hatte einen Schal um die Schultern gewickelt. In einer Hand hielt sie einen Joint, dessen Ende in der Dunkelheit schwach glomm.

»O Scheiße«, murmelte er. Wenigstens trug er noch immer seine Uniform. »Wie bin ich ...?«

»Ich hab dich hergebracht«, sagte sie mit einem Unterton von Amüsiertheit. »Diesmal war ich an der Reihe, dich aus der Bar zu retten.«

»Danke.« Er setzte sich vorsichtig auf. »Schulde ich dir jetzt einen Zwanziger?«

»Nein. Ein Freund hat mir geholfen, dich in eine Tram zu verfrachten. Es gibt eine Haltestelle kurz vor dem Ende dieser Straße.«

»Ah, richtig.« Er erinnerte sich kaum an etwas nach dem dritten Margarita, nur, dass er auf Zantiu-Braun geschimpft hatte und wie gerne er als erster Mensch auf einer neuen Welt gelandet wäre. Er tastete mit einer trockenen, gummiartigen Zunge in seiner Mundhöhle umher. Der Geschmack war grauenhaft; abgesehen davon ging es ihm nicht allzu schlecht. Er war lediglich ein wenig steif vom harten Boden. »Wie kommt es, dass ich keinen Kater habe?«

»Ich hab dir Aspirin und Vitamin C und zwei Liter Wasser zum Trinken gegeben.«

»Ah. Danke.« Die Erwähnung von Wasser erweckte seinen Harndrang. Ziemlich dringend. Joona sagte ihm, wo er die Toilette finden konnte, einfach den Gang hinunter bis ans Ende.

»Versuch bitte, leise zu sein«, sagte sie, als er nach draußen huschte. »Alle anderen liegen im Bett.«

Seine Uhr zeigte Viertel nach zwei.

Als er zurückkam, saß sie immer noch auf dem Bett. Der Joint war bis auf den letzten Zentimeter abgebrannt. »Auch einen?«, fragte sie.

»Nein, danke. Wir Cyborgs nehmen so etwas nicht, schon vergessen?«

»Natürlich nicht.«

»Hör mal, danke noch mal, dass du dich um mich gekümmert hast. Ich glaube, ich gehe jetzt besser.«

»Tatsächlich?« Sie nahm einen tiefen Zug. »Was wartet denn auf dich?«

»Nicht viel, schätze ich. Ich hab noch immer drei Wochen Urlaub totzuschlagen. Ich will mich nur nicht weiter aufdrängen.«

»Wenn ich geglaubt hätte, dass du dich aufdrängst, hätte ich dich nicht mit hierher gebracht.«

Ein leises Kitzeln lief ihm über den Rücken. Er ging zu ihrem Bett und kniete davor nieder. Sie sagte nichts, sondern sah ihn schweigend aus weiten Augen an. Er nahm den Rest des Joints aus ihren Fingern und inhalierte auf die gleiche Weise, wie er es bei ihr beobachtet hatte. Der Rauch war beißend, und er musste husten.

Joona lachte. »Ich hab gewonnen.«

»Was gewonnen?«

»Ich hab dich kleingekriegt.«

»Ja.« Er grinste zurück und nahm einen weiteren Zug, bevor er ihr den Joint zurückgab. »Du hast mich kleingekriegt. Aber du wärst sicher nie mit mir auf das Offizierscollege gegangen, oder?«

Sie schüttelte den Kopf, als hätte er ihr eine Vorhaltung gemacht, und zog einen Schmollmund. »Nein.«

»Kann ich für die Nacht hier bleiben?«

Joona nickte.

»Mit dir zusammen?«, fragte er leise.

Sie schlug die Bettdecke zurück. Sie war nackt darunter.

Als Lawrence am nächsten Morgen aufwachte, wich seine frühere Verwirrung einem Gefühl, das nahe an Verlegenheit grenzte. Ein klassischer Fall von: *Was jetzt?*

Er lag auf der Bettkante, die Decke über sich, und im Rücken hatte er die Wand. Die Matratze war nicht wirklich breit genug für zwei. Joona lag zusammengerollt neben ihm und sah um einiges zerbrechlicher aus als in der vorangegangenen Nacht. Sie war dünn, beinahe mager, sodass ihre Schulterblätter und Schlüsselbeine hervorsahen, und ein ganzes Stück kleiner als in seiner Erinnerung. Sie musste hohe Absätze getragen haben. Eigenartig, dass ihm das nie aufgefallen war.

Als er versuchte, die Decke um ihre Schultern zu legen, rührte sie sich und erwachte. Hellblaue Augen, sah er, in starkem Kontrast zu ihrer gebräunten Haut.

»Nun«, sagte sie.

»Morgen.«

»Ja. Es ist Morgen.« Sie kuschelte sich enger an ihn, die Augen geschlossen.

Erneut die Frage: Was nun?

»Äh, um wie viel Uhr musst du aufstehen?«

Joonas Augen blieben geschlossen. »Du hast es immer eilig, nirgendwo hin zu kommen, wie?«

»So bin ich.«

»Ich mache eine Pause am College. Es ist ziemlich schwer für mich dort im Augenblick. Ich hatte keine bestimmte Zeit zum Aufstehen geplant.«

»Du bist am College?«

Sie seufzte und setzte sich auf. »Ja, am Prodi. Ein absoluter Scheißhaufen. Sie haben nicht einmal genügend Mittel, um das Gebäude am Auseinanderfallen zu hindern. Die Dozenten sind ausnahmslos fünftklassige Flaschen, die bei einer anständigen Universität nicht einmal einen Platz als Kloputzer bekommen hätten.« Mit einer plötzlichen, energischen Bewegung stand sie auf und tappte hinüber zum Fenster, um die Vorhänge mit einer schnellen Bewegung zurückzuziehen.

Lawrence erinnerte sie nicht daran, dass sie nackt war; er hätte geklungen wie seine eigene Mutter. Doch das Fenster war beschlagen mit Luftfeuchtigkeit, und dahinter waren nur undeutlich die grauen Umrisse anderer Häuser zu erkennen. Joona erschauerte und rieb sich die Arme. Die Luft im Zimmer war kalt genug, um ihren Atem als dünnen Dampf sichtbar zu machen.

»Willst du mich schon wieder verlassen?«, fragte sie.

»Ich habe keine Pläne, genau wie du.«

»Offen gestanden dachte ich daran, nach Schottland zu fahren.«

Er wusste nicht genau, ob es als Einladung gedacht war. Sie war bestimmt nicht sein gewöhnlicher Typ Frau, nicht mit all dieser nervösen Energie und ihrer Hingabe an diese dämlichen Ideale. Er konnte sich nicht vorstellen, je mit ihr in Cairns über den Strip zu spazieren und sich einen schönen Abend zu machen, nachdem die Sonne untergegangen war. Genau genommen konnte er sich nicht einmal vorstellen, wie sie herzlich lachte. Er hatte nie mehr als hin und wieder ein ironisches Grinsen bei ihr beobachtet. Andererseits wusste sie definitiv genau, was sie wollte. Genau wie Roselyn. Doch im Gegensatz zu Roselyn war sie nicht glücklich mit ihrem Leben. In diesem kleinen Körper war eine Menge Wut angestaut. Eine stupide Form von Wut, auch wenn er ihr das niemals ins Gesicht gesagt hätte. Sie war viel zu sehr von ihren Idealen eingenommen, um gegenteilige Meinungen willkommen zu heißen. Er schätzte, dass sie das ziemlich einsam machte.

Das Zimmer besaß eine Ausstrahlung, die ganz sie allein war. Es war nicht nur die Luft, die kalt war. Die meisten Leute, dachte er, würden sich instinktiv von ihr fern halten.

Aber warum ich nicht?

Zwei einsame Menschen. Vielleicht war das der Grund, warum sie in der Bar umeinander herumgetanzt waren. Sie waren keine Gegenteile, die sich angezogen hatten.

»Ich war noch nie in Schottland«, sagte er.

Joona beugte sich über den Heizsteinblock, der in

dem alten Ofen saß, und erhöhte die Wärmeabgabe. Die schwarze Oberfläche begann in dunklem Orange zu glühen, als wären noch immer Scheite auf dem Rost. »Möchtest du mitkommen?« In ihrer Stimme schwangen Überraschung und Hoffnung mit.

»Sicher. Falls du möchtest, dass ich mitkomme.«

»Ich hätte nichts dagegen. Es wäre schön.«

Einen Augenblick lang glaubte er, sie würde wieder zurück zu ihm ins Bett springen. Statt dessen packte sie ein großes, rot-grün kariertes Nachthemd von der Rücklehne eines Stuhls und zwängte sich hinein.

»Ich stell Kaffee in die Mikrowelle«, sagte sie. »Anschließend muss ich meine Yoga-Übungen machen. Sie helfen mir, in mir selbst zu ruhen. Danach können wir aufbrechen.«

»In Ordnung«, sagte er, überrascht von der Geschwindigkeit der Entwicklung. »Ich kann meine Sachen aus dem Hotel auf dem Weg zum Bahnhof abholen.«

»Könntest du die Fahrscheine besorgen? Ich hasse es, den Datapool zu benutzen. Ich gebe dir das Geld wieder.«

»Sicher.« Er suchte seine Kleidung zusammen und fragte sich, wozu um alles in der Welt er nun schon wieder ja gesagt hatte.

Lawrence und Joona nahmen einen Expresszug direkt von Amsterdam nach Edinburgh. Die Strecke beschrieb ein riesiges U, zuerst südlich nach Paris, dann über London und schließlich erneut nach Norden zum Ende der L-Pulse-Linie in Waterley. Der

Expressterminus war unter den ursprünglichen Bahnhof gegraben worden, ohne dass das Gebäude an der Oberfläche sich verändert hätte. Sie schleppten ihr Gepäck zu den Aufzügen und über das Gewirr alter Bahnsteige unter dem weitläufigen schmiedeeisernen Glasdach und bestiegen den lokalen Zug nach Glasgow. Altmodische Induktionsschienen führten noch immer mitten durch die Stadt und unterhalb des alten Schlosses vorbei, das auf seinem felsigen Hügel thronte. Lawrence beobachtete, wie es vorüberglitt, fasziniert von den massiven Steinblöcke, und fragte sich, wie zur Hölle die Erbauer sie ohne Roboter auf den Hügel geschafft und verbaut hatten.

Nachdem sie die Vororte hinter sich gelassen hatten, beschleunigte der Zug glatt bis auf zweihundert Stundenkilometer. Es war das Schnellste, was er schaffte; die Schienen in diesem Teil Schottlands verliefen immer noch genau wie seit Jahrhunderten. Sie waren im ersten Jahrzehnt des Dampfmaschinenzeitalters gebaut worden, und sie folgten den Konturen der zerklüfteten Highlands. Die Kurven waren zu scharf, um dem Zug seine übliche Höchstgeschwindigkeit zu gestatten. Selbst wenn es längst keine Farmen mehr gab, hatte das Distriktparlament niemals genügend Mittel zusammenbekommen, um die Strecke durch die wilden Glens und das restaurierte Waldland zu begradigen. Die Kosten für das Bohren neuer Tunnel durch den harten schottischen Fels und das Schlagen neuer Viadukte über breite Täler war angesichts des Verkehrsaufkommens einfach nicht ökonomisch. So kam es, dass jeder, der durch die Highlands reiste, dies auf der gleichen

Strecke tat wie die Viktorianer, die ursprünglich das Land erschlossen hatten. Sogar die alten Eisenbahnschienen verliefen noch neben dem Induktionsgleis, und Eisenbahnbegeisterte unterhielten ein paar Dampfloks, mit denen sie die Küste hinauf und hinunter fuhren und Erste-Klasse-Waggons des frühen einundzwanzigsten Jahrhunderts hinter sich her zogen. Im Sommer eine große Touristenattraktion.

Sie waren am frühen Morgen im Bahnhof von Edinburgh angekommen, und so konnte Lawrence die Landschaft im hellen Tageslicht bewundern. Queensland und ein paar Gegenden von Europa, die er bisher gesehen hatte, waren genauso wild, aber nichts auf irgendeiner Welt, die er bisher besucht hatte, war so grün gewesen. Mit dem einsetzenden Frühling in der nördlichen Hemisphäre waren die Bäume voller frischer grüner Blätter. Langanhaltender Regen hatte den Boden durchweicht und verhalf dem Gras zu einem kräftigen Start in die neue Jahreszeit. Er nahm den Sitz am Fenster und lächelte zufrieden, während er das Gesicht an die Scheibe presste.

Diesen Teil der Reise genoss er am meisten. Holland war beeindruckend, mit den alten Kanälen, die noch immer das Land entwässerten. Windmühlen standen Wache entlang den schnurgeraden Wasserwegen, auch wenn heutzutage nur noch wenig Wind ihre Segel erreichte wegen der ausgedehnten Wälder, die in den letzten beiden Jahrhunderten auf dem ehemaligen Farmland herangewachsen waren. Es gab eine Vielzahl von Bäumen, doch wegen der Kanäle, die durch die Wälder schnitten, bildeten sie ein so regelmäßiges Gitterwerk, dass es immer noch aussah wie Felder. In gewisser Weise waren sie das auch –

nicht kultiviertes Land, doch die Waldpfleger erhielten sie gewissenhaft. Selbst heute noch konnte man nicht zulassen, dass die Entwässerungskanäle verlandeten, und die Wurzeln waren eine große potentielle Gefahr. Es erweckte in Lawrence den Eindruck einer künstlichen Landschaft, die nur wenig mehr als einen Schritt weiter war als Amethi. Er fand, dass Holland in gewisser Weise das erste Beispiel für eine großmaßstäbliche Terraformierung gewesen war; menschliche Ingenieurstechnik und menschlicher Erfindungsgeist rangen einer unwirtlichen Umwelt eine lebendige Nation ab.

Lawrence war des Marschlands bald überdrüssig, besonders, nachdem die Geschwindigkeit des Zugs Einzelheiten verschwimmen ließ. »Warum ausgerechnet Schottland?«, hatte er gefragt.

Joona hatte ihre Füße auf den Tisch gelegt, ohne auf die missbilligenden Blicke der anderen Passagiere im Waggon zu achten. »Meine Großmutter kommt aus Schottland. Wir werden bei ihr wohnen.«

»Und wo ist das genau?«

»Fort William.«

Er setzte seine Interfacebrille auf und verband sich mit dem Datapool, um herauszufinden, wo das war.

»Du verbringst viel Zeit auf Reisen, stimmt's?«, fragte Joona.

»Meine Erziehung hatte eine Menge Lücken. Man muss sich ziemlich anstrengen, um sie aufzufüllen.«

»So wenig wie möglich. Ich bevorzuge Bücher.«

»Es gibt einen Ort und eine Zeit für Bücher, ja. Mein Dad hatte ebenfalls eine Vorliebe für Bücher. Ich schätze, das ist der Grund, warum ich sie nicht ansehe.« Er grinste, als er ihr Gesicht bemerkte. »Was studierst du an der Prodi?«

»Ökologisches Management.«

»Oh.« Es war nicht das, was er erwartet hatte. »Bedeutet das nicht, dass du irgendwann bei einer der Companys arbeiten wirst?«

»Es gibt Companys und es gibt Companys. Und außerdem gibt es Regierungsstellen, wenigstens dem Namen nach. In Wirklichkeit handelt es sich natürlich nur um irgendwelche Rückgewinnungs- und Revitalisierungsdivisionen der Companys. Aber ich werde bei keiner von ihnen eine Arbeit annehmen. Es gibt immer noch ein paar private Landbesitzer, die das Land auf traditionelle Weise bestellen. Sie betreiben Ackerbau oder Forstwirtschaft oder Pferdezucht. Das ist es, was ich am Leben zu erhalten helfen möchte.«

»Landwirtschaft?«, fragte er skeptisch. »Ich dachte, das wäre der eigentliche Grund für den Raubbau an der Landschaft gewesen?«

»Industrielle Landwirtschaft, ja. Man hat Pestizide und Nitrate über die Erde geschüttet auf der Jagd nach höheren Erträgen, und zur Hölle mit den Konsequenzen. Landwirtschaftliche Maschinerie wurde so groß und so schwer, dass sie den Boden verdichtete. Am Ende war der Boden in den Industrienationen kaum noch mehr als eine Matrix, die Chemikalien und Wasser enthielt und den Wurzeln des Getreides Halt bot. Dann entwickelten die Companys die Proteinzelltechnologie, und die Landwirtschaft wurde überflüssig.«

»Und wir mussten keine Tiere mehr züchten und schlachten. Ich meine, kannst du dir vorstellen, wie barbarisch das gewesen sein muss? Lebendige Sachen zu essen! Es ist einfach abscheulich!«

»Es ist nicht abscheulich, sondern ganz und gar natürlich. Nicht, dass die Menschen heute noch so denken würden. Und ich sage ja auch nicht, dass Proteinzellen schlecht sind. Schließlich bedeutet es, dass niemand mehr auf der Erde verhungern muss. Aber wie bei allem wurde es irgendwann extrem, und jede mögliche Alternative wurde eliminiert. Ich will doch nicht mehr als ein paar Nischen erhalten, in denen unabhängiges Leben gedeihen kann.«

»Du meinst wie lebendige Museen?«

»Nein! Ich meine Nischen für Leute, die deine unikulturelle Company-Existenz ablehnen. Wir sind mehr, als Regierungen und Companys lieb ist. Viel mehr.«

»Ah, richtig. Die Zurück-zur-Scholle-Bewegungen. Also weigert ihr euch auch, die medizinische Technologie anzunehmen, die von unseren bösen Companys kommt?«

Sie starrte ihn ärgerlich an. »Das ist wieder mal so typisch! Du verunglimpfst etwas, das du überhaupt nicht kennst! Ich habe nie gesagt, dass ich die Technologie ablehne. Es ist die gegenwärtige globale Gesellschaft, mit der ich nichts zu tun haben will! Technologie muss nicht ausschließlich aus den Labors der Companys kommen, die Profit damit machen und Politik durchsetzen. Sie kann auch von Universitäten kommen, wo sie frei erhältlich ist und jedem dient. Selbst kleine unabhängige Gemeinden könnten eigene Forscher beschäftigen. Wenn wir alle freien Zugang zu den Daten hätten, könnten wir eine Kultur der verteilten Spezialisierung erschaffen.«

»Die alte Vorstellung vom globalen Dorf! Hübsch, aber du brauchst trotzdem Fabriken und städtische Zentren. Du müsstest das doch eigentlich wissen; Kultur gedeiht stets nur im Herzen einer Gesellschaft.«

»Der Datapool ist das Herz unserer Gesellschaft. Du denkst immer noch in physischen Begriffen, wenn du von Kohäsion sprichst. Du kannst mitten in einem Wald in einer Hütte leben, ohne dass es dir an etwas mangelt, und trotzdem bist du im Kontakt mit dem Rest der Welt.«

»Aber warum dort leben, wenn du genauso gut in einer Stadt leben kannst, wo du Menschen triffst und abends in eine Bar gehen und lachen und trinken kannst? Wir wollen doch nicht alle als Einsiedler leben!«

»Das weiß ich auch. Aber eure Companys wollen nicht, dass überhaupt jemand als Einsiedler lebt oder anders ist. Wenn es nach ihnen ginge, müssten wir uns alle dieser Monokultur anpassen, die sie durchzusetzen versuchen, wie kleine Chips auf einer elektronischen Platine. Ich will kein Teil davon sein! Ich will meine Freiheit!«

»Ich denke, du übertreibst.«

Sie deutete auf ein Abzeichen auf ihrem Mantelrevers. Es zeigte ein einzelnes Auge im Zentrum. »Öffne deine Augen.«

Er versuchte, die Unterhaltung wegzulenken von Politik, und sie redeten über Musik, ein halbwegs ungefährliches Thema. Man konnte verschiedener Meinung über die eine oder andere Band sein, über Komponisten und Musiker, ohne nach draußen zu stürmen oder Dinge zu werfen. Sie mochte orchestrale Symphonien von mehreren klassischen und modernen Komponisten. Obwohl sie in ihrem Multimedia-Player Tausende von Stunden Musik gespeichert hatte, begeisterte sie sich für Live-Konzerte. Sie erzählte ihm von den Konzerten, die sie besucht hatte, und von den Bands und Orchestern, die sie gesehen hatte. Was Unterhaltung anging, so mochte sie keine I's, auch wenn sie zugab, einige der gegenwärtig laufenden Soap Operas zu sehen. Die I's, so behauptete sie, waren etwas, aus dem sie herausgewachsen war. Und sie hasste AS-generierte Dramen und zog es vor, richtige Theater zu besuchen. Amsterdam hatte eine ganze Reihe kleiner Theater abseits von den Hauptströmungen, die sie mit ihrem Studentenausweis zu vergünstigten Eintrittspreisen besuchen konnte, erzählte sie, und die Stadt besaß auch Hunderte von Schauspielgruppen, die nur darauf warteten, ihre Arbeiten zu zeigen.

Fast hätte Lawrence gesagt, dass die Tatsache so vieler Schauspielgruppen in einer Stadt seinen Standpunkt über Kultur untermauerten. Doch er war immer noch nicht sicher, wie sie auf diese Art Neckerei reagierte. Selbst nach dem Essen im Speisewagen, nachdem sie mehr als eine halbe Flasche Wein getrunken hatte, war sie noch angespannt.

Am Nachmittag irgendwann fragte sie, woran er denn Spaß hätte, und er war dumm genug zuzugeben, dass er *Flight: Horizon* mochte. Es war das erste Mal, dass er sie aufrichtig lachen sah.

»Ich kann einfach nicht glauben, dass es diesen Mist auf zwei Welten geben soll«, kicherte sie. »Kein Wunder, dass du eine so schräge Meinung zur Raumfahrt hast. Meine Güte, und was für ein Ende!«

»Ende?«

»Die letzte Episode. Unglaublich! Aber auch ziemlich heiß.«

»Du hast sie gesehen?«

»Ja. Ich hab dir doch gesagt, dass ich als Kind darauf gestanden hab. Warum?« Ihre Augen verengten sich und musterten ihn neugierig. »Hast du sie nicht gesehen?«

»Nein«, gestand er zögernd und unwillig, die Assoziationen einzugestehen, die die Serie bei ihm hervorrief. Auch wenn er wusste, dass er völlig über Roselyn hinweg war, war er irgendwie nie dazu gekommen, die letzten paar Folgen zu sehen. »Wir haben nicht so viele Serien auf Amethi.«

»Oh. Wow. Aber jetzt bist du hier und kannst sie sehen. Du hast wirklich etwas verpasst!«

»Dieser Teil meines Lebens ist vorbei, danke. Ich komme gut zurecht, ohne mich noch einmal zurückzuversetzen.«

Sie hob eine Augenbraue angesichts der Endgültigkeit seiner Worte. »Meinetwegen.«

Glücklicherweise bohrte sie nicht nach. Sie versuchte nicht einmal, ihn aufzuziehen. Ihre Unterhaltung trieb weiter. Das Einzige, was sie niemals streiften, war Sex. Er fand es eigenartig; es war, als hätte sich die vergangene Nacht überhaupt nicht ereignet. Wenigstens nicht für sie. Sie redeten über fast alles andere. Und weil er bemerkte, wie sie dem Thema auswich, verzichtete er darauf, etwas zu sagen.

Obwohl er es gerne getan hätte. Joona war eine gute Begleiterin. Nicht unbedingt angenehm; wenn ihre Meinungen aufeinander prallten, argumentierte sie, bis er schließlich aufgab. Das machte sie interessant, genauso sehr wie ihre diametral entgegengesetzte Weltsicht. Wenn er an einige der Unterhaltungen in der Kaserne dachte, dann konnte er nicht glauben, wie primitiv sie ihm im Gegensatz zu dem hier erschienen. Es war diese Qualität, die ihm zuerst in der Bar aufgefallen war, die wache Intelligenz, die ihn angezogen hatte. Deswegen wollte er wissen, wo sie standen, was im Grunde genommen bedeutete, ob sie heute Nacht wieder mit ihm ins Bett gehen würde und jede weitere Nacht während dieses Ausflugs. Irgendwann kam er zu dem Schluss, dass sie deswegen nichts sagte, weil sie ihn absichtlich zappeln lassen wollte. Die Vorstellung einer Intellektuellen von Vorspiel. Obwohl er seine Zweifel wegen dieser Theorie hatte. Sie war viel zu energisch, um über irgendetwas nicht zu reden, das in ihrem Leben wichtig war. Was ihr Schweigen über dieses Thema einigermaßen verwirrend machte.

Er hatte ein Schlafabteil für die Nacht gebucht. Als sie ihm das Geld für den Fahrschein und die Buchung wiedergegeben hatte, konnte es kein Missverständnis gegeben haben. Sie hatte genau gesehen, was er gebucht hatte. Der Gedanke hielt sich den gesamten Nachmittag in seinem Kopf. Sie hatten ihr Gepäck in das Abteil geworfen, sobald sie den Zug bestiegen hatten, er seinen Seesack, sie ihren Rucksack. Das Abteil war winzig und so kompakt, wie modernes Design es erlaubte.

Die ganze Zeit über, die sie mit Unterhaltungen im großen Waggon verbrachten, wusste er, dass sie wusste, dass sie nach dem Abendessen dorthin zurückkehren würden. Sie würden sich in dem beengten Abteil ausziehen und zusammen in die niedrige Koje klettern. Die Aussicht war äußerst erregend. Es würde fast wie das erste Mal werden. Die vergangene Nacht hatte, jedenfalls soweit er sich erinnern konnte, wenig mit Leidenschaft zu tun gehabt und auch nicht besonders lange gedauert, ein eher desinteressiertes Fummeln, gefolgt von einem raschen Höhepunkt. Beim ersten Mal war Sex immer heiß. Und hier im Zug war es unausweichlich, was ihm einen zusätzlichen Schub versetzte, wenn er sie im Verlauf des Nachmittags ansah.

Sie gingen ins Restaurant, als der Zug aus dem Bahnhof von Paris ausfuhr. Joona bestellte eine Flasche Rotwein. Lawrence trank zwei Gläser, sie leerte den Rest und bestellte eine weitere Flasche. Ihre Unterhaltung war inzwischen bei der Kontamination Afrikas mit der globalen Unikultur angekommen, und er hatte weniger und weniger Gelegenheit, etwas dazu beizusteuern. Schließlich uferte ihr Monolog in eine bittere Tirade aus. Lawrence trank nichts von der zweiten Flasche. Joona bestellte sich einen Brandy und leerte ihn, bevor sie in ihr Schlafabteil gingen.

Als sie dort angekommen waren, mussten sie feststellen, dass die Klimatisierung fehlerhaft arbeitete und der kleine Raum eisig kalt war. Joona schwankte und sah ihn im krassen Gegensatz zu ihrem normalen Verhalten unsicher an. Sie grinste kurz, als wollte sie sagen: Na und?, dann fing sie an sich auszuziehen. Jetzt war es Lawrence, der zögerte.

»Hör mal«, sagte er widerstrebend. »Du hast eine Menge getrunken.«

»Ich komme schon klar. Das ist noch gar nichts.« Sie zog ihr Sweatshirt über den Kopf und streckte den Arm aus, um sich abzustützen, als sie aus ihren Jeans schlüpfte.

»Bestimmt kommst du klar. Es ist nur ... ich wollte sagen, wir müssen es nicht machen heute Nacht.«

»Doch, müssen wir.« Ihr Grinsen verbreiterte sich zu etwas, das nahe am Trotz war, als sie ihren Slip ebenfalls auszog. »Verstehst du denn nicht? Wir müssen. Wir müssen es unbedingt.« Sie küsste ihn. Der Geruch und der Nachgeschmack des Weins waren widerlich. Er legte beinahe mechanisch die Arme um sie und versuchte, mit der gleichen Leidenschaft zu antworten.

»Wir bauen eine Brücke«, murmelte sie. »Wir beide, zwei Welten, die zueinander finden. Das bedeutet, das wir immer noch menschlich sind.«

Er wollte sie fragen, was sie damit meinte, doch er war damit beschäftigt, sich aus dem eigenen Hemd zu schälen, und sie hatte sich schwer auf die Kante der Pritsche gesetzt. Die kalte Luft trug nichts zur Verbesserung seiner Stimmung bei; tatsächlich bekam er eine Gänsehaut davon. Er kletterte neben sie auf die Pritsche und zog rasch die dünne Decke über sie beide.

Sie fing erneut an, ihn zu küssen, über das Gesicht und den Hals. Eine Hand schloss sich um seinen Penis. Ein Ellbogen ruhte schmerzhaft auf seinem Brustbein. Was von ihr als stimulierende Liebkosung gedacht war, fühlte sich wie ein irritierendes Kitzeln an der Seite seiner Rippen an. Die gesamte Angelegenheit war völlig unerotisch. Er konnte es nicht glauben; nicht, nachdem er den größten Teil des

Tages in Vorfreude auf diesen Augenblick verbracht hatte.

Schließlich gelang es ihm, sich mit ihr zusammen herumzurollen, bis sie unter ihm war. Er konnte kaum seine Erektion aufrecht erhalten; das einzige, was half, war der Gedanke an die Mädchen vom Strip in der vergangenen Woche und wie scharf sie gewesen waren.

Glücklicherweise war die ganze elende Aktion schnell zu Ende. »Mein Gott, ich liebe dich«, sagte sie. »Ich brauche das.«

»Was denn?« Es gelang ihm, ein Stückchen Platz auf der Pritsche zu finden, ohne an sie gequetscht zu liegen, auch wenn er dabei herauszufallen drohte. Als er sich zu ihr umsah, war sie bereits eingeschlafen. Sie fing an zu schnarchen.

Er fand ein dickes T-Shirt und zog es an, dann verbrachte er eine Ewigkeit damit, neben ihr zu liegen und an die unsichtbare Kabinendecke zu sehen, ohne dass er einschlafen konnte. Es ist niemandes Schuld, sagte er sich immer wieder. Die Umstände waren es, das ist alles. Das Schlafwagenabteil, die Klimaanlage, der Wein – eine unglückselige Verbindung. Morgen ist sicher alles besser.

Sie erreichten Glasgow am späten Vormittag und stiegen in den Zug nach Fort William um. Wenn überhaupt, verlief ihre Reise jetzt noch langsamer. Doch die Landschaft machte alles mehr als wett. Er glaubte, seinen Augen nicht zu trauen angesichts der weiten zerklüfteten Glens und Lochs mit ihrem dunklen spiegelglatten Wasser, die kein Ende zu nehmen schienen. Ihre Pracht machte ihm bewusst, wie sehr Menschen in diese Umwelt gehörten.

Joona saß neben ihm, hatte sich bei ihm untergehakt und zeigte auf verschiedene Wahrzeichen. Seit sie aufgewacht war, verhielt sie sich ganz anders als vorher. Aufmerksam und eifrig, als hätte die gemeinsame Nacht sie auf eine neue Ebene aus Verständnis und gegenseitiger Verbindlichkeit geführt. Er wusste nicht, was er sich aus alledem zusammenreimen sollte, auch wenn ihre Zuneigung gut tat. Es erweckte den Anschein von mehr Gemeinsamkeiten. Bestimmt würde jeder, der sie im Waggon sah, gleich sehen, dass sie ein Paar waren.

Fort Williams war die Endstation der Strecke. Der Bahnhof lag unmittelbar über dem Ufer von Loch Linnhe. Sie traten auf den Bahnsteig hinaus, und Lawrence legte den Kopf in den Nacken, um zu den Bergen hinauf zu sehen, die die kleine Stadt überragten. Der gesamte Hang war mit Nadelholzwäldern überwuchert. Die dunklen Umrisse der Bäume drängten sich dicht an dicht.

»Ist das Ben Nevis?«

»Nein«, sagte Joona strahlend. »Das ist Cow Hill, der Ben liegt dahinter. Du kannst ihn von Großmutters Haus aus sehen, drüben in Benavie, wenn das Wetter gut bleibt.« Sie blickte hinaus auf das aufgewühlte graue Wasser des Lochs. Dunkle Wolken strömten von Südwesten heran. »Regen ist unterwegs.«

Ihre Großmutter erwartete sie auf dem Parkplatz des Bahnhofs. Joona winkte stürmisch, während sie ihr entgegen rannte. Aus seinen Gesprächen mit Joona hatte Lawrence ein Bild von einer stillen alten

Lady mit einem Kopftuch über den grauen Haaren und einem langen Tartanrock im Kopf, doch als er sie sah, verblasste es auf der Stelle. Die Frau war nicht größer als Joona, doch sie war die Gesundheit selbst, mit dunkelrotem Haar, das nur wenig besser gekämmt war als das ihrer Enkeltochter. Sie trug stabile Kordhosen und einen langen olivgrünen Mantel, auf dem Dreckspritzer klebten. Schwer vorstellbar, dass sie die Großmutter einer über Zwanzigjährigen sein sollte; sie war selbst kaum älter als fünfzig.

»Du bist also Lawrence.« Ihr Akzent war schwer, doch Lawrence hatte keine Mühe, ihn zu verstehen. Sie gaben sich die Hände.

»Ja, Ma'am.«

»Und wir fangen erst gar nicht mit diesem Unsinn an. Ich bin Jackie. So, ihr beiden, kommt mit in den Wagen. Ich muss zuerst noch ein paar Besorgungen machen, dann fahren wir auf dem schnellsten Weg nach Hause.« Sie führte sie zum Wagen. Es war ein dreirädriger Pick-up mit einer eiförmigen Fahrerkabine vor einer offenen Ladefläche. Der Wagen musste zwanzig Jahre alt sein, eine Kunststoffkarosserie, die an den Kanten bereits verwitterte. Faserbüschel quollen aus den Rissen, die an manchen Stellen mit Epoxy in einer anderen Farbe verspachtelt waren. Die Plexiglas-Windschutzscheibe der Kabine war vom Alter und der Sonnenstrahlung vergilbt, was die Durchsicht beträchtlich einschränkte. Es gab kein Lenkrad, nur eine dicke Lenkstange.

»Er funktioniert immer noch?«, fragte Joona.

»Selbstverständlich. Sugarhol ist der einfachste Treibstoff, den man herstellen kann, und steuerfrei ist er obendrein. Deswegen werden ja auch keine

Brennstoffzellen mehr hergestellt, die mit Sugarhol arbeiten.«

Lawrences Miene verriet keine Regung, als er hinten auf die Ladefläche des Pick-up kletterte. Das Chassis schaukelte und schwankte, während er versuchte, einen einigermaßen sauberen Platz zum Sitzen auf dem Boden zu finden. Joona reichte ihm ihr Gepäck über die Bordwand und kletterte hinterher. Sie zog eine dicke Wollmütze und ein paar Handschuhe aus ihrer Manteltasche. »Keine Sorge, es ist nicht weit.«

»Großartig.« Er zog den Reißverschluss seines Mantels bis unter den Hals zu und rammte die Hände in die Taschen.

Jackie kletterte in die Fahrerkabine und startete die Konverterzelle. Ein süßlicher Geruch von verbranntem Zucker drang aus dem Auspuff und wirbelte um das Fahrzeug herum. Lawrence verzog die Nase, und seine Augen tränten.

»Oben beim Cottage gibt es eine Destille«, sagte Joona. »Sie fermentiert ihren eigenen Treibstoff. Verstehst du, was ich meine, wenn ich sage, die Menschen wollen unabhängig sein?«

»Absolut.«

Sie lachte und umarmte ihn, bevor sich der Pick-up ruckelnd in Bewegung setzte. Jackie Beaumont fuhr über die A82, die mitten durch Fort William führte. Dieser Teil der Stadt hatte große Verwaltungsgebäude auf beiden Seiten der Straße. Er sah zuerst das Hospital, einen modernen zweistöckigen Komplex mit einem geschwungenen silbernen Dach und einer geothermischen Stromturbine in einem kleinen Iglu an der Seite. Zwei Rettungshubschrauber waren auf ihren Landeplätzen hinter dem Unfall- und Notaufnahmekomplex abgestellt. Das Informations- und Erbgutzentrum befand sich auf der gegenüberliegenden Seite. Daran schlossen sich mehrere Sportplätze an, überdacht mit großen transparenten Kuppeln, die Amethis Nullthene ähnlich genug sahen, um in Lawrence ein unerwartetes Gefühl von Nostalgie zu erwecken.

Das Gebäude der Stadtverwaltung erinnerte an ein georgianisches Herrenhaus mit seinen lebendigen roten Ziegeln und den weißen Steinfassungen um die breiten Fenster. Lediglich die geschwungenen Einfahrten zu den unterirdischen Parkplätzen verrieten sein wirkliches Entstehungsjahrhundert.

Eine Reihe von Bussen stand draußen vor der weiterführenden Schule. Kinder in schicken grauen und türkisfarbenen Uniformen rannten um sie herum, spielten mit Bällen oder nahmen sich gegenseitig die Schultaschen weg.

Direkt hinter dem Theater bog Jackie auf einen Parkplatz ein, der zu einem einstöckigen hölzernen Gebäude gehörte, das an eine langgestreckte Scheune erinnerte. Es besaß breite Fenster unter dem Dachgesims und Auslagen, die so gut wie jedes Stück Camping- und Wanderausrüstung zeigten, das jemals produziert worden war. Ein geschnitztes Schild über der Tür verkündete: *Grimmers*.

Jackie sprang aus dem Wagen und ging hinein. Lawrence und Joona kletterten herunter und folgten ihr. Ein Reinigungsroboter rollte über den fast leeren Parkplatz und fegte Blätter und Schmutz auf.

»Sieht wie eine hübsche kleine Gemeinde aus«, sagte Lawrence, als sie durch die Tür traten.

Sie schmiegte sich an ihn. »Eine reiche Gemeinde, meinst du wohl. Sie kann sich all die Einrichtungen leisten. Viele Firmen haben sich zusammengeschlossen, um das Land wieder in seinen ursprünglichen Zustand zu versetzen. Es gibt außerdem viel Tourismus. Die andere Seite der Stadt besteht praktisch nur aus Hotels. Sie bringen eine Menge Geld in diese Gegend.«

»Das ist gut, oder?«

»Nur, wenn du Anteile besitzt.«

Jackie nahm mehrere Kisten von einer Theke, während sich der Geschäftsführer mit ihr unterhielt. Lawrence eilte zu ihr und nahm ihr zwei Kisten ab. Sie lächelte ihm dankend zu und gab ihm noch zwei. Sie waren schwerer, als er erwartet hätte. Auf den Etiketten war zu lesen, dass sie irgendwelche Schneidwerkzeuge enthielten.

»Für die Wolle«, sagte Jackie, als sie zurück zum Wagen gingen.

»Wolle?«

»Ich bin Mitbesitzerin einer Herde.«

»Schafe«, sagte Joona grinsend.

»Ah.« Es war ein bizarrer Gedanke.

Der Regen hatte eingesetzt, ein schwerer Guss, getrieben von starkem Wind. Turbulente Wolken türmten sich über ihnen. Lawrence konnte das letzte Sonnenlicht des Tages über den Bergen auf der anderen Seite des Lochs sehen. Keine Spur von einem Regenbogen. Er stellte die Kisten neben seinen Seesack und kletterte auf die Pritsche.

Die Fahrt zu Jackies Cottage, das ein paar Kilometer außerhalb der Stadt lag, dauerte weitere zehn Minuten. Sie fuhr am Caledonian Canal entlang, bevor sie in eine unbefestigte Straße einbog, die durch einen Wald aus Silberbirken, Eichen und Platanen führte. Das Cottage befand sich in einem üppigen Garten, ein langgestrecktes Gebäude mit stabilen Steinmauern und Bleiglasfenstern. Ein dicker Natursteinschornstein an einem Ende trug eine Kappe aus Ton, und weißer Rauch kräuselte sich in den dunkler werdenden Himmel.

Jackie steuerte den Lieferwagen in einen hölzernen Anbau auf der Giebelseite, der als Werkstatt und Garage diente. Wasser schwappte über die Dachrinne und prasselte in einem dichten Vorhang vor der Einfahrt herab. Dieser letzte Schwall beendete die Dusche, die Lawrence während des einsetzenden Regens auf der Pritsche abbekommen hatte. Er sprang mit einem quatschenden Geräusch auf den Betonboden herab.

»Hinein mit euch!«, sagte Jackie, während sie die großen Holztore schloss. »Los, geht schon.«

Joona führte ihn durch eine Nebentür in die Küche des Hauses. Es war ein großer Raum, der wenigstens ein Drittel der Grundfläche einnahm. Der gemauerte Ofen hatte vier Türen; das grüne Email war im Lauf der Jahrzehnte dunkel geworden und besaß reichlich kleine Sprünge. Doch er funktionierte noch und gab einladende Wärme ab. Joona schälte sich aus ihrem Mantel und ging hin, um sich dagegen zu lehnen, während sie den angelaufenen Chromhandgriff umfasste, der auf seiner Vorderseite verlief.

»Gut, wieder zu Hause zu sein«, sagte sie und winkte ihn drängend zu sich.

Er stand vor der antiken eisernen Monstrosität und wusste nicht recht, was er damit anfangen sollte.

Jackie nahm seine Hände und zog ihn näher heran. Wärme stieg in seine klammen Finger.

»Das ist schon besser«, sagte er. »Dieser Fahrtwind hätte mich fast umgebracht.«

»Ich habe manche Stunde damit verbracht, vor dem Ofen zu trocknen. Wir haben ihn sogar benutzt, um Lämmer zu retten.«

»Hm?«

»Wenn die Mutter stirbt, ist die Ofenplatte gerade richtig, um sie warm zu halten. Die armen kleinen Dinger brauchen in den ersten Tagen alle Hilfe, die sie kriegen können.«

»Was denn, das ist ein Herd?«

»Ganz genau«, sagte Jackie. Sie stand im Eingang und zog ihre Stiefel aus. »Vor mehr als drei Jahrhunderten eingebaut, und er funktioniert immer noch ausgezeichnet. Der Brennring wurde modifiziert und arbeitet mit Methan, aber ansonsten ist er noch genauso wie am Tag, als er die Fabrik verlassen hat.«

Lawrence musterte den Behemoth misstrauisch. Wenn sie die Wahrheit erzählte, war dieses Ding älter als die Besiedlungsgeschichte von Amethi. Erstaunlich.

»Ihr beide solltet besser eine heiße Dusche nehmen und euch umziehen«, sagte Jackie. »Ihr seid ja ganz blau. Wir haben reichlich heißes Wasser. Ich mache Tee für euch, wenn ihr wieder runterkommt.«

Joona nickte. »Hier entlang.« Sie nahm erneut Lawrences Hand und führte ihn neckisch aus der Küche.

»Da hast du dir wirklich einen großen gesunden Burschen angelacht!«, rief Jackie ihnen hinterher.

»Wahrscheinlich braucht ihr heute Nacht das Doppelbett.«

»Oma!«, rief Joona entsetzt zurück. Doch sie lächelte Lawrence an auf der Suche nach seiner Zustimmung. Es gelang ihm zurückzulächeln.

Ein Kessel pfiff auf der Herdplatte, als er wieder nach unten kam. Er hatte ein sauberes T-Shirt in seinem Seesack gefunden, und Joona hatte ihm einen dicken aprikosenfarbenen Pullover gegeben. Die Arme waren nur ein paar Zentimeter zu kurz.

Er setzte sich an den großen Küchentisch aus massiver Eiche und beobachtete Jackie dabei, wie sie Tee kochte. Sie benutzte eine Porzellankanne und löffelte dunkle Krümel hinein, bevor sie Wasser darüber goss. Er hatte noch nie solchen Tee gesehen.

»Es dauert länger, aber dafür schmeckt es auch viel besser als eure Mikrowellenwürfel«, sagte sie, als sie seine staunenden Blicke bemerkte. »Das Leben hier oben ist nicht so hektisch; wir haben noch Zeit, unseren Tee ziehen zu lassen, wie es sich gehört.«

»Klingt nicht schlecht. Ich könnte etwas weniger Hektik vertragen.«

Jackie saß auf einem Stuhl vor einem modernen Desktop-Pearl. Das Paneel zeigte einen Pullover mit einem kunstvollen Strickmuster aus hellen Farben. Sie befahl dem Pearl, sich auszuschalten, und das Paneel faltete sich zurück in das Gehäuse. »Ich bin sicher, unsere Joona hat dir den Kopf mit revolutionären Geschichten gefüllt.«

»Eigentlich nicht. Aber sie hat große Vorbehalte gegen die Companys.«

»Ah. Nun ja, sie gibt den Companys die Schuld, dass ihre Eltern sich getrennt haben. Ihre Mutter hat für Govett gearbeitet; sie organisieren eine Menge Transporte für die Wiederaufforstung. Das Dumme war nur, dass Govett eine aufgeklärte Personalpolitik betreibt. Sie versetzen ihre Leute alle fünf Jahre, sodass sie nicht einrosten oder in eine Sackgasse geraten. Ihr Vater, mein Ken – er wollte die Highlands unter gar keinen Umständen verlassen. Wieso diese Frau seine tiefe Verwurzelung in unsere Gegend nicht begriffen hat, werde ich wohl niemals verstehen.« Sie seufzte. »Dann hatte er einen Unfall, drüben in Glen Coe. Einen Skiunfall, der ihn das Leben kostete. Joona war damals erst zwölf.«

»Und danach haben Sie sie großgezogen?«

»Genau. Sie wollte nichts mit ihrer Mutter zu schaffen haben. Starrköpfig ist sie. Ihre Mutter hat uns Geld geschickt und sie an der Prodi untergebracht, doch das ist der einzige Kontakt, den es zwischen uns jemals gegeben hat.«

»Ich kann gut verstehen, warum sie so an dieser Gegend hängt.«

Jackie schenkte ein wenig Milch in einen großen Becher, dann benutzte sie ein Sieb, um den Tee darüber zu gießen. »Es ist nicht nur Fort William, es ist die ganze Art und Weise, wie wir leben, die ihr so viel bedeutet.«

Er deutete auf die Küche und die vom Alter dunklen Holzmöbel, den abgewetzten Fliesenboden. Teller, Tassen und Gläser standen auf den Regalen eines großen Walisischen Küchenschranks, wahrscheinlich ausnahmslos Antiquitäten. Kupferkessel und -pfannen hingen über dem Ofen, zusammen mit

Bündeln getrockneten Rosmarins, der ein mildes Aroma verströmte. Trotz des altmodischen ersten Eindrucks bemerkte er einen Geschirrspüler und einen Kühlschrank, die unter der Arbeitsplatte eingebaut waren. Draußen in der Garage hatte er außerdem einen kleinen Reinigungsroboter gesehen. Das Einzige, was in dieser Küche wirklich fehlte, war ein Texturalizer, um aus rohen Proteinzellen Grundnahrungsmittel herzustellen. Viele Leute hatten heutzutage nicht mehr die Zeit, ihre Nahrung zu Hause zuzubereiten. »Es scheint Ihnen nicht schlecht zu gehen. Ich hatte schon Angst, dass ich meine Ferien in einer Lehmhütte verbringen würde.«

»Ich habe ein paar Beteiligungen, aber die Herde bringt genug ein, um über die Runden zu kommen.«

»Wie funktioniert das?«

»Es gibt hier jede Menge Land, auf dass sie keine verdammten Bäume pflanzen können. Deswegen halten wir immer noch Bergschafe. Wir haben Schafhirten und sogar richtige Schäferhunde. Dieser Teil unseres Lebens hat sich seit Jahrhunderten nicht geändert.«

Er runzelte die Stirn. »Sie mögen die Wälder nicht?«

»Oh, ich hab nichts gegen Wälder. Aber es gibt einen Unterschied zwischen Wiederaufforstung und Überforstung. Wenn die Ökologiebehörde heutzutage ein Stück freies Land entdeckt, das größer ist als ein Hinterhof, dann will sie sofort einen Baum darauf pflanzen. Es ist die direkte Fortsetzung der Greenwave-Politik, die nach der Entwicklung der Proteinzellen modern wurde. Die alten radikalen Grünen sahen es als ihre Chance an, endlich die Schäden zu reparieren, die durch die Landwirtschaft entstanden waren. Es ist alles ein Haufen Mist! Die Farmer waren gut für die Landschaft. Sie haben sich um ihr Land gekümmert. Sie mussten es tun; sie waren schließlich davon abhängig. Und ich schwöre, es hat niemals zuvor so viel Wald in Europa gegeben, ganz gleich, wie weit man in die Vorgeschichte zurückgeht, um die heutige Aufforstung zu rechtfertigen. Was wir hier haben, ist genauso wenig natürlich wie die intensive Landwirtschaft in der zweiten Hälfte des zwanzigsten und der ersten des einundzwanzigsten Jahrhunderts.«

»Aber das, was ich bisher von der Landschaft gesehen habe, sieht wunderbar aus!«

»Ohne Zweifel, ja. Auch wenn du dir nicht vorstellen kannst, wie viele Spaziergänger und Wanderer sich hier jedes Jahr hoffnungslos verlaufen. Selbst diejenigen, die Navigations- und Kommunikationsfunktionen in ihren Armband-Pearls haben. Idioten, jeder einzelne von ihnen! Unsere Rettungsmannschaften sind praktisch das ganze Jahr über im Einsatz. Und wir verlieren schätzungsweise wenigstens fünfzig Schafe jede Saison, die sich unter den Bäumen verirren. Es sollte zwar Zäune geben, doch die Roboter kommen mit dem Reparieren nicht hinterher.«

»Und vergiss nicht die Wölfe«, sagte Joona. Sie kam in die Küche und trug einen weiten blauen Morgenmantel. Um die Haare hatte sie ein großes grünes Handtuch gewunden. Sie setzte sich neben Lawrence und gab ihm einen flüchtigen Kuss auf die Wange. »Sie reißen jedes Jahr Dutzende von Schafen.«

»Stimmt«, sagte Jackie zerknirscht, während sie ihrer Enkelin Tee einschenkte. »Noch eine Spezies, die dank der Umweltbehörde wieder heimisch gemacht worden ist. Als hätten wir hier oben nicht schon genug Mühe. Aber wir kommen über die Runden. Wir gewinnen jedes Jahr einen hübschen Batzen Wolle, und das hält meinesgleichen auf Trab.«

»Du machst Garn aus der Wolle?«

»Nicht direkt. Es gibt zwei kleine einheimische Mühlen, Kooperativen, die von uns unterhalten werden. Sie waschen die Wolle und spinnen sie zu Garn. Das Garn kommt zu mir und all den anderen Kleinbauern, die es hier oben noch gibt. Ich stricke Pullover daraus, wie den, den du trägst. Andere machen Decken oder Ponchos, Hüte und Handschuhe. Alles Mögliche, wirklich.«

Lawrence sah auf seinen Pullover hinunter und betastete ihn. »Den hast du gemacht?«

Jackie lachte auf. »Wir sind keine Ludditen, weißt du? Ich entwerfe die Muster. Ich habe eine alte Scheune hinten im Garten, wo drei kybernetische Strickmaschinen stehen. Sie erledigen die harte Arbeit. Aber ich weiß, wie ich sie warten muss. Ich bin ziemlich geschickt mit einem Schraubenschlüssel und Diagnoseprogrammen, das kann ich dir sagen.«

»All die Touristen kaufen sie«, sagte Joona. »Pullover aus echter, natürlicher Wolle bringen sehr viel Geld. Diese verdammten Texturalizer in den Fabriken kriegen die Fasern nicht richtig hin; es fühlt sich einfach nicht echt an. Und Oma entwirft die besten Pullover von allen.«

»Und wo ist das Problem?«, fragte Lawrence. »Ihr

macht, was ihr wollt, und der Rest der Gesellschaft weiß eure Arbeit zu schätzen.«

»Die Companys und das Distriktparlament tolerieren uns nur, weil wir so wenige sind«, sagte Joona. Ihre gute Laune war verschwunden. »Sie würden es ganz sicher nicht gutheißen, wenn zu viele hierher kämen, um unseren Lebensstil anzunehmen.«

»Nun reg sie nicht unnötig auf, junger Lawrence«, sagte Jackie. »Und du, meine Dame, vergiss wenigstens für einen Abend die Politik. Ich habe wirklich genug davon bei den Treffen der Vereinigung. Langweilige alte Fürze, allesamt. Also, Lawrence – bist du wirklich auf einer anderen Welt geboren?«

Der Abend, der nun folgte, war einer der angenehmsten seit langer Zeit. Es lastete kein Druck auf ihm, keine Sorgen. Er musste nicht nach draußen, um Mädchen kennen zu lernen oder etwas zu trinken. Es war genau so, dachte er, wie ein richtiger Familienabend sein sollte. Nicht wie die, die er in seinem eigenen Zuhause auf Amethi hatte ertragen müssen, nichts Erzwungenes, keine erdrückenden Erwartungen. Mehr wie das, was er sich für seine eigene Familie gewünscht hätte. Für sich und Roselyn, wenn die Dinge etwas besser gelaufen wären.

Er warf Joona einen flüchtigen, schuldbewussten Seitenblick zu. Doch sie lächelte nur. Sie half Jackie bei der Zubereitung der Nudeln für das Abendessen.

»Traditionelle schottische Spaghetti«, hatte Jackie verkündet. Beide hatten gelacht, als er eifrig genickt und: »Großartig!« gesagt hatte.

Sie lehnten sein Angebot ab, ihnen zu helfen, wofür er insgeheim dankbar war. Ihm blieb nur die

Aufgabe übrig, eine riesige schwarze Katze namens Samson zu streicheln, während die beiden Frauen sich an der langen Arbeitsfläche beschäftigten. Eine befremdliche Vielzahl von Zutaten wanderte aus großen Tontöpfen mit breiten Korkstopfen in den Topf. Die Bolognese wurde gemischt, gekocht, abgeschmeckt, erneut gemischt.

Er machte sich nützlich, indem er den Holzofen im Salon anheizte. Bald prasselte ein munteres Feuer vor sich hin und strahlte eine so starke Hitze ab, dass er seinen geliehenen Pullover ausziehen musste. Jackie bot ihm einen Malt als Aperitif an, und er musste ihn mit Wasser verdünnen, bevor er ihn trinken konnte.

Das Gästezimmer – mit dem Doppelbett – hatte einen unebenen Boden. Als er es vorsichtig durchquerte, bemerkte er, dass die Eichendielen so alt waren, dass sie sich zu etwas verhärtet hatten, das Stahl nahe kam. Sie knarrten hin und wieder, doch sie waren absolut fest. Auf dem Bett lag kein Federbett, nur Laken und Decken, wie er misstrauisch feststellte. Doch die Decken waren offensichtlich von Jackie und ihren Kollegen hergestellt worden, helle, bunte Muster mit einem dicken Garn, also würden sie vermutlich warm genug sein. Eine einzelne Lichtfassung hing von der niedrigen Decke; der Konus darin leuchtete in sanftem Gelb und warf weiche Schatten. Wind strich ununterbrochen um die Giebelseite des Hauses, und er hörte draußen im Garten die Bäume rascheln.

Er grinste Joona erwartungsvoll an, als sie hinter sich die Tür schloss, und fing eilig an, sich auszuziehen. Ihre eigenen Bewegungen, als sie ihre Bluse aufknöpfte, waren eher zögernd. Was er als Sittsamkeit interpretierte. Was ihn erregte. Als sie sich endlich fertig ausgezogen hatte, wartete er bereits auf dem Bett, fest entschlossen, dass diese Nacht endlich richtigen Spaß bringen sollte.

»Machen wir das Licht aus, oder lassen wir es brennen?«, fragte er.

Ein besorgter Ausdruck huschte über ihr Gesicht. »Aus.« Ein unausgesprochenes *Selbstverständlich!* schwang in ihrer Antwort mit. Sie betätigte den Schalter neben der Tür. Ganz schwach drang Mondschein durch die Vorhänge und gestattete ihm, sie als dunkle, fließende Gestalt zu erkennen, als sie sich auf ihn zu bewegte. Die Bettfedern gaben nach und knarrten, als sie zu ihm kletterte.

Lawrence griff augenblicklich nach ihr. Seine Hände glitten über ihren Körper. Er umfasste ihre kleinen Brüste und liebkoste die Nippel mit den Fingern. Er leckte an ihrem Hals, ihren Schultern, über ihr Gesicht. Ihr Atem ging schneller, und sie küssten sich. Sein Mund bedeckte den ihren ganz.

Es war nicht, als reagierte sie überhaupt nicht. Sie war nur nicht so aktiv wie die Mädchen, mit denen er es gewöhnlich trieb. Er nahm es als Zeichen und flüsterte ihr Vorschläge ins Ohr. Er sagte ihr, welche Stellungen er von ihr wollte, versprach ihr, wie wunderbar es sein würde. Schweigend folgte Joona seinen Anweisungen.

Lawrence erwachte vom Gekreisch irgendeines erschreckten Vogels, das sehr unwirsch direkt draußen vor dem Schlafzimmerfenster erstickt wurde. Selbst die alten Pfauen daheim hatten nie so einen Lärm veranstaltet.

Wenigstens hatten der nächtliche Regen und der Wind aufgehört. Tageslicht ließ die Vorhänge in leuchtendem Jade erstrahlen.

Joona saß neben ihm aufrecht im Bett, gegen einen Kissenberg gelehnt. In ihren Fingern baumelte ein Microsolröhrchen, als wäre es ein Joint. Sie blickte in eine weite Ferne.

Er überlegte, ob er etwas dazu sagen sollte. Sicher, er nahm selbst gerne den einen oder anderen Drink, aber nur, wenn er unterwegs war und sich vergnügen wollte. Ihre Angewohnheit schien weit darüber hinaus zu gehen.

Er begnügte sich damit, sich ausgiebig zu räkeln, dann grinste er sie breit an. Es gab einfach nichts Besseres, als nach einer heißen Nacht mit einer nackten Frau im Bett aufzuwachen. Er spürte, wie sich beim Anblick ihrer kleinen Brüste eine neue Erektion bemerkbar machte. »Morgen«, sagte er, und in seiner Stimme lag nicht wenig glückselige Wollust.

Ihr Blick kehrte in die Gegenwart zurück. »Und jetzt mach das mit dir selbst.« Ihre Stimme klang ruhig und klar wie der See draußen. »Das hast du gesagt.«

»Ich, äh …«

»Das einzige Mal, dass ich je jemanden so etwas sagen gehört habe, war in einem Porno.«

»Ah. Nun ja, ich … es erschien mir passend.« Sein Gesicht glühte, als er sich zu erinnern versuchte, bei welcher Gelegenheit genau er es zu ihr gesagt hatte.

»Ein paar von diesen Dingen, die du mich hast tun lassen … Ich weiß nicht einmal, wie man das nennt.«

Lawrence wollte aus seinem Alptraum aufwachen, auf der Stelle. Das war es nicht, wie es am Morgen nach einer solchen Nacht sein sollte. Ein paar verschämte Grinser, wenn man in Gedanken bei der vergangenen Nacht ist, das stille Eingeständnis, dass sich beide haben hinreißen lassen – aber weil wir zivilisierte Menschen sind, reden wir selbstverständlich nicht darüber. Und ganz bestimmt reden wir nicht laut über Einzelheiten.

»So habe ich es noch nie gemacht«, fuhr sie fort. »Du warst so ... fordernd.«

»Du ... warum hast du nicht gesagt, dass du es nicht magst?«

»Ich habe es nicht nicht gemocht. Du bist mein Mann, und wir müssen uns auch auf dieser Ebene entgegen kommen. Ich war nur noch nicht bereit für so viel auf einmal.«

Du bist mein Mann. Wie kam sie dazu, so etwas zu sagen? Verdammt, das war unerträglich! Er hatte nicht den leisesten Schimmer, was er antworten sollte. Jedes normale Mädchen hätte ihm offen gesagt, wenn er zu weit gegangen wäre. Ein einfaches *Nein* hätte gereicht! Er war kein Tier; er respektierte die Wünsche anderer. »Entschuldige«, murmelte er. Und es klang, als wäre er beleidigt.

»Ich hatte das Gefühl, als wäre ich außen vor«, sagte sie. »Das hat mich am meisten verletzt. Du hattest eine phantastische Nacht mit mir, mit meinem Körper, aber ich habe keine Rolle dabei gespielt.«

Es kostete Mühe, nicht die Hände über die Ohren zu schlagen. Er wollte einfach nur, dass sie den Mund hielt, was absolut das Letzte war, was er in diesem Augenblick von ihr verlangen konnte. Schuldgefühle grenzten an physischen Schmerz. Er war so stolz auf sich gewesen, während sie sich geliebt hatten. Und er hatte geglaubt, dass es ihr ebenfalls gefallen hatte. »Du hättest etwas sagen sollen. Du hast nichts gesagt.« Selbst in seinen eigenen Ohren klang es verzweifelt und in die Enge getrieben.

Sie legte ihm die Hand auf den Arm. »Natürlich nicht.«

Was? Er begriff gar nichts mehr. Überhaupt nichts. Er starrte auf das Microsol, während misstrauische Gedanken durch das Chaos in seinem Kopf nach oben stiegen. »Wir machen es nicht wieder, okay?«

»Das wäre Leugnen. Und das ist falsch und dumm und würde uns beiden schaden. Die ganze Zeit über würde ich immer nur daran denken, was du wirklich von mir willst.« Ihre Stimme besaß den scharfen monotonen Klang eines Staatsanwalts.

Was er in diesem Augenblick wollte, war von hier verschwinden. Aus dem Bett, anziehen und nach Fort Williams marschieren, wo er in einen Zug zurück in die wirkliche Welt steigen konnte. Doch er wollte sie nicht verlassen. Nicht nur wegen der zusätzlichen Schuldgefühle, die das Wegrennen nach der letzten Nacht in ihm erweckt hätte. Sie hatten in den letzten paar Tagen auch gute Zeiten gehabt, wenn sie miteinander geschlafen hatten, wenn sie miteinander geredet oder geschmust hatten. Dieses Gefühl hatte er seit Roselyn nicht mehr gekannt.

Und hatten nicht alle Paare Probleme? Zugegeben, nicht ganz so elementar wie das hier... »Es wäre kein Leugnen«, widersprach er langsam. »Es wäre Einbeziehung. Sex ist etwas, woran wir beide Spaß haben sollten.« *Hey, Schnelldenker, Lawrence.* Es war ein guter Block. Sie hatte ganz offensichtlich viel zu viele psychologische Selbsthilfe-Handbücher studiert.

»Ja«, sagte sie ernst. »Ja, das wäre es. Das wäre es wirklich. Wir müssen zuerst über das reden, was wir miteinander machen. Auf diese Weise lernen wir uns besser kennen.«

Es gelang ihm, bei dem Gedanken daran nicht zu erschauern. Sex sollte spontan sein und Freude machen und nicht vorher klinisch analysiert werden. Doch wenn es bedeutete, dass er dieses Thema damit beenden konnte ... »Also gut, dann.« Er beugte sich vor und gab ihr einen raschen, verlegenen Kuss.

»Möchtest du jetzt anfangen? Wir könnten ein paar Stellungen von heute Nacht wiederholen, wenn du mir sagst welche.«

»Nein, äh, ich glaube, im Augenblick wäre ein Frühstück für uns beide gar nicht schlecht.« Es ist keine Feigheit, sagte er zu sich. Es ist einfach nur höflich und praktisch obendrein.

Lawrence hatte ein entschiedenes Déjà vu, als sie die Küche betraten. Joona hing schon wieder an ihm wie eine Klette, lachte und lächelte und gab ihm jede Minute den einen oder anderen Kuss. Berührte ihn, um sich zu versichern, dass er noch da war.

Plötzlich fragte er sich, ob ihre Familie katholisch war. Roselyn hatte immer gesagt, dass niemand orthodoxe Katholiken schlagen konnte, wenn es um Schuldgefühle wegen der Freuden der Sexualität ging.

Vergiss Roselyn, schalt er sich entschieden. Er

erwiderte Joonas Küsse und wurde mit einem strahlenden, schmachtenden Lächeln belohnt.

»Ihr beide, also wirklich!«, schalt Jackie lächelnd. »Sieh gefälligst weg!«, sagte sie zu Samson.

Es war ein sonniger Morgen, und als Lawrence die Wettervorhersage aufrief, bestätigte sie ihm für den Rest des Tages klaren Himmel. Sie radelten in die Stadt, doch sobald sie aus dem Waldland rings um das Cottage hervorkamen, trat Lawrence so fest in die Bremse, dass das Rad fast unter ihm weggerutscht wäre. Der Ben Nevis lag direkt vor ihm und beherrschte ein Viertel des Horizonts. Sein Gipfel war noch immer von Schnee bedeckt, der über den massiven, nach Norden zeigenden Graten aus graubraunem Fels abschmolz. Lange glitzernde Sturzbäche schossen die nahezu senkrechten Felswände hinunter. Am Fuß des Berges breiteten sich Schutthalden über die grasbewachsene Ebene aus wie eine Flutwelle.

»Das ist wirklich beeindruckend«, sagte Lawrence, und er war tatsächlich beeindruckt. Die Sonne wurde vom Schnee reflektiert, und er musste blinzeln wegen der Helligkeit. Die Größe des verdammten Berges war einschüchternd und herausfordernd zugleich. Er verspürte den Wunsch herauszufinden, wie es war, dort oben zu stehen und nach unten zu sehen. »Wahrscheinlich sieht man von dort oben halb Schottland.«

»Wir können hinaufgehen, wenn du möchtest.«

»Du machst Witze. Ich würde es niemals ohne ein Muskelskelett dort hinauf schaffen. Diese Klippen sehen aus, als hätten selbst geübte Freikletterer ihre

Probleme damit. Selbst die Geröllhänge sind noch steil.«

»Man geht auch nicht von dieser Seite hinauf, Dummerchen. Es gibt einen Fußweg, der aus der Ebene auf den Berg hinauf führt. Es dauert nur ein paar Stunden.«

»Ach so.« Er musterte den Berg ein letztes Mal, bevor er sich wieder auf das Fahrrad schwang.

Jackie hatte ihnen eine Liste von Dingen mitgegeben, die sie aus der Stadt benötigte. Er hegte den Verdacht, dass es nur Beschäftigungstherapie war, damit sie zusammen durch die Gegend spazieren konnten. Es störte ihn nicht.

»Hübsche Stadt«, sagte er, als sie durch die Fußgängerzone spazierten. Die Gebäude mit den kleinen Läden im Erdgeschoss datierten entweder mindestens vier Jahrhunderte zurück, oder sie waren verdammt gut nachgebaut.

»Ja, heute«, sagte sie. »Die Verwaltung hat eine Menge alter und bedeutender Gebäude restauriert. Heutzutage gibt es genügend Geld für Stadtsanierung.«

»Hey, heißt das vielleicht, dass du mir endlich Recht gibst? Dass die großen Companys gut sind für die Ökonomie? Sie sind schließlich diejenigen, die das Geld heranbringen.«

»Ich wusste, dass du das sagen würdest. Fort William ist sehr sauber und ordentlich geworden, seit es gegenüber der Unikultur resigniert hat. Genau so, wie du es am liebsten hast.«

»Und das soll schlecht sein? Ich habe Städte gesehen, die viel schlimmer aussehen als diese hier, und ich bin erst seit fünf Jahren auf der Erde.«

Sie erreichten das südliche Ende der Hauptstraße, die von dort aus weiter am Seeufer entlang führte. Der Rest der Stadt bestand fast ausschließlich aus Wohnhäusern, die sich über mehr als eine Viertelmeile vom Ufer den Hang hinauf erstreckten. Jedes besaß seinen eigenen üppigen Garten, groß genug für mehrere Bäume. Von ihrem Standort aus bildete das saftige Grün der frischen Birkenblätter zusammen mit den Kirschblüten eine unglaubliche, leuchtende Pracht. Osterglocken und Tulpen hatten die Rasenflächen besiedelt und sprenkelten das Gras mit Massen gelber und roter Blüten.

»O nein!«, sagte Joona leise. »Das hier ist ein guter Ort zum Leben, selbst im Winter. All diese hübschen Häuser sind stabil gebaut und gut isoliert, und wenn du je in eins eingeladen wirst, wirst du sehen, dass sie auch geschmackvoll möbliert sind. Ungefähr fünfundneunzig Prozent der Stadt wurden in den letzten beiden Jahrhunderten gebaut. Sie haben die alten Grundstücke planiert, die noch aus der Zeit stammten, als die Bauindustrie keine Roboter eingesetzt hat. Diese gedrängten Häuser waren nie dazu gedacht, länger zu stehen, nicht wie Großmutters Cottage. Heute haben wir ein Haus, wo früher zwei oder drei gestanden haben.«

»Schon wieder Geld.«

»Ja. Aber das ist nicht der einzige Faktor. Die Bevölkerung ist seit dem zwanzigsten Jahrhundert um fünfundzwanzig Prozent zurückgegangen.«

»Ich dachte, die ländliche Bevölkerung wäre seit Anfang der Industriellen Revolution immer nur zurückgegangen?«

»Ist sie. Aber das habe ich nicht gemeint. Die Gesamtbevölkerung ist zurückgegangen, und sie sinkt immer noch. Das ist der Grund, warum heutzutage größere Häuser und Gärten möglich sind, ohne die Umwelt zu belasten.«

»Keine Landwirtschaft zu benötigen hilft auch, könnte ich mir vorstellen.«

»Ja. Alles passt zusammen, sollte man meinen?«

Die Art und Weise, wie sie es sagte, verriet ihre Verachtung. Er antwortete nicht.

Joona führte ihn in ein stilles Café auf der Hauptstraße. Die junge Kellnerin hinter dem Tresen begrüßte sie freundlich, und die beiden Frauen wechselten ein paar leise Worte. Lawrence fand einen freien Tisch in der Nähe des Fensters. Ihre heiße Schokolade traf einen Augenblick später ein, zusammen mit ein paar frisch gebackenen Muffins. Eine kleine Papiertüte ging in Joonas Besitz über, die sie in ihrer Manteltasche verschwinden ließ. Sie legte drei EZ-Zehner auf den Tisch. Es gab kein Wechselgeld.

Lawrence blies auf seinen Becher. »Weiß Jackie eigentlich, wie viel du davon nimmst?«

»Du meinst, ob es sie stört? Die Hälfte davon ist für sie, Lawrence. Unsere Art zu leben hat schon immer den Gebrauch der einen oder anderen Sorte von Narkotika eingeschlossen.«

»Ich denke, du solltest ein wenig vorsichtiger damit sein.«

Ihr Gesicht wurde leer, als hätte sie bereits ein Röhrchen Microsol eingeatmet. »Danke für deine Besorgnis, aber sie ist nicht nötig.«

In jener Nacht redeten sie über das, was sie im Bett miteinander tun wollten. Es war nicht so schlecht, wie er befürchtet hatte. Tatsächlich war es sogar ziemlich erregend, fast, als wäre er ihr Lehrer. Eine ziemlich männliche Phantasie. Wenigstens brachte es ihre Beziehung auf eine für seinen Geschmack gleichere Grundlage zurück.

Die nächsten paar Tage verbrachten sie in Fort Williams und der näheren Umgebung. Sie besuchten das Theater; zweimal, um sich Stücke anzusehen, und einmal, um einen alten Spielfilm zu sehen, Camerons *Titanic*. Lawrence half Jackie draußen im Garten, der die übliche winterliche Vernachlässigung erfahren hatte. Ein paar heruntergebrochene Äste mussten ganz abgesägt werden. Zaunpfosten waren gebrochen. Er verbrachte den ganzen Morgen damit, ihren alten Gartenroboter zu zerlegen und zu reinigen in dem Versuch, die rostigen mechanischen Komponenten wieder gängig zu machen. Die Klingen des Rasenmähzylinders mussten zum Schärfen in eine Werkstatt in der Stadt gebracht werden. Einen weiteren Morgen verbrachte er mit Helfen bei den Strickmaschinen. Sie waren in einem Schuppen am Ende des Gartens untergebracht; ein Steinhaus, so alt wie das Cottage selbst, mit einem offenen Fachwerkdach, das elegant war in seiner Einfachheit: dicke Balken aus unbehandelter Eiche hielten das dünne Lattenwerk, auf das die Schiefer genagelt waren. Doch es war trocken im Innern, wenn auch nicht unerträglich warm. Die drei Maschinen strickten munter vor sich hin und warfen alle paar Minuten einen fertigen Pullover aus. Sie wechselten die Garnrollen und füllten die Kammern mit Färbemittel nach, dann packten sie die fertigen Pullover abholbereit in Schachteln.

Am Ende der zweiten Woche stiegen sie auf den Ben hinauf, wie Joona es versprochen hatte. Es war ein kurzes Stück mit dem Fahrrad vom Cottage bis zum Besucherzentrum am Ufer des River Nevis, was bedeutete, dass sie unter den ersten Besuchern des Morgens waren. Sie ketteten die Fahrräder an ein Gestell und zogen ihre Wanderstiefel hervor.

Der Weg war viel einfacher zu bewältigen, als er gedacht hatte – genau, wie sie es gesagt hatte. Sobald sie die kleine Brücke beim Besucherzentrum überquert hatten, befanden sie sich auf einem einfachen Fußweg, der an der Flanke des Berges entlang verlief und langsam, aber stetig nach oben führte. Er war mit roh behauenen Steinen gepflastert, und in die steilsten Abschnitte waren Treppen gehauen, was für eine Wanderung durch die Wildnis ein wenig unpassend erschien. Joona sagte ihm, dass die schottische Umweltbehörde den Weg nur erhalten konnte, wenn er blieb, wie er war, um Erosion zu verhindern. Er musste im Lauf eines Jahres mit Tausenden von Wanderern fertig werden.

Je höher sie kamen, desto mehr sah er von der Schlucht mit ihrer erstaunlichen grünen Vegetation, die sich unter ihm erstreckte. Der Weg führte bereits durch die ausgedehnte Zone mit den frischen grünen Farnen, die entlang dieses Höhenabschnitts wuchsen. Kleine Holzbrücken führten über schmale Einschnitte.

Es dauerte nicht lange, bevor der Weg in eine tiefe, grasbewachsene Klamm mit einem Wildbach führte, und weißes Wasser schäumte laut durch den felsigen Gully, den es in den Hang geschnitten hatte. Der Weg führte zum Wasser hin und bog dann plötzlich ab, um in steilem Winkel den Hang hinauf zu führen. Eine weitere Biegung brachte sie auf einen sumpfigen Sattel mit einem eigenen Lochan aus totem, torfigem Wasser. Lawrence warf einen Blick hinauf zu den weiten, geröllübersäten Hängen und seufzte enttäuscht. Er konnte den Gipfel immer noch nicht sehen. Sie rasteten eine Weile oberhalb des Lochans, um Tee aus ihren mitgebrachten Flaschen zu trinken und mehr Kleidung anzuziehen. Es wurde kälter mit jedem Meter, den sie höher stiegen. Die Luft über der Klamm war vollkommen klar gewesen und hatte ihnen eine großartige Aussicht auf die wundervollen Highland-Parks gestattet. Hier war der Berg von dünnen Nebelschwaden verhangen, die der unablässige Wind heranführte, und die Sicht schlecht.

Das nächste Stadium des Weges verlief im Zickzack über einen zunehmend steileren Geröllhang. Die Grasbüschel wurden weniger und weniger, bis nur noch Stein und Geröll unter ihren Füßen war. Jede scharfe Biegung des Pfades war mit einem Steinhaufen markiert. Schneematsch quatschte unter Lawrences Stiefeln, als er weitertrottete. Immer häufiger erstreckten sich Schneefelder zu beiden Seiten des Weges. Der Nebel wurde dichter. Er konnte den Boden der Schlucht nicht mehr sehen.

»Es ist so sauber hier oben«, sagte er, als sie eine weitere Rast einlegten. »Ich mag es.«

Joona machte es sich auf einem Felsbrocken bequem und zog ihre Teeflasche aus dem Rucksack. »Ich dachte, euer ganzer Planet wäre so?«

»Ist er. Aber es ist eine andere Art von sauber. Ich hatte erwartet, dass Schottland anders wäre. Ihr hattet so viel Schwerindustrie hier, und ich dachte, es müsste mehr ... ich weiß nicht, Überreste geben. Bäche voller Rost von all den alten Maschinen, die in den Lochs versenkt wurden, Abraumhalden aus aufgegebenen Kohlenminen und so weiter.«

»Die Schwerindustrie befand sich zum größten Teil unten im Süden. Außerdem hast du die Aufforstungsfabriken draußen vor der Stadt gesehen. Sie haben viel zu tun.«

»Ja.« Er hatte sie am ersten Morgen bemerkt, als sie mit den Rädern in die Stadt gefahren waren. Sie beeinträchtigten die Landschaft auf der anderen Seite des Flusses. Unterirdische Fabriken, die den chemischen Fabriken auf Floyd verblüffend ähnlich sahen, langgestreckte, flache Hügel, bedeckt von üppig grünem Gras. Diese hier hatten keine Wärmetauschersäulen auf den Dächern, nichts als Reihen schwarzer Ventilationsschächte, die man leicht übersehen konnte. Das einzige wirklich verräterische Zeichen, wie viel Industrie unter der Erde verborgen war, waren die Röhren, die entlang des Creag Chail verliefen. Zwanzig weite Betonröhren, die ein paar hundert Meter oberhalb aus dem Berghang des Benavie kamen und hinter den Hügeln in der Erde verschwanden. Sie brachten genügend Wasser aus dem Hochland heran, um die gesamte Anlage zu versorgen.

Joona erzählte ihm, dass die Fabrik aus einer einzigen Aluminiumfabrik entstanden sei, die im zwanzigsten Jahrhundert an dieser Stelle errichtet worden war, um die Wasserkraft auszunutzen. Als das damalige Parlament von Brüssel langsam angefangen hatte, strengere Gesetze bezüglich Recycling einzuführen, hatte die Fabrik expandiert und Nebenbetriebe errichtet, in denen andere Materialien recycelt wurden. Heutzutage waren so gut wie alle Konsumgüter auf der Erde so ausgelegt, dass sie am Ende ihres Lebenszyklus' in ihre Bestandteile zerlegt und dem Herstellungsprozess wieder zugeführt werden konnten.

Fort Williams war in der Lage, so gut wie jeden Zerlegungsprozess durchzuführen, von den ursprünglichen Aluminiumdosen bis hin zu elektronischen Komponenten, von Glas bis Beton und das gesamte Spektrum der Polymere. Es war eine der modernsten Fabriken ihrer Art auf der ganzen Welt, und dort gab es alles, von Schmelzöfen, Katkrackern und viral geschriebener enzymatischer Spaltung bis hin zu ionischer Spaltung für Giftstoffe. Müll aus ganz Europa wurde mit Zügen, Schiffen und Kanalschleppern hierher transportiert, um aussortiert und extrahiert zu werden.

»Ich schätze, heutzutage gibt es nicht mehr viel Umweltverschmutzung«, sagte er.

»Nicht in den industrialisierten Nationen, nein. Nicht seit der Greenwave. Selbst die nicht-industriellen Gegenden der Erde wie Afrika oder Süd-Eurasien sind relativ sauber. Es liegt nicht im Interesse der Companys, ihr zukünftiges Land zu verpesten.«

»Joona, du musst aufhören, alles mit diesem Zynismus zu betrachten. Nur, weil Menschen andere Ziele haben als du, heißt das noch lange nicht, dass sie böse sind.«

»Tatsächlich?« Sie deutete hinunter auf die

Schlucht. »Wenn es nach ihrem Willen geht, wird eines Tages die ganze Welt aussehen wie das da. Jeder lebt in seinem großen gemütlichen Haus in seiner hübschen sauberen Vorstadtgegend.«

»Ja, grauenhaft. Stell dir nur vor, alle müssen mit den Vorzügen guter medizinischer Versorgung und einer niedrigen Kriminalität leben.«

»Aber die Freiheit bleibt auf der Strecke. Es macht keinen Unterschied. Nichts als Companys und Unikultur.«

»Blödsinn«, sagte er. »Die Menschen beschweren sich seit Mitte des zwanzigsten Jahrhunderts über die multinationalen Konzerne und die schleichende Globalisierung. Die Welt sieht in meinen Augen immer noch ziemlich vielfältig aus.«

»Sie ist künstlich! Und der darunter verborgene Trend heißt Unikultur. Nationale Wirtschaften unterscheiden sich nicht mehr, und an allem sind die Companys schuld.«

»Meinetwegen. Ich habe keine Einwände, wenn sie ihr Geld in arme Länder investieren und ihre Fabrikationsbasis verbreitern. Auf diese Weise erhält jeder die Chance, einen Anteil zu erwerben.«

»Was für eine Chance? Wenn du einen anständigen Job willst, musst du Anteile haben. Und wenn du Anteile hast, gehörst du zur Familie.«

»Und deine Familie profitiert von deinen Anteilen, richtig. Du kannst mitbestimmen, in welche Schule deine Kinder gehen, alle erhalten medizinische Versorgung, und am Ende gibt es eine anständige Pension. Anteilseigentum ist eine großartige soziale Errungenschaft. Sie bezieht die Menschen mit ein, sie motiviert und sie belohnt.«

»Sie zerstört die Individualität.«

»Einen Anteil zu erwerben ist eine individuelle Entscheidung.«

»Eine erzwungene Entscheidung.«

»Wie üblicherweise alle Entscheidungen im Leben. Sieh mich an. Ich habe einen Anteil an Zantiu-Braun erworben, weil es die einzige Company mit einer vernünftigen Politik ist, was Raumfahrt angeht. Andere Companys haben andere Prioritäten; die Vielfalt ist grenzenlos.«

Joona schüttelte müde den Kopf. »Ich werde mich niemals für ein hübsches Haus und medizinische Versorgung an irgendjemanden verkaufen!«

Sie lehnte alles ab, wovon ihre Mutter ein Teil gewesen war, erkannte er. »Dann freue ich mich für dich. Deine Prinzipien machen dich zu dem, was du bist. Und das mag ich.«

Sie schenkte ihm ein schwaches Lächeln und setzte sich auf. »Komm weiter. Es ist nicht mehr weit.«

Nach der letzten Spitzkehre im Weg wanderten sie über ein weites Feld lockerer Steine. Der Weg vor ihnen war leicht durch den dichter werdenden Nebel zu erkennen; Tausende von Füßen hatten die dicke Schneedecke zu einer kompakten matschig-braunen Spur zertrampelt. Als sie höher kamen, wurde der Nebel ungleichmäßig. Der Wind trieb ihn vor sich her. Doch das war scheinbar alles, was sich änderte. Der Weg vor ihnen sah genauso aus wie hinter ihnen. Hin und wieder ragten große Felsbrocken aus der Schneedecke. Andere Menschen auf dem Weg erschienen als dunkle Schatten im hellen Dunst, bevor sie deutlich erkennbar wurden.

Abrupt ging es vor ihnen steil in die Tiefe. Sie standen an der Spitze einer Felswand. Der Boden war im Nebel nicht zu erkennen.

»Wir sind fast da«, sagte Joona fröhlich.

Wenige hundert Meter weiter wartete der Gipfel des Ben. Lawrence ließ sich seine Enttäuschung nicht anmerken. Es war nichts weiter als ein flacher uninspirierter Fleck schneebedeckten Bodens, umgeben von Steilhängen. Der Nebel bedeutete, dass sie nicht weiter als fünfzig Meter sehen konnten. Im Verlauf der Jahrhunderte waren mehrere Gebäude rings um die Landmarke errichtet worden, die den absolut höchsten Punkt bildete. Verfallene Steinmauern ragten aus dem Nebel und umrissen die Ambitionen vergangener Zeiten. Nicht eines der Gebäude besaß noch ein Dach. Das einzige intakte Haus war ein Rettungszentrum, ein modernes Iglu aus Komposit mit einem roten Kreuz auf der Seite und einer kleinen Antenne, die aus der Oberseite ragte. Es war fast vom Schnee begraben. Lawrence bemerkte mehrere flache Steine, die sorgfältig dagegen gelehnt waren. Als er sich bückte, um einen Stein in Augenschein zu nehmen, bemerkte er, dass eine Inschrift in die glatte Oberseite geritzt worden war. Ein paar Zeilen Poesie, die er nicht wiedererkannte, gefolgt von einem Namen und zwei Daten, siebenundneunzig Jahre auseinander.

»Kein schlechter Ort für ein Grabmal«, murmelte er.

Sie gingen zu der Landmarke und kletterten hinauf, um später sagen zu können, dass sie auch wirklich auf dem höchsten Punkt gestanden hatten. Der Nebel wurde allmählich dünner, als sie zu einer der eingefallenen Mauern gingen, wo sich andere Wanderer drängten. Als sie sich niedergekauert und Schutz vor dem Wind gefunden hatten, öffneten sie ihre Lunchpakete. Jackie hatte ihnen ein paar Sandwiches mit dicken Beefscheiben gemacht. Lawrence war nicht besonders hungrig, die Kälte hatte ihm den Appetit geraubt, doch er aß trotzdem ein Sandwich.

Dann klärte sich der Nebel völlig, und er stand auf, um die Aussicht zu genießen. »Wow!« Man konnte tatsächlich halb Schottland sehen. Berge und Schluchten und Wälder erstreckten sich bis zum dunstigen Horizont. Langgezogene Wasserflächen funkelten blendend im strahlenden Sonnenschein. Er starrte in einer Mischung aus Staunen und Hoffnungslosigkeit hinunter. Wie konnte Amethi jemals hoffen, so eine Aussicht zu haben? All diese Anstrengungen ...

Joona schmiegte sich an ihn. »Wenn es richtig klar ist, kannst du sogar Irland sehen.«

»Tatsächlich? Hast du es schon mal gesehen? Oder ist das ein lokaler Mythos, den ihr leichtgläubigen Touristen erzählt?«

Sie schlug verspielt nach ihm. »Ich habe es gesehen! Einmal. Vor ein paar Jahren. Ich komme nicht jeden Tag hier herauf, weißt du?«

Die Sonne war so hell, dass er blinzeln musste. Und der Wind ließ seine Augen tränen.

»Bleib hier.«

Sie sagte es so leise, dass er im ersten Augenblick meinte, sich verhört zu haben. Dann bemerkte er ihren Gesichtsausdruck. »Joona ... du weißt, dass ich das nicht kann.«

»Doch, du kannst. Wir sind diese neue Gesellschaft, nach der du suchst, Lawrence. Hier kannst du ganz von vorne anfangen. Dort unten in den Tälern leben freie Menschen ihr freies Leben und machen, was sie wollen.«

»Nein.« Er sagte es, so sanft er konnte. »Das ist nichts für mich. Ich war gerne hier, besonders mit dir, aber irgendwann muss ich wieder zurück. Ich bin zu anders als ihr.«

»Nein, bist du nicht!«, beharrte sie. »Dein kostbares Offizierscollege hat dich abgelehnt, und du hast uns gefunden. Es ist unausweichlich. Das musst du doch erkennen!«

Schon wieder dieser tiefe Ernst. Manchmal machte es sie zur stärksten Persönlichkeit, die er je erlebt hatte. Doch zu anderen Gelegenheiten verriet es eine besorgniserregende Verwundbarkeit. Sie verstand nicht wirklich, was um sie herum vorging. Sie interpretierte die Ereignisse auf ihre eigene Weise.

»Tu das nicht«, sagte er. »Wir hatten eine wunderbare Zeit zusammen, und wir haben noch eine ganze Woche vor uns.«

»Du musst bleiben, Lawrence! Ich liebe dich!«

»Hör auf damit. Wir sind erst ein paar Tage zusammen.«

»Aber siehst du denn nicht, wie wunderbar du hierher passt?«

»Ich bin nur Gast!«, sagte er ärgerlich. »Was zur Hölle könnte ich hier schon tun? Kleine Statuen von Nessie für Touristen schnitzen?«

»Du bist ein Teil unseres Lebens. Du hast mit uns gelebt. Du hast mich geliebt. Du hast sogar richtiges Essen gegessen. Und all das hat dir gefallen.«

»Joona, ich war nur ein paar Tage hier. Wir haben eine Urlaubsromanze, das ist…« Sein Unterbewusstsein sandte eine beunruhigende Warnung aus, fast wie einen physischen Stromstoß. »Was meinst du damit, ich habe richtiges Essen gegessen?«

»Echtes Essen.« Ihr flehendes Lächeln wankte nicht eine Sekunde. »Gemüse, das in der Erde gezogen wurde.«

»Scheiße!« Seine Hand schoss hoch und bedeckte seinen Mund, und er starrte erschüttert auf sein halb gegessenes Sandwich. »Ist das ... ist das ...?« Er brachte es nicht einmal fertig, die Worte auszusprechen. Nicht *das*. In seiner Schulzeit war ihm immer übel geworden bei dem Gedanken, dass seine Vorfahren gezwungen gewesen waren, Landwirtschaft zu betreiben, um zu essen. Der ganzen Geschichtsklasse war übel geworden.

»Beef von Aberdeenrindern«, sagte sie. »Das Beste, was es gibt.«

»Ist es echt?«, brüllte er.

»Nun ja, es ist echt«, sagte sie, ohne sein Entsetzen zu begreifen. »Der alte Billy Stirling hat eine Herde, unten in Onich. Er schlachtet jeden Monat zwei. Die Nachfrage von den Kleinbauern ist ziemlich groß. Großmutter bekommt ihr Fleisch immer von ihm.«

Lawrences Beine gaben nach, und er kippte nach vorn. Sein Magen verkrampfte sich, und er erbrach sich in den Schnee. Die Spasmen schienen kein Ende nehmen zu wollen. Selbst als er sich völlig entleert hatte, versuchten seine Muskeln noch, den letzten Rest saurer Magensäfte herauszupressen.

Schließlich, als es vorbei war, kniete er auf allen Vieren und zitterte unkontrolliert. Er hob Schnee vom Boden auf und wischte sich damit über die

Stirn, dann nahm er etwas davon in den Mund, um den Geschmack zu vertreiben.

»Was ist denn los?«, fragte Joona.

»Was?« Er blickte auf und sah ihr besorgtes Gesicht. Mehrere andere Wanderer waren herbeigekommen, um zu sehen, ob man helfen konnte. »Hast du gefragt, was denn los ist?«

»Ja.« Sie sah verwirrt aus.

»Du hast mir ein verdammtes Stück Tier zu essen gegeben, und du fragst mich noch, was denn verdammt noch mal los ist? Ein Tier! Ein lebendes Wesen! Du bist vollkommen irre, das ist los! Du bist absolut ... heilige Scheiße. Wie lange habe ich dieses Zeug schon gegessen?«

Ihr Gesichtsausdruck wurde gequält. »Du hast bei uns gelebt, Lawrence. Was hast du denn geglaubt, was wir essen?«

Er meinte, sich jeden Augenblick erneut übergeben zu müssen. Der Muskelreflex war jedenfalls da, und die Innenseite seines Mundes war tropfnass, doch inzwischen war nichts mehr da, das er hätte erbrechen können. Er schmierte sich mehr Schnee auf die Stirn und erhob sich langsam.

»Lawrence.« Ihre Stimme klang drängend und schrill. Sie streckte die Hand aus, um ihn zu stützen.

Er wich zurück. »Fass mich nicht an! Hörst du, fass mich verdammt noch mal nicht an!« Er stolperte von ihr weg, dann gelang es ihm, seine Beine unter Kontrolle zu bringen, und er setzte sich in Bewegung.

Joona machte ein paar Schritte hinter ihm her. »Lawrence!«, rief sie. »Lawrence, ich liebe dich! Du darfst nicht weggehen!«

Er rannte über den Weg aus zertrampeltem Schnee.

»Ruf mich nicht an! Komm nicht hinter mir her! Es ist vorbei!« Er hielt inne und drehte sich zu ihr um. »Vorbei! Hast du das verstanden? Es ist vorbei. Ich gehe weg.«

Er funkelte ihre kleine verwirrte Zuschauerschaft an. »Danke sehr, und leben Sie wohl.«

Inzwischen hatte er seine Körperbeherrschung fast vollständig zurückgewonnen. Er rannte. Rannte den Zick-Zack-Pfad hinunter. Wurde ein wenig langsamer, als er über das tückische Geröll und die Felsen stampfte. Joggte weiter, bis er an dem Bach vorbei war, der durch die Klamm stürzte. Selbst dann noch, als er erschöpft und ihm schwindlig war von der Anstrengung und dem Schock, eilte er noch das letzte Stück den Berg hinunter weiter.

Er nahm sein Fahrrad aus dem Ständer beim Besucherzentrum und radelte zum Bahnhof in der Stadt. Von dort nahm er den späten Nachmittagszug nach Glasgow. Stieg nach Edinburgh Waverly um, von wo aus ein Express nach Paris ging. Er musste zwei Tage in der französischen Hauptstadt warten, bevor er einen Platz auf einer Zantiu-Braun-Maschine zurück nach Cairns bekam. Er verbrachte den größten Teil der Zeit betrunken, ging von Café zu Café in dem alten Künstlerviertel, während er versuchte, die Erinnerung an die verrückte Frau zu verdrängen und an alles, was er in diesem Cottage gegessen hatte.

Er versuchte nie wieder, mit Joona in Verbindung zu treten. Und auch von ihr kam niemals wieder eine Nachricht für ihn.

Kapitel Zwei

Ebrey Zhang hatte endlich Ausgangssperre für Zantiu-Braun-Personal verhängt. Niemand durfte nach acht Uhr abends noch die Unterkunft verlassen. Es hatte einen weiteren Kampf in einem Nachtclub in der Marina gegeben, und ein weiterer Squaddie hatte ernste Stichverletzungen davongetragen, was ihn endlich zum Handeln gezwungen hatte. Er wusste, dass es eine unbeliebte Entscheidung war und nicht gut für die Moral. Doch ihm blieb keine andere Wahl. Ganz gleich, wie gut die Platoons beaufsichtigt wurden (und seine erste Auflage war gewesen, dass sie nur in Begleitung ihres Unteroffiziers ausgehen durften), es kam stets zu irgendeiner Störung, was ausnahmslos in verletzten Söldnern, Sachbeschädigungen und sich verschlechternden Beziehungen zu den Einheimischen resultierte – nein, gestand er sich freimütig ein, viel schlechter konnten sie kaum noch werden.

Also hatte er den Stab einberufen und seine Entscheidung verkündet. Wie vorherzusehen hatten die Offiziere ihre Bedenken geäußert. Er antwortete, dass er sie verstehen könne und dass sie als Kompensation die Menge an Alkohol erhöhen dürften, die in den Hotelbars erhältlich war, die sie als Unterkünfte beschlagnahmt hatten. Platoons auf Nachtpatrouille hatten mit sofortiger Wirkung den Auftrag, jeden Zantiu-Braun-Mitarbeiter in Arrest zu nehmen, den sie draußen antrafen.

Dieser eine Befehl hatte Hal Grabowskis Leben völlig vernichtet. Memu Bay war schlimm genug, wenn er nur alle paar Tage nach draußen und Dampf ablassen durfte. Doch überhaupt nicht mehr nach draußen zu dürfen war wie der Weltuntergang. Mehr Bier im Hotel nutzte überhaupt nichts. Hal hatte sich noch nie nachts besinnungslos betrunken, und Alkohol war keineswegs Ersatz für draußen. Er hasste es, die ganze Zeit im gleichen Gebäude festzusitzen, mit den gleichen Leuten, sich über die gleichen Dinge zu ärgern und Tag für Tag das gleiche verdammte Menü zu essen. Das Hotel war schlimmer als ein Gefängnis.

Doch vielleicht hätte er sich damit noch abfinden können, wenn es nicht die eine Sache gegeben hätte, die ihm ganz und gar fehlte. Was er am meisten brauchte, jedenfalls erzählte er das jedem, der ihm zuhörte, waren Pussys. Und zwar massenweise. Ihre gegenwärtige Existenz war wie eine nicht endende Folter. Jeden Tag, wenn er auf Patrouille war, begegneten ihm Mädchen über Mädchen, die im hellen heißen Sonnenlicht so gut wie nichts anhatten. Lachende, lächelnde Mädchen, die sich vor seinen Augen amüsierten. Er durfte nicht mit ihnen reden. Der Skinsuit bedeutete, dass er nicht einmal lächeln konnte, selbst auf die vage Chance hin, dass es erwidert wurde. Und jetzt wurde ihm auch noch die letzte Gelegenheit genommen, ein Mädchen kennen zu lernen.

Der Sarge hatte sich mitfühlend gezeigt, doch er hatte auch gesagt, dass er die Regeln für niemanden beugen durfte. Tut mir Leid, mein Junge.

Hal meinte, sein Kopf müsste explodieren, gleich

nach seinem Schwanz. Der Befehl war ihm völlig egal; das bedeutete überhaupt nichts. Die Tatsache, dass man ihn brechen musste, war offensichtlich. Sein einziges Problem war die Frage nach dem Wie.

Er musste bis nach elf Uhr warten, bis die Hotelküche für die Nacht schloss und das Personal nach Hause gegangen war. Ein Squaddie aus Wagners Platoon, ein Bursche in seinem Alter und mit dem gleichen Problem, hatte ihm die Route nach draußen verraten. Die Küche besaß eine Tür, die in einen kleinen Hinterhof führte. Es gab nur einen Sicherheitssensor, der den Hof überwachte, einen Bewegungsmelder, der direkt mit der AS verbunden war. Bewaffnet mit den Kodes, die der andere Squaddie ebenfalls geliefert hatte, hatte Hal an diesem Nachmittag eine halbe Stunde damit verbracht, das Managementprogramm des Sensors zu infiltrieren. Er hatte die kleine Einheit nicht abgeschaltet; das hätte jedermanns Leben gefährdet. Statt dessen hatte er die Diagnoseroutine manipuliert und dafür gesorgt, dass sie sich zweihundert Mal wiederholte statt einem einzigen Mal. Der Selbsttest, der normalerweise drei Sekunden dauerte, dauerte nun mehr als drei Minuten. Und während dieser Zeit war der Sensor inaktiv, während seine Schaltkreise analysiert wurden. Die Diagnoseroutine aktivierte sich automatisch jedes Mal zwölf Minuten nach der vollen Stunde. Seine Manipulation würde nur für diese Nacht funktionieren und sich nach drei Uhr Morgens selbst löschen, sodass das Programm zu seinen vorgegebenen Einstellungen zurückkehren konnte.

In der Küche war niemand mehr. Er ging an den Edelstahltischen vorbei und wartete neben der Hintertür, bis die Zeitfunktion seines Armband-Pearls zwölf Minuten nach elf anzeigte. Dann öffnete er die Tür und trat in den Hof.

Es gab keinen Alarm.

Der Hof war drei Meter breit und fünfzehn lang und wurde als Abstellplatz benutzt. Leere Kisten und Bierfässer stapelten sich abholbereit an den Wänden. Hal eilte zum entgegengesetzten Ende und kletterte auf die Kisten, um über die Mauer zu spähen. Nichts bewegte sich in der dunklen Gasse auf der anderen Seite. Er schwang sich über die Mauer und sprang zu Boden.

Sein Glück war bei ihm. Ein Taxi parkte zwanzig Meter hinter der Gasse am Straßenrand. Der Fahrer las irgendetwas auf seiner Media Card, doch das gelbe Schild leuchtete und zeigte an, dass er frei war. Hal öffnete die Hintertür und stieg ein.

Der Fahrer blickte auf und musterte Hal im Rückspiegel. »Wohin darf ich Sie bringen, Sir?«

»Marina District.« Hal schlug seinen Kragen hoch, um die Ventile an seinem Hals zu verbergen.

»Kein Problem.« Der Fahrer sprach ein paar Worte zu der AS des Wagen, und sie setzten sich in Bewegung. Seine Hände lagen lässig auf dem Lenkrad, während die AS steuerte.

»Hey, kennen Sie sich einigermaßen aus in dieser Stadt?«, fragte Hal.

»Sicher. Ich bin hier geboren. Einmal war ich in Durrell, aber es hat mir nicht gefallen.«

»Ich war in letzter Zeit nicht so oft draußen, nicht, seit ich hier bin. Das heißt, nicht allein, wenn Sie verstehen. Ich kenne nicht so viele Leute. Verstehen Sie, warum ich hier bin, Mann?«

»Schätze ja. Sie wollen Leute kennen lernen. Die Marina ist der beste Ort dafür.«

»Richtig. Aber ich will ein Mädchen kennen lernen. Ich will sicher sein, dass ich ein Mädchen kennen lerne. Wissen Sie, wo ein Junge wie ich mit ein wenig Geld in der Tasche ganz sicher ein Mädchen findet?«

Der Fahrer grinste in den Spiegel. »Hey, entspannen Sie sich, mein Freund. Wir sind alle Menschen. Ich kenne ein anständiges Katzenhaus, wo man sich um Sie kümmern wird.« Er deaktivierte die AS und steuerte das Fahrzeug manuell weiter.

Das Haus lag in einem der besseren Wohngebiete von Memu Bay. Ein großes dreistöckiges Gebäude, das durch einen schmalen Vorgarten vom Bürgersteig abgetrennt war. Hal öffnete ein Tor in dem schmiedeeisernen Gitter und warf dem Taxifahrer einen Blick zu. Der Fahrer winkte mit erhobenem Daumen und fuhr davon. Niemand außer ihm war auf der Straße. »Scheiße!«, brummte Hal. Er stieg die drei Stufen zu der glänzend schwarzen Tür hinauf und betätigte die Messingglocke.

Sie wurde von einer Frau im mittleren Alter geöffnet, die ein glitzerndes rotes Cocktailkleid trug. Sie hatte ein wenig zu viel Make-up im Gesicht, um als ehrbare Hausbesitzerin durchzugehen. Wenigstens hatte der Taxifahrer ihn nicht aufs Kreuz gelegt. Hal grinste. »n'Abend, Ma'am.«

Sie schürzte die Lippen und musterte ihn langsam von oben bis unten. Ihr Blick blieb an den Ventilen hängen, die nun über seinen Kragenrand ragten. »Kann ich Ihnen helfen?«

»Ich hoffe doch. Ich suche ein wenig Gesellschaft für heute Nacht.«

Sie trat einen halben Schritt vor und blickte die Straße hinauf und hinunter. »Zeichnen Sie das auf, Officer?«

»Ich bin nicht im Dienst, und von der Polizei hochgenommen zu werden ist das, was ich im Augenblick am wenigsten gebrauchen kann.«

»Sehr schön.« Sie bedeutete ihm einzutreten. »Wir müssen vorsichtig sein, das werden Sie verstehen.«

»Ja, Ma'am. Das ist in meiner Heimatstadt nicht anders.« Die Eingangshalle war mit Marmor gefliest und besaß eine hohe Decke. Ein großer Kristalllüster hing von einer Messingkette und verbreitete helles Licht. Es hätte ein ganz gewöhnliches Haus sein können, abgesehen davon, dass jemand irgendeinen dünnen weißen Stoff über fast jede Oberfläche gehängt hatte, was dem Ganzen einen merkwürdig plüschigen Anschein verlieh. Eine breite Treppe führte aus dem hinteren Teil der Halle nach oben und mündete in einer Galerie, die um den gesamten ersten Stock herum führte. Zwei Mädchen in einfachen weißen Baumwollkleidern mit geschnürter Vorderseite lehnten am Geländer und musterten ihn von oben. Eine von ihnen zwinkerte. Er beherrschte sich gerade noch, um nicht laut zu pfeifen. Er war also wirklich am richtigen Ort gelandet. Schick.

»Hmmm.« Die Spitze von Madames Zunge fuhr über ihre lavendelfarbenen Lippen. »Wir hatten noch nie einen Fremden hier bei uns.«

Einen verlegenen Augenblick lang glaubte er, dass sie selbst diejenige sein würde. Nicht, dass es ihm allzu viel ausgemacht hätte, aber im Grunde genommen suchte er nach etwas Jüngerem. Hal grinste spitzbübisch. »Ich mag vielleicht ein Fremder sein, aber ich bin trotzdem kompatibel, Ma'am.«

»Bevor wir weiter reden, gilt es, so fürchte ich, die Frage nach der Bezahlung zu klären. Auch das Geld muss kompatibel sein, wenn Sie verstehen.«

Sie nannte ihm einen Betrag, der ihn zögern ließ. Diese gottverdammten Einheimischen. Sie wussten, dass er verzweifelt war – doch das galt schließlich für jeden anderen auch, der hierher kam. Unter ihrem gleichmütigen Blick zerrte er ein dickes Bündel Banknoten hervor und reichte ihr den größten Teil davon.

»Werden Sie der fraglichen Dame gegenüber ungewöhnliche Bitten äußern?«, erkundigte sich Madame. »Verstehen Sie mich nicht falsch, wir können fast alles liefern, was Sie begehren. Doch Sie müssen mich im Voraus informieren. Ich möchte keinerlei Aufregung und keine nachfolgenden Unannehmlichkeiten.«

»Nein, keine«, sagte Hal. »Ich bin ganz normal und geradeaus. Nichts Außergewöhnliches.«

»Ich verstehe. Und Sie sind ein junger Mann. Ein viriler Mann.«

»Hey, Sie kennen das doch. Ich halte mich in Form.«

Sie hob vielsagend eine Augenbraue. »Das sehe ich, ja. Mehrere meiner Damen wären wahrscheinlich imstande, mit Ihrer Ausdauer mitzuhalten. Gewiss nicht alle, wie ich hinzufügen möchte.«

Hal wusste, dass er grinste wie ein Neandertaler. Es war ihm egal. Sein Penis wurde bereits hart.

»Micha vielleicht«, überlegte Madame. »Obwohl sie sehr erfahren ist. Würde Sie das abstoßen?«

»Ich kann mit jeder leben, die weiß, was sie tut«, antwortete er.

»Vielleicht.« Die Madame führte einen manikürten Finger an die Lippen, als stellte Hal ein außergewöhnlich forderndes Problem dar. »Ja, jetzt weiß ich's. Avril. Sie ist sehr jung, und das ist sehr aufregend, nicht wahr?«

»O ja.« Er musste sich zusammenreißen, um keinen lauten Schrei auszustoßen.

»Sehr schön. Dann bitte hier entlang.« Die Madame winkte und setzte sich in Bewegung. Er folgte ihr die Treppe hinauf. Die beiden Mädchen am Geländer beobachteten ihn mit Schmollmündern, als er an ihnen vorbeiging.

Die Madame öffnete eine der Türen entlang der Galerie. Als er sah, was dahinter auf ihn wartete, hätte er sie fast aus dem Weg gestoßen. Er konnte nicht glauben, was dort neben dem großen Bett stand. Zuhause wäre sie wahrscheinlich illegal gewesen. Avril war schlank und geschmeidig, braun gebrannt, mit schulterlangem kastanienbraunem Haar, das ein gespielt schüchternes Lächeln einrahmte. Sie trug Sportkleidung, sehr kurze Laufhosen und einen Büstenhalter aus Lycra, der eng genug war, um ihre kleinen frechen Brüste zu halten und die Nippel durchschimmern zu lassen.

»Jesus H. Christus!«, brummte Hal.

Die Madame verneigte sich leicht. »Bis später dann.« Sie schloss die Tür.

Hal verbrachte einen langen Augenblick damit, Avril einfach nur anzustarren, während sein Atem schneller und schneller ging. Dann bewegte er sich zielstrebig durch den Raum.

Zu Beginn war es nur ein gewöhnlicher Bericht über einen Vermissten. Gemma Tivon wartete drei Stunden länger als gewöhnlich auf die Heimkehr ihres Mannes von der Nachtschicht, bevor sie versuchte, eine Verbindung zu seinem Armband-Pearl herzustellen und ihn zu fragen, wo er blieb. Sie erhielt keine Antwort; die Kommunikationsmanagement-AS des Datapools meldete, dass sie nicht einmal eine Standby-Verbindung zu seinem Pearl herstellen konnte. Er war abgeschaltet. Das tat er normalerweise nie.

Gemma rief beim Raumhafen an und erkundigte sich, ob Dudley unvorhergesehene Überstunden machte. Der Department Supervisor teilte ihr mit, dass dem nicht so wäre, und beauftragte das Sicherheitspersonal, den Parkplatz und das Log des Tors zu überprüfen. Dudley Tivons Wagen befand sich nicht mehr auf dem Parkplatz, und das Log zeigte, dass er um sieben Minuten nach sechs am Morgen das Gelände verlassen hatte, ein wenig früher als gewöhnlich.

Weil sie gewissenhafte Angestellte waren, riefen sie unverzüglich bei der Polizei an und schickten jemanden bei Gemma Tivon vorbei. Die Polizei griff auf die Verkehrsregelungs-AS zu und benutzte das Log, um Dudleys Wagen nach dem Verlassen des Raumhafens zurückzuverfolgen. Er war wie üblich über die Hauptstraße in die Stadt gefahren, doch dann war er vom Weg abgebogen, auf die Umgehungsstraße und drei Ausfahrten weiter nach Osten gefahren. Danach war er auf eine Nebenstraße abgebogen und von dort aus auf eine nicht überwachte Piste, die durch einen Wald führte. Es gab keinerlei Aufzeichnungen, dass der Wagen auf irgendeiner Straße wieder aus dem Wald gekommen wäre.

Da der Raumhafen hartnäckig blieb, sandte die Polizei zwei Streifenwagen in den Wald und außerdem einen Suchhubschrauber. Sie brauchten zwei Stunden, doch schließlich fanden sie Dudleys Wagen unter einer großen Kiefer. Der Innenraum war mit einer brennbaren Flüssigkeit übergossen und in Brand gesteckt worden. Augenblicklich wurde ein Spurensicherungsteam zum Schauplatz kommandiert, zusammen mit drei weiteren Streifenwagen.

Die Zantiu-Braun-AS, die sämtliche Polizeiaktivitäten in der Hauptstadt überwachte, hob den Fall wegen der eigenartigen Begleitumstände hervor. Auch die Geheimdienst-AS der Dritten Flotte vermerkte den Zwischenfall, jedoch aus einem anderen Grund: Dudley Tivon hatte mit dem Raumhafen zu tun, und seine Frau Gemma trug ein Kollateralhalsband.

Fünf Minuten, nachdem die Streifenbeamtin ihren Einsatzleiter über den Fund und die Tatsache informiert hatte, dass der Wagen absichtlich in Brand gesteckt worden war, wurde das entsprechende Datenpaket von Simon Rodericks persönlicher AS an sein DNI weitergeleitet.

»Leider eine kalte Spur«, sagte er, als Quan und Raines in seinem Büro eintrafen. »Es ist mehr als vier Stunden her, dass der Wagen verlassen und in Brand gesteckt wurde.«

»Wir könnten einige unserer Helikopter über den Wald schicken, damit sie bei der Suche helfen«, schlug Quan vor.

»Nein«, widersprach Simon entschieden. »Wir unternehmen von uns aus überhaupt nichts. Ich möchte nicht, dass jemand unser Interesse bemerkt. Falls die Polizei unsere Hilfe benötigt, kann sie sie durch die entsprechenden Kanäle anfordern. Außerdem – was beweist es schon, wenn wir den Leichnam des armen alten Dudley gefunden haben?«

»Die Spurensicherung findet vielleicht einen Hinweis.«

»Das wage ich zu bezweifeln. Tatsächlich bezweifle ich sogar, dass wir jemals einen Leichnam finden werden. Wenn unsere Gegner auch nur eine Spur von Verstand besitzen – und soweit es mich betrifft, haben sie mehr, als uns lieb sein kann –, befindet sich der Leichnam nicht in diesem Wald. Darüber hinaus interessiert mich nicht, wie er gestorben ist, sondern warum.«

»Wahrscheinlich hat er ihnen etwas geliefert, und sie brauchten ihn nicht mehr«, sagte Rains. »Oder er hat etwas für sie zum Raumhafen gebracht ... eine Bombe vielleicht ... und wollte seine Bezahlung einfordern.«

»Das wäre wirklich sehr primitiv für diese Leute«, widersprach Simon. »Und Sie übersehen die Tatsache, dass seine Frau ein Kollateralhalsband trägt. Er hätte sich niemals in ein Abenteuer eingelassen, das sie in Gefahr gebracht hätte. Nein, ich glaube, er war einfach nur zur falschen Zeit am falschen Ort.«

Er sah seine beiden Geheimdienstleute an. »Stellen Sie mir ein Wochenprofil zusammen. Ich will wissen, was er gemacht hat. Greifen Sie auf jeden Sensor im Datapool zu, angefangen mit der letzten Nacht und von dort aus rückwärts. Wenn Sie zu mir zurückkommen, möchte ich seinen gesamten Tag sehen, jede einzelne Minute. Sobald Sie das veranlasst haben, stellen Sie eine gesicherte Verbindung zur *Koribu* her und korrelieren so viel wie möglich mit Skyscan.«

Sie benötigten fünf weitere Stunden, doch als sie in Simons Büro zurückkehrten, grinsten sie. »Wir haben etwas gefunden«, verkündete Quan im selbstbewussten Ton eines Untergebenen, der seinem Vorgesetzten gute Nachrichten überbrachte. »Dudley wurde ermordet, aber das ist längst noch nicht alles.« Sein DNI lenkte den ersten Satz von Daten auf den großen Wandschirm gegenüber Simons Schreibtisch. Zwei zeitlich synchrone Bilder aus verschiedenen Perspektiven leuchteten auf. Das linke zeigte die Aufnahmen einer Kamera, die das Vorfeld des Raumhafens überwachte. Die rechte Hälfte zeigte die gleiche Szene von Skyscan aufgenommen.

Simon lehnte sich in seinem Sessel zurück und beobachtete, wie ein Mann zur gleichen Zeit aus der fahrbaren Treppe einer Xianti 5005 kam, zu der Dudley Tivon aus dem Wartungshangar auf das Rollfeld trat, um über das Vorfeld in einen anderen Hangar zu gehen. Auf der linken Bildhälfte marschierte Tivon ungestört in den Hangar. Auf der rechten begegneten sich die beiden Männer, und eine Sekunde später war Dudley Tivon tot.

»Ich weiß nicht, wie sie es gemacht haben«, sagte Braddock Raines bewundernd. »Aber es gibt nicht die geringste Spur von Software-Subversion im Netzwerk des Raumhafens. Ich habe sogar einen unserer Leute persönlich hingeschickt und die Memory-Chips aus den Kameras ziehen lassen, damit wir sie hier durchgehen können. Nichts. Also wissen wir nun zumindest, dass sie mit diesem Netzwerk so virtuos spielen können wie ein Maestro. Was auch immer sie benutzen, es ist verdammt beeindruckend.«

»Ist dieses Kamera-Memory E-Alpha-geschützt?«, fragte Simon scharf.

»Nein, obwohl es stark verschlüsselt ist. Allerdings befindet sich das Backup-Memory in der AS in einer E-Alpha-Fortress«, sagte Raines. »Wir glauben, dass die Subversion in der Kamera selbst stattgefunden hat, oder zumindest in ihrer Verbindung zum Netzwerk. Sie mussten ihre eigene AS online bringen, um das gefälschte Bild in Echtzeit einzuspeisen. Das für sich genommen ist interessant. Wir wissen, dass sie wenigstens vier Kameras manipuliert haben, und dazu brauchen sie massenweise Bandbreite. Unsere AS hätte diese Menge an subversivem Datenfluss innerhalb des Raumhafen-Netzwerks auffangen müssen. Die Tatsache, dass das nicht geschehen ist, sagt eine Menge über ihre Fähigkeiten aus.«

»Sie meine, E-Alpha ist kompromittiert?«

Raines verzog das Gesicht und wand sich. »Es ist möglich, so etwas zu schaffen, ohne unsere E-Alpha-Forts zu durchbrechen. Aber es ist schwierig. Natürlich ist die Subversion von E-Alpha noch schwieriger. Auch wenn sie nicht dazu imstande sind, so sind ihre Fähigkeiten ausgeprägt genug, dass es für uns fast keine Rolle mehr spielt. Die Tatsache, dass ihr Mann unbemerkt in das Raumflugzeug gelangen konnte, ist Beweis genug.« Er startete eine frühere Aufzeichnung von Skyscan, auf der zu sehen war, wie der Eindringling geradewegs über das Vorfeld marschierte und direkt in der Gangway verschwand. »Keinerlei Aufzeichnungen in der gesamten Nacht über einen Zutritt«, kommentierte Raines, während die Gestalt sich dem großen deltaförmigen Raumflugzeug näherte. »Und dort, sehen Sie, als er bei der Gangway ankommt, muss er sich überhaupt nicht an dem Sicherheitsschloss zu schaffen machen. Die Software ist bereits so konfiguriert, dass sie ihm den Zutritt gestattet.«

»Sie haben selbstverständlich bereits einen zeitlichen Ablauf für das Vorgehen des Eindringlings erstellt«, sagte Simon.

Die beiden Geheimdienstler wechselten einen beunruhigten Blick. »Wir haben es versucht. Wir konnten nicht einmal feststellen, wann er den Wartungshangar betreten hat, ganz zu schweigen, wann er auf dem Raumhafen eingetroffen ist. Die einzigen verlässlichen Sensordaten kommen von Skyscan, und sie sind zu beschränkt, um ein derart detailliertes Profil zu erstellen.«

Simon fluchte still in sich hinein. Wie oft hatte er in den vergangenen Jahren vorgeschlagen, dass die Satellitenüberwachung während der Gewinnrealisierungskampagnen eine höhere Kapazität haben sollte! Seine Vorschläge waren nie über das Vorschlagsstadium hinaus gegangen. Wenn er ehrlich war zu sich selbst, konnte nicht einmal er die Kosten für eine derart lückenlose Überwachung rechtfertigen. Er war einfach viel zu sehr daran gewöhnt, diese Möglichkeit zur Hand zu haben. Doch die Erde mit ihren Schwärmen von Satelliten in niedrigen Orbits war in dieser Hinsicht einzigartig. Hier draußen konnte Zantiu-Braun seinen Strategischen Sicherheitskräften bestenfalls genügend Satelliten anbieten, um die wichtigsten Städte und Einrichtungen zu überwachen. Was unausweichlich den Raumhafen und das Hauptquartier bedeutete. Es gab ein paar Überlappungen von den verschiedenen Satelliten, doch flächendeckend waren die Bilder längst nicht. Als er den kleinen verschwommenen Kopf des Eindringlings betrachtete, war er nachgerade dankbar, dass die Widerstandsgruppe die kleine Skyscan-Flotille bisher nicht bemerkt hatte. Wie es aussah, bildete sie Simons einzigen taktischen Vorteil.

»Sie müssen doch Tivons Wagen verfolgt haben, als er den Raumhafen verlassen hat?«

»Ja«, sagte Raines, erleichtert, dass er wieder etwas Positives sagen konnte. Er dirigierte die erforderlichen Daten auf den Wandschirm. Skyscan zeigte einen kleinen Frachtroboter, der um fünf Uhr morgens über den verlassenen Parkplatz zockelte. Der Eindringling näherte sich Tivons Wagen aus einer völlig anderen Richtung. Sie kamen gleichzeitig dort an. Der Eindringling öffnete den Kofferraum, und der Roboter legte eine verschlossene Kiste hinein, bevor er auf dem gleichen Weg davon rollte, auf dem er gekommen war. Vergangene Zeit: fünf Sekunden. Der Roboter hatte kaum angehalten.

Simon beobachtete, wie der Eindringling den Kofferraum schloss und in den Wagen stieg.

»Er hat vierzig Minuten da drin gesessen, bevor er losgefahren ist«, sagte Raines ehrfürchtig. »Wenn er früher losgefahren wäre, hätte er vielleicht Aufmerksamkeit erweckt. Also wartete er seelenruhig ab und fuhr wenige Minuten vor Tivons üblicher Zeit los. Unglaublich kaltblütig, wenn Sie mich fragen.«

Simon starrte unverwandt auf den Schirm. »Wagenprofil?«

»Er hat die Überwachungszone von Skyscan zwölf Kilometer hinter dem Raumhafen verlassen. Er fuhr immer weiter über die Hauptstraße, ohne einmal anzuhalten.«

»Haben Sie Aufnahmen von seinem Gesicht?«

»Eigentlich nicht, nein. Er hat nie nach oben gesehen; ich schätze, er weiß nur zu genau, wie man Überwachungskameras entgeht.« Ein Bild erschien auf dem Schirm und zeigte den Eindringling von oben auf dem Parkplatz. Er hatte den Kopf ein klein wenig in den Nacken gelegt, um etwas zu betrachten, das höher war als er selbst. Das Bild zoomte zu einer Collage aus verschwommenen Pixeln in Golfballgröße heran. »Und das ist bereits von der AS hochgerechnet. Sie hat uns mehrere mögliche Profile gezeichnet.« Fünf hochaufgelöste Gesichter erschienen auf dem Schirm; jedes Mal ein Mann unter Dreißig und stets die gleichen ausdruckslosen Gesichtszüge.

»Die nützen uns überhaupt nichts.« Die Extrapolationen zeigen enttäuschend wenig charakteristische Züge, dachte Simon. Selbst die AS-generierten Charaktere in den I-Soaps wirken echter als das hier. »Und er hat nicht einmal einen Hut getragen«, sagte Simon nachdenklich. Er warf Quan einen bedeutungsvollen Blick zu. »Sie erinnern sich an das letzte Mal, als wir einen derartigen Zwischenfall hatten?«

»Die Bar in Kuranda«, sagte Quan. »Kurz bevor wir die Erde verlassen haben. Glauben Sie, dass da ein Zusammenhang besteht?«

»Ich wüsste nicht wie. Jeder, der unserer Entdeckung entgehen will, benutzt irgendwie die gleiche Taktik.« Er schnitt eine Grimasse und sah auf die fünf unbeweglichen Gesichter auf dem Schirm. Beeindruckt von der Dreistigkeit und dem Einfallsreichtum des unbekannten Eindringlings. Während all der Kampagnen, an denen er bisher teilgenommen hatte, war Simon niemals einer Bedrohung wie dieser begegnet. Er fragte sich unwillkürlich, wieso von allen Welten ausgerechnet Thallspring diese Art von stiller, tödlicher Widerstandsbewegung hervorgebracht hatte. »Nein, ich bin noch nicht so weit, dass ich an interstellare Verschwörungen glaube. Wir müssen uns auf die unmittelbare Gefahr konzentrieren. Wie lange war er in der Xianti?«

»Siebzehn Minuten«, sagte Quan.

»Lange genug für alles Mögliche. Ist die Maschine heute geflogen?«

»Jawohl, Sir. Sie hat heute Morgen Fracht zur *Norvelle* gebracht. Ist um dreizehn Uhr fünfunddreißig wieder gelandet. Keinerlei Probleme unterwegs, jedenfalls steht nichts in den Logs. Sie wird gegenwärtig gewartet und für den nächsten Start betankt, der um achtzehn Uhr zwanzig geplant ist.« Quan blickte Simon direkt an. »Möchten Sie, dass wir den Start abbrechen?«

»Nein. Welches Raumschiff ist diesmal das Ziel?«

»Die *Chion*, Sir.«

»Sie soll erneut an der *Norvelle* andocken. Falls sie etwas Feindliches mit nach oben genommen hat, möchte ich jede mögliche Kontamination so weit wie möglich eingrenzen.«

»Jawohl, Sir.«

»Nachdem sie ihre Fracht entladen hat, möchte ich, dass ein mechanischer Defekt erklärt wird. Irgendetwas, das sie zwingt, im Hangar der *Norvelle* anzudocken. Braddock, ich möchte, dass Sie mit dem nächsten Flug hinauf zur *Norvelle* fliegen. Sie werden meine Befehle direkt dem Captain übermitteln. Sobald Sie oben angekommen sind, werden Sie eine kleine Armee der besten Techniker zusammenstellen, die wir haben. Sie werden dieses verdammte Raumflugzeug auseinander nehmen, wenn es sein muss bis hinunter zu den einzelnen Molekülketten. Aber ich möchte ganz genau wissen, was unser Freund in der Xianti gemacht und was er zurückgelassen hat. Haben Sie das verstanden?«

»Jawohl, Sir.«

»Sehr schön. Und von heute an arbeiten wir unter der Annahme, dass E-Alpha kompromittiert wurde. Das schließt unsere gesamte Kommunikation mit ein. Das Einzige, was wir uns unter gar keinen Umständen leisten können, ist, ihnen Aufschluss über unsere Pläne zu geben.«

Die Polizei von Thallspring verfügte, wie sämtliche Polizeikräfte auf allen menschlichen Welten, über sehr genaue Vorschriften, wie sie mit jeder Situation und jedem Verbrechen umzugehen hatte, mit der ihre Beamten konfrontiert werden konnten. Dieser Wissensfundus war im Lauf von Jahrzehnten gewissenhaft zusammengetragen worden und befand sich in einem Zustand ständiger Revision dank mehrerer sich verändernder Faktoren wie Gesetzgebung, verlorenen Gerichtsprozessen, erfolgreichen Gerichtsprozessen, verschlagenen Anwälten, Fortschritten in der Spurensicherung, einflussreichen Gruppierungen, verpatzten Vorgängen, Menschenrechten und menschlichem Versagen.

Als daher die junge Frau um fünfundzwanzig Minuten nach zwei Uhr morgens in die Polizeistation von Memu Bay getorkelt kam und weinend und hysterisch verkündete, dass sie vergewaltigt worden sei, wusste der diensthabende Sergeant ganz genau, was zu tun war. Detectives mit spezieller Ausbildung wurden herbeigerufen, zusammen mit einer Ärztin. Das Opfer wurde von einem weiblichen Constable behutsam in ein Vernehmungszimmer geführt und das gesamte Gespräch auf Video aufgezeichnet.

Die Vorschriften besagten, dass so schnell wie möglich eine vorläufige Aussage festzuhalten war. Gewöhnlicherweise, um sicherzustellen, dass, falls der mutmaßliche Übeltäter identifiziert wurde/die mutmaßlichen Übeltäter identifiziert wurden, unverzüglich ein Streifenwagen zum Ort des Verbrechens geschickt werden konnte. Außerdem war die Spurensicherung zu entsenden, um sämtliche Beweise zu sammeln.

Diesmal jedoch ereignete sich etwas Unerwartetes. Das Mädchen schrie ununterbrochen: »Er war ein Fremder! Ich habe die Dinger an seinem Hals gesehen!«

Die Detectives, die inzwischen eingetroffen waren, um das Protokoll aufzunehmen, benachrichtigten den Bezirkscommissioner, der prompt im Büro des Bürgermeisters anrief. Das war der Augenblick, an dem sich die zweite unvorhergesehene Abweichung in das bis zu diesem Augenblick glatt laufende System schmuggelte und große Entrüstung und Schock bei den Menschen hervorrief, die mit der Angelegenheit befasst waren.

Eine Schar führender Offiziere von Zantiu-Braun und der Zivilverwaltung wurden aufgeweckt und über das in Kenntnis gesetzt, was sich unten bei der Polizeistation in der Marina von Memu Bay ereignete. Von dort ging eine Reihe weiterer Anrufe hinaus. Die beiden Anwälte, die als die besten von Memu Bay galten, wurden von der Familie des Opfers verpflichtet (obwohl beide anboten, auf ihre Gebühren zu verzichten) und eilten zur Station. Angesichts der Anzahl Personen, die in diesem Stadium informiert waren, war es unausweichlich, dass die Medien alarmiert wurden. Sämtliche Nachrichtenagenturen hielten sich mit Gerüchten zurück, was die Identität des Opfers anbetraf, auch wenn sie das Alter des Mädchens mit fünfzehn angaben. Was sie auf der anderen Seite nicht stark genug betonen konnten: Der Haupt- und einzige Tatverdächtige war einer der Fremden.

Nachdem die wichtigsten Offiziellen und der untröstliche Vater des Mädchens eingetroffen waren, wurde sie in ein kleines Untersuchungszimmer geführt. In Gegenwart eines Anwalts, des mit dem Fall beauftragten Detectives und eines Repräsentanten von Zantiu-Braun nahmen die Ärzte Proben von dem, was die Medien als »genetischen Beweis« des Geschlechtsverkehrs bezeichneten. Kameras zeichneten außerdem ihre äußerlichen Verletzungen auf, die Kratzer, blauen Flecke und Prellungen, ihre zerrissene Bekleidung und ihre geschwollene Wange. Erst als diese Prozedur erledigt war, durfte die Krankenschwester sich um die physischen Verletzungen kümmern.

Das Mädchen wurde nach Hause geschickt und bekam einen Sozialarbeiter zur Seite, der auf das Trösten von Opfern trainiert war. Die Detectives würden sie gründlicher vernehmen, sobald sie ein wenig Zeit gefunden hatte, sich zu erholen.

In der Zwischenzeit wurden die genetischen Proben zur unverzüglichen Analyse in das medizinisch-forensische Labor von Memu Bay geschickt, begleitet vom leitenden Detective, dem Polizeibeauftragten der Stadt, dem Rechtsoffizier und einem medizinischen Techniker von Zantiu-Braun.

Die Leiterin der Abteilung war persönlich erschienen, um die Analyse zu beaufsichtigen und sicherzustellen, dass keine Fehler gemacht wurden. Selbst sie war nervös, als sie eine Probe der genetischen Beweise in die Apparatur schob. Die AS benötigte acht Minuten, um die vollständige DNS-Signatur zu entschlüsseln.

Die Detectives verglichen das Ergebnis mit dem zentralen Verbrecherregister von Memu Bay. Keine passenden Proben wurden gefunden. Anschließend autorisierte der Polizeibeauftragte einen Durchsuchungsbefehl, der es ermöglichte, die medizinischen Aufzeichnungen der Stadt umfassend zu durchsuchen. Erneut wurden keine Übereinstimmungen gefunden. Daraufhin ersuchte der leitende Detective den Rechtsoffizier von Zantiu-Braun förmlich um eine Überprüfung der Personalakten. Da der Rechtsoffizier keinen Grund hatte, die Bitte zu verweigern, und da er überdies durch die Gesetze Thallsprings dazu verpflichtet war, willigte er ein.

Obwohl die AS von Zantiu-Braun die Suche in Sekundenschnelle durchführen und das Ergebnis direkt an die Gruppe hätte übermitteln können, solange sie noch in der medizinischen Forensik war, stiegen der Detective und sein Partner, begleitet vom Rechtsoffizier von Z-B, in einen Wagen und fuhren zu dem Hotelblock, den Zantiu-Braun als Unterkunft benutzte. Während der Fahrt erhielt er vom Polizeibeauftragten durch seinen Armband-Pearl ein vollständiges Briefing über die gesetzliche Vorgehensweise. Der Police Commissioner war fest entschlossen, die Gerechtigkeit nicht durch irgendeinen Verfahrensumstand aufhalten zu lassen, den irgendein Schlaumeier von Zantiu-Braun ihnen in den Weg legte.

Es war fünf Uhr zweiunddreißig morgens, als sämtliche Beteiligten beim wachhabenden Offizier der Unterkunft eingetroffen waren. Er lauschte dem Anliegen des Detectives und stimmte formell zu, in allen Punkten zu kooperieren. Die Datei mit der DNS des Tatverdächtigen wurde einem Assistenten übergeben und in die AS der Unterkunft geladen.

Siebzehn Sekunden später war eine vollständige Übereinstimmung gefunden.

Ebrey Zhang hatte seit halb drei morgens in seinem Büro gesessen, bitteren Kaffee getrunken und nervös auf schalen Croissants gekaut. Die Zivilverwaltungs-AS sowie ein Rechtsoffizier hatten ihn über die rechtliche Lage informiert. Er hatte eine unangenehme Unterredung mit General Kolbe geführt und ihn über den Vorfall in Kenntnis gesetzt. Der einzige Lichtblick an diesem Morgen war, dass er bisher noch keinen persönlichen Anruf von Simon Roderick erhalten hatte.

Andererseits, sagte er sich immer wieder, ist bis jetzt noch überhaupt nichts bewiesen.

Zwei Kameras übertrugen die Bilder aus den Unterkünften zu ihm. Die optronische Membran zeigte die Suchergebnisse der AS in Echtzeit. Als die positive Identifikation erfolgte, spannte sich sein Körper, als hätte er einen Stromschlag erhalten. Wütend warf er seinen Desktop-Pearl durch das große Arbeitszimmer. Das Gehäuse zerbrach, als es an der gegenüberliegenden Wand aufprallte. »SCHEISSE!«

Sein Assistent bemühte sich um Gelassenheit. Es fiel ihm nicht leicht. Meldungen über den Zwischenfall strömten in den Datapool. Drei Reporter warteten bereits vor den Unterkünften. Glücklicherweise war es noch immer früh, doch es konnte nicht mehr lange dauern, bis sich eine Menschenmenge versammeln würde. Es sah alles danach aus, als würde es ein langer schlimmer Tag werden.

Auf dem großen Schirm gegenüber Ebrey Zhangs Schreibtisch verlangte der Detective soeben die Ingewahrsamnahme des Verdächtigen durch den diensthabenden Offizier.

»Sir?«, fragte der Assistent.

»In Ordnung«, sagte Ebrey Zhang niedergeschlagen. »Liefern Sie ihn aus.«

Der Assistent instruierte seine persönliche AS, welche ihrerseits den Befehl an den diensthabenden Offizier weiterleitete.

»Geben Sie mir augenblicklich fünf Platoons in Skin und im Dienst«, verlangte Ebrey Zhang. »Ich möchte, dass die Polizeistation, wo der Gefangene hingebracht wird, absolut sicher ist. Machen Sie das unserem lieben Commissioner eindringlich klar; es ist mir völlig gleichgültig, wie viele seiner kostbaren Constables er von anderen Aufgaben abziehen muss. Es wird keine Lynchjustiz geben.«

»Jawohl, Sir.« Er sandte seiner AS eine rasche Folge von Befehlen.

Ebrey beobachtete die Szene in den Unterkünften. Alle verhielten sich so unnatürlich zivilisiert, dass es beinahe komisch wirkte. Aber nicht angesichts eines derartigen Verbrechens, sagte er sich. Mein Gott, dieser Trottel hätte uns nicht schlimmer treffen können, wenn er mit *KillBoy* persönlich gemeinsame Sache gemacht hätte. Erst dann fiel ihm das Mädchen ein, und er erschauerte. Ebrey Zhang hatte selbst eine Tochter.

»Schicken Sie jemanden bei ihr zu Hause vorbei«, befahl er seinem Assistenten. »Und sorgen Sie dafür, dass ihr dieses gottverdammte Halsband abgenommen wird!«

»Jawohl, Sir.«

Hal brummte unwillig, als die Deckenbeleuchtung eingeschaltet wurde. In der Nähe ertönten eine Menge aufgeregter Stimmen. Eine Hand schüttelte ihn an der Schulter.

»Verpiss dich!«, murmelte er. Er träumte noch immer von seiner Nacht mit Avril.

»Auf die Beine, Private!«

Er hob den Kopf. Sergeant Wagner stand vor seinem Bett, das Gesicht hart und verächtlich. Captain Bryant stand direkt hinter ihm. Er sah wütend aus und vielleicht sogar ein wenig ängstlich. Weitere Männer drängten in das Hotelzimmer, zwei davon in einheimischen Polizeiuniformen.

»Wasss ... Sir!« Hal schlug die Decke zurück und rappelte sich hoch. Er salutierte nicht; er trug nur seine Unterhose, und es hätte lächerlich ausgesehen. Sein Herz fing an zu pochen. O Scheiße!, dachte er. Sie haben bemerkt, dass ich die Ausgangssperre durchbrochen habe.

»Detective«, sagte Bryant mit scharfem Nicken in Richtung eines der Polizisten.

Der Detective trat vor. »Sie sind Halford Grabowski?«

»Äh, jawohl, Sir.« Er sah zu Wagner in der Hoffnung auf Unterstützung. Das Gesicht des Sergeants blieb ungerührt und hart.

»Ich verhafte Sie hiermit wegen des Verdachts der Vergewaltigung.«

»Ung.« Hals Unterkiefer sank staunend herab.

»In Übereinstimmung mit der Perlman-Erklärung gebe ich Ihnen den Rat, zu diesem Zeitpunkt nichts zu sagen. Ich bin befugt, Sie von diesem Ort in offiziellen Polizeigewahrsam zu verbringen, wo man Sie in Gegenwart Ihres gesetzlichen Beistands befragen wird. Bitte ziehen Sie sich jetzt an.«

»Das soll wohl ein beschissener Witz sein! Sir?« Er wandte sich an Captain Bryant.

»Ziehen Sie sich an!«, befahl Bryant.

»Ich hab überhaupt nichts getan! Nicht so was!«

Der Detective nahm ein Paar Handschellen hervor. »Komm schon, Sohn, mach es nicht noch schlimmer, als es ohnehin schon ist.«

»Das können Sie nicht machen!«

»O doch, das kann ich.«

Hal wandte sich an Captain Bryant. »Bitte, Sir!«, flehte er. »Lassen Sie das nicht zu!«

»Während Ihres Aufenthalts auf Thallspring stehen Sie unter den einheimischen Gesetzen, Grabowski. Wir haben das während Ihres Briefings sehr deutlich gemacht. Und jetzt ziehen Sie ein paar verdammte Klamotten an, oder ich lasse Sie zur Wache schaffen, wie Sie sind!«

Sergeant Wagner hielt ihm eine Hose hin. Hal stieß ein benommenes Lachen aus, dann nahm er sie entgegen.

»Ich will, dass dieser Raum versiegelt wird!«, sagte der Detective zu Captain Bryant. »Unsere Spurensicherung wird ihn später untersuchen.«

»Ich verstehe. Niemand wird dieses Zimmer betreten.«

Es passiert nicht, sagte sich Hal. Nichts von alledem passiert wirklich.

Lawrence Newton kam herein. Er trug einen kurzen Bademantel und kratzte sich die unordentlichen Haare, während er ungeniert gähnte.

»Sarge!«, brüllte Hal. »Um Himmels willen, Sarge, hilf mir!«

Bryant hob einen warnenden Finger. »Sie haben mit diesem Fall nichts zu tun, Newton. Bei einer Verhaftung darf niemand aus dem Platoon des Betreffenden eingreifen. Das sind nun einmal die Vorschriften. Und jetzt verschwinden Sie.«

Lawrence nickte, als wären die Fakten offensichtlich, dann wandte er sich an den Detective. »Ich bin der Unteroffizier dieses Jungen. Wie lautet die Anklage?«

»Newton!«, schäumte Bryant.

»Wir nehmen ihn zur Befragung wegen einer mutmaßlichen Vergewaltigung mit.«

»Wirklich. Und wann soll diese Vergewaltigung stattgefunden haben?«, fragte Lawrence.

»Früh am heutigen Morgen.«

»In Ordnung.« Lawrence sah dem erschrockenen Jungen direkt in die Augen. »Hast du es getan?«

»Seien Sie still!«, verlangte Captain Bryant. »Grabowski, ich befehle Ihnen, nicht zu antworten!«

»Ich war's nicht, Sarge! Nicht so was! Verdammt noch mal, du musst mir glauben, Sarge!«

Lawrence studierte sekundenlang Hals Gesicht. »Ich glaube dir.«

»Danke, danke, Herrgott!«

»Hal, zieh dich weiter an«, sagte Lawrence. »Und dann gehst du mit der Polizei mit.«

»Sarge!«

»Mach es. Wir besorgen dir einen Anwalt und sehen zu, dass dieser Mist so bald wie möglich aus der Welt geschafft wird. Bis dahin machst du, was man dir sagt, hast du verstanden?«

»Jawohl, Sarge!«

Hal zog sich zu Ende an und ließ sich wiederstrebend die Handschellen anlegen. Während er durch den Korridor abgeführt wurde, hatten sich seine Platoon-Kameraden draußen vor ihren Zimmern eingefunden. Sie riefen ihm ermutigende Worte zu, schlugen ihm tröstend auf die Schultern und versicherten ihm, dass sie sich unverzüglich um Hilfe kümmern würden, keine Frage. Hal brachte sogar das eine oder andere dümmliche Grinsen zustande. Das Letzte, was er hörte, bevor sich die Aufzugstüren hinter ihm und seiner Eskorte schlossen, war Captain Bryants Stimme. Wütend zischte er: »Newton, in mein Büro! In fünf Minuten!«

Draußen vor der Polizeistation hatte sich eine wütende Menge versammelt. Hal konnte sie aus seiner Zelle hören. Die Sprechchöre. Die Rufe.

Jeder war freundlich zu ihm gewesen, seit er hier angekommen war. Doch es war gespielt, so viel wusste er. Ein Zantiu-Braun-Lieutenant war mit ihm im Streifenwagen gefahren. Er hatte sich als Lannon Bralow vorgestellt.

»Ich wurde Ihnen als Rechtsbeistand zugeteilt«, berichtete er Hal.

»Sie meinen, Sie sind mein Anwalt?«

»Genau.«

Hal entspannte sich ein wenig.

Nachdem sie auf der Station angekommen waren, wurde Hal in ein ärztliches Untersuchungszimmer geführt und angewiesen, seine Kleidung abzulegen. Sie wurde in einen Plastiksack gesteckt und weggetragen. Dann kam ein Arzt und wollte Proben nehmen. Lannon Bralow sagte ihm, dass es seine Richtigkeit hätte und dass er kooperieren solle. Also legte sich Hal auf die Liege und ließ den Arzt tasten und pieksen. Er zuckte erst zusammen, als der Typ anfing, seinen Penis zu befummeln. Seinen Schwanz, verdammt noch mal! Doch Bralow war zugegen und sagte immer wieder, dass alles seine Richtigkeit hätte und dass es getan werden müsste. Hal ließ es geschehen, doch er nahm dem Anwalt vorher das Versprechen ab, dass er niemandem von 435NK9 davon erzählen würde – meine Güte, das würde er nie wieder abschütteln können!

Nachdem es vorüber war, gab ihm die Polizei einen einteiligen Overall und führte ihn hinunter zu den Zellen. Es schien eine Ewigkeit zu dauern, bis Lieutenant Bralow kam und ihn besuchte.

»Und was soll das alles nun?«, fragte Hal. Er war ein wenig sauer, dass sein Sarge nicht gekommen war.

»Sie bereiten alles vor, um Sie zu vernehmen.«

»Warum? Ich hab nichts getan.«

Bralow lächelte gezwungen. »Hal, das Mädchen, das die Anschuldigungen vorgebracht hat... Man fand Spuren von Ihnen in ihr. Ich war dabei, als sie die Proben genommen haben. Unsere eigene AS hat Ihre DNS identifiziert.«

»Aber es stimmt nicht! Ich habe niemanden vergewaltigt! Ich bin kein verdammtes Tier!«

»Hal, wir haben unsere eigenen Untersuchungen eingeleitet. Wir wissen, dass Sie vergangene Nacht die Ausgangssperre gebrochen haben. Morkson hat uns alles über den Hinterhof und den Bewegungssensor erzählt.«

»Scheiße!« Hal stöhnte auf. Dieser gottverdammte Morkson! Was für ein Arschloch!

»Hal, hören Sie zu. Sie müssen ganz ehrlich zu mir sein. Halb Memu Bay steht draußen vor der Station und heult nach Ihrem Blut. Die requirierten Fabriken werden bestreikt. Vor dem Flughafen wurden Barrikaden errichtet, und unsere Transporte kommen nicht mehr durch. Die Platoons werden auf offener Straße angegriffen. Wir mussten heute Morgen bereits neunmal die Pfeile einsetzen, und es ist nicht einmal Mittag! Was zur Hölle hat sich letzte Nacht ereignet?«

»Ich war in einem gottverdammten Puff! Okay? Ich meine, Herrgott, es ist Monate her, dass ich eine Pussy hatte! Ich war am Platzen! Und diese Ausgangssperre...«

»Ja.« Bralow klang beinahe erleichtert. Er öffnete seinen Desktop-Pearl. »Fangen Sie ganz von vorne an.«

Das Zimmer, in dem er verhört wurde, war ein großes Büro mit einem Holzschreibtisch und Ledersesseln. Hal wusste genau, dass dies nicht der übliche Ort war, an dem Gefangene verhört wurden. Doch es waren auch eine Menge mehr Leute zugegen. Sie saßen in den Sesseln und schienen ihn erwartet zu haben.

Der Detective, Gordon Galliani, saß neben einem Anwalt, den er als Heather Fernandes vorstellte. Er sagte, er sei der Vertreter der Familie des Opfers. Zwei weitere Männer saßen im hinteren Teil des Zimmers, einer davon in einer schicken Polizeiuniform. Hal war weit genug herumgekommen, um einen leitenden Polizeibeamten zu erkennen, wenn er ihn sah. Der zweite trug einen kostspieligen konservativen Anzug. Seine Augen waren rot und geschwollen, als hätte er geweint. Er blickte überall hin, nur nicht zu Hal.

Lieutenant Bralow saß neben Hal. Captain Bryant war ebenfalls zugegen. Darauf hätte Hal gut und gerne verzichten können. Er wollte seinen Sarge oder auch nur ein paar Jungs von seinem Platoon. Wenigstens schien sich Bryant seit dem frühen Morgen ein wenig beruhigt zu haben. Er begrüßte Hal sogar wortkarg.

Hal nahm gegenüber dem Detective Platz. Vor ihm stand eine Reihe von Desktop-Pearls, jeder mit einem holographischen Paneel, auf dem irgendwelche Tests liefen.

»Mr. Grabowski, wir sind hier, um möglichst genau herauszufinden, was sich gestern Nacht ereignet hat«, sagte Galliani mit freundlichem Lächeln. »Diese Befragung wird aufgezeichnet und kann bei einer möglichen Gerichtsverhandlung als Beweismittel herangezogen werden. Wie Sie wissen, wurde eine sehr ernste Anschuldigung gegen Sie erhoben.«

Hal lehnte sich vor und streckte dem Detective die offenen Handflächen hin. »Ich habe niemanden vergewaltigt, okay? Ich sage die Wahrheit! Und ich kann es beweisen!«

»Tatsächlich?« Galliani war für einen Augenblick aus dem Konzept. »Und wie wollen Sie diesen Beweis antreten? Wir haben eine Menge Beweise zusammengetragen, die Sie belasten, Mr. Grabowski.«

»Hören Sie, ich habe die Ausgangssperre gebrochen und bin über die Mauer, zugegeben. Aber Scheiße, ich habe kein Mädchen vergewaltigt! Ich bin in einen Puff gegangen, ja? Ich hab dafür bezahlt, ein ganz sauberes Geschäft. Hat mich einen Haufen Geld gekostet!«

»Sie wollen sagen, dass Sie ein Bordell besucht haben?«

»Genau!«

»Welches Bordell? Wo befindet es sich?«

Hal zuckte zusammen. »Ich weiß es nicht genau! Dieses Taxi hat mich hingefahren! Der Fahrer kannte es. Es ist nur ein paar Minuten von der Unterkunft weg.«

Galliani wartete ein paar Sekunden schweigend. »Das ist alles?«, fragte er schließlich. »Das ist Ihr Beweis?«

»Sicher!«

»Ich denke, wenn Sie dieses Alibi überprüfen, werden Sie schon sehr bald feststellen, dass es der Wahrheit entspricht«, sagte Bralow glatt. »Mein Mandant bemüht sich, mit Ihnen zu kooperieren.«

Galliani lehnte sich zurück und lächelte Hal an. »Sohn, Sie hatten drei Stunden mit einem Schlauberger von Anwalt, und alles, was Ihnen einfällt, ist dieser Mist?«

»Es ist kein Mist!«, protestierte Hal aufgebracht. »Ich war in einem Puff! Es war ein großes schickes Haus, genau wie alle anderen in der Straße. Es hatte einen kleinen Vorgarten und ein Eisengeländer. Ich weiß die Hausnummer nicht, aber ich würde es wiedererkennen, wenn ich es sehe.«

»Wann haben Sie die Unterkunft verlassen?«, fragte Galliani.

»Um zwölf Minuten nach elf.«

»Und wann sind Sie zurückgekehrt?«

»Um zwölf nach zwei. Weil der Sensor dann inaktiv war, verstehen Sie? Zwölf Minuten nach jeder vollen Stunde.«

»Wenn Sie nicht wissen, wo sich dieses Bordell befindet, wie konnten Sie dann zu Ihrer Unterkunft zurückkehren?«

»Die Puffmutter hat mir ein Taxi gerufen! Ich war

ungefähr um Viertel vor zwei zurück. Ich musste draußen rumhängen und warten, bevor ich über die Mauer konnte.«

»Hat irgendjemand Sie gesehen?«

»Nein, Mann! Ich durfte doch gar nicht da sein! Ich hab mich in der Seitengasse rumgedrückt; ich schätze, es war niemand unterwegs um diese frühe Zeit. Aber der Taxifahrer kann für mich bürgen.«

»War es der gleiche Fahrer, der Sie zu diesem Bordell gebracht hat?«

»Ja.«

»Ich vermute, Sie kennen nicht zufällig seinen Namen? Oder wenigstens die Gesellschaft, zu der dieses Taxi gehört?«

Hal zuckte verlegen die Schultern. »Nein. Aber ich glaube, er hat die AS-Kontrolle benutzt, als wir losgefahren sind. Sie müssten ihn mit Hilfe der Logs der Verkehrsregelungs-AS finden können.«

»Das werden wir selbstverständlich überprüfen.«

»Genau wie wir«, murmelte Bralow. Er begegnete dem Blick des Detectives ausdruckslos.

»So«, fuhr Galliani fort. »Wir haben also festgestellt, dass Sie zur gleichen Zeit außerhalb Ihrer Unterkunft waren, zu der diese Vergewaltigung stattgefunden hat, und niemand kann gegenwärtig Ihren Aufenthaltsort bestätigen.«

»Der Taxifahrer kann das! Die Puffmutter kann es auch. Verdammt noch mal, auch Avril ...« Hal zählte seine Zeugen an den Fingern auf.

»Avril?«

»Die Nutte, mit der ich die halbe Nacht rumgevögelt hab. Ich hab noch zwei andere Nutten gesehen, aber ich weiß nicht, wie sie heißen.«

»Aber Sie würden sie wiedererkennen, wenn man Sie gegenüberstellen würde?«

»Sicher, kein Problem.«

»Also müssen wir nichts weiter tun, als dieses Taxi finden und dieses Bordell, und Sie sind entlastet?«

»Genau!« Hal lächelte glücklich. »Ganz genau, Sie haben's begriffen, Mann.«

»Und wie erklären Sie sich dann, dass wir Ihr Sperma in der Vagina des Opfers gefunden haben?«

Hals Grinsen erstarb. »Ich weiß nicht. Es ist eine Falle. Eine verdammte Falle. Es kann nicht anders sein. Jemand will mich aufs Kreuz legen!«

»Und die Geschichte, die das Mädchen erzählt hat? Dass Sie sie im Sheridan Park angegriffen haben? Dass Sie gedroht hätten, ihr Kollateralhalsband zu zünden, wenn sie nicht tut, was Sie von ihr wollen?«

»Hey, das ist völliger Quatsch, Mann! Nichts von all diesem Scheiß ist passiert! Überhaupt nichts! Ich war nicht im Sheridan Park. Sie lügt! Sie ist ein Teil von diesem Mist!«

»Von diesem Mist? Also handelt es sich um eine Verschwörung?«

Hal starrte Bralow an.

»Zantiu-Braun-Personal wäre das offensichtliche Ziel für ein derartiges Vorgehen seitens krimineller Elemente in Memu Bay«, sagte der Lieutenant. »Und wir wissen beide, dass es einige davon gibt.«

»Sie hatten einige Probleme mit unseren Hooligans«, sagte Galliani. »Aber es gibt keine organisierte Widerstandsgruppe, oder?«

Captain Bryant räusperte sich. »Nein. Es gibt keine organisierte Widerstandsgruppe in Memu Bay.«

Hal ruckte in seinem Sitz herum und starrte den Captain an. »Sie wollen mich verscheißern, was? Sie waren selbst bei diesem verdammten Fußballspiel, um Gottes willen! Sie haben gesehen, wie Graham Chapell von diesen *KillBoy*-Bastarden in Fetzen gesprengt wurde! Sie haben es selbst gesehen!«

»Wir untersuchen diesen Vorfall immer noch«, sagte Bryant zu Galliani. »Wir wissen immer noch nicht genau, wie es dazu kommen konnte.«

»Heilige Scheiße!«, rief Hal.

»Also wäre es möglich, dass es einige oder eine Gruppe von Leuten gibt, die imstande sind, Ihnen eine solche Falle zu stellen«, sagte Galliani.

»Darauf können Sie verdammt noch mal wetten!«, rief Hal aufgebracht. »Suchen Sie nach diesem *KillBoy*-Bastard, der steckt dahinter. Nicht ich!«

»Was bedeuten würde, dass das Vergewaltigungsopfer Teil der Verschwörung ist?«

»Jede Wette! Rufen Sie sie rein und verhören Sie sie anständig. Sie wird gestehen.«

»Eigenartig, wie alles wieder einmal auf den ältesten Konflikt zurückzuführen ist, den die menschliche Rasse kennt.«

»Was meinen Sie?«

»Einer von Ihnen beiden lügt.«

»Es ist sie, Mann! Ich schwöre es! Sie führt Sie an der Nase herum! Sie sagt genau das, was dieser *KillBoy* von ihr verlangt!«

Galliani zögerte, als dächte er über etwas nach. Dann öffnete er eine Datei auf einem der Desktop-Pearls, und auf dem Paneel erschien das Gesicht eines Mädchens. Hal spürte, dass der Detective ihn sehr genau beobachtete.

»Für das Protokoll, Mr. Grabowski – haben Sie diese Person schon einmal gesehen?«

Hal runzelte die Stirn; er verstand nicht, was das nun schon wieder zu bedeuten hatte. »Das ist Avril! Wie kommen Sie an ihr Bild?«

»Avril?«

»Ja, die Nutte in diesem Puff. Sie wissen also, wo er ist! Warum haben Sie gesagt, Sie wüssten es nicht?«

»Damit keinerlei Missverständnisse aufkommen – Sie sagen, dass dieses Mädchen Avril ist, die Person, die Sie gestern Abend in einem Bordell besucht haben?«

»Ja. Haben Sie das schon die ganze Zeit gewusst?«

»Mr. Grabowski, hatten Sie gestern Nacht mit dieser Person Geschlechtsverkehr?« Galliani tippte ungeduldig auf das Paneel.

»Sicher. Ich hab bekommen, wofür ich bezahlt hab. Das sag ich doch die ganze Zeit! Sie ist diejenige. Ich war gestern Nacht im Puff, bei ihr.«

Einen weiteren Augenblick herrschte Schweigen. Der Detective wirkte beinahe verlegen.

»Mr. Grabowski, ist Ihnen irgendetwas Ungewöhnliches an Avril aufgefallen?«

»Was denn beispielsweise?« Hal wollte sich nicht festlegen. Irgendetwas an dieser Geschichte war verdammt faul, das wusste er. Oberfaul sogar. Wie sehr er sich wünschte, dass der Sarge hier wäre!

»Hat sie beispielsweise ein Kollateralhalsband getragen?«

Die Frage überraschte Hal. »Nein. Bestimmt nicht.«

»Und Sie sind sich dessen absolut sicher?«

»Hey, ich hab ein verdammtes Stück mehr von ihr zu sehen gekriegt als nur den Hals, Mann! Sie hatte kein Halsband. Was soll dieser Scheiß?«

»Ich schätze, ich habe fürs Erste alles gehört, was ich wissen muss, danke sehr«, sagte Galliani. »Wir machen jetzt eine Pause. Und ich denke wirklich, dass Sie eine gründliche Unterhaltung mit Ihrem Anwalt führen sollten, Mr. Grabowski.«

»Was zur Hölle hat das alles zu bedeuten?«, fragte Hal. »Okay, ich hab eine Nutte gefickt. Das ist schließlich kein Verbrechen! Sie war nicht einmal besonders gut! Ich hätte mir einen Teil meines Geldes wiedergeben lassen sollen, Mann!«

Irgendjemand im Büro brüllte unartikuliert auf. Hal blickte sich suchend um – gerade rechtzeitig, um zu sehen, wie sich der Typ in dem teuren Anzug auf ihn stürzte. Sein Gesicht war rot und verzerrt vor besinnungsloser Wut, und er hielt die Arme ausgestreckt, die Finger zu Krallen gekrümmt, bereit, zu würgen und zu ersticken. Er sprang Hal an, dem keine Zeit blieb auszuweichen. Beide gingen rudernd und zappelnd zu Boden. Dann zogen Galliani und der hohe Beamte den Irren von Hal weg. Bralow klammerte sich an Hal, der Anstalten machte, sich nun seinerseits auf den Irren zu stürzen und es ihm zurückzuzahlen.

»Was zur Hölle ...!«, brüllte Hal.

Der Mann wurde hastig hinaus auf den Korridor geführt. Er schluchzte inzwischen nur noch, ein elendes, röchelndes Geräusch, das selbst dann noch deutlich zu hören war, als die Tür hinter ihm geschlossen wurde.

»Sind denn hier alle verrückt geworden? Das ist ein einziges Irrenhaus hier!«, verkündete Hal. »Was zur Hölle hat das alles zu bedeuten?«

Bralow setzte sich, seufzte und zog schließlich den Desktop-Pearl zu sich. Das Gesicht des Mädchens war noch immer auf dem Schirm. »Sie ist das... sie ist das Opfer der angeblichen Vergewaltigung«, sagte er.

»Avril? Nie im Leben, Mann! Ganz bestimmt nicht, verdammt! Sie ist die Nutte, und ich hab für sie bezahlt!«

»Sie heißt nicht Avril.«

Hal starrte zu der geschlossenen Tür, und plötzlich erwachte seine Neugier. »Wer war das? Dieser Irre, der mir an den Kragen wollte?«

»Ihr Vater. Der Bürgermeister von Memu Bay. Und sie trägt ein Kollateralhalsband, Hal. Ebrey Zhang hat es ihr selbst angelegt.«

»Du heilige Scheiße!«, flüsterte Hal. Er sank schwer neben Lieutenant Bralow auf den Stuhl, als Furcht ihn übermannte. Das alles ergab nicht den geringsten gottverdammten Sinn. »Lieutenant, Sir. Sie müssen mich aus dieser Sache rausholen.«

»Das könnte sich als schwierig erweisen.«

Die *Norvelle* kreiste in einem Tausend-Kilometer-Orbit um Thallspring. Ihre Neigung von fünf Grad verhalf ihr zu einer direkten Sicht auf Durrell, wenn sie den Nullmeridian des Planeten durchlief. Um zehn Uhr fünfzehn an diesem Morgen erhob sie sich über den Horizont der Hauptstadt. Sobald die Sensoren das ausgedehnte Gewirr von Häusern erfassten, wurde ein Powerlaser von einer der fünf Kommunikationsbays des gewaltigen Schiffs abgefeuert. Er war genau auf den Westflügel von Eagle Manor gerichtet. Eine kleine elektronische Empfangseinheit auf dem Dach entdeckte ihn und sandte augenblicklich einen Antwortpuls an das Raumschiff zurück. Die Lichtstrahlen unverwandt auf die jeweiligen Empfänger gerichtet, verringerte sich der Durchmesser der Energiebündel, bis sie am Auftreffpunkt weniger als zwei Zentimeter maßen und auf diese Weise eine absolut abhörsichere Kommunikationsverbindung hergestellt war.

Der Dachempfänger war mit einem abgeschirmten fiberoptischen Kabel mit einem Modul in Simon Rodericks Büro verbunden. Auch dieses Kabel konnte nicht angezapft werden. Das System verschaffte ihm auf diese Weise die denkbar sicherste Verbindung, die es zu dem Raumschiff geben konnte. Nur fünf Menschen wussten von ihrer Existenz.

Simon hatte auf diesen Anruf gewartet, seit er am frühen Morgen sein Büro betreten hatte. Seine üblichen Routinearbeiten hatte er an seine Assistenten und seine persönliche AS übergeben und seine Zeit statt dessen damit verbracht, Informationen zu studieren, die unter dem allgemeinen Namen »Die Opposition« abgespeichert waren. Während er die Einzelheiten durchging, dachte er über mögliche Angriffsszenarien nach, die immer überschäumender wurden, je weiter der Morgen voranschritt. Es spielte überhaupt keine Rolle, wie sehr seine Phantasie durchging – er konnte einfach nicht wissen, was sie in Wirklichkeit planten. Nichts passte zu dem, was sich eindeutig als beeindruckende Fähigkeit demonstriert hatte. Je länger er darüber nachdachte, desto sicherer spürte er, dass sie sich immer noch zurückhielten und warteten, bevor sie zum alles entscheidenden Schlag ansetzten.

Das abhörsichere Kommunikationsmodul summte melodisch, und ein Paneel an der Wand wurde hell. Es zeigte eine der Kabinen der *Norvelle*. Ein Mann saß vor einem speziellen Freifall-Schreibtisch. Gurte hielten ihn in der niedrigen Schwerkraft auf dem Sitz. Er blickte in die Kamera und lächelte dünn. »Guten Morgen. Es sieht aus, als wäre es ein sonniger und warmer Tag dort unten.«

Simon lehnte sich in seinem Sessel hinter dem Schreibtisch zurück und blickte das Gesicht auf dem Schirm an. Es war sein eigenes, nur fünfzehn Jahre älter. Diese spezielle Charge von Klonen, die SF9s, waren berüchtigt für ihr Phlegma. Jede Generation neigte dazu, ihre eigenen Marotten zu entwickeln, was sie dem individuellen Krippenpersonal und dem Einfluss zuschrieb, den dieses über die formenden Jahre der Klone hatte. Die SK2-Charge, zu welcher der Simon im Arbeitszimmer von Eagle Manor gehörte, wurden häufig als die jähzornigeren ihrer Art bezeichnet. Obwohl sie entschieden sanftmütig waren im Vergleich zu den cholerischen SC5s (deren Neigung eine gründliche Überprüfung des Krippenpersonals und der Auswahlprozeduren nach sich gezogen hatte). Doch wie auch immer die Verhaltensschwankungen sein mochten – ausnahmslos alle widmeten sich hingebungsvoll der Company, die sie kontrollierten.

»Guten Morgen«, antwortete der SK2 namens Simon. »Und? Welches Resultat haben wir?«

»Nun, die gute Nachricht lautet, dass es keine Bombe war.«

»Ich hatte nicht geglaubt, dass es eine sein könnte. Viel zu offensichtlich für unsere Freunde.«

»Der junge Braddock Raines ist höchst gründlich zu Werke gegangen. Die Kabine des Raumflugzeugs wurde tatsächlich bis hinunter auf Molekularebene gescannt und analysiert. Er ließ sämtliche zugänglichen Systeme ausbauen und im Labor des Raumschiffs untersuchen. Er konnte keinerlei genetische Rückstände von jemand Fremdem finden. Allerdings hat jemand ein Zugangspaneel geöffnet. In den Inbusschrauben fanden sich Rückstände fremder Metalllegierungen. Sie passen nicht zu den Legierungen, die unsere Wartungsmannschaften verwenden.«

»Gott sei Dank, wenigstens etwas. Ich hatte schon befürchtet, sie wären so gut wie unfehlbar.«

»Viel fehlt nicht. Das Paneel verdeckt mehrere elektronische Komponenten, einschließlich eines zentralen Netzwerkknotens. Keine der Komponenten wies Spuren von Manipulationen auf, außer dem Knoten. Und das war nicht leicht festzustellen. Der nukleare Makroscan zeigte ein paar sehr merkwürdige Stressmuster in der molekularen Struktur des Gehäuses. Unsere so genannten Experten für Festkörperphysik sind offensichtlich sprachlos. Sie wissen nicht, wodurch die Spuren verursacht worden sein könnten.«

»Interessant.«

»Das richtige Wort lautet alarmierend. Mir gefällt die Vorstellung ganz und gar nicht, dass Thallspring Technologien entwickelt haben könnte, die wir nicht begreifen. Insbesondere dann nicht, wenn diese Technologien gegen uns eingesetzt werden.«

»Ihre Entwicklung muss sehr geheim abgelaufen sein. Wir haben sämtliche finanziellen Transaktionen durch das Netzwerk überwacht, und wir konnten keinerlei Hinweise auf umgeleitete Regierungsmittel für Geheimprojekte im Verlauf der letzten zehn Jahre entdecken.«

»Kaum überraschend, wenn man bedenkt, dass wir hier von Leuten reden, die nach Lust und Laune in unsere Raumflugzeug eindringen können. Was immer sie entwickelt haben, es ist durchaus real.«

»Angenommen, der Eindringling hat sich wie auch immer über den Knoten Zugang zum Netzwerk des Raumflugzeugs verschafft – was hat er nach Meinung unserer Experten damit erreicht?«

»Die Theorie, die hier oben aufkommt, lautet totale Subversion. Die Jungs von der IT haben das gesamte AS-Programm des Raumflugzeugs in einen Speicherkern geladen, um es zu analysieren. Bisher haben sie nicht eine einzige veränderte Zeile Kode gefunden. Die beste Mutmaßung soweit lautet, dass irgendwo im ursprünglichen Kode eine komprimierte, versteckte Kommandozeile lauert.«

»Mit anderen Worten, sie wissen nicht genau, was zur Hölle der Eindringling gemacht hat.«

»Exakt.«

»Verdammt.« Der SK2 verschwendete keine Zeit damit, über das Rätsel nachzudenken. Das war der Vorteil, wenn mehrere identische Klone am gleichen Problem arbeiteten. Ganz gleich, zu welcher Lösung sein Zwilling irgendwann kam – es war die gleiche, zu der er auch irgendwann gekommen wäre. Und der SF9 dachte schon länger als eine Stunde darüber nach. »Empfehlungen?«

»Dieses Eindringen scheint eine Art Aufklärungsmission gewesen zu sein. Das Interesse unserer Freunde an unserem Raumflugzeug zeigt, dass sie in der einen oder anderen Form hier herauf wollen, und da es sich um eine Xianti handelt, müssen die Raumschiffe ihr endgültiges Ziel sein. Woraus folgt, dass sie noch im Vorbereitungsstadium stecken. Ich persönlich neige zu der Ansicht, dass er lediglich die AS kopiert hat, um unsere Prozeduren zu analysieren.«

»Ich verstehe. Was brauchen sie sonst noch?«

»Um unbemerkt eine Maschine kapern zu können? Die einzige verbliebene Notwendigkeit wäre unsere Kommunikation. Uns bleibt nur zu hoffen, dass sie nicht schon so weit sind.«

»Ich werde sämtliche Vorkehrungen treffen. Ich nehme an, du betrachtest E-Alpha als kompromittiert?«

»Vollständig.«

»Das müssen wir berücksichtigen.«

»Selbstverständlich. Ich überlasse dir die Details.

»Danke sehr. Schick Raines noch heute wieder herunter zu mir, bitte. Ich brauche ihn zur Implementierung meiner Maßnahmen.«

»Er wird an Bord der nächsten Maschine sein.« Der SF9 warf einen Blick auf ein Paneel und las etwas. »Welche Maßnahmen hast du für Memu Bay entschieden?«

Der SK2 benutzte sein DNI, um seine persönliche AS zu konsultieren. Die täglichen Zusammenfassungen strömten in sein Gehirn, sauber tabelliert in leuchtendem Indigo. »Verdammt«, murmelte er, als der Grabowski-Fall vor ihm abrollte. Er hätte sich doch seinen morgendlichen Überblick verschaffen sollen. Probleme wie dieses durften erst gar nicht auftreten. »Was zur Hölle macht Zhang da drüben?«

Der SF9 lächelte zufrieden wegen seines kleinen Triumphs. Die Simons liebten es, sich gegenseitig eins auszuwischen; es war ein gesunder Wettstreit.

»Ich werde die Sache gleich in die Hand nehmen«, sagte der SK2.

»Nicht nötig. Sie haben bereits eine niederschmetternde Statistik, was die Produktionsakquisition angeht. Opfere diesen Grabowski dem Mob. Und dann sag Zhang, dass er von diesem Augenblick an, mit aller Härte vorzugehen hat.«

»Gut«, sagte er schneidend. Er war sichtlich verärgert, weil ihm ein Zwischenfall wie dieser entgangen und er auch noch dabei ertappt worden war.

Der SF9 unterbrach die Verbindung und kicherte zufrieden in sich hinein.

Als sein Wagen draußen vor der Polizeistation eintraf, fragte sich Ebrey Zhang ernsthaft, ob er nicht lieber seinen Skinsuit hätte anziehen sollen. Die Demonstranten standen in Achter- oder Neunerreihen an der Straße und waren verdammt aufgebracht. Er erschauerte, als er einige der Slogans las, die sie auf umliegende Häuserwände gesprüht hatten und denen zu entnehmen war, was sie mit Grabowski zu tun gedachten. Zehn Leute mit Kollateralhalsbändern standen direkt vor dem Eingang zur Station. Sie hatten sich mit Ketten aneinander gefesselt und primitive Schilder um den Hals hängen:

Lieber tot als vergewaltigt
Also tötet mich bitte jetzt.

Steine, Flaschen, Dosen und etwas, von dem Ebrey Zhang hoffte, dass es nur Dreck war, prasselten auf den Wagen herab und verursachten dumpfe Geräusche, als sie die Karosserie zerbeulten. Zehn Skins und ein Trupp Polizisten in voller Einsatzmontur schoben wütende Menschen zurück und schufen eine Gasse für den Wagen.

»Heilige Scheiße!«, grunzte Ebrey. Ein großer brauner Klumpen traf die Windschutzscheibe und zerplatzte. Definitiv ein Haufen. Der Fahrer musste die Scheibenwischer und eine ganze Ladung Wischwasser einsetzen, um den Kot wieder abzuwaschen.

»Es wird nicht besser«, sagte Lieutenant Bralow. »Es sind wieder wenigstens genauso viele hier wie gestern.«

»Wie bei unseren Fabriken«, gestand Ebrey zögernd ein. »Sie streiken immer noch.«

»Was sagt der General?«

»Wir sollen es hinter uns bringen, und zwar schnell.«

»Er hat gut reden.«

»Und gar nicht so Unrecht. Wir müssen an mehr denken als nur an Grabowski.« Ebrey deutete auf den Mob draußen vor den Fenstern. »Diese ganze

Situation muss entschärft werden. Wir können nicht einmal mit dem Impfprogramm anfangen, wenn das so weitergeht. Das ist einfach verrückt!«

»Bestimmt sind sie in ein, zwei Wochen so weit, dass die Gerichtsverhandlung eröffnet werden kann.«

»Wochen? Das ist verdammt noch mal nicht gut! Haben sie ihre Untersuchungen denn immer noch nicht abgeschlossen?«

»Sie sind fast fertig. Und sie haben genug, um Grabowskis Alibi gründlich zu zerfetzen. Wir haben selbstverständlich unsere eigenen Untersuchungen parallel dazu geführt. Unsere AS hat kein Taxi finden können, in das er eingestiegen sein will, ganz zu schweigen von diesem geheimnisvollen Bordell.«

»Es existiert?«

»Nein. Wir glauben, dass es sich bei der Straße, in die er gefahren zu sein behauptet, um die Minster Avenue handelt. Ausnahmslos Privathäuser wohlhabenderer Einwohner von Memu Bay. Und ganz sicher gibt es dort kein Bordell.«

»Mit anderen Worten, er hat Unsinn erzählt.«

»Sir, er hat Francine Hazledine vergewaltigt. Unter diesen Umständen kann ich nichts für ihn tun, außer das Gericht um Milde bitten.«

»Ah. Das war das zweite, was der General zu mir gesagt hat.«

»Was denn?«

»Wir lassen niemanden zurück, ganz gleich, unter welchen Umständen.«

Lieutenant Bralow starrte seinen Vorgesetzten erschrocken an, doch dann nickte er. »Jawohl, Sir.«

Der Wagen durchfuhr den Perimeter der Station,

dann bog er in die Tiefgarage ein. Detective Galliani erwartete sie bereits. Er begrüßte sie einigermaßen freundlich und sagte ihnen, dass Margret Reece oben auf sie wartete.

Ebrey Zhangs Miene blieb unbewegt, obwohl er innerlich kochte. Er war der Gouverneur von Memu Bay, und er war derjenige, der andere zu sich rief, nicht umgekehrt.

Diesmal nicht, sagte er sich bitter.

Das einzige Mal, das Myles Hazledine im Verlauf der letzten achtundvierzig Stunden geschlafen hatte, war, als der Hausarzt der Familie ihm genug Sedativa gegeben hatte, um ihn von den Beinen zu holen. Selbst diese wenigen Stunden waren von Alpträumen und hilfloser Wut erfüllt gewesen. Wie in den wachen Stunden.

Er wusste, dass er um seiner geliebten Francine willen die Ruhe bewahren musste. Doch es war so schrecklich, schrecklich schwer. Was alles noch schlimmer machte, war die Tatsache, dass sie sich immer wieder bei ihm entschuldigte, weil sie so lange mit ihren Freundinnen ausgewesen war. Es tat ihr so Leid, dass sie ihn nicht angerufen und kein Taxi genommen hatte, als sie nach Hause wollte.

Es war fast, als wäre sie diejenige, die ihn tröstete. Was falsch war. Ein weiteres Beispiel dafür, was für ein schlechter Vater er war.

Und so schleppten sich die Stunden dahin. Erbärmliche Hilflosigkeit wechselte sich mit primitiver, besinnungsloser Wut ab. Er wollte Francine nie wieder aus den Augen lassen, wollte sie in seiner

Nähe behalten, wo er sie beschützen konnte. Er wollte diesem verdammten Bastard, diesem Stück Scheiße, das Herz aus dem Leib reißen und es in die Sonne halten, während es noch schlug und das Blut dieses Verbrechers auf ihn spritzte.

Don und Jennifer hatten die Tagesgeschäfte des Bürgermeisters einstweilen übernommen. Sie hatten sogar darauf bestanden. Genau wie die gute alte Margaret Reece darauf bestanden hatte, ihn nicht mehr in die Nähe des Angeklagten zu lassen. Beim ersten Mal war es ihm gelungen, sich in das Verhörzimmer zu schmuggeln, den Mitleidigen zu spielen und dann alle zu überraschen. Verdammt, das war ein süßer Augenblick gewesen, als er seine Hände um den Hals des lachenden, schnaubenden Mistkerls geschlossen hatte. Wie kurz es auch gewesen war.

Doch unter gar keinen Umständen würde er sich von der Teilnahme an diesem Meeting abhalten lassen. Das erste Mal, dass Memu Bay sich gegen diesen Invasoren-Abschaum erheben und darauf bestehen konnte, dass alles nach Recht und Gesetz vorging. Es würde ihnen nicht gefallen, wenn ihre eigene falsche Legitimation gegen sie gerichtet wurde.

Er wartete im Büro des Commissioners der Marina Station, nicht weit entfernt von dem Zimmer, in dem das Verhör stattgefunden hatte. Der Commissioner war dort, zusammen mit seiner Chefin, Margaret Reece, und dem Polizeibeauftragten, der den Fall beaufsichtigte. Alle schienen Hemmungen zu haben, ihn direkt anzusehen, geschweige denn, mit ihm zu reden. Es störte Myles nicht. Er hatte nichts zu sagen. Und ihr ernstes Mitgefühl war nur eine beständige

Erinnerung an das, was die arme Francine hatte ertragen müssen. Allein der Gedanke daran drohte, einen neuen Zusammenbruch zu bewirken.

Die Tür öffnete sich, und Galliani führte Ebrey Zhang in den Raum, zusammen mit dem Rechtsoffizier von Zantiu-Braun, diesem Bralow.

Zhang nickte höflich. »Herr Bürgermeister.« Er streckte Myles die Hand entgegen.

Myles hätte dem Bastard am liebsten die Faust ins Gesicht geschlagen. Margret Reece hatte ihn gewarnt, doch Myles hatte nicht vergessen, wer seiner Tochter das Halsband umgelegt hatte. Die Polizeichefin beobachtete ihn scharf, genau wie der Bezirkscommissioner.

Zhang trat ein wenig bedrückt zurück.

»Danke sehr, dass Sie gekommen sind, Gouverneur Zhang«, begann Margret Reece. »Ich ließ Sie in Ihrer Eigenschaft als oberster Vorgesetzter von Halford Grabowski herbitten.«

»Ich verstehe.«

»Meine Beamten haben genügend Beweise gesammelt, um offiziell vor Gericht Anklage wegen Vergewaltigung einer Minderjährigen zu erheben. Der Magistrat hier hat uns einen vorläufigen Verhandlungstermin zugesagt. Als oberstem Vorgesetzten von Halford Grabowski bitte ich Sie hiermit förmlich für die Dauer des Verfahrens um die volle Unterstellung des Angeklagten in unseren Zivilgewahrsam. Wenn ich recht informiert bin, unterliegen die Strategischen Sicherheitsstreitkräfte von Zantiu-Braun unseren Gesetzen.«

»Das ist richtig«, sagte Ebrey Zhang.

»Gut.« Margret Reece winkte dem Magistrat, und

er trat vor und hielt dem Gouverneur einen Desktop-Pearl hin. Über den Bildschirm scrollte eine lange Anklageschrift.

»Danke sehr«, sagte Zhang. Er überflog das Geschriebene. »Dieses Datum ist erst in drei Wochen!«

»Ja«, sagte der Magistrat.

»Wie hoch ist die Höchststrafe, falls Grabowski für schuldig befunden wird?«

»Ich bin sicher, das wissen Sie bereits«, entgegnete Margret Reece. »Lebenslange Haft.«

»Selbstverständlich gibt es eine Alternative.«

»Nein, gibt es nicht!«, fauchte Myles. »Ich wusste es! Ich wusste es, verdammt, dass sie versuchen würden, sich den Weg aus dieser Sache herauszuschleimen!«

»Myles, bitte!«, sagte Margret. »Welche Alternative?«

»Wir werden ihn selbst aburteilen, vor einem Kriegsgericht«, sagte Zhang. »Es wird schnell gehen, und wir garantieren eine faire Verhandlung.«

»Wollen Sie damit andeuten, dass unsere Gerichtsverhandlung nicht fair wäre?«

»Keinesfalls. Doch weder Sie noch ich wollen, dass sein Anwalt Berufung wegen einer voreingenommenen Jury einlegt. Was angesichts der gegenwärtigen Stimmung in dieser Stadt ein begründeter Einwand wäre.«

»Mit anderen Worten, Sie wollen, dass er von Ihren Offizieren verurteilt wird?«

»Ja.«

»Nein, verdammt!«, brüllte Myles. »Sie werden diese Anordnung unterschreiben. Jetzt!«

»Ihr Polizeivertreter darf selbstverständlich unserer Anklage beiwohnen«, sagte Zhang. »Auf diese Weise können Sie sicher sein, dass der Fall korrekt verhandelt wird.«

»Ich verstehe das nicht«, sagte Margret Reece. »Warum ein anderes Gericht? Es wird aussehen, als würden Sie versuchen, das Urteil zu seinen Gunsten zu beeinflussen. Oder ...« Sie zögerte nachdenklich. »Denken Sie vielleicht darüber nach, eine Gefängnisstrafe auf der Erde zu verhängen? Ist es das? Wenn Sie ihn für schuldig befinden, nehmen Sie ihn mit zu sich nach Hause, anstatt ihn unseren Strafvollzugsbehörden zu überstellen?«

»Das ist es nicht, was geschehen wird.«

Myles setzte sich auf, als er dies hörte. Trotz seines inneren Aufruhrs war er immer noch Politiker genug, um zu erkennen, wenn ihm ein Handel angeboten wurde. »Welches Urteil droht ihm von Ihrem Kriegsgericht, wenn Sie ihn für schuldig befinden?«

Zhang blickte ihm direkt in die Augen. »Die Todesstrafe.«

Daran hatte Myles nicht einen Augenblick gedacht. Die Todesstrafe war ausdrücklich verboten, und kein Gericht auf Thallspring durfte sie verhängen. Wie eigenartig, dass er, der Wächter des Liberalismus' der Gründerväter, nun die Gelegenheit in der Hand hielt, gegen ihren ursprünglichen Wunsch zu verstoßen. Er musste es ablehnen, selbstverständlich, es ging gegen alles, wofür seine Kultur stand. »In diesem Fall«, sagte Myles, »in diesem Fall sind wir einverstanden.«

Fast ein Drittel der Kinder war an diesem Morgen nicht zur Vorschule erschienen, und das machte Denise traurig. Es war ein weiterer wunderschöner Tag, mit einer heißen Sonne, die bereits hoch an einem tiefblauen klaren Himmel stand. Eine Brise vom Meer war gerade genug, um Memu Bays kochende Straßen ein wenig abzukühlen.

Also war es nicht das Wetter, das die Kinder abgehalten hatte.

Heute war der Tag, an dem die Kriegsgerichtsverhandlung gegen Halford Grabowski begann. Die Bevölkerung von Memu Bay hielt kollektiv den Atem an. Nach all den Unruhen und den emotionalen Zornesausbrüchen, die damit einhergegangen waren, hatten sich die Leute endlich ein wenig beruhigt. Vielleicht waren sie schockiert über die mögliche Todesstrafe – nicht, dass irgendjemand dagegen protestiert hätte. Was auch immer der Grund war, die Trams verkehrten normal, und die meisten Läden schienen geöffnet. Nirgendwo war ein Zeichen von patrouillierenden Skins auf den Straßen zu sehen. Nur wenige Leute waren am Strand und genossen Sand und Wasser. Und Denise wusste, dass die hastig zusammengestellten Arbeiterräte in den großen requirierten Fabriken heute zusammentreten würden, um über eine Wiederaufnahme ihrer Arbeit zu beraten.

Trotzdem zögerten einige Eltern offensichtlich noch immer, ihre lieben Kleinen so früh aus den Augen zu lassen, nachdem die Stadt tagelang ausgesehen hatte, als könne sie hochgehen wie ein Pulverfass. Ironischerweise gehörte ausgerechnet Melanie Hazledine zu den Kindern, die erschienen waren. Francine hatte sie gebracht, und beide hatten hinten in einer großen schwarzen Limousine mit abgedunkelten Fenstern gesessen.

Denise beobachtete durch das Küchenfenster, wie sich die beiden Mädchen verabschiedeten. Melanie rannte in das Gebäude, um mit aufgeregtem Kreischen ihre Freundinnen zu begrüßen. Sie war seit einer Woche nicht mehr in der Vorschule gewesen.

»Wie geht es dir?«, fragte Denise leise.

»Gut«, sagte Francine und lächelte tapfer. »Ich mache mir nur Sorgen, wie nah diese Geschichte Daddy geht. Ich hätte nicht gedacht, dass es ihn so schlimm treffen würde.«

»Du kannst es ihm später erzählen, wenn du willst, nachdem diese Bastarde wieder weg sind.«

»Meinst du, ich sollte?«

»Ich weiß es nicht«, antwortete Denise aufrichtig. »Du würdest ihn erneut schockieren, so viel steht fest. Die Tatsache, dass seine liebe kleine Tochter Mitglied einer Widerstandsgruppe war und was sie getan hat, um ihrer Sache zu helfen...«

»Hat es geholfen?«

Denise legte die Hände auf die Schultern der Jüngeren, um ihre Dankbarkeit für das, was sie getan hatte, Ausdruck zu verleihen. »O ja. Sieh dich doch nur um. Sieh nur, was du erreicht hast! Sie können keine Patrouillen mehr durch unsere Straßen schicken. Weißt du, wie viel das den Menschen bedeutet? Nicht den Kopf einziehen und aus dem Weg gehen zu müssen, weil eine Bande von arroganten Schlägern über das Pflaster entgegen kommt? Und ihre Beutebemühungen haben einen finanziellen Rückschlag erlitten, von dem sie sich nicht wieder erholen werden. Sie werden keinen Cent an uns verdienen. Das alles hast du allein ermöglicht.«

»Ja.« Francine richtete sich auf und lächelte strahlend. »Das war ich. Der arme Daddy.«

»Sag es ihm, wenn du meinst, dass es ihm hilft. Soll er mir die Schuld geben; vielleicht ist es dann leichter für ihn. Wir werden aus dieser Sache nicht als die Opfer hervorgehen, denn wir sind es nicht. Sie sind es diesmal selbst.«

»Danke, Denise.« Francine beugte sich vor und küsste sie. »Du bist so stark. Wir brauchen dich, um sie zu schlagen. Ich möchte nicht, dass meine Kinder die Sterne fürchten müssen, wie ich es getan habe.«

Denise drückte sie. »Das werden sie nicht. Ich verspreche es dir.«

Nachdem alle Kinder eingetroffen waren, rief Denise sie zusammen und teilte die Media-Pads aus. Es war stets eine beliebte Beschäftigung. Sie spielte ihnen ein paar Melodien zum Mitsingen vor, während sie wunderbare regenbogenfarbene Dinge erschufen. Sie ging die Reihe entlang, und jedes Kind hielt ihr sein Werk zu Begutachtung hin. Sie machte Vorschläge zur Verbesserung und lobte und ermutigte ohne Ende.

Dann war Frühstückspause, und die Kinder tranken Saft und aßen Biskuits. Denise saß bei ihnen und trank ihren eigenen Tee.

»Erzählen Sie uns die Geschichte zu Ende, Miss!«, bat eines der Kinder. Die anderen schlossen sich in einem Chor von »Bitte, Miss!« an.

Denise tat, als zögerte sie, und stellte ihre Teetasse ab. »Es sind aber nicht alle da, und ich muss sie später noch einmal erzählen.« Was ihr einen Chor von Jubelrufen einbrachte.

»Also schön«, sagte sie mit einem gespielten Seufzer. »Ich denke, dann werde ich mal.« Schließlich, überlegte sie, schließlich weiß ich nicht, wie lange ich noch hier sein kann. Der Gedanke dämpfte ihre Stimmung; selbst angesichts der unglaublichen Möglichkeiten, die die Zukunft für sie bereithielt, würde sie diese lächelnden, schelmischen Gesichter vermissen. Vertrauen und Bewunderung waren in diesem Alter so leicht zu schenken. Sie fühlte sich wie eine Betrügerin, und das bekümmerte sie.

»Mozark benötigte siebzehn Jahre, um seine Reise rund um das Ring-Imperium zu vervollständigen. Schon Wochen vor seiner Heimkehr hatte das Königreich davon gehört. Auf jedem Planeten wurde gefeiert, und als Endoliyn die Neuigkeit erfuhr, brach sie in Tränen aus, so dankbar war sie, dass ihr Prinz nach Hause kam. Seit mehr als zehn Jahren hatte niemand mehr ein Wort über das Schiff und seine große Reise gehört. Was eine sehr lange Zeit ist, selbst für die beharrlichsten Gemüter unter uns.

Doch nun war der Tag gekommen, und Millionen Untertanen hatten sich um das gigantische Landefeld versammelt. Sie warteten stundenlang und starrten in den Himmel hinauf, wo sich das galaktische Zentrum von Horizont zu Horizont erstreckte und alles in sein silbernes Licht tauchte. Schließlich wurden sie mit dem Anblick eines winzigen schwarzen Pünktchens hoch oben in der Luft belohnt. Es wuchs und wuchs, bis seine Umrisse erkennbar wurden, und ein unglaubliches Rufen erhob sich von der Menge. Das Raumschiff landete genau auf der gleichen Stelle, von der es gestartet war und die in all den siebzehn Jahren leergestanden und auf seine Rückkehr gewartet hatte.

Mozark kam als Erster hervor und wurde von seinem Vater, dem König, begrüßt, der vor Freude über die Rückkehr seines Sohnes öffentlich weinte. Die restliche Mannschaft wurde mit großen Ehren empfangen, denn obwohl keiner von ihnen so berühmt war wie der Prinz, so hatten sie doch einen entscheidenden Anteil an der Reise gehabt.

Und dann, als all die öffentlichen Feiern hinter ihnen lagen, reiste Mozark zu dem Palast, wo Endoliyn lebte, und bat sie um Vergebung.«

»Warum?«, fragte Jedzella staunend. »Was hat er denn falsch gemacht?«

»Und genau das fragte Endoliyn ihn auch«, antwortete Denise und lächelte die Kleine an. »Auch sie wollte wissen, was er falsch gemacht habe. Und daraufhin antwortete Mozark, dass er siebzehn Jahre ohne sie verbracht habe, und das sei unverzeihlich. Sie hatten sich geliebt, als er aufgebrochen war, und so eine Trennung war nichts, das zwei Liebende jemals erfahren sollten. Sie lachte und sagte ihm, dass er dumm sei und dass sie ihn noch mehr liebte als vorher, weil er zu seiner Reise aufgebrochen sei. Wer wäre schon bereit, so viel für seine Ideale zu opfern? Und dann stellte sie ihm die Frage, die seit siebzehn Jahren auf ihren Lippen gewartet hatte: Was hast du gefunden?

Mozark war so beschämt von dieser Frage seiner Liebsten, dass er den Kopf senkte. Nichts, gestand er. Ich habe absolut nichts gefunden, das wir nicht selbst erdenken oder erschaffen könnten. In dieser Hinsicht habe ich völlig versagt; diese ganze angeblich so noble Reise war vergeblich. Fast hätte ich diese siebzehn Jahre gänzlich verschwendet.

Endoliyns Herz ging auf, als sie den winzigen Hoffnungsschimmer bemerkte. Und sie fragte ihn, was er denn mit ›Fast‹ meinte. Er antwortete, dass es tatsächlich etwas gab, das er gefunden hätte. Eine kleine, triviale, selbstsüchtige Sache, sagte er, die nur für mich und mich alleine ist. Und was ist das, mein Liebster?, fragte sie. Er sah sie an und antwortete: Ich habe herausgefunden, dass das Leben etwas unendlich Kostbares ist. Es spielt keine Rolle, wo man ist oder wer. Das Einzige, was zählt, ist die Art und Weise, wie man sein Leben lebt. Und gelebt werden sollte es, mit ganzer Kraft. Ich weiß nun, dass ich dies nur erreichen kann, wenn ich bei dir bin. Das ist das einzige Wissen, das ich zurückgebracht habe. Es ist mir egal, ob mein Königreich zu großem Ruhm aufsteigt oder untergeht – ich bitte dich nur, dass du bei mir bleibst.

Endoliyn lachte auf vor Freude und sagte, dass sie selbstverständlich ihr Leben mit ihm leben würde. Und Mozark war überwältigt von Glückseligkeit. Bald darauf heirateten sie, und Mozark wurde König, mit Endoliyn als Königin an seiner Seite. Sie regierten ihr Königreich für viele Jahre. Wenige erinnerten sich an einen Monarchen, der so weise und freundlich geherrscht hatte. Und selbstverständlich ging das Königreich nicht unter, sondern es wuchs und gedieh und gab all seinen Bürgern Schutz und Wohlstand und ein würdevolles Leben.«

Die Kinder warteten einen Augenblick, bis offensichtlich wurde, dass Denises Geschichte zu Ende war. Nicht wenige Kinder wirkten enttäuscht. Keine offene Empörung, doch Denise wusste, dass sie sich betrogen fühlten.

»Das ist alles?«, fragte Melanie schließlich.

»Ich fürchte ja«, gestand Denise freundlich. »Und was habt ihr nun aus Mozarks Reise gelernt?«

»Nichts!«, rief einer der Jungen. Die anderen kicherten.

»Das stimmt nicht ganz«, sagte Denise. »Ich habe eine Menge gelernt, und ich denke, das gleiche gilt für euch. Die Moral von der Geschichte ist einfach: Diese Technologie, die wir haben, und ich bin die Erste, die zugibt, dass es eine fabelhafte Technologie ist, darf uns nicht von uns selbst ablenken. Wissenschaft ist keine Antwort auf unsere Probleme, und Wissenschaft allein kann niemanden glücklich machen. Sie kann uns nur immer helfen, den Weg zu erleuchten. Das Glück hingegen müssen wir selbst finden, in der kurzen Zeit, die uns gegeben ist, durch dieses Universum zu gehen. Wenn ihr groß geworden seid, solltet ihr euch auf das konzentrieren, was für euch persönlich wichtig ist. In Mozarks Fall war dies seine Liebe zu Endoliyn, und er benötigte eine Reise um die gesamte Galaxis, um das zu erkennen. Erst als er in der Wissenschaft seiner Zeitgenossen nach einer Lösung für sein Problem suchte, erkannte er, wie leer eine solche Reise ist. Das Universum ist um euch herum, und ihr befindet euch in der Mitte. Das ist die einzige Art und Weise, wie ihr es jemals wahrnehmen werdet. Ihr seid das Allerwichtigste darin, jeder Einzelne von euch.«

Beschwichtigt, wenn auch nur so eben, sprangen sie auf und rannten hinaus in den Garten zu ihren Spielen.

»Sehr schön, meine Liebe.«

Denise wandte sich um und sah Mrs. Potchansky im Durchgang zur kleinen Küche der Vorschule stehen. »Danke sehr.«

»Ich wollte doch hören, wie alles zu Ende geht«, sagte die alte Lady.

»Also hat es Ihnen gefallen?«

»O ja. Ich glaube zwar immer noch nicht, dass man sie mit den Klassikern vergleichen kann, dazu müsste man noch Einiges polieren und herausarbeiten. Trotzdem bin ich froh, dass Sie ihnen die Geschichte erzählt haben.«

Denise sah hinaus zu den Kindern, die das übliche Chaos im Garten veranstalteten. »Vielleicht hätte ich ihnen einen Ausgang mit ein wenig mehr Tara erzählen sollen.«

»Wenn das das wirkliche Ende ist, dann muss sie so erzählt werden. Verkaufen Sie sich nie unter Wert, meine Liebe.«

Denise lächelte und stand auf. »Das habe ich noch nie.«

»Ich weiß.«

In der Stimme der alten Dame lag ein scharfer Unterton, der Denise unsicher innehalten ließ.

»Ich bin stolz auf Sie, Denise«, sagte Mrs. Potchansky. »Sie haben wunderbare Arbeit geleistet in diesen letzten Wochen. Die Umstände waren nicht gerade einfach. Es gibt mir Hoffnung für die Zukunft, wissen Sie?«

»Wir werden gewinnen, keine Sorge.«

»Selbstverständlich werden Sie das. Thallspring wird gewinnen.« Mrs. Potchansky kehrte in die Küche zurück.

Denise lauschte dem Klappern von Bechern und Tellern, die in die Spülmaschine geladen wurden, während sie sich fragte, wovon sie gerade geredet hatten.

Michelle Rake hatte gute Arbeit geleistet in dem Labor, das Josep und Raymond zugeteilt war. Es lag im Block für botanische Wissenschaften, einem der älteren Gebäude der Universität am Rand des parkähnlichen Campus'. Eine Avenue von Ehretiabäumen verband es mit der zentralen Gruppe von Fakultätsgebäuden, und ihre langen dunkelgrünen Blätter warfen dichten Schatten auf den Weg darunter. Die übrigen Studenten behaupteten, dass die weißen Blüten an den Rispen einen wundervollen Duft verströmten, doch bis dahin würde es noch einige Monate dauern. Die großen Bäume und die stille Luft verliehen diesem Bereich des Campus' eine zurückgezogene Aura, als seien die wichtigen Arbeiten und Forschungsgebiete weitergezogen und hätten lediglich ein paar alternde Akademiker zurückgelassen, um ihre Pflanzen inmitten der langsam verfallenden Gebäude zu versorgen.

Es war der perfekte Ort für Josep und Raymond und ihre I-Simulationen. Abgeschieden und doch mitten im Herzen von Durrell. Das Gebäude der botanischen Wissenschaften verfügte über ein Netzwerk, das mehrere Generationen veraltet war, und doch war es für ihre Bedürfnisse perfekt. Selbst jetzt, nachdem das Leben in der Hauptstadt mehr oder weniger in normale Bahnen zurückgekehrt war, hatten noch über dreißig Prozent der Studenten ihr Studium noch nicht wieder aufgenommen. Damit gab es nur wenige Leute, die Fragen bezüglich ihrer Anwesenheit im Gebäude stellen konnten; Botanik war nie ein überdurchschnittlich begehrtes Fach gewesen.

Kälteklima-Kammern verliefen entlang einer Wand des Labors und warfen bleiches, violettes Licht durch die beschlagenen Fenster. Das Kühlaggregat selbst ratterte und summte in einer Ecke vor sich hin. Die beiden langgestreckten Arbeitstische in der Mitte des Labors waren übersät von Glasapparaturen, die an ein kompliziertes chemisches Experiment erinnerten. Tische unter den hohen Fenstern waren übersät mit Tontöpfen, in denen die hässlichsten Kakteen in knochentrockener Erde gediehen. Der allgegenwärtige schwarze Würfel eines Datapool-Zugriffsknotens war unter einem der Tische versteckt, mit drei winzigen orangefarbenen LEDs, die auf der Vorderseite im Schatten leuchteten. Ein Prime-Programm hatte ihn vom Rest des Netzwerks abgeschirmt, ohne dass die Management-AS etwas bemerkt hätte. Im Innern des Würfels generierte eine Reihe neuraler Pearls das Bild der *Koribu,* wie es von einer sich nähernden Xianti aussehen musste. Josep und Raymond empfingen die Simulation durch ihre digital veränderten Zellbündel, was die Erfordernis von Stimsuits überflüssig machte. Die Sinneseindrücke entstanden direkt in ihren Gehirnen, während sie nebeneinander in zwei alten ledernen Armsesseln saßen und sogar die Andeutung von Schwerelosigkeit zu spüren glaubten. Sie hatten die Augen geschlossen und bemerkten nicht, was im Botaniklabor ringsum geschah. Für einen Außenstehenden musste es aussehen, als wären beide in tiefem REM-Schlaf.

Innerhalb der gemeinsamen virtuellen Umgebung befand sich Josep im Pilotensitz der Xianti, während Raymond und eine simulierte Denise hinter ihm in die Anzüge stiegen. Die *Koribu* war durch die Windschutzscheibe zu sehen, eine ausgedehnte Ansammlung von Maschinerie dreihundert Meter vor der Nase des Raumflugzeugs. Zwei weitere Xiantis näherten sich ebenfalls mit weit offenen Frachtluken dem gigantischen Raumschiff. Kleine Ein-Mann-Schiffe glitten hinaus, um ihnen zu begegnen, bereit, die wertvolle Fracht zu übernehmen.

»Kein physischer Kontakt mit dem Mutterschiff«, sagte Josep wehmütig. »Also aktivieren wir bei dreihundert Metern den Alarm wegen einer Fehlfunktion.«

Bernsteinfarbene Graphiken erschienen auf den Konsolenpaneelen und der Windschutzscheibe und meldeten einen hydraulischen Fehler in den Aktuatoren der Frachthangarluken der Xianti. Der Flugkoordinator der *Koribu* meldete sich. Josep beschränkte seinen Wortwechsel auf die Einzelheiten, die sie aus den Missionsdatenlogs des Raumhafens erfahren hatten.

Nachdem die AS des Raumschiffs die Systemdaten des Raumflugzeugs empfangen und bestätigt hatte, wurde ihnen Landegenehmigung im Wartungshangar des Raumschiffs erteilt. Für die meisten kleineren Fehlfunktionen wäre das Raumflugzeug zurück zur Oberfläche geschickt worden, um dort inspiziert und repariert zu werden. Wartungsarbeiten in Schwerelosigkeit waren ein schwieriges und kostspieliges Geschäft, und es gab nicht viele Situationen, die sie rechtfertigten. Nicht an die Fracht heranzukommen beispielsweise. Es war eine relativ einfache Prozedur, das Raumflugzeug mit zusätzlicher hydraulischer Energie zu versorgen, sodass die Hangarluken geöffnet und die Fracht entladen werden konnte. Anschließend konnte man die Luken wieder schließen und gegen den Atmosphäreneintritt versiegeln. Das Raumflugzeug würde nach Durrell zurückkehren und dort gründlich überholt werden. Dieses Szenario bot außerdem den Vorteil, dass niemand an Bord des Raumschiffs genau sehen konnte, was in den Frachträumen der Xianti war.

Während Josep das Raumflugzeug um die Frachtsektion der *Koribu* herumsteuerte, zog sich Raymond fertig an. Er hatte einen speziellen Raumanzug aus einem silbergrauen Gewebe, das nicht dicker war als Papier. In seinem inerten Zustand war das Gewebe ein wenig elastisch, sodass er relativ einfach hineinsteigen konnte. Die Kapuze des Anzugs war dicker, fast wie eine schützende Sportmaske. Er zog sie über, und kleine Tubuli verbanden sich mit seinen Nüstern und versorgten ihn mit Atemluft. Seine Lippen wurden von etwas eingehüllt, das sich anfühlte wie ein weicher trockener Schwamm und jede Exhalation auffing. Der Anzug verschloss sich auf der Vorderseite, dann zog er sich zusammen. Einen Augenblick lang fühlte sich Raymonds Haut an, als würde er an allen Stellen gleichzeitig gekniffen. Dann war die Gestaltanpassung abgeschlossen, und er spürte den Anzug überhaupt nicht mehr. Seine Oberfläche wechselte ihre Farbe, als sich die thermische Leitfähigkeit änderte und überschüssige Körperwärme aufnahm. Sein digital geschriebener neuraler Cluster empfing die Sinnesinformationen von Sensoren auf der Außenseite der Kapuze und vervollständigte seine Sicht.

Zum Schluss schlüpfte er in eine schwarze ärmellose Jacke und schloss sie über der Brust. Es war hauptsächlich ein Geschirr für verschiedene Waffen, Energiemagazine und Munition, doch sie verfügte auch über eine Reihe kleiner Gasdüsen an Schultern und Leib und verlieh ihm auf diese Weise eine gewisse Manövrierfähigkeit im Freien Fall.

Denise war inzwischen ebenfalls fertig angezogen. Sie hielt sich an einem Griff in der Nähe der Luftschleuse fest.

»Fertig«, sagte Raymond zu Josep. Er und Denise schwammen in die Schleuse. Die Innentür schloss sich. Denise aktivierte den Schleusenzyklus.

»Bereithalten«, sagte Josep über die abhörsichere Verbindung. »Wir sind fünfzig Meter entfernt.«

Die Außenluke schwang auf. Raymond sah die Antriebssektion des Raumschiffs vorübergleiten. Seine kryogenische Isolation erstrahlte hell im leuchtenden Sonnenlicht. Er packte den Rand der Luke und zog sich selbst hinaus.

Die Xianti hielt auf die trommelförmige Frachtsektion des Raumschiffs zu. Hundert leere Silos öffneten sich in die Schwärze. Das Sonnenlicht kam aus dem falschen Winkel, um direkt hinein zu leuchten, auch wenn er ein paar erkennen konnte, die mit Frachtcontainern gefüllt waren. Voraus und hinter den gewaltigen Silos glitten die riesigen Türen des Wartungshangars beiseite und enthüllten den Blick auf einen rechteckigen Metallkrater. Mechanische Gerüste streckten ihre Mandibeln aus und bereiteten sich darauf vor, das Raumflugzeug zu packen.

»Jetzt!«, befahl Josep.

Raymond spannte die Beinmuskeln an und stieß sich ab. Die Jackendüsen feuerten augenblicklich und vergrößerten seine Geschwindigkeit. Er flog schnell und auf geradem Weg auf eines der offenen Silos zu. Die Düsen feuerten erneut und verringerten seine Geschwindigkeit wieder. Raymond packte die Gitterstruktur aus Metall und zog sich daran auf die Oberseite des Silos. Denise war in einem anderen Silo, zwanzig Meter entfernt. Sie hob einen Arm und winkte. Er winkte zurück und setzte sich erneut in Bewegung.

Hand über Hand krochen sie an der Frachtsektion entlang, bis sie das Ende erreicht hatten. Fünfzehn Meter vor ihnen drehte sich lautlos das erste Habitationsrad. Eine Wand aus verschrumpeltem Schaum, die sich schnell genug bewegte, um wie fließendes Wasser auszusehen. Er folgte seinem Kurs, und die Kurven wurden erkennbar. Die Illusion löste sich auf.

Beide krochen entlang der Frachtsektion auf die Achse des Habitationsrades zu. Zwanzig Meter weiter befanden sie sich auf gleicher Höhe mit der Oberseite des Rades. Raymonds Anzug musste seine visuelle Empfindlichkeit heraufdrehen, so dunkel war die Lücke zwischen Frachtsektion und Habitationsrad. Die Schaumschicht reflektierte so gut wie kein Licht.

Sobald er wieder einigermaßen sehen konnte, speiste Raymond seine Position in den Funktionskontrollpearl des Raumanzugs, gefolgt von der relativen Geschwindigkeit des Rades. Schließlich ließ er das Metallgitter der Frachtsektion los und schwebte hinüber zum Rand des Habitationsrades. Als er gerade noch einen Meter darüber war, feuerten die Jackendüsen erneut und beschleunigten ihn in die gleiche Richtung, in der das Rad rotierte. Von seiner Position aus schien es, als verlangsamte das Rad seine Rotation immer mehr, je näher er kam. Zwischen dem Schaum ragten zahllose Apparaturen hervor, Leitungen, Rohre, sogar Leitern. Er packte eine davon, eine dicke Metallschlaufe, und die falsche Gravitation ergriff von ihm Besitz und zog ihn sanft auf die Oberseite des Rades herunter. Ein Sechstel seines Körpergewichts kehrte zurück und hielt ihn sicher fest.

Er sah, dass Denise ein Viertel des Weges um das Rad herum hinter ihm gelandet war. Sie winkte ihm mit erhobenem Daumen. Raymond stand auf, vorsichtig darauf bedacht, keine hastigen Bewegungen zu machen. Er hatte den sehr deutlichen Eindruck, dass hinter dem Rand des Rades jetzt *unten* war. Falls er ausrutschte, würde die Zentrifugalkraft ihn vom Raumschiff weg und mitten hinein in den Erfassungsbereich seiner Sensoren schleudern. Er machte ein paar vorsichtige Schritte auf die Mitte des Rades zu und untersuchte die Struktur unter seinen Füßen mit Tiefensinnen. Partikelresonanz fand eine freie Stelle, und er nahm eine Schlaufe Energiefokusband aus seiner Jacke. Er breitete das Band so auf dem Schaum aus, dass es einen Kreis von ungefähr zwei Metern Durchmesser formte.

Einhundert Meter weiter hinten tat Denise genau das Gleiche. Raymond trat von dem Band zurück und aktivierte es mit einem gepulsten Kode. Der Schaum unter dem Band verdampfte blitzartig, zusammen mit der Karbon-Titan-Legierung darunter. Ein zwei Meter großes Stück Rumpf schoss nach oben, herausgedrückt von einer schäumenden Luftsäule. Helles weißes Licht schien aus dem Loch. Papier, Kleidung, elektronische Module und oszillierende Sprays aus Flüssigkeit füllten die Luftsäule und jagten in die Dunkelheit der Achse weit oberhalb davon.

Raymond wartete, bis die Druckwelle abebbte, dann eilte er nach vorn und ließ sich ins Innere des Rades fallen. Er befand sich in einer Art Lounge, und überall schwebten die Überreste der Dekompression umher. Hellrote Alarmlampen blinkten. Das Notschott hatte die Luke nach draußen verschlossen. Sein Anzug-Pearl fand die interne Netzwerkfrequenz des Habitationsrades, und das Prime strömte in die Knoten.

Er ging zu dem Notschott und benutzte das Prime, um die Sicherheitseinstellungen außer Kraft zu setzen. Es glitt zur Seite, und er betrat die dahinter liegende Schleusenkammer. Das Schott schloss sich wieder, und vor ihm öffnete sich die Luke. Besatzungsmitglieder des Raumschiffs rannten planlos hin und her. Das Prime deaktivierte sämtliche internen Kommunikationskanäle und schaltete anschließend die Beleuchtung aus. Für Raymond machte es keinen Unterschied, er sah gleich gut im infraroten Bereich und mit Laserradar. Er zog eine EC-Pistole und begann zu töten.

Nach der I-Simulation öffneten Raymond und Josep die Augen und blinzelten wegen der hellen Nachmittagssonne, die durch die Fenster des botanischen Labors schien. Josep stand als Erster auf und streckte sich ausgiebig.

»Nicht schlecht«, sagte er. »Allerdings denke ich, dass wir allmählich anfangen sollten, schwierigere Szenarios durchzuspielen.«

»Ja, schätze, du hast Recht. Im Augenblick ist es ein wenig zu leicht.«

»Wir könnten damit anfangen, dass du beim Verlassen des Raumflugzeugs entdeckt wirst.«

»Oh, großartig.«

Josep grinste und warf einen Blick auf seine Uhr. »Uns bleiben noch zwei Stunden, bevor Michelle zurückkommt.«

»Wie läuft es?«

»Prima. Seit sie Aktivistin ist, hat sich ihre Einstellung gründlich verändert. Sie mag ihren Kurierdienst; es gibt ihr das Gefühl, etwas Wichtiges zu leisten. Wie sieht es mit Yamilla aus?«

»Ich konnte sie nicht gewinnen, nicht einmal für ganz einfache Dinge«, sagte Raymond. »Sie ist zu ängstlich. Schon der Vorschlag würde sie so erschrecken, dass sie weglaufen würde, und ich müsste mir eine neue Deckung suchen.«

»Nicht jetzt, das können wir uns nicht leisten.«

»Ich weiß. Wie die Sache aussieht, denkt sie, ich treffe mich mit einer anderen. All diese nächtlichen Ausflüge ...«

»Wo wir gerade davon reden ...«

»Ja.« Raymond füllte zwei Tassen mit Wasser und ließ in jede einen Teewürfel fallen, bevor er sie in den Mikrowellen-Alkoven schob. »Wir brauchen die Kommunikationsschlüssel.« Es war eine herbe Überraschung gewesen, als sie die Daten aus der Xianti analysierten. Sie hatten gewusst, dass der Funkverkehr des Raumflugzeugs verschlüsselt war, obwohl sie sich bis dahin nicht die Mühe gemacht hatten, ihn abzuhören. Hätten sie es getan, dann hätten sie vorher gewusst, dass nicht einmal das Prime ihn entschlüsseln konnte. Theoretisch, mit genügend Zeit und Rechenleistung, war natürlich jeder Kode zu entschlüsseln, doch Zantiu-Braun benutzte für seine Raumflugzeuge eine besonders starke, vierdimensionale Verschlüsselungstechnik, die sich jedes Mal änderte. Selbst mit den Ressourcen, die Raymond und Josep zur Verfügung standen, könnten sie ihn nicht innerhalb des Zeitrahmens entschlüsseln, der für eine erfolgreiche Operation notwendig war.

»Zu schade, dass die Schlüssel materiell sind. Zantiu-Braun scheint die Sicherheit seiner Raumflugzeuge sehr ernst zu nehmen.«

»Das Prime findet immer wieder obskure Referenzen über Santa Chico«, sagte Raymond. »Ich weiß nicht, was genau dort geschehen ist, aber es wäre möglich, dass sie dort mit irgendeiner Waffe konfrontiert wurden und ein Raumschiff verloren haben.«

»Kein Wunder, dass sie so vorsichtig sind. Einmalige dimensionale Verschlüsselung, also wirklich.« Josep schüttelte bewundernd den Kopf. »Ich gehe sie in den nächsten Tagen aus einem der Raumflugzeuge holen.«

»Hat sich die Aufregung wegen Dudley Tivon inzwischen ein wenig gelegt?«

»Ein wenig, ja. Die Polizei hat den Zwischenfall heruntergestuft auf Level fünf. Das Prime hat allerdings Aktivitäten in der Sicherheits-AS von Zantiu-Braun aufgefangen, Informationen für das leitende Personal. Ich nehme an, sie haben sich für den

Zwischenfall interessiert, weil Tivon am Raumhafen gearbeitet hat. Aber es ist nie etwas hinterher gekommen.«

»Dann sind wir also sauber?«

»Sieht danach aus.«

»Gut. Nach dem, was ich von Denise gehört habe, ist sie auch fertig mit ihren Vorbereitungen.«

Kapitel Drei

Als Lawrence das erste Mal nach Thallspring kam, betrachtete er sich bereits als alten Veteranen. Er war entspannt genug, um die Planeten zu genießen, zu denen Zantiu-Braun ihn sandte. Im Fall von Thallspring half die Tatsache, dass die Bevölkerung keinen ernsten Widerstand leistete. Es machte Lawrence nichts aus, dass er nach Memu Bay statt in die Hauptstadt geschickt wurde. Das Küstenstädtchen war klein genug, um leicht kontrollierbar zu sein und groß genug, um ausgiebige Freizeitmöglichkeiten zu bieten. Die Zantiu-Braun-Platoons hatten schon nach der ersten Woche nach der Landung ausgiebig Gebrauch gemacht von den Clubs und Bars entlang der Marina, und selbst die Einheimischen hatten widerstrebend angefangen, ihre Wirtschaftskraft nach dem Ausbleiben der normalen Touristen zu schätzen.

Die Kampagne war bis zur fünften Woche einigermaßen ordentlich verlaufen, als irgendein irrer Rebell Brandanschläge auf zwei der einheimischen Nahrungsmittelfabriken unternommen hatte. Anschließend war der Zantiu-Braun-Gouverneur gezwungen gewesen, die Nahrungsmittel für jedermann zu rationieren und als Vergeltungsmaßnahme drei Kollateralhalsbänder zu aktivieren. Die Stimmung in der Stadt war umgeschlagen, auch wenn die biochemischen Fabrikanlagen, die für die Gewinnrealisierung von Zantiu-Braun arbeiteten, nicht in Mitleidenschaft gezogen worden waren.

Also hatte Lawrence an diesem Abend nicht allzu sehr gemurrt, als Sergeant Ntoko verkündet hatte, dass Platoon 435NK9 zu einer Patrouille durch das Hinterland abkommandiert worden war.

Sie sammelten sich früh am nächsten Morgen vor dem Hotel, das als Unterkunft diente. Ein Konvoi aus acht Jeeps, der drei Platoons transportierte, begleitet von fünf Zehn-Tonnen-Lastern, um sämtliche Vermögenswerte mit zurückzubringen, die sie unterwegs fanden. Sie rollten durch das Stadtzentrum und zum im Osten gelegenen Anfang des Great Loop Highway.

Obwohl die meisten Siedler auf Koloniewelten in Städten lebten, die auf mit Gammastrahlen von einheimischer Flora und Fauna befreitem Gelände standen, ließen sich einige in der Wildnis zwischen einheimischen Pflanzen und Tieren nieder. Diese kleineren Ortschaften und Gehöfte wurden fast immer gegründet, um ein wertvolles einheimisches Gewächs zu sammeln oder Mineralien abzubauen. Draußen im gebirgigen Hinterland von Memu Bay lagen mehrere Dutzend dieser Siedlungen, alle durch den Great Loop Highway miteinander verbunden, der in einem annähernden Oval durch die Mitchell Mountains führte, eine Reihe vulkanischer Gipfel, die seit tausend Jahren schliefen.

Fünfunddreißig Kilometer von Memu Bay entfernt war der Great Loop Highway noch immer ein breites, ebenes Asphaltband, das die Küstenstadt umschloss. Die Mitchells erhoben sich aus dem dichten Dschungel vor ihnen. Lawrence saß auf dem Beifahrersitz des Jeeps, während Kibbo in das Hügelland fuhr. Er konnte den Rücken sehen, der sich bis zum Horizont erstreckte. Vulkanismus hatte ein gewaltiges Plateau aus dieser Seite des Kontinents nach oben gedrückt, das sich über mehr als zweihundert Kilometer parallel zur Küste erstreckte. Die Hochfläche des Plateaus war einigermaßen eben, eineinhalb Kilometer über Meereshöhe. Wegen seiner Größe besaß es ein eigenes Mikroklima. Mitten in der vorherrschenden tropischen Hitze führten die Winde kühlere, feuchtere Luft heran, die das gesamte Gebiet bewässerten. An den niedrigeren Hängen war die üppigste Vegetation des gesamten Planeten zu finden. Zwei große Ströme entsprangen in der Mitte des Plateaus und flossen von dort zum Meer, zusammen mit unzähligen kleineren Wasserläufen. Doch es waren die Gipfel selbst, die die Silhouette beherrschten, angefangen bei kleinen runden Hügeln bis hin zu gigantischen gezackten Felskonussen von mehr als sieben Kilometern Höhe. Auf mehr als der Hälfte von ihnen glitzerte Schnee, erstaunlich hell in der klaren Luft.

»War schon mal irgendjemand auf diesen Brocken?«, fragte Kibbo.

»Ich denke ja«, antwortete Lawrence. »Ich hab Reisebüros in der Stadt gesehen, die Trekkingurlaub auf dem Plateau anbieten.«

»Ich hoffe nur, die armen Trottel haben Powersuits. Sieht ziemlich rau aus da oben.«

»Der Mount Horombo ist der höchste von allen, acht Kilometer. Dafür braucht man keinen Powersuit, nur gut isolierende Unterwäsche. Und eine Sauerstoffmaske, könnte ich mir denken.«

»Lust, es auszuprobieren?«

Lawrence lachte. »Keine Chance, Mann.«

»Ich hätte nichts gegen einen Versuch«, sagte Kibbo. »Muss eine phantastische Aussicht sein von dort oben.«

»Jede Wette, dass der Gipfel die meiste Zeit über wolkenverhangen ist.«

»Meine Güte, Lawrence! Du bist ja so ein Pessimist!«

Lawrence lächelte insgeheim. Die elende, emotional verwirrende Zeit, die auf sein fehlgeschlagenes Assessment in Amsterdam gefolgt war, lag lange hinter ihm. Die Erinnerungen schmerzten nicht länger, wenn sie einmal wieder aufstiegen und er sie betrachtete. Tatsächlich konnte er heute staunend zurücksehen und sich fragen, wie er sich überhaupt jemals in eine Frau wie Joona hatte verlieben können. Meine Güte, er hatte wirklich alle Warnzeichen ignoriert!

Manchmal überlegte er sogar, ob er sich erneut für das Offizierscollege bewerben sollte. Zantiu-Braun mochte von einer Bande Arschlöcher beherrscht werden, doch es war immer noch seine einzige Chance, den uralten Traum zu verwirklichen. Trotz allem, was ihm in den letzten Jahren widerfahren war, hatte er die Hoffnung nie ganz fahren lassen. Und er hatte eine verdammt gute Akte bei der Strategischen Sicherheit. Sergeant Ntoko sagte, dass er ihn für die Streifen des Corporals vorschlagen würde, sobald die Thallspring-Kampagne vorüber wäre. Und er war sicher, dass sein Anteil inzwischen groß genug war, um den Deputy Principal des Colleges zufrieden zu stellen.

Das Leben war im Augenblick gar nicht schlecht. Pessimismus spielte jedenfalls keine Rolle darin.

Der Konvoi wand sich den Hang zum Plateau hinauf. Je steiler es hinaufging, desto größer wurden die Bäume zu beiden Seiten der Straße. Die Zweige waren überwuchert von Ranken, und gewaltige Geflechte bildeten ein dichtes, zerfranstes Flechtwerk zwischen Ästen und Stämmen, aus dem Kaskaden goldener und schwarzer Blüten sprossen. Rings um die Fahrzeuge fielen reife graue Früchte zu Boden und machten den Asphalt schlüpfrig. Feuchtigkeit hüllte den Konvoi ein, dichter warmer Dampf waberte um die Baumstämme. Die Skinsuits waren fast weiß, so viel Wärme mussten sie abstrahlen.

»Great Loop, am Arsch!«, brummte Sergeant Ntoko vom Führungsjeep. Die Straße war nur noch ein schmales Asphaltband, dessen Ränder erbarmungslos von Büscheln aquamarinfarbenen Grases weggefressen wurden. Er musste häufig langsamer fahren wegen herabgefallener Äste und das Schutzgitter vor der Kühlerhaube des Jeeps dazu benutzen, sie aus dem Weg zu schieben. Selbst die Asphaltschicht war aufgerissen und gab den Blick frei auf rote Erde darunter. Insekten, ähnlich irdischen Termiten, waren damit beschäftigt, um die Basis der Stämme herum ihre Erdschlösser zu errichten. Die winzigen Kreaturen schieden einen chemischen Klebstoff aus, mit denen sie winzige Schmutzklümpchen verbanden, und ihre unregelmäßig geformten Hügel schimmerten im intensiven Sonnenlicht metallisch purpurn und blau.

Die Luft war spürbar kälter, als sie schließlich das Plateau erreichten. Voraus standen die Bäume nicht mehr so dicht beisammen, auch wenn die einzelnen Exemplare noch größer zu sein schienen als die an den Hängen. Sie waren dreißig oder vierzig Meter hoch. Zwischen ihnen war der Boden bedeckt mit gewaltigen Dornenbüschen, deren ledrige, verschrumpelte Samenkapseln drei oder vier Meter hoch in der Luft schwankten. Der Great Loop Highway verkam zu einer stark verdichteten unbefestigten Piste mit tiefen ausgefahrenen Reifenspuren, die sich zwischen den Büschen hindurch wanden. Rußschwarze Klumpen markierten die Ränder, wo Wartungsroboter jeden lebenden Trieb verbrannt hatten, der auf die Straße gekrochen war. Um jedes mögliche Abweichen zu verhindern, standen im Abstand von einem Kilometer schlanke Metallpfeiler mit einem hohen Ring aus Solarzellen, um ihre Signallampen und Transponder mit Energie zu versorgen.

Lawrence wandte sich wieder den Bergen zu. Inzwischen waren mehr Mitchells sichtbar und schoben sich unverblümt aus der üppigen subtropischen Ebene, die Ehrfurcht erregenden Monumente tektonischer Hartnäckigkeit. Lange Streifen dunkler Wolken trieben um sie herum und tauchten die unteren Hänge in heftigen Regen.

Als Erstes erreichte der Konvoi Rhapsody Province. Ein Areal, das von Dutzenden schiefergrauer Schutthaufen markiert war, wo Minenausrüstung sich tief in das Stratum des Plateaus fraß und nach Bauxitvorkommen jagte. Die Erdauswürfe waren frisch und dunkel und übersät von nassen Chemikalien, die verhinderten, dass irgendetwas auf den trügerischen, rutschenden Seiten wuchs.

Aluminium gehörte nicht zu den Metallen, die der

Auley lieferte. Und einen weiteren Asteroiden einzufangen, auf dem es in größeren Mengen vorkam, wäre angesichts des Verbrauchs der Industrie von Thallspring nicht wirtschaftlich gewesen. Die meisten Städte hatten ihre eigene Quelle, und Rhapsody Provence produzierte genügend Überschuss, dass Memu Bay sogar zu anderen Siedlungen exportieren konnte.

Mitten in Rhapsody lag Dixon, eine typische Bergbaustadt – oder wenigstens ein Technikzentrum, wo Minenmaschinerie gewartet und repariert wurde. Ein ganzes Viertel der Stadt bestand aus großen Wellkompositschuppen, wo kybernetische Werkzeuge und Menschen Seite an Seite das Bergbau- und Verhüttungsgerät warteten. Es gab sogar ein kleines Fusionskraftwerk einen Kilometer entfernt, ein flaches, weißes Betonsechseck mit einem leicht konvexen Dach. Es war umgeben von Masten, und rote Stromkabel führten nach draußen zu den Minen.

Die Häuser, Läden und Büros, die den Rest von Dixon ausmachten, sahen alle nach Fertigbauweise aus. Ihre Grundrisse und ihre Größe waren unterschiedlich, doch jede Wand bestand aus den gleichen isolierten Kompositpaneelen, und jedes Dach war ein mattschwarzer Sonnenkollektor. Selbst die Klimaanlagen draußen vor den Gebäuden waren gleich, und überall surrten Ventilatoren hinter rostenden verchromten Wärmetauscherfinnen. Die staubige vulkanische Erde vernebelte die Luft über dem Straßengitter und belegte jede Oberfläche mit einer dunkel-ockerfarbenen Patina.

Als der Konvoi am Ende der Hauptstraße eintraf, musste er anhalten und umkehren. Einer der massiven Grabungsprozessoren wurde nach einer Reparatur in der Werkstatt wieder zu seinem Einsatzort zurück verfrachtet. Die Einheit war zweimal so groß wie eine Lokomotive und dreimal so breit. Sie ruhte auf einem noch breiteren Lader, dessen Raupenketten so breit waren, wie Lawrence groß war. Er pfiff staunend in seinen Skinhelm, als das gewaltige Gebilde vorbeikroch und die umliegenden Gebäude erzitterten.

Captain Lyaute, der den Konvoi kommandierte, befahl den Fahrzeugen, auf dem zentralen Platz der Stadt zu halten. Bis sie dort in einem Kreis geparkt hatten und die Squaddies heraussprangen, hatte sich bereits eine beträchtliche Menschenmenge versammelt. Es war das erste Mal, dass Zantiu-Braun das Plateau besuchte; die Leute waren offensichtlich neugierig. Sie waren außerdem misstrauisch und blickten düster drein, und sie hielten gebührenden Abstand von den Skins.

Lawrence hoffte, dass sie die Fähigkeiten ihrer Skinsuits nicht würden demonstrieren müssen. Es hatte mehrere unangenehme Tage gedauert, um die Bürger von Memu Bay zu überzeugen, dass sie unbesiegbar waren und jeder besser daran tat, den Kopf einzuziehen und zu tun, was von ihm verlangt wurde. Doch diese Leute hier waren eine Bande hartgesottener Techniker und Ingenieure, und sie verfügten über eine Reihe von Hardware und Werkzeugen, mit denen sie durchaus imstande waren, Skin zu penetrieren, falls sie korrekt und kreativ damit umzugehen verstanden.

Lyaute bellte ein paar Befehle, und drei Skins packten jeweils einen Zivilisten. Bevor irgendjemand reagieren konnte, hatten sie ihnen Kollateralhalsbänder umgelegt. Dann redete der Captain zu der Menge; rasch musste er die Lautstärke des Anzuglautsprechers hochdrehen, als die Menge ihm Beleidigungen und Schimpfworte entgegenschleuderte.

Sie waren wütend über das, was ihnen gesagt wurde, dass die Squaddies durch ihre Stadt gehen und sich alles nehmen würden, was auch nur entfernt wertvoll schien. Jeder Widerstand würde zu einer Aktivierung der Kollateralhalsbänder führen.

Nachdem er gerade zwei Straßen weit marschiert war, erkannte Lawrence, dass der Konvoi reine Zeitverschwendung war. In Dixon gab es nichts, das wert gewesen wäre, mitgenommen zu werden. Nicht, dass die Stadt es so gesehen hätte. Sobald die Skins die gewaltigen Werkstattschuppen betraten, fanden sie die Sattelschlepper, mit denen das Aluminium nach Memu Bay transportiert wurde. Nur, dass sie seit dem Tag, an dem die fremden Raumschiffe in den Orbit gekommen waren, nicht mehr benutzt worden waren. Jeder einzelne der großen Anhänger war randvoll mit Aluminiumbarren. Doch das war nur ein Bruchteil des Schatzes. Lawrence und Amersy betraten die erste der großen Hallen und blieben staunend stehen. Aluminiumbarren stapelten sich bis unter das Dach. Niemand würde das einzige Produkt der Stadt hinunter zur Küste transportieren, wo es von den Invasoren gestohlen und auf ihren Piratenschiffen davongeschleppt werden würde. Amersy lachte, als er den Metallberg sah.

»Was für ein Idiot glaubt, wir könnten es uns leisten, eine wertlose Ladung Aluminium auf einem Raumschiff zur Erde zu schaffen?«

Lawrence teilte seinen Spott nicht. Thallspring hatte vor dieser ersten Kampagne noch nie eine Gewinnrealisierungskampagne mitgemacht. Und hier draußen im Hinterland wussten sie ganz gewiss nicht, was Zantiu-Braun als wertvoll betrachtete und was nicht. Deshalb gingen sie auf Nummer sicher und versuchten zu schützen, wofür sie gearbeitet hatten. Er konnte es verstehen.

Als Dixons AS untersucht wurde, zeigten die Logs, dass die Grabungsprozessoren mit minimaler Leistung arbeiteten, und das bereits seit Wochen. Der einzige Grund, warum die Operatoren ihre Maschinerie nicht ganz gestoppt hatten, war die Mühe, die erforderlich war, um sie anschließend wieder zum Laufen zu bringen.

Captain Lyaute erklärte den Minenmanagern die finanzielle Wirklichkeit, die hinter der Gewinnrealisierung steckte, und versuchte ihnen zu erklären, dass sie lediglich Zeit verschwendeten, indem sie ihre Maschinen quasi im Leerlauf betrieben. Die Manager funkelten ihn schweigend an.

Ein Jeep wurde zum Hospital geschickt. Ein Teil der teureren Medikamente und Impfstoffe wurde in ihn verfrachtet. Ein Laster wurde zum Fusionskraftwerk gefahren, wo er die teuren Ersatzteile einladen konnte. Lawrence und Amersy halfen dabei, Bohrköpfe aus ihren Lagerregalen in einem der großen Schuppen zu wuchten und auf einen Laster zu hieven. Die sperrigen Konusse waren mit langen kompressionsgebundenen Diamantklingen gespickt, die Zantiu-Braun in Memu Bay abbauen und anschließend hinauf zu den wartenden Raumschiffen transportieren würde.

»Ihr bringt uns um unseren Lebensunterhalt!«, rief einer der erbosten Techniker. »Wie sollen wir uns etwas zu essen kaufen, wenn wir nicht arbeiten können, ihr Bastarde!«

Lawrence ignorierte ihn.

»Der Junge hat nicht Unrecht«, sagte Kibbo. »Das erscheint mir ziemlich kleinlich. Die Klingen, in Ordnung, sie sind Hightech und teuer. Aber Medikamente aus dem Krankenhaus?«

»Es ist das Gleiche für jeden auf diesem Planeten«, entgegnete Lawrence. »Sie produzieren Ersatz, sobald wir wieder weg sind. Wir nehmen schließlich keine Fabriken mit zur Erde.«

»Trotzdem, ich hab es mir anders vorgestellt.«

»Worum es geht, ist, dass wir hier oben gesehen werden«, sagte Ntoko zu ihnen. »Wir zeigen Flagge, das ist alles. Das Hinterland soll wissen, dass wir da sind und dass wir real sind. Es ist bei jeder Kampagne so. Man schickt einen Konvoi in das Hinterland, um ihnen zu zeigen, dass sie nicht immun sind. Würden wir das nicht tun, wären Käffer wie das hier ein Hafen für Flüchtlinge und Widerstandsbewegungen. Und die Kosten für diese Konvois werden finanziert mit ...«

»... mit wertvollen Waren«, beendete Amersy den Satz. »Gewinnrealisierung in Miniatur.«

»Du hast es begriffen.«

Lyaute beschloss, dass der Konvoi nicht über Nacht in Dixon bleiben würde. Die Spannung und aufgestaute Wut unter der Bevölkerung drohte überzukochen, und es gab einfach zu viele von diesen verlockenden schweren Werkzeugen.

Als Lawrence wieder in seinem Jeep saß, beobachtete er mehrere Skins von den anderen Platoons, die Schmuck und andere Wertgegenstände in ihre persönlichen Seesäcke stopften.

Der Konvoi lagerte in der Nacht auf der Ebene, dreißig Kilometer hinter Dixon. Am nächsten Tag fuhren sie nach Stanlake Province, wo mehrere Dörfer am Ufer des großen Sees lagen. Sie ernteten seltsame Wasserpflanzen wegen der komplexen organischen Verbindungen, die in den biomedizinischen Fabriken von Memu Bay benutzt wurden. Die Vermögenswerte hier waren noch spärlicher als in Dixon. Sämtliche Dörfer erzeugten ihre Energie mit Solarpaneelen; es gab kein Fusionskraftwerk. Nur drei von ihnen hatten einen Arzt – schwer erkrankte oder verwundete Patienten wurden nach Dixon geschafft oder mit dem Helikopter nach Memu Bay geflogen. Die elektronischen Systeme waren Jahrzehnte alt. Und die organischen Verbindungen in ihrer Rohform waren so gut wie wertlos. Lyaute überprüfte, ob sämtliche Rohstoffe nach Memu Bay geschickt wurden. Das war der Fall.

Sie fuhren am See vorbei und tiefer hinein in die Hochebene. Am dritten Tag erreichten sie Arnoon Province. Mehrere der Mitchell-Gipfel drängten sich hier und erschufen zwischen sich tiefe mäandernde Täler. Dichter Wald hatte die geschützten Sättel zwischen den hohen Hängen kolonisiert. Kleine weiße Wölkchen strömten von den schneebedeckten Gipfeln herab und wanden sich über den Baumwipfeln. Der Great Loop Highway führte geradewegs durch die dichteste Vegetation hindurch. Bäume und Ranken sperrten die Sonne für lange Zeiträume aus. Flache Baumstümpfe säumten die Straße, wo die Roboter den Weg freigeschnitten hatten, und bauchige Fächer heller, korallenrosafarbener Pilze wuchsen aus dem feuchten verrottenden Holz. Doch nicht einmal die Roboter wurden mit den Kriechpflanzen fertig, die sich über den Asphalt hin ausbreiteten. Trotz des Allradantriebs des Wagens entwickelte sich die Fahrt allmählich ungemütlich.

»Was machen diese Hinterwäldler eigentlich?«, fragte Kibbo, während sie durch einen weiteren Tunnel aus Vegetation hüpften und schaukelten. Zwei Stunden im kühlen Wald, und sie hatten noch immer keine Spur menschlicher Besiedlung gefunden.

»Ich glaube, sie bauen Tigercotton an«, sagte Amersy.

»Das machen sie in Laeti Province«, widersprach Lawrence. »Arnoon sammelt Willow-Web, diese Rebe, die nur hier in diesem Wald wächst; offensichtlich ganz ähnlich Wolle. Sie haben eine Menge kybernetischer Webstühle, die Kleidung und Teppiche herstellen. Die Städte zahlen Spitzenpreise dafür.« Er brummte, als plötzlich Erinnerungen in ihm aufstiegen. Isoliert lebende Kleinbauern in den Bergen, die ihre Wolle an reiche Touristen verkauften und mit dem Geld das wenige erstanden, das sie für ihre Unabhängigkeit benötigten.

Entweder waren die Markierungspfähle des Great Loop Highway gestohlen worden, oder die Transportbehörde hatte entschieden, sie hier in den Wäldern weiter auseinander aufzustellen. Vorne im Führungsjeep verließ sich Ntoko einzig und allein auf das Trägheitsleitsystem und die Karten, die er im Stadthaus von Memu Bay heruntergeladen hatte und die wenigstens ein Jahrzehnt veraltet waren. Sie überquerten immer wieder Kreuzungen und Gabelungen, die auf den alten Karten nicht vorhanden waren.

Irgendwann am Nachmittag sah Lawrence zum ersten Mal etwas, von dem er annahm, dass es ein Willow-Web war. Ein kleiner jadefarbener Ball von dicht gepackten samtenen Spinnfäden, die an einem einzelnen saphirblauen Stiel von einem Ast hingen. Das Holz, aus dem der Stiel kam, war an dieser Stelle dreimal so dick wie gewöhnlich. Im Gegensatz zur restlichen Vegetation, die feucht glänzte, war die kleine pelzige Oberfläche des Balls vollkommen trocken, als würde sie die abwechselnden Güsse von Regen und Nebelschwaden abstoßen, die die Bäume ständig durchnässten.

Danach tauchten die Bälle regelmäßig auf. Der Erste war offensichtlich noch ein Baby gewesen. Manche, die er tiefer im Wald erspähte, waren so groß wie er selbst, und ihre Oberflächen waren übersät von Flechten und von gewöhnlichen Schlingpflanzen. Nachdem er nun wusste, worauf er achten musste, bemerkte er die verschrumpelten Stiele an den aufgequollenen Ästen und die sauber abgeschnittenen Enden.

Ntoko war bereits mitten im Dorf, bevor er es merkte. Zuerst sah es nur aus wie eine weite Lichtung. Dann rannten plötzlich kleine Kinder vor den Wagen, und er trat in die Bremsen. Die Reifen blockierten, und der Jeep schlitterte auf dem nassen Laub weiter. Die Kinder kreischten auf. Der Wagen blieb stehen, glücklicherweise ohne jemanden zu verletzen. Dann umringten lächelnde Gesichter den Wagen, und Hände winkten aufgeregt, während junge Stimmen durcheinander schnatterten.

Lawrence, der keinen Sicherheitsgurt angelegt hatte, war nach vorn gegen den Vordersitz geschleudert worden. Er richtete sich auf und suchte mit den Helmsensoren die Lichtung ab. Es war wie ein Multi-Phasen-Bild, das sich erst dann auflöste, wenn man es aus dem richtigen Blickwinkel betrachtete. Wo er zuvor nur Bäume mit herabhängenden Ästen bemerkt hatte, standen nun Häuser mit tief herabgezogenen kunstvollen Reetdächern, deren organisches Material offensichtlich noch lebte. Was er als zufälliges Muster aus zerfransten Büschen betrachtet hatte, waren in Wirklichkeit kompakte Gärten.

»Heilige Scheiße!«, murmelte Ntoko, als er aus dem Wagen stieg. »Das ist die perfekteste Tarnung, die ich je gesehen habe.«

»Du denkst zu militärisch, Sarge«, sagte Lawrence. »Die Leute hier leben so, das ist alles.«

»Und du weißt alles über diese Leute, was, Spaceboy?«

Erwachsene kamen unter dem Blätterdach hervor – oder aus Türen – und versammelten sich um die geparkten Fahrzeuge des Konvois. Sie hielten ihre lebhaften Kinder fest und warteten auf das, was als Nächstes geschehen würde. Captain Lyaute begann mit seiner Standardrede über Zantiu-Braun, die den Planeten von der Gründungsgesellschaft erworben hätte und gekommen sei, um eine Dividende einzufordern. Statt den gleichen Ärger und Zorn zu zeigen, den die Platoons in Rhapsody und Stanlake erfahren hatten, grinsten die Bewohner von Arnoon nur amüsiert wegen des merkwürdigen Konzepts. Selbst als zwei von ihnen Kollateralhalsbänder erhielten, änderte das nichts an ihrem offenen Spott.

Die Squaddies begannen mit dem Durchsuchen der Häuser, und bald schon musste Lawrence seine Meinung über die Siedler als primitive Kleinbauern ändern. Das Innere der Häuser war alles andere als primitiv. Sie besaßen elektrisches Licht und Klimatisierung und fließendes Wasser; Küchen, die vollständig mit allen modernen Annehmlichkeiten ausgestattet waren, Kühlschränken, Waschmaschinen, Mikrowellen. Wohnzimmer mit ausgewachsenen Desktop-Pearls mit großen Paneelen und Schirmen, um Tausende von Stunden Multimedia-Aufzeichnungen abzuspielen, die in großen Bibliotheken gespeichert waren.

Abgesehen von den häuslichen Annehmlichkeiten war es die Ausstattung, die Lawrence am meisten beeindruckte. Die Dorfbewohner hatten große Anstrengungen unternommen, um ihre Häuser nach individuellem Geschmack einzurichten. Viele der Gebäude waren mit Schnitzereien verziert, bemalt oder mit Willow-Wolle in leuchtenden Grundfarben überzogen, um die Kurven und Strukturen zu betonen. Die Schnitzereien zeigten ausschließlich hinduistische oder buddhistische Motive mit vielarmigen Göttern oder Göttinnen, die ernst das Dorf kontemplierten, während sie auf machtvollen schlangenähnlichen Drachen saßen. Im Innern der Häuser wurde stimmungsvolle Dekoration vorgezogen, mit Kinderspielzimmern, die Nester aus grellen Mustern und Farben bildeten, Wohnzimmern in elegant abstrakten oder klassisch ornamentalen Stilrichtungen, die sie einladend und gemütlich machten, und Schlafzimmern in kühlen, subtil gemischten Pastellfarben. Er fragte sich, wie viele der Dorfbewohner Künstler waren. Jemand musste sich schließlich um die praktischen Arbeiten kümmern.

Zwischen den Häusern befanden sich Holzwerkstätten, wo das Mobiliar hergestellt wurde, zusammen mit den Trägern und Balken für die innere Struktur der Häuser. Auch eine Töpferei gab es. Eine weitere Werkstatt produzierte Schmuck. Lawrence fand sie schnell. Skins drängten sich um sie herum wie Bienen, die über ihrer Königin schwärmten. Nur wenige Stücke waren aus Gold oder Silber oder Platin, und keines war mit wertvollen Edelsteinen verziert, doch die Armbänder und Anhänger und Ohrringe waren alle wunderschön, sorgfältig und präzise von Hand gefertigt. Die meisten von ihnen besaßen Vertiefungen, um neurotronische Pearls aufzunehmen. Und sie alle wurden in Skintaschen verstaut.

Lyaute hatte den Dorfrat um sich versammelt. Sie waren in einem Pavillon, der als Versammlungsort diente, einem Gebäude, das aus zehn großen Schneebäumen bestand, die im Kreis gepflanzt worden waren und deren obere Äste eng miteinander verflochten waren, um auf diese Weise eine weite Kuppel aus überlappenden Blättern zu bilden, die dünne ultramarinblaue Sonnenstrahlen hindurchließen und zugleich Schutz vor Regen boten. Der Captain war erschrocken über die Tatsache, dass es nichts gab, das wertvoll genug gewesen wäre, um als Beute beschlagnahmt zu werden. Das Dorf hatte eine Ärztin, doch eine rasche Durchsuchung ihrer Praxis ergab lediglich fünf oder sechs Pakete Medizin, die alle kurz vor dem Ablaufdatum standen.

Wie in Stanlake auch, so wurden alle ernsthaft Erkrankten oder Verletzten unverzüglich nach Dixon oder nach Memu Bay gebracht. Als Lyaute fragte, wie viele Leute im Dorf lebten, antwortete der Rat, so ungefähr um die sechshundert. Das waren eine Menge mehr, als den Akten von Memu Bay zu entnehmen gewesen war. Doch es gab nicht genügend Häuser, um sie alle zu beherbergen. Weil viele von uns draußen in den Wäldern leben, wo wir die Willow-Webs sammeln, antwortete der Rat. Sie konnten nicht auf den Karten zeigen, wo diese Gehöfte standen, statt dessen lieferten sie Wegbeschreibungen wie *Gehen Sie einen halben Kilometer über den Pfad, der nach Nordwesten verläuft, dann biegen Sie rechts ab und gehen einen weiteren Kilometer, dann überqueren Sie den Bach und halten auf den zweiten Gipfel im Süden zu …*

Lawrence war ziemlich sicher, dass sich die Einheimischen insgeheim über den Captain lustig machten. Doch er musste zugeben, dass diese Art von Gemeinde ganz und gar nicht aussah, als hätte sie irgendetwas, das Zantiu-Braun gebrauchen könnte. Genau wie die Aluminiumbarren von Dixon waren ihre Pullover, wie farbenprächtig sie auch sein mochten, keine wertvolle Fracht, die sich an Bord eines Raumschiffs zu bringen gelohnt hätte.

Der Captain beschloss, Platoon 435NK9 zum Wollzentrum zu schicken, um die verwendete Technologie in Augenschein zu nehmen. Da das Zentrum ein wenig außerhalb des Dorfes lag, verlangte er nach Führern. Trotz des inzwischen offensichtlichen Plünderns der Häuser und Werkstätten blieben die Einheimischen, die sie schließlich begleiteten, unverdrossen freundlich und gutgelaunt.

Als ihre Urgroßeltern diese Gegend besiedelt hatten, so erzählten sie den Skins, hatten sie Bulldozer und Beton mitgebracht und einen der größeren Wildbäche aufgestaut, der von den Schneefeldern des Mount Henkin weit oben gespeist wurde. Ein Wasserkraftwerk, das in die Basis des Damms eingebaut worden war, versorgte sowohl das Dorf als auch das Wollzentrum mit aller Elektrizität, die sie brauchten. Ihre eigene kleine Werkstatt konnte sämtliche für das Wasserkraftwerk erforderliche Ersatzteile herstellen, daher waren sie so gut wie unabhängig.

Das Wollzentrum war für Lawrence wie ein neuerlicher Ausflug in seine Vergangenheit. Fünf zugige Holzscheunen, angefüllt mit altmodischer Maschinerie, die munter vor sich hinsummte. Hohe Stapel von Willow-Web wurden ausgekämmt und zu Garn versponnen. Färbetanks blubberten fröhlich vor sich hin. Wollwickler klapperten.

Zu Garn versponnen und verstrickt ergab Willow-Wolle eine ausgezeichnet wasserabweisende Kleidung. Eine Flottille kleiner Lieferwagen sammelte die Pullover und Ponchos und Decken ein und brachte sie hinunter nach Memu Bay, um mit Nahrungsmitteln und Konsumgütern zurückzukehren. Im Gegensatz zu den Aluminiumlastern von Dixon hatten sie ihre Touren nicht aufgegeben, nachdem die Raumschiffe eingetroffen waren. Als Lawrence einige der Pullover betrachtete, die aus den Strickmaschinen kamen, empfand er die Muster als konservativ und längst nicht so gewagt wie das, was Jackie auf der Erde in Schottland entworfen hatte.

Drei der Skins legten sich Pullover um den Kragen. Lawrence gab sich nicht damit ab. Er suchte noch immer die Umgebung ab. Sein Misstrauen hatte sich nicht gelegt. Dieses ganze Dorfidyll war für seinen Geschmack viel zu perfekt.

»Wohin führt dieser Weg?«, fragte er einen der Dorfbewohner. Wo die Straße zum Dorf vom Wollzentrum wegführte, verschwand ein schmaler Pfad im Wald.

»Nur zum See.«

»Er ist stark benutzt.« Seine Sensoren zeigten ihm eine Vielzahl von überlappenden Fußabdrücken im trocknenden Erdreich, und die kleineren Äste und das Unterholz zu beiden Seiten waren zurückgeschnitten.

»Was hast du gefunden, Lawrence?«, fragte Kibbo.

»Einen Weg zum See, sagt er.«

»Was gibt es am See?«, fragte Kibbo den Dorfbewohner.

Lawrence beobachtete, wie sich auf dem Gesicht des Mannes ein leichtes Lächeln bildete und wieder verschwand. Er würde »Wasser« sagen. Lawrence wusste es einfach.

»Es gibt einen Tempel am See, das ist alles.«

»Einen Tempel?«, fragte Kibbo. »Was für einen Tempel?«

»Es ist ein Ort der Ruhe, wo man hingeht, um alleine zu meditieren.«

Kibbo besprach sich kurz mit Ntoko. »In Ordnung, gehen wir und sehen ihn uns an«, entschied der Sergeant schließlich.

»Wie Sie wünschen.«

Der Name des Dorfbewohners war Duane Garcia. Ein Mann Ende vierzig mit dicht gelocktem schwarzem Haar und einem etwas gerundeten Gesicht, das gerne lächelte. Er sah gesund und fit aus auf eine Weise, wie sie allen Menschen zu eigen ist, die das Leben in freier Natur schätzten. Zurückblickend fiel Lawrence auf, dass er noch keinen einzigen Dorfbewohner gesehen hatte, dem es an Vitalität zu mangeln schien. Selbst die älteren schienen nicht gebeugt vom Alter. Während die Kinder wie eine Bande unruhiger Miniaturengel wirkten.

Es fing heftig an zu regnen, als die vier Skins und zwei Dorfbewohner den Pfad hinunter trotteten. Schlamm spritzte an Lawrences Beinen hoch bis in den Schritt. Die Tropfen machten die Hälfte seiner Helmsensoren nutzlos; von ihnen kamen nur noch verschwommene visuelle Bilder.

Duane Garcia zog die Kapuze seines Pullovers über den Kopf und pfiff fröhlich vor sich hin.

»Wem ist dieser Tempel geweiht?«, fragte Kibbo.

»Wir beten keine Götter an«, sagte Duane. »Das Universum ist ein natürliches Phänomen.«

»Amen«, sagte Lawrence.

»Und warum dann der Tempel?«, beharrte Kibbo.

»Es ist kein Tempel im gewöhnlichen Sinn. Wir nennen ihn so, weil die Architektur an einige historische Gebäude auf der Erde erinnert. Der Mann, der ihn entworfen und gebaut hat, war ein guter Freund meines Großvaters. Er war ziemlich aufgebracht, als die Leute anfingen, sein Haus ›Tempel‹ zu nennen.«

Sie überquerten eine kleine Erhebung, und dahinter senkte sich der Wald zusammen mit dem

Boden alarmierend steil nach unten in ein bewaldetes kleines Tal. Es waren Aussichten wie diese, die an Shangri-La denken ließen. Und Lawrence konnte den Grund dafür gut verstehen.

Mount Kenzi, der zweithöchste Gipfel der Mitchells, stand auf der anderen Seite Wache, eine gewaltige gezackte Wand aus Fels, deren obere Bereiche mit dichtem Schnee bedeckt waren. Unterhalb der Frostgrenze stürzten Wasserfälle Hunderte von Metern hinab, um in den oberen Bereichen des Waldes in einer unablässigen Explosion von weißem Dampf, eingehüllt von Regenbögen, zu verschwinden. Das Tal war ein Einschnitt zwischen zwei von Kenzis stützpfeilerartigen Ausläufern, und ein Fluss lief hindurch. Nebenflüsse kamen von den Hängen und speisten ihn. Direkt unterhalb ihrer Position befand sich ein kreisrunder Kratersee, der sich in die nördliche Wand gefressen hatte. Eine steile Klippe schloss ihn ab. In der Mitte erhob sich eine kleine Insel wie der Rücken eines schlummernden Meeresriesen. An ihrer höchsten Stelle konnte sie nicht mehr als ein paar Meter über der Wasserfläche liegen. Am Ufer wuchsen ein paar Bäume, deren sonnengebleichte Wurzeln zwischen den Felsen um Halt rangen.

In der Mitte der Insel stand ein einfaches Bauwerk: fünf Säulen aus schwarz-weißem Marmor stützten ein breites geschwungenes Steindach. Darunter befanden sich zwei Reihen runder Steinbänke, die vielleicht zwanzig Personen Platz boten. Das ganze Gebilde sah entschieden hellenistisch aus. Ein Kiesweg führte von dort zu einem kleinen Landesteg. Am gegenüberliegenden Seeufer befand sich ein zweiter, identischer Steg. Ein Ruderboot war am Ende festgetäut.

»Das ist es?«, fragte Ntoko.

»Ja«, antwortete Duane Garcia.

Der Sergeant suchte mit seinen Helmsensoren die Umgebung ab. Der Weg vor ihnen zog sich in Serpentinen den steilen Hang hinunter. An mehreren Stellen, wo es zu steil wurde, hatten die Dorfbewohner Geländer errichtet. Siebzig Meter weiter unten wand sich der Pfad erneut in den dichten Wald, um erst beim Landesteg wieder zum Vorschein zu kommen.

»Okay, wir haben genug gesehen.« Ntoko machte kehrt und marschierte zurück in Richtung des Wollzentrums. Die anderen Skins folgten ihm.

Lawrence blieb oben auf der Erhebung zurück. Er hatte noch immer das Gefühl, dass die Dorfbewohner ihnen einen gewaltigen Bären aufbanden. Der Regen ließ allmählich nach, und die dichten Wolken trieben nach Süden ab und zogen sich von der imposanten Masse des Mount Kenzi zurück. Lawrence befahl seiner Anzug-AS einen vollständigen Sensor-Suchlauf und zielte auf den Tempel. Nichts Auffälliges. Es gab keinerlei elektromagnetische Aktivität dort unten. Keine Hitze. Nichts außer inertem Stein. Große graue und weiße Vögel schwebten gelassen durch die Luft, und ihre Spiegelbilder hielten mit ihnen auf dem stillen schwarzen Wasser Schritt.

»Scheiße.«

Als seine Sensoren den Fokus wieder zurücknahmen, stellte er überrascht fest, dass Duane Garcia immer noch auf ihn wartete. »Überprüfen Sie, was ich mache?«

»Gewiss nicht. Es ist ein schwieriger Weg mit mehreren Abzweigungen. Wir wollen nur nicht, dass Sie sich verlaufen, das ist alles.«

Lawrence kicherte, als sie losmarschierten. »Eigenartig. Ich hätte geglaubt, dass es genau das ist, worauf ihr wartet.«

Duane Garcia grinste offen. »Ich gebe zu, dass Ihre Ankunft hier nicht der willkommenste Besuch ist, den wir je hatten. Aber ich möchte wirklich nicht, dass einem von Ihnen hier draußen ein Unfall passiert, wenn auch aus keinem anderen Grund, als dass ich bezweifle, Ihr kommandierender Offizier würde uns glauben, dass es tatsächlich ein Unfall war.«

»Zugegeben. Kann ich Sie was fragen?«

»Selbstverständlich.«

»Wo ist Ihr Gefängnis?«

»Ein Gefängnis? Es tut mir Leid, aber so etwas haben wir nicht.«

»Also gibt es in einer Siedlung, in der wenigstens sechshundert Menschen leben, nicht einen einzigen Sünder? Klingt wie das Paradies.«

»Ich fürchte ja. Wir haben Ganoven, selbstverständlich. Jede Gemeinde hat welche. Es ist nur, dass wir nicht an Kerkerhaft als eine Form von Bestrafung oder korrigierender Maßnahme glauben. Wir benutzen andere Methoden. Einschränkungen sowohl physischer als auch materieller Art.«

»Hmmm. Unter uns gesagt, ich glaube kein Wort von diesem Zen-Scheiß, den Ihre Leute unserem Captain verkaufen. Diese ganze Gemeinde ist viel zu hübsch, um wahr zu sein. Normalerweise gibt es in der dritten Generation nach der Gründung eine ganze Menge Stimmen mit gegensätzlichen Meinungen.«

»Sie haben gesehen, wie wir leben. Es gibt nur wenig, über das man sich hier beschweren könnte. Und wenn es Ihnen nicht gefällt, können Sie selbstverständlich jederzeit gehen.«

»Nichts da. Ich glaube Ihnen immer noch nicht.«

»Sie sind sehr hartnäckig. Warum?«

»Weil ich selbst Kolonist in der dritten Generation war. Ich weiß genau, wie viele Ressentiments sich im Lauf der Zeit gegen obsolete, restriktive Ideale bilden.«

»Vielleicht ist das nur bei Ihnen so. Oder vielleicht sind unsere Ideale ansprechender als die Ihrer eigenen Heimatwelt.«

»Touché.« Trotzdem, ich weiß, dass ihr uns etwas verheimlicht, dachte er.

Captain Lyaute beschloss, dass es sicherer war, wenn die Patrouille über Nacht im Dorf lagerte. Die Bewohner waren ganz eindeutig nicht so gefährlich wie die von Dixon.

Familien wurden vorübergehend aus ihren Häusern ausquartiert, um Platz für die Squaddies zu schaffen. Lawrence wurde zusammen mit Ntoko, Amersy und dem jüngsten Rekruten von 435N9 untergebracht, Nic Fuccio. Ihr Haus gehörte zu jenen, die an der zentralen Lichtung standen, wo die Fahrzeuge parkten. Fünf komfortable Schlafzimmer, drei Badezimmer, ein Wohnzimmer, ein Arbeitszimmer, eine Eingangshalle, eine Wohnessküche, ein Familienzimmer voller Spielsachen, alles in T-Form ausgelegt. Als Lawrence durch das Haus wanderte, dachte er an einige ihm bekannte mittlere Manager von Zantiu-Braun, deren Wohnungen weit weniger großzügig waren. Er suchte sich ein Schlafzimmer mit einer großen verglasten Schiebetür und zog seinen Skinsuit aus. Der sperrige Kasten mit Feldunterstützungsausrüstung fuhr acht Anschlussschläuche aus, und Lawrence verband sie mit dem Suit. Blut und andere Flüssigkeiten begannen, durch den erschlafften synthetischen Muskel zu strömen.

Eine warme Dusche wusch das blaue Dermalez-Gel ab, und er zog ein olivgrünes Sweatshirt und graue Shorts an, um sich zu seinen Mitbewohnern auf dem Balkon zu gesellen. Amersy hatte bereits den Barschrank entdeckt und einen Krug voll von irgendeinem auf Limonen basierenden Cocktail gemischt. Lawrence nahm sich eine Dose Bluesaucer. Das Bier schmeckte besser als jedes andere in Memu Bay.

Er hatte es vorher nicht bemerkt, doch das Dorf lag an einem sanften Hang. Die eine Hälfte ihres Hauses ruhte auf dicken hölzernen Säulen, um es waagerecht zu halten. Vom Balkon aus konnte er über das breite flache Tal sehen, wo der Wald eine durchgehende dunkelblaue Decke bildete.

»Gibt es bei uns eigentlich je Deserteure, Sarge?«, fragte Nic, als er es sich in einer gepolsterten Sonnenliege bequem gemacht hatte.

»Nein. Wir sind zu auffällig. Warum? Denkst du darüber nach?«

Nic deutete hinaus auf die Lichtung. Acht der Squaddies des Konvois hatten ihre Skins anbehalten und bewachten die Jeeps und Laster. Es war einfacher Dienst. Die Kinder hingen um die Fahrzeuge herum, und die Skins ließen sie auf den Fahrersitzen Platz nehmen. Mehrere Mädchen waren aufgetaucht, knapp unter oder über Zwanzig, und Lawrence war sicher, dass sie vorher nicht da gewesen waren. Er hätte sich erinnert. Wie die Touristen von Memu Bay trugen auch sie nicht viel auf dem Leib, T-Shirts oder Haltertops und Shorts. Von seiner Position aus sahen sie alle hübsch bis wunderschön aus. Sie passten perfekt in das idyllische Bild des Dorfes. Die Skins auf Wache waren sehr eifrig in Gespräche verwickelt.

»Ich muss zugeben«, sagte Nic, »dass der Gedanke verlockend ist. Ich könnte mir vorstellen, hier zu leben, wenn ich erst einen Anteil erworben habe, der groß genug ist.«

»Ich nicht«, sagte Lawrence.

»Warum zur Hölle nicht? Ein Ort wie dieser, und du hast alles, was du dir je wünschen kannst! Hey, ich frage mich, ob sie hier auch diese Dreiehen führen? Die Landbevölkerung hält doch normalerweise viel länger an alten Traditionen fest als die Leute in der Stadt.«

Ntoko kicherte und deutete mit seinem Cocktailglas in Richtung der großen, gesund aussehenden Mädchen, die sich um einen Jeep versammelt hatten. »Zwei von denen da, und du wärst restlos erledigt, Junge.«

»Es gibt schlimmere Wege zu sterben.«

»Dieses Leben im Wald und im Einklang mit der Natur ist eine verdammte Sackgasse«, sagte Lawrence.

»Oha, dieser Mann hat eine Kröte im Hintern!«, lachte Nic. »Was soll denn daran falsch sein, Lawrence? Ein paar Stunden arbeiten jeden Tag, und die restliche Zeit verbringst du damit, in der Sonne zu liegen und zu vögeln. Sieh sie dir doch an! Sie lächeln alle ununterbrochen, und keiner von ihnen sieht gestresst aus. Sie wissen, dass sie ein verdammt gutes Leben haben.«

»Ich hab das alles schon früher gesehen. Es gefällt uns, weil wir es als eine Abwechslung von unserem Job erleben. Aber du kannst unmöglich achtzig Jahre lang so leben. Du würdest schon nach sechs Monaten an Langeweile sterben.«

»Verdammte Hölle!«, stöhnte Amersy. »Geht das schon wieder los? Redest du schon wieder wie ein Raumschiffscaptain? Wir sind alle für Höheres geschaffen?«

»Es stimmt aber!«, beharrte Lawrence. »Eine Existenz wie diese trägt überhaupt nichts zur menschlichen Erfahrung bei! Es ist ein Rückzug für Leute, die mit der modernen Gesellschaft nicht klarkommen. Und die Ironie von der Geschichte ist, dass sie vollkommen von dieser Gesellschaft abhängig sind. Dörfer wie dieses hier sind auf die industriellen Produkte angewiesen, die es nur in den Städten gibt.«

»So war es doch schon immer, Lawrence«, sagte Ntoko. »Verschiedene Gemeinden leben verschiedene Leben und produzieren verschiedene Güter. Der Handel damit erzeugt Wohlstand. Vor Jahrhunderten waren es verschiedene Nationen, und heute sind es kleine Mikrokosmen mit Gemeinden, die sich total spezialisiert haben. Diese Art von Leben war überhaupt nicht möglich, bevor es keine modernen Kommunikationsmittel und kein modernes Transportsystem gab. Diese Dorfbewohner hier sind genauso das Produkt unserer Gesellschaft wie die Städter von Memu Bay.«

»Es sind Träumer, die eine anständige Dosis Wirklichkeit brauchen, um endlich aufzuwachen und an dem teilzunehmen, was wir anderen errichten.«

Der Sergeant hob sein Kristallglas in die sinkende Sonne. »Nun ja, das ist jedenfalls die Art von Traum, die mir gefällt. Nimm dir noch ein Bier und kühl dich endlich ab, Lawrence.«

»Jawohl, Sarge.«Lawrence grinste und fischte in der Eisbox nach einer weiteren Dose. Eine Gruppe Kinder ging draußen vor dem Garten vorbei. Sie riefen etwas Unverständliches, und Lawrence winkte zurück. Orte wie dieser, gestand er ein, hatten ihren Nutzen. Er hatte sich auf Thallspring noch nie so entspannt gefühlt wie hier, nicht einmal in den Clubs in der Marina.

Wenn er doch nur dahinter käme, was mit diesem Dorf nicht stimmte ... Und dann sah er, wie eines der Kinder, ein Junge, mit der Hand in einen der Büsche griff, der die Gartengrenze markierte. Seine Finger glitten wie beiläufig durch die rundlichen blaugrünen Blätter und fanden eine der Früchte, die an den Zweigen hingen. Es war eine kleine Kugel, die samten orange schimmerte. Er pflückte sie mit einer geübten Handbewegung und biss hinein. Saft troff über sein Kinn.

»Ich wusste es!«, zischte Lawrence. »Habt ihr das gesehen?«

»Was gesehen?«, fragte Ntoko.

»Er isst Früchte. Echte Früchte! Direkt von einem Busch! Sie sind allesamt verdammte Regressoren!«

Ntoko blickte stirnrunzelnd über den Rand seines Glases hinweg zu dem Jungen. »Bist du sicher?«

»Ich hab es mit meinen eigenen Augen gesehen!«

»Widerliche Angewohnheit.«

»Stell dir vor, deine Kinder würden so was tun.«

Nic schnitt eine Grimasse und starrte in sein Glas. »Hey, ihr glaubt doch wohl nicht, sie haben uns was von diesem Zeug gegeben?«

»Wäre besser für sie, wenn sie es sein gelassen hätten«, grollte Amersy.

Lawrence ließ sich in seine Sonnenliege zurücksinken. Er war wesentlich glücklicher jetzt, nachdem er das schmutzige kleine Geheimnis des Dorfes enträtselt hatte. *Ich wusste, dass nichts im Universum derart perfekt sein kann.*

Der Kühlschrank in der Küche war gefüllt mit kochfertigen Nahrungsmitteln. Er nahm sich vor, die Verpackung ganz genau zu studieren, aus der das heutige Abendessen kommen würde. Gott sei Dank, dass keine Tiere rings um die Häuser grasten. So pervers waren die Dorfbewohner dann wohl doch nicht.

Sie aßen draußen auf dem Balkon zu Abend. Es gab in der Mikrowelle erhitzte Barbecue-Rippchen und gebackene Kartoffeln. Nic mixte sogar eine Tex-Mex-Sauce aus den Vorräten, die er fand. Auf jeder Verpackung klebte ein Frischesiegel der Fabrik von Memu Bay. Zum Dessert gab es Schokoladeneiskrem.

Sie saßen in den Liegestühlen und beobachteten den Sonnenuntergang hinter den hohen Bergen. Das Dorf lag vom späten Nachmittag an in den Schatten. Die Dämmerung dauerte mehrere Stunden, und während der ganzen Zeit waren die Berge von einer leuchtenden amethyst- und goldfarbenen Silhouette umgeben. Die Sterne kamen früh hervor und funkelten hell durch die dünne kalte Luft über den Bergen. Schließlich tauchte die Milchstraße auf. Sie schimmerte wie ein fetter heller Kometenschwanz durch die Nacht.

Lawrence war nicht richtig betrunken, als er zu Bett ging, auch wenn er genügend Bier in sich hatte, dass seine Gedanken brummten. Er schlief unruhig und erwachte alle paar Minuten, um sich in seinem Bett herumzuwerfen und das Kissen zurechtzurücken. Gegen ein Uhr morgens hörte er den Schrei.

Er brach fast im gleichen Augenblick wieder ab. Für eine Sekunde glaubte er, dass er alles nur geträumt hatte, doch als er sich nun konzentrierte, hörte er eine Art Schlurfen, wie Schritte auf einer Holztreppe. Ein weiterer Schrei, diesmal erstickt.

Lawrence sprang hastig aus dem Bett und schnappte sich eine Interfacebrille. Er setzte sie auf und befahl seinem Armband-Pearl, die Lichtverstärkerfunktion einzuschalten. Die Brille war nicht besonders gut, nicht zu vergleichen mit seinen Skin-Sensoren, doch sie zeigte ihm das dunkle Schlafzimmer in leuchtenden blau-grauen Farben. Er schob die breite Patiotür zurück und ging nach draußen auf die Veranda. Sein Zimmer zeigte vom Dorfplatz weg und auf die anderen Häuser. Sternenlicht tauchte das Dorf in Helligkeit und verbannte sämtliche Schatten.

Ein Mädchen von vielleicht acht oder zehn Jahren rannte zwischen den Häusern umher. Sie war barfuß und trug nur ein weites weißes Nachthemd. Ihre Beine und Knie waren beschmutzt mit Erde und Grasmoossaft. Er konnte sehen, dass Tränen über ihre Wangen liefen.

»Jacintha!«, rief sie, dann schluchzte sie erneut. »Jacintha, wo bist du? Antworte doch, bitte! Jacintha!«

Lawrence rannte die schmale Treppe von seiner Veranda herab und flehte das Schicksal an, dass Jacintha die Katze der Kleinen war oder irgendein anderes Haustier.

Das Mädchen sah ihn kommen und duckte sich. »Bitte tu mir nichts. Bitte.«

Im silbern herabregnenden Sternenlicht gefangen sah sie aus wie seine Schwester Janice. *Sie muss inzwischen einundzwanzig sein ... nein, zweiundzwanzig. Ich frage mich, was sie wohl macht?*

Er streckte dem kleinen Mädchen die Hand hin. »Es ist gut, niemand wird dir etwas tun. Ich möchte nur wissen, was los ist. Kannst du es mir sagen?«

Sie wich zwei Schritte vor ihm zurück. »Nichts. Nichts ist los.«

»Nun, da bin ich mir aber nicht so sicher. Ich habe einen Schrei gehört. War das Jacintha?«

»Ich weiß es nicht.«

»Hör zu, äh ... ich heiße Lawrence. Sagst du mir deinen Namen?«

Sie schniefte laut. »Denise.«

»Also schön, Denise. Ein hübscher Name. Wirst du mir nun verraten, wer Jacintha ist?« Er blickte sich um und versuchte, eine Bewegung im Dorf zu erkennen. In mehreren Häusern brannte noch Licht; er sah die Fenster von den Rändern der Vorhänge her leuchten, als wären sie in Neon eingefasst. Die Konvoi-Fahrzeuge waren dunkle Umrisse in der Mitte des Dorfplatzes. Er sah zwei Skins, die die Fahrzeuge bewachten. Die Tatsache, dass sie offensichtlich keinerlei Interesse an ihm oder dem Mädchen zeigten, machte ihn nervös.

»Sie ist meine Schwester«, sagte Denise.

»Gut. Und wie alt ist sie?«

»Siebzehn.«

Lawrence fluchte lautlos in sich hinein. Er hatte eine verdammt genaue Vorstellung von dem, was in diesem Augenblick geschah. Verdammter Captain Lyaute wegen seiner mangelhaften Disziplin, und verdammte Company, weil sie solchen Abschaum als Squaddies einstellte. »Sag mir, Denise, hat jemand sie mitgenommen?«

»Ja«, antwortete Denise schwach. »Wir haben alle in Paulas Haus geschlafen.« Sie deutete auf eines der Häuser. Lawrence sah mehrere junge Gesichter an einem der Fenster, die ihn anstarrten.

»Erzähl weiter.«

»Zwei von euch sind gekommen und haben gesagt, dass sie ihr ein paar Fragen stellen müssten. Dass es um die Staatssicherheit ginge. Sie sagten, dass Jacintha mit ihnen gehen müsste.«

»Wohin? Hast du gesehen, wohin sie gegangen sind?«

»Nicht genau. Aber in diese Richtung.«

Sie deutete entlang der Häuserreihe. Und der Schrei, den Lawrence gehört hatte, war ganz aus der Nähe gekommen. »Trugen sie Skinsuits? Du weißt schon, die großen dunklen Uniformen?«

»Nein.«

»Gut.« Lawrence rannte in die Richtung, in die sie gezeigt hatte. »Du wartest einfach hier.«

Denise zögerte. Ihre Lippen bebten.

»Keine Sorge, dir wird nichts geschehen.« Indigofarbene Schrift rollte über seine Brillengläser und meldete den gegenwärtigen Sicherheitsstatus des Konvois. Es war Level sieben, keinerlei Alarme oder Unregelmäßigkeiten. Er befahl seinem Armband-Pearl, eine Verbindung zu Ntoko herzustellen und ihn aufzuwecken. Das erste Haus, an dem er vorbeirannte, lag in absoluter Dunkelheit. Keinerlei Licht brannte im Innern. Das zweite hatte ein erleuchtetes Fenster. Lawrence stürzte auf den Balkon zu. Drei Squaddies waren im Zimmer. Sie saßen an einem Tisch und spielten Karten.

Im dritten Haus war ebenfalls Licht. Die Vorhänge waren dicht geschlossen. Lawrence nahm zwei Stufen auf einmal, als er zum Balkon hinaufrannte, ohne auf den schlüpfrigen Tau unter seinen nackten Füßen zu achten. Er hörte Stimmengemurmel aus dem Innern. Die gutturalen Laute aus den Kehlen von erregten, erwartungsvollen Männern.

Er riss die breite Patiotür auf und den Vorhang beiseite. Es war genau so, wie er es erwartet hatte. Das Mädchen Jacintha lag am Boden. Ihr langes T-Shirt war bis zum Hals hochgeschoben, und auf ihrem Gesicht stand erbärmliche Angst. Drei Squaddies drängten sich um sie herum, Morteth, Laforth und Kmyre, alle von Platoon 482NK3. Laforth hatte bereits die Hosen aus; Lawrence bemerkte seine Erektion. Er stand zwischen den Knöcheln des Mädchens und benutzte seine Füße, um ihre Beine weiter auseinander zu zwängen.

Alle drei Männer wandten sich zu Lawrence um. Der Schock und das Schuldbewusstsein verwandelten sich in Erleichterung, als sie erkannten, dass er einer von ihnen war.

»Meine Güte, Newton!«, keifte Laforth. »Was zur Hölle ist los mit dir?«

»Mach die gottverdammte Tür zu!«, sagte Morteth.

Lawrence schob seine Brille in die Stirn, sodass Jacintha sein Gesicht erkennen konnte. »Haben sie dich vergewaltigt?«, fragte er.

Sie schüttelte den Kopf. »Nein.« Ihre Stimme war kaum mehr als ein leises Quieken.

»In Ordnung. Komm mit.« Er streckte die Hand aus und winkte.

Kmyre trat zwischen Lawrence und Jacintha, stemmte die Hände in die Hüften und grinste herausfordernd. »Sie ist unsere Gefangene, Newton. Entweder du machst mit, oder du verschwindest jetzt.«

Lawrence roch den Alkohol im Atem des anderen. »Begreifst du nicht, Arschloch? Es ist vorbei. Ende. Schluss. Verstehst du?«

»Wie kann es vorbei sein, wenn es doch noch gar nicht angefangen hat, Kumpel?«

»Ihr werdet nicht anfangen. Wir sind nicht deswegen hierher gekommen.« Er trat zur Seite. Jacintha lag immer noch am Boden und blickte unsicher zu ihm. Laforth waren inzwischen ebenfalls Zweifel gekommen; er sah fragend zu Morteth, der Lawrence anfunkelte. Jacintha setzte sich vorsichtig auf und zog ihr T-Shirt über ihre Brüste.

»Komm hierher.« Lawrence streckte ihr erneut die Hand entgegen.

Kmyre stieß sie beiseite. »Mach, dass du hier verschwindest, oder ich sorge dafür, dass du das erste Opfer dieser Terroristen wirst.«

Lawrence beugte sich vor, wie um Jacintha auf die Beine zu helfen. Wie erwartet, holte Kmyre zu einem Tritt gegen sein Knie aus. Lawrence wirbelte herum und fing Kmyres Fuß ab, um ihn weiter hoch zu reißen. Kmyre schrie erschrocken auf und fiel hinterrücks um.

Morteth brüllte und stürzte sich mit ausgestreckten Armen auf Lawrence. Lawrence machte einen Schritt vor und in die Umklammerung hinein und stieß mit dem Kopf zu. Morteths Schrei wurde erstickt vom Geräusch brechenden Knochens. Blut spritzte aus seiner Nase. Jacintha kreischte.

Laforths Faust traf Lawrence links vom Brustbein. Er stolperte von der Wucht des Treffers zurück, während er aus den Augenwinkeln Kmyre auf sich zukommen sah. Diesmal versuchte Lawrence, ihn zu umklammern. Ein guter Schachzug, doch er gelang nicht ganz. Kmyre schien es geahnt zu haben und schlug nach seinem rechten Arm. Er traf genau den wunden Punkt. Lawrence heulte auf vor Schmerz, doch er wich nicht zurück. Statt dessen nutzte er seinen Schwung aus, um die beiden in den Vorhang mitzureißen. Er löste sich in einem Hagel von Messingringen aus seiner Schiene, und sie krachten hinaus auf den Balkon, während der dicke Stoff sie einhüllte. Kmyre trat um sich, und Lawrence trat zurück, doch ohne Schuhe hatten seine Tritte kaum Wirkung.

Die beiden rangen ein paar Sekunden miteinander, doch da Lawrence seinen rechten Arm immer noch nicht wieder bewegen konnte, gewann Kmyre rasch die Oberhand. Lawrence traf ihn mit dem Knie am Hals. Er kippte genau in dem Augenblick von

Lawrence herunter, als Laforth sein Bein erwischte und ihm den Fuß verdrehte. Lawrence warf sich mit der Drehung herum und riss das andere Bein hoch. Er traf den Mann in die Rippen. Laforth klappte zusammen, und sein Gewicht riss beide die Treppe hinunter.

Es war ein schlimmer Sturz, und Lawrence konnte nicht viel tun, um ihn zu verlangsamen, nicht, solange er und Laforth sich aneinander klammerten. Ellbogen und Knie krachten auf fast jede Stufe unterwegs, während sie fielen. Sein Kopf erhielt ebenfalls einen heftigen Schlag, der die Anzahl sichtbarer Sterne mehr als verdoppelte. Sie landeten unten auf dem schmutzigen Moosgras und lösten sich endlich voneinander.

Lawrence bemerkte eine Reihe von Leuten, die sich rennend näherten. Die Hälfte von ihnen waren Kinder, die anderen Erwachsene aus dem Dorf. Er sah niemanden von seinem Platoon. Jacintha schrie immer noch, und aus der offenen Patiotür fiel Licht in den Garten, wo sie gelandet waren. Der Lärm musste das ganze Dorf aufgeweckt haben.

Es störte Laforth nicht im Geringsten, der erneut tretend auf Lawrence losging. Lawrence rollte sich zur Seite weg und holte zu einem Schwinger aus. Seine Zielgenauigkeit war nicht besonders gut; der Schmerz im anderen Arm lenkte ihn zu sehr ab. Laforth duckte sich halb und fing den Schlag mit der Schulter ab, während er versuchte, Lawrence umzurempeln. Als er nahe genug heran war, rammte ihm Lawrence das Knie gegen das Kinn, und sein Kopf flog nach hinten. Lawrence grinste in wilder Genugtuung, als Laforth fast bewusstlos zu Boden ging.

Dann landete Kmyre in seinem Rücken, und beide fielen neben Laforth ins Moosgras.

»Das ist er! Das ist der Mann!«, rief Denise.

Großartig!, dachte Lawrence, als er Kmyres Schlag gegen seinen Kehlkopf abblockte. Jetzt glauben sie auch noch, ich sei der Vergewaltiger!

»Sie sind wie Wilde!«, rief eine Männerstimme.

»Haltet sie auf!«, weinte Denise. »Sie bringen ihn um!«

»Jacintha? Jacintha, wo bist du?«

Kmyre trat Lawrence in die Rippen, und Lawrence krümmte sich. Er rollte sich zweimal um die eigene Achse und landete auf den Knien. Sprang auf, um sich auf Kmyre zu stürzen, und beide gingen erneut zu Boden.

»Haltet sie auf!«, rief Denise. »Irgendjemand muss sie aufhalten! Bitte!«

»Jacintha?«

»Vater! Vater, ich bin hier!«

»Jacintha!«

»Ruft den Drachen!«, sagte Denise. »Er wird sie zum Aufhören zwingen.«

»*Nein*, Kind!«

»Fehlt dir etwas? Jacintha, haben sie dir etwas getan?«

»Haltet sie auf! Haltet sie auf!«

»Mir fehlt nichts, Vater.«

Kmyre lag auf ihm und prügelte wild auf ihn ein, und Lawrence konnte nicht viel mehr tun als zurückschlagen. Die schlimmste Art von Prügelei, zwei Betrunkene, die sich in der Gosse wälzten. Sie rollten herum, traten und bissen und kratzten.

»Bitte!«, heulte Denise.

Blendend helles Licht fiel auf die beiden Kämpfenden. Lawrence und Kmyre erstarrten. Skinhände schlossen sich um sie und rissen sie energisch auseinander.

»Was zur Hölle geht hier vor?«, verlangte Ntoko zu erfahren.

Lawrence schnappte ächzend nach Luft, froh, dass der Skin ihn stützte. Er war nicht sicher, ob seine eigenen Beine ihn im Augenblick getragen hätten.

Eine ganze Reihe Menschen hatte sich um sie herum versammelt, angeleuchtet von den Helmlichtern der Skins. Dorfbewohner, die ihre Kinder an sich drückten, Squaddies in Shorts mit Schlaf in den Augen. Noch immer kamen neue Dorfbewohner herbei.

»Nun?«, wiederholte Ntoko.

»Sie ... das Mädchen«, ächzte Lawrence. »Ich hab einen Schrei gehört.«

»Hmmm.« Ntoko sah zu Jacintha, die in den Armen ihres Vaters war, während sich Denise und ihre Mutter an sie klammerten. »Scheiße«, murmelte er und sah zu Kmyre, der immer noch von einem Skin gehalten wurde. Er war dreck- und blutverschmiert. Laforth versuchte, auf die Beine zu kommen, ein schmerzvoll langsamer Prozess. Morteth stand auf dem Balkon, eine Hand über der Nase, und hielt sich die Nüstern zusammen. Sein Hemd war rot von der erstaunlichen Menge Blut, die aus seiner zermatschten Nase geschossen war.

Ntoko winkte den Sergeant vom Dienst herbei, und die beiden steckten die Köpfe zusammen. Lawrence hörte ein gelegentliches Murmeln.

Dann wandten sich die beiden Sergeants zu der

Menge um. »In Ordnung, Leute, das war's für heute Nacht«, sagte Ntoko. »Ihr drei ...«, sein Finger zeigte auf Morteth, Laforth und Kmyre, »... zurück in euer Quartier, und da bleibt ihr bis null siebenhundert Uhr. Travers, du bewachst sie. Wenn sie vorher rauskommen, wirst du sie unter Einsatz aller Mittel zurückschicken.«

»Sir!« Einer der Skins salutierte.

Ntoko ging zu Jacintha und ihrer Familie. »Ma'am, benötigen Sie medizinische Versorgung?«

»Nein!«, sagte ihr Vater. »Nicht von Ihnen.« Jacintha nickte elend.

»Wie Sie meinen. Wenn Sie nun bitte für den Rest der Nacht in Ihr Haus zurückkehren könnten? Ich versichere Ihnen, dass sich ein derartiger Vorfall nicht wiederholen wird.«

»Danke sehr.«

Lawrence war beeindruckt von der unglaublichen Verachtung, die in diesen einfachen Worten lag.

Der Skin, der Lawrence gestützt hatte, übergab ihn nun an Nic und Amersy. Die beiden mussten ihn kräftig stützen, als er in ihr beschlagnahmtes Quartier zurückhumpelte. Alle anderen kehrten nun ebenfalls in ihre Häuser zurück, während sie sich mit gedämpften Stimmen unterhielten.

Plötzlich tauchte Denise vor Lawrence auf. Sie lächelte ihn schüchtern an. »Danke.« Dann wandte sie sich ab und rannte zurück zu ihrer Familie, bevor Lawrence etwas erwidern konnte.

Nic lachte. »Hast eine neue Freundin gewonnen, Lawrence, wie?«

»Lass mich verdammt noch mal in Ruhe.«

Ntoko erschien an der Stelle, wo noch einen

Augenblick vorher Denise gestanden hatte. Er lächelte nicht. »Was zum Teufel hast du dir dabei gedacht, Mann? Wenn du schon den Helden spielen willst, dann mach es gefälligst im Dienst!«

»Komm schon, Sarge, als hättest du dich anders verhalten!«

»Ich hätte mir wenigstens vorher Verstärkung gesucht. Lernt ihr eigentlich während der Ausbildung überhaupt nichts?«

»Ich hab dich doch gerufen.«

»Jesses.«

Sie kamen bei ihrem Haus an und gingen die Treppe zum Balkon hinauf. Lawrence musste sich am Geländer festhalten. Nachdem nun das Adrenalin und die Endorphine aus seinem Kreislauf gespült wurden, tat ihm alles weh. Sobald er im Wohnzimmer war, ließ er sich auf das Sofa fallen. »Ich brauche einen Drink.«

Kibbo öffnete eine Dose Bluesaucer und reichte sie ihm. Lawrence nahm einen Schluck, dann stellte er die Dose ab. Es war einfach zu machomäßig. Ntoko setzte sich zu ihm und öffnete das Erste-Hilfe-Kit. »Halt still, du Held.«

Trotz der Medikamente war Lawrence am ganzen Körper steif, als er am nächsten Morgen erwachte. Er nahm eine heiße Dusche, und anschließend ging es ihm ein wenig besser. Ein Knöchel war dick geschwollen. Beide Beine waren verschrammt. Er hatte überall blaue Flecken. Doch Ntoko versicherte ihm, dass die Verletzungen oberflächlich waren. »Nichts, das deine Dienstfähigkeit beeinträchtigen würde.«

Er frühstückte zusammen mit Nic und Amersy, die ihn wegen der Prügelei auf den Arm nahmen. Der Sergeant hatte das Haus verlassen, als Lawrence noch unter der Dusche gewesen war. Er kehrte zurück, als sie ihre Mahlzeit beendeten. »Ihr zwei, verschwindet!«, sagte er zu Nic und Amersy.

»Und?«, fragte Lawrence. »Was passiert nun wegen gestern Nacht?«

Ntoko schenkte sich einen Becher Kaffee ein und nahm gegenüber Lawrence Platz. »Ich habe mit dem Captain geredet. Er möchte, dass die Sache schnell bereinigt wird.«

»Was bedeutet das?«

»Es bedeutet, dass keine selbstgerechten Helden einen großen Wirbel veranstalten, wenn wir erst wieder zurück in Memu Bay sind.«

»Soll das etwa heißen, dass die drei ungeschoren davonkommen? Sie wollten ein siebzehnjähriges Mädchen vergewaltigen, verdammt! Wenn ihr glaubt, dass ich das einfach so schlucke, dann seid ihr auf dem Holzweg!«

»Wir alle wissen, was sie vorhatten, und sie kommen nicht ungeschoren davon, Lawrence. Aber es gibt andere Mittel, mit einer Situation wie dieser umzugehen. Mittel, bei denen nicht alle am Ende verlieren.«

»Und wie?«, fragte Lawrence misstrauisch.

»Okay, machen wir es auf deine Weise, sauber und ehrenhaft, und waschen all unsere schmutzige Wäsche in der Öffentlichkeit. Morteth, Laforth und Kmyre kommen vor ein Kriegsgericht. Sie sind schuldig, daran besteht kein Zweifel, und sie werden unter Bewachung nach Hause verfrachtet und sitzen ihre fünfzehn Jahre ab. Meinetwegen. Aber nachdem die Fakten vor Gericht vorgelesen werden, wird es eine Untersuchung geben mit dem Ziel, herauszufinden, warum so etwas geschehen konnte.«

»Weil sie eine Bande von versoffenen Bastarden sind, deswegen!«

»Sicher. Aber andersherum gefragt: Warum hatte Lyaute nicht genügend Autorität über seine Leute, um zu verhindern, dass sie auf so einen Gedanken kommen? Warum hat der Sergeant von Platoon 482NK3 seine Leute nicht an ihrem Vorhaben gehindert? Es ist der Unteroffizier, den die direkte Verantwortung trifft, das weißt du genau. Wie kommt es, dass die Skins auf Wache nicht gesehen haben, was passieren würde, und warum sind sie nicht eingeschritten?«

»Ja, warum? Sie hätten einschreiten müssen.«

»Das weiß ich selbst, Mann! Aber die Dinge sind nun einmal verdammt lasch hier draußen. Du hast gesehen, wie sich alle selbst bedient und alles geplündert haben, was diese armen Hinterwäldler besitzen. Lyaute hätte gleich zu Beginn hart und energisch einschreiten müssen. Aber er hat es nicht getan, weil er ein ruhiges Leben führen will. Also wurde es immer schlimmer, bis diese drei Arschlöcher gestern Nacht ihren Stunt abgezogen und uns alle bis zum Hals in die Scheiße geritten haben. Wenn das je in einem offiziellen Bericht erscheint, kriegt der halbe Konvoi einen Vermerk in seine Personalakte.«

Lawrence trank etwas von seinem Tee, der inzwischen kalt geworden war. »Du meinst, wenn ich das tue, was richtig ist, und dem Kommandanten etwas erzähle, sitzen alle anderen mit in der Scheiße?«

»Wie gesagt, es gibt andere Möglichkeiten, damit umzugehen. Lyaute kann das durch andere Kanäle regeln, wenn du ihm die Chance gibst.«

»Was für Kanäle?«

»Also schön, ich werde es dir erklären. Sag kein Wort, und du wirst diese Kampagne mit einer Empfehlung abschließen, die besser ist als alles, was du hättest kriegen können, selbst wenn du einem General unter feindlichem Beschuss den Hintern gerettet hättest. Du wirst deine Streifen auf die Schultern kriegen, so viel steht fest. Und Morteth, Laforth und Kmyre kommen stillschweigend auf die Abschussliste, sobald wir wieder zu Hause sind. Entweder werden sie entlassen, oder sie putzen für den Rest ihrer Dienstzeit Latrinen. Außerdem werden sie ganz gewiss keinen Bonus für die Kampagne erhalten und auch kein Empfehlungsschreiben von Zantiu-Braun. Ohne das wird sich kein Arbeitgeber auf dem ganzen Planeten die Finger an ihnen verbrennen. Es ist wie ein Urteil ohne Gerichtsverfahren.«

»Und Lyaute kommt mit weißer Weste davon.«

»Ja. Zusammen mit einer ganzen Reihe anderer Leute, die es nicht verdient haben, bestraft zu werden, nur weil Lyaute Mist gebaut hat. Und beim nächsten Mal weiß er, wie man ein Kommando richtig zu führen hat. Das ist schließlich auch etwas wert, Lawrence. Du und ich, wir beide wissen, wie wenig anständige Offiziere es bei Zantiu-Braun gibt.«

»Fang nicht so an, Sarge. Versuch nicht, mir zu erzählen, dass ich dazu beitrage, dass dieser nutzlose Spinner besser wird.«

»In Ordnung, Mann. Sieh es meinetwegen, wie du willst. Aber du musst die Entscheidung treffen, und zwar jetzt. Das lässt sich nicht aussitzen. Und wenn es dir etwas hilft – ich hätte gestern Nacht genau wie du gehandelt. Du hast das Richtige getan.«

»Du hast noch etwas vergessen.«

»Ja? Was denn?«

»Das Mädchen. Jacintha. Was ist mit Jacintha?«

»Was soll mit ihr sein?«

»Drei von Zantiu-Brauns Tapfersten haben versucht, sie zu vergewaltigen.«

»Aber sie haben sie nicht vergewaltigt, oder? Dank unserem Helden der Stunde. Sie ist mit einem hässlichen Schrecken davongekommen, der sich nicht wiederholen wird, weil wir nie wieder hierher zurückkehren. Sie kann ihr Lotusfresserleben weiterführen, und in sechs Monaten sind wir nur noch eine verblassende Erinnerung, weiter nichts.«

»Das ist alles? Sie zählt überhaupt nicht?«

»Das ist Politik, Mann! Bei ihr steht längst nicht so viel auf dem Spiel wie bei uns. Also, wie lautet deine Entscheidung?«

Lawrence grinste, auch wenn die Schwellung auf seiner Lippe dabei schmerzte. Wenigstens war der Sergeant diplomatisch und tat so, als bliebe Lawrence tatsächlich eine Wahl. Er wusste verdammt genau, dass er derjenige wäre, der auf einer Abschussliste landete, falls er Meldung machte und Lyaute und die Sergeants in die Scheiße ritt.

So funktionierten die Companys eben. So hatten sie immer funktioniert. Und so würden sie immer funktionieren.

Er trank einen weiteren Schluck von seinem kalten

Tee. »Schätze, ich muss gestern Nacht im betrunkenen Kopf die Treppe runtergefallen sein. Anders kann ich mir die blauen Flecken nicht erklären.«

Kapitel Vier

Die Kriegsgerichtsverhandlung fand in der Bankettsuite des Barnsdale Hotels statt, in dem acht von Zantiu-Brauns Platoons und das halbe Industrietechnologiekorps untergebracht waren. Am einen Ende des langen Saals gab es ein Podest, auf dem normalerweise eine Band spielte. Heute stand dort ein einzelner Tisch mit drei Stühlen für die Vorsitzenden Offiziere. Ebrey Zhang war der Leiter der Verhandlung. Unterhalb des Podests, auf dem Tanzboden, standen zwei weitere Tische. Einer war von den Anklagevertretern besetzt, angeführt vom Vertreter von Zantiu-Braun, der vom weiblichen Polizeimagistrat von Memu Bay unterstützt wurde, Heather Fernandes, und zwei weiteren hochrangigen Beamten. Am Tisch der Verteidigung gab es nur zwei Stühle, auf denen Hal und Lieutenant Bralow saßen. Hinter den beiden Tischen hatte man fünfzig Plastikstühle in Reihen aufgestellt. Zantiu-Braun-Personal und ausgesuchte Mitglieder der Öffentlichkeit sowie einige Repräsentanten der Medien saßen dort. Die erste Reihe war für den Bürgermeister und seine Gäste reserviert, ganz gleich, wer sie waren. Er hatte zwei alte Freunde bei sich, Margret Reece und Detective Galliani. Zehn Skins standen herum und bewachten den Raum. Sie wurden von der zivilen Zuschauerschaft demonstrativ ignoriert. Endlich einmal war die Stromversorgung sichergestellt, und die Lichtkonusse leuchteten mit maximaler Intensität.

Als Lawrence eintraf und Hal in den Saal eskortierte, war er entsetzt über die Verteilung der Plätze. Der Junge hatte einen Blick auf den Saal geworfen und war praktisch zusammengebrochen.

»Das wird ein verfluchter Schauprozess!«, grollte Lawrence zu Bralow, während Hal abgelenkt war. Der Lieutenant antwortete mit einem leicht verlegenen Schulterzucken.

Lawrence nahm einen Stuhl aus den Publikumsreihen und stellte ihn zu den beiden am Tisch der Verteidigung. Er setzte sich darauf und klopfte Hal beruhigend auf das Knie. Der Junge antwortete mit einem erbärmlichen, dankbaren Lächeln.

Niemand protestierte gegen Lawrences Anwesenheit. Er trug seine Ausgehuniform mit mehr Auszeichnungen und Orden, als die meisten Offiziere ringsum aufzuweisen hatten. Wenn er einem Squaddie unter seinem Kommando beistehen wollte, würde ihn keiner von den anderen Unteroffizieren, die bei den Vorbereitungen zur Verhandlung mithalfen, davon abhalten. Bryant bemerkte Lawrence und funkelte ihn wütend an, bevor er sich zu den übrigen Offizieren setzte.

Der Sergeant Major rief zur Tagesordnung und verlangte, dass sich alle für das Gericht erhoben. Die Vorsitzenden Offiziere kamen herein und nahmen ihre Plätze auf dem Podium ein.

Lawrence fand nichts an der Verhandlung auszusetzen. Die Anklage machte ihre Sache gut. Die Einzelheiten der Tat wurden dem Gericht dargelegt. Ausgewählte Passagen mehrerer Vernehmungsprotokolle von Hal wurden vorgelesen. Der Prozess dauerte noch keine zwanzig Minuten, und es sah bereits nach einer verlorenen Sache aus. Detective Galliani wurde in den Zeugenstand gerufen und berichtete den Richtern von Hals Alibi, auf das sich der Junge immer wieder berufen hatte.

»Konnten Sie das Taxi finden, welches der Angeklagte angeblich genommen hat?«

»Nein, Sir«, antwortete Galliani. »Die Verkehrsregelungs-AS hat keinen Logbucheintrag von irgendeinem Taxi, das in der fraglichen Zeit in dieser Straße gewesen ist. Und Mr. Grabowski hat auf dem Zeitpunkt beharrt, zu dem er die Unterkunft verlassen haben will. Tatsächlich haben wir die Logs von jedem Taxi durchgearbeitet, das an diesem Tag in Memu Bay im Einsatz war. Keines davon war zum Zeitpunkt der angeblichen Hin- oder Rückfahrt zu dem vorgeblichen Bordell abwesend oder ohne anderen Fahrgast.«

»Ah ja«, sagte der Ankläger selbstgefällig. »Das Bordell, von dem der Angeklagte behauptet, dort gewesen zu sein. Existiert dieses Bordell, Detective?«

»Nein, Sir. Mr. Grabowski selbst hat die Minster Avenue als die Straße identifiziert, in der dieses angebliche Bordell liegen soll. Wir haben jedes Haus besucht. Es handelt sich ausnahmslos um private Wohnhäuser.«

Lawrence hatte die Minster Avenue zwei Tage zuvor selbst besucht. Nicht in Skin, sondern in ziviler Kleidung, einem Hemd mit einem hohen Kragen, um die Ventile am Hals zu verbergen. Bevor er hingefahren war, hatte er Bilder der Straße aus dem Stadtplanungsamt besorgt und Hal gezeigt, der, ohne zu zögern, auf Haus Nummer achtzehn gedeutet hatte.

Lawrence hatte draußen vor dem Haus gestanden und sich eine ganze Weile umgesehen. Er fand den hübschen kleinen Vorgarten mit dem schmiedeeisernen Gitter, genau wie Hal es beschrieben hatte. Eine konturlose weiße Steinfassade mit großen Fenstern, die Farbe sauber und frisch. Wie all die anderen Häuser in der Straße auch ein Zuhause für Angehörige der oberen Mittelklasse. Lawrence aktivierte seinen Armband-Pearl und startete das Prime. Ein kompliziertes, indigofarbenes Bild entstand auf seinen optronischen Membranen, als das quasi-intelligente Programm aus seinem Speicherblock entkomprimiert wurde. Vielleicht war es nur Einbildung, aber es schien heller zu leuchten als die normalen Standardsymbole des Pearls.

Lawrence öffnete eine Verbindung zum Datapool von Memu Bay und befahl dem Prime, die Haushalts-AS und die lokalen Verkehrs-Logs zu analysieren. Fast augenblicklich scrollten Informationen über seine Membranen. Welche Software auch immer *Kill-Boys* Widerstandsgruppe benutzte, um ihre Spuren zu verdecken, sie war exzellent – was Lawrences Vermutung erhärtete, dass sie E-Alpha kompromittiert hatten.

Die Haushalts-AS von Nummer achtzehn hatte nichts gespeichert, denn sie war seit einer Woche deaktiviert, und das System wartete immer noch auf seine Reparatur. Kleinere, unabhängige Sektionen des Hausnetzes funktionierten im autonomen Backup-Modus, doch sie besaßen keine Memory-Logs.

Am Merkwürdigsten von allem war jedoch, dass das Sicherheitssystem ebenfalls offline war und seine Sensoren nicht einmal mit Strom versorgt wurden.

Die Verkehrs-Logs der Minster Avenue bestätigten, dass in der Nacht, in der Hal angeblich in Nummer achtzehn gewesen war, sehr wenig Fahrzeuge die Straße befahren hatten. Und ganz offensichtlich hatte kein Taxi die Nummer achtzehn angesteuert. Doch das Prime grub tiefer in den Daten des lokalen Transportnetzwerks und fand heraus, dass der Datenfluss zwischen ein Uhr achtundvierzig und zwei Uhr zehn um einen kleinen Prozentsatz zugenommen hatte.

Nachdem Hal das Haus wieder verlassen hatte.

In den Logs fand sich keinerlei Hinweis für die Ursache der Zunahme.

»Wahrscheinlich haben sie den Laden dicht gemacht«, murmelte Lawrence zu sich selbst. Die winzige Abweichung in den Datenströmen würde kein Gericht überzeugen, das Kenntnis davon hatte, dass Hals DNS in der Vagina des Mädchens nachgewiesen wurde. Er war nicht einmal sicher, ob seine Entdeckung vor Gericht als Beweis zulässig gewesen wäre. Doch es reichte ihm; ein elektronisches Graffito, als hätte jemand *KillBoy war hier* auf die Fassade des Hauses gesprüht.

Lawrence überquerte die Straße und betätigte die Messingglocke. Es dauerte eine Minute, bevor die schwarze Eingangstür geöffnet wurde. Eine Frau in einer Schürze stand im Hausflur und musterte ihn misstrauisch. »Ja?«

»Elena Melchett?«

»Das bin ich. Wer sind Sie?«

»Lawrence Newton. Ich ermittle in dem Vergewaltigungsfall.«

Elena Melchett sah nicht danach aus, als würde sie mit den Medien kooperieren. »Und?«

»Der Verdächtige behauptet, er wäre irgendwo in dieser Straße gewesen, als das Verbrechen geschah. Es ist sein Alibi. Ich frage mich, ob Sie vielleicht etwas gesehen haben?«

»Mr. Newton, dieses obszöne Verbrechen hat sich um ein Uhr morgens ereignet. Ich habe zu dieser Zeit im Bett gelegen und geschlafen. Ganz gewiss habe ich keinen von diesen Fremden draußen auf der Straße gesehen.«

»Das dachte ich auch nicht, Ma'am. Danke sehr. Äh...« Er kramte in seinen Taschen, während Elena Melchett zunehmend ungeduldig wurde. Er fand seine Media Card und aktivierte eine visuelle Datei. »Bitte entschuldigen Sie, wenn ich so lästig sein muss, aber kennen Sie diesen Mann?« Der Schirm der Media Card zeigte ein Bild von Hal.

Elena Melchett betrachtete es. »Nein.«

»Tatsächlich? Das ist eigenartig.«

»Wie meinen Sie das?«

Lawrence aktivierte eine andere Datei. »Das ist ein Grundriss Ihres Wohnzimmers, nicht wahr?« Er sah an der Frau vorbei zu der großen Treppe, die hinauf zur Galerie im ersten Stock führte.

Diesmal warf Elena Melchett kaum einen Blick auf das Bild. »Sieht so ähnlich aus, ja.«

»Ich würde sagen, es ist identisch. Sogar bis hinunter zum Marmorboden.«

»Was wollen Sie, Mr. Newton?«

»Dieser verdächtige Fremde – er hat dieses Bild

mit Hilfe eines Architektenprogramms zusammengesetzt. Wie kann er wissen, wie Ihre Eingangshalle aussieht, wenn er noch nie zuvor hier gewesen ist. Sie haben gesagt, dass Sie ihn nicht kennen, richtig?«

»Verschwinden Sie!«, befahl Elena Melchett mit durchdringender Stimme. »Hinaus, und kommen Sie nicht wieder! Wenn ich Sie noch einmal hier sehe, rufe ich die Polizei.« Die glänzende Tür fiel ins Schloss.

Die Anklage hatte Hal oben im Zeugenstand. Endlich begriff Lawrence das Sprichwort von jemandem, der selbst sein größter Feind war. Es lief überhaupt nicht gut. Es war unerträglich, auch nur im gleichen Raum zu sein.

Die Anklage wollte wissen, warum er die Ausgangssperre durchbrochen hatte.

Hal – der gute ehrliche Bauerntrampel Hal – sagte, er wäre ausgebrochen, weil er verrückt nach Sex gewesen wäre.

Die Anklage wollte wissen, wohin er in jener Nacht gegangen wäre, um Sex zu bekommen.

Hal erzählte ihnen von dem Bordell in der Minster Avenue und blieb beharrlich bei seiner Schilderung der Ereignisse. Lawrence nahm an, dass seine Mutter ihn dazu erzogen hatte, immer die Wahrheit zu sagen.

Die Anklage zerriss Hals Version der schicksalhaften Nacht in der Luft, und es gab nicht einen einzigen Beweis, den Lieutenant Bralow zu Hals Entlastung anführen konnte. Anschließend fragte die Anklage nach den genetischen Proben. Hal behauptete, das Mädchen sei eine Hure und die ganze Geschichte –

die angebliche Vergewaltigung, das nicht-existente Bordell – wären eine Falle, die *KillBoy* ihm gestellt hätte.

Es kam nicht gut an. Francine Hazledines beklemmende Aussage war bereits vom Band abgespielt worden. Lawrence hatte die vorsitzenden Offiziere beobachtet, als ihre zarte Stimme beschrieb, was in jener Nacht geschehen war, eine quälende Einzelheit nach der nächsten.

Je länger die Farce andauerte, desto mehr bewunderte Lawrence *KillBoys* Strategie und Erfindungsreichtum, und desto wütender wurde er. Hal war ein zu leichtes Opfer. Er wollte aufspringen und den Einheimischen zurufen, warum sie ihr mieses Spiel nicht mit ihm spielten. Doch andererseits ging es genau um diesen vernichtenden Effekt auf die Moral der Truppen von Zantiu-Braun. Das war es, was hinter dieser brillanten Strategie steckte.

Außerdem wurde er von dem schrecklichen Gespenst der Verantwortung verfolgt. Als er das letzte Mal auf Thallspring gewesen war, hätte es ein ähnliches Verfahren geben müssen. Die Tatsache, dass es niemals stattgefunden hatte, war in nicht geringem Maße ihm zu verdanken. Damals war die Gerechtigkeit umgangen worden, statt ihr Genüge zu tun. Dafür kam sie jetzt doppelt und dreifach auf ihn zurück.

Lawrence verbrachte den größten Teil der Zeit mit der Überlegung, ob die beiden Ereignisse möglicherweise miteinander in Verbindung standen.

Höchstens, wenn es einen Gott mit einem sehr schrägen Sinn für Humor gibt, dachte er.

Nach fünf Stunden Zeugenaussagen und Beweisvorlagen zogen sich die Vorsitzenden Richter zurück, um über ihr Urteil zu entscheiden. Sie benötigten neunzig Minuten, in Lawrences Augen ein rein diplomatischer Schachzug angesichts der Tatsache, dass sie das Urteil bereits gefällt hatten, bevor die Kriegsgerichtsverhandlung überhaupt begonnen hatte.

Hal stand vor dem Podium, den vorsitzenden Offizieren zugewandt, die Schultern trotzig nach hinten gereckt, während der Vorsitzende Ebrey Zhang das Urteil verkündete.

Im Falle des Verstoßes gegen einen direkten Befehl und des Verstoßes gegen die Ausgangssperre: Schuldig.

Im Falle der Irreführung der einheimischen Polizei: Schuldig.

Im Falle des Überfalls und der Vergewaltigung einer Minderjährigen: Schuldig.

»Nein!«, kreischte Hal aufgebracht. »Bin ich nicht!«

Ein Seufzen ging durch das Publikum, nicht der Freude, sondern eines Gefühls der Gerechtigkeit und ihres Sieges. Gegen jede Wahrscheinlichkeit war das richtige Urteil gefällt worden.

Hal setzte sich, während Lieutenant Bralow eine, wie Lawrence eingestehen musste, eloquente Bitte um Nachsicht vortrug. Anschließend erhoben sich alle zur Urteilsverkündung.

Ein sehr betrübt aussehender Ebrey Zhang sagte: »Halford Grabowski, angesichts der Schwere dieses abscheulichen Verbrechens stellen wir fest, dass wir keine andere Wahl haben, als die höchste Strafe zu verhängen, die dieses Gericht verhängen darf. Sie werden zum Tode verurteilt.«

Hal Grabowski drehte durch. Er schrie den Vorsitzenden Offizieren Obszönitäten ins Gesicht und wollte zur Tür rennen. Jeder, der ihm in den Weg kam, wurde von seinen mächtigen Fäusten beiseite geschoben. Die Zuschauer warfen sich schreiend in Deckung.

Zwei Skins waren nötig, um den aufgebrachten Squaddie zu halten und ihm ein Beruhigungsmittel zu verabreichen. Sein bewusstloser Körper wurde aus dem Saal geschleift.

Ebrey Zhang straffte seine Uniform und räusperte sich. »Die Strafe wird übermorgen früh bei Sonnenaufgang vollstreckt. Ein Gnadengesuch wird abgelehnt. Lieutenant Bralow, bitte informieren Sie Ihren Mandanten über das Ergebnis. Die Gerichtsverhandlung ist hiermit geschlossen.«

Die Offiziere gingen nach draußen. Lawrence bewegte sich nicht. Bralow drehte sich zu ihm um und sagte: »Es tut mir wirklich Leid. Das hat er nicht verdient.« Da er keine Antwort erhielt, nickte er nervös und eilte nach draußen. Die Zuschauer drängten sich an der Tür, um nach draußen und nach Hause und zurück in ihren Alltag zu kommen. Es dauerte nicht lange, bis alle verschwunden waren.

Amersy und die verbliebenen Mitglieder von Platoon 435NK9 reihten sich vor dem Tisch der Verteidigung auf. Lawrence sah einen nach dem anderen an. »Wenn einer von euch auf der Seite von Zantiu-Braun steht, dann verschwindet er jetzt besser gleich.«

Zwei von ihnen schnaubten verächtlich, der Rest wartete schweigend darauf, was ihr Sarge ihnen als Nächstes zu tun befahl.

»Also schön«, sagte Lawrence. »Es ist an der Zeit, dass auch wir ein wenig unfair spielen.«

Diesmal fuhr Josep mit einem Wagen nach draußen zum Raumhafen. Er kam nachmittags an und passierte das Tor mit der Identität von Andyl Pyne, einem Juniormanager bei der Cateringgesellschaft, die das Franchise für den Verwaltungsblock hatte. Die allgemeine Management-AS wies seinem Wagen einen Abstellplatz auf Parkplatz sieben zu. Wegen Andyl Pynes relativ unbedeutender Stellung hatte er einen weiten Weg zum Block.

Er trug einen dünnen Koffer bei sich, *de riguer* für Management jeder Stufe. Eine Sonnenbrille war ebenfalls obligatorisch, also trug er ein billiges Plastikmodell. Sein hellgrüner Overall entsprach nicht ganz den Gepflogenheiten, doch auf der Brusttasche prangte das Logo der Cateringgesellschaft. Außerdem trug er Stiefel statt Halbschuhe. Alles in allem lag sein Aussehen noch innerhalb der tolerierbaren Norm.

Vor ihm schien die Nachmittagssonne auf eine fünfseitige Konstruktion mit leicht konvexen Wänden aus dunklem Glas. Von seiner Position aus erinnerte der Verwaltungsblock an eine geschlossene Tulpenblüte mit stumpfer Spitze. Er stand allein am einen Ende des Terminalgebäudes und abseits vom wesentlich größeren Kontrollturm. Obwohl er nur fünf Stockwerke hoch war, zeigten die Architektenpläne, die sein Prime aus dem Datapool gefischt hatte, eine Serviceetage sowie fünf weitere Stockwerke unter der Erde.

Als Josep den Haupteingang erreicht hatte, musste er den gesamten Identifikationsprozess wiederholen. Die AS überprüfte seine Handfläche und sein Gesichtsmuster. Die Sicherheit war allgemein sehr viel höher im Verwaltungsblock als am Hauptterminal, dank dem Zantiu-Braun-Personal, das inzwischen hier arbeitete.

Als er durch die Kontrollen war, ignorierte er den Empfangsschalter und die beiden dort stehenden Skins und marschierte direkt auf die Reihe von Aufzügen in der zentralen Lobby zu. Niemand, der regelmäßig im Gebäude zu tun hatte, wäre vom Anblick der Skins noch in irgendeiner Weise beeindruckt oder gar verängstigt. Er nahm einen Aufzug hinunter zum ersten Untergeschoss, wo die Gebäudeverwaltung ihre Büros hatte und die Kantine untergebracht war. Bis jetzt entsprach alles dem Grundriss und den Bildern der Sicherheitskameras, die sie heruntergeladen hatten.

Josep betrat die Waschräume und schloss sich auf einer Toilette ein. Die AS vermerkte sein Eintreten mit Hilfe einer Sicherheitskamera. Die Gebietserfassung innerhalb des Verwaltungsblocks war so gut wie lückenlos, und nur ganz private Örtlichkeiten wie die Toiletten waren frei von Kameras. Nicht, dass ihre Abwesenheit etwas ausgemacht hätte – die AS verfolgte jedermanns Position ununterbrochen. Es war nicht möglich, mit jemandem die Rollen zu tauschen: Andyl Pyne betrat die Toilette, und falls jemand anderes wieder herauskam, würde die AS Alarm schlagen.

Doch es war nicht die AS, die Josep zu vermeiden versuchte. Er benötigte einfach nur Zeit, um ein paar

Veränderungen vorzunehmen. In diesem Stadium waren scharfäugige Menschen sein größtes Problem. Sein Prime drang in das Netzwerk des Verwaltungsblocks ein und manipulierte die Monitor-Logs. Bald darauf war die AS überzeugt, dass nicht Andyl Pyne, sondern Sket Magersan auf der Toilette saß. Sobald das Vertauschen der elektronischen Aufzeichnungen abgeschlossen war, stand Josep still und konzentrierte sich. Die digital geschriebenen Organellen tief im Innern seiner Zellen wurden lebendig und fingen an, sein Fleisch zu modifizieren. Die Hautpigmentierung seines Gesichts wurde ein wenig dunkler. Gesichtszüge veränderten sich, seine Nasenspitze verbreiterte sich, während die Nüstern größer wurden. Die Lippen wurden dicker. Seine Backen erschlafften ein wenig, dann wurden sie wieder steif und erweckten den Eindruck eines weniger ausgeprägten Unterkiefers. Seine Iris wurde haselnussbraun.

Er hatte einen kleinen Schminkspiegel in seinem Aktenkoffer. Josep nahm ihn hervor und untersuchte sein verändertes Gesicht.

Sie hatten viel Zeit damit verbracht, Sket Magersan zu beobachten, wenn der Raumflugzeugpilot von Zantiu-Braun in Durrell in den Bars getrunken und in den Restaurants gegessen hatte. Sie hatten ihn ausgewählt, weil er Josep in Alter, Größe, Gewicht und allgemeinem Profil relativ ähnlich war, sodass Joseps digital geschriebene Systeme ohne allzu große Schwierigkeiten imstande waren, Magersans äußeres Erscheinungsbild zu imitieren. Seine Stimme war tiefer als die von Josep, und sein Akzent war echtes Capetown, doch eine direkte Verbindung mit einem neurotronischen Pearl, auf dem ein Vokalsynthesizerprogramm lief, kümmerte sich um dieses Problem. Josep bewegte sich sogar genau wie der Mann; seine Schultern hatten einen gewissen Schwung, wenn er eilig ging.

Das Bild im Spiegel war das von Sket. Josep nickte zufrieden, streifte seinen einteiligen grünen Overall ab und drehte ihn auf links. Linksherum war es ein standardmäßiger dunkelgrauer Zantiu-Braun-Pilotenoverall komplett mit Rangabzeichen, weiten Beintaschen und elastischem Vorderteil.

Josep verließ das Toilettenhäuschen und wusch sich ausgiebig die Hände, um sicherzustellen, dass die Sicherheitskamera ihn auch deutlich sah. Das Prime überwachte die Sicherheits-AS, doch es gab keinerlei Alarm. Er kehrte zu den Aufzügen zurück und fuhr hinunter in das fünfte Untergeschoss.

Simon Roderick hatte sich für das einfachste mögliche System entschieden, um den Schlüsseltresor zu beobachten. Beschränke die Elektronik auf das absolute Minimum und greife auf menschliche Wächter zurück. Dieses Misstrauen gegenüber der Elektronik ging so weit, dass er die Raumhafen-Sicherheits-AS nicht über die verdeckt stattfindende Operation informierte. Nicht einmal die lokalen Sicherheitsleute erfuhren etwas.

Nach den Aufzeichnungen des Verwaltungsblocks war das Büro im vierten Untergeschoss Quan und Raines zugewiesen, die zum Personal des Quartiermeisters der Dritten Flotte gehörten. Sie waren verantwortlich für Ersatzteile, die von den Raumschiffen zur Oberfläche gebracht wurden, um die Xiantis einsatzfähig zu halten, und sie arbeiteten mit einer eigenen AS, um die Kosten auf dem geringstmöglichen Niveau zu halten. Selbst die Daten, die aus den lokalen Netzwerken in das Büro kamen, unterstützten die offizielle Version von ihrer Aufgabe. Auch wenn eine Menge Informationen enthalten waren, die nicht direkt mit ihrem Job in Verbindung standen, wie Personalplanung und Flugprofile. Typischer Informationsüberfluss.

Simon saß im sich daran anschließenden Büro. Die AS führte ihn als Systemmanager für Raumflugzeug-Avionik. Ein Titel, der von der Menge an Kisten und kleinen Paketen untermauert wurde, die ununterbrochen in sein Büro geschafft wurden und ausnahmslos mit Barcodes aus der Elektronikabteilung gekennzeichnet waren.

Das Einzige, was in beiden Büros fehlte, waren Sicherheitskameras. Simon würde nicht riskieren, dass die Opposition seine eigenen Spione ausspionierte.

Sie hatten das Büro als Observationszentrum eingerichtet. Eine Wand war mit Bildpaneelen bedeckt und übertrug verschiedene Kamerabilder aus dem Verwaltungsblock. Jede einzelne Kamera war mit einem Glasfaserkabel direkt mit dem Büro verbunden. Die Bildqualität war ein gutes Stück unter Standard, doch auf diese Weise war keine elektrische Verkabelung erforderlich. Ein Energiefluss, wie klein auch immer, konnte entdeckt werden. Die Schirme verfügten sogar über ihre eigene unabhängige Stromversorgung, eine Reihe von Batterien in einer Ecke. Auf diese Weise gab es keine Entnahme aus den Stromkreisen des Verwaltungsblocks, die durch den Datapool zurückverfolgt werden konnte.

Adul Quan beobachtete, wie sich die Aufzugstür im fünften Untergeschoss öffnete. Ein Mann in einer Z-B-Uniform kam heraus.

»Wen haben wir denn da?«, grunzte Adul. Standardprozedur war, die Identität jeder Person zu bestätigen, die im fünften Untergeschoss eintraf. Die Schirmkameras waren verbunden mit einem Desktop-Pearl, der nicht mit dem lokalen Netz gekoppelt war. Stattdessen waren die Personaldaten in ihm gespeichert. Wer auch immer der Neuankömmling war, er ging direkt unter der Linse vorbei, die die Aufzüge beobachtete.

»Sket Magersan«, las Braddock vom Display ab. »Einen Augenblick.« Er runzelte die Stirn, während er durch einen Stapel Ausdrucke blätterte. Sowohl er als auch Adul hatten über Roderick geflucht, weil er darauf bestanden hatte, gedruckte Aufzeichnungen zu benutzen. Doch ihr Boss war überzeugt, dass E-Alpha kompromittiert worden war und ihre Datenspeicher weit offen waren für gegnerische Manipulation. Also wurden Morgen für Morgen die Personaldienstpläne ausgedruckt. Auf diese Weise konnten sie überprüfen, wer im Verwaltungsblock arbeitete und wer verdächtig war.

Braddock sah hinunter auf Magersans Datenblatt, stockte und las es noch einmal sorgfältig. »Heilige Scheiße, er hat heute frei! Er hat die letzten fünf Tage pausenlos Einsätze geflogen!«

Adul richtete sich auf und blickte zu den anderen Schirmen, die das fünfte Untergeschoss abdeckten.

»Und was hat er dann hier zu suchen, unten im fünften Stock?«

»Gute Frage.« Braddock trat zu seinem Kollegen. Sie beobachteten, wie Magersan durch einen Korridor lief und anderen Leuten freundlich zunickte.

»Er geht in Richtung Schlüsseltresor«, sagte Adul mit leiser, aufgeregter Stimme.

»Das wissen wir noch nicht.«

»Scheiße!« Adul saß nervös auf der Stuhlkante.

Magersan war in der Kommunikationsabteilung angekommen. Er nannte dem Sicherheitssensor ein Kodewort und legte die Hand auf den Scanner. Sein Stimmabdruck und sein Blutgefäßmuster schienen zu passen, denn die Tür glitt auf.

»Sir!« Braddock rannte auf die Verbindungstür zu Rodericks Büro zu. Er riss sie hastig auf. »Sir, ich glaube, wir haben etwas!«

Die Kommunikationsabteilung bestand aus drei Büros, die durch einen kurzen Gang miteinander verbunden waren. Sicherheitskameras bestätigten, dass gewöhnlich nur zwei Leute dort arbeiteten, einer im ersten Büro, der zweite im dritten. Als sich die äußere Tür öffnete, schlüpfte Josep hinein und wartete, bis sie sich wieder geschlossen hatte. Das Prime entfernte sein Bild aus den Sicherheitskameras. Keiner der beiden Z-B-Offiziere im Bereich hatte die Tür gehört. Er zögerte eine Sekunde, dann befahl er seinem Prime, den Mann im ersten Büro zu rufen. Es war eine Anfrage von der Wartungsabteilung wegen eines Fehlers in der Satellitenverfolgungseinheit des Raumflugzeugs, und das quasi-bewusste

Programm erzeugte die Stimme und das Bild des entsprechenden Supervisors.

Als der Kommunikationsoffizier anfing zu antworten, marschierte Josep schnell an seinem Büro vorbei und betrat den zweiten Raum. Sein Prime entschärfte drei Alarmsensoren, die durch sein Eintreten ausgelöst worden wären. Er verschloss die Tür und verriegelte sie manuell, dann atmete er tief durch, während er abwartete, ob einer der Offiziere reagierte. Bilder von den Sicherheitskameras schwebten vor seinem geistigen Auge und zeigten, dass sie unverwandt an ihren Schreibtischen saßen und arbeiteten.

Der Schlüsseltresor besaß eine massive, mit Borfasern verstärkte Stahltür. Bevor Z-B eingetroffen war, war dort das Gold und Platin aufbewahrt worden, das in der Mikroschwerkraftfabrik zur Herstellung elektronischer Komponenten eingesetzt wurde. Jetzt war das Metall nach oben zu den Raumschiffen verfrachtet worden und jede Menge Platz vorhanden, wo Z-B die Schlüssel verstauen konnte.

Es gab zwei Schlösser, die mit Hilfe von Tiefenscan-Handmustern betätigt wurden. Sie mussten simultan von zwei verschiedenen Personen betätigt werden. Josep zog ein Paar kleiner, Drachen-extrudierter Module aus seinen Beintaschen und befestigte eins über dem ersten Schloss. Seine Oberfläche bewegte sich in langsamen Wellen, als es mit dem Scanner verschmolz. Das zweite Modul ging auf das untere Schloss. Er aktivierte sie gleichzeitig, und mit einem lauten *Klong!*, das Josep zusammenzucken ließ, schnappten die magnetischen Bolzen zurück.

Er zog an der schweren Tür, und sie schwang zurück. Der Tresor war ein Würfel mit einer Kantenlänge von acht Metern. Helle Deckenbeleuchtung schaltete sich ein, als er ihn betrat. Die Wände waren bedeckt von Metallregalen; in der Mitte stand ein einzelner Tisch. Fünfzehn schwarze Plastikboxen waren in den Regalen gestapelt, jede fünfundsiebzig Zentimeter lang und fünfzehn Zentimeter hoch. Auf jeder prangte Zantiu-Brauns silbernes Emblem.

Josep nahm die erste Box aus dem Regal und legte sie auf den Tisch. Er scannte sie mit einem Sensor, ohne Ergebnis. Es gab keine erkennbare Energiequelle in ihrem Innern. Wenn sie alarmgesichert war, dann hatten sie es auf eine Weise gemacht, die er nicht deaktivieren konnte. Er legte das Schloss um und öffnete den Deckel. Sein Prime berichtete, dass der Datapool weiterhin schwieg. Kein Alarm.

Die Box enthielt drei übereinander gestapelte Tabletts, jedes mit etwa hundert Memory-Chips. Die Xianti-Flugpläne für die nächsten fünf Tage waren bereits festgelegt und ihre Kommunikationskodes zugewiesen. Josep und Ray hatten einen ausgewählt, der in vier Tagen stattfinden würde, was jedem, der bei der Operation dabei war, mehr als genügend Zeit gab, von Memu Bay hierher zu kommen.

Er fand den entscheidenden Schlüssel in der dritten Box, die er öffnete. Der kleine Memory-Chip passte in den Interface-Slot seines Armband-Pearls, und der Kode wurde in einem Rutsch übertragen.

Josep grinste breit. Das war es. Das letzte große Hindernis eliminiert. Nicht, dass der Rest einfacher gewesen wäre, doch die Chancen für eine erfolgreiche Operation waren gerade beträchtlich gestiegen.

So viel hatte von diesem Augenblick abgehangen, so viele beeindruckende Möglichkeiten.

Er legte die Box genauso ins Regal zurück, wie er sie vorgefunden hatte, und verließ den Tresor.

Simon Roderick wartete geduldig draußen vor den Aufzügen im fünften Untergeschoss. Sein DNI verband ihn durch einen einzelnen Audiokanal mit Adul, der im Stockwerk darüber in seinem Büro saß und den Bildschirm beobachtete.

»Jetzt schließt er den Tresor«, meldete Adul. »Er nimmt die Geräte von den Schlössern. Steckt sie in die Taschen zurück.«

Simon verschob den Fokus seines Sensoriums. Der blau-graue Korridor ringsum schmolz zu undeutlicheren Schatten. Er wurde zerteilt von langen, dünnen Fäden aus smaragdfarbenem Licht, die unter so gut wie jeder Oberfläche lauerten. Einige von ihnen leuchteten mit einer Intensität, die der Sonne Konkurrenz machte, während andere feiner waren und in Frequenzen flackerten, die fast zu schnell waren, um etwas zu sehen. Er war sich sogar des kleinen bernsteinfarbenen Lichts in seinem eigenen Schädel bewusst.

Die gewöhnlichen menschlichen Sinne Geruch, Tasten, Schmecken, Sehen und Hören liefern dem Gehirn einen phänomenalen Input, den es zu verarbeiten hat. In den meisten Fällen tut es das, indem es sich subtil auf einen Sinn nach dem anderen konzentriert und die übrigen zurückdrängt. Indem Genetiker diese inhärente neurale Programmierfähigkeit ausgenutzt hatten, waren sie zu dem Schluss gekommen, dass das Sensorium um weitere Inputs expandiert werden konnte. Die verschiedenen Roderick-Chargen lieferten ihnen eine perfekte Gelegenheit zum Experimentieren, und jede neue Generation wurde adaptiert und modifiziert.

Die Idee dahinter war alt, eine Fähigkeit zu entwickeln, elektronische Muster zu »sehen«.

Medien, Schamanen und Trickbetrüger hatten jahrhundertelang immer wieder behauptet, dass sie imstande waren, Norden zu finden und auch andere geheimnisvolle Wahrnehmungsfähigkeiten besäßen. Dann hatte die Entdeckung von Magnetit in menschlichen Gehirnen gegen Ende des zwanzigsten Jahrhunderts ihre Behauptungen mit der Art von pseudowissenschaftlicher Unterstützung untermauert, auf der das Geschäft solcher Leute florierte. Angesichts der winzigen Mengen Magnetit, die tatsächlich vorhanden waren, erschien es extrem unwahrscheinlich, dass einer von ihnen als menschlicher Kompass funktionieren konnte. Außerdem gab es keinerlei Interface zwischen den Partikeln und dem Gehirngewebe. Das war erst zustande gekommen, als Gentechniker Zellen manipuliert und Magnetitpartikel in ein Ferro-Vesikel-Zellmodell eingebaut hatten. Die Wirkung eines magnetischen Feldes auf die in seröser Flüssigkeit eingebetteten Partikel erzeugte, wie man feststellte, wahrnehmbare neurale Impulse.

Anschließend musste nur noch die Ausrichtung der Ferro-Vesikel festgestellt werden, um ein stichhaltiges Bild zu erzeugen, zusammen mit der erforderlichen Größe und der Art und Weise, wie die erzeugten Impulse am besten dem Gehirn zugeführt wurden. Zum Zeitpunkt der Zeugung der SK2s war das Design im Prinzip abgeschlossen. Ihr elektrisches Sinnesorgan besaß die Form einer membranösen Krone mit einer Nervenbahn, die direkt in die Medulla oblongata führte. Sie gestattete ihnen, stromführende Drähte zu sehen – oder Datenfluss. Doch am wichtigsten von allem – und der Grund, warum die Rodericks diese Fähigkeit in erster Linie gewollt hatten – sie gestattete ihnen, die Impulse anderer menschlicher Gehirne zu sehen. Sie würden niemals imstande sein, direkt Gedanken zu lesen, doch indem sie ein Gehirn bei der Arbeit beobachteten, konnten sie die emotionalen Bestandteile feststellen und sehen, wie viel Kreativität in einem Gedankenprozess steckte und wie viel Erinnerung. Als Lügendetektor war das Ferro-Vesikel-Organ nahezu unfehlbar. Sie hatten einen gewaltigen Vorteil bei Verhandlungen mit dem führenden Management anderer Companys.

»Er kommt raus«, sagte Adul.

Simon setzte sich in Bewegung. Ein paar andere Leute waren im Gang. Er durfte selbstverständlich nicht riskieren, das Gebäude räumen zu lassen – das hätte Sket Magersan gewarnt. Simon war jetzt schon besorgt wegen der offensichtlichen Fähigkeiten des Mannes; das Letzte, was Roderick für seine Operation gebrauchen konnte, war ein unkontrollierter Ausbruch offener Gewalt.

Er kam an der Aura eines Mannes vorbei, die hell und dicht leuchtete und kaum von seiner Kleidung verzerrt wurde. Sie entsprach der Zufriedenheit in seinem Gehirn. Ein weiterer Mann war beträchtlich dunkler mit Gegenden unter seinen Emanationen, die an Sonnenflecken erinnerten. Simon war erfahren genug, um einen Kater zu erkennen, ohne irgendwelche Fragen stellen zu müssen.

Sket Magersan verließ die Kommunikationsabteilung. Im elektromagnetischen Spektrum war er eine menschliche Nova. Simon wäre fast stehen geblieben, so sehr überraschte ihn die Helligkeit von Magersans Aura. Einen Augenblick lang glaubte er, vielleicht einen Androiden vor sich zu haben. Doch nein, die bioelektrischen Muster des Körpers waren erkennbar menschlich, nur um wenigstens eine Größenordnung intensiver. Außerdem trug er eine Reihe elektronischer Module in den Taschen. Dichte Flusslinien pulsierten um sie herum und wiesen auf hochdichte Energiezellen hin.

Simon erkannte nichts von alledem. Es war schwer, durch die lebendige elektromagnetische Grellheit irgendetwas zu erkennen, doch das sekundäre Muster, das von seinen inneren Organen herrührte, war unwahrscheinlich komplex und durchdringend. Die gewöhnliche Signatur neurotronischer Pearls war nicht zu erkennen.

Als beide im Korridor aneinander vorbeigingen, bemerkte Roderick in Magersans Gedanken eine Spur von Nervosität, doch bei weitem nicht genug, um Misstrauen anzuzeigen. Simon fragte sich, was sein eigenes Gehirn dem anderen verriet. Hätte er gewusst, gegen was er hier antrat, er wäre niemals im gleichen Gebäude wie dieser … fremdartige Mann und seine unbekannte Technologie geblieben. Diese Entdeckung allein hatte einen Wert, der alles an Gewinnrealisierung überstieg, das Thallspring möglicherweise liefern konnte. *Wo zur Hölle kommt er her?*

Und wodurch kommt diese Aura zustande? Eines stand fest, das war auf gar keinen Fall Sket Magersan, der Pilot aus den Akten von Zantiu-Braun.

»Sir?«, fragte Adul.

»Vielleicht besitzt er Waffen. Ich bin nicht sicher. Machen Sie weiter wie geplant.«

Josep betätigte den Aufzugsknopf. Es dauerte ein paar Sekunden, bis ein Lift eintraf. Er widerstand dem Impuls, den alten Mechanismus anzubrüllen, dass er sich gefälligst beeilen sollte. *Ich hab's geschafft!* Er war in die sicherste Anlage von Zantiu-Braun eingedrungen und hatte ihre Kronjuwelen gestohlen. Das letzte verbliebene Problem war, den Drachen mit Hilfe des Raumflugzeugs durch die Raumflugzeug-Sicherheit zu schmuggeln. Er und Raymond hatten bereits eine Vorstellung, wie das zu bewerkstelligen war.

Die Aufzugtüren öffneten sich. Ein Mann kam heraus und nickte Josep geistesabwesend zu. Josep trat zur Seite, um ihn vorbeizulassen, dann betrat er die Kabine. Er drückte auf den Knopf für das erste Untergeschoss. Die Türen schlossen sich, und der Aufzug setzte sich in Bewegung.

Eine rasche Änderung der Identität zurück zu Andyl Pyne in der Toilette. Keine dreißig Minuten später würde er wieder im Wagen sitzen und in Sicherheit sein und sich vom Raumhafen entfernen.

Seine digital geschriebenen neuralen Zellen verloren den Kontakt mit dem Netzwerk des Verwaltungsblocks. *Wie kann das sein?* Er runzelte die Stirn, doch die Beleuchtung brannte immer noch, und der

Aufzug fuhr ebenfalls weiter. Vielleicht isolierte ihn die Kabine vom Knoten. Andererseits war es auf dem Weg nach unten nicht geschehen.

Josep blinzelte, als er gegen die Wand torkelte. Das Kontrollpaneel mit seinen Knöpfen und der beleuchteten Etagenanzeige waberte, als würde er durch Wasser hindurch sehen.

Was zur Hölle ist das?

Er hämmerte auf den Notknopf. Nichts geschah. Der Aufzug bewegte sich immer noch. Seine Beine gaben nach, und er sank in die Knie. Flecke tanzten vor seinen Augen. Er bekam keine Luft. Er atmete tief durch, doch es machte keinen Unterschied. Seine Kräfte verließen ihn schnell.

An diesem Abend fragten sie Hal, ob er am nächsten Morgen einen Priester wollte. Er sagte ihnen, dass sie verschwinden und sich einen Skinschwanz irgendwohin stecken sollten. Sie fragten, was er als letzte Mahlzeit wollte. Er sagte, ein gekochtes Ei. Danach ließen sie ihn allein.

Die Morgendämmerung über Memu Bay setzte um fünf Uhr zweiundzwanzig ein.

Um vier Uhr dreißig kamen Lawrence und Dennis zu Besuch. Hal wurde in einem der Kellerräume unter dem Barnsdale Hotel gefangen gehalten. Zwei Skins standen permanent vor der Holztür Wache, und der Waffenmeister hatte Hal außerdem ein Sicherheitshalsband umgelegt, das durch einen Funkimpuls gezündet werden konnte – nur für den Fall. Niemand rechnete wirklich mit Schwierigkeiten. Die Skins erhielten einen Anruf über Lawrences bevorstehenden Besuch, eine Minute, bevor er auftauchte. Er und Dennis schoben einen kleinen Servierwagen aus der Hotelküche vor sich her.

»Aber er wollte doch gar nichts essen«, sagte einer der Skins.

»Ich weiß«, antwortete Lawrence. »Wir haben trotzdem etwas mitgebracht. Es ist ein Filetsteak, seine Lieblingsmahlzeit.« Er nahm den silbernen Deckel von einem Teller, sodass der Skin es sehen konnte.

»Meinetwegen. Dann geht ihr jetzt besser rein.«

Hal lag auf einer schmalen Pritsche in einer Ecke des Raums, die Hände hinter dem Kopf. Er blickte auf, als Lawrence und Dennis den Wagen in seine Zelle schoben. »Ich habe ihnen doch gesagt, dass ich nichts von ihrem verdammten Dreck haben will!«

»Der Chef ist ein Einheimischer«, sagte Lawrence. »Und offensichtlich hat er Schuldgefühle bekommen. Wenn ich zurückgehe und ihm sage, dass das Fleisch zu lange auf dem Grill gewesen ist, braucht er wahrscheinlich für den Rest seines Lebens therapeutischen Beistand. Du weißt doch, was diese Liberalen für eine Bande sind.«

Hal grinste und trat zum Wagen. Der Wachposten schloss die Tür.

»Sarge«, sagte Hal leise. »Ich weiß zwar, was du zu mir gesagt hast, aber ich hab drüber nachgedacht. Ich möchte doch lieber die Injektion. Sie tut nicht weh, und es ist, als schliefe man einfach ein. Ich denke, das ist am besten so, weißt du?«

»Hal, es ist erforderlich, dass du dem Erschießungskommando gegenübertrittst. Tut mir Leid, ich weiß, dass es hart werden wird, das Härteste, was es für jemanden überhaupt gibt. Aber es ist die einzige Möglichkeit.«

»Die einzige Möglichkeit wofür?«

Dennis bückte sich und schlug die weiße Leinendecke des Servierwagens zur Seite. Auf dem unteren Regal lag ein Erste-Hilfe-Kasten.

»Wozu ist der denn?«, fragte Hal.

»Ein einfacher Weg aus diesem Schlamassel«, sagte Lawrence. »Und genau das macht mir ein wenig Sorgen. Jemand anderes könnte dahinter kommen. Setz dich, Hal.«

Hal tat wie geheißen.

Dennis stellte den Kasten neben Hal auf die Pritsche und öffnete ihn. Er wickelte zwei Reihen durchsichtiger Schläuche auseinander und steckte sie in Hals Halsventile.

»Und jetzt hör genau zu«, sagte Lawrence und begann zu erklären.

Es war untypisch kalt für Memu-Bay-Verhältnisse, als die ersten Spuren grauen Tageslichts über den Horizont glitten. Myles Hazledine hatte einen warmen Wollmantel übergezogen und begleitete Ebrey Zhang nach draußen in den Obstgarten auf der Rückseite des Barnsdale Hotels. Der Garten war ausgewählt worden, weil er von einer großen Steinmauer eingefasst war.

Myles nahm an, dass Zantiu-Braun die Exekution vor den Augen der morbide neugierigen Bevölkerung verbergen wollte. Doch Zhang hatte ihn aufgeklärt, dass die Mauer die Kugeln aufhalten würde. Myles hatte einen Augenblick gebraucht, um zu begreifen, was der Mann sagte. »Ein Erschießungskommando?«, hatte der entsetzte Bürgermeister gefragt. Er konnte nicht glauben, dass jemand so barbarisch sein konnte, nicht einmal Zantiu-Braun. Wie die übrigen Einwohner von Memu Bay hatte der Bürgermeister die ganze Zeit über schweigend angenommen, dass man dem Verurteilten einfach eine Überdosis eines Schlafmittels verabreichen würde. Dass Grabowski still und friedlich einschlafen und nicht wieder aufwachen würde und die Sache damit zu Ende wäre.

Er hätte es besser wissen müssen. Dieser ganze schreckliche Zwischenfall würde niemals mit stiller Würde enden. Jetzt würde er dabei sein und zusehen müssen, wie Kugeln einen Mann zerfetzten und Blut spritzte. Es war ein ungeheuerlicher Gedanke, der jeglicher bürgerlichen Anständigkeit zuwiderlief. Er verspürte nicht einmal mehr Freude, dass Grabowski auf diese Weise sterben würde. Er hatte Gerechtigkeit gewollt, sicher. Aber das hier erinnerte mehr an einen mittelalterlichen Racheakt.

»Der Verurteilte hat gewisse Rechte«, hatte Ebrey Zhang verlegen erklärt. »Es gibt drei Möglichkeiten, eine Exekution vorzunehmen, und er kann sich für eine entscheiden. Tut er das nicht, entscheidet das Gericht für ihn. Es ist ungewöhnlich, das Erschießungskommando zu verlangen.« Auf Ebrey Zhangs Stirn hatte sich trotz der morgendlichen Kühle ein dünner Schweißfilm gebildet.

Myles fragte nicht nach der dritten Methode. Er folgte Zhang zu einer Stelle auf der Rückseite des Obstgartens. Sein Blick wich nicht einmal von dem einzelnen Pfosten ab, den man vor der hinteren

Wand in den Boden gerammt hatte. Die Erde rings um seine Basis war frisch. Dahinter waren Sandsäcke aufgestapelt.

Das hier war Stück für Stück das, weswegen seine Vorfahren die Erde verlassen hatten. Die ultimative, gefühllose Unmenschlichkeit. Myles steckte die zitternden Hände in die Taschen und starrte auf das Gras. Denk an Francine, sagte er sich immer wieder. Denk an das Entsetzen, das sie durchleben musste.

Irgendjemand bellte Befehle. Myles zwang sich, den Blick zu heben.

Der Sergeant Major führte das acht Mann starke Erschießungskommando aus der Tür und ließ es hinter der Linie antreten, die sieben Meter vom Pfosten entfernt auf das Gras gemalt war. Die unglückseligen Squaddies waren durch Strohhalmziehen ausgewählt worden. Er hatte vorher mit jedem einzelnen gesprochen und gesagt, dass Grabowski sich jemanden wünschte, der vernünftig schießen konnte, und sie würden ihn nicht enttäuschen, ganz gleich, was sie sonst noch darüber dachten. Und der Sergeant Major hatte ihnen ausdrücklich versichert, dass diese Pflicht keinen Eingang in ihre Akten finden würde.

Als sie das Briefing bedrückt und niedergeschlagen verlassen hatten, dankte er im Stillen Allah, dass er nicht selbst den Abzug durchziehen musste. Dann war Lawrence Newton hereingekommen und hatte ein paar leise Worte mit ihm gewechselt. Der Sergeant Major hatte sich die Bitte seines alten Kameraden angehört und zustimmend genickt. Mehr musste und wollte er gar nicht wissen.

Edmond Orlov und Corporal Amersy führten den Verurteilten hinaus in den Garten. Hal zeigte keinerlei Emotionen, als sie vor dem Pfosten stehen blieben. Edmond band ihm die Hände hinter dem Pfosten zusammen und flüsterte seinem Freund etwas zu. Ein Lächeln spielte über Hals Lippen. Amersy bot ihm eine Augenbinde an, und Hal nahm sie.

Die beiden Männer von Platoon 435NK9 salutierten vor ihrem Kameraden und marschierten davon.

Der Sergeant Major sah zu Ebrey Zhang, und dieser nickte leicht.

»Erschießungskommando, nehmt die Waffen!«

Das Geräusch von Händen, die exakt gegen Waffen klatschten, hallte durch den Obstgarten.

»Legt an!«

»Hey, Zhang!«, rief Hal. »Du bist ein elender Waschlappen von einem Kommandanten, Mann!«

»Feuer!«

Myles Hazledine übergab sich. Das Geräusch von acht Gewehren, die gleichzeitig feuerten, hatte ihn betäubt. Die Zeit war in Schweigen erstarrt. Dann drehte er den Kopf und sah Grabowskis Körper beben, als er gegen den Pfosten zurückgeworfen wurde. Blut spritzte mit erschreckender Geschwindigkeit aus seiner Brust. Und der große junge Mann fiel, sank nach vorn auf die Knie, und nur seine gebundenen Hände hielten seinen zerfetzten Rumpf aufrecht. Geräusch kehrte in Myles' Universum zurück. In seinen Ohren war ein Brüllen. Ein menschliches Wesen war vor seinen Augen niedergemetzelt worden. Wegen ihm. Wegen des Handels, den er mit Zantiu-Braun eingegangen war.

Er kniete nieder und erbrach sich hilflos auf das taufeuchte Gras des Obstgartens.

Traditionell wurden sie die Beerdigungsabordnung genannt. Obwohl es auf Thallspring niemals ein Grab für einen Angehörigen von Zantiu-Braun geben würde. Die Companypolitik, was Tote außerhalb der Erde anbetraf, schrieb Verbrennung vor und Verstreuen der Asche.

Hal Grabowskis eigenes Platoon hatte das Recht verlangt, den letzten Dienst selbst durchzuführen, und Captain Bryant würde gewiss nicht versuchen, nein zu sagen – er konnte im Augenblick keine offene Rebellion unter seinen Männern gebrauchen. Und während das Erschießungskommando weggeführt wurde, kamen sie mit einer Bahre und einem Leichensack aus dem Hotel. Sie lösten Hals Hände von den Fesseln, während Ebrey Zhang den würgenden Bürgermeister stützte, und legten ihren toten Freund auf das blutdurchtränkte Gras. Er wurde vorsichtig in den Leichensack gehoben, der verschlossen und dann auf die Bahre gelegt wurde. Sie trugen ihn davon, als der Bürgermeister und die höheren Offiziere in das Hotel zurückkehrten. Anschließend kam das Aufräumkommando, um den Pfosten und die Sandsäcke zu entfernen. Das Blut musste ebenfalls weggespült werden. Bis zum späten Vormittag würden keine Spuren mehr darauf hindeuten, dass hier eine Exekution stattgefunden hatte.

Das Beerdigungskommando trug die Bahre durch die rückwärtigen Korridore des Hotels und hinaus in den kleinen Hof, der von Zulieferern benutzt wurde. Ein Lieferwagen wartete bereits, um den Leichnam zum Krematorium zu schaffen. Die Türen wurden hastig geöffnet und die Bahre hineingeschoben. Hätte jemand einen Blick hineinwerfen können, er hätte überrascht gesehen, wie viel medizinische Maschinerie sich im Innern befand. Fast hätte man meinen können, dass es ein Notarztwagen war.

»Los!«, rief Lawrence zu Louis.

Der Wagen brauste vom Hof. Dennis riss bereits den Leichensack auf. »Ach du liebe Scheiße!«, grunzte er, als er das zerfetzte Fleisch sah, das einmal Hals Brust gewesen war. »Wie viele Kugeln?«

»Nur drei«, sagte Lawrence. Er sah den Leichnam. »Heilige Mutter Maria! Schaffst du es trotzdem?«

Dennis aktivierte bereits Hals Skinsuit, der zusammengefallen in einer Ecke des Lieferwagens lag. Er brachte die Verbindungsschläuche heraus und stöpselte sie in die Halsventile des Jungen. »Schneid ihm das verdammte Hemd runter!«

Blut sprudelte aus den ausgefransten Wunden und ergoss sich auf den Boden des Lieferwagens. Lawrence nahm ein Skalpell und zerschnitt das Gewebe des Hemds, dann zerrte er den durchtränkten Stoff beiseite und machte Platz, damit Dennis arbeiten konnte. Als er die Hände wegnahm, tropften sie vor Blut.

Zum ersten Mal kamen Lawrence Zweifel. Etwas, das er vorher nicht hatte zugeben wollen. Er hatte sich geweigert, Zweifel zu einem Teil der Gleichung werden zu lassen, während er sich darauf konzentrierte, dieses eine Ziel zu erreichen. Nicht zuzulassen, dass diese Bastarde Hal ermordeten. Er wollte einen Sieg über *KillBoy,* der genauso subtil und verschlagen war wie *KillBoys* unablässige Angriffe auf die Platoons in den Straßen von Memu Bay. Doch jetzt, nachdem er die schrecklichen Wunden sah, die die Kugeln des Erschießungskommandos verursacht hatten...

Dennis versuchte, die zerfetzten Arterien in der Brusthöhle zu klammern. »Sein Herz ist nur noch rohes Fleisch. Wir müssen die Lungen spülen und aufpumpen.«

»Das Gehirn?«, fragte Lawrence. »Was ist mit seinem Gehirn?«

»Ich weiß es nicht.« Dennis sah ihn gequält an. »Es waren sieben Minuten.« Seine optronischen Membranen zeigten medizinische Daten; sie scrollten fast zu schnell zum Lesen. Hals Skin benutzte die Medikamentenkapseln in gefährlicher Dosierung, während sie versuchten, das Zelltrauma zu minimieren.

»Aber wir haben sein Blut mit Sauerstoff gesättigt«, sagte Lawrence. »Du hast gesagt, das würde ihm helfen durchzuhalten.«

»Das sollte es. Das sollte es.« Dennis hatte endlich eine Arterie geklammert und machte sich an die nächste. »Odel, kannst du etwas feststellen?«

Odel befestigte einen Sensor an Hals Kopfhaut. Er blickte auf sein Palmtop-Display. »Nichts bis jetzt. Noch immer kein Signal.«

»Komm schon!«, brüllte Dennis den Jungen an. Sein Gesicht war verschmiert mit Hals Blut, und er verteilte es mit dem Handrücken noch mehr.

»Lawrence, wie lange noch, bis wir da sind?«, fragte Lawrence.

»Drei Minuten, Sarge!«

»Lebt er?«

»Ich weiß es nicht!«, bellte Dennis.

»Drei Minuten, Dennis, das ist alles. Das Notfallteam wartet.«

»Notfallteam?« Dennis' Stimme überschlug sich

vor aufkeimender Hysterie beinah. »Ein Arzt, dem die Approbation entzogen wurde, und ein paar Sanitäter, und du erwartest ernsthaft, sie könnten eine Herztransplantation durchführen?«

»Es ist ein Biomech-Herz, Dennis, du setzt es ein und schaltest es ein, das ist alles.«

Dennis lachte auf. »Heilige Güte!«

»Dennis! Was ist mit Hal?«

»Ich versuch's ja, Mann, verdammter Kerl!« In seinen Augenwinkeln glitzerten Tränen. »Ich versuch's ja!«

»Hey!«, rief Odel plötzlich. »Hey, ich habe hier ein paar Gehirnwellen!«

Hals Mund fiel herab. Seine Zunge bewegte sich kraftlos in seinem Mund, während er durch das tiefrote Blut hindurch gurgelte, das aus seiner Kehle schäumte.

»Hal!«, brüllte Lawrence. »Hal, kannst du mich hören? Kannst du mich hören, Hal? Du musst durchhalten, Junge! Wir haben dich, und wir lassen dich nicht im Stich! Halte durch, Hal!«

Kapitel Fünf

Santa Chico. Der wahre paradiesische Planet.

Aus dem Orbit waren die Farben intensiv. Erdähnlich, doch leuchtender, lebendiger. Hier gab es keine Pastelltöne, keine sanften Schattierungen. Die Vegetation war lebendig smaragdfarben, schnell wachsend, alles überwuchernd. Das machte die wenigen vorhandenen Wüsten unerträglich bleich, heiß wie die Hölle und trocken wie den Mars. Die Grenzen zwischen den Extremen überreichen Lebens und toter Wüste waren scharf und machten den Kontrast noch deutlicher. Die Ozeane, die die Hälfte der Oberfläche bedeckten, leuchteten in lebendigem Saphir. Schneeweiße Wolken wurden von der dichten Atmosphäre vergrößert, als sie durch die hohen turbulenten Jetstreams rasten.

Die Luft mit ihrem Sauerstoffgehalt von dreißig Prozent war für unangepasste Menschen giftig. Doch für das einheimische Leben bedeutete das Gas rohe Nuklearenergie für die biochemischen Prozesse. Die Evolution hatte allem und jedem Dornen wachsen lassen.

Für einige bedeutete es eine großartige Herausforderung. Eine Chance auf ein anderes Leben, ohne die Beschränkungen, die die Gesellschaft auf der Erde beherrschten.

Wie anders dieses Leben war, das begriff Corporal Lawrence Newton jetzt erst allmählich. Jetzt, nachdem der Trupp aus acht Platoons bei der chemischen Fabrik angekommen war, fanden sie nichts außer Niedergang. Die Fabrik dehnte sich über mehrere Hundert Quadratmeter, und ihr Design illustrierte nur zu gut, mit welcher neuen Einstellung die Bewohner von Santa Chico sich alten Problemen näherten. Am nächsten wäre noch die Beschreibung organisch-gotisch gewesen. Große Sektionen der Maschinerie waren lebendig, Membranen und Knoten, die sich glatt in das Metall und Plastik einfügten. Oder zumindest waren sie lebendig gewesen. Oder waren noch lebendig, aber im Eingehen begriffen, während sie sich zu primitiveren Formen zurückentwickelten. Er wusste es nicht genau zu sagen. Die Fabrik war offensichtlich seit einiger Zeit nicht mehr in Betrieb.

Sie lag in einem kleinen Tal, einem natürlichen Habitat für Gargul-Pflanzen. Es waren Büsche mit gelben und roten schwammartigen Dendriten, deren Saft wundervoll komplexe Moleküle enthielt, die als Basis für Impfstoffe dienen konnten. Diese Komponenten waren ein wichtiger Gesichtspunkt bei den ursprünglichen Kolonisierungsbemühungen gewesen. Santa Chicos Vegetation war eine natürliche *Pharmacopoeia*, aus der sich nach der Ernte eine erstaunliche Vielfalt medizinischer und industrieller Anwendungen gewinnen ließ.

Doch jetzt waren die Garguls zur Fabrik zurückgekehrt und hatten die inerte Maschinerie überwuchert. An zahlreichen Stellen konnte Lawrence Risse in den Rohren und organolytischen Krackern sehen, die den Büschen ermöglichten, Wurzeln zu schlagen. Flauschige Flechten befleckten die großen Metallapparaturen. Pinkfarbene perlschnurartige Pilze wanden sich an Stützstreben hinauf. Ranken und Kriechpflanzen überzogen die höchsten Brenntürme und bildeten dicke vernetzte Knoten.

Jeeps und Trucks, die die Platoons transportierten, schwärmten von dem schmalen überwucherten Weg aus und hielten neben dem fruchtbaren Material an. Captain Lyaute befahl, die Gegend abzusuchen. »Ich weiß, dass es wie vollkommene Zeitverschwendung aussah«, sagte er den Platoons über die allgemeine Frequenz. »Aber wir müssen trotzdem feststellen, ob sich aus diesem Haufen Scheiße noch etwas bergen lässt.«

Lawrence nahm Kibbo, Amersy und Jones mit sich. Sie blieben dicht zusammen, als sie die ihnen zugewiesene Sektion der Fabrik absuchten. Eine Stunde lang wanderten sie durch ein Gewirr von Maschinen. Grün-gelb gestreiftes Tigergras wuchs auf den Wegen zwischen der Maschinerie und reichte ihnen bis zu den Knien, was selbst in den Skinsuits das Gehen erschwerte. Über ihnen wölbten sich Rohre, die aussahen, als wären sie aus Rinde gemacht, und verbanden Tanks mit Raffineriebauten. Dunkle, nasse Flüssigkeiten tropften aus kleinen Rissen. Sie wanderten um Ionentauscher und Splitter herum, die aus durchsichtigen Pilzen von der Größe von Appartementblocks zusammengesetzt waren. In unregelmäßigen Abständen ragten Ventile und Pumpen aus dem Boden, hoffnungslos antiquiert und fehl am Platz unter den raffinierten biomechanischen Systemen. Ein Ende ihres Bereichs hatte einen Büroblock aus aufeinandergestapelten länglichen Räumen in einem Würfel aus Trägern; kein Strom, zerbrochene Fenster, tote Elektronik. Als sie durch die offenen Türen spähten, glitten Kreaturen durch die dunkleren Nischen und flüchteten vor ihrer Beobachtung. Es gab nichts, das auch nur im Entferntesten etwas wert gewesen wäre. Nichts, das noch arbeitete.

Jedes Mal, wenn sie in der Ferne einen Vogel sahen, zuckte Lawrence zusammen. Vier der Landegleiter des Platoons waren mit den Windwürgern kollidiert, fliegenden Tieren, die größer waren als Pterodactylos. Der Aufprall hatte die Windwürger augenblicklich getötet, doch auch die Landegleiter waren abgestürzt und am Boden zerplatzt.

Das war, als Lawrence feststellte, dass es ein Fehler gewesen war, hierher zu kommen. Von dem Augenblick an, als der Landegleiter von Platoon 435NK9 im See außerhalb von Roseport einschlug, wollte er nichts weiter, als in ein Raumflugzeug steigen und wieder an Bord eines Raumschiffs zurückkehren. Falls es überhaupt noch eins gab. Er hatte von Anfang an nicht hinunter zur Oberfläche gewollt.

Sie hatten bereits während des Anflugs mit exosphärischen Waffen zu tun gehabt. Ein Raumschiff ausgelöscht, keine Überlebenden. Zwei weitere stark beschädigt. Man konnte den Platoons in den überlebenden Schiffen derartig schlimme Nachrichten nicht vorenthalten.

Den Gerüchten zufolge hatten der Admiral und die kommandierenden Captains zu Beginn nicht einmal gewusst, was sie angegriffen hatte. Die Sensoren hatten massive Stürme in der weitläufigen Magnetosphäre des Planeten entdeckt. Die Flussbänder hatten sich zusammengezogen und in Hunderte von

Kilometern lange Wirbel verwandelt, die tödliche Partikelstrahlen ausgespieen hatten. Ferngesteuerte Satelliten, die in das Herz der magnetischen Hurrikans geschickt worden waren, entdeckten gigantische Netze aus molekularfaserigen Ketten, die aus Stabilitätsgründen rotierten und das planetare Magnetfeld manipulierten. Santa Chico hatte herausgefunden, wie man eine gewaltige Einmal-Energiekanone von wahrhaft titanischen Ausmaßen erschaffen konnte.

Sie waren nicht einmal für diesen bestimmten Zweck erbaut worden. Wie die Flotte später herausfand, waren die Netze einfache Induktionssysteme, die Orbitalfahrzeuge und Mikroschwerkraftstationen mit Energie versorgten. Sie in Waffen zu verwandeln hatte nicht mehr als eine Neuprogrammierung erfordert. Als die Raumschiffe den Parkorbit erreichten, fanden die Satelliten keinerlei größere Städte auf dem gesamten Planeten. Es gab nur große Siedlungen wie Roseport. Sie fanden Tausende kleinerer Dörfer und Gemeinden, die alle aus scheinbar identischen, perlweißen Gebäuden bestanden. Und es schien keinen Datapool zu geben, zumindest keinen, mit dem die Flotte Verbindung aufnehmen konnte. Was wiederum bedeutete, dass es keine Zentralregierung gab, der Zantiu-Braun seinen gesetzlichen Anspruch auf Gewinnrealisierung hätte übermitteln können. Die Kehrseite dieser Tatsache war, dass sie keine Warnung wegen einer drohenden Gammabestrahlung aussprechen konnten. Nicht, dass sie gewusst hätten, wo sie den Gammastrahler einsetzen sollten, um die Einheimischen einzuschüchtern.

Es vermittelte allen einen Vorgeschmack auf das, was noch folgen sollte.

Für Lawrence war der entscheidende Augenblick gekommen, als er aus dem Landegleiter ans Ufer watete. Sie hatten auf einen großen See gezielt, der an der Seite von Roseport entlang verlief, einer der ältesten Siedlungen. Während der letzten Annäherungsphase hatten die vorderen Kameras einen Flecken weißer Häuser gezeigt, die von brillanter smaragdgrüner Vegetation fast überwuchert waren. Es erinnerte an ein griechisches Fischerdorf zwischen steinigen Hängen, die vom Wasser wegführten.

Roseport mochte vielleicht ursprünglich von Menschen erbaut worden sein, doch die neuen Einheimischen, die nun dort wohnten, waren nicht länger reinrassige Menschen. Zweibeiner, Dreibeiner, Vierbeiner, selbst schlangenartige Organismen bewegten sich über die freien Flächen zwischen den Häusern und dem See; sie waren Säuger oder Reptilien, Hunde, Affen, Pferde, gewaltige Kolosse, die zu keiner irdischen Klassifizierung passten. Jedes Einzelne hatte einige menschliche Elemente behalten, Hände, Gliedmaßen, Gelenke, Gesichter, selbst Haare in Form von Mähnen und Schöpfen, doch das war auch schon alles. Die meisten besaßen eine Art segmentiertes Exoskelett, eine dunkelbraune Hülle, die so flexibel war wie dicker Gummi. Obwohl einige ganz neue Formen von Häuten entwickelt hatten.

Die Skins standen schweigen in einer langen Reihe unmittelbar am Ufer und starrten hinauf zu den Bewohnern der Stadt, und eine Vielzahl unterschiedlicher Augen und Schallpulse starrte zurück.

»Wer zur Hölle sind sie?«, fragte Ntoko, während er sich bekreuzigte.

Er hätte es wissen müssen.

Die Santa-Chico-Besiedlungs- und Investment-Gesellschaft war durch ein paar ganz besondere Companys daheim auf der Erde gegründet worden, Companys, die Herausforderungen liebten und sie mit einem bravourösen Mangel an Orthodoxie angingen. Die Mehrzahl stammte von einem einzigen Ort.

Kalifornien war schon immer eine technologisch führende Gegend gewesen, deren Hightech-Companys die cleversten Forscher und die mutigsten Unternehmer angezogen hatten, und die meisten von ihnen waren moderat unkonventionell. Geld entschuldigte eine ganze Menge und gestattete ihnen, so zu leben, wie sie wollten, vorausgesetzt, niemand anderes trug dadurch Schaden – und die Technologiekonzerne verdienten eine ganze Menge Geld. Mit Hollywood in der Nachbarschaft und als leuchtendes Beispiel wurde jede nur denkbare Kombination von sexueller Phantasie und Betäubungsmittelmissbrauch in zügellosen Haushalten ausgelebt.

Zu Beginn basierte diese Hippie-Chique-Company-Kultur auf elektronischer Hard- und Software und verbreitete sich vom Techno-Herzland Silicon Valley aus in jedes städtische Industriegebiet menschlicher Siedlungen. Dann, als das menschliche Genom endlich entschlüsselt war, begann der Aufstieg von Genetik und Biotechnologie zur vorherrschenden Wissenschaft. Die Natur von »unerhörtem« Verhalten begann sich zu verändern. Statt mit Drogen, Jungen und Mädchen experimentierten die neuen Herren der Biotechnologie nun mit sich selbst. Die Aufsichtsräte, die die Forschungsaktivitäten der Companys überwachten, bestanden hauptsächlich aus älteren Ratgebern, von denen viele streng religiöse Ansichten vertraten. Sie betrachteten das Klonen als ein Werk des Bösen und jede Veränderung der menschlichen Norm als unheilige Sünde. Es war nicht die Art von Restriktionen, die Pioniere hinnahmen, die in mehr als einer Hinsicht ganz andere moralische Wertvorstellungen besaßen. Mehrere Forschungsgebiete gingen in den Untergrund.

Verjüngung war das Hauptziel, der heilige Gral der Biotechnologie. Obwohl dazu noch die erweiterten Funktionen des Körpers beziehungsweise der Organe hinzukamen, genau wie ein Redesign der Gliedmaßen und andere Dinge. Athleten, sowohl Profis wie Amateure, waren eifrige Kunden. Die kosmetischen Anwendungsbereiche waren ebenfalls heiß begehrt, Kaliforniens ultimative Gottheit. Genau wie das Internet die Privatsphäre und die Zensur fünfzehn Jahre zuvor eingerissen hatte, so half diesmal die Flutwelle von quasi-legalen medizinischen, genomorphen und kosmetischen Produkten, die Moralgesetze zu überwinden.

Milliardäre heilten sich selbst von Krebs und klonten sich, um auf diese Weise neue Formen von Dynastien zu gründen. Sie wechselten das Geschlecht, verloren an Gewicht, ohne sich mühsamen Abmagerungskuren oder unbequemen Fettabsaugungen unterziehen zu müssen, fügten neue Sinne hinzu und verlängerten ihr Leben um Dekaden. Die Muskelskelettsuits (die Vorläufer von Skinsuits) waren ein beliebtes Produkt bei den paramilitärischen Verbänden von Regierungen und Companys. Neurotronische Pearls beherrschten den Markt für Prozessoren. Tausende neuer Produkte drangen tief in alle Bereiche des täglichen Lebens ein.

Das Herz von alledem waren die Spezial-Companys. Kleine Partnerschaften von phantasievollen Leuten mit wenigen Forschungslabors und einer Menge Optionsscheine an den Börsen, deren Produkte von den größeren Gesellschaften für die Massenproduktion lizenziert wurden. Sie waren diejenigen, die von Santa Chico fasziniert waren. Hier gab es ein ganz neues Spektrum von hoch-energetischer Biochemie, das nur darauf wartete, ausgebeutet zu werden. Und der einzige Weg, an diese Reichtümer zu gelangen, bestand darin, ihre gegenwärtigen physiologischen Modifikationsverfahren bis ins Extrem weiterzuführen. Sie brauchten keine mit Gammastrahlern keimfrei gemachten Gegenden, um ihre Siedlungen zu gründen, sie konnten sich selbst an den Überschuss an Sauerstoff anpassen. Jede Körperform konnte verändert werden, um aus der neuen Umwelt Vorteil zu ziehen.

Sie erwarteten nicht, dass diese Konversion in einem einzigen sauberen Schwung durchgeführt werden konnte. Verschiedene Möglichkeiten würden im Verlauf mehrerer Generationen erforscht werden müssen. Fehler aufgegeben. Erfolge weiter ausgebaut. Doch langsam, aber sicher würde die Divergenz von der terranischen Menschheit zunehmen, bis die finale Generation nackt unter einer fremden Sonne wandeln und die Luft ohne technische Hilfe atmen könnte.

Zantiu-Brauns Briefing hatte den Platoons all das

erklärt. Auch wenn die Betonung auf zellulärer Anpassung gelegen und den Eindruck von gewöhnlich aussehenden Menschen mit leicht veränderten Lungen erweckt hatte. Das Briefing hatte mit keinem Wort erwähnt, wie groß die physiologischen Veränderungen wirklich waren.

Als Lawrence auf die Bewohner von Roseport sah, wusste er, dass das Briefing die wahre Geschichte von Santa Chico höchstens gestreift hatte. Was auch immer hier seit der ersten Besiedlung passiert war, es hatte sich nicht zu ihrem Vorteil hin entwickelt.

Zu Beginn war Santa Chico die eine Ausnahme von der Regel gewesen, dass interstellarer Handel eine nicht profitable Aktivität war. Der Planet stieß unter anderem ein vollständiges Spektrum hoch wirksamer Impfstoffe, Biologicals, Antivirals, Vektor-Behandlungen und Biotronics aus, Produkte, die einzigartig, unglaublich fortgeschritten und schwer zu kopieren waren. Mit einer ganzen planetaren Ökologie potenter Vegetation und Wasserpflanzen als Rohstoffe war jede neue Charge eine Verbesserung der vorangegangenen, noch weiter entwickelt, noch effektiver. Neue Siedler kamen von der Erde hierher, und die fertiggestellten Produkte wurden zur Erde verschifft. Sie deckten die Kosten für die Raumschiffe und jedes technische und industrielle Stück Ausrüstung, das die Einheimischen verlangten. Doch im Verlauf der letzten paar Jahre waren die Raumschiffe mit immer weniger Fracht zur Erde zurückgekehrt. Und da weniger Siedler nach Santa Chico emigrierten, war der erdgebundene Zweig der Santa-Chico-Entwicklungsgesellschaft bald hoch verschuldet. Zantiu-Braun hatte schließlich einen

Leveraged Buy-Out durchgeführt und seine Dritte Flotte ausgeschickt, um all die höchst profitablen biologischen Aktivposten in Gewinn umzuwandeln.

Die Platoons entlang dem Ufer erhielten den Befehl, in Roseport einzurücken. Ihre Zuschauer wichen zur Seite, während die Luft mit lauten, zwitschernden Geräuschen widerhallte, als würde ein Dschungel voller Schimpansen auf einmal loskreischen. Später würde die AS an Bord des Raumschiffs das Gezwitscher als extrem schnellen Hybrid aus Spanisch und Silicon-Valley-Englisch identifizieren. Einstweilen jedoch befahlen die Captains ihre Schanghai-Trupps nach vorn, um einzelnen Einwohnern Kollateralhalsbänder umzulegen. Skin-Lautsprecher dröhnten Instruktionen. Widerstand sei zwecklos und sie wären verantwortlich für ...

Der Kampf begann auf der Stelle. Neue Eingeborene schwärmten über den felsigen Hang und stürzten sich auf die Reihe von Skins. Sie schienen keine Waffen zu benutzen, doch sie waren stark und unglaublich schnell und den Skins mit Leichtigkeit gewachsen. Es waren so viele und die Platoon noch immer so dicht beieinander, dass der Einsatz von Pfeilen und anderen nicht-tödlichen Massenwaffen schwierig war.

Etwas, das aussah wie ein haarloser Affe, stürzte sich auf Lawrence und riss ihn zu Boden. Riesige Hände versuchten entweder, ihm den Skinhelm vom Kopf zu reißen oder wahrscheinlicher den ganzen Kopf von den Schultern. Lawrence packte die Handgelenke des Dings und versuchte, seinen Griff zu lösen. Sein Skinsuit war nicht stark genug. Die Überraschung ließ ihn für einen Augenblick erstarren.

Nichts im Training hatten ihn auf eine Situation wie diese vorbereitet. Skinsuits verliehen den Squaddies immer den nötigen Vorteil.

Er drückte das rechte Bein nach hinten, und sie rollten herum. Dann versetzte er dem Ding einen Faustschlag gegen das Brustbein. Es grunzte schmerzerfüllt auf, doch seine Klauen blieben unverwandt um Lawrences Hals. Lawrence boxte es erneut und spürte, wie die harte dunkelbraune Haut ein klein wenig nachgab. Nach einigen weiteren Sekunden vergeblichen Ringens befahl Lawrence seinem Skin, den elektrischen Puls abzufeuern. Das Affending kreischte und versteifte sich, als die Ladung durch seinen Körper zuckte, doch dann setzte es seine Enthauptungsbemühungen fort. Ein zweites Ding, das aussah wie ein Baby-Elefant, kam ihm zu Hilfe und trat Lawrence in die Rippen. Er hatte keine andere Wahl mehr. Die in den Skinsuit eingebaute Neun-Millimeter-Pistole entlud sich durch den Panzer hindurch, und er feuerte aus allernächster Nähe auf das Affenwesen. Die erste Kugel machte es nur noch wütender. Lawrence musste ein halbes Dutzend Schüsse in die wahnsinnige Kreatur pumpen, bevor sie endlich reglos auf dem Tigergras liegen blieb. Leuchtend rotes Blut strömte aus den Kugellöchern in ihrem Torso und Hals.

Lawrence stolperte weg von dem Ding, und seine Rippen schmerzten von dem Tritt, den der Baby-Elefant ihm versetzt hatte. Er ignorierte es. Übelkeit und Schwindel drohten, ihm die Beine unter dem Leib wegzuziehen. Er hatte noch nie zuvor jemanden umgebracht. Keinen anderen Menschen, und das war dieses Ding gewesen, wie unkenntlich auch immer. Die cleveren Skin-Waffen hatten ihn stets davor bewahrt und das Problem auch ohne Töten erledigt.

Inzwischen knisterte die Luft ringsum von den Entladungen anderer Waffen. Die Todesschreie schwer verwundeter Neuer Eingeborener übertönte alles. Etwas, das aussah wie ein Neandertaler, rannte direkt in Lawrence hinein, und beide gingen stolpernd zu Boden. Lawrence riss seinen Pistolenarm instinktiv herum. Die Zielgraphik erfasste den Kopf des prähistorischen Atavismus'. Er hatte einen großen bogenförmigen Kamm, der von der Nasenwurzel über den Schädel bis zum Hinterkopf verlief, und ein Geflecht blauer Adern pulsierte deutlich sichtbar. Sehr menschliche Augen starrten ihn wild an, und Lawrence las die Wut und Angst des Neuen Eingeborenen.

»Verpiss dich!«, bellte Lawrence und riss den Pistolenarm hoch, um drei Schüsse in die Luft zu feuern. Der Neue Eingeborene rollte sich zur Seite und sprang auf, um davonzurennen. Lawrence erhob sich langsam, während die peristaltischen Muskeln seines Skinsuits neue Munition durch das Laderohr in das Pistolenmagazin schoben.

Zu beiden Seiten von ihm herrschte Bewegung, und Hunderte von Stimmen brüllten gleichzeitig in seinen Kommunikationslink. Lawrence benötigte eine Weile, bis er begriff, was geschah. Der Kampf zog sich auseinander. Neue Eingeborene flüchteten den Hang hinauf in die Straßen und Häuser von Roseport. Sie rannten, hüpften, humpelten, und einige galoppierten sogar. Dutzende von Toten lagen unten am Ufer über den bleichen Felsen, einige im

Wasser, und Blut strömte aus ihren Wunden und färbte das Wasser rot. Hunderte von kleinen Wellen kräuselten die Oberfläche, als aquatische Kreaturen anfingen, sich über den unerwarteten Festschmaus herzumachen. Es war Leichenfledderei in einem Maßstab, wie Lawrence es noch nie gesehen hatte. Auch waren es nicht ausschließlich Neue Eingeborene, die am Boden lagen. Lawrence bemerkte mehrere Skins mit zerfetzten Panzern, und aus ihren Bäuchen quollen Eingeweide und Blut.

Noch immer wurde geschossen. Kugeln trafen die flüchtenden Neuen Eingeborenen in den Rücken. Sergeants und Captains mussten brüllen, damit das Feuer eingestellt wurde.

»Gütiges Schicksal!«, flüsterte Lawrence. Ringsum waren Skins auf den Knien, die Helmventile offen, und erbrachen sich. Lawrences Skin-AS meldete, dass sie ihm einen Cocktail aus Narkotika verabreichte, damit er besser mit dem Schock fertig wurde, den seine medizinischen Monitore festgestellt hatten. Er fühlte sich beschwingt, als wäre alles, was er soeben mitgemacht hatte, nur ein Teil eines grauenhaften I-Dramas. Er wollte sich nicht bewegen, nicht mithelfen, seine verletzten Kameraden zu versorgen. Irgendjemand sollte dieses verdammte Bild abschalten und die Erinnerung aus seinem Kopf löschen.

»Hey, seht nur!«, rief Nic. »Dort oben! Gütiger Gott, was ist nur los mit dieser Welt?«

Lawrence schob den Sensorfokus hinauf in den wolkenlosen Himmel. Fast hätte er aufgelacht; die betäubenden Drogen waren daran Schuld. Gerade, wenn man glaubt, dass es nicht mehr schlimmer kommen kann...

Die Frachtkapseln prallten auf die untere Atmosphäre, und ihr verwegener Landeanflug verlangsamte sich auf Unterschallgeschwindigkeit. Weiße und gelbe Fallschirme erblühten hoch über ihnen und ließen sie langsam herabschweben. Ein Schwarm Windwürger glitt mit geschickter Eleganz zwischen den Kapseln hindurch. Massive, krokodilartige Schnäbel schnappten und rissen an den Kuppeln aus Stoff. Zähne von der Größe menschlicher Hände zerfetzten das Nylon. Ohne funktionierende Fallschirme beschleunigten die Frachtkapseln wieder und rasten der Oberfläche entgegen. Sie prallten mit größtmöglicher Geschwindigkeit auf dem Boden auf und zerplatzten in lautlosen Explosionen aus zerfetzten Kisten und zerstörter Ausrüstung.

Nachdem die verletzten Skins behandelt worden waren, so gut es ihr beschränkter medizinischer Nachschub gestattete, versammelte der designierte Gouverneur von Roseport seine Offiziere für eine Lagebesprechung. Sie waren seit neunzig Minuten unten auf dem Planeten und hatten die Stadt bisher nicht einmal betreten, geschweige denn einen kollateralen Zustand hergestellt. Fast ein Drittel der Frachtkapseln war vernichtet, und mit ihnen die Ausrüstung. Die Neuen Eingeborenen waren nicht annähernd das, was sie nach den Briefings von Zantiu-Braun erwartet hatten. Und die Kommandanten der Raumschiffe berichteten von ununterbrochenen Sabotageversuchen und Angriffen auf die großen Schiffe im Orbit. Subversive Software kontaminierte jeden Datalink, und kinetische Speere in rückläufigen Orbits stellten ihre physische Verteidigung auf eine harte Probe. Die Befehle des Admirals lauteten, eine dominante Präsenz unter den Neuen Eingeborenen zu etablieren und anschließend ein Inventar möglicher Aktivposten zu erstellen.

Der Gouverneur von Roseport war prinzipiell mit der Vorgehensweise einverstanden, doch er setzte die Sicherung des Raumhafens an die oberste Stelle auf seiner Prioritätenliste. Lawrence war in der Kompanie, deren Aufgabe in der Bergung der Kapseln bestand, die den Absturz überstanden hatten. Er schätzte sich glücklich, dass 435NK9 nicht zu den Platoons gehörte, deren Aufgabe der Einmarsch in Roseport war. Während er noch mit seinen Leuten durch das hohe, haftende Tigergras trottete, hörten sie ein unablässiges Trommelfeuer aus Handwaffen und Granatwerfern. Sie sahen kaum eine Bewegung zwischen den friedlich dastehenden weißen Häusern der Stadt, doch der Kommunikationslink lieferte ihnen nicht enden wollende Geschichten von Fallen und Hinterhalten.

Selbst hier draußen auf der überwucherten Ebene, die die Stadt umgab, waren sie nicht in Sicherheit. Die Infrarotsensoren waren im hohen, schwankenden Tigergras so gut wie nutzlos. Überall lauerten Neue Eingeborene geduckt zwischen den Wurzeln, massige Gestalten, die durchaus im Stande waren, einen Skin-Panzer mit ein paar schnellen Schlägen zu zerfetzen. Häufig gelang ihnen ungeschoren die Flucht, nachdem sie blitzartig einen Squaddie überfallen und zusammengeschlagen hatten. Die Kommunikation wurde immer schwieriger, als Interferenzen und Störsignale im Verlauf des Tages zunahmen. Irgendjemand mit einer hoch entwickelten Elektronik war da am Werk.

Als es dunkel wurde, hatte die Kompanie genügend Ausrüstung geborgen, um ein Lager mit einem schwer bewachten Perimeter zu errichten. Jeeps und Laster transportierten alles hinüber zum Raumhafen, einer einzelnen Startbahn, die im Norden der Stadt angelegt worden war. Nachdem der Fluchtweg gesichert und ein Arsenal großkalibriger Waffen zur Hand war, entspannten sich die Squaddies ein wenig.

In der Nacht schien Licht in der Stadt, und zitronengelbe Fenster leuchteten hell in die Dunkelheit. Fremdartige Schatten bewegten sich ruckhaft an Wänden entlang. Geräusche echoten durch die stille Luft und befeuerten die Phantasie der Squaddies. Jeder fragte sich, was die Neuen Eingeborenen da so geschäftig bauten.

Am zweiten Tag teilte der Gouverneur seine Streitkräfte auf. Mehrere Platoons sollten versuchen, erneut in der Stadt Fuß zu fassen, während andere Kompanien zu bekannten industriellen Vierteln abkommandiert wurden. Die Satellitenobservation hatte ergeben, dass die Fabrikgebäude noch immer intakt waren, auch wenn sie scheinbar verlassen aussahen. Am besten war noch, dass ein Geschwader von TVL88 Taktischen Unterstützungshubschraubern die Landung überstanden hatte. Die Techniker hatten sie im Verlauf der Nacht zusammengesetzt. Die Kompanien konnten volle Luftunterstützung anfordern, falls sie in Schwierigkeiten gerieten. Als Lawrences Kompanie an diesem Morgen losfuhr, schlossen die Piloten Wetten ab, wer von ihnen die meisten Windwürger erledigen würde.

Lawrence meldete Ntoko, dass die Büros der Fabrik ebenfalls leer standen, und sie brachen ihre Aktion ab und kehrten zu den wartenden Fahrzeugen der Kompanie zurück. Nach den ersten Berichten war Captain Lyaute zu der Entscheidung gekommen, dass diese Fabrik nie wieder arbeiten würde. Er rief sämtliche Erkundungstrupps zurück.

»Ich begreife das einfach nicht«, sagte Kibbo. »Warum haben sie diese Fabrik verfallen lassen?«

»Weiß der Geier«, entgegnete Lawrence. »Aber wenigstens wissen wir nun, warum sie aufgehört haben, all den teuren biologischen Kram zu exportieren. Sie stellen ihn einfach nicht mehr her.«

»Das ist noch lange kein Grund, Corp«, sagte Jones. »Warum haben sie Fabriken wie diese hier aufgegeben? Wir wissen, dass sie fortgeschrittener waren als alles auf der Erde.«

»Sie sind Tiere, Mann, deswegen haben sie es getan!«, sagte Kibbo. »Seid ihr vielleicht blind? Habt ihr diese Dinger nicht gesehen, die uns gestern angegriffen haben? Das sind keine Menschen mehr, das sind Freaks! Das ist ein beschissener Planet voller Freaks! Kein Tier kann eine Fabrik führen. Und sie brauchen keine Menschenmedizin mehr.«

»Sie sind keine Tiere«, widersprach Lawrence. »Sie sind Menschen. Sie sehen nur anders aus, das ist alles.«

»Ganz bestimmt nicht, Mann! Sie sind dreckige Tiere! Sie reden nicht einmal mehr, sie schreien nur noch merkwürdiges Zeug. Sie haben uns ohne jeden Grund angegriffen!«

»Es war territorial«, sagte Amersy.

»Was?«

»Territorial. Du hast gesagt, sie wären Tiere.«

»Der Corp hat gesagt, sie wären keine.«

»In diesem Fall stecken wir ziemlich tief in der Scheiße«, sagte Jones. »Wenn sie alle so kämpfen und wenn sie intelligent sind, dann will ich lieber gar nicht wissen, was sie uns als Nächstes entgegen werfen.«

»Meinst du, das weiß ich nicht selbst?«, brummte Amersy.

»Aber warum haben sie ihre Welt so verfallen lassen?«, fragte Kibbo.

»Wer weiß?«, sagte Amersy. »Sie benutzen immer noch Maschinerie. Du hast gestern Abend die Lichter in Roseport gesehen. Unsere Kommunikationsverbindungen werden von ihnen gestört. Und die Rollbahn vom Raumhafen ist intakt. Ich hab heute Morgen mit einem der Techniker geredet, und er meint, die Raumflugzeuge, die sie in ihren Hangars gefunden hätten, wären immer noch flugtauglich. Irgendjemand scheint sie zu warten.«

»Also gibt es noch ein paar richtige Menschen. Na und? Das bedeutet noch lange nicht, dass es hier irgendetwas gibt, womit wir etwas anfangen könnten.«

Lawrence musste Kibbo zustimmen, wenn auch nicht aus den gleichen Gründen. Er glaubte nicht, dass die Neuen Eingeborenen Tiere waren. Sie mochten vielleicht nicht das gleiche Verhaltensmuster aufweisen wie Menschen, doch sie waren zweifellos intelligent. Wo genau sie nun evolutionstechnisch anzusiedeln waren, konnte er nicht sagen.

Captain Lyaute ließ alle in die Fahrzeuge steigen und befahl den Rückmarsch zum Raumhafen von

Roseport. Als er dem Gouverneur die Rückkehr meldete, wurde er informiert, dass sämtliche Erkundungsmissionen eine ähnliche Situation angetroffen hatten. Die Städte wurden bewohnt von extrem feindseligen Neuen Eingeborenen, während die Fabriken verrotteten. Bisher war kein Dialog mit den Neuen Eingeborenen zustande gekommen. Der Admiral und Simon Roderick wussten nicht, was sie als Nächstes unternehmen sollten. Sie überlegten, ob sie ein Raumschiff zu einem Rendezvous mit dem großen eingefangenen Asteroiden schicken sollten, der in einem polaren Orbit in zweitausend Kilometern Höhe kreiste. Einzelne Bereiche der weltraumgestützten Industrie des Planeten arbeiteten offensichtlich noch, obwohl zahlreiche Stationen und Mikroschwerkraftmodule zerstört worden waren, als sie die Induktionsnetze eliminiert hatten. Wenn schon nichts anderes, konnten die Raumschiffe die überlebenden orbitalen Industrieeinrichtungen mit zurück zur Erde nehmen; wenigstens ein kleiner Gewinn auf dem Kontenblatt.

Bis dahin, fuhr der Gouverneur fort, würden sie wahrscheinlich sämtliche Platoons geradewegs wieder hinauf in den Orbit schicken. Es gab allerdings Bedenken wegen der Wasserstoffvorräte bei den Raumhäfen, die bereits gesichert waren. Der Raumhafen von Roseport verfügte über mehrere volle Tanks, doch die Raffinerie selbst war abgeschaltet worden. Die Techniker untersuchten gegenwärtig die Maschinerie in dem Versuch, die Produktion wieder zu starten.

Lawrence fuhr einen der Jeeps, und das halbe Platoon 435NK9 saß mit im Wagen. Sie waren an achter

Stelle in dem langen Konvoi, der auf dem gleichen Weg zurückfuhr, auf dem er zur Fabrik gekommen war. Es ging nur langsam voran; die Straße war völlig überwuchert mit Kriechpflanzen und Tigergras. Auch wenn es Hinweise gab, dass sie noch hin und wieder von vereinzelten Fahrzeugen benutzt wurde. Lawrence dachte an den Great Loop Highway von Thallspring und wünschte sich im Stillen eine so saubere und gerade Straße.

Das Terrain, durch das sie fuhren, war hügelig, eine Landschaft aus flachen, zerknitterten Tälern und kurzen, steilen Hängen. Hohe Bäume wuchsen an den oberen Hängen der Kämme und ragten wie schlanke Türme über das Walddach hinaus. Mit ihren flauschigen violetten Blattkronen sahen sie aus wie die Banner einer mittelalterlichen Armee, die in die Schlacht zog. Während die Bäume unten im Tal fette, fast kugelrunde Brocken waren, deren silbergraue Rinde mit harten, giftigen Dornen gespickt war, um Holzbohrer und Säureläuse fernzuhalten. Die obere Hälfte ihrer geschwollenen Stämme war umgeben von konzentrischen Kreisen von Peitschenästen, an denen kleine ledrige Blätter im Wind raschelten und ein unaufhörliches dissonantes Klappern erzeugten. Sie wuchsen so dicht beieinander, dass sie einen fast undurchdringlichen Zaun bildeten, und sie zerrten und rissen aneinander, während sie ihre Jahrzehnte alten Schlachten um Boden und Licht ausfochten. Diejenigen, die unterlagen und starben, waren mit Löchern übersät, wo Tiere ihre Nester in das verrottende Holz gebohrt hatten. Schwärme von Pilzen überzogen die bröckelnde Rinde und erzeugten ein glitzerndes Chaos aus Farben, wo sie ihre klebrigen Flüssigkeiten mit den Sporen ausstießen. Farne und Knollenblätter beherrschten den dunklen Boden des Tals und verdrängten Tigergras und Büsche, während karnivore Lockengespinste von Gabelungen in den Ästen herabhingen, um zwischen ihren sich windenden Wedeln Insekten zu fangen.

Die Straße erreichte den ersten Waldabschnitt einige Kilometer von der Fabrik entfernt. Ihre Erbauer hatten sich bemüht, den Wald nach Möglichkeit zu meiden und die Straße an Hängen entlang geführt oder an den Ufern schnell strömender Bäche. Aus diesem Grund konnte das führende Fahrzeug nie weiter als zwei- oder dreihundert Meter sehen.

Lawrence runzelte die Stirn, als der Konvoi langsamer wurde. Er erkannte keinen Grund dafür. Die Straße war in einem schlimmen Zustand, zugegeben, doch sie stellte kein besonderes Problem für ihre Fahrzeuge dar. Sie hatten noch nicht einmal den Wald erreicht, der sich fünfzig Meter entfernt an der Flanke hinzog. Voraus war eine scharfe Kurve, die um den Fuß eines kleinen Hügels herumführte. Doch es gab keine Barriere, nichts, das die Fahrbahn blokkiert hätte.

»Was ist los?«, fragte er über den Kommandolink. Sie standen inzwischen fast.

»Irgendwas ist vor uns. Der Boden bewegt sich.«

»Der Boden bewegt sich?«, fragte Lawrence. Er verstand nicht, was das zu bedeuten hatte.

»Hörst du das?«, fragte Nic.

Lawrence hielt endgültig an. »Was denn?« Er befahl seiner AS, die Audio-Empfindlichkeit seines

Skinsuits zu erhöhen. In diesem Augenblick bemerkte er, dass der Jeep leicht schwankte und zitterte.

»Das!«, beharrte Nic.

Die Rezeptoren des Skinsuits empfingen ein leichtes Bassrumpeln.

»693 und 762, mit Karabinern vorwärts sichern!«, befahl Captain Lyaute. »541, ihr sichert nach hinten.«

Skins sprangen von den Jeeps und bewegten sich in einer Doppelreihe vorwärts. Waffenmündungen schoben sich aus ihren Armpanzern.

Lawrence gefiel die Situation nicht. Keines der Briefings hatte angedeutet, dass sie sich in einer Erdbebenzone befanden.

Die Horde Makrorexe polterte um den Fuß des Hügels herum, eine Wand aus über acht Meter hohen Bestien, jede einzelne wenigstens zehn Tonnen schwer. Im Gegensatz zu den irdischen Dinosauriern besaßen sie keine langen Hälse und Schwänze. Ihre Körper waren stämmige Zylinder von fünfzehn Metern Länge mit drei Beinpaaren. Es war eine Anordnung, die ihnen ermöglichte, sich in einer Sequenz synchroner Sprünge fortzubewegen, wobei sie das Rückgrat durchbogen, sodass eine Wellenbewegung durch ihre Wirbelsäule verlief und jedes Beinpaar synchron nach vorn geworfen wurde. Ein flacher, herzförmiger Kopf hob und senkte sich, während der Körper wogte, und schwang dabei von einer Seite zur anderen, soweit es der kurze Hals erlaubte. Das Ende der Kiefer wurde von drei geschwungenen Fangzähnen gebildet, die länger als ein menschlicher Arm waren. Zwei von ihnen zeigten nach oben, einer nach unten, und sie öffneten und schlossen sich in einem unablässigen Rhythmus. Die Seiten des Kopfes liefen in eine Reihe scharfer dreieckiger Finnen aus, die aussahen, als könnten sie Stahl zerschneiden. Die Augen waren unsichtbar irgendwo zwischen den Knochengraten des oberen Schädels.

Jetzt, nachdem die Makrorexe in Sicht gekommen waren, zerschnitten ihre trompetenden Schreie die Luft. Unterholz und Büsche zerplatzten einfach unter dem massigen Anprall ihrer Beine.

Lawrence glaubte im ersten Augenblick, dass die Drogen des gestrigen Tages noch in seinem Kreislauf spukten. Er erinnerte sich aus den Briefingdateien an die gigantischen Bestien, doch sein Verstand weigerte sich zu begreifen, dass vierzig oder fünfzig der Monster auf ihn zugetrampelt kamen.

»Das soll wohl nur ein übler Witz sein!«, stöhnte Nic. In seiner Stimme lag echte Angst.

Die Skins draußen vor den Jeeps eröffneten das Feuer. Lawrence konnte nicht erkennen, ob die Kugeln die schmutziggraue Haut der Monster auch nur kratzte. Jedenfalls schienen sie keinerlei Wirkung zu haben. Das Trompeten erhob sich zu einem Crescendo, und Lawrence erkannte, dass die Makrorexe nur noch hundertfünfzig Meter entfernt waren. Nichts auf der Welt konnte sie aufhalten.

Captain Lyaute brüllte zusammenhanglose Befehle in den Kommandolink. Irgendjemand anderes rief verzweifelt nach Helikopterunterstützung. Skins rannten mit Höchstgeschwindigkeit davon und brachen durch das haftende Tigergras, als die Makrorexe aus sie zu polterten. Lawrence trat das Gaspedal durch und riss das Lenkrad herum. Die Reifen drehten auf dem glitschigen Boden durch. Es gab absolut keine Möglichkeit, eine Hundertachtzig-Grad-Wende zu schaffen, bevor die erste Reihe von Makrorexen sie erreicht hatte.

»Festhalten!«, rief er und steuerte den Jeep schlitternd und springend auf den Waldrand zu. Aus den Augenwinkeln sah er zwei Makrorexe, die entlang der Bäume rannten. Kleinere Stämme wurden in einer Wolke von Spänen pulverisiert, als ihre riesigen gepanzerten Beine sie einfach umrannten. Lange Peitschenäste wurden sauber von den Finnen an den Seiten der Köpfe durchtrennt und segelten durch die Luft davon.

Die erste Reihe der Herde holte die flüchtenden Skins ein. Fangzähne blitzten hinter dem langsamsten und durchbohrten seinen Panzer, ohne in ihrer Bewegung auch nur langsamer zu werden. Er wurde in die Luft geschleudert, und Blut spritzte aus ihm, während er sich haltlos überschlug. Zwei weitere wurden überholt und verschwanden unter donnernden Beinen. Die Fangzähne senkten sich erneut. Schreie hallten durch den Kommunikationslink und wurden mit schrecklicher Plötzlichkeit abgeschnitten. Die Makrorexe bewegten sich mit einer phänomenalen Geschwindigkeit. Ein kühler Teil von Lawrences Verstand wusste, dass sie diese Geschwindigkeit niemals längere Zeit durchhalten konnten, nicht einmal in der sauerstoffreichen Atmosphäre dieser Welt. Sie waren zweifellos erst unmittelbar vor der Begegnung mit der Kompanie losgestürmt.

Die dicken Bäume waren nur noch fünfzehn Meter von ihm entfernt. Seine Sicht verwackelte heftig, als das Fahrwerk über Felsen und versteckte Gräben sprang. Er kurbelte wild am Lenkrad und zielte auf eine Lücke, die hoffentlich breit genug war, um den Jeep hindurchzulassen. Zu seiner Rechten kamen die Makrorexe in einer Wolke von Holzsplittern rasend schnell näher.

Das war, als er etwas erblickte, das auf dem Hals eines der Monster saß. Ein zusammengekauertes Profil von einem Mensch-Leopard-Hybriden, mit Vordergliedern, die in wilder Begeisterung wedelten. Der Mund war weit zu einem irren, triumphierenden Lachen aufgerissen.

Das konnte unmöglich ...

»Lawrence!«, kreischte Amersy.

Lawrence riss am Lenkrad. Die Stoßstange des Jeeps prallte gegen einen dornigen dicken Stamm, und sie wurden heftig nach rechts geschleudert. Lawrence kämpfte gegen die Bewegung, und Skinmuskeln und Servolenkung zwangen die Räder herum. Trägheit schob sie in weitem Winkel durch die Lücke. Einer der Reifen platzte, als er gegen einen Felsen krachte. Lawrence hielt den Fuß auf dem Gaspedal und jagte den Wagen weiter unter die Bäume. Peitschenäste fetzten über die Windschutzscheibe. Und dann war ein riesiger Baum mitten im Weg. Lawrence hämmerte den anderen Absatz auf die Bremse, doch es machte keinen nennenswerten Unterschied. Der Jeep krachte mit seinem Prallschutz frontal gegen den Stamm, und alle wurden nach vorn gerissen. Skinpanzer verhärteten sich und schützten die verletzlichen Körper vor den schlimmsten Auswirkungen des Aufpralls.

»Raus!«, befahl Lawrence. »Los, Beeilung!«

Es war, als wäre der Aufprall noch immer im

Gange. Das Geräusch von zersplitterndem Holz wurde lauter. Sie konnten kaum das Gleichgewicht halten auf dem bebenden Boden.

Lawrence stolperte vorwärts und hoffte inbrünstig, dass er sich in die richtige Richtung bewegte. Seine Orientierung war gestört. Das AS-Gitter-Display war nicht mehr fokussiert.

Drei Meter hinter ihm landete ein riesiges Bein senkrecht auf dem Jeep und stampfte ihn in den Boden. Die Schockwelle riss Lawrence von den Beinen. Dann hob sich der Pfeiler aus Fleisch wieder. Es gelang Lawrence, seinen Helm zu verdrehen, sodass die Sensoren das zerquetschte Wrack zeigten, unmittelbar bevor die mittleren Beine der Bestie herunterkamen. Lawrence kroch vorwärts, so schnell er konnte. Das letzte Beinpaar landete und warf den Jeep um neunzig Grad herum. Er stand auf dem zerschmetterten Heck, als die Beine wieder im Himmel verschwanden, dann kippte er langsam zurück. Mehrere zerfetzte Peitschenäste regneten auf ihn herab.

Lawrence drehte sich um. Seine Neun-Millimeter-Pistole war aus dem einen Unterarm ausgefahren, während der Karabiner aus dem anderen ragte. Lawrence schwang die Arme in schnellen Bögen und deckte die Spur aus Verwüstung ein, die der Makrorex zurückgelassen hatte. Zielerfassungsgrafik glitt im autonomen Suchmodus über den Bereich und suchte nach Anzeichen von Gefahr. Jetzt wäre der ideale Zeitpunkt für gegnerische Bodentruppen, um den Skins den Rest zu geben. Doch weder Lawrence noch seine AS fanden eine Spur von einem Neuen Eingeborenen.

Seine Waffen glitten wieder zurück. Er konnte die Herde immer noch hören, die sich donnernd entfernte, doch das lauteste Geräusch in diesem Augenblick war sein hämmerndes Herz. Das medizinische Gitter zeigte, wie viel Adrenalin in seinem Blut kreiste. Unter dem Skinsuit wurde seine Haut bereits kühl, nachdem die unmittelbare Gefahr vorüber war.

Er rief das Telemetriegitter auf und überprüfte die Skins unter seinem Kommando. Jeder, wie es schien, hatte die verrückte Flucht des Jeeps überlebt. Er blickte sich um und sah, wie sie sich langsam aufrappelten. Staub lag in der Luft, leuchtendes Ocker in den hellen Sonnenstrahlen, die durch das lückenhafte Blätterdach fielen.

»Sarge?«, fragte Lawrence. »Alles in Ordnung?«

»Heilige Scheiße, Mann!«, spuckte Ntoko. »Ja, ich schätze schon.«

Es waren die vordersten Fahrzeuge gewesen, die die volle Wucht des Makrorex-Angriffs abbekommen hatten.

Insgesamt waren lediglich vier Jeeps und ein Laster unversehrt. Mehr als zwanzig Skins waren tot, zerfetzt von Fangzähnen oder zu Tode getrampelt. Und es gab eine Reihe von Verletzten.

Einer der Makrorexe war ebenfalls auf der Strecke geblieben, erledigt vom wilden Karabinerfeuer dreier Skins, die sich am Waldrand dem Kampf gestellt hatten. Es war ihnen gelungen, seinen gewaltigen Schädel zu zerfetzen. Nichtsdestotrotz hatte rohe Trägheit ihn nach vorn gerissen, bis er einen der stämmigen Bäume umgerissen hatte. Hinter der toten Kreatur erstreckte sich eine breite Furche aufgewühlter schwarzer Erde.

Captain Lyaute ließ ein Lager am Waldrand errichten. Sie waren fünfundvierzig Überlebende, von denen siebzehn verwundet waren. Weitere fünf hatten beschädigte Skinsuits. Zwei Platoons wurden abkommandiert, um an Waffen und Ausrüstung einzusammeln, was sie in der Welle der Zerstörung, die die Makrorexe hinterlassen hatten, finden konnten. Die Kommunikation mit dem Raumhafen war lückenhaft. Mit dem Satellitenrelais schien irgendetwas nicht zu stimmen. Lyautes dringende Bitte um Luftevakuierung wurde rundweg abgelehnt. Zwei Helikopter waren bereits ausgefallen. Andere Erkundungstrupps waren ebenfalls angegriffen worden. Der Gouverneur hielt die verbliebenen Helikopter zurück; sie bewachten den Raumhafen.

Ein Platoon, das die Makrorexe verfolgen sollte, kehrte zurück und berichtete, dass sie einen Kilometer weiter friedlich umhertrotteten. Nirgendwo war eine Spur von den Neuen Eingeborenen zu sehen, die auf ihnen geritten waren.

Lyaute beschloss, dass die Verwundeten auf den verbliebenen Wagen verteilt wurden und sie unverzüglich zum Raumhafen zurückkehrten. Es würde ein langer Marsch werden. Einige der Verwundeten waren übel zugerichtet und konnten nicht schnell gefahren werden. Die gesunden Skins würden die Fahrzeuge zu Fuß eskortieren. Sie hatten zweieinhalb Stunden gebraucht, um hinaus zur Fabrik zu fahren, und es war inzwischen Mittag. Er schätzte, dass sie es bis zum Einbruch der Dunkelheit schaffen müssten. Lawrence wusste, dass das Blödsinn war.

»Wir übernehmen die Spitze, Sir«, sagte Ntoko zu

dem Captain. »Wir sehen nach, ob weitere Hinterhalte vor Ihnen lauern.«

Lyaute war sofort einverstanden. Keiner der anderen Sergeants hatte sich mit seinem Platoon freiwillig gemeldet.

Lawrence aktivierte einen abhörsicheren Kanal und fragte den Sergeant: »Warum? Diese Dinosauriermonster waren nur der Anfang, und sie waren ganz bestimmt nicht der einzige Überfall für heute. Wir kriegen alles ab, was sie dort draußen noch an Überraschungen für uns bereithalten.«

Ntoko marschierte an der Reihe geborgener Waffen vorbei. Er nahm zwei Trommelgranatwerfer auf und reichte einen davon Lawrence. »Vielleicht, vielleicht auch nicht.« Seine Stimme war leise und eindringlich. »Sieh es einmal so. Der Captain hat uns die Wahl der Waffen überlassen. Wir können in einer anständigen Formation vorgehen, sodass uns niemand überrascht. Und wir sind ein gutes Stück vor den anderen.«

»Na und?«

»Denk nach, Mann. Wir stecken so tief in der Scheiße, dass es kaum noch tiefer geht. Unsere Verletzten sind zum Teil wirklich schlimm zugerichtet. Sie verlangsamen den Rückzug der anderen.«

»Ja, aber ...«

»Hast du die taktischen Meldungen nicht gesehen, Lawrence? Wir haben nicht genügend Wasserstoff, um alle wieder in den Orbit zu bringen. Das heißt, wenn sie die Raumflugzeuge überhaupt an den Windwürgern vorbeikriegen. Möchtest du nun vorne in der Schlange sein oder nicht?«

Lawrences Blicke gingen über das provisorische

Lager. Die Verwundeten wurden auf die Jeeps geladen. Sanitäter hatten bereits eine Menge Erste-Hilfe-Kits verbraucht, um sie überhaupt transportfähig zu machen. Zwei Techniker arbeiteten an einem Jeep und ersetzten verbogene Aufhängungsteile mit Ersatzteilen, die aus einem Wrack ausgeschlachtet worden waren.

Lawrence sah ein, dass die Kompanie schweren Schaden genommen hatte. Wenn so etwas geschah, packte man zusammen und stellte sicher, dass alle zurück zur Basis kamen. Und jetzt kamen Zweifel auf, zusammen mit anderen bestürzenden Gefühlen und Gedanken. Doch die anderen im Stich zu lassen ... auch wenn seine Loyalität immer nur dem Platoon selbst gegolten hatte. Was zur Hölle wusste ein einfacher Corporal schon über die zugrunde liegende Strategie? Er konnte nicht für die gesamte Invasionsstreitmacht mitdenken, geschweige denn, sie retten. Wo also sollte man die Grenze ziehen?

»Wir hätten niemals hierher kommen dürfen«, sagte Ntoko.

Lawrence nahm den sperrigen Granatwerfer von seinem Sergeant entgegen und schlang sich den Munitionssack über die Schulter. Seine Skin-AS aktivierte das Interface mit dem Zielsystem der Waffe. »Ja. In Ordnung.«

435NK9 brach als Erstes auf. Das Platoon marschierte über die Überreste der Straße, die nach Roseport führte. Ntoko ließ Lawrence und Nic vorneweg gehen, der Rest folgte in einer weit auseinandergezogenen Linie mit einem Abstand von sieben Metern von Mann zu Mann. Ntoko selbst bildete den Abschluss.

Lyautes Auftrag lautete, jeden möglichen Hinterhalt aus dem Weg zu räumen. Bemüht euch nicht zu sehr damit, mögliche Sichtungen zu untersuchen, setzt einfach eure Feuerkraft ein, um Neue Eingeborene zu eliminieren. Der Rest der Kompanie würde ihnen in einem Abstand von zweihundert Metern folgen.

Zwanzig Minuten später hatte sich der Abstand bereits auf vierhundert Meter verdoppelt. Ntoko hatte Lawrence das Tempo diktiert. »Ich regle das, wenn Lyaute Einwände hat«, hatte er gesagt. Es kamen keine. Die elektronischen Interferenzen waren unbarmherzig. Es musste mehr sein als einfache Powerblock-Störungen. Die Kommunikation reichte kaum weiter als die Sichtlinie.

Zuerst war Lawrence noch mit seiner AS beschäftigt und sammelte relevante Daten. Sie hatten genügend Blutpacks, um zwanzig Stunden durchzuhalten. Er schätzte, dass sie ohnehin tot wären, falls es ihnen bis dahin nicht gelungen war, den Raumhafen zu erreichen. Auch wenn er es ein wenig besorgniserregend fand, dass sie die Skins nicht einfach abstreifen konnten, wenn ihnen die Vorräte ausgingen. Sie brauchten Schutz vor dem Sauerstoff. Ntoko hatte davon gesprochen, den Helm zu behalten und ihn als einfachen Luftfilter zu benutzen. Er konnte in die Halsventile eingestöpselt bleiben, und die Körperorgane würden ihn ohne allzu große Belastung versorgen. Lawrence rief die taktischen Karten von den Beobachtungssatelliten im niedrigen Orbit auf und versuchte, aus den Bildern Stellen für mögliche Hinterhalte vorherzusagen. Er hätte seinen gesamten Missionsbonus (nicht, dass er damit rechnete, überhaupt einen zu erhalten) dafür gegeben, wenn er einen Echtzeitscan der unmittelbaren Umgebung erhalten hätte. Doch die Satelliten im niedrigen Orbit waren bereits vor Stunden aus dem Kommunikationsnetz ausgestiegen.

»Ich bin überrascht, dass du überhaupt noch bei uns bist, Corp«, sagte Nic, als sie durch einen Bach stapften. »Was ist aus deiner Versetzung zu den Spaceboys geworden?«

Lawrence hätte die Schuld zu gerne Morteth, Laforth und Kmyre zugeschoben, doch sie waren nur der Auslöser gewesen, nicht die Ursache. Sie waren unehrenhaft entlassen worden, sobald das Platoon wieder auf der Erde gelandet war. Sie waren wütend und voller Hass gewesen und hatten Rache geschworen. Es war die ganze Art und Weise, wie der Zwischenfall in Arnoon-Village abgehandelt worden war, der ihm gegen den Strich ging. Vielleicht war es sein eigener Hintergrund, der das wirkliche Problem darstellte, doch er musste immer wieder daran denken, dass die drei vor ein Gericht gehört hätten. Auf diese Weise hätte es Verantwortlichkeit gegeben, und sie wären zur Rechenschaft gezogen worden. Indem er sich einverstanden erklärt hatte, die Sache schweigend zu übergehen, hatte er mit der Company gemeinsame Sache gemacht. Es war genau die Art von Handel, die sein Vater abgeschlossen hätte. »So funktioniert die Welt nun einmal«, pflegte Doug Newton zu sagen.

Also warum zur Hölle habe ich Amethi überhaupt jemals verlassen?

Wenn er heutzutage darüber nachdachte, fiel ihm nur immer Roselyn ein und der Schmerz, den sie verursacht hatte. Joona hatte gar nicht so falsch gelegen mit ihrer Meinung über die Companys und ihre Unikultur. Jede menschliche Welt entwickelte sich in eine stereotype Fotokopie der Erde. Mit Ausnahme von Santa Chico natürlich.

»Ich habe meine Beförderung bekommen«, sagte Lawrence. »Das war mir zu dem Zeitpunkt wichtiger. Ich kann zur Raumschiffsdivision wechseln, wann immer ich will.«

»Nicht nach dieser Sache hier«, widersprach Nic. »Wenn das hier vorbei ist, hat Zantiu-Braun keine Schiffe mehr.«

Lawrence rechnete ständig damit, dass Lyaute ihnen den Befehl zum Halten gab. Sie marschierten nun seit mehr als eineinhalb Stunden mit dem gleichen Tempo. Die Jeeps hinter ihnen waren außer Sicht. Die Kommunikation mit Lyaute und seinen Lieutenants wurde zunehmend sporadischer. Sie gaben immer wieder ihre Position durch, wenn sie eine Verbindung bekamen.

Selbst in seinem Skinsuit glaubte Lawrence zu spüren, wie die schwere, dicke Atmosphäre des Planeten gegen ihn arbeitete. Jede Bewegung schien irgendwie gebremst zu werden. Es lag nicht an der Gravitation; Santa Chico besaß nur fünfundneunzig Prozent Erdstandard. Es musste an der trägen Luft liegen, die von allen Seiten gegen ihn drängte. Noch so ein verdammtes Problem.

Der Dunst von der starken Sonnenstrahlung war ein weiterer Nebeneffekt. Alles, was weiter entfernt war als einen Kilometer, waberte verzerrt in der vom

Boden aufsteigenden Hitze. Ihre Fernsensoren waren so gut wie unbrauchbar. Infrarot war selbstverständlich hoffnungslos. Ein Neuer Eingeborener musste nichts weiter tun, als sich im Gestrüpp zu ducken, und schon war er unsichtbar. Jeder von 435NK9 hatte sein Laserradar eingeschaltet und tastete die Seiten der Straße mit gefächertem pinkfarbenem Licht ab. Bisher hatten sie ein paar mögliche Sichtungen, doch das war auch schon alles gewesen. Nichts, auf das man hätte schießen können.

Zehn Kilometer hinter der Fabrik kam die Straße aus einem weiten Tal hervor und setzte sich in hügeligem Land fort. Zur Abwechslung hatten sie einmal freie Sicht auf das vor ihnen liegende Gelände.

Sie verließen das Tal. Weit entfernt im Norden erkannte Lawrence ein paar Makrorexe, die an einem Bach entlang zogen. Ihre wuchtige Bewegung war leicht zu sehen, genau wie sich die schmutziggraue Fellfarbe vom hellen Tigergras abhob. Er fragte sich, wie viel Nerven es wohl kostete, einer solchen Bestie in den Nacken zu steigen und sie zum Laufen zu bringen. Mehr, als er besaß, so viel schien sicher. Wer in Schicksals Namen dachte sich überhaupt so etwas aus?

»Etwas bewegt sich«, sagte Nic.

»Wo?«

»Zweihundert Meter südwestlich.«

Lawrence expandierte Nics Telemetriegitter und unterlegte das Sensorbild seinem eigenen. Dort war tatsächlich etwas, eine verschwommene Stelle, die nicht von der Hitze flimmerte.

»Ich glaube, wir haben einen Schatten«, sagte Lawrence zu Ntoko.

»Hinter uns sind auch zwei«, antwortete der Sergeant.

Lawrence aktivierte eine taktische Karte. Zwei Kilometer voraus und östlich von ihnen stand eine kleine Gruppe von Häusern, umgeben von kleinen, weit auseinandergezogenen Gehöften, nicht genug, um als Dorf klassifiziert zu werden. Das Satellitenbild hatte Aktivitäten ergeben, doch das war bereits einen Tag her. Lyaute hatte sich nicht die Mühe gemacht, das Dorf in Augenschein zu nehmen, als sie am Morgen vorbeigekommen waren.

»Zieht euch zusammen«, befahl Ntoko.

»Aber dann sind wir ein einfacheres Ziel für sie«, entgegnete Lawrence über den abhörsicheren Kommandolink.

»Das weiß ich selbst. Aber sie schleichen sich trotzdem an uns an, und das bedeutet, dass sie auf jeden Fall angreifen werden. Wenn wir näher beieinander sind, können wir unsere Feuerkraft besser konzentrieren.«

Lawrences Audiosensoren fingen eine Reihe verzerrter Rufe auf, die mitten aus dem hohen Tigergras zu kommen schienen. Einen Augenblick überlegte er, ob er den Ruf mit hoher Lautstärke wiederholen sollte. Die Skin-AS konnte ihn nicht übersetzen.

Ein kleiner bronzefarbener Vogel schoss auf ihn zu. Er besaß drei Flügel, einer davon kleiner als die anderen, und benutzte eine Art Drehbewegung, wie ein asymmetrischer Propeller. Silberne Flügelspitzen zeichneten helle spiralförmige Nachbilder auf die Netzhaut, wo sie vom Sonnenlicht gefangen wurden. Nic schoss mit der Neun-Millimeter-Pistole. Die Kreatur zerplatzte.

»Worauf schießt ihr?«, fragte Ntoko.

»Nichts, Sarge«, antwortete Lawrence. »Nur ein Vogel.«

»Behaltet gefälligst die Ruhe da vorne.«

»Hast du gehört?«, fragte Lawrence.

»Ich vertraue nichts auf diesem Scheiß-Planeten!«, grunzte Nic.

Lawrences Sensoren fingen nun überall plötzliche Bewegungen auf. Neue Eingeborene rannten und sprangen ein paar Meter, dann duckten sie sich wieder in Deckung. Keiner war näher als hundertfünfzig Meter. Weitere bronzefarbene Vögel wurden von ihren Mätzchen aufgescheucht. Lawrence beobachtete, wie sie umherflatterten. Er war nicht ganz so misstrauisch wie Nic, doch auch er hatte seine Zweifel. Es waren viel zu viele. Als er seiner AS befahl, in den Datenbänken nach einheimischem Leben zu suchen, fand sie keinerlei Hinweis auf die Vögel. Andererseits waren die Informationen beschränkt auf ein paar Dutzend hervorstechender Spezies wie die Windwürger und die Makrorexe.

Die Vögel drängten sich in kleinen Scharen von sechs oder sieben und kurvten dicht über dem Gras dahin. Je länger Lawrence sie beobachtete, desto sicherer war er, dass sie auf das Platoon zu getrieben wurden.

»Sarge?«

»Ja, Mann, ich seh's auch. Aber ich weiß nicht, wie wir alle abschießen sollen; wir haben nicht genügend Munition dafür, selbst wenn wir sie treffen würden.«

Eines der Telemetriegitter auf Lawrences Display blitzte rot auf.

»Scheiße!«, brüllte Kibbo.

»Was ist denn, verdammt?« Lawrence erkannte an Kibbos Telemetrie, dass sein Skinsuit von irgendetwas getroffen worden war.

»Ich bin getroffen worden. Ah, Scheiße!«

Lawrence drehte sich um und sah Kibbo fünfzig Meter hinter sich. Er taumelte blind umher, dann fiel er auf die Knie. Er hielt sich einen Arm. Skins rannten auf ihn zu.

Das Telemetriegitter zeigte die merkwürdigsten Daten. So etwas hatte Lawrence noch nie gesehen. Irgendetwas hatte den Panzer durchdrungen, doch es war winzig, nicht größer als zwei Millimeter im Durchmesser. Wenn eine Kugel die Oberfläche durchbrochen hatte, dann hätte das darunter liegende Gewebe sie auffangen und augenblicklich stoppen müssen. Doch statt dessen begann der synthetische Muskel rings um die punktierte Stelle zu überhitzen. Die Nervenfasern drohten zu versagen.

Kibbo schrie. Seine medizinischen Daten spielten verrückt.

»Runter!«, befahl Ntoko. »Die Köpfe runter, Leute!«

Lawrence kam bei Kibbo an, als dieser vornüber auf das Gesicht fiel. Seine Arme und Beine zuckten und strampelten unkontrolliert.

»Eine Art Krampf.«

»Was macht sein medizinisches Programm nur, verdammte Scheiße!«

»Es ist sein Skinsuit, der sich verkrampft.«

Ntoko eilte herbei, und Lawrence sah ihn direkt an, als der Pfeil traf. Er krachte in den Sack mit der Granatwerfermunition, den er über den Rücken geschlungen trug, und hätte ihn fast von den Beinen gerissen. Er ließ sich auf alle viere fallen und grunzte überrascht.

Lawrence kroch zu ihm und richtete den Sensorfokus auf das kleine Loch im Sack.

»Was zur Hölle war das?«, fragte Ntoko.

»Weiß nicht.« Lawrence wechselte auf Infrarot. Das kleine Loch war nass. Die spektrographische Analyse ergab eine unbekannte Kohlenwasserstoffverbindung. »Scheiße. Könnte eine Art Biowaffe sein.«

Sein Skinsuit fuhr eine Aerosoldüse aus und besprühte die Stelle mit einem Multispektrum-Neutralisationsmittel. Die Flüssigkeit zischte und brodelte giftig gelb.

Kibbo schrie erneut. Die Krämpfe rissen ihn vom Boden. Der Rest des Platoons umkreiste ihn. Keiner wusste, was zu tun war. Die AS seines Skinsuits und die medizinischen Systeme versuchten alles, um ihn zu stabilisieren, vergebens. Unvermittelt endeten die wilden Bewegungen. Die Notöffnungen seines Helms klappten auf. Blut strömte hervor.

»Jesses!«

Die Skins wichen zurück, als könnte die rote Flüssigkeit sie verbrennen.

»Waren das die Vögel?«, fragte Nic. »Haben die Vögel das getan?«

»Bestimmt nicht, Mann. Wie denn?«

Lawrence riskierte einen raschen Blick in die Runde. Die Luft war voll von Hunderten rotierender Flügel, ein funkelnder Strom, der durch den Himmel jagte. Sie hatten einen vollständigen Ring um das Platoon herum gebildet.

»Das sind die Leute, deren Großväter Skin erfunden haben«, sagte Nic. »Wenn irgendjemand weiß, wie man uns schaden kann, dann sie.«

»Schießt sie ab«, befahl Ntoko. »Karabiner raus! Kreisförmige Formation, zehn Grad Überlappung. Bewegung, Leute!«

Sie feuerten, als sie sich auf die Beine erhoben, und jagten Kugeln in das dichte flirrende Gewirr, das sie umkreiste. Der Schwarm brach auseinander und stieg in einer wogenden Bewegung höher. Auf diese Distanz war das Zielen auf einzelne Individuen völlig unmöglich.

Foster schrie zur gleichen Zeit auf, als sein Telemetriegitter alarmierend blinkte. Er kippte vornüber, und seine Glieder zitterten unkontrolliert. Die übrigen Squaddies warfen sich automatisch in Deckung.

»Sie bringen uns um!«, kreischte Jones. »Wir sind tot, verdammt! Tot!«

Fosters ersterbendes Gurgeln erfüllte den allgemeinen Kommunikationskanal.

»Lawrence, Brandgranaten!«, befahl Ntoko. »Wir nutzen diese verdammten Bedingungen zu unserem Vorteil! Reichweite zweihundertfünfzig Meter, halbkreisförmiges Muster. Du nimmst Norden.«

»Verstanden, Sarge!« Er rollte sich auf den Rücken und richtete den Granatwerfer nach Norden, bis die Zielerfassungsgraphik bestätigte, dass die Entfernung stimmte. Dann begann er zu feuern. Das dumpfe Geräusch der Granaten war durch den Skinhelm hindurch zu hören. Ntoko feuerte in die entgegengesetzte Richtung. Schwache Rauchspuren erschienen in der Luft und bildeten weite Bögen, die von dem in Deckung kauernden Platoon nach draußen verliefen.

Die erste Granate detonierte. Es war, als wäre eine neue blaue Zwergsonne aufgegangen. Ein Halo aus blendendem Licht stieg aus dem Tigergras auf. Die Brandgranaten waren für den Einsatz in einer gewöhnlichen Atmosphäre geschaffen und brannten hier im überschüssigen Sauerstoff der Luft sehr viel heißer als gewöhnlich. Das Unterholz stand augenblicklich lichterloh in Flammen.

Lawrence feuerte weiter. Er bewegte den Werfer in präzisen Inkrementen. Die sonnenhellen Detonationen verschmolzen rasch zu einer Wand aus prasselndem Licht. Die Flammen leuchteten in lebendigem Blau und fraßen selbst die saftig-lebendige Vegetation. Saft zischte und verdampfte, noch bevor das Feuer heran war, und die verwelkten Blätter zerplatzten im Feuer.

Es dauerte weniger als eine Minute, bis sie vollkommen von Flammen eingeschlossen waren. Der Kreis brannte unbarmherzig nach innen, doch Lawrences Sensoren sahen, dass ein breiterer, gleich heller Ring aus Feuer sich nach draußen fraß.

»Schieß die restlichen Granaten auch noch ab!«, befahl Ntoko. »Ich habe keine Lust, die Hitzegarantie des Herstellers dieser Munitionssäcke auf die Probe zu stellen.«

»Einverstanden.« Lawrence verfeuerte zuerst sämtliche Brandgranaten, dann die Splittergranaten in willkürlicher Streuung. Als er fertig war, nahm er den Munitionssack von der Schulter und schleuderte ihn zusammen mit dem nutzlos gewordenen Granatwerfer in Richtung des heranbrausenden Infernos.

Die Vögel hatten sich alle in Sicherheit gebracht und kreisten hoch oben über den wütenden Flammen. Foster lag tot am Boden. Blut troff aus dem offenen Notventil seines Helms und versickerte im Boden.

»Jetzt wollen wir doch mal sehen«, grollte Ntoko.

»Und wie sollen wir aus dieser Scheiße entkommen?«, fragte Jones mit Panik in der Stimme. »Es gibt keinen Weg durch die Flammen!«

»Genau so war es gedacht«, entgegnete Ntoko. »Du musst schon auf deinen Skinsuit vertrauen, mein Freund. Dieses Feuer brennt so schnell, dass es in ein paar Sekunden an uns vorbei ist.«

»Heilige Scheiße, Sarge!«

»Bleib einfach dort, wo du bist!«

Lawrence hätte beinahe aufgelacht. Er hatte es für sich herausgefunden, bevor er angefangen hatte zu feuern. Die Zeit für Einsprüche war längst vorbei. Jetzt blieb ihnen nichts anderes mehr übrig, als es durchzustehen.

Die Audiosensoren seines Helms übertrugen das wütende Brüllen der Flammen. Es wurde stetig lauter. Sie kamen mit unglaublicher Geschwindigkeit näher, während sie das Tigergras fraßen. Sein Briefing hatte eindringlichen Warnungen über Feuer in dieser Atmosphäre enthalten, doch so etwas Gewaltiges hätte er sich nicht im Traum vorgestellt. Jetzt waren Schreie zu hören, die das Brüllen im Hintergrund übertönten. Ein Neuer Eingeborener rannte am Platoon vorbei. Es war ein Zweibeiner mit Armen, die bis zu den Knien reichten. Eine lange Mähne roter Haare wuchs auf seinem Rückgrat, und es hatte bereits angefangen zu schwelen und sich zu kräuseln. Lawrence bemerkte eine Art Bandoliere mit zylindrischen elektronischen Modulen, die in

Schlaufen steckten. Der panische Neue Eingeborene bemerkte das Platoon und änderte augenblicklich die Richtung, mehr aus Angst als aus Überlegung.

»Renn nur, Arschloch!«, brüllte Ntoko hinterher. »Du kannst rennen, aber du kannst dich nicht verstecken!«

Zwei weitere Neue Eingeborene rannten vorbei. Einer von ihnen war ein stämmiger Vierbeiner mit einer Art Hunde-DNS im genetischen Cocktail. Lawrence blickte ihm hinterher, wie er die Flammenwand ansprang, die ihm entgegen raste. Er konnte kaum glauben, dass etwas so Großes so unglaublich hoch springen konnte. Doch selbst das brachte ihn nicht hoch genug. Die wütenden blauen Flammen erfassten seinen Unterleib und fraßen sich durch das gelbe Fell. Risse bildeten sich in dem schrumpelnden, schwarz angelaufenen Fleisch, und dampfende Flüssigkeit quoll daraus hervor. Der Neue Eingeborene stieß einen schrillen Todesschrei aus, während seine gesamte Haut schlagartig in Flammen aufging. Der Tod musste mit gnädiger Geschwindigkeit über ihn gekommen sein. Das Wesen regte sich bereits nicht mehr, als es mitten in den Flammen auf dem Boden aufkam.

»Heilige Scheiße!«, flüsterte Ntoko. Die Flammen waren inzwischen kaum noch fünfzig Meter entfernt und näherten sich rasend schnell. Sie schossen sieben, acht Meter hoch in die Luft.

Lawrences Display gab bereits Hitzewarnungen aus. Sein Panzer wurde ganz weiß, um den massiven infraroten Strahleneinfall zu reflektieren. Langsam erhob er sich, um die Flammen zu erwarten. Der Rest des Platoons folgte seinem Beispiel. Die Sensoren mussten zwei Lagen Filter aktivieren, um das höllische Licht der Flammen zu bekämpfen.

Lawrence deaktivierte seine visuellen Sensoren ganz in dem verrückten Bemühen, das Entsetzen dadurch zu vertreiben. Es funktionierte nicht; die Dunkelheit war noch nervenaufreibender. Sein indigofarbenes Displaygitter hing in der Mitte von Nichts. Die Ziffern, die die externe Temperatur registrierten, begannen zu verschwimmen, als hätten sie stattdessen angefangen, Millisekunden zu zählen. Lawrence aktivierte die Sensoren wieder. Die Flammen waren nur noch zehn Meter entfernt.

Zwei Mann des Platoons murmelten Gebete. Er wünschte, er hätte sich anschließen können, doch er kannte keines. Die Temperaturwarnungen waren so unglaublich, dass es fast wie ein Witz aussah.

Rings um ihn herum verwelkte das Gras im Zeitraffertempo, und Dampf strömte aus jedem Spreit, während es schwarz wurde und zu schwelen begann. Dann brannte es unter Lawrences Füßen. Der Feuertsunami war plötzlich da. Fast hätte die Wucht ihn erneut von den Beinen gerissen. Irgendetwas packte seinen Skinsuit und begann daran zu rütteln, als wäre Lawrence in einer Zeitlupenexplosion gefangen.

Er konnte nichts sehen. Kein Diskriminierungsprogramm hätte etwas in dem flammenden Chaos erkannt, das gegen ihn anbrandete. Er sah nichts außer dem einen Displaygitter, das den Status seines Skinsuits anzeigte. Jeder einzelne thermische Indikator sprang in Richtung Überlastung. Und doch stand er hier, absolut komfortabel im Zentrum des Feuersturms. Er hielt den Atem an, spannte jeden Muskel, als er sich auf den bevorstehenden Tod vorbereitete. Dann zwang er sich dazu, ruhig und gelassen zu atmen. Nichts, was er unternahm, würde etwas bewirken. Es hing alles nur noch von der Technologie ab und davon, wie groß die in den Skinsuit eingebaute Sicherheitsspanne war.

Seine Hand fuhr zu seinem Hals und der Stelle, an der der Anhänger hing. Rings um ihn herum begannen Muster zu materialisieren, schwache Schatten, die das unerträgliche Licht durch seinen Helm warf, und dann wurde es langsam wieder dunkel. Es war wie Wasser, das über ein schmutziges Fenster lief und undeutliche Bilder dessen erzeugte, was sich dahinter befand.

Die Flammen erstarben und enthüllten ein Land, das vollkommen schwarz war. Spitze Wurzelknollen übersäten den gebackenen Erdboden, und noch immer quollen dichte blaue Rauchwölkchen hervor. Ein dichter Ascheregen sank herab, und Flocken landeten auf jeder Oberfläche einschließlich Skin.

Er wandte sich um und sah die Flammenwand keine zehn Meter hinter sich. Sie entfernte sich so rasch, wie sie gekommen war. Der Rest des Platoons stand in einem lockeren Kreis herum, schwarze Silhouetten vor dem massiven Gleißen des Feuers. Als Lawrence eine Hand hob, um sie zu untersuchen, sah er, dass der Panzer in tiefem Zinnoberrot glühte, während die Thermofasern ihre gewaltige Ladung abstrahlten. Er überflog seinen Status und stellte erleichtert fest, dass die Reserveblasen ihre Integrität behalten hatten. Mit ihrer Hilfe und den Reserve-Blutpacks konnte er es leicht bis zum Raumhafen schaffen.

Lachen und erleichterte Jubelrufe erfüllten das allgemeine Kommunikationsband. Der Lärm besaß einen entschieden hysterischen Unterton.

Noch immer regnete Asche herab, doch Lawrence weitete seine Sensorerfassung aus und versuchte, den Regen zu durchdringen. Die zweite Welle von Buschfeuer wütete noch immer vor ihnen und sandte einen dichten Vorhang von Rauch und noch mehr Asche in den Himmel. Er konnte kaum glauben, wie viel Zerstörung sich in so großer Geschwindigkeit ausgebreitet hatte. Der Holocaust, den sie losgelassen hatten, war inzwischen über einen Kilometer weit und dehnte sich noch immer aus. Er fragte sich, wie weit er gehen würde. Nicht, dass mit dem Gedanken Schuldgefühle aufgekommen wären. Santa Chico musste derartige Katastrophen kennen.

»Ich kann den Captain nicht erreichen«, sagte Ntoko.

»Meinst du, das Feuer ist schon bei ihm angekommen?«

»Könnte sein. Die Skins werden es überstehen. Weiß nicht, was mit den Fahrzeugen ist.«

»Willst du umkehren und nachsehen?«

»Nein. Wir marschieren weiter, bis wir einen anderen Befehl erhalten. Selbst dann weiß ich nicht, ob ich Lust habe.«

»Von mir aus.«

»Ein Gutes hat das Ganze: Niemand wird sich jetzt noch ungesehen an uns heranschleichen.«

»Sarge, es gibt niemanden mehr, der sich an uns heranschleichen könnte.« Seine Sensoren hatten einen kleinen Hügel gefunden, die Überreste eines Neuen Eingeborenen. Er sah aus wie ein Klumpen Kohle.

Von der Straße, die sich durch die Hügel gezogen hatte, war nichts mehr zu sehen. Sie überprüften ihre Trägheitsleitsysteme und setzten sich wieder in Bewegung. Einige waren unglücklich darüber, dass sie Foster und Kibbo zurücklassen mussten, doch Ntoko erstickte ihren Protest mit ein paar schroffen Worten. Die Kameraden hätten sicher gewollt, dass ihr Platoon den Raumhafen erreichte.

Der Untergrund war noch immer sehr heiß, obwohl das für ihre Thermofasern kein Problem darstellte. Unterwegs stießen sie immer wieder auf Flecken von Tigergras und sogar Bäumen, die völlig vom Feuer verschont geblieben waren. Es schien keinen besonderen Grund dafür zu geben. Launen der Natur. Unebenheiten im Land, Bäche, die zu breit waren für das Feuer, um hinüberzuspringen. Sogar ein paar Büsche mit fetten Dornenblättern hatten mitten im Chaos überlebt. Sie standen einsam und unbeeindruckt im verbrannten Land.

Das Dorf war ebenfalls noch intakt, zusammen mit einer schmalen umgebenden Zone Gebüsch. Sie untersuchten es durch den immer noch herabfallenden Ascheregen. Ihre Sensoren entdeckten Bewegung zwischen den Gebäuden. Ntoko entschied, dass sie das Dorf nicht ignorieren durften.

Als sie dort ankamen, war der Teppich aus lockerer Asche mehrere Zentimeter dick. Er bedeckte alles. Böen wirbelten kleine Wolken auf, doch sie senkten sich schnell wieder herab. Nichts war frei von dieser Decke. Das Gras schwankte und wogte in der Brise, als versuchte es, die Asche abzuschütteln. Doch die Flocken waren zu klein und tückisch und hafteten zu stark.

Die Häuser des Dorfes waren einfache Konstruktionen, breite runde Türme mit Kuppeldächern und nicht mehr als zwei Stockwerke hoch. Sie schienen aus einer elfenbeinfarbenen Korallenform gemacht zu sein, mit einer körnig rauen Oberfläche, die wie ein Magnet auf die Asche wirkte. Sie legte sich in jede Ecke und jeden Winkel. Die Fenster waren Bögen, bedeckt mit dicken Membranen, die von einem Geflecht zarter silberner Adern durchzogen waren.

Die Neuen Eingeborenen, die dort wohnten, waren größtenteils Zweibeiner. Kleiner als normale Menschen, mit wirren Haaren, die sich in einer dichten Mähne über ihren Rücken zogen und in manchen Fällen über die Arme bis hinunter zu den Ellbogen reichten. Ihre Hemden und ärmellosen Jacken waren so geschnitten, dass die Haare sichtbar waren. Häufig waren sie geflochten. Helle, bunte Perlen wurden von den Kindern bevorzugt.

Es gab Ausnahmen. Katzenartige Hominiden, die sich nur mühsam aufrecht hielten und immer wieder auf die vorderen Gliedmaßen niederließen, um ein paar Schritte zu laufen. Ein vierschrötiger Gigant, der aussah wie eine Kreuzung zwischen einem Sumo-Ringer und einem Troll. Dünne, zerbrechliche Elfen, deren Beine zu dünn erschienen, um ihre Körper zu tragen.

Sie sahen nicht fremdartig aus, sondern eher primitiv. Auch wenn ihre Felle die für Santa Chico offensichtlich typische durchschimmernde Bernsteinfarbe besaßen und keiner der Zweibeiner einen menschlichen Brustkorb oder ein menschliches Becken besaß. Knochenkämme auf den Körpern erinnerten mehr an Insekten als an irgendetwas anderes. Die Gesichter waren steifer als Skin, und doch drückten sie grundlegende Emotionen aus. Auch wenn es vielleicht nur die Augen waren.

Ntoko nahm Lawrence und Amersy mit in das Dorf und verteilte den Rest des Platoons draußen. Sie waren den leeren Blicken der Bewohner ausgesetzt, die in offenen Eingängen standen. Neue Eingeborene auf der Straße gingen zur Seite, um sie passieren zu lassen. Es war das erste Mal, dass ihre Autorität anerkannt wurde, wenn auch nur mit der Pistole auf der Brust.

Lawrences Sensoren entdeckten nur schwache elektronische Aktivität in den Gebäuden, nichts oberhalb gewöhnlicher Desktop-Pearls. Es schien so gut wie keine mechanischen oder elektronischen Hilfsmittel zu geben. Ganz eindeutig gab es keine Fahrzeuge zu sehen.

Die Neuen Eingeborenen schienen unsicher, was sie wegen der Skins unternehmen sollten; sie warteten darauf, dass die Eindringlinge den ersten Schritt unternahmen. Während sie ins Zentrum des Dorfes marschierten, tauchten immer mehr Neue Eingeborene auf und folgten in respektvollem Abstand. Falls nicht die Hälfte der Kuppeln unbewohnt war, passten die Zahlen nicht zueinander. Lawrence fragte sich, wie viele Einwohner in der Gruppe gewesen waren, die die Vögel aus dem Tigergras aufgescheucht hatte. Und wie viele von ihnen überlebt hatten.

Ntoko blieb neben einem großen, ausladenden Baum stehen, der von einer Schicht allgegenwärtiger Asche bedeckt war. »Kann mir vielleicht jemand sagen, was hier vorgeht?«

»Ihr habt unser Land angesteckt«, sagte eine Stimme. Sie besaß einen starken Akzent.

Lawrence identifizierte den Besitzer, eine Frau, die ihm nicht bis zu den Schultern reichte. Ihr üppiges Haar war schneeweiß, obwohl er nicht sicher war, ob dies ein Hinweis auf Lebensalter war. Sie besaß ein flaches Gesicht mit ein paar Falten auf den Wangen, die ihrem Unterkiefer beträchtliche Flexibilität verliehen. Sie trug ein Gewand mit silbernen Verzierungen; eine DNS-Helix in Purpur und Türkis war auf die Vorderseite gestickt.

»Sie sind die Chefin hier?«, fragte Ntoko.

»Nein. Ich bin Calandrinia.« Sie fuhr sich mit der Hand durch die Haare und schüttelte ein paar letzte Reste von Asche heraus.

»Werden Sie mit mir verhandeln?«

»Werden Sie mich töten?«

»Nicht, solange Sie mir keinen Grund dafür geben.«

Sie entblößte die Zähne, die lang genug waren, um als Fänge durchzugehen. »Ich hätte eine Menge Gründe, aber ich werde ihnen heute nicht nachgeben.«

»Danke sehr. Würden Sie mir nun vielleicht erzählen, was zur Hölle hier überhaupt vorgeht?«

»Sie sind in unser Leben eingedrungen. Das ist unsere Art zu reagieren. Was hatten Sie erwartet?«

»Weniger Gewalt wäre für den Anfang nicht schlecht. Ihr müsst doch völlig verrückt sein! Habt ihr überhaupt eine Ahnung, wie viel Feuerkraft wir im Rücken haben?«

Calandrinia zeigte erneut ihre Fangzähne. »Nicht mehr ganz soviel wie zum Zeitpunkt eures Auftauchens.«

Lawrence benutzte seinen abhörsicheren Kommandolink. »Kann ich mit ihr reden, Sarge?«

»Sicher, nur zu, wenn du glaubst, dass es zu irgendetwas führt. Ich hasse diese Klugscheißer.«

»Danke.« Lawrence war nicht ganz sicher, doch Calandrinia schien sich ihm zuzuwenden, kurz bevor er anfing zu sprechen. »Ich würde gerne erfahren, warum Sie Ihre Fabriken aufgegeben haben.«

»Warum gibt man etwas auf, Erdmensch? Sie sind obsolet und bedeutungslos. Wir züchten, was immer wir benötigen, auf direktem Weg.«

»Aber Ihre Produkte waren auf der Erde nicht obsolet. Sie waren sogar verdammt nützlich. Warum haben sie aufgehört, Ihre Waren zu exportieren?«

»Warum hätten wir weitermachen sollen? Wenn die Erde Medikamente braucht, soll sie sie gefälligst selbst herstellen.«

»Beispielsweise, weil Sie für Ihre Exporte das Geld bekommen hätten, ohne das Sie nicht imstande sind, die Produkte zu importieren, die Sie nicht selbst auf Ihrer Welt herstellen.«

Sie lachte ihn offen aus. »Was wir nicht selbst herstellen, brauchen wir auch nicht. Was wir nicht brauchen, stellen wir nicht her.«

»Das ist alles? Sie haben der technologischen Zivilisation den Rücken gekehrt? Sie stürzen sich munter in die Regression?«

Irgendwo in seinem Hinterkopf drängte sich die Frage auf, wie oft er diese Konversation noch würde führen müssen und auf wie vielen Welten. Regressortypen schien es tatsächlich überall zu geben.

»Der Technologie – nein«, erwiderte Calandrinia. »Der mechanischen Technologie – ja. Wozu brauchen

Sie Maschinen? Biologische Systeme sind sehr viel effizienter in der Herstellung von allem, was wir benötigen.«

»Aber Sie können unmöglich für alles biologische Äquivalente erschaffen.«

»Nicht für alles, was unsere Gesellschaft zum Funktionieren benötigt, nein. Andererseits haben wir auch keine Gesellschaft mehr, wie Sie sie kennen. Wir haben uns angepasst und nicht die Welt nach unserer Vision verbogen. Welten sind viel zu groß dafür. Warum sollten wir in isolierten Siedlungen auf tödlich verstrahlter Erde leben, wenn wir uns so anpassen können, dass wir die Freiheit der gesamten Welt zu genießen imstande sind.«

»Das muss eine ziemlich beeindruckende Ideologie sein, die Sie da entwickelt haben, wenn Sie Menschen überzeugen, ihre Vergangenheit hinter sich zu lassen.«

»Es ist keine Ideologie, es ist Evolution. Sie wissen, dass unsere Vorfahren hierher kamen mit der Absicht, sich selbst zu verändern. Warum sind Sie so überrascht von dem, was Sie vorgefunden haben?«

»Niemand konnte ahnen, wie weit Ihre Modifikationen gehen würden. Wie haben nichts von dem hier erwartet. Hätten wir gewusst, was wir hier finden, wären wir ganz sicher nicht hergekommen.«

»Und doch sind Sie jetzt hier. Wie soll es nun weitergehen?«

»Wenn es nach mir geht? Wir fliegen wieder nach Hause.«

»Warum bleiben Sie nicht bei uns? Ihre Kinder hätten eine wunderbare Zukunft. Es würde ihnen niemals an irgendetwas fehlen.«

»Entschuldigen Sie, aber das klingt nicht einmal annähernd verlockend. Wenn ich diesen Helm abnehme, sterbe ich. Sie wissen es, und ich weiß es.«

»Ich könnte Ihnen im Uterus meines Hauses einen Sauerstofffilter züchten. Er wäre ein Teil von Ihnen, wie es dieser Anzug niemals sein kann. Sie würden in vollkommener Symbiose damit leben.«

Lawrence hob den Finger. »Hören Sie auf. Hören Sie augenblicklich damit auf. Ich werde ganz bestimmt nicht bei Ihnen bleiben, klar?«

»Warum nicht? Was fehlt uns? Ich spotte nicht, ich bin ehrlich neugierig. Sie scheinen so primitiv im Vergleich zu uns. Ich verstehe Ihr Zögern nicht. Möchten Sie sich denn nicht verbessern? Teil werden einer reicheren, erwachseneren Kultur als der Ihren?«

»Wir sind also die Primitiven? Wer von uns lebt denn in Lehmhütten, Lady? Ich würde eine Existenz wie diese nicht meinem schlimmsten Feind wünschen, ganz zu schweigen von meinen eigenen Kindern. Sie entwickeln sich schneller zurück, als der Fortschritt uns aus dem finsteren Mittelalter katapultiert hat. Sicher, diese Art zu leben mag verlockend wirken, Sie sind ja immer noch nahe dran an der industriellen Ökonomie, um zu glauben, dass das Leben stressfrei und reich an Karma sein kann. Noch zwei Generationen, und Sie sind nicht einmal mehr imstande, eine Erkältung zu kurieren, ganz zu schweigen von Krebs. Und das nennen Sie ein erfülltes Leben? Ich nenne es Betrug an Ihren Kindern.«

»Ah.« Calandrinia schüttelte entschieden den Kopf. »Jetzt beginne ich zu verstehen. Wie alt bin ich, Erdenmensch?«

»Ich habe nicht die geringste Ahnung.«

»Ich bin vierzehn.«

Die Information verblüffte Lawrence. Er begriff einfach nicht, was sie mit allem zu tun hatte. »Tatsächlich?«

»Ja. Es waren nicht allein ihre biotechnologischen Talente, die unsere Vorfahren hierher auf diese Welt brachten, sondern sie brachten auch ein Sprichwort mit: *Lebe schnell, stirb jung und hinterlasse einen wunderschönen Leichnam*. Dank ihnen kann ich dies tun.«

»Wie lange leben Sie denn?«, fragte Lawrence. Er wollte die Frage eigentlich nicht stellen, denn er wusste irgendwie, dass ihm die Antwort nicht gefallen würde.

»Vielleicht dreißig Jahre. Können Sie sich eine so lange Zeit vorstellen? Wie sie sich am Ende dehnen muss?«

»Der Sauerstoff. Es ist der Sauerstoff, nicht wahr?«

»Selbstverständlich. Alles hier geschieht schneller. Dynamischer.«

»Aber ... dreißig?«

»Dreißig ganze Jahre, während derer ich leben und lieben und denken werde. Was ist daran falsch? Warum wollen Sie so eine lange Zeit leben?«

»Leben bedeutet Erfahrungen sammeln. Das kann man nicht in dreißig Jahren. Es gibt so vieles im Universum zu erfahren.«

»Ich sammle Erfahrungen, mehr als Sie es jemals tun werden. Ich werde schneller erwachsen. Ich lebe schneller. Wir alle tun das. Das Leben auf dieser Welt ist so viel vitaler als Ihre langweilige Biologie. Was das Universum angeht, so befindet es sich in Ihrem Bewusstsein. Observation ist nur relativ. Ich kann die

Sterne von hier aus beobachten, sie alle, während Sie in Ihren Blechbüchsen zwischen ihnen herumkriechen und immer nur einen zur gegebenen Zeit sehen. Ich weiß mein Leben zu schätzen, Erdenmensch. In meinem Gehirn gibt es weniger Erinnerungen, aber dafür viel mehr Gedanken.«

»Gedanken!«, schnaubte er. »Aber Sie benutzen sie nicht! Was für einen Sinn haben Gedanken, wenn man sie nicht ausprobieren, nichts erschaffen kann?«

Calandrinia stieß pfeifend den Atem aus, wie einige andere Neue Eingeborene auch. »Wir tun nichts anderes als erschaffen, Erdenmensch. Glauben Sie, wir haben Zeit, unsere Kinder auszutragen und zu gebären, wie eure Erdenfrauen es tun? Ich passe meine Kinder an die Welt an, wie ich sie sehe und kenne.«

»Sie reden von der Gestalt, stimmt's? Das ist der Grund, warum Sie alle anders aussehen.«

»Wir wurden morphogenisch. Das größte Geschenk, das uns unsere Vorfahren hinterlassen haben. Meine Kinder werden so, wie ich sie mir denke. Können Sie sich vorstellen, wie das ist? Wenn ich einen Baum sehe, der so groß und voll erhabener Würde ist, dass ich mich hinsetzen muss und voll Bewunderung zu ihm aufsehe, kann ich ein Kind zeugen, das imstande ist, bis in seine Krone zu klettern und vor Freude darüber zu lachen. Wenn ich in einem Bergsee schwimme, tue ich das nur ein paar aufregende Minuten lang, doch meine Tochter wird imstande sein, durch seine Tiefen zu gleiten und mit den Fischen zu spielen. Und wenn ich vor Ehrfurcht erzitterte, wenn ein Makrorex vorüberzieht, kann ich sein Wesen absorbieren und es mit meinem eigenen Bewusstsein vermischen.«

»Heiliges Schicksal, das ist Sodomie!«

»Wie erbärmlich doch Ihr Verstand funktioniert. Wie bemitleidenswert. Glauben Sie allen Ernstes, dass wir Menschen allein intelligent sein sollten und empfindsam? Wenn wir mit diesem Planeten leben wollen, müssen wir das Beste, das wir haben, mit ihm teilen. Sind Sie vielleicht so selbstlos, Erdenmann? Oder werden Sie uns davon abhalten, Gaia zu erwecken?«

»Ich halte Sie nicht ab. Aber ich will auch nicht daran teilhaben. Sie sind nicht länger menschlich.«

»Oh, danke sehr. Ich bekomme nicht häufig so ein Kompliment.«

»Warten Sie mal, gottverdammt!«, sagte Ntoko. »Wollen Sie damit etwa andeuten, dass die Makrorexe zum Teil menschlich sind? Dass sie intelligent sind?«

»Einige von ihnen«, antwortete Calandrinia. »Sie sind unsere Freunde, und sie helfen uns, wenn wir sie darum bitten.«

»Und die Windwürger auch?«

»Selbstverständlich.«

»Herr im Himmel.«

»Wenn es bei Ihnen keine Schwangerschaft mehr gibt«, fragte Lawrence, »woher kommen dann all diese Kinder?«

»Sie werden in den Haus-Uteri ausgetragen«, antwortete Calandrinia einfach.

»In den Haus...?« Er starrte auf die einfachen Gebäude, aus denen das Dorf bestand. »Sie meinen, diese Häuser besitzen so etwas wie einen künstlichen Uterus?«

»Hören Sie eigentlich zu, wenn man Ihnen etwas

sagt? Es ist nichts Künstliches an einem Haus-Uterus. Es ist völlig natürlich. Unsere Häuser waren die letzte Stufe beim Überwinden dessen, was wir waren, auf dem Weg zu dem, was wir sind. Verraten Sie mir, haben Sie in Ihren Dateien Informationen über Fastrocks?«

»Ja.« Seine Skin-AS rief die Informationen auf. Fastrocks waren im Prinzip eine polypartige Pflanze, die für Santa-Chico-Verhältnisse relativ langsam wuchs. Sie erinnerten an ockerfarbene Steine, die sich in großen Kolonien zusammendrängten und absolut feuerfest waren. Ihre Schalen waren außerdem hart genug, um den Bissen von allem zu widerstehen, das kleiner war als ein Makrorex.

Calandrinia deutete auf die Häuser. »Unsere Vorfahren haben diese kleinen Pflanzen so modifiziert, dass aus ihnen die stabilen Häuser wachsen, die Sie hier sehen. Eine wahre und großartige Verschmelzung der Gene zweier Welten. Wir leben heute in lebendigen Häusern. Ihre Wurzeln reichen bis tief in den Boden, wo sie Wasser und Nährstoffe sammeln, während die Oberseiten das Sonnenlicht einfangen. Wir werden von unseren Häusern ernährt, ohne den Planeten so zu verwunden, wie Sie das tun. Die Organe unserer Häuser kümmern sich auf die gleiche Weise um unser Wohlergehen, wie Ihre Maschinen das tun, obwohl unsere Bindung enger und gegenseitiger ist.«

»Sie meinen symbiotisch.«

»Ah, Sie hören also doch zu. Ja, unsere Häuser sind Teil unserer Familien. Wenn ich ein befruchtetes Ei habe, lege ich es in einen Haus-Uterus und lasse es dort heranreifen.«

»Haben sie auch ein Bewusstsein?«

»Selbstverständlich! Wie könnte man mit einer Wesenheit zusammenleben, die nicht denkt?«

»Gutes Argument«, entgegnete Lawrence sarkastisch. »Ich nehme an, dass Sie sich völlig von diesen Gebilden abhängig gemacht haben? Sie erzeugen auch Ihre Nahrung, stimmt's? Unsere Satelliten haben keine noch arbeitenden Proteinzellraffinerien finden können.«

Calandrinia griff nach oben und zog ein Büschel kleiner roter Beeren aus dem Baum. »Es war die erste und schwierigste Aufgabe, vor der unsere Vorfahren standen. Sie mussten die Pflanzen von Santa Chico so weit verändern, dass sie terrestrische Nahrung produzierten. Doch sobald sie herausgefunden hatten, wie man die beiden unterschiedlichen genetischen Moleküle erfolgreich vereinen kann, wurde all das möglich, was wir heute sind. Es dauerte Jahrzehnte und bedurfte gewaltiger Anstrengungen, bevor so etwas Komplexes erreicht war – das ist der Grund, warum wir Handel treiben mussten. So viel unserer gegenseitigen Biochemie war inkompatibel, genau wie auf jeder anderen von Menschen kolonisierten Welt. Die alten Lebensweisen, Ihre Märkte und Maschinen, mussten während dieser ganzen Zeit aufrecht erhalten werden, während wir unsere Probleme lösten. Und jetzt, wie Sie sehen, haben wir das alles hinter uns gelassen.«

»Und Ihre Schulden haben Sie ebenfalls nicht bezahlt«, sagte Ntoko.

»Nur auf Ihrem Planeten, Erdenmensch. Hier gibt es nichts dergleichen. Hier sind wir eins.«

»Die Behauptung, über solchen Dingen wie Geld

zu stehen, ist ein sehr bequemer Weg, sich vor dem Problem zu drücken«, sagte Lawrence. »Aber ich weiß, dass Sie Ökonomie und Technologie begreifen. Sie besitzen immer noch Raumflugzeuge und Orbitalstationen. Sie müssen gewartet werden, Ersatzteile und Treibstoff müssen hergestellt werden. Das können Ihre Häuser nicht für Sie tun.«

»Wir hatten solche Maschinen, bis ihr gekommen seid und sie zerstört habt«, sagte Calandrinia. »Einige von uns träumen die gleichen Träume wie Sie, Lawrence Newton, Träume von Reisen durch das Weltall. Sie stecken voller Ideen, wie sie unsere Zellen so verändern können, dass sie in der Wüste jenseits des Himmels überleben. Unsere Weltraum-Enthusiasten möchten, dass wir die Monde und Kometen besiedeln, die um unsere Sonne kreisen. Es ist ein schöner Traum, denke ich. Aber sie sind eine Minderheit. Und Ihre Ankunft hat all ihren Bestrebungen ein Ende gesetzt. Sie haben sich einverstanden erklärt, ihre Anstrengungen wieder auf Santa Chico zu konzentrieren. Sie werden uns helfen, den Himmel zu versiegeln und Sie daran zu hindern, hierher zurückzukehren.«

»Woher wissen Sie meinen Namen?«

»Bitte entschuldigen Sie«, sagte Calandrinia. »Ich wusste nicht, dass es ein Geheimnis ist.«

Lawrence gefiel nicht, wie beiläufig sie klang. Wenn die Neuen Eingeborenen ihre Kommunikationsverbindungen entschlüsselt hatten, was er als sehr wahrscheinlich betrachtete, dann hatten sie vielleicht gehört, wie sein Name benutzt worden war und wie er sich mit Nic unterhalten hatte. Doch individuelle Skinsuits zu identifizieren war gar nicht so leicht. Es gab einfach zu viele Dinge hier, die die Neuen Eingeborenen als selbstverständlich betrachteten. Er für seinen Teil wusste beispielsweise immer noch nicht, wie sie über größere Entfernungen kommunizierten.

»Was meinen Sie damit, den Himmel versiegeln?«, erkundigte sich Ntoko.

»Sie sagen, dass Sie von hier weggehen, und das ist es, was wir wollen«, entgegnete Calandrinia. »Und anschließend werden wir sicherstellen, dass Sie nicht wieder zurückkehren. Wenigstens nicht, solange Ihre gegenwärtige Gesellschaft die dominante Kultur auf der Erde darstellt. Und dazu müssen wir den Himmel versiegeln.« Sie entblößte erneut ihre Fangzähne.

»Komm, wir müssen weiter«, sagte Ntoko über die abhörsichere Kommunikationsverbindung zu Lawrence. »Wir verschwenden hier nur unsere Zeit. Wir müssen weiter. Wenn sie etwas hätten, womit sie uns erledigen können, hätten sie es inzwischen längst benutzt. Wir müssen einfach nur aufpassen, was in unserem Rücken geschieht, und wir schießen alles ab, was sich da draußen bewegt.«

»Richtig.«

»In Ordnung, wir gehen jetzt«, sagte Ntoko zu den Neuen Eingeborenen. »Ihr werdet uns nicht folgen. Auf diese Weise kommt es nicht zu Missverständnissen, und niemandem geschieht etwas.«

»Welch ein weiser Ratschlag, Sergeant«, antwortete Calandrinia. »Wir werden versuchen, ihn uns zu Herzen zu nehmen.«

»Verdammte Klugscheißer«, brummte Ntoko. »Am liebsten würde ich jeden Einzelnen von ihnen in die Luft jagen.«

Das Platoon rückte ab. Ihre Stiefel wirbelten große Wolken pulverfeiner Asche auf. Sie überquerten den schmalen Streifen Tigergras und Bäume, der das Dorf einschloss, und kehrten auf das schwarz verbrannte Land zurück, das die Buschfeuer hinterlassen hatten. Der Ascheregen hatte inzwischen aufgehört, und sie konnten die Landschaft vor sich sehen. In der Ferne brannte es noch immer, und dichte Rauchsäulen und Asche wurden Hunderte von Metern hinauf in den indigofarbenen Himmel getragen. Doch es war keine massive Flammenwand mehr; das Buschfeuer hatte sich an Flüssen und Gräben geteilt und war in Dutzende kleinerer Brandherde zerfallen, die jeder für sich weitertobten.

»Was zur Hölle hältst du von all dem?«, fragte Ntoko.

»Ich bin nicht sicher«, gestand Lawrence. »Es könnte nichts weiter als riesengroßer Mist sein, den sie erfunden hat, um uns zu erschrecken. Oder es könnte stimmen, und in diesem Fall ist es noch viel furchteinflößender. Jedenfalls gibt es eine ganze Menge Dinge hier, die irgendwie nicht zusammenpassen.«

»Meine Güte, intelligente Tiere beispielsweise. Vielleicht stimmt das ja.«

»Bestimmt ist nicht alles wahr. Sie haben alles eingesetzt, was sie hatten, um unsere Schiffe auf dem Weg hierher anzugreifen. Sie können diesen Planeten nicht gegen den Weltraum abschirmen.«

»Verdammt, ich wünschte, wir hätten Kontakt mit dem Captain. Wir müssen es unseren Leuten erzählen.«

»Die Satellitenrelais sind immer noch nicht wieder online.«

»Ich weiß. Hoffen wir nur, dass der Gouverneur immer noch in Roseport wartet.«

Lawrence war die restliche Zeit des Marsches nervös und angespannt. Falls Calandrinia die Wahrheit gesagt hatte, dann wusste niemand, was für die Squaddies gefährlich werden konnte und was nicht.

Am späten Nachmittag schienen die Buschbrände erloschen zu sein. Rauch und Asche vernebelten die Luft und verdunkelten den Himmel zu einem trüben Grau-Blau. Sie sahen keine Tiere mehr, weder kleine noch große. Mehrere Male meinte Lawrence, in der Ferne Windwürger zu erspähen, doch vielleicht waren es auch nur dichtere Wirbel in all dem Rauch. Unter ihren Füßen hatten die schwarzen Tigergrasklumpen angefangen zu nässen. Klebrige Säfte traten aus den verbrannten Spreiten. Die Wurzeln hatten das Feuer offensichtlich überstanden, doch es war schließlich auch so schnell vorüber gezogen, dass die Hitze nicht tiefer als ein paar Zentimeter in den Boden eindringen hatte können. Es würde nicht lange dauern, bis die ersten neuen Schösslinge durch den Aschemantel sprossen.

Die verbrannte Zone endete an einem schmalen, tiefen Einschnitt, durch dessen Sohle ein Wildbach mit rötlichem Wasser gurgelte. Das Land zu beiden Seiten war von Steinbrocken und Geröll bedeckt, und zwischen den Rissen wuchs nur spärliche Vegetation, was dem Feuer die Intensität geraubt hatte. Als Lawrence an den Rand der Böschung trat, erkannte er, dass es in Wirklichkeit keine Steine waren, aus denen der Boden bestand. Kein einziger bewegte sich unter seinen Füßen, nicht einmal die winzigsten Kiesel. Es war in Wirklichkeit ein ausgedehntes Bett voller Fastrock.

Während das Platoon den Graben überquerte, jagte eine Xianti 5005 über ihre Köpfe hinweg, in weniger als einem Kilometer Höhe. Sie verlor rasch an Höhe.

»Wir halten den Raumhafen also noch«, sagte Nic. »Gott sei Dank!«

Eine halbe Stunde darauf überquerten sie einen Kamm, der ihnen eine Aussicht auf Roseport in einer Entfernung von einigen Kilometern ermöglichte. Die Stadt am Seeufer war in einem schlimmen Zustand. Viele der Häuser waren zerstört. Lawrences Sensoren zoomten heran. Dunkle, klebrige Flüssigkeit troff aus den zerbrochenen Schalen und strömte auf die Straßen wie geschmolzener Teer. Innere Organe lagen offen und ungeschützt und waren nur noch eine unkenntliche Masse aus rotem Brei. Niemand bewegte sich in den Straßen.

Als Lawrence den Fokus zurücknahm, sah er, dass automatische Kanonen in einem breiten Kreis um die Ausläufer der Stadt herum aufgestellt worden waren. Olivgrüne Kugeln auf dicken Metallfüßen, die im Boden verankert waren. Jede Einzelne verfügte über drei magnetische Gatlingkanonen, die aus der Mittelsektion ragten und langsam von einer Seite zur anderen schwenkten, während sie zwischen den zerstörten Häusern nach beweglichen Zielen suchten. Falls jemand sich aus der Stadt hervorwagte, würde er innerhalb von Millisekunden von Kugeln durchsiebt.

Lawrence wusste, dass die automatischen Kanonen zur Flottenausrüstung gehörten, doch er hatte sie noch nie in Aktion erlebt. Sie waren wie Laserzäune und Landminen Waffen, die nur im äußersten Notfall zum Einsatz kamen.

Nachdem das Platoon Sichtkontakt hatte, kam auch die Kommunikationsverbindung zum Feldhauptquartier des Gouverneurs wieder zustande. Ntoko meldete sich und berichtete dem Stab, dass sie den Kontakt mit Captain Lyaute vor Stunden verloren hatten.

Nachdem der Zugang zu den taktischen Flottendaten wieder möglich war, erbat Lawrence von der Hauptquartier-AS einen aktualisierten Lagebericht. Es war noch schlimmer, als er befürchtet hatte. Rings um Roseport hatte eine nahezu ununterbrochene Schlacht getobt. Skins, die bis in die Stadt vorgedrungen waren, waren durch die verschiedensten chemischen und biologischen Waffen getötet worden. Jedes Mal, wenn sie gelernt hatten, sich vor einer bestimmten Waffe zu schützen, hatte der Gegner sie mit etwas Neuem angegriffen. Am Ende hatte der Gouverneur den Einsatz der automatischen Wächter befohlen in der Hoffnung, die Neuen Eingeborenen so lange damit in der Stadt festzuhalten, bis die Evakuierung abgeschlossen war.

Selbst das stand auf Messers Schneide. Makrorexherden hatten den Raumhafen dreimal angegriffen. Die Skins mussten panzerbrechende Smartmissiles gegen sie einsetzen, bevor die Bestien das Rollfeld erreichen konnten. Nichts anderes hielt sie auf. Windwürger stürzten sich auf die Xiantis, wenn sie in den Landeanflug übergingen. Die Raumflugzeug mussten ununterbrochen Anti-Missile-Luftminencluster abfeuern, um sie fernzuhalten. Von den elf

Kompanien Skins, die zu Fabriken und industriellen Anlagen geschickt worden waren, waren nur vier zurückgekehrt. Drei weitere (einschließlich Lyaute) hatten gemeldet, dass sie angegriffen würden, bevor die Kommunikation zusammengebrochen war. Die verbliebenen vier galten gegenwärtig als im Kampf vermisst.

Die Ereignisse im Orbit waren gleichermaßen feindselig. Der Software-Angriff auf die Raumschiffe ließ nicht eine Sekunde nach. Die Kommunikationsbandbreite wurde auf ein Minimum reduziert, um der Bord-AS zu ermöglichen, jedes Byte an Datenverkehr zu untersuchen, bevor es in das Netzwerk des Schiffes gelassen wurde. Kinetische Projektile in gegenläufigem Orbit hatten mehrere Satelliten ausgeschaltet. Ein Schwarm hatte die Verteidigung der *Mahonia* durchschlagen und ein Habitationsrad sowie einen der Tokamaks des Kompressionsantriebs beschädigt.

Angesichts der sich abzeichnenden Katastrophe hatte der Admiral die völlige Evakuierung angeordnet. Pläne, die Orbitalstationen von Santa Chico einzufangen, standen längst nicht mehr zur Debatte.

Lawrence fand nicht heraus, wie viele Raumflugzeuge noch operierten. Die Daten waren geheim. Auch Schätzungen, wie lange die Evakuierung dauern würde, waren nicht zugänglich. Ebenfalls die Anzahl der überlebenden Skins.

Ntoko wandte sich mit ein paar ermutigenden Worten an das Platoon, dann führte er sie in einem weiten Bogen um Roseport herum in Richtung Raumhafen. Sie marschierten schweigsam in Richtung Rollfeld. Lawrence wusste, dass alle von der gleichen Angst erfüllt waren. Sie hatten das Ziel inzwischen vor den Augen. Sie mussten nichts weiter tun, als sich bis zum Rollfeld durchzuschlagen. Irgendjemand anderes würde sich um den Rest kümmern, der Admiral oder die Piloten der Xiantis. Damit blieb nur noch das Gelände zwischen ihrer augenblicklichen Position und dem Raumhafen.

Auf halbem Weg erreichten sie ein weites Feld verbrannter Erde. Das Tigergras schwelte an den Rändern noch immer. In der Mitte lag das zerfetzte Wrack eines TLV88 Helikopters.

Ntoko hielt es für zu gefährlich, das freie Feld zu überqueren, und führte sie am Rand entlang. Eine weitere Verzögerung auf dem weiten Weg zurück. Es half nicht, dass sie das Feuer eines automatischen Wächters hören konnten.

Die letzten dreihundert Meter waren ein einziger Sprint. Die Disziplin ging völlig vor die Hunde, und das gesamte Platoon rannte über das Tigergras, wich Bäumen aus, sprang über niedrige Felsen. Niemand achtete noch darauf, ob er dem Gegner ein Ziel bot oder nicht. Sie schafften es an den Verteidigungsstellen vorbei, wo Skins in flachen Schützengräben mit den schwersten Waffen auf Lauer lagen, die sie in ihrer Ausrüstung mitführten.

Ntoko meldete sich bei dem kommandierenden Lieutenant des Abschnitts, der ihnen eine Stunde Rast gewährte. Sie erhielten eine Ration Standard-Feldverpflegung, eine Paste, die sie zu sich nehmen konnten, ohne die Helme abzusetzen. Das Hauptquartier nannte ihnen außerdem eine Flugnummer. Falls die Raumflugzeuge ihren gegenwärtigen Plan einhielten, würden sie in sechs Stunden auf dem Weg nach oben sein.

Der Lieutenant teilte sie zum Wachdienst um den Wartungshangar herum ein. Sie gingen in Stellung, als die Sonne hinter den Horizont sank, und integrierten die neuen Waffen, die sie aus der Waffenkammer bezogen hatten. Lawrence hatte einen Smartmissile-Werfer genommen. Bisher war es den Neuen Eingeborenen noch nicht gelungen, die Hardware der Raketen zu stören.

Er nahm seine Patrouille auf und stellte sicher, dass er zu unregelmäßigen Zeiten an den verschiedenen Kontrollpunkten vorbeikam. Seine visuellen Sensoren lieferten ihm ein verschwommenes, blauweißes Bild der nächtlichen Landschaft mit kleinen roten Felsen, die ihre im Lauf des Tages gespeicherte Wärme langsam abstrahlten. Nichts bewegte sich im Gras, nicht einmal kleine Tiere. Lawrence war unendlich dankbar dafür.

Als er den Blick nach Roseport wandte, erstrahlte es in hellem Infrarot und war von einer rosa korallenfarbenen Aura umgeben. In keinem der Gebäude brannte Licht. Die automatischen Wächter feuerten alle paar Minuten auf unsichtbare Ziele. Die Unterhaltungen auf dem allgemeinen Kommunikationskanal zentrierten sich auf die Munitionsvorräte der Roboter und darauf, wie lange sie noch reichen würden.

Unaufhörlich landeten Raumflugzeuge. Sie fielen im durchdringenden Lärm ihrer Rolls Royce Turbojets auf vollem Umkehrschub aus den Nachthimmel. Manchmal ging ihrer Landung spektakuläres rotes und grünes Magnesiumfeuerwerk voraus, wenn sie mit ihren Gegenmaßnahmen einen Anflugkurs durch die Luft säubern mussten.

Eine Stunde nach Einbruch der Dunkelheit meldete sich eine der vermissten Kompanien. Nach ihrem Bericht zu urteilen waren sie von einer Herde Makrorexe angegriffen worden und hatten den größten Teil ihrer Fahrzeuge verloren. Auf dem Weg zurück waren sie nahezu ununterbrochen von Heckenschützen beschossen und von Neuen Eingeborenen angegriffen worden. Dann hatten sie eine andere Kompanie getroffen und waren gemeinsam weitergegangen. Die andere Kompanie hatte dreißig Prozent ihrer Skins verloren. Gemeinsam verfügten sie über genügend Feuerkraft, um die Neuen Eingeborenen auf Distanz zu halten. Sie waren nur langsam vorangekommen mit all den Verletzten, um die sie sich kümmern mussten, doch sie schätzten, dass sie in weiteren neunzig Minuten auf dem Raumhafen eintreffen würden. Insgesamt handelte es sich um einhundertzwanzig Mann.

Lawrence spürte schuldbewusste Erleichterung, dass es nicht Lyaute war. Der Captain hätte eine verdammt gute Erklärung von ihnen verlangt, wohin 435NK9 verschwunden und was geschehen war. Alle anderen jubelten über die Neuigkeiten. Es bedeutete mindestens einen zusätzlichen Flug mit einem Raumflugzeug und würde die endgültige Evakuierung um weitere zwanzig Minuten hinausschieben.

Das Feuer der automatischen Wächter ließ nach den ersten zwei Stunden beträchtlich nach, doch Lawrence war überzeugt, dass die Neuen Eingeborenen alles versuchen würden, um den Raumhafen zu infiltrieren. Es versetzte ihn in einen Zustand nervöser Erregung, den die Drogen in seinem Skinsuit nicht zu dämpfen vermochten. Ganz allein an vorderster Linie unbekannten Gefahren gegenüber zu stehen, die durch das hohe Gras herangeschlichen kamen, kostete ihn eine ganze Menge Willenskraft. Die Gegend direkt vor ihm war mit Hunderten von Sensoren gespickt, die über abhörsichere Links mit seinem Display-Gitter verbunden waren. Er vertraute ihnen nicht ganz, während seine Gedanken immer wieder zu Calandrinia wanderten und der Art und Weise, wie sie sie im Stillen verspottet hatte.

Zwei Stunden vor ihrem planmäßigen Evakuierungsflug fand er heraus, warum sie so zuversichtlich gewesen war. Alles, was sie gesagt hatte, hatte der Wahrheit entsprochen. Zu Beginn glaubte Lawrence, eine weitere Xianti auf dem Weg nach unten würde Gegenmaßnahmen ausstoßen. Mehrere Flammenspeere jagten über den Himmel und verblassten sogleich wieder. Lawrence starrte nach oben, doch er sah nichts von der intensiven thermischen Signatur einer Xianti. Weitere Speere erblühten zwischen den Sternen. Was die Flugbahn der Xiantis anging, waren sie in einer anderen Ecke des Himmels. Lawrence erkannte, dass es sich um einen Meteoritenschauer handeln musste, und grinste knapp. Noch bevor die Flammen wieder erstorben waren, begann eine dritte Ladung ihren feurigen Weg nach unten. Diese Partikel waren etwas größer als die beiden vorangehenden, mit einem dicken Kopf und einem funkensprühenden Schwanz, der durch die obere Atmosphäre schnitt. Sie schienen kein Ende nehmen zu wollen. Lawrences Grinsen verblasste. Der Bereich am Himmel, wo die Flammenspeere leuchteten, wurde länger und länger. Er verlief in Nord-Süd-Richtung und wuchs unaufhörlich weiter.

»Heiliges Schicksal!«, stöhnte Lawrence, als ihm die Erkenntnis dämmerte. *Wir werden den Himmel versiegeln*.

Ein Skin kam vom Hangar auf ihn zugerannt.

»Lawrence?« Es war Ntoko. Er benutzte seinen Skin-Lautsprecher mit geringer Lautstärke.

»Ja«, antwortete Lawrence auf die gleiche Weise.

»Sie haben es getan, stimmt's? Das ist es, wovon Calandrinia gesprochen hat.«

»Ja. Anscheinend haben sie den Asteroiden im Polarorbit zerstört, richtig pulverisiert. Dieser Schauer ist nur der Anfang des Trümmerschwarms.«

»Gottverdammt! Du kennst dich doch aus mit diesem Orbitalmechanikscheiß, schaffen es die Raumschiffe da hindurch?«

»Ja. Aber sie müssen bald aus dem Orbit raus, falls sie es nicht schon sind. Die Trümmer haben noch nicht angefangen, in Kaskaden überzugehen. Bis jetzt haben wir nichts weiter als eine sich ausbreitende Wolke von Felsen im polaren Orbit.«

»Was ist eine *Kaskade*?«

»Sieh mal, die Sprengung hat den Asteroiden in Millionen Trümmer zerrissen, ja? Einige davon werden geradewegs nach unten rasen und in der Atmosphäre verbrennen. Das ist es, was wir im Augenblick sehen. Aber wenn die Neuen Eingeborenen die Sprengladungen richtig gesetzt haben, dann bleibt eine riesige Ladung von Felsbrocken und Steinen und Staub oben im Orbit. Im Augenblick fliegen sie nur auseinander, jeder in einem eigenen unregelmäßigen Orbit, aber sobald sie einmal um den Planeten herum sind, fangen sie an zu kollidieren. Jeder Felsen, der mit einem anderen zusammenkracht, führt zu einer weiteren Kaskade kleinerer Felsen, die ihrerseits wieder gegen andere Felsen krachen und so weiter. Es ist wie eine nicht enden wollende Kettenreaktion. In einem Jahr von heute an ist der ganze Planet umgeben von einem zehntausend Kilometer dicken Schild aus Steinen. Wie die Saturnringe, aber eben eine Kugel. Calandrinia hatte Recht, nichts auf der Welt kann das durchdringen. Sie haben sich vom restlichen Universum abgeschottet. Es wird Jahrtausende dauern, bis die Partikel weit genug zerfallen oder in der Atmosphäre verglüht sind. Vielleicht geschieht es niemals. Scheiße, ich weiß es nicht. Niemand hat je zuvor eine echte Kaskade beobachtet.«

»In Ordnung. Schnapp dir die Jungs. Macht, dass ihr zu diesem Raumflugzeug kommt.« Er zeigte es Lawrence. »Es ist voll aufgetankt.«

»Aber ...«

»Du hast es selbst gesagt, Mann. Die Raumschiffe müssen sich zurückziehen. Und jetzt setzen Sie Ihren Arsch in Bewegung, Corporal!«

Lawrence erhöhte die Lautstärke seines Anzugs. »Hierher, Leute! Kommt, lasst uns gehen!« Er begann zu joggen, dann rannte er. Ntoko brüllte ebenfalls. Die Überlebenden von Platoon 435NK9 rannten ihnen entgegen.

Hoch über ihnen hatten größere Trümmerteile die Atmosphäre erreicht. Sie kreischten in einer Hülle aus Plasma herab, bis der Druck sie in einem blendenden Halo detonieren ließ. Die Wolke dehnte sich aus und wurde immer heller, während sie der Oberfläche entgegenraste. Manchmal explodierten die Trümmerstücke erneut und erneut, als die Felsen von superheißen Ionen in immer kleinere Fragmente zerlegt wurden und pyrotechnische Schockwellen nach außen sandten. Hunderte konischer Flammenbündel erblühten vor der schwarzen Nacht und durchliefen das gesamte Spektrum, bevor sie langsam zu violetten Gespenstern verglühten.

Der halbe Kontinent war in ein Licht getaucht, das heller erstrahlte als die Sonne. Lawrence sah, dass der gesamte Raumhafen in Bewegung war. Skins rannten planlos durcheinander. Keiner wusste, was geschah. Es gab keine Kommandokette mehr. Keine Befehle. Keine Informationen. Keine Disziplin. Nicht einmal Neue Eingeborene mit ihren superoxygenierten Muskeln konnten mit der turbogeladenen Geschwindigkeit der Skinsuits mithalten. Alles geschah wie in Zeitraffer.

Hundert Meter vor Lawrence parkte die Xianti auf dem Vorfeld. Die Turbinen liefen bereits an. Die Tankschläuche waren abgezogen und sanken zurück in den Beton.

Die Gangway war noch immer an Ort und Stelle. Skins rasten hinauf. Lawrence hatte keine Ahnung, wie viele bereits im Innern der Maschine waren. Er erreichte die Gangway in weniger als fünf Sekunden. Zwanzig Skins drängten sich dort und trampelten die Aluminiumstufen hinauf.

Draußen auf dem Rollfeld startete eine Xianti.

»Lawrence!«, brüllte Ntoko. »Gib mir deinen Werfer!«

Lawrence reichte dem Sergeant die Waffe, während er sich am Boden der Treppe mit Händen und

Füßen nach vorn arbeitete. Abgesehen von Ntoko, der bereits einen Werfer in den Händen hielt, konnte Lawrence nicht sagen, wer wer war. Seine AS zeigte keine Individualmarkierungen mehr. Das gesamte Kommunikationsband war zusammengebrochen.

»Wofür brauchst du ihn?«

»Du passt auf, Lawrence. Du kümmerst dich um meine Jungs, hörst du?«

»Sarge? Ntoko!«

»Ich halte Wache.« Ntoko löste sich bereits aus dem umgebenden Gedränge von Skins. Er öffnete eine Klappe unten an dem Werfer, den Lawrence ihm gegeben hatte, und zog ein Kabel hervor, das er in das Interface seines Skins stöpselte. Die Mündungen oberhalb des Gestells spuckten orangefarbene Flammen, die mehrere Sekunden lang pulsierten.

Explosionen erblühten über dem Rollfeld. Die Skins, die zu dem verbliebenen Raumflugzeug rannten, warfen sich in Deckung. Weitere Explosionen liefen an der Seite eines Hangars entlang. Kompositpaneele und Stahlträger krachten auf den Asphalt. Staub und Rauch quollen empor. Skins begannen zu schießen. Panzerbrechende Geschosse durchlöcherten den Kontrollturm. Karabiner feuerten.

»Ntoko! Verdammte Scheiße, das kannst du nicht machen!« Lawrence stand unten am Fuß der Gangway. Seine Sensoren zeigten ihm, wie sich Ntoko gelassen vom Gedränge vor der Treppe entfernte, einen Werfer in jedem Arm. Flammen sprühten aus den Mündungen, als weitere Smartmissiles die Läufe verließen. Der Sergeant hob grüßend einen der Werfer, dann marschierte er weiter.

Einen Augenblick lang zögerte Lawrence. Doch

die Skins hinter ihm drängten ihn weiter. Und sein eigener Selbsterhaltungstrieb war übermächtig. Er stolperte die Treppe hinauf und in die Kabine. Das Raumflugzeug begann sich zu bewegen und löste sich von der Gangway. Lawrence packte den Skin ganz oben und zerrte ihn zu sich herein. Ein weiterer Skin sprang über die sich weitende Kluft und krachte gegen alle, die sich in der Luftschleuse drängten. Ein dritter sprang, und es gelang ihm, den Rand der Schleuse zu packen. Er hing dort und baumelte, während die Xianti in Richtung Startbahn beschleunigte.

Lawrence starrte zurück zu der schwankenden Gangway. Die zurückgelassenen Skins brüllten der Xianti mit voller Lautstärke hinterher und befahlen ihr zurückzukommen. Einer fuhr seinen Karabiner aus und begann zu feuern. Ein paar Querschläger zwitscherten durch die Schleuse. Lawrence duckte sich automatisch. Dann gab es am unteren Ende der Gangway eine Explosion. Das ganze Gebilde stürzte in sich zusammen und begrub die Skins unter sich.

»Danke, Sarge«, flüsterte Lawrence.

Er bewegte sich ins Innere der Xianti, als sich die Schleuse schloss. Die Kabine war übervoll, selbst im Mittelgang drängten sich noch Skins. Er dachte nicht eine Sekunde an das zusätzliche Gewicht. Der Sarge war dort draußen und gab ihren Ärschen Rückendeckung, wie er es immer getan hatte. Sie würden es schaffen.

Im Innern der versiegelten Kabine konnte sein Skinsuit eine Verbindung zum internen Netzwerk der Xianti herstellen. Er schaltete sich auf die externen Kameras.

Draußen regneten noch immer glühende Trümmerstücke des Asteroiden herab. Am Boden liefen Skins auf ihre charakteristisch schnelle Weise durcheinander. Jeder schien auf irgendetwas zu schießen. Explosionen erblühten über den zerfetzten Gebäuden. Rauchwolken zogen über den Boden, als wütende blau-weiße Flammen aus zerstörten Ausrüstungsblocks quollen.

Die Xianti bog scharf auf die Startbahn ein. Der Pilot verschwendete keine Zeit; Lawrence spürte, wie die Vibrationen zunahmen, als die Turbojets auf maximale Drehzahl gebracht wurden, noch bevor die Nase die richtige Richtung hatte. Dann jagten sie vorwärts, schneller und schneller, bis sie vom Boden abhoben.

Die gigantischen Turbojets heulten im roten Bereich, als sie steil in den Himmel stiegen. Die Kameras des Raumflugzeugs zeigten die ruhigen oberen Wolkenbänder, die in funkelndem Silber erstrahlten, erhellt von Hunderten herabsinkender Feuerbälle. Als sie die dünne Schicht passierten, veränderte sich die Perspektive, bis es aussah, als flögen sie über einer frostigen Wüste im winterlichen Mondlicht dahin.

Der Scramjet zündete und schob sie noch höher. Die Wolkenschwaden schrumpften zu einem leuchtenden Nebel zusammen, der die gesamte Welt einzuhüllen schien. Schillernde goldene Schweife brannten sich ihren Weg durch die leere Dunkelheit auf die Wolken zu, tauchten ein, wurden dunkler und verschwanden.

Vor der Nase des Raumflugzeugs glitzerten die Sterne in kaltem Willkommen.

Kapitel Sechs

Eine Reihe medizinischer Module hing an Hals Torso und drängte sich um die roten Wunden und chirurgischen Nähte. Einige davon waren mit Flecken aus künstlicher Haut verbunden, die mit seinen verbrannten Hautschichten verschmolzen und Regenerationsviren in den Plexus von Kapillaren injizierten. Andere waren komplexere Systeme, aus denen dünne Röhrchen kamen und die Narben penetrierten, um spezielle Flüssigkeiten in die beschädigten Organe zu pumpen oder aus ihnen zu entnehmen und sie auf diese Weise zu unterstützen, bis Hal entweder Ersatz oder eine richtige Behandlung erhielt. Er trug ein weites weißes Nachthemd über allem, doch die Module waren zu sperrig, um sie völlig zu verbergen. Es sah aus, als würden aus seinem Körper Plastiktumoren wachsen.

Er saß in einem hohen Ledersitz, und sein Kopf lag schlaff auf der Seite, gestützt von einem Kissen, als wären die Halsmuskeln nicht stark genug, das Gewicht zu tragen. Jedes Mal, wenn einer seiner Freunde in die kleine private Personalkammer kam, die sie zu seinem Krankenzimmer umfunktioniert hatten, grinste er ihn an und gab ein glückliches Grunzen von sich. Edmond ging zu ihm und streckte ihm die erhobene Hand hin. Lawrence fröstelte innerlich, als er sah, wie Hals Hand unsicher zitterte, während er sich angestrengt darauf konzentrierte einzuschlagen. Die anderen sahen weg, und ihre Gesichter waren ernst, als ihnen bewusst wurde, wie schlimm Hals Zustand war.

Lediglich Dennis sah ihn ungerührt an. Und Lawrence wusste, dass Dennis in letzter Zeit zu viel von seinen eigenen Sedativa geschluckt hatte.

Amersy kam als Letzter hinzu. Er schloss die Tür und grüßte Hal mit erhobenem Daumen, wie man es mit einem alten Freund machte. Es waren seine Augen, die rasch zur Seite zuckten, die verrieten, was in ihm vorgehen musste.

Was von Platoon 435NK9 übrig war, wandte sich zu Lawrence um.

»Erstens«, sagte Lawrence, »macht euch keine Gedanken, wie wir Hal wieder an Bord der *Koribu* schaffen können. Ich habe einen Kontaktmann auf dem Raumhafen von Durrell.«

Hal stieß ein schnaufendes Stöhnen aus. Sein Unterkiefer begann sich zu bewegen. Es sah aus, als kaute er Luft.

Als Hal wieder zu sich gekommen war, nachdem Lawrences medizinisches Lumpengesindel das Biomechherz eingesetzt hatte, war er auf der ganzen rechten Seite gefühllos und taub gewesen. Seitdem war der Tastsinn langsam zurückgekehrt, wie bei einem Schlaganfallpatienten auf dem Weg der Genesung.

Wenn es die einzige Komplikation gewesen wäre, wäre Lawrence glücklich gewesen. Doch trotz des superoxygenierten Blutes in seinem Gehirn hatte es Schäden wegen Sauerstoffmangels erlitten. Die Gedanken des Jungen waren langsam und verworren, und er hatte Gedächtnislücken. Ihm mit seinen paralysierten Muskeln und den Schwierigkeiten beim Suchen der richtigen Worte beim Sprechen zuzusehen war schmerzhaft. Die meiste Zeit über wusste er genau, was er sagen wollte, und wurde wütend auf sich selbst, wenn die Worte sich nicht auf seinen Lippen bilden wollten. Manchmal brachte ihn der Zorn so weit, dass er mit seiner gesunden Hand auf die Lehne des Sessels schlug und Tränen der Frustration über seine Wangen liefen.

»Danke. Sarge«, grunzte er, und die Anstrengung ließ Adern und Sehnen an seinem Hals deutlich vorstehen.

»Dafür bin ich hier, Hal.« Lawrence sah zu den anderen Gesichtern im Zimmer und versuchte, ihre Stimmung abzuschätzen. Sie waren alle erwartungsvoll und neugierig auf das, weswegen er sie hergerufen hatte. Seit der Kriegsgerichtsverhandlung und der Erschießung hatten sie ihre Wut und ihr Entsetzen auf Zantiu-Braun in Form von Captain Bryant und Ebrey Zhang gerichtet. Ablehnung und das Gefühl, betrogen worden zu sein, hatten sich bisher nicht in irgendeiner kohärenten Form manifestiert, doch es war schwierig geworden, die Disziplin einzufordern. Nicht, dass die übrigen Platoons in Memu Bay gegenwärtig disziplinierter gewesen wären, doch der verwundete, lebende Hal sorgte dafür, dass 435NK9 einen gewissen inneren Zusammenhalt zeigte. Sie taten, was Lawrence ihnen sagte, nicht, weil es die Befehle von Bryant waren, sondern weil Lawrence wollte, dass sie ausgeführt wurden.

Er hätte sich keine besser geeignete Gruppe von Männern wünschen können, um sein persönliches Ziel zu erreichen.

Eigenartig, wie sich die Dinge manchmal entwickeln.

»Der Grund für meinen Kontakt in Durrell ist etwas, über das ich sowieso früher oder später mit euch gesprochen hätte. Also kann ich es genauso gut jetzt tun. Ich glaube, dass es irgendwo im Hinterland einen großen Schatz gibt, von dem Zantiu-Braun nichts ahnt. Ich möchte diesen Schatz bergen.«

»Für Zantiu-Braun?«, fragte Karl entrüstet.

Lawrence lächelte humorlos. »Ganz bestimmt nicht.«

Lewis klatschte in die Hände. »Leck mich am Arsch.«

»Das schon eher.«

»Was für ein Schatz?«, fragte Amersy. Er klang eher misstrauisch als neugierig.

Lawrence zog einen Desktop-Pearl hervor. Das Paneel entfaltete sich und zeigte ein Satellitenbild des Plateaus hinter Memu Bay. »Das dort ist Arnoon Province. Ich war dort oben, als wir das letzte Mal auf Thallspring waren, auf einer Patrouille durch das Hinterland. Nach den offiziellen Aufzeichnungen von Memu Bay ernten die Leute, die dort oben leben, Willow-Webs im Wald und machen daraus Decken und Pullover und ähnlichen Mist. Als wir dort ankamen, fanden wir ein nettes kleines Dorf in den Wäldern mit einem sehr gehobenen Lebensstandard. Es war eher ein Fünf-Sterne-Ferien-Ressort. Ich habe derartig isolierte Siedlungen auf verschiedenen Welten gesehen. Keine große Sache. Aber an diesem Dorf war einiges faul. Ihr müsst mir in dieser Sache glauben, aber unter gar keinen Umständen können sie sich durch das Verkaufen von Wollsachen einen Lebensstandard wie diesen leisten. Jedes Haus war bis unter die Decke vollgestopft mit Kinkerlitzchen und Elektronik, nur das Neueste vom Neuesten. Außerdem lebten eine Menge Leute dort; mehr, als die Verwaltung in Memu Bay wusste, und viel zu viele, als dass die Wollspinnerei sie hätte ernähren können. Keiner von ihnen war krank. Ich rede hier nicht von Krankenhausfällen. Sie waren die gesündesten Menschen, die ich in meinem ganzen Leben gesehen habe.«

»Du willst also sagen, dass sie über eine andere, zusätzliche Einkommensquelle verfügen?«, fragte Amersy. »Lawrence, ich hab auch schon solche Gemeinden gesehen. Sie werden irgendeinem illegalen Deal nachgehen, oben im Wald, wo es keine Stadtpolizei und, wichtiger noch, keine Finanzämter gibt. Bestimmt ist es nichts, das wir mit nach Hause nehmen könnten.«

»Nein. Sie haben Geld in einem Ausmaß, das weit über jede gewöhnliche illegale Geschichte hinausgeht. Ich rede von Größenordnungen, Mann. Sie sind wahrscheinlich die reichsten Leute auf dieser Welt.«

»Wie kommst du darauf?«

»Ich brauchte eine Weile, um es zu erkennen. Sie hatten die beste Tarnung, die es gibt; versteck dein größtes Geheimnis vor den Augen aller. Ich habe gesehen, wie sie Früchte von einem Baum gegessen haben.« Er lächelte das Platoon vielsagend an.

»Na und?«, fragte Lewis. »Sie *sind* Regressoren. Niemand sonst macht so etwas. Es ist schmutzig. Anständige Leute essen Proteinzellennahrung.«

Lawrence kicherte. »Und genau das beweist, was ich gesagt habe. Du siehst es ebenfalls nicht. WillowWebs sind einheimische Pflanzen. Die Wälder dort oben auf dem Plateau sind ebenfalls einheimisch. Arnoon Province wurde nicht mit Gammastrahlen sterilisiert.«

»Unmöglich!«, protestierte Dennis scharf. »Irdische Pflanzen wachsen nicht in einer fremden Umgebung, weil es nicht die richtigen Bodenbakterien gibt. Deswegen muss man den Boden mit Gammastrahlen sterilisieren und das Land mit unseren eigenen Bakterien impfen.«

»Ganz richtig«, sagte Lawrence. »Und trotzdem habe ich es gesehen. Ich habe gesehen, wie sie Früchte von einem Busch gepflückt und gegessen haben. Nach allem, was ich weiß, war es nicht einmal ein terrestrischer Busch.«

»Dann hast du ihn vielleicht einfach nicht gekannt, Sarge. Tut mir Leid, aber Menschen besitzen nun einmal nicht die Biochemie, die mit den einheimischen Organismen dieser Welt kompatibel ist. Ich mag vielleicht meine Approbation vermasselt haben, aber so viel Grundlagen habe ich trotzdem begriffen.«

»Ich weiß. Aber ich habe es schon einmal gesehen, auf einem anderen Planeten. Damals warst du noch nicht bei uns.« Lawrence blickte mit erhobener Augenbraue zu Amersy. »Du erinnerst dich an Calandrinia?«

»Schwer zu vergessen, oder?«

»Sie war eine von den Neuen Eingeborenen von Santa Chico«, erklärte Lawrence den anderen. »Sie aßen Früchte, die auf ihren Bäumen wuchsen. Ich nannte sie Regressoren. Aber ich habe mich getäuscht. Calandrinia hat mir erzählt, dass die Biochemiker, die von Kalifornien nach Santa Chico ausgewandert waren, irgendwann herausfanden, wie man terrestrische und einheimische Gene vermischt. Dadurch wurde Calandrinias Generation zu dem, was sie war, und sie konnten sich auf die althergebrachte Weise ernähren. Sie waren nicht länger abhängig von Nahrungsmittelraffinerien. Es war ein Teil ihrer Philosophie, sich von jeder Maschinerie zu befreien. Also ist es möglich.«

Dennis schnitt eine Grimasse. »Vielleicht. Auf Santa Chico kann ich es ja glauben. Aber hier, auf Thallspring? Herrgott, Sarge, das Fortschrittlichste, was jemals aus Memu Bay kommt, ist wahrscheinlich eine neue Form für ein Surfboard!«

»Zugegeben. Und nach Calandrinia hat Santa Chico Jahrzehnte gebraucht, um die Mischung der Gene zu entwickeln. Jahrzehnte der Forschung durch Hunderte der größten Genetiker und Biochemiker, die die Erde je hervorgebracht hat. Und doch stehen wir hier, mitten im Hinterland eines zweiunddreißig Lichtjahre von Santa Chico entfernten Planeten, und ich sehe genau das Gleiche. Wie erklärst du das, Dennis?«

»Du glaubst, dass sie Santa Chico die Technologie abgekauft haben, stimmt's?«, fragte Amersy.

»Woher sonst soll sie denn gekommen sein? Und sie haben sicher eine Menge Geld dafür hingelegt. Sie müssen von hier nach Santa Chico gereist sein und einen vollständigen Satz Bakterien- und Pflanzenproben von Thallspring im Gepäck gehabt haben. Außerdem braucht man ein Team von Wissenschaftlern, um die Techniken anzupassen. Das kostet richtig Geld. Milliarden, ganz gleich, in welcher Währung.«

»Santa Chico ist von der Außenwelt abgeschnitten«, warf Edmond ein. »Das weiß jeder.«

Lawrence schüttelte den Kopf. »Ich war auf Thallspring, bevor die Sache mit Santa Chico passiert ist. Das, wovon ich rede, muss sich vor dreißig, vierzig Jahren ereignet haben, vielleicht sogar noch früher. Zu einer Zeit, als Santa Chico noch scharf war auf unser Geld.«

»Also schön«, sagte Amersy. »Ich sehe ja ein, dass es theoretisch möglich ist, dass die Bewohner von Arnoon Bäume haben, die irdische Früchte produzieren. Aber woher soll das Geld stammen?«

»Zwei Möglichkeiten«, erwiderte Lawrence. »Erstens, sie sind Exilanten. Eine Gruppe von Milliardären, die eine Kolonie in einer Kolonie gegründet haben. Wenn sie wirklich autark sein wollen, kommen die Bäume an dieser Stelle ins Spiel. Sie haben einen unglaublich hohen Lebensstandard, den sie dadurch aufrecht erhalten, dass sie sämtliche Konsumgüter kaufen, die eine relativ fortschrittliche Welt zu bieten hat. Ich habe nur ein Problem mit dieser Möglichkeit: Milliardäre leben nicht auf diese Weise. Man arbeitet sich nicht den Arsch wund und häuft ein riesiges Vermögen an, um es in einer idyllischen Waldgemeinde auszugeben. Die Erde ist ihr Element, mit ihren Aktienmärkten und Optionsgeschäften und den Companys.«

»Und wie lautet die andere Möglichkeit?«, fragte Odel.

»Dass Arnoon genau so angefangen hat, wie sie es sagen. Eine Gruppe ehrlicher Leute auf der Suche nach einem ruhigen Leben, die Willow-Webs sammeln und zu Wolle verspinnen. Sie gründen ihre Gemeinde und haben ihre Grundsätze, an die sich jeder hält. Dann plötzlich finden sie etwas Wertvolles. Etwas unglaublich Wertvolles. Es ist der absolute goldene Volltreffer. Was sollen sie tun? Wenn sie es dem Rest der Welt erzählen, will jeder ein Stück davon abhaben. Arnoon Province wird entwickelt und industrialisiert. Ihre Art zu Leben wird vernichtet. Also beschließen sie stattdessen, ihr gutes stilles Leben zu beschützen, das sie dort oben auf dem Plateau führen.

Einige von ihnen kaufen eine Schiffspassage zur Erde auf einem Schiff von Navarro House. Von dort aus fliegen sie weiter nach Santa Chico. Einige Jahre später, nachdem die genetische Vermischung gelungen ist, kehren sie auf dem gleichen Weg wieder nach Thallspring zurück. Danach ist es ganz einfach. Sie können ihre Bevölkerung vermehren, ohne dass die Behörden etwas davon mitkriegen, weil sie nicht vom Nahrungsmittelnachschub abhängig sind. Sie kaufen jeden zivilisierten Luxus, und auch das fällt ihnen nicht schwer; sie gründen unten in Memu Bay ein paar Kaufhausgesellschaften, vielleicht sogar eine in der Hauptstadt. Es sind Tarnfirmen, die ihre Produkte auf das Plateau schicken, ohne dass es irgendjemand erfährt.«

»Wie haben sie von Santa Chico erfahren?«, fragte Amersy. »Wir wussten verdammt noch mal überhaupt nichts, bevor wir gelandet sind.«

»Wir wussten nicht, wie weit die Modifikationen fortgeschritten waren«, widersprach Lawrence. »Aber dass es Modifikationen gab, war allgemein bekannt. Sie waren der große Unterschied, auf den die Siedler so stolz waren. Santa Chico würde nicht auf die gleiche Weise kolonisiert werden wie jeder andere Planet. Das haben sie von Anfang sehr eindrücklich klar gemacht und allen verkündet. Selbst auf Amethi hatte ich schon von Santa Chico gehört.«

»Schön, meinetwegen, vielleicht hast du. Aber eine Bande von Willow-Web-Sammlern?«

»Sie hatten Zugang zum Datapool und sie hatten Geld. Eine wundervolle Kombination; man kriegt alles, was man will.«

»Ich kann nicht glauben, dass Hunderte von Leuten ein Geheimnis so lange für sich behalten können. Einer kommt bestimmt nach Memu Bay und prahlt in einem Club damit. Und bald wüssten es alle.«

»Niemand weiß von ihnen«, sagte Lawrence. »Also haben sie ihr Geheimnis bewahrt. Einfache Logik.«

»Ich wüsste nicht wie.«

Lawrence hob die Schultern. Die nackten Tatsachen waren nun einmal nicht zu bestreiten.

»Hey, Sarge!«, sagte Karl. »Was ist dieser Schatz deiner Meinung nach?«

»Das ist der Punkt, an dem es interessant wird. Die Überwachungssatelliten haben nie etwas anderes außer Bauxit auf diesem Plateau gefunden. Geologisch gesprochen müsste es sich also um etwas handeln, das eigentlich nicht dort sein dürfte. Eine Anomalie. Vergrößere das Plateau«, befahl er der AS des Desktop-Pearls. Das Bild geriet ins Fließen. Schneebedeckte Berge flimmerten, als der Fokus an ihnen vorbeiglitt. Große Waldstücke fegten vorbei, bis die AS das Bild um ein Tal mit einem kreisförmigen See zentrierte. Er hatte eine kleine Insel in der Mitte. »Das hier hab ich auch beim ersten Mal schon gesehen, als ich auf Thallspring war. Ich hab es damals nicht erkannt, weil ringsum alles voller Bäume war.«

»Heiliges Schicksal!«, murmelte Odel. »Es ist ein Kratersee!«

»Ganz genau. Und zwar von einem Einschlag, nicht von einem Vulkan. Diese Insel ist der zentrale Punkt. Ein Brocken von irgendeinem Asteroiden oder Kometen ist vor ein paar Tausend Jahren oder weniger hier runtergekommen. Die Klippe auf der Westseite ist immer noch fast senkrecht. Es gab sehr wenig Bewegung und Erosion seit damals.«

»Und was war es?«, fragte Karl, während er sich vorbeugte und angestrengt auf den Bildschirm starrte.

»Ich würde auf Metall tippen«, antwortete Lawrence. »Ein massiver Klumpen Metall. Er würde den Eintritt in die Atmosphäre überleben, genau wie den Einschlag. Und er gibt den Bewohnern von Arnoon etwas, das sie bergen können.«

»Was für ein Metall?« Karl wollte es glauben. Manna vom Himmel und eine großartige Schatzsuche. Er kaufte sich gerade ein.

»Das weiß ich nicht mit Sicherheit, aber es muss eins von den kostbareren sein. Gold oder Platin. Vielleicht irre ich mich auch, und es war ein ganz gewöhnlicher kohlenstoffhaltiger Chondrit, der von der Hitze des Aufschlags und vom Druck zu Diamant verwandelt wurde.«

Karl schlug Odel auf die Schulter. »Hörst du das? Da oben in den Bergen gibt es einen riesigen Diamanten, und wir holen ihn uns!«

Odel musterte ihn mit einem mitleidigen Blick.

»Vielleicht ist es so«, sagte Lawrence. »Und genau das müsst ihr für euch entscheiden. Jeder für sich allein. Ich muss wissen, ob ihr dabei seid oder nicht.

Mit Sicherheit weiß ich nur eins: dass es Beweise für eine Menge Geld dort oben in den Bergen gibt und dass es gleich um die Ecke einen Einschlagkrater gibt. Wenn ihr mich fragt, das ist mehr als Zufall. Aber ich kann nichts garantieren.«

»Und was für einen Vorschlag willst du uns unterbreiten, Sergeant?«, fragte Odel.

»Gleicher Anteil für jeden, der mit mir nach dort oben geht. Außerdem müssen wir meinen Kontakt in Durrell und einen Raumflugzeug-Piloten auszahlen.«

»Und wie kommen wir dorthin?«, fragte Amersy.

»Wir wurden zu einer Hinterland-Patrouille abkommandiert. Wir brechen morgen früh um null achthundertdreißig auf. Geschätzte Dauer zwei Tage.«

»Meine Güte!«, Amersy grinste. »Das ist ja wirklich ein Kontakt, den du da hast. Unsere Aufträge kommen direkt aus Zhangs Büro.«

»Ich plane das schon eine ganze Weile«, war alles, was Lawrence dazu sagte. Selbst jetzt war er nicht bereit, irgendjemandem von seinem Prime zu erzählen.

»Mann, wir sind gedeckt!«, sagte Lewis, während sein Grinsen breiter wurde. »Wir brechen zu einer offiziellen Patrouille in die Gegend auf! Und die Dorfbewohner sind die Letzten, die wegen einer privaten Gewinnrealisierung Protest einlegen würden. Damit würden sie zugeben, dass sie etwas Wertvolles vor dem Rest des Planeten versteckt gehalten haben.« Er sah Lawrence bewundernd an. »Wahnsinn, Sarge! Ich bin dabei!«

Alle wandten sich um, als Hal laut zu grunzen

begann. »Ich. Bin. Dabei. Sarge«, stieß er hervor. »Brauche. Geld. Um. Gesund. Zu. Werden. Kann. Nicht. So. Leben.«

Edmond tätschelte seinen Freund. »Keine Sorge, Mann. Du hättest sowieso deinen Anteil bekommen.«

»Offen gestanden müssen wir Hal sogar mitnehmen«, sagte Lawrence. »Hier kann sich niemand so um ihn kümmern, wie es nötig ist. Er kann hinten im Jeep liegen.«

Es überraschte sie, doch keiner erhob Einwände.

»Ich bin dabei«, sagte Karl. »Verdammte Company! Wenn es da oben wirklich Metall gibt, kann ich diesen Bastarden endlich den Rücken zudrehen.«

»Ich auch«, sagte Odel.

»Und ich«, stimmte Edmond zu.

»Ihr könnt mich nicht zurücklassen«, sagte Dennis.

»Herzlichen Glückwunsch«, rief Amersy. »Damit wären wir komplett.«

Denise hatte ihre Emotionen so lange unter Kontrolle gehalten, dass sie ihre Existenz fast vergessen hatte. Doch sie waren da, lauerten in ihrem Hinterkopf. Sie hatte sich immer wieder eingeredet, ihre Immunität vor jeglicher Ablenkung rührte von den digital geschriebenen Veränderungen her, denen sie sich unterzogen hatte, dass zusammen mit all den anderen Erweiterungen Objektivität und Rationalität installiert worden waren. Die Nachricht von Josep hatte diese Selbsttäuschung als das entlarvt, was sie tatsächlich war.

Ray hatte angerufen, eine Stunde, nachdem Josep den Raumhafen hätte verlassen haben müssen, und gesagt, dass er sich nicht gemeldet hatte. Dann fing sein Prime stark verschlüsselten Datenverkehr zwischen dem Raumhafen und dem Ostflügel von Eagle Manor auf, wo der Geheimdienst von Zantiu-Braun sein Büro errichtet hatte. Mehrere Nachrichten erwähnten den »Gefangenen« und enthielten Anforderungen für Personal und Equipment, hauptsächlich aus der medizinischen Abteilung.

»Sie bereiten alles vor, um ihn zu verhören«, sagte Ray.

Denise kämpfte mühsam gegen die Bestürzung an, die aus dem Nichts aufgestiegen war. »Meinst du Folter?«, fragte sie tonlos.

»Nein, eher Drogen und Gehirnscans. Deswegen wollen sie das medizinische Personal.«

»Kannst du ihn da rausholen?«

»Ich weiß nicht einmal genau, wo sie ihn festhalten, aber ich bin ziemlich sicher, dass er noch auf dem Raumhafen ist. Sie haben vor fünfzehn Minuten jede Verbindung zum Datapool unterbrochen. Deshalb unser Problem, seinen genauen Aufenthaltsort festzustellen. Selbst wenn es mir gelingen würde, wäre es nicht einfach, ihn zu befreien. Er ist wahrscheinlich unter der schwersten Bewachung, die man sich vorstellen kann. Denise ... ich glaube nicht, dass ich beides schaffen kann, ihn rausholen und unsere Mission nicht gefährden.«

»Ich verstehe.«

»Er wusste das. Du und ich wissen beide, dass es von Anfang an eine Möglichkeit war. Wir sind dieses Risiko eingegangen.«

»Ja.« Bleib bei deinem Plan, sagte sie sich. »Und was nun? Glaubst du, dass du einen Schlüssel in deinen Besitz bringen kannst?«

»Ich muss abwarten und sehen. Ich muss wissen, wo sie ihn geschnappt haben. Ob sie wissen, was er am Raumhafen gemacht hat. Das ist es, was ich nicht verstehe, Denise. Wie zur Hölle ist es ihnen gelungen, ihn zu schnappen? Wir kennen ihre Sicherheitssysteme. Wir haben nichts dem Zufall überlassen, als wir das alles geplant haben.«

»Noch ein Dudley Tivon«, sagte sie. »Eine zufällige Begegnung. Irgendjemand hat ihn überrascht.«

»Aber warum hat es dann keinerlei Alarm gegeben? Wenn irgendjemand etwas gegen die Interessen von Zantiu-Braun unternimmt, schicken sie doch normalerweise gleich eine ganze Salve von roten Leuchtraketen in die Höhe. Diesmal hätte ich nicht einmal erfahren, dass sie einen Gefangenen gemacht haben, wenn das Prime nicht ihre Kommunikation abgefangen hätte.«

»Was glaubst du?«

»Wenn ich mir ansehe, wie es ablief, und wenn ich die Tatsache bedenke, dass er keine Chance hatte, eine Warnung in den Datapool abzusetzen… ich würde sagen, sie haben ihm aufgelauert.«

»Das kann unmöglich sein, Ray! Es würde bedeuten, dass sie von uns wissen!«

»Ja. Kein schöner Gedanke, wie?«

»Ich glaube das nicht! Es muss eine andere Erklärung geben! Es muss einfach!«

»Ich will es auch nicht glauben, Denise. Aber wir können es uns nicht leisten, diese Möglichkeit zu ignorieren. Nicht jetzt.«

»Ray, wir brauchen einen Schlüssel für einen der Xianti-Flüge. Ohne Schlüssel haben wir versagt.«

»Nein, das haben wir noch nicht. Das haben wir noch lange nicht.«

»Wenn du ihn nicht befreien kannst …«

»Ich weiß. Er wird nicht zulassen, dass sie herausfinden, was er geworden ist oder was er dort gemacht hat. Wenigstens diese Option ist uns geblieben.«

»Möchtest du, dass ich nach Durrell komme?«

»Nein. Wenn ich die Situation noch irgendwie retten kann, brauche ich dich da, wo du bist. Ich muss meinen nächsten Zug sehr vorsichtig planen. Ich glaube, wir haben Zantiu-Braun von Anfang an unterschätzt. Wenn das der Fall ist, müssen wir möglicherweise die Mission ganz aufgeben.«

»Nein!«

»Sieh den Tatsachen ins Auge, Denise! Wir sehen im Augenblick nicht gut aus. Außerdem wird Zantiu-Braun in zehn Jahren oder so wieder auftauchen. Dann können wir einen neuen Versuch starten.«

»Also schön.«

»Es ist noch nicht vorbei. Ich behalte die Situation hier im Auge und gehe meine Möglichkeiten durch. Ich versuche, eine Verbindung zum Raumhafen herzustellen. Wir sollten es in den nächsten vierundzwanzig Stunden herausfinden.«

Denise lächelte tapfer. »Um diese Zeit wollten wir eigentlich schon unterwegs sein.«

»Ja. Ich rufe wieder an, sobald ich etwas Neues habe.«

Denise ging nicht zur Arbeit. Sie hinterließ Mrs. Potchansky eine Nachricht und schob eine Magenverstimmung vor, dann befahl sie der Prime-verstärkten Haus-AS, sämtliche Anrufe auszufiltern. Sie wusste, dass sie nicht imstande sein würde, der alten Frau gegenüberzutreten, nicht einmal über eine visuelle Verbindung.

Es war das erste Mal, dass sich der gemietete Bungalow ohne Ray und Josep wirklich leer anfühlte. Langsam füllte sich ihr Kopf mit merkwürdigen Gedanken, während sie durch den Flur tappte. Dass sie nach Arnoon zurückkehren sollte, wo sie in Sicherheit war. Oder nach Durrell fliegen und Josep retten. Dass diese ganze Mission von Anfang an ein Fehler gewesen war.

Nichts davon ist von Bedeutung, sagte sie sich grob. Was die Gedanken nicht davon abhielt, in ihr Bewusstsein einzudringen.

Denise blickte auf die Tür zu Joseps Zimmer. Sie wusste nicht genau, wieso sie davor stehen geblieben war. Er hatte sich nicht mit persönlichen Ausstattungsdetails abgegeben; ein Schreibtisch, zwei dunkelgrüne Ledersessel, die ihrer Meinung nach ziemlich grauenhaft waren. Ein Doppelbett. Natürlich. Auf der gegenüberliegenden Wand hatte er einen großen Flachbildschirm aufgehängt, sodass er sich auf der Matratze lümmeln und die Shows ansehen konnte. Im deaktivierten Modus zeigte der Schirm ein Bild vom Mount Kenzi, aufgenommen an einem wolkenlosen, sonnigen Tag; der schneebedeckte Gipfel strahlte weiß vor dem türkisblauen Himmel.

Sie drückte die Klinke herunter und trat ein. Als Josep nach Durrell abgereist war, hatte er ein Chaos hinterlassen. Die Bettdecke zerknittert am Fuß des Bettes, das Laken verrutscht. Mehrere Paar

Schwimmflossen achtlos unter das Bett geschoben. Getragene T-Shirts, in denen er seine Touristen unterrichtet hatte, lagen auf einem Haufen auf einem der Sessel und rochen immer noch nach Salzwasser. Handtücher auf dem Boden verstreut. Zwei Tauchermasken über der Lehne des Schreibtischstuhls.

Trotz allem, was Denise in den Wochen nach der Invasion zusätzlich übernommen hatte, hatte sie auch die Zimmer der Jungen in Ordnung gehalten. Kleidung und Handtücher in die Waschmaschine gesteckt. Die Unordnung aufgeräumt. Sie hatte sogar zwei Schlüpfer und einen BH unter Joseps Bett gefunden – und mitgewaschen. Die Bettdecke sauber am Fuß des Bettes gefaltet. Der kleine Haushaltsroboter hatte Staub gesaugt, alles abgestaubt und das große Fenster geputzt, das hinaus in den Garten zeigte.

Doch selbst im aufgeräumten Zustand war es immer Joseps Zimmer gewesen. Tränen glitzerten in ihren Augen, und sie wischte sie mit einer wilden Bewegung ab. Sie setzte sich auf die Bettkante, und eine Hand strich über die Matratze. Als sie die Augen schloss, fiel es ihr leicht, ihn zu sehen. Erinnerungen an den kleinen dummen Jungen oben in Arnoon. Wie er mit den Jahren größer und vernünftiger geworden war. Wie er jugendlich und voller Selbstvertrauen aus dem digitalen Schreiben hervorgegangen war und sich der Mission wenigstens ebenso stark verpflichtet gefühlt hatte wie sie selbst. Dann hier unten in Memu Bay. Draufgängerisch und glücklich, ein attraktiver, anständiger junger Mann. All diese fabelhaften Mädchen, die er mit in den Bungalow gebracht, die hier auf seinem Bett gelandet waren.

Sie hatte nie mit ihm oder mit Ray geschlafen. Statt dessen hatten sie eine Beziehung wie Brüder und Schwester gehabt, liebe- und respektvoll, mit reichlich Neckerei und Streichen, die sie sich gespielt hatten.

War ich dumm? Hätte ich ihn vielleicht anmachen sollen? Die kostbare Zeit, die wir hatten, besser nutzen? Oder hatten wir beide Angst davor, wie tief und ernst es werden würde, wenn wir etwas anfangen?

Irrelevant, das alles. Nichts als eine Übung in *Was wenn?* Und schmerzvolle Selbstzerfleischung, je näher die Aussicht auf totales Versagen rückte. Sie hasste sich dafür, diese Dinge zu denken. Doch die Erinnerungen blieben hartnäckig.

Das Datenpaket von der Untergrundzelle traf am späten Vormittag ein. Prime-Programme in den verschiedenen Datapool-Knoten sorgten dafür, dass es von den Zantiu-Braun-Monitoren nicht erfasst wurde. Nicht einmal Datenfluss-Logs zeichneten seine Route auf.

Denise lag zusammengerollt auf Joseps Bett, als die Bungalow-AS die Nachricht entgegennahm und direkt an ihre digital geschriebenen neuronalen Zellen weiterleitete. Das Kissen unter ihrer Wange war feucht. Sie hatte geweint.

Aus ihrem Elend wurde blanker Zorn, als sie die Nachricht las. Sie stammte von einer Zelle in Harkness, einem der kleineren Vororte ganz am Rand von Memu Bays Gürtel aus terrestrischer Vegetation. Sie waren kaum aktiv gewesen seit der Invasion. Ein paar Slogans an Wände gekritzelt, Ausrüstung und

Waffen für die aktiveren Einheiten in Memu Bay versteckt. Doch Harkness lag am östlichen Anfang des Great Loop Highway. Ein sehr strategischer Ort angesichts ihrer Mission. Der Hauptzweck für die Rekrutierung der Zelle war die Observation des Highway gewesen. Und sie hatten diesen Zweck soeben erfüllt.

Das Datenpaket enthielt einen Bericht über zwei Jeeps von Zantiu-Braun, die durch Harkness gekommen und über den Great Loop Highway in Richtung Hinterland unterwegs waren.

Denise verspürte aufsteigende Wut, weil die Dummköpfe in der Zelle es vermasselt und sie gestört hatten. Eine weitere emotionale Wallung, auf die sie verzichten konnte.

Es gab keine Jeeps. Das Prime, das sie in das Netzwerk von Zantiu-Brauns Hauptquartier eingesetzt hatte, überwachte die Einsatzpläne. Und etwas wie ein Konvoi Skins auf dem Weg ins Hinterland hätte es unverzüglich als absolute Priorität eingestuft. Sie hätte innerhalb von Sekunden, nachdem der Auftrag Ebrey Zhangs Büro verlassen hätte, davon erfahren.

Das Prime im Bungalow korrelierte automatisch die neue Information. Tatsächlich war eine Patrouille in das Hinterland geplant, und sie würde später am Tag aufbrechen.

Reflexartig setzte sich Denise auf. Sie verlangte eine Bestätigung für die Patrouille, und das Prime gab sie ihr.

Denise startete eine weitere Abfrage. Sie wollte wissen, warum das Prime sie nicht vor der bevorstehenden Abfahrt gewarnt hatte.

Für eine so machtvolle Software wie das Prime

dauerte es überraschend lang, bis die Antwort kam. Mehrere Millisekunden. Ihr Prime hatte nichts von einer Patrouille gewusst, weil der Befehl nicht durch Zhangs Büro gelaufen war. Irgendjemand anderes hatte den Dienstplan aufgestellt, und zwar auf eine Art und Weise, die ihn vor jeder Überwachungsroutine abschirmte. Das Prime sandte Tausende subtiler Trawler durch die umgebende Netzarchitektur in dem Versuch, den Ursprung zu lokalisieren. Eine der Sonden entdeckte ein anderes Prime, das in Zantiu-Brauns AS lauerte.

Im Innern des elektronischen Universums betrachteten sich die beiden quasi-bewussten Programme passiv. Versuche der Infiltration und Subversion waren unmöglich. Sie waren gleichwertig.

»Ein anderes Prime?«, rief Denise schockiert.

Das war vollkommen unmöglich.

Und doch war es da.

Sie zog ihr eigenes Prime zurück.

Es hatte keinen Alarm im Z-B-Netzwerk gegeben. Niemand wusste, dass sie herumgeschnüffelt hatte. Das andere Prime hatte sie nicht informiert. Sie versuchte, die Situation logisch zu durchdenken. Es gab nur einen Ort, wo das Prime herkommen konnte, und das war Arnoon. Irgendjemand anderes von Zuhause war hier in Memu Bay. Irgendjemand mit einer Mission, die sich gegen die ihre richtete. Was wiederum unmöglich war. Kein Prime würde gegen den Drachen handeln. Der Drache hatte das Prime speziell für sie geschrieben.

Nichts von alledem ergab einen Sinn. Dann schließlich richtete sie ihre Aufmerksamkeit auf das

Platoon, das mit der Patrouille beauftragt war. 435NK9. Lawrence Newton!

»Er kann unmöglich Bescheid wissen!«, flüsterte sie. Doch er war unterwegs über den Great Loop Highway zu einer Patrouille, die Zantiu-Braun nicht autorisiert hatte und von der Zantiu-Braun nichts wusste.

Denise schloss die Augen und dachte über ihre Möglichkeiten nach. Es gab nicht viele. Sie musste herausfinden, wie es kam, dass ein Prime Newton half. Das war das Allerwichtigste; vielleicht fand sie so auch heraus, auf welche Weise Josep gefangen worden war. Die Antwort musste in Arnoon liegen. Und Newton selbst durfte auf gar keinen Fall Arnoon Province erreichen.

Denise rannte in ihr eigenes Zimmer und zog sich um. Jeans, ein Trikot, eine Lederjacke, eine kleine Tasche mit den beiden Waffen, die sie im Bungalow aufbewahrte. Während sie sich anzog, nahm sie Verbindung mit verschiedenen Zellen auf und befahl ihnen, direkt gegen die Patrouille vorzugehen. Ihr Prime suchte außerdem die lokale Verkehrsregelungs-AS nach einem geeigneten Fahrzeug für sie ab. Es gab ihr eine Liste mit Möglichkeiten, und sie wählte das gewünschte Fahrzeug aus. Eine Flut von Notfallkommandos wurde in die AS des Vehikels geleitet.

Sie zog schwere Stiefel an und marschierte hinaus.

Lee Brack war überrascht worden, als die AS seines Motorrads plötzlich blinkende Notfallsymbole auf seine optronischen Membranen lenkte und fast im gleichen Augenblick in eine Nebenstraße einbog. Lee hasste es, die AS zu benutzen. Diese Maschine war dazu gemacht, richtig gefahren zu werden, von echten Menschen und nicht von verdammter Software. Die schwere grün-goldene Scarret hatte einen Dreifachkonverter zur Energieerzeugung, mit supraleitender Verkabelung und Multi-Ring-Nabenmotoren mit eingebauten Drehwinkelkompensatoren. Höchstgeschwindigkeit auf einer vernünftigen Straße zweihundertfünfzig Stundenkilometer. Seine Frauen nannten sie seine »Midlife-Crisis-Maschine«. Und hier saß er nun auf seiner Scarret und wurde von der verdammten AS ferngesteuert in irgendeinen Wohnblock mit Geschwindigkeitsbeschränkung gelenkt. Die Kraftkupplung drehte erneut am Steuer und lenkte zum Straßenrand, während die Maschine ihre Fahrt noch weiter verlangsamte. Die Parkstütze glitt heraus.

Lee Brack nahm seinen Helm ab und blickte sich verwirrt um. »Was für ein verdammter Notfall soll das sein?« Er befand sich mitten in einem dieser stereotypen Vorstädte. Auf der anderen Straßenseite führte ein altes Paar seinen schokoladefarbenen Labrador aus. Vor ihm kam ein attraktives Mädchen herangejoggt. Nein, eigentlich rannte sie verdammt schnell. Und sie blieb neben der Scarret stehen.

»Danke«, sagte sie.

»Für w ...«

Ihre Hände packten das Vorderteil seines einteiligen Motorradanzugs. Lee Brack wurde aus dem Sattel der Scarret gehoben, als bestünde er aus Styropor und wäre keine fünf Kilo schwer statt seiner fünfundneunzig. Er segelte ein kleines Stück durch die

Luft und landete heftig auf dem linken Arm. Die Schulter bekam das meiste ab. Irgendetwas zwischen seinen Knochen und Sehnen knirschte scheußlich. Erst da fing er an zu brüllen.

Das Mädchen stülpte sich seinen Helm über und sprang rittlings auf die Scarret. Lees Schmerzensschrei verwandelte sich in offene Wut, als sich die Armaturenbrettbeleuchtung aktivierte. Was ist nur mit diesem beschissenen Sicherheitskode? »Verdammtes Miststück!«

Denises Prime löschte die AS der Scarret kurzerhand und installierte sich selbst in den neurotronischen Pearls, die die Systeme des Motorrads kontrollierten. Ihre digital geschriebene neurale Struktur integrierte sich nahtlos in die Software, als wäre sie ein Teil der Maschine. Energie brannte in die Nabenmotoren, und sie drehte die Handgriffe im Einklang mit der Kraftkupplung. Der U-Turn war scharf genug, dass der Ständer über den Asphalt schrammte. Funken stoben hinter der Maschine auf, bevor er ganz eingezogen war. Lee Bracks Flut wüster Beschimpfungen blieb in Sekundenschnelle hinter ihr zurück.

Die Jeeps näherten sich dem Rand von Memu Bays gammabestrahlter Fläche. Dunklere, bläulich schimmernde Vegetation vermischte sich mit irdischem Gras zu beiden Seiten des Great Loop Highway. Voraus dampfte der einheimische Dschungel nach dem frühmorgendlichen Regen. Auf dem Beifahrersitz des ersten Jeeps hatte Lawrence einen guten Ausblick auf den breiten Asphaltstreifen, der geradewegs durch das Land schnitt, bis er unter den Bäumen verschwand.

Endlich ließen sie die Dörfer hinter sich. Sie waren alle paar Kilometer entlang dem Highway verstreut. Ansammlungen kleiner Gebäude, die sich an der Straße reihten. Sie sahen alle fast identisch aus. Ein paar Läden, stets eine Bar, ein wenig Lowtech-Industrie. Werkstätten für Laster waren ebenfalls häufig, mit Reihen rostender Ungetüme draußen auf dem Gras. Roboterstationen für die Straßeninstandhaltung, ebenfalls mit verstreut herumstehenden Autowracks. Eine halbautomatische Stahlverhüttung, die Doppel-T-Träger ausstieß. Ein Wiedergewinnungsofen mit hohem Zwillingsschornstein, aus dem dichter fetter Rauch in die klare Luft quoll, ein großer stinkender Haufen Abfall in der Landschaft dahinter. Die Häuser in der Umgebung der Anlagen waren wesentlich einfacher als die Appartementblocks in Memu Bay. Diese hier waren wenig mehr als einstöckige Schuppen mit Holzwänden, einem Dach aus Wellkomposit und Sonnenkollektoren. Erwachsene saßen draußen und beobachteten die Straße und den Verkehr. Kinder rannten auf den unbefestigten Wegen umher und spielten Nachlaufen oder Fußball.

»All das hier war beim letzten Mal noch nicht da«, sagte Lawrence, während sie durch eine kleine Siedlung fuhren, die sich Enstone nannte. Ein großes Schild am Straßenrand warb für die Bootswerft, die sich auf dem ausgedehnten Gelände hinter den flachen Häusern angesiedelt hatte.

»Wir sind zwanzig Klicks vom Meer entfernt«, protestierte Lewis.

»Ist wahrscheinlich billiger, hier draußen zu produzieren«, antwortete Amersy. »Das ist die Sekundärwirtschaft von Memu Bay. Es fängt immer in der Umgebung reicherer Ansiedlungen an, die bereits eine Weile bestehen. Je größer die Bevölkerung, desto größer der Anteil an ungelernten Arbeitern und Tagelöhnern.«

»Du meinst arme Leute«, sagte Dennis.

»Genau das meine ich.«

Der Verkehr auf diesem Abschnitt des Great Loop Highway war ebenfalls sehr viel stärker, als Lawrence vom letzten Mal in Erinnerung hatte. Der größte Teil waren Laster oder Lieferwagen, die zwischen der Stadt und den kleinen Fabriken und Geschäften verkehrten und Vorräte und Rohstoffe transportierten. Wenn das so schnell weitergeht, dachte Lawrence, wird es nicht lange dauern, bis die Dörfer zu einem einzigen großen Vorort verschmolzen sind.

Sie passierten das letzte Dorf entlang dem Great Loop Highway, als Lawrences Prime feststellte, dass ein anderes Prime den Marschbefehl für die Patrouille bemerkt hatte. Ein anderes Prime? Doch ein Irrtum war ausgeschlossen.

Das muss *KillBoy* sein, dachte Lawrence. Es war die einzig mögliche Erklärung. Tatsächlich war es die einzige Erklärung, die Sinn ergab. Lawrence hatte von Anfang an gewusst, dass der Widerstand hochentwickelte Subversionssoftware zu seiner Verfügung hatte. Was für eine Ironie, dachte er, dass es ausgerechnet Prime ist.

»Ich möchte, dass ihr eure Sensoren auf Suchmuster A5 umschaltet«, sagte Lawrence zu den anderen.

»Lasst eure AS den Input nach lokalem Datenverkehr und elektronischen Aktivitäten untersuchen. Irgendjemand scheint sich gerade für uns zu interessieren. Möglicherweise müssen wir mit gegnerischen Aktivitäten rechnen.«

»Woher zur Hölle willst du das wissen?«, fragte Amersy.

»Ich besitze eine kluge Software, die illegale Suchpings entdecken kann. Und jemand hat Nachforschungen über unsere Patrouille angestellt. Jemand, der nicht zu Zantiu-Braun gehört.«

»Meine Güte, Sarge!«, sagte Karl. »Sie müssten dich zum General machen.«

»Das ist wirklich eine ziemlich kluge Software«, sagte Amersy trocken.

»Das ist sie. Los, kommt, Leute, aufwachen.« Er überprüfte sein Telemetriegitter, um sich zu überzeugen, dass alle ihre Sensoren aktivierten. Als alle soweit waren, drehte er sich zu Hal um, der hinten im Jeep saß. Der Junge lehnte auf der Tür und starrte hinaus in die Landschaft. Der Wind spielte mit seinen Haaren. Auf seinem Gesicht spielte ein permanentes schiefes Grinsen, während er die vorbeihuschende Szenerie beobachtete. Edmond saß neben ihm, die Füße auf einer Kiste voller medizinischer Vorräte, die Hals Module benötigten.

»Alles in Ordnung?«, erkundigte sich Lawrence.

»Alles unter Kontrolle, Sarge.«

Sie überquerten die Grenze zwischen terrestrischer und einheimischer Vegetation. Das einzige andere Fahrzeug, das noch auf dem Great Loop Highway unterwegs war, war eine Zugmaschine mit einem Tieflader-Anhänger, der ihnen aus dem Hinterland entgegen kam. Als sie ihn passierten, sah Lawrence, dass er getrimmte Baumstämme geladen hatte. Er fragte sich, wie legal das war – in der Stadt gab es mehrere Fabriken, die synthetisches Holz herstellten.

»Fahr zu«, sagte er zu Dennis, der den vorderen Jeep lenkte. »Ich möchte vor Einbruch der Nacht in Arnoon ankommen.«

Dennis trat das Gaspedal durch, und der Jeep gewann an Geschwindigkeit.

Seit der Anruf gekommen war, arbeitete Newby ständig unter Adrenalin. Und es fühlte sich phantastisch an. Genau diese Art von Action hatte er sich vorgestellt, als er der Zelle beigetreten war. Doch seit die Invasoren gelandet waren, hatten sie nicht mehr tun dürfen, als ein paar sperrige Kisten hinten in der Werkstatt seines Vaters zu verstecken, unter leeren Colakisten, die darauf warteten, abgeholt zu werden. Das einzig Aufregende waren die Fremden, die hereinkamen und ihm das Passwort nannten und entweder Kisten abholten oder neue brachten. Es gab ihm das Gefühl, Teil von etwas Wichtigem zu sein. Mit dreiundzwanzig Jahren war es das erste Mal, dass er ein Gefühl von Zugehörigkeit empfand.

Und nun *endlich* war die Zelle aktiviert worden, und zwar mit einer *wichtigen* Mission. Er gesellte sich hinter der väterlichen Werkstatt zu seinen Kameraden von der Zelle, Carol und Russell, und kletterte in den klapprigen alten Pick-up. Jeder Gedanke an ein stilles Davonfahren wurde vom rumpelnden Brüllen der alten Verbrennungsmaschine zunichte gemacht, als sie den Anlasser drehten. Er zuckte zusammen, schaltete krachend durch die Gänge und jagte davon, als sein Vater aus dem Haus gelaufen kam.

Die Instruktionen, die er mit seinem Armband-Pearl empfangen und entschlüsselt hatte, waren einfach und genau. Er machte in Enstone Halt, um eine weitere Zelle aufzusammeln, drei Leute, die er noch nie zuvor gesehen hatte. Zwei pausbäckige teiggesichtige Männer Ende zwanzig, von denen er vermutete, dass sie Brüder waren. Der dritte Mann war schlank und würdevoll und wenigstens sechzig Jahre alt, und er trug eine gebügelte Jeans und ein Baumwollhemd mit einem Spitzenband; sein Stetson war ebenfalls sauber und kostspielig. Er sah für Newby nach Geld aus. Doch alle nannten das richtige Passwort, und jeder von ihnen trug einen beeindruckend schweren Kasten. Sie quetschten sich auf die Ladefläche des Pick-up, und zu sechst fuhren sie weiter über den Great Loop Highway nach Osten in Richtung der Ausläufer des Mitchell-Rückens. Newby verlangte der alten Maschine alles ab.

Sie wählten die Stelle für den Hinterhalt tief im Dschungel, wo die Straße bereits zum Plateau hin anstieg. Es war eine Gegend voll außergewöhnlich üppiger Vegetation, mit Ranken und Schlingpflanzen, die so schnell wuchsen, dass man fast zusehen konnte. Der Kampf zwischen Unterholz und den Highway-Wartungsrobotern tobte so wütend wie eh und je. Das ständige Zurückschneiden mit Hilfe der Energieklingen hatte zur Folge, dass die Wand aus Laub zu beiden Seiten der Straße inzwischen fast massiv war. Über der Straße, wo die Klingen der Roboter nicht hinreichten, hatten die Zweige ein verschlungenes Blätterdach über dem Asphalt gebildet und so einen düsteren Tunnel geschaffen. Fetzen von Schlingpflanzen hingen vom Apex herab und dienten als Regenleitung für das nasse Dach. Saures Wasser tropfte von ihnen auf den Great Loop Highway wie von botanischen Stalaktiten.

Newby musste die Scheinwerfer des Pick-up benutzen, so düster war es unter den Bäumen. Als sie endlich eine Lücke in dem dichten Unterholz an der Seite der Straße fanden, bog er ab und manövrierte den Pick-up langsam zwischen den Bäumen hindurch, bis er gut hundert Meter vom Asphalt entfernt und vollkommen unsichtbar war. Aramande und Rufus, die beiden Brüder, begannen unverzüglich damit, Sprengladungen an den Bäumen neben der Straße anzubringen. Sie gingen sehr geschickt mit den kleinen Ladungen um. Während der Fahrt hierher hatten sie erzählt, dass sie hin und wieder an illegalen Holzfällereien im Dschungel teilnahmen, wo eine Menge Bäume schnell gefällt werden mussten. Nolan, der alte Gentleman, hatte die restlichen vier Kisten geöffnet. Sie enthielten genau die Sorte Waffen, von denen Newby geträumt hatte, seit die Invasoren gelandet waren. Nolan setzte mit professionellem Geschick eine sperrige Handfeuerwaffe zusammen. Er nannte sie Thunderbolt. Der kurze Lauf besaß einen Durchmesser von acht Zentimetern und einen Lademechanismus, der aussah, als sei er aus Komponenten aus einem Eisenwarenladen zusammengesetzt. Es gab keinerlei elektronische Servomechanismen. Die Waffe verschoss Kugeln von Faustgröße. Nolan schob ein dickes Magazin ein und reichte sie dem begeisterten Newby.

»Du kriegst die hier, weil sie Explosivgeschosse verschießt«, sagte Nolan. »Mit anderen Worten, es macht nichts, wenn du nicht besonders genau zielst. Was ich nicht glaube. Wir glauben, dass ein direkter Treffer damit einen Skin tötet. Ein Streifschuss führt mit gleicher Wahrscheinlichkeit zu einer Verletzung. Also, sobald wir die Jeeps anhalten und ich dir das Zeichen gebe, feuerst du dieses Magazin in sie, so schnell du kannst. Der Plan ist, die Jeeps zu vernichten und den Skins die Scheiße aus dem Leib zu schießen. Danach schiebst du das zweite Magazin rein und nimmst dir einzelne Skins vor.« Er reichte Carol eine zweite Thunderbolt. »Ihr werdet alle gleichzeitig das Feuer auf sie eröffnen, und ihr habt den Dschungel als Deckung. Unter diesen Umständen werden sie es schwer haben, das Feuer zu erwidern, doch es ist nicht unmöglich. Ihre Sensoren sind gut, und sie haben Unterstützung von einer AS. Sie *können* euch finden. Versteht ihr? Deswegen dürft ihr auf keinen Fall aufhören zu feuern.«

»Und was wirst du tun?«, fragte Carole.

Nolan öffnete die letzte Kiste. In ihr lag ein Gewehr mit einem Lauf, der fast eineinhalb Meter lang war. Selbst in Newbys ungeschulten Augen sah die Waffe verdammt tödlich aus.

Der alte Mann nahm sie heraus und tätschelte sie zärtlich. »Ich übernehme die Präzisionsarbeit.«

Newby suchte sich einen Baum mit einem massiven, mehr als zwei Meter durchmessenden Stamm. Er war zwanzig Meter vom Great Loop Highway entfernt. Wenn er sich zwischen zwei dicken Wurzeln niederkauerte, hatte er freie Sicht auf das rissige Asphaltband der Straße. Eine Interfacebrille hielt den Kontakt mit den anderen. Nolan hatte sie mitgebracht, genau wie die Waffen. Sie waren mit Glasfaserkabeln untereinander verbunden, das er über dem Dschungelboden ausgerollt hatte.

»Auf diese Weise können wir ohne Sender kommunizieren«, hatte er erklärt. »Damit bleibt das Risiko einer Entdeckung minimal.«

Und dann wartete Newby mit unbequem verschränkten Beinen in der grässlichen Feuchtigkeit, die sein Hemd durchdrang und am ganzen Körper juckte. Tixläuse hatten ihn gefunden und erkundeten begierig diesen neuen Vorrat an Nahrung. Er schlug alle paar Sekunden nach den winzigen Insekten, wenn sie einmal mehr schmerzhaft in seine Haut bissen. Nachdem er nun Zeit gefunden hatte, sich richtig umzusehen, sah er die glitzernden Nesthügel der Tiere überall rings um den Baumstamm.

Seine frühere Begeisterung hatte sich verflüchtigt. Nervosität nagte an seiner Zuversicht. Schrilles Vogelkreischen ließ ihn zusammenzucken. Er wollte, dass es vorbei war. Krämpfe machten sich in seinen Oberschenkelmuskeln breit.

»Ich höre etwas!«, flüsterte Russells Stimme in seinem Ohr.

»Was?«, kam ein Chor von geflüsterten Fragen von den anderen.

»Könnten sie sein.«

»Also schön«, sagte Nolan. »Vergesst nicht – bleibt ruhig. Es wird kurz, laut und brutal werden. Verliert vor allem euer Ziel nicht aus den Augen. Wir müssen uns gegenseitig unterstützen. Nur auf diese Weise kann es funktionieren.«

»Ich lasse niemandem im Stich. Bestimmt nicht.«

Newby stellte einigermaßen verlegen fest, dass er laut gesprochen hatte.

»Das weiß ich, Sohn«, antwortete Nolan freundlich.

»Sie sind es!«, zischte Aramande. »Ich kann sie sehen!«

»Also schön. Rufus, pass auf, dass du die Ladungen nicht zu spät zündest.«

»Hey, Mann, ich weiß, was ich tue!«

Newby rutschte ein wenig herum und brachte die Thunderbolt in Anschlag. Er spähte über den dicken Lauf hinweg auf die Straße. Und tatsächlich, dort näherte sich ein Jeep. Scheinwerfer erhellten das Halbdunkel und verdrängten die Schatten. Ein zweiter Jeep befand sich dicht dahinter. Er konnte die Skins darin erkennen.

Der erste Jeep war fast auf Newbys Höhe angekommen, als Rufus den Baum sprengte. Es war eine ganz einfache Falle. Ein Baum vor der Patrouille, der den weiteren Weg blockierte und die Jeeps zum Halten zwang. Der zweite würde hinter ihnen gesprengt werden und jeden Rückzug verhindern. Sie würden in einer Todesfalle sitzen, und die Thunderbolts würden sie in Fetzen reißen.

Die Brüder wussten tatsächlich, was sie taten. Die Sprengladung riss ein großes Stück Holz aus der Basis des Stamms. Es gab keinen großen Blitz oder Knall. Der Baum fiel krachend um, fetzte durch die Schlingpflanzen und Ranken, die ihn mit dem Rest des Dschungels verbanden, und landete fast im rechten Winkel auf dem Asphalt dreißig Meter vor dem ersten Jeep.

Newby sprang auf, brachte die Thunderbolt in

Anschlag, und sein Finger betätigte den Abzug. Doch der erste Jeep wurde nicht einmal langsamer. Er meinte, ein paar helle orangefarbene Blitze irgendwo zwischen den sitzenden Skins zu sehen. Zwei mächtige Detonationen pulverisierten die Mittelsektion des gefällten Baums. Eine Wolke aus tödlichen, dolchgroßen Holzsplittern brach aus den Feuerbällen hervor und zerfetzte die umgebende Vegetation. Die beiden unbeschädigten Hälften des Baumstamms rechts und links der Explosion wurden heftig auseinandergerissen, und die Straße war frei.

»Schießt!«, brüllte jemand in Newbys Ohr.

Er zuckte zusammen, als die Holzsplitter rings um ihn herum wie tödliche Sicheln durch die Luft zischten, doch es gelang ihm trotzdem irgendwie, den Abzug zu betätigen. Der Rückstoß kugelte ihm beinahe die Schulter aus. Gott allein wusste, wohin der Schuss gegangen war. Er erholte sich und versuchte, auf den ersten Jeep zu zielen, als dieser vorbeijagte. Explosionen hallten zu beiden Seiten der Straße durch den Wald. Eine ging ganz in seiner Nähe los, keine dreißig Meter entfernt. Die Schockwelle wurde von den Bäumen gedämpft, doch sie warf ihn immer noch gegen den Stamm, den er als Deckung ausgewählt hatte. Seine Interface-Brille wurde ihm vom Kopf gerissen. Er schrie unartikuliert wegen des Schmerzes. Hörte seine eigene Stimme nicht mehr. Seine Ohren brannten, doch die Welt war in absolute Lautlosigkeit gesunken.

Weitere Explosionen erfüllten den Dschungel, und helles orangefarbenes und weißes Licht zuckte durch die Bäume. Es waren anscheinend zwei verschiedene

Waffenarten; eine Sorte Explosionen war viel heftiger.

Seine Knie zitterten so stark, dass er sich kaum auf den Beinen zu halten vermochte, als er sich am Stamm herumrollte, bis er die Straße ins Visier nehmen konnte. Ein Jeep fuhr vorbei. Er brachte die Thunderbolt erneut in Anschlag, überrascht von dem Blut, dass er an seinen Händen und Ärmeln sah. Die Waffe zitterte, als er auf den Jeep zielte. Er betätigte den Abzug. Ein smaragdfarbener Laserstrahl huschte über ihn hinweg. Er sah nichts außer einem blendenden grünen Nebelschleier. Dann explodierte etwas mitten in der Luft und auf halbem Weg zwischen ihm und dem Jeep. Er wurde nach hinten geschleudert, als eine furchtbare Hitzewelle ihn versengte. Er spürte, wie die Haut auf seinen Wangen und seiner Stirn schrumpelte. Seine Haare schwelten, als er schwer auf den harten, dornigen Untergrund stürzte.

Newby lachte, oder weinte. Er wusste es nicht genau. Doch seine Lungen rasselten, als sich seine Kehle zusammenschnürte. Sein ganzer Körper war taub, als der Schock den Schmerz ausblendete. Er konnte kaum noch etwas sehen, nur einfache Umrisse. Er blinzelte ein paar Mal, während er schwach durch den Dreck und die zerfetzten Äste kroch. Es kostete ihn unglaubliche Kraft, sich wieder auf die Knie zu erheben. Der Laserstrahl hatte seine Netzhäute verbrannt, und große Nebelschleier tanzten vor seinem Sichtfeld. Er wimmerte, als die Taubheit wich und schreckliche Kälte in seine Eingeweide kroch. Er zitterte.

Die Jeeps waren verschwunden. Unter den zerfetzten Bäumen brannten mehrere Feuer. Rauch kräuselte hinauf zu dem dichten Blätterdach.

Ein dunkler Schatten kam aus der Richtung, wo die Straße lag, und raste dicht an seinem Kopf vorbei. Es ging so schnell, dass Newby ihn für ein Phantom hielt, Folge der verbrannten Netzhäute vom Laserbeschuss. Doch der Schatten zog einen winzigen Rauchschweif hinter sich her, der seinen Weg markierte.

Newby drehte sich um, um zu sehen, wohin er verschwunden war. Der Rauchschweif kurvte mit unglaublicher Geschwindigkeit um die Bäume herum, während er um einhundertachtzig Grad wendete. Newbys Gehirn sandte eine Flut von Nervenimpulsen zu seinen Lungen und Stimmbändern. Es sollte ein Schrei werden. Doch die Impulse waren zu langsam.

Lawrence ließ die Jeeps erst wieder anhalten, als sie das Plateau selbst erreicht hatten und aus dem Dschungel heraus waren. Während der letzten Sektion des Anstiegs war der Great Loop Highway immer weiter verwittert und am Schluss kaum mehr als ein Pfad durch den Dschungel. Der Asphalt bröckelte von einer Kombination aus Hitze, Wasser und Wurzeln. So weit von Memu Bay entfernt gestattete das Budget für die Highway-Wartungsroboter kein Erneuern der Oberfläche mehr. Sie hielten die alte Route frei, doch das war alles. Fahrzeuge, die so weit fuhren, besaßen die Art von Chassis und Bereifung, um mit einer Schlammpiste fertig zu werden.

Die Jeeps waren jedenfalls ohne Probleme bis hierher gekommen. Sie hatten bei dem versuchten Hinterhalt ein paar Beulen von umherfliegenden Holzsplittern abgekriegt, und die Lackierung war verschrammt und verbrannt. Doch die Motoren und die Reifen waren intakt.

Dennis trat hart auf die Bremse, sobald Lawrence ihm das Okay dazu gab. Die Reifen wirbelten eine Wolke aus Sand und Staub auf.

Lawrence wandte sich um. Die Kugel des Heckenschützen hatte Edmond am Hals erwischt und den Skinpanzer glatt durchschlagen. Das medizinische Programm des Skinsuits konnte nichts mehr für ihn tun. Die Kugel hatte Muskeln, Blutgefäße, Nerven und sogar zwei seiner Nackenwirbel zerfetzt, bevor sie an seiner Schulter wieder ausgetreten war. Die Verletzungen waren einfach zu stark.

Hal hatte die Arme um seinen Freund geschlungen, genau wie im Verlauf der ganzen letzten Stunde. Selbst mit einer gelähmten Gesichtshälfte war der qualvolle Ausdruck ein schrecklicher Anblick.

»Tot!«, heulte Hal. Er atmete tief ein und wieder aus. »Tot. Tot.« Ein weiterer mühevoller Atemzug. »Sarge. Er. Ist. Tot.«

»Ich weiß, Hal. Es tut mir Leid.«

Blut war schäumend aus dem Loch in Edmonds Skinsuit getreten. Es hatte die Vorderseite von Hals Hemd durchtränkt und verklumpte dort zu einer dicken Paste.

Amersy, Lewis, Karl und Odel kamen von ihrem Jeep herbei.

»Scheiße«, murmelte Lewis auf dem allgemeinen Kommunikationskanal. »Und was jetzt?«

»Ich wusste nicht, dass so etwas auf uns warten würde«, sagte Odel.

»Doch, du hast es verdammt noch mal gewusst!«, fauchte Karl. »Der Sarge hat uns gewarnt. Und wir haben diese verdammten Bastarde unter den Bäumen gesehen!«

»Er ist tot!«, schnappte Odel.

»Genau wie diese Bastarde!« Karls Stimme klang schneidend und zufrieden. »Smartmissiles. Jetzt weißt du, dass sie sinnvoll waren.«

»Gütiger Himmel, das hätte überhaupt nicht passieren dürfen!« Odel wandte sich vom Jeep ab und stand mit in die Hüfte gestemmten Händen da.

»Wir müssen ihn begraben«, sagte Lawrence.

»Sarge?«, fragte Dennis.

»Wir müssen ihn begraben. Soweit es Zhang und Bryant betrifft, ist er ein weiterer Jones Johnson. Wir können ihn nicht mit zurückbringen. Und wir dürfen niemandem erzählen, was passiert ist.«

Hal hielt immer noch seinen Freund in den Armen. Dennis musste den Toten gewaltsam aus der Umklammerung befreien. Er musste einen Teil seiner Skinkräfte einsetzen. Hal weinte hemmungslos, während sie Edmond vom Jeep wegtrugen. Seine Hände hämmerten hilflos gegen Sitz und Tür und brachten den ganzen Jeep zum Schaukeln.

In unausgesprochenem gegenseitigem Einvernehmen entfernten sie sich mehrere hundert Meter von der Straße. Amersy und Odel begannen, im sandigen Boden zu graben, und kamen schnell tiefer. Dann legten sie den Leichnam, immer noch in seinem Skinsuit, in das Grab und schaufelten es wieder zu.

»Möchte jemand ein paar Worte sagen?«, fragte Lawrence.

»Lebwohl, Kamerad«, sagte Karl. »Ich bin noch

nicht fertig mit Killboys Freunden. Ich verspreche dir, dass ich dir noch ein paar von ihnen hinterherschicke, bevor wir hier fertig sind.«

Amersy seufzte. »Diejenigen von uns, die dich kannten, sind dir dankbar für die Zeit, die du mit uns verbracht hast. Du hast ein gutes Leben gelebt, und das werden wir nicht vergessen. Wir wünschen dir eine gute Reise auf deinem letzten Weg. Möge Gott deine Seele bei sich aufnehmen.«

»Amen«, murmelte Dennis.

»Amen«, wiederholte Lawrence.

»Und was nun?«, fragte Lewis, als sie zu den Jeeps zurückkehrten.

»Wir müssten Arnoon in fünf Stunden erreichen können«, sagte Lawrence.

»Du meinst, wir machen weiter?«, fragte Odel.

»Ich werde weitermachen«, sagte Lawrence.

»Aber er ist tot, Sarge! Die Rebellen wissen, dass wir hier sind!«

»Nein, keiner weiß es«, widersprach Karl. »Die es wussten, sind ebenfalls tot. Wir haben dieses Geld verdient, Mann. Es gehört uns!«

»Wenn jemand umkehren möchte, dann soll er es tun«, sagte Lawrence. »Ich werde niemanden aufhalten, und ich werde niemandem einen Vorwurf machen. Ich habe euch von Anfang an gesagt, es ist eure Entscheidung. Auch Edmond hat seine eigene Entscheidung getroffen.«

»Dieser gottverdammte KillBoy!«, sagte Odel. »Ich hoffe, er brennt in der Hölle!«

»Okay«, sagte Lawrence. »Fangen wir an. Dennis, ich möchte, dass du dich um Hal kümmerst. Mach ihn sauber; ich glaube, wir haben ein paar frische

Hemden für ihn dabei. Ich werde fahren. Odel, du fährst bei uns mit; ich möchte, dass du den Smartmissile-Werfer integrierst.«

»Glaubst du wirklich, sie versuchen es noch einmal?«, fragte Lewis.

»Nur, wenn sie vollkommen den Verstand verloren haben«, sagte Amersy.

Denise jagte mit rund hundertvierzig Stundenkilometern durch die Dörfer entlang dem Great Loop Highway. Sie verlagerte ihr Körpergewicht in perfektem Einklang mit der Kraftkupplung von einer Seite zur anderen und überholte rumpelnde Laster und heruntergekommene alte Pick-ups, als würden sie stehen. Die Kombination aus Laserradar, Prime und digital geschriebenen Neuronen bildete ein unvergleichliches Leitsystem, das ihr gestattete, das schwere Motorrad bis an die Grenzen auszureizen. Baufällige Häuser huschten vorbei, periphere Schatten aus trüben Farben. Ihre Aufmerksamkeit galt nur der Straße vor ihr und den plötzlich auftauchenden Hindernissen. Fahrräder waren besonders lästig. Leute waren gefährlich, hauptsächlich die Kinder, die unerwartet auf die Straße sprangen. Sie hörte bald auf zu zählen, wie oft sie mit wenigen Zentimetern Abstand an einem Kind vorbeijagte, das vor Schreck und Entsetzen erstarrt stehen blieb und schrie.

Je näher sie der Grenze kam, desto weniger wurde der Verkehr. Je weiter die Lücken zwischen den Fahrzeugen wurden, desto mehr Energie leitete sie in die Nabenmotoren. Geduckt hinter das Ellipsoid der

Verkleidung spürte sie, wie der Fahrtwind rechts und links an ihr vorbeirauschte. Der Asphalt war ein glattes blaues Band unter den dicken weichen Reifen. Einmal mehr drangen menschliche Emotionen durch. Das aggressive Gefühl von Geschwindigkeit obsiegte über vernünftige Sicherheit. Die Befriedigung eines Raubtiers, das sich auf seine Beute stürzte. Und tiefer verborgen der schmerzhafte Hunger nach einer Vergeltung, die nichts als Rache war.

Sie donnerte aus einem flachen Tal heraus und sah die offene Landschaft vor sich. Der Mitchell-Rücken zog sich über den Horizont und ragte über den Dschungel auf. Sie kannte jeden einzelnen Namen der Gipfel, die sich in den bleichen, türkisfarbenen Himmel erhoben. Es war Monate her, dass sie die Berge gesehen hatte, die Begleiter ihrer Jugend. Der Anblick erweckte eine stille Sicherheit. Trotz der Umstände kam sie nach Hause. Die Einsamkeit würde bald ein Ende haben.

Als die Scarret den Dschungel erreichte, musste sie erneut langsamer fahren. Der Asphalt war rissig, zermatschte graue Früchte waren über ihn verteilt, Wasser staute sich in Pfützen und verdampfte über den flacheren Teilen. Selbst mit diesem Motorrad mit all seinen aktiven Stabilisatoren und Kompensatoren musste sie auf dieser trügerischen Fahrbahn vorsichtig sein.

Ihr Wunsch war, die Jeeps vor dem Hinterhalt einzuholen, sie vielleicht sogar zu überholen, um Newby, Nolan und den anderen Mitgliedern der Zellen zu helfen.

Als der Great Loop Highway schließlich so schmal wurde, dass die Zweige der Bäume ein geschlossenes Blätterdach bildeten, schaltete sie den Scheinwerfer ein. Es war ein fremdartiges, unheimliches Stück Straße. Statt das Gelände zu erhellen, schien der blau-weiße Scheinwerfer das düstere Zwielicht ringsum noch dunkler zu machen. Das Unterholz, das den Asphalt säumte, war übersät von Schimmel und Schleim. Die Blätter, jeden Lichts beraubt, waren lang und missgestaltet und hatten ihre gesunde Farbe verloren. Tixläuse waren die einzige Lebensform, die hier auf diesem Teppich aus Verwesung gedieh, die den Dschungelboden bildete.

Das Motorrad brummte über die Mitte des verrottenden Highways, und die überlegene Technik ließ sie sanft über die unebene Oberfläche gleiten. Sie schaltete das Laserradar ab für den Fall, dass die Skins es entdeckten. Jeder ihrer erweiterten Sinne, suchte angestrengt nach dem Gegner.

Am Ende war es überhaupt nicht schwer. Gase von den Explosionen hafteten lange Zeit in der noch immer dicken Luft, die über der Straße hing. Denise roch es eine Minute, bevor sie die Stelle des Hinterhalts erreichte. Sie kam um eine leichte Kurve herum und sah dicke Sonnenstrahlen, die durch das Blätterdach drangen, wo mehrere Bäume verschwunden waren. Die Parkstütze glitt aus der Scarret, und sie stieg ab. Explosionen hatten große Lücken in den dichten Dschungel gerissen. In der Straße selbst war ein flacher Krater mit den Überresten eines Baums zu beiden Seiten. Sie brauchte nicht lange, um herauszufinden, was sich ereignet hatte. Der umgestürzte Baum, um die Jeeps zu stoppen und unter Feuer zu nehmen – nur, dass die Skins den Baum mit ihren eigenen Waffen aus dem Weg gesprengt hatten.

Sie wusste von den Erkundungsstreifzügen, die ihr Prime durch die AS von Zantiu-Braun unternommen hatte, dass die Söldner schwere Waffen mit nach Thallspring gebracht hatten. Doch es war das erste Mal, dass sie eingesetzt worden waren. Newton musste sie aus dem Waffenlager mitgenommen haben, ohne dass irgendjemand etwas davon wusste. Genau so, wie sie es mit den Landminen gemacht hatte.

Die Erkenntnis war extrem beunruhigend. Falls es sich nicht um einen unwahrscheinlichen Zufall handelte, dann war es Newton, der das andere Prime besaß. Was bedeutete, dass er vom Drachen wissen musste. Aber wie? Hatte ihm jemand davon erzählt? War es die gleiche Person, die ihm das Prime gegeben hatte?

Und nun führte er sein Platoon auf einer privaten Mission hinauf auf das Plateau. Das konnte nur einen einzigen Grund haben.

Denise suchte die unmittelbare Umgebung des Hinterhalts ab in dem Versuch, herauszufinden, was mit den Zellenmitgliedern passiert war. Sie hatte die vage Hoffnung, dass sie vielleicht ein paar Fragen würden beantworten können. Dann sah sie einen umgestürzten Baum, der mit rotem Blut bespritzt war. Tixläuse wimmelten darüber. Sie fielen herab, so schnell sie hinkamen. Hunderte toter Läuse lagen am Boden. Sie trat näher, um nach dem Grund dafür zu sehen. Ihr Fuß rutschte auf etwas ab, das die Konsistenz von harter Marmelade besaß. Sie blickte nach unten und zuckte zusammen.

Die Zellenmitglieder würden ihr also nichts mehr erzählen können.

Sie eilte zurück zu ihrem Motorrad. Ihr Ring-Pearl benutzte den heimischen Relaissatelliten, um einen Anruf nach Arnoon durchzustellen. Das Gespräch wurde durch Prime überwacht und stark verschlüsselt. Dennoch bestand ein Risiko, dass das Gespräch abgehört wurde. Sie musste es eingehen.

»Denise!«, rief Jacintha. »Warum die Verschlüsselung? Hast du etwas von Josep gehört? Wir machen uns große Sorgen!«

»Wir haben noch ein viel größeres Problem, fürchte ich.«

Der Great Loop Highway war so weit draußen nur noch ein schlechter Witz. Die Transponderpfosten waren verschwunden. Die Wartungsroboter hatten die Vegetation seit Jahren nicht mehr weggeschnitten. Die bestand nur noch aus zwei unebenen Reifenrillen im Boden, ausgefahren von den wenigen Lastern und Pick-ups, die immer noch das Plateau überquerten. Und sie folgten nicht mehr der ursprünglichen Fahrbahn. Lawrence kurbelte ununterbrochen am Lenkrad, um Schlaglöchern auszuweichen, als er der mäandernden Fahrbahn folgte, die sich um unsichtbare Hindernisse schlängelte. Heute gab es keine Pfützen; auf diesem Teil des Plateaus hatte es seit einiger Zeit nicht mehr geregnet. Der Jeep wirbelte eine Staubwolke auf, während er durch die Rillen hüpfte. Der Staub kam überall hin. Hal musste eine Papiermaske aus dem Erste-Hilfe-Kasten aufsetzen. Die Filter der Skin-Grills mussten immer wieder freigeblasen werden.

Lawrence verließ sich auf sein Trägheitsleitsystem,

um sicherzustellen, dass sie immer noch grob in die richtige Richtung fuhren. Es war unmöglich anders festzustellen. Die Karten vom Plateau waren die Gleichen, die sie beim letzten Mal benutzt hatten, ohne eine einzige Aktualisierung. Sie zeigte noch immer einen schnurgerade zwischen den Siedlungen des Plateaus verlaufenden Great Loop Highway.

Als sie sich Rhapsody Province näherten, glaubte er ein paar Sekunden lang sogar, dass die Karte einen Fehler hätte – nirgendwo war etwas von den Bauxitminen zu sehen. Es dauerte eine Weile, bis ihm dämmerte, dass die konischen Hügel vor ihnen tatsächlich die ehemaligen Schlackehügel waren. Ein gutes Stück größer und bedeckt von Gräsern und Büschen. Auch wenn die Vegetation einen entschiedenen Stich ins Limonenfarbene aufwies, als litten die Pflanzen unter Gelbsucht.

»Ich frage mich, ob sie die Minen dicht gemacht haben?«, sagte er.

»Ich sehe jedenfalls nichts von Minen«, antwortete Dennis. »Vielleicht sind sie weitergezogen.«

»Das würde zumindest erklären, warum die Straße in einem derart beschissenen Zustand ist.«

Sie fuhren an der Basis des ersten Schlackehügels vorbei und durch den Einschnitt zwischen diesem und dem nächsten Hügel. Irgendwo voraus lag Dixon. Lawrence wollte eigentlich nicht dorthin, doch die Straße führte hindurch, und die Jeeps waren zwar geländetauglich, aber nicht gerüstet, um das freie Gelände des Plateaus zu überqueren.

»Irgendjemand ist hinter uns, Sarge«, meldete Lewis. »Er kommt schnell näher.«

Lawrence dehnte Lewis' Telemetriegitter aus und

schaltete sich auf seinen visuellen Sensor. Und tatsächlich, eine kleine Staubwolke raste über das Plateau. Sie war zu weit entfernt, als dass die Sensoren ein klares Bild hätten auflösen können, doch es bewegte sich eindeutig wesentlich schneller, als die Jeeps es kurze Zeit zuvor auf dem gleichen Streckenabschnitt geschafft hatten.

»Behalte es im Auge«, sagte Lawrence. »Keine aktiven Sensoren. Ich möchte Bescheid wissen, sobald du es deutlich erkennen kannst.«

»Kein Problem, Sarge.«

Dixon war noch immer da. Der größte Teil der Stadt. Das Erste, was Lawrence auffiel, war die Tatsache, dass die großen Wartungshallen bis auf eine verschwunden waren. Die Tore der letzten standen offen und gaben den Blick auf einen einzelnen Grabungsprozessor im Innern frei. Langsam vom herangewehten Sand zugeschüttete Betonfundamente markierten die Stellen, wo die übrigen Hallen gestanden hatten. Eines der Fundamente war nun ein Parkplatz für zwei Sattelschlepper. Weitere zwei waren mit kleinen Haufen Aluminiumbarren vollgestellt; es waren nicht einmal genügend Barren, um einen einzigen Schlepper vollzuladen.

Die Häuser standen noch immer an Ort und Stelle, auch wenn die meisten inzwischen mit ausgebleichten Brettern vernagelt waren. Der körnige Staub lag über jedem Grat und jedem Balken. Lawrence bemerkte, dass sämtliche Klimaanlagen entfernt worden und nur leere Metallklammern an den Wänden zurückgeblieben waren.

Er sah zu dem hexagonalen Bauwerk außerhalb der Stadt, in dem das Fusionskraftwerk untergebracht war. Das Gewirr von Stromkabeln, das früher dort seinen Anfang genommen hatte, war heruntergenommen worden. Nun stand dort nur noch eine Reihe von Masten, die ein einsames Kabel durch die Landschaft führten. Als er auf Infrarot schaltete, leuchteten die Wände und das Dach in hellem korallenfarbenem Pink im Vergleich zum dunklen Zinnober der umgebenden Landschaft.

»Sie haben jedenfalls Strom«, sagte er.

»Jemand zu Hause?«, fragte Dennis. Er war zu nervös, als dass es wirklich jovial geklungen hätte.

»Es muss jemand da sein«, sagte Odel. »Sie arbeiten noch hier. Die Lichter in der Werkstatt brennen.«

»Sie müssen uns kommen gesehen haben«, sagte Karl. »Wahrscheinlich verstecken sie sich irgendwo.«

»Woher wussten sie, dass wir es sind?«, fragte Amersy. »Wir haben unseren Besuch schließlich nicht angekündigt.«

Lawrences Jeep hatte die ersten Häuser erreicht. Er kroch durch die Hauptstraße, während die Sensoren nach einem Zeichen von Bewegung suchten. »Es ist mir egal, wo sie sind, solange sie uns nicht im Weg stehen. Los, weiter.«

»Sergeant!«, rief Odel. »Flugobjekt! Es nähert sich!«

Odels Telemetriegitter expandierte über Lawrences Sicht. Zielverfolgungsdaten scrollten herab. Drei Kilometer westlich, fünfhundert Meter Höhe, parallel zur Oberfläche mit vierhundert Stundenkilometern Geschwindigkeit. Einen Meter lang. Kein passender Typ in den Waffendaten.

»Was zur Hölle ist das?«, murmelte er. Seine eigene AS hatte es inzwischen erfasst; es verfügte über keine signifikante Infrarotsignatur und keinerlei elektromagnetische Emissionen.

»Es ist eine gottverdammte Aufklärungsdrohne«, sagte Lawrence. »Sie jagen uns.«

Wer?, fragte sich Lawrence. Irgendwie schien die Sonde nicht zu den Methoden zu passen, die KillBoy üblicherweise benutzte. Es musste Arnoon Province sein. Sie besaßen das Geld und die Technologie, um ihr Territorium zu bewachen. Trotz des ersten Schreckens über den Einsatz derartiger Technik spürte er auch Erleichterung. *Ich habe mich also nicht getäuscht,* dachte er.

»Eher ein Cruise Missile«, sagte Dennis.

»Amersy, Vollgas!«, befahl Lawrence. »Wir verschwinden von hier! Odel, benutz ein Smartmissile und schieß es ab!«

»Jawohl, Sir!«

Lawrence beschleunigte. Die Hauptstraße war das beste Stück Asphalt seit dem Hinterhalt; der Jeep schaffte ohne Probleme hundert Stundenkilometer. Er sah Amersy hinterher kommen. Eine einzelne Stichflamme schoss aus dem Raketenwerfer, den Odel bei sich trug. Seine Sensoren verfolgten die kleine Rakete, als sie durch den Himmel zischte und herumschwang, um Kurs auf die unbekannte Drohne oder was zur Hölle es auch immer war zu nehmen.

Er beschleunigte noch mehr und jagte über den zentralen Platz. Sein Displaygitter blinkte eine lautlose Warnung. Sein Skinsuit wurde von einem unglaublich starken elektromagnetischen Puls getroffen. Obwohl die gesamte Elektronik ultra-abgeschirmt war, hatte der brutale Ansturm von Energie bereits jetzt mehrere neurotronische Pearls überladen. Nicht-kritische interne Funktionen schalteten sich ab.

Der Jeep unter ihm erstarb. Sämtliche elektronischen Systeme hörten gleichzeitig auf zu funktionieren. Das Armaturenbrett flackerte nicht einmal, bevor es erlosch. Sie waren fast über den Platz hinweg; die Hauptstraße lag genau zur Rechten. Er kurbelte am Lenkrad, doch es gehorchte nur widerwillig ohne Servolenkung. Sein Fuß trat auf die Bremse, und sie rutschten über den lockeren sandigen Boden.

Ihr rechter Kotflügel krachte gegen die Hausecke an der Einfahrt zur Hauptstraße. Die Kühlerhaube durchbrach die Wand und zerfetzte die Kompositpaneele, die in einem Schwarm von Splittern davon segelten. Dann prallte das rechte Vorderrad gegen einen der Fundamentsockel aus Beton. Lawrence wurde gegen das Lenkrad geschleudert, das augenblicklich zerbrach. Seine gestresste Skin-AS schaffte es nicht schnell genug, den Panzer zu verhärten. Die stumpfe Lenksäule bohrte sich direkt durch den Skinsuit und durchbohrte Lawrences Fleisch auf der linken Seite dicht unterhalb des Brustkorbs.

Odel wurde aus dem Sitz und durch die Windschutzscheibe geschleudert. Er krachte in das Gebäude, und seine Trägheit war groß genug, um einige weitere Kompositpaneele zu durchbrechen. Hals Sicherheitsgurte hielten ihn im Sitz, als er nach vorn geschleudert und dann wieder zurückgepresst wurde. Er erschlaffte kraftlos, und seine Augenlider flatterten. Blutflecken breiteten sich auf seinem frischen Hemd rings um die Stellen herum aus, wo die medizinischen Module saßen. Dennis wurde seitwärts aus dem Wagen gerissen, und sein Skinsuit wurde steinhart, während er aufprallte und über die Straße rollte.

Amersy sah, was mit dem ersten Jeep geschah, und riss mit aller Kraft am Lenkrad. Die Bremse schien bei dieser Geschwindigkeit so gut wie keine Wirkung zu haben. Er sah, wie der führende Jeep in das Gebäude krachte und das hintere Ende hochkam, als er den Betonsockel traf. Das Lenkrad war bereits am Anschlag und ließ sich nicht mehr weiter drehen. Sie schrammten in einem Abstand von weniger als einem halben Meter an dem führenden Jeep vorbei. Zu diesem Zeitpunkt befanden sie sich fast im rechten Winkel zur Straße. Amersy versuchte, die Lenkrichtung umzukehren. Er spürte, wie die Reifen rutschten. Dann trafen sie etwas Großes in der Mitte der Straße. Der Schwung ließ den Jeep kippen. Es gab nur einen einzigen Überrollbügel, um die Insassen zu schützen. Fast hätte es funktioniert. Aus Amersys Sicht kippte der Horizont, und der Boden wurde zum Himmel. Er kam auf seinen Kopf herab. Sein Skinsuitpanzer verhärtete sich gerade noch rechtzeitig, um vor dem tödlichen Aufprall zu schützen. Dann rotierte die Welt erneut. Und noch einmal.

Lewis fiel beim zweiten Überschlag aus dem rollenden Jeep. Sein Skin war hart geworden und hielt ihn mit ausgebreiteten Armen und Beinen bewegungsunfähig am Boden, während er über die Straße schlitterte und in das Betonfundament eines Gebäudes krachte. Trotz der Schutzpanzerung machte ihn der Aufprall benommen. Dann wurde der Skinsuit wieder weich, und er brach zusammen. Als er den Kopf hob, sah er, dass der Jeep endlich zum Halten gekommen war, mit den Rädern in der Luft. Der Überrollbügel hatte nachgegeben, und Amersy und Karl waren unter dem Wagen gefangen. Lewis rappelte sich auf die Beine und stolperte zu ihnen herüber.

Amersys Oberkörper ragte unter dem Wrack hervor. Er versuchte herauszukriechen, doch das Chassis hielt seine Beine fest. Lewis packte die Seite des Jeeps, stemmte sich in den Boden und zerrte. Der Jeep knarrte und hob sich einen halben Meter. Amersy wand sich frei.

»Danke«, sagte er.

»Was zur Hölle war das?«

»Ich schätze, eine Art EMP-Bombe. Sie hat jeden Schaltkreis im Jeep zerstört. Selbst die Elektronik meines Skinsuits hat gelitten.«

»Scheiße. Woher zur Hölle hat KillBoy eine verdammte EMP-Bombe?«

»Gott weiß.« Amersy sah zum ersten Jeep. »Sarge?«

»Ich bin hier.«

»Brauchst du Hilfe?«

»Ich glaube nicht. Wie steht es mit euch, Jungs?«

Amersy sah Blut unter dem Jeep hervorquellen. »Mein Gott! Karl! Karl, hörst du mich?«

Er überprüfte Karls Telemetriegitter. Es war fast leer. Der Skinsuit verfügte nur noch über wenige Funktionen, und er zeigte Herzschlag an. Doch das war auch schon ungefähr alles, was Amersy erkennen konnte.

Beide warfen sich auf die Knie und spähten unter den Wagen. Karls Skinsuit war von zerfetzten Metallteilen aufgerissen, die sich von der Karosserie gelöst hatten. Mehrere Metallstücke hatten sich in ihn gebohrt.

Amersy benutzte seinen Lautsprecher. »Halt durch, Karl, wir holen dich sofort da raus.«

»Wir müssen den Jeep umdrehen«, sagte Lewis.

»Sollte kein Problem sein.« Sie packten den Jeep. »Fertig?«, fragte Amersy. »Gut, hoch damit.« Der Jeep gab ein lautes metallisches Knarren von sich, als sie ihn langsam hochwuchteten. Lewis rutschte mit einer Hand ab, und das Vehikel sackte ein paar Zentimeter zurück. »Verdammt!«, grunzte Lewis, als er einen anderen Halt fand. »Der Tank ist undicht. Dieses Ding ist tropfnass vor Hihydrogen.«

»Großartig.«

Sie hatten den Jeep fast auf der Seite, als Amersys Sensoren das kleine Projektil entdeckten. Ein intensiver blau-weißer Blitz traf das Fahrzeug. Das Hihydrogen entflammte augenblicklich und hüllte den gesamten Wagen ein. Amersy und Lewis ließen ihn los, und er krachte wieder zurück.

»Runter!«, brüllte Amersy. Er warf sich bereits selbst flach auf den Boden.

Der Treibstofftank explodierte.

Lawrence wusste nicht, wie lange er bewusstlos gewesen war. Als der Schmerz ihn in die Wirklichkeit zurückholte, schätzte er, dass es nicht so lange gewesen sein konnte. Noch immer hing Staub in der Luft um das Wrack. Amersy rief nach ihm, und er sagte, dass er keine Hilfe benötigte, obwohl er log. Das Ende der Lenksäule steckte noch immer in seiner Seite. Über das Display des Skinsuits scrollten Informationen des medizinischen Programms über die Gewebeschäden, einen angebrochenen Beckengürtel und die Schmerzmittel, die es in seinen Blutkreislauf pumpte. Er stemmte beide Hände gegen das Instrumentenbrett und drückte. Sein Körper bewegte sich nach hinten und glitt von der Lenksäule.

Trotz der Schmerzmittel heulte Lawrence auf, als er sich von der Säule löste. Skinmuskeln richteten sich aus und versiegelten die Wunde. Die interne Schicht des Skinsuits setzte antiseptische, anästhesierende und blutstillende Medikamente frei. Die gesamte Umgebung der Wunde wurde barmherzig kalt.

Er drehte sich um, um nach Hal zu sehen. »Heiliges Schicksal!« Der Junge saß, von seinen Gurten gehalten, mit schlaff herabhängendem Kopf. Sämtliche medizinischen Module waren von dem elektromagnetischen Puls der Bombe durchgebrannt. Lawrences Skinsuit-AS bemühte sich vergeblich, eine Reaktion von den Modulen zu erhalten. Kleine blutige Flecken breiteten sich auf dem Hemd des Jungen aus, wo der Aufprall Module abgerissen oder verrückt hatte.

»Sergeant?« Odel kam aus dem Haus gehumpelt. Irgendetwas stimmte nicht mit seinem Bein, es war eigenartig geformt. »Alles in Ordnung?«

»Sicher.« Lawrence schob sich aus dem Fahrersitz. »Du?«

»Keine Probleme.«

»Gut. Holen wir Hal aus dem Wagen.«

»Wo ist Dennis?«

Lawrence blickte sich um. Mitten auf der Straße lag ein Skinsuit. Er sah schlimm aus. Der zweite Jeep musste ihn voll getroffen haben. »Scheiße!« Dennis' Telemetriegitter war völlig tot.

Traure nicht um die Toten, sie danken es dir nicht mehr. Kümmere dich um die Überlebenden. Ntokos Worte brannten in seinen Ohren.

Er öffnete Hals Sicherheitsgurt und hob den Jungen aus dem Rücksitz. »Bring den Erste-Hilfe-Kasten her«, befahl er Odel.

Eine Explosion erschütterte die Straße. Lawrence sah einen Feuerball an der Stelle aufsteigen, wo der zweite Jeep gelegen hatte. Das Wrack segelte durch die Luft.

»Amersy, in Deckung! Das ist ein Hinterhalt! Erledige jeden, der sich bewegt!«

»Roger, Sarge.«

Die beiden Skins, die neben dem explodierenden Jeep am Boden gelegen hatten, sprangen auf die Beine und rannten zu den umliegenden Häusern.

Lawrence schob einen Arm unter Hal und hob ihn behutsam an. Dann griff er auf dem Beifahrersitz nach dem Smartmissile-Werfer. Er betrat das Haus durch die zerstörte Wand hindurch.

Der Raum dahinter war leer. Er trat die Zimmertür auf und kam in einen dunklen Flur. Es gab sechs identische Türen und eine Treppe. Lawrence eilte durch den Flur und trat die letzte Tür auf. Dahinter lag ein weiteres leeres Zimmer. Durch winzige Spalte zwischen den Brettern vor den Fenstern drang Licht. Vorsichtig ließ Lawrence Hal in einer Ecke zu Boden gleiten.

Odel stellte den Erste-Hilfe-Kasten neben Hal ab und klappte ihn auf. »Haben wir irgendwas, um ihn zu versorgen?«

»Ich weiß es nicht, verdammt!« Lawrence nahm eine Diagnosesonde hervor und schaltete sie ein. Er war erleichtert, als das kleine Paneel hell wurde. Der elektromagnetische Puls hatte ausgeschaltete Elektronik nicht beschädigt. Daten strömten in seine AS.

In der Ferne ertönte das Geräusch von Karabinerfeuer. »Odel, geh und hilf ihnen.«

»Worauf du dich verlassen kannst.«

»Hey, sei vorsichtig da draußen! Diese Bastarde sehen aus, als wüssten sie, wie sie uns treffen können.«

»Das weiß ich ebenfalls.«

Amersy rannte durch eine Gasse, die von der Hauptstraße wegführte. Es gab nicht viel Deckung. Die Fertighäuser standen zwanzig Meter weit auseinander. Durch die Lücken hindurch konnte man fast von einer Seite der Stadt bis zur anderen sehen. Die Gegner im Hinterhalt hatten das gleiche Sichtfeld. Und er wusste nicht, wo sie lauerten.

Lewis war hinter dem zweiten Haus abgebogen und arbeitete sich durch die Lücke voran. Amersy rannte ein Stück weiter, dann bog er ebenfalls ab. Er rief die Datei mit dem Straßenplan von Dixon auf, und das Trägheitsleitsystem markierte seine Position. Die Skin-AS lieferte ihm eine grobe Schätzung, woher das kleine Projektil gekommen war. Sein Link mit Lewis gab ihm die Stellung des anderen Mannes und zeichnete auch diese Position ein.

»Lewis, wir müssen sie in die Zange nehmen. Hast du die taktischen Daten?«

»Sind online, Corp.«

»Geh hundertzwanzig Meter weiter geradeaus. Ich bin drei Straßen zu deiner Linken. Dann müssten wir sie zwischen uns haben.«

»Roger.«

Lewis rannte die Route entlang, die Amersys AS ihm zeigte. Der Karabiner glitt aus der Nische im Unterarm. Als er die Kreuzung erreichte, blieb er stehen und spähte um die Ecke. Zwei Häuser weiter nahm er eine blitzschnelle Bewegung wahr. Seine AS spielte das Bild noch einmal ab. Es war eine Frau Mitte zwanzig, gekleidet in Jeans und ein gelbes T-Shirt. In der linken Hand trug sie einen perlmuttweißen Zylinder. Die AS hatte ihn nicht in ihrem Waffenkatalog gespeichert.

Er schaltete seinen Karabiner auf abgereicherte Uranmunition und feuerte direkt durch die Wand. Die Kompositpaneele vor ihm lösten sich auf, als die panzerbrechende Munition direkt hindurchging. Nichts in den Häusern war massiv genug, um die Schüsse aufzuhalten. Seine Skin-AS lieferte ihm ein Streumuster mit hoher Trefferwahrscheinlichkeit. Er hörte auf zu schießen und rannte auf die Ecke zu, hinter der die Frau verschwunden war.

»Hab einen Gegner, Corp. Verfolge ihn.«

»Roger. Hast du sie gefunden?«

Lewis erreichte das Ende der Straße und sprang. Es war eine Flugbahn, die sicher kein Gegner erwarten würde. Er flog in eineinhalb Metern Höhe am letzten Haus vorbei, mit dem Karabiner schussbereit und suchenden Sensoren. In den Häusern waren Einschusslöcher von den panzerbrechenden Geschossen. Drei Betonfundamente waren zerschmettert. Kein Leichnam, kein Gegner zu sehen. Seine Füße berührten den Boden, und er rannte weiter. Er ging hinter dem Betonfundament eines Hauses in Deckung.

»Scheiße, ich hab niemanden erwischt, Corp.«

»Okay, arbeiten wir uns ran, irgendwo müssen sie ja sein.«

Lewis sprang auf und wandte sich in Richtung seines Corporals. Er war vielleicht zehn Schritte weit gekommen, als sich sein Displaygitter mit einem Mal in ein Gewirr indigofarbener Blitze auflöste. »Was zur …? Mein Gott, nicht jetzt!« Die neurotronischen Pearls seines Skinsuits mussten wohl doch mehr Schaden genommen haben, als er im ersten Augenblick geglaubt hatte. Er wartete darauf, dass die E-Alpha-Fortress die abgestürzte Software neu bootete. Doch statt dessen löste sich das indigofarbene Gewirr in Nichts auf, und er erhielt überhaupt keine Daten mehr. »Verdammter Mist!«

Er war fast zum Stehen gekommen, als die Frau zwanzig Meter vor ihm hinter einem Haus hervortrat. Sie stand einfach nur da und beobachtete ihn.

Lewis brachte den Karabiner in Anschlag. Selbst ohne Zielerfassung konnte er auf diese Entfernung einen Kieselstein treffen. Der Karabiner feuerte nicht. Er krümmte zweimal den Abzugfinger, dreimal, ein Impuls, der direkt mit der Waffe verbunden war. Nichts.

Er setzte sich auf sie zu in Bewegung. Falls sie darauf vertraute, dass er keine Gewalt gegen eine Frau einsetzen würde, würde sie nun auf die harte Tour herausfinden, wie groß der Fehler war, den sie gemacht hatte.

Plötzlich kam er nicht mehr richtig voran. Seine Beine fühlten sich an, als watete er durch hüfthohen zähen Schlamm. Bestürzt stellte er fest, dass seine Skinmuskeln aufgehört hatten, ihm zu gehorchen. Er hatte nur noch seine eigenen Muskeln zur Verfügung, um den gesamten Skinsuit zu tragen.

»Corp!«, brüllte er in der Hoffnung, dass der Lautsprecher noch funktionierte. »Corp, der verdammte Skinsuit funktioniert nicht mehr! Corp!«

Es wurde unmöglich, sich zu bewegen. Die Skin-Muskeln waren hart geworden und umgaben ihn wie eine Zwangsjacke. Er kippte vornüber. Aus irgendeinem unerfindlichen Grund funktionierten seine visuellen Sensoren noch. Die seitlichen Sensoren zeigten ihm, dass die Frau langsam und lässig auf ihn zuschlenderte. Sie blieb neben ihm stehen, und die Spitzen ihrer Turnschuhe berührten ihn fast an der Schulter.

Lewis hatte Mühe, ausreichend Luft in seine Lungen zu pumpen. Die Ausfallsicherungen! Was war mit den Ausfallsicherungen los? Er wollte der Frau entgegenrufen, dass sie ihm gefälligst helfen sollte, den Skinsuit zu öffnen. Doch er bekam keine Luft.

Die Frau beugte sich vor, als würde sie ihn studieren. Dann hielt sie eine Hand über seinen Helm, die Finger weit gespreizt. Langsam schloss sie die Finger und ballte sie zu einer Faust.

Lewis spürte, wie sich die Skinmuskeln spannten. Einen Augenblick lang glaubte er, dass die E-Alpha-Fortress endlich die Software neu startete. Doch dann begannen die Skinmuskeln zu kontrahieren. Er fand noch genügend Luft zum Schreien, als seine Rippen brachen. Das Letzte, was er sah, war ihre fest zusammengeballte Faust.

Lawrences AS fand nur wenig Möglichkeiten, Hal zu helfen. Was der Junge brauchte, war ein neuer Satz medizinischer Module. Einige waren so speziell, dass Lawrence nicht sicher war, ob es in Memu Bay Ersatz gab. Der Kasten enthielt jedenfalls nur Feldausrüstung und Kapseln mit Medikamenten für die Organunterstützungsmodule.

Die Diagnostik zeigte eine abnormale Blutchemie. Lawrences AS erzeugte eine Liste von Medikamenten zur Behandlung des gegenwärtigen Zustands. Doch er wusste nicht, ob die Blutchemie angesichts von Hals Zustand tatsächlich abnormal war. Am Ende begnügte er sich damit, geringe Dosen zu verabreichen.

Hal stöhnte und bewegte den Kopf langsam von einer Seite zur anderen.

Lewis verschwand aus Lawrences Telemetriegitter. »Amersy, was zur Hölle geht da draußen vor?«

»Er ist weg. Ich weiß nicht, was ...«

Amersys Stimme verklang. Sein Telemetriegitter brach ab. Dann blinkte eine Warnung auf, wie Lawrence sie noch niemals zuvor gesehen hatte. Es dauerte einen Augenblick, bis er die Symbole erkannte. Sein Prime expandierte in die neurotronischen Pearls und ersetzte die Standardprogramme der Skin-AS.

»Amersy, Odel, hört zu! Eure Skins werden von einer sehr mächtigen subversiven Software unterwandert! Schaltet sie ab und bootet aus der E-Alpha-Fortress! Benutzt keine Kommunikationslinks mehr; sie wurden kompromittiert. Ich wiederhole, keine Kommunikationslinks mehr!«

Odels Telemetrie verschwand.

»Heiliges Schicksal!« Er ließ sich eine Statuszusammenfassung von seinem Prime geben und las die Daten, als sie vor seinen Augen herunter scrollten. Das Prime hatte den Versuch, seinen eigenen Skinsuit zu infiltrieren, augenblicklich abgeblockt. Der Gegner hatte versucht, seine AS mit dem anderen Prime zu infiltrieren. In diesem Fall, so schloss er, mussten sie ihr Prime auf der Erde gekauft haben. Also waren sie von Arnoon Province.

Er hörte erneut Karabinerfeuer. Wenn sie die Kommunikationslinks der Skins abfangen konnten, dann hatten sie seine Position millimetergenau. Er riss den Smartmissile-Werfer an sich und stöpselte das Datenkabel in das Interface seines Skinsuits. Prime wanderte in die Raketen.

Lawrence stand auf. Das Prime zeigte Karten mit taktischen Szenario-Overlays. Gerade als er sich umwandte, um seinen Standort zu wechseln, stöhnte Hal erneut. Lawrence biss die Zähne zusammen.

Amersy tat genau, was Lawrence befohlen hatte, und deaktivierte augenblicklich seinen Skinsuit. Für einen elend langen Augenblick war er in luftleerer Dunkelheit eingesperrt. Er hasste den Gedanken daran, wie verletzlich er in diesem Moment war, eine große Gestalt, die reglos mitten auf der offenen Straße stand. Dann begann die AS neu zu booten. Die Sensoren waren wieder online.

Diese ganze Mission lief zu schnell zu verdammt schief. Was auch immer die Gegner hatten, es war den Skins überlegen. Amersy wusste, dass Lawrence sie höllisch unterschätzt hatte. Die Überreste des Platoons würden ihren Goldschatz niemals erreichen; all die schönen Träume von einer Rückkehr vom Plateau mit genügend Gold in den Taschen, um sich freizukaufen – gestorben. Überleben war das Einzige, was von jetzt an noch zählte.

Sobald er sich wieder bewegen konnte, rannte er

zum nächsten Haus und brach durch die verschlossene Tür. Im Innern befahl er dem Skinsuit, sich zu öffnen. Während er sich aus dem Anzug wand, instruierte er die AS.

Denise bewegte sich mit gut hundert Stundenkilometern, als sie an Dixons äußeren Gebäuden vorbeijagte.

»Amersy hat aufgehört zu senden«, sagte Jacintha. »Gangel, sieh nach, ob er immer noch aktiv ist.«

»Ich habe Odels letzte Position«, erwiderte Denise. »Ich kümmere mich um ihn.«

»Sei vorsichtig«, warnte Jacintha. »Wir wissen, dass das Prime seinen Suit nicht infiltriert hat. Verdammt, Newton ist wirklich gut.«

»Haben wir das nicht gewusst?«

»Eren, bitte hilf Denise, ja?«

»Ich bin dreißig Sekunden weg«, versicherte Eren ihnen.

Denise verlangsamte die Scarret und umfuhr den zentralen Platz. Odel konnte in irgendeiner von einem halben Dutzend Seitenstraßen stecken. Glücklicherweise war ein Skinsuit leicht zu entdecken; die Hitzesignatur hinterließ eine Spur auf dem sandigen Untergrund, die so hell leuchtete wie Neonschilder. Sie spürte Eren, der sich durch eine Parallelstraße bewegte. Siebzig Meter voraus glühten die Spuren am Boden. Sie führten in eines der Häuser. Die Vordertür hing halb in den Angeln.

»Ich hab ihn«, sagte Denise. Sie verringerte die Geschwindigkeit des mächtigen Motorrads bis auf Schritttempo und näherte sich dem Haus.

Karabinerfeuer echote durch die verlassene Stadt.

»Amersy ist immer noch in der Gegend«, sagte Jacintha trocken. »Das war abgereichertes Uran. Seid vorsichtig.«

Denise blieb zehn Meter vor dem Haus stehen. Eren tauchte auf einer gegenüberliegenden Kreuzung auf. Er winkte Denise.

»Deck die andere Seite«, sagte sie. »Ein Skin kann durch diese Wände spazieren, als wären sie aus Papier.«

»Verstanden.« Eren joggte zur Rückseite des Hauses davon.

Denise nahm die Elektronenclusterpistole aus ihrer Tasche. Das kleine Gerät passte wunderbar in ihre Handfläche und ermöglichte so instinktives Zielen.

Weiteres Karabinerfeuer erklang, als Jacintha und Gangel fünf Straßen weiter in einen Kampf verwickelt wurden. Zwanzig Meter hinter Denise erschienen ausgefranste Löcher in einem Haus. Jacintha und Gangel schossen mit ihren EC-Stacheln zurück. Flammen rasten brüllend in den Himmel, als Kompositwände zu brennen anfingen.

»Fertig«, sagte Eren.

Denise schwang ein Bein über die Maschine und stand vor der Eingangstür, die im leichten Wind hin und her schwang. Irgendetwas stimmt nicht, dachte sie. Odel ist ein ausgebildeter Soldat; er würde sich nie so leicht in die Enge treiben lassen. Sie blickte hinauf zum Hausdach.

Die Solarkollektorpaneele waren heiß von der Sonne. Infrarot war nutzlos. Dann bemerkte sie Spuren in der Patina aus ockerfarbenem Staub.

Denise wirbelte herum und riss ihre EC-Pistole hoch. Sie feuerte noch in der Drehung. Winzige Lichtfunken schossen aus dem Lauf und glitzerten wie Sterne, als sie hinauf in den Himmel jagten. Dann traf ein Funke den Skin, der flach auf dem Dach lag. Er wirbelte den schweren Skinsuit zwei Meter über die Solarkollektoren und riss ein Stück aus dem Panzer heraus. Zwei weitere EC-Pulse trafen und zerfetzten den Skin vollends.

Eren kam um das Haus herum. »Denise? Was ist passiert?«

»Er ist auf ein anderes Haus gesprungen. Es war ein Hinterhalt.«

»Verdammt! Gut gemacht!«

Erneut klang Karabinerfeuer auf. Projektile aus abgereichertem Uran schlugen in das Haus und zerfetzten große Teile der Paneele. Ein Betonsockel zerplatzte und sandte Splitter durch die Luft. Denise und Eren warfen sich gleichzeitig auf den Boden.

»Heilige Scheiße! Ich hasse diese Karabiner!«, brüllte Eren, als er den Kopf wieder hob.

Denise riskierte einen Blick zu der Stelle, von der Amersy gefeuert hatte. »In Memu Bay haben sie nie mit Uran geschossen.«

»Warum wohl nicht?«, grunzte Eren.

Ein weiteres Haus ging in einem Sperrfeuer aus EC-Pulsen in Flammen auf. Karabinerfeuer knatterte auf, und Gebäude erzitterten und schwankten, als die Projektile hindurchfetzten.

»Gangel, er ist links von dir!«, rief Jacintha. »Denise, wir könnten hier ein wenig Hilfe gebrauchen!«

»Schon unterwegs.«

Eren schnitt eine Grimasse, dann setzte er sich rennend in Bewegung. Denise folgte ihm mühelos, und sie näherten sich der Position ihrer Schwester.

»Er ist unter einem Haus«, sagte Gangel. »Verdammt, jetzt bewegt er sich schon wieder!«

Ein Strom von EC-Pulsen strömte aus einer Häuserlücke vor Denise. Sie zuckte zusammen. Karabinerfeuer antwortete. Denise warf sich in den Staub. Zwanzig Meter voraus explodierte ein Sonnenkollektordach, und schwarze glitzernde Fragmente regneten auf die Straße herab.

»Auf was schießt er nur?«, fragte Jacintha.

»Wen kümmert es?«, antwortete Gangel. »Er kann jedenfalls nicht mehr viel Munition übrig haben, nicht bei dieser Feuerrate.«

Weitere Projektile aus abgereichertem Uran hämmerten durch fünf Häuser. Das letzte in der Reihe schwankte und stürzte langsam nach innen zusammen, als seine Betonsockel sich auflösten. Denise hatte weiterrennen wollen. Statt dessen drückte sie sich so flach in den Staub, wie sie konnte.

»Scheiße!«, rief Jacintha. »Er hat uns festgenagelt!«

»Das ist eine verdammt beschissene Taktik!«, sagte Eren erschrocken. »Wenn Newton jetzt hinter uns auftaucht, sind wir im Eimer!«

»Sie können nicht miteinander reden«, erinnerte Denise ihn. Sie wünschte, sie wäre sich dessen wirklich so sicher. Das Platoon hatte viele Jahre zusammengearbeitet, Jahrzehnte sogar. Und sie waren ausgebildete Soldaten. Wenn überhaupt irgendjemand ohne direkte Kommunikation auskam, dann Newton und Amersy.

Der Karabiner feuerte. Ihr Link mit der Scarret

brach ab. »Scheiße!« Sie bemerkte, dass Jacintha erneut vorwärts huschte. Gangel sprintete aus der entgegengesetzten Richtung los. Sie deckten das Haus mit EC-Pulsen ein, in dem sich Amersy verschanzt hatte. Denise rannte los. Sie hielt ihre EC-Pistole vor sich und feuerte ununterbrochen. Das Haus war ein Inferno. Riesige violette Flammen brüllten beinahe waagerecht aus den zerplatzten Fenstern. Das Sonnenkollektordach drehte und wand sich unter dem Ansturm der Hitze. Dann schlugen Flammen durch. Das Dach erzitterte ein letztes Mal und stürzte zusammen.

Eine weitere Salve Karabinerfeuer kam aus dem Innern. Noch im erneuten Hinwerfen bewunderte Denise die Kaltblütigkeit, die der Corporal selbst in dieser Situation zeigte. Skinsuits mochten hitzeresistent sein, doch inmitten eines flammenden Infernos zu stehen, umgeben von Gegnern, und trotzdem ein vernichtendes Sperrfeuer aufrecht zu erhalten, war bewundernswert.

Eine Wand stürzte in einem großen Feuerball ein. Ein Skin taumelte durch die Lücke. Er wurde aus drei Richtungen von EC-Pulsen getroffen und zerplatzte förmlich.

Denise blinzelte durch die Helligkeit und die Hitze des Feuers. Irgendetwas stimmte ganz und gar nicht an der Art und Weise, wie der Skinsuit zerplatzt war. Jacintha schien das Gleiche gedacht zu haben. Sie näherte sich vorsichtig drängend und mit schussbereiter Waffe den Überresten.

Das Sonnenkollektordach erreichte endlich den Boden, und ein Schauer von Funken stob auf. Jacintha hob schützend eine Hand. Sie beugte sich über den zerfetzten Skin. »Scheiße!« Sie starrte wild suchend um sich.

»Was denn?«, fragte Denise. Sie näherte sich ebenfalls, zusammen mit Gangel und Eren.

»Er war leer! Der Bastard war nicht drin!«

Denise wirbelte herum, und ihr Herz klopfte furchterfüllt, während sie versuchte, die halbe Stadt mit ihrer Waffe in Schach zu halten.

Amersy kauerte hinter einem Betonsockel und beobachtete angestrengt, wie die junge Frau und ihr Begleiter in Richtung des Feuergefechts losrannten. Seine Skin-AS schoss in willkürlichen Abständen und hielt ein Sperrfeuer aufrecht. Die beiden Gegner warfen sich flach in den Staub. Er grinste, während er geduckt zu der glänzenden Scarret huschte. Verdammte dumme Amateure. Sie deckten nicht einmal ihre Ärsche. Mit einer Energieklinge zerschnitt er das Instrumentenbrett und wartete, bis eine weitere Karabinersalve ertönte, bevor er die Spitze direkt in die Elektronik stieß. Er schnitt durch die neurotronischen Pearls und die Glasfaserkabel, mit denen Kompensatoren und Bremsen gesteuert wurden. Ohne AS-Management (oder welches Programm auch immer die Steuerung kontrollierte) würde sich das Motorrad träge verhalten, doch er konnte manuell beschleunigen, bremsen und lenken. Es reichte völlig aus, um nach Memu Bay zurückzukehren. Es musste ausreichen.

Er schwang sich in den Sattel und drehte am Gaspedal.

Fünf Häuser standen rings um den leeren Skinsuit

herum in Flammen. Die Kompositpaneele zischten und schmolzen, als die Flammen an ihnen leckten und das nackte Stahlskelett zum Vorschein kam. Dichter schwarzer Rauch stieg in die ruhige Luft über dem Plateau.

Noch immer wachsam ging Denise zu ihrer großen Schwester und umarmte sie. »Ich habe dich vermisst«, flüsterte sie.

»Jetzt sind wir zusammen. Alles kommt wieder in Ordnung.«

»Das hoffe ich. Wir haben das hier ziemlich vermasselt.«

»Er ist nackt und allein, er wird nicht weit kommen.«

»Mit meinem Motorrad? Er kann sich problemlos zurückziehen.« Sie konnte nicht glauben, dass sie sich so dumm verhalten hatte.

»Es spielt keine Rolle. Er gehört nicht länger zu Zantiu-Braun. Sie werden keine Kavallerie hinterherschicken. Nicht wegen dieser Skins.«

»Also schön. Damit bleibt nur noch Newton übrig.«

»Und der andere.«

Denise starrte sie überrascht an. »Welcher andere?«

»Sie waren zu viert im vorderen Jeep. Einer von ihnen hatte normale Kleidung an.«

»Hast du gesehen, wer es war? Das Platoon bestand nur aus ihnen. Es ist niemand übrig außer Newton.«

»Ich weiß es nicht.«

»Es könnte unser Verräter sein.«

Jacintha streichelte Denises Wange. »Ich glaube nicht, dass es einen Verräter unter uns gibt.«

»Es muss einen geben! Newton hat ein Prime!«

»Unser Drache ist nicht einzigartig«, mahnte Jacintha sanft.

»Aber ...«

»Komm weiter, wir müssen diese Sache beenden.«

Sie teilten sich in zwei Zweiergruppen, um sich dem zerstörten Jeep aus entgegengesetzten Richtungen zu nähern.

»Newton war noch da drin, als er unsere Prime-Infiltration entdeckt hat«, sagte Gangel. »Und die Diagnosesonde sendet noch. Wer auch immer der vierte Mann ist, er ist ziemlich schwer verletzt.«

»Meinst du, Newton ist auch noch da drin?«, fragte Jacintha.

Sie und Denise kauerten hinter der Ecke des nächsten Hauses an der Hauptstraße. Als sich Denise vorsichtig hinter dem Betonfundament vorschob, sah sie, dass das verbeulte Heck des Jeeps aus dem Haus ragte. Nichts bewegte sich. Die Hitzespuren rings um den Jeep waren verwirrend und kühlten rasch ab. »Ich bezweifle es. Aber er kann nicht weit gekommen sein.«

»Okay. Eren, siehst du irgendwelche Hitzespuren auf deiner Seite?«

»Nichts.«

»Bleibt, wo ihr seid. Wir gehen rein.«

»Ich gehe rein«, sagte Denise. »Du gibst mir Deckung.«

Sie huschte zur Vorderseite des Hauses und drückte sich flach gegen die Wand. Ihr Atem ging schneller und rasselte laut in ihren Ohren. Hitze flutete aus dem Jeep. Die Nabenmotoren glühten dunkelrot, und die Energiezellen leuchteten zinnoberfarben unter dem Chassis. Die zerfetzte Mauer war mit rubinroten heißen Linien überzogen, wo das Material verbogen und zerrissen war. Denise schob sich vorsichtig durch die Lücke neben dem Jeep und schwenkte ihre Pistole. Überall auf dem Boden waren Hitzespuren. Sie führten zur Tür.

Jacintha kam hinter Denise herein und nickte.

Denise schob sich um die offene Tür und in den Flur dahinter. Er war leer. Die Tür am anderen Ende stand ein paar Zentimeter weit offen. Sie benötigte nicht einmal Infrarot. Der Staub zeigte die Abdrücke von zwei Paar Skinstiefeln, die in das Zimmer dahinter führten. Nur ein Paar Spuren kam wieder heraus.

Ihr Armband-Pearl lokalisierte die Diagnosekarte hinter der Tür. Der vierte Mann war definitiv dort drin. Schweißperlen traten auf Denises Stirn. Es nutzte überhaupt nichts, durch den Flur zu kriechen – die Skinkarabiner schossen durch Mauern, als wäre es Nebel. Sie atmete tief durch, sprintete durch den Flur und brach durch die Tür. Der Schreck ließ sie erstarren.

Jacintha folgte ihrer Schwester in das Zimmer und hätte sie fast umgerannt. Denise stand stocksteif in der Mitte des Raums, die Pistole auf eine Gestalt gerichtet, die zusammengesunken in der Ecke lag.

»Du bist tot!«, krächzte Denise. Sie zielte auf Hal Grabowskis Kopf. Den Kopf des gleichen Hal Grabowski, der von einem Erschießungskommando hingerichtet worden war. Und hier saß er, ganz allein in einem verlassenen Haus in Dixon. Ihre Pistole zitterte.

»Wer zur Hölle ist das?«, fragte Jacintha.

»Hal Grabowski.«

»Du meinst, der Hal Grabowski, den du in Memu Bay in eine Falle gelockt hast? Derjenige, der von Zantiu-Braun exekutiert worden ist?«

»Ja«, fauchte Denise. Sie hob den Arm, bereit zu schießen, doch sie konnte nicht. Nicht einen bewusstlosen Mann. Dann bemerkte sie die Schrift an der Mauer neben ihm.

HELFT IHM.

ICH WERDE BESCHEID WISSEN.

Die Diagnosesonde lag auf Hals Bauch und sendete noch immer. Denise sah von der Sonde zu dem großen medizinischen Kasten.

Gangel und Eren schlüpften ins Zimmer.

»Wo steckt Newton?«, fragte Eren. »Und ... hey, ist das nicht Hal Grabowski?«

Denise warf ihm einen ärgerlichen Seitenblick zu und senkte schließlich die Pistole. Gangel ging zum Fenster. Es war offen. Als er gegen das Holz drückte, das von außen dagegen genagelt war, fiel es heraus. »Sieht aus, als wäre Newton gegangen.«

»Und was ist mit ihm?«, fragte Eren und deutete auf Grabowski.

»Er ist Newtons Problem«, sagte Denise.

Irgendwo in der Stadt fand eine heftige Explosion statt.

Gangel spähte durch den Schlitz zwischen den übrigen Brettern vor dem Fenster. »Das war ein Smartmissile. Er hat gerade das General Store Gebäude in die Luft gejagt. Warum zur Hölle hat er das getan?«

Denise sah erneut zu Hal. Jetzt verstand sie die Botschaft. »Er bittet nicht.«

»Was?«, fragte Jacintha.

»Newton würde einen verwundeten Kameraden niemals im Stich lassen. Er bittet uns nicht, Grabowski zu helfen. Er befiehlt es.«

Draußen ereignete sich eine gewaltige Explosion. Das Haus auf der anderen Seite der Hauptstraße flog in die Luft. Fragmente von Kompositpaneelen und Solarkollektoren zischten wie Granatsplitter umher und regneten über eine weite Fläche herab. Rauch und Staub stiegen aus dem Krater wie ein Miniatur-Atompilz.

Die Druckwelle ließ das Zimmer erzittern. Denise duckte sich instinktiv. Das Glas im Fensterrahmen brach, und weitere Bretter segelten davon. Sonnenlicht fiel in das Zimmer. Sie sah, dass die Diagnosesonde von Grabowskis Bauch gefallen war, und rannte hin, um sie aufzuheben. Sie drückte sie Grabowski wieder auf den Bauch, und auf dem Displaypaneel erschienen Hals Lebenszeichen. »In Ordnung! Wir machen es.«

Jacintha starrte sie an. »Was machen wir?«

»Newton lauert dort draußen mit einem Smartmissile-Werfer. Wahrscheinlich hat er die Geschosse mit Prime geladen. Er wird uns damit unter Beschuss nehmen, bis ihm die Munition ausgeht. Wenn wir nach draußen gehen, wird der Sucher uns bemerken und das war's. Nicht einmal wir können die Smartmissiles ablenken. Es gibt nur einen Ort, an dem wir sicher sind, die einzige Koordinate, die er nicht beschießen wird, und das ist hier bei Grabowski. Und wenn wir Grabowski nicht am Leben erhalten –

rate mal, welches Haus das nächste Smartmissile in die Luft jagen wird?«

»Verschlagener Bastard!«, sagte Gangel in widerwilliger Bewunderung.

»Genau«, murmelte Denise.

Sie alle zuckten zusammen, als ein weiteres Smartmissile detonierte. Diesmal ganz in der Nähe des großen Wartungsschuppens. Rauch kräuselte über die Dächer in die Höhe.

»Er scheint es ernst zu meinen, wie?«, sagte Jacintha. Sie kniete neben Grabowski nieder und hob sein Hemd an. »Wir machen uns besser an die Arbeit.« Sie nahm einen Drachen-extrudierten Analyzer aus der Tasche und legte ihn auf eines der defekten medizinischen Organmodule. Das kleine Plastikrechteck wurde weich und schmiegte sich um das Modul.

»Welche Reichweite haben diese Smartmissiles?«, fragte Eren.

»Drei Kilometer«, antwortete Denise.

»Das ist nicht allzu weit. Wir wissen, dass er verletzt ist. Wir könnten ihn schnappen.«

»Wir wissen nicht, welche Richtung er eingeschlagen hat. Er muss nichts weiter tun, als den Werfer zwei Kilometer entfernt zurückzulassen und ihn so zu programmieren, dass er in regelmäßigen Abständen feuert. Er könnte mehr als zehn Kilometer entfernt sein, bevor die Munition ausgeht.«

»Scheiße!« Eren funkelte Grabowski an. »Sobald ihm die Raketen ausgehen, ist deine Glückssträhne zu Ende, Bastard!«

»Ach ja?« Denise sah Eren spöttisch an. »Nachdem wir ihn stundenlang versorgt und gepflegt haben, bringst du ihn einfach um, wie?«

Eren hämmerte mit der Faust gegen den Türrahmen. »Nein. Schätze, du hast Recht.«

»Wir sollten im Dorf anrufen«, sagte Gangel. »Sie könnten ein Team hierher schicken. Mit genügend Unterstützung können wir Newton trotzdem festnageln.«

»Nein«, entschied Denise. »Das wäre zu offensichtlich. Außerdem weiß ich ganz genau, welchen Weg Newton genommen hat.«

Lawrence war am Stadtrand, als er das große Motorrad über den Great Loop Highway rasen sah, ungefähr fünfhundert Meter entfernt. Seine Helmsensoren zoomten heran. Es wurde von einem nackten Mann gelenkt, dessen Haut mit blassem blauem Gel bedeckt war.

Das Motorrad hielt an, und der Mann sah zu ihm. Es war Amersy. Er hob die Faust und stieß sie zweimal in die Höhe.

Lawrence lachte, als er den Gruß erwiderte. Dem Schicksal sei Dank, wenigstens einer von ihnen hatte überlebt und konnte die Geschichte erzählen. Der Smartmissile-Werfer feuerte ein weiteres Geschoss in die Stadt.

Amersy zögerte einen Augenblick, dann drehte er am Gasgriff und beschleunigte wieder.

Lawrence ließ den Werfer fünfzehnhundert Meter außerhalb von Dixon zurück. Er befand sich zwischen den Schlackehalden, und der Werfer war einfach in dem schwarzen, krümeligen Boden zu verankern. Nachdem er sich überzeugt hatte, dass er fest stand, brach er in einem stetigen Dauerlauf auf. Die

Smartmissiles würden in zufälligen Abständen feuern. Jedes zielte auf ein anderes Haus, und der Sucherkopf war so programmiert, dass er jeden menschlichen Körper entlang der Straßen erfasste. Sobald er einen entdeckte, würde er von seinem ursprünglichen Ziel abweichen und stattdessen auf den Gegner umschwenken.

Nachdem das Datenkabel des Werfers ausgestöpselt war, hatte Lawrence nur noch ein einziges Telemetriegitter übrig: das von Hals Diagnosesonde. Nach der Art und Weise zu urteilen, wie sich die Lebenszeichen in den letzten zehn Minuten stabilisiert hatten, hielten sich die Leute von Arnoon an den Handel. Seine einzige Sorge war nun, dass sie den Jungen auch dann noch weiter versorgten, wenn die Munition des Werfers ausgegangen war.

Tut mir Leid, Hal, aber was sonst hätte ich tun können?

Es war unmöglich gewesen, Hal aus dem Hinterhalt zu tragen. Sie wären keine zehn Meter weit gekommen, bevor eine dieser fremdartigen Waffen sie niedergemäht hätte. Die kleinen blauen Geschosse aus hellem Licht, die die Angreifer verschossen, hatten ihn vor Rätsel gestellt. Kein Treffer in der Waffendatenbank. Und nicht nur das Fabrikat, auch die Natur der Waffe selbst war ein Rätsel. Sein einziger Hinweis war die intensive magnetische Signatur, die seine Sensoren aufgezeichnet hatten, als er sich davongeschlichen hatte. Er war nicht stehen geblieben, um einen zweiten Schuss aufzuzeichnen.

Lawrence erhöhte seine Geschwindigkeit. Er hatte genügend Smartmissiles übrig für siebzig Minuten, auch wenn zwischen einigen Schüssen lange Pausen herrschten. Doch es sollte ihm ermöglichen, zwanzig

Kilometer zwischen sich und Dixon zu legen, wenn er sich einigermaßen geradlinig fortbewegte.

Während er lief, rief er die Karte des Plateaus auf. Nach Dixon verlief der Great Loop Highway in einer weiten Kurve durch die Mitchell-Berge. Arnoon Province lag fast im Apex dieser Kurve. Er begann, einen direkten Weg zu dem Kratersee zu zeichnen. Ein Fluss kreuzte seinen Weg, doch das sollte in seinem Skinsuit kein Hindernis darstellen. Das einzige wirkliche Problem war, dass der Mount Kenzi genau auf seiner Route lag. Er zoomte die Ausläufer heran und suchte nach einer Passage an der Seite des Berges vorbei.

Die Schlackehalden wichen bald der Plateauwildnis aus Büschen und gelegentlichen Riesenbäumen. Jedes Gebüsch war zwei bis drei Meter hoch, und er musste seine Geschwindigkeit herabsetzen, um ihnen auszuweichen. Die dicken fleischigen Blätter mit ihren gezackten rasiermesserscharfen Rändern konnten zwar nicht durch den Skinsuit schneiden, doch er war sicher, dass er auch nicht einfach durch die Büsche brechen konnte. Der Boden unter seinen Füßen war lockeres braunes Erdreich mit niedrigen Pflanzen, die einen dünnen hölzernen Stängel und winzige safrangelbe Blüten besaßen. Lawrence wusste nicht, was der Gegner machte, doch er setzte den Erste-Hilfe-Kasten ganz offensichtlich wesentlich besser ein, als er es gekonnt hätte.

Je weiter er sich von den Schlackebergen von Rhapsody Province entfernte, desto unebener wurde das Land. Er überquerte langgestreckte, flache Hänge, jeder ein wenig steiler als der vorhergehende. Sein Trägheitsleitsystem verriet ihm, dass er stetig an

Höhe gewann. Die dichten Gebüsche wichen nach und nach kleineren, einzeln stehenden Sträuchern mit einer dunklen, rotbraunen Rinde. Dazwischen lauerten Felsbrocken, halb vergrabene Klumpen aus hartem, staubigem Gestein.

Nach einer Stunde musste er sich wieder langsamer bewegen. Die Wunde von der Lenksäule hatte trotz der Lokalanästhetika zu schmerzen angefangen. Es fühlte sich ähnlich an wie Seitenstechen, nur direkt oberhalb der Hüfte. Das Prime zeigte an, dass er blutete. Die Blutgerinnungsmittel waren außerstande, mit der ständigen Belastung durch das Laufen fertig zu werden. Als er an sich herabsah, bemerkte er Blut, das aus dem Loch in seinem Skinpanzer tropfte. Er befahl dem Prime, die Skinmuskeln so zu arrangieren, dass die Wunde versiegelt wurde. Weitere Gerinnungsmittel wurden ausgestoßen.

Er wartete eine Minute, bis die Wirkung einsetzte, dann setzte er sich erneut in Bewegung. Der Mount Kenzi schien keinen Meter näher gekommen zu sein, doch er war größer als je zuvor. Eine Schicht dichter Wolken verdeckte den Gipfel. Wind führte sie von Osten heran. Die Sonne war bereits hinter ihnen verborgen, und das Plateau lag in düsterem Halbschatten.

Dünne Nebelschwaden glitten an ihm vorbei. Die dürren Büsche glitzerten vor Feuchtigkeit, obwohl es nicht regnete. Vor ihm stieg das Gelände an, bis es in den Wolken verschwand. Katarakte aus Nebel flossen aus ihnen herab und über die schmalen steinigen Schluchten, die das Land in chaotischer Manier überzogen. Er rannte weiter, und die Klüfte wurden tiefer, die vereinzelten Flecken spärlicher Vegetation noch seltener. Die Außentemperatur sank beträchtlich, und der Nebel wurde immer dichter. Lawrence war heiß in seinem Skinsuit, und er spürte, wie er schwitzte. Er nahm ununterbrochen Wasser aus dem Versorgungsschlauch zu sich, doch sein Mund fühlte sich an wie Pergament.

Der Nebel hüllte ihn vollends ein, und die Sichtweite betrug weniger als zwanzig Meter. Er rannte noch eine Stunde weiter, dann setzte er sich auf einen frostbedeckten Felsen. Eine Brusttasche öffnete sich, und er nahm einen von drei Reserve-Blutpacks hervor, die er mit sich führte. Das Ventil verband sich klickend mit einem Anschluss seines Skinsuits, und die internen Reserveblasen saugten die Flüssigkeit ein.

Er blutete erneut aus seiner Wunde. Sein Bein glitzerte rot von der klebrigen Flüssigkeit. Der Skinsuit versiegelte sich einmal mehr und überschwemmte seinen Kreislauf mit antiseptischen und Blutgerinnungsmitteln. Sein Display zeigte ihm, dass die Anzugmuskeln rings um die punktierte Stelle anfingen abzubauen. Sie verloren genauso viel Blut wie die Wunde darunter.

Während er rastete, entwickelten seine eigenen Muskeln einen leichten Kater. Er war inzwischen seit vier Stunden unterwegs. Die Stelle um die Wunde herum war völlig taub, und das Fleisch juckte von den vielen Medikamenten. Er war sicher, dass er spürte, wie auf der Innenseite seines Beins Blut herabrann, was später zu einem Problem werden konnte. Es gab keine Möglichkeit, das Blut zu entfernen, ohne den ganzen Anzug abzulegen. Als er sich erhob, hätte ihn ein Schwindelanfall beinahe stürzen lassen. Er schwankte einen Augenblick, bis die Skinmuskeln sich strafften und ihn aufrecht hielten. Langsam klärte sich der Schwindel in seinem Kopf, und er nahm einen großen Schluck Wasser zu sich.

Er setzte sich erneut in Bewegung, erst gehend, dann fiel er in einen Trab. Er meinte zu hören, wie das linke Bein jedes Mal quatschte, wenn sein Fuß den Boden berührte. Das Licht wurde weniger, verstärkt durch den dichten Nebel. Diese Region des Plateaus war fast öde. Sie bestand aus langen Abschnitten von schiefen Ebenen, die in Rücken endeten, die fast so steil waren wie Klippen. Jedes Mal musste er sich auf allen Vieren zwischen den Felsbrocken und den Gerölllawinen hindurcharbeiten. Stummelförmige Zehenklauen fuhren aus dem Skinsuit aus und verschafften ihm zusätzlichen Halt auf den schlüpfrigen, nassen Felsen.

Die Nacht brach ein, eine halbe Stunde, bevor er den Rücken erreichte, der ihn auf das Sattelplateau führte. Der Mount Kenzi lag zu seiner Linken, der Mount Henkin zur Rechten. Er hielt am Fuß der Felsenbarriere an und nahm das zweite Blutpack hervor. Sein Skinsuit saugte es gierig ein. Während er wartete, zogen sich die letzten Ausläufer des Nebels den Hang hinunter zurück. Sterne waren nicht zu sehen. Der Himmel über ihm war bedeckt von dunklen Wolken, deren turbulente Unterseite wogte und waberte, als würde sie von Luftströmungen aufgewirbelt, die von den Berghängen nach oben schossen. Doch er hatte genügend Licht, um den Kamm zu erkennen. Den letzten hatte er mit Hilfe seines Laserradars gemeistert; die einzige Möglichkeit zu sehen, was vor ihm lag. Hier zogen sich breite Streifen von weißem Fels durch den gesamten Kamm, fast wie die Schritte eines Riesen. Er studierte sie und versuchte, einen Weg nach oben zu erkennen.

Indigofarbene Symbole schoben sich über sein Sichtfeld. Medizinische Warnungen informierten ihn über den Zustand der Wunde. Er reagierte, indem er eine weitere Dosis Medikamente in seinen Blutkreislauf injizierte. Die kühle Taubheit breitete sich über seine Rippen aus. Gelegentlich begann er zu zittern, und der Skinsuit imitierte die Bewegung automatisch.

Diesmal erhob er sich langsam und vorsichtig. Trotzdem fühlte er sich, als er endlich stand, als wäre sein Körper aus Gelee und würde nur von der harten Form des Skinsuits aufrecht gehalten. Es war ein eigenartiges Gefühl, und so befahl er eine Stimulans-Infusion. Sein Verstand wurde schnell wieder klar, und er starrte angestrengt nach oben, um einen Weg über den Kamm zu finden.

Als er die höchste Stelle erreicht hatte, sah er die Sattelebene vor sich. Die dicke Wolkendecke hing keine fünfhundert Meter über ihm. Zu beiden Seiten bildeten die Berge massive geschwungene Wände aus nacktem Fels, übersät mit schmalen Schluchten und tiefen Falten. Es war ein geschlossenes Universum, das ihm keine große Wahl ließ. Nach seiner Karte zu urteilen, waren es bis zur anderen Seite nur noch zehn Kilometer.

Der Sattel war eine klassische alpine Wüste. Für Lawrence sah es aus wie die Oberfläche des Mars. Der nackte Boden besaß eine düstere rote Farbe und war übersät mit kleinen scharfkantigen Steinen. Hier oben lebten keine Tiere und keine Insekten. Selbst die kleinen Krustenpflanzen, die unter Steinen hervorlugten, wirkten vertrocknet. Sein Skinsuit berichtete, dass der Atmosphärendruck nur ein Drittel dessen betrug, was auf Meereshöhe herrschte. Die Atemgrills hatten alle Mühe, genügend Sauerstoff aus der eisigen Luft zu extrahieren.

Er war einen Kilometer hinter dem Rücken, als es anfing zu schneien. Es waren keine großen, weichen Flocken, die aus dem Himmel sanken, sondern kleine, harte Kügelchen aus Eis, die der Wind ihm direkt ins Gesicht trieb. Er sah, wie sie von seinem Skinpanzer abprallten. Die Sicht war auf sieben Meter herunter. Laserradar war nutzlos. Er machte sich erst gar nicht die Mühe, auf Infrarot oder schwaches Licht umzuschalten. Er verließ sich einzig und allein auf sein Trägheitsleitsystem. Das musste reichen.

Bevor der Schneesturm ihn eingehüllt hatte, war Weitergehen das Einzige gewesen, das zählte, nur das Ziel vor Augen. Alles andere wäre Betrug am Platoon gewesen – und das würde er niemals tun. Jetzt begann Lawrence darüber nachzudenken, was er tun würde, falls er den Kratersee tatsächlich erreichte. Er hatte ein volles Magazin für den Karabiner. Doch die Dorfbewohner waren mit merkwürdigen Sternenwaffen, elektromagnetischen Bomben, Biotechnologie von Santa Chico und Prime ausgestattet. Er brauchte dringend ärztliche Behandlung und Blut für seinen Skinsuit. Anschließend musste er nur noch herausfinden, was die Quelle ihres Reichtums war und einen Teil davon für sich abzweigen. Oh, und ihn wieder nach Memu Bay transportieren.

Blind, allein, eingehüllt von einem versagenden

Skinsuit in einer Umgebung, die ihn innerhalb Minuten töten würde, begann Lawrence Newton zu lachen. Und all das nur – *was für ein Wahnsinn* –, um sich einen Weg zurück nach Amethi zu erkaufen. Das Zuhause, aus dem er davongelaufen war, damit er das Universum erforschen konnte. Die Erinnerung fiel ihm schwer, doch damals hatte Lawrence Newton geglaubt, dass die Sterne voller Wunder wären. Was hatte er Roselyn gleich am ersten Tag gesagt, als sie sich kennen gelernt hatten?

Es ist einfach nicht exotisch, wo man lebt. An exotischen Orten leben immer nur die anderen.

Heute wusste er: Es war *immer* irgendwo anders. Hätte er eine Chance gehabt, wäre der junge Lawrence Newton immer nur weitergeflogen und niemals wieder zurückgekehrt.

Habe ich mich damals wirklich so sehr selbst gehasst?

Er lächelte glücklich, als die Gedanken an Roselyn ihr Bild vor seinen Augen entstehen ließen. Das eine Symbol, das ihn niemals im Stich ließ. Seine Hand betastete seine Brust und spürte den kleinen Anhänger unter dem Skinsuit.

Es wäre schön, sie ein letztes Mal zu sehen.

Die Wolken zogen vorbei, als er noch zwei Kilometer vom Rand der Sattelebene entfernt war, und es hörte auf zu schneien. Sterne leuchteten hell in der dünnen klaren Luft. Zwei Zentimeter Eiskörner bedeckten den Boden. Seine Stiefel knirschten bei jedem Schritt, als er weitertrottete.

Er musste das letzte Blutpack benutzen, noch bevor er das Ende des Sattels erreicht hatte. Der Skinsuit hatte viel Energie dafür verbraucht, ihn warm zu halten. Als er an seinem Wasserschlauch saugte, war der Tank leer. Seine Zunge war trocken in seinem heißen Mund. Der Schmerz brannte nun ununterbrochen in seiner Seite, ein wütendes Pulsieren im Zentrum der ständig kalten Hüfte. Das Anästhetikum machte keinen Unterschied mehr. Er war nicht einmal sicher, ob das Blutgerinnungsmedikament noch wirkte. Das Bein des Skinsuits war bedeckt von Blut. Die Muskeln konnten das Loch im Panzer nicht länger abdichten.

Und trotzdem, er hatte keine Wahl.

Es ging bergab, und Lawrence sah hinunter auf die bewaldeten Täler von Arnoon Province. Sie lag still und wunderschön im Sternenlicht, genau so, wie er es in Erinnerung hatte.

Diese Seite des Mount Kenzi war ein Geröllhang, der sich mehr als zwei Kilometer steil nach unten erstreckte. Lawrence begann mit dem Abstieg. Die kleinen Steine rutschten unter seinen Füßen weg und rollten polternd in die Tiefe. Nach und nach gewöhnte er sich daran, und er begann absichtlich zu rutschen, indem er weite Sätze machte und hart mit den Hacken aufkam, sodass das Geröll unter ihm nachgab. Immer wieder verlor er das Gleichgewicht oder prallte gegen einen großen Felsen, um anschließend ein Stück weit den Hang hinab zu stürzen und eine Miniaturlawine hinter sich herzuziehen. Ohne den Skinsuit wäre er von den scharfen kleinen Steinen in Fetzen geschnitten worden, doch der Panzer behielt mit Leichtigkeit seine Integrität. Diese Art von äußeren Einflüssen lag weit innerhalb der Toleranzgrenzen.

Das Geröll wurde von hartem Gras abgelöst. Er ging auf die Baumgrenze zu, mehrere Hundert Meter unterhalb. Sein linkes Bein war steif, trotz der Skinmuskeln, die es bewegten. Mehrere Steine steckten in der offenen Wunde. Er blieb stehen, um sie herauszuziehen, dann marschierte er weiter. Ihre Abwesenheit führte nicht dazu, dass er weniger humpelte. Das Display warnte ihn, dass eine alarmierende Menge Skinmuskeln in seinem linken Bein so weit abgebaut hatten, dass sie absterben würden. Als er nachsah, rann noch immer Blut an seinem linken Bein herab. Es musste von der Wunde kommen. Er besaß kein Blutgerinnungsmedikament mehr.

Als er die Bäume erreicht hatte, hielt er an und beugte sich vornüber. Er versuchte sich zu erbrechen, doch es kam nichts außer einem widerlichen sauren Saft, der in seiner bereits ausgedörrten Kehle brannte. Die Lufteinlässe justierten ihre Filterparameter nach und führten ihm mehr Sauerstoff zu. Es erleichterte das Atmen ein wenig.

Der Wald wurde rasch dichter, je weiter er in ihn eindrang. Doch die Stämme waren nie so dicht beisammen, als dass sie eine Barriere gebildet hätten. Das Unterholz bestand aus zottigen Farnen, die sein Skinsuit praktisch ohne zusätzliche Anstrengung überwand. Die Sichtweite war genauso schlecht wie oben im Schneesturm. Er musste sich erneut auf sein Trägheitsleitsystem verlassen und folgte der indigofarbenen Spur über den Hang, immer weiter nach unten.

Langsam sickerte jede Wärme aus seinem Körper durch das Loch im Panzer. Seine Finger waren eisig, seine Füße wie erfroren. Er konnte nichts tun, um das Zittern zu beenden. Das Display erinnerte ihn daran, den Blutvorrat des Skinsuits zu erneuern. Er schnaubte verächtlich und befahl dem Prime, die Symbole auszublenden. Weitere medizinische Warnungen leuchteten auf und wiesen ihn auf die Belastungen hin, die er seinen eigenen Organen zumutete, nachdem sein eigener Körper das Blut mit Sauerstoff versorgen musste.

Die Bäume endeten. Mit kleinen, mühsamen Schritten bewegte sich Lawrence vorwärts. Er ging gekrümmt, um das schmerzvolle Pochen in seiner Hüfte zu lindern. Eine Hand war auf das Loch im Panzer gedrückt.

Er kam am oberen Ende der weiten Klippe an. Hundertzwanzig Meter unter ihm kräuselte sich das schwarze Wasser des Kratersees. Restlichtverstärker verwandelten die düstere Nacht in ein leuchtend blau-graues Bild. Lawrence sah die Insel in der Mitte des Sees. Der kleine Steintempel stand noch immer mitten darauf.

»Leck mich am Arsch, von wegen Meditation!«, grunzte Lawrence und sprang.

Der Panzer verhärtete sich schützend, lange bevor er auf das Wasser aufprallte. Der Schlag sandte einen irrsinnigen Schmerz aus der verwundeten Hüfte durch seinen gesamten Körper. Er schrie in seinem Helm. Für einen Augenblick glaubte er, sich wieder erbrechen zu müssen. Doch worum er sich wirklich sorgte, war die Tiefe des Wassers unter ihm. Wie tief es auch war, seine Füße berührten den Boden nicht.

Die Restlichtverstärker zeigten ihm schwache graue Luftblasen ringsum, als er langsam zur Oberfläche zurücktrieb. Dann tanzte er auf dem Wasser, während er versuchte herauszufinden, wo die Insel lag. Sobald er sie gefunden hatte, brachte er die Beine hoch, bis er auf dem Rücken trieb. Seine Füße strampelten langsam, und er unterstützte die Bewegung durch gelegentliche Armschläge. Er befahl dem Prime, die Muskelbewegungen auszuführen, die er wünschte. Seine eigenen Gliedmaßen reagierten nur noch träge. Das Resultat war kein besonders schnelles Schwimmen, doch er kam wenigstens voran.

Er war noch etwa siebzig Meter vom Ufer entfernt, als etwas an ihm vorbeistreifte. Die taktilen Sensoren seines Anzugs strichen imitierend über seine Haut. Lawrence zuckte zusammen und hielt still, während er darauf wartete, dass es sich wiederholte. Als nichts geschah, begann er erneut zu schwimmen, vielleicht ein wenig drängender als vorhin. Die Fisch-Kreatur zupfte an seinem linken Bein. Lawrence schlug mit der Hand nach ihr. Ein schmaler spitzer Kopf durchbrach das Wasser und tauchte spritzend wieder weg.

Etwas berührte ihn am anderen Bein. Zwei Fisch-Kreaturen! Er konzentrierte sich auf das Strampeln und hielt die Füße unter der Wasseroberfläche, um den bestmöglichen Vortrieb zu erhalten. Eine der Fisch-Kreaturen glitt über seine Brust. Sie sah einem Aal ähnlich, aber sie war blassgrün und über einen Meter lang, mit drei sanft vibrierenden Flossensäumen, die über die gesamte Länge des Körpers verliefen.

»Scheiße!« Lawrence schlug in Panik nach dem Tier, doch es war zu schnell. Spitze Kiefer mit rasiermesserscharfen Zähnen bahnten sich mit der Effizienz eines Schlagbohrers einen Weg in das Loch im Panzer. Lawrence streifte das Ding mit einem Schlag seiner Handkante ab. Zwei weitere kamen heran und drängten in die Wunde. Lawrence drehte sich zur Seite und hielt sie aus dem Wasser. Eine der Kreaturen wickelte sich um seine Beine. Die Wunde wurde wieder unter Wasser gezogen. Zähne fraßen sich in den freiliegenden Skinmuskel.

Der Karabiner glitt aus seiner Nische. Lawrence richtete ihn von seinem Bein weg nach unten und feuerte. Kugeln rasten durch das Wasser rings um die Kreaturen. Es spritzte, und dann waren sie verschwunden.

Lawrence begann aus voller Kraft zu schwimmen. Er schrie, um den Schmerz zu bekämpfen, der bei jeder schnellen Bewegung durch seinen Körper raste. Wellen kräuselten die stille Fläche des Sees und kamen auf ihn zu. Plötzlich waren gleich mehrere Kreaturen über ihm. Lawrence schlug um sich und versank für einige Augenblicke. Ihre Kiefer fraßen an der punktierten Wunde und rissen Fetzen von Skinmuskel heraus. Er benutzte den Karabiner unter Wasser und hörte das dumpfe Brüllen, als er feuerte.

Als sein Kopf wieder hochkam, sah er die Insel dreißig Meter weit entfernt. Mitten auf seinem Display flackerte ein Biohazard-Alarm. Irgendein Toxin war in den Blutkreislauf des Skinsuits eingedrungen. Das Prime identifizierte den Kontaminationspunkt als die Muskelstränge um die punktierte Stelle des Panzers herum.

Sie vergiften mich!

Genau in diesem Augenblick begann eine der Fischkreaturen ein paar Meter entfernt zu zucken und zu zappeln. Wasser spritzte in alle Richtungen. Zwei weitere folgten der ersten mit ähnlichen berserkerartigen Tänzen.

Lawrence schwamm weiter. Das Prime verschloss die Ventile, die seinen Blutkreislauf mit dem des Skinsuits verbanden. Eine weitere Kreatur stieß ihren Kopf in die punktierte Stelle. Lawrence schoss auf sie.

Inzwischen waren Dutzende der Kreaturen im Wasser rings um ihn. Sie glitten über und unter seinem Skinsuit hindurch. Lawrences Fuß berührte festen Boden. Er kämpfte um sein Gleichgewicht und watete aus dem Wasser. Die Kreaturen tobten um seine Beine herum und bearbeiteten den Panzer. Prime zeigte ständig neue Informationen über das Toxin. Es breitete sich durch die Beinmuskeln des Skinsuits aus. Sekundäre Blutgefäßventile wurden geschlossen in dem Versuch, das Gift zu isolieren.

Als seine Füße endlich aus dem Wasser waren, schaffte Lawrence gerade noch zwei Schritte, dann kippte er vornüber. Seine Beine wollten sich nicht mehr bewegen, und das Gewicht des inerten Skinsuits war zu viel.

Lawrence überflog das Statusdisplay. Das Toxin hatte mehr als ein Drittel der Skinmuskeln kontaminiert. Der Rest wurde nicht mehr mit Blut versorgt. Mit einem Seufzer gab er dem Prime seinen letzten Befehl.

Der Skinsuit öffnete sich glatt entlang der Naht auf der Brust. Lawrence wimmerte, während er den Helm nach hinten vom Kopf schob. Kühle Nachtluft strich über seinen Körper. Er schob und wand sich und kam langsam aus dem toten Skinsuit wie eine glitzernde blaue Puppe. Eine Weile konnte er nichts weiter tun als nach Atem ringend auf dem Gras liegen. Dann tastete seine linke Hand über die Seite und zur Wunde. Er verzog das Gesicht und richtete sich langsam auf.

Das Blutgerinnungsmittel hatte ein dünne Schicht aus weißem Schaum in der Wunde entstehen lassen, der bröckelte und sich in Flocken löste. Blut tropfte hervor und rann über das Dermalez-Gel auf den Boden. Er presste die Hand gegen die Wunde und hoffte, dass der Druck die Blutung aufhalten würde, bis er etwas Geeignetes fand, um sich einen Verband anzulegen.

Lawrence kämpfte sich auf die Beine und sah sich um. Er konnte den Tempel vor der Dunkelheit so eben erkennen. Jeder Schritt war erzwungen, und er schrie mehr als einmal vor Schmerz auf, während er zu dem steinernen Bauwerk humpelte. Als er dort angekommen war, stellte er fest, dass ein Stück der steinernen Sitzreihen zur Seite geglitten war. Dahinter begann eine Treppe nach unten. Schwaches Licht drang von dort herauf.

»Ich hab's doch verdammt noch mal gewusst!«, murmelte Lawrence.

Er musste sich Halt suchend gegen die Wand lehnen, als er langsam die Treppe hinunter stolperte. Dermalez-Gel schmierte eine unregelmäßige Spur über den Stein, als er sich voran mühte. Blut tropfte ununterbrochen zwischen seinen Fingern hindurch auf die Stufen.

Am Boden war ein kleiner leerer Raum, mitten unter dem Tempel. Eine einzelne Metalltür befand sich gegenüber der Treppe. Sie glitt auf, als Lawrence auf sie zu humpelte. Dahinter wartete ein Lift. Er schob sich hinein und fand ein Kontrollpaneel mit lediglich zwei Knöpfen. Die Tür glitt hinter ihm zu, als er den unteren betätigte.

Ein leises Surren ertönte, und der Aufzug setzte

sich in Bewegung. Als sich die Tür wieder öffnete, enthüllte sie den Blick auf eine große, halbkugelförmige Kammer mit Wandsegmenten aus dunklem, kupferfarbenem Komposit. Lawrence stolperte aus dem Lift, ohne darauf zu achten, dass er entdeckt worden war. Er musste einfach wissen, was er die ganzen Jahre gejagt hatte. Das war alles. Nichts auf der Welt zählte sonst noch.

In der Mitte der Kammer stand ein großer Sockel aus milchigem Glas, der beinahe wie ein Altar aussah. Auf diesem Sockel ruhte ein großer, aschgrauer Stein mit einer zerklüfteten, von Löchern übersäten Oberfläche. Die Mitte des Steins war mit einem goldenen Geflecht überzogen. Das zum Lift hin zeigende Ende war abgeschnitten und poliert. Aus der glatten Fläche ragten kleine aquamarinblaue Kristalle, die sanft glitzerten.

Lawrence starrte aus zusammengekniffenen Augen auf die Szene. Er begriff nicht, was das alles zu bedeuten hatte.

Zwei junge Frauen standen vor dem Sockel. Die ältere von ihnen betrachtete ihn mit traurigem Lächeln und sagte: »Willkommen im Tempel des Gefallenen Drachens, Lawrence. Erinnerst du dich an mich?«

Lawrence grinste sie an, dann verlor er das Bewusstsein.

Kapitel Sieben

Joseps Gedanken waren rasch wieder klar, als er erwachte. Eine Sekunde hielt er die Augen geschlossen, während er seine Lage abschätzte. Er lag auf einer Art Plastikliege. Keine Kleidung, die nackte Haut drückte gegen das Plastik. Leichter Druck an den Hüften. Eine Boxershorts also. Kalte metallische Bänder um die Handgelenke, die im Abstand von fünfzehn Zentimetern auseinandergehalten wurden. Eine Art Handschellen. Seine Beine waren frei. Künstliches Licht schimmerte durch seine Lider. Das ferne Klappern und Murmeln eines Hauses voller geschäftiger Leute.

Als seine digital geschriebenen Neuronen versuchten, seinen Armband-Pearl oder einen lokalen Datapool-Knoten zu lokalisieren, fand er nichts außer ein paar zusammenhanglosen Hintergrundsignalen, die fast außerhalb der Wahrnehmungsschwelle lagen. Es war, als wäre das gesamte elektromagnetische Spektrum irgendwie gedämpft worden. Er schob die eigenartige Wahrnehmung auf das Gas, das sie benutzt hatten, um ihn auszuschalten. Ein Rest davon war immer noch in seinem Kreislauf und beeinträchtigte seine neuralen Zellen.

Er schlug die Augen auf. Der Raum war eine Zelle, vier mal vier Meter, keine Fenster, nur ein Belüftungsgrill. Er lag auf einer Pritsche gegenüber einer massiven Metalltür. Eine kleine Kamera an der Decke war auf ihn gerichtet.

Die Zellen der Sicherheitsabteilung des Raumhafens sahen fast genauso aus. Vielleicht hatten sie ihn noch gar nicht verlegt. In diesem Fall hatte er eine Chance. Er kannte den gesamten Raumhafen in- und auswendig.

Der Gedanke ließ ihn stocken. Er hatte nichts vom Aufzug gewusst. Und es musste zumindest einen Alarm geben, der nicht in den Dateien erfasst war, die sie benutzt hatten, als sie den Einbruch geplant hatten. Höchstwahrscheinlich handelte es sich um etwas, das Zantiu-Braun diskret installiert hatte, nachdem sie die Kontrolle über den Verwaltungsblock übernommen hatten. Trotzdem hätte sein Prime ihn warnen müssen, als er ihn ausgelöst hatte.

Gespielt langsam und verwirrt setzte er sich auf und kratzte sich am Kopf. Die Handschellen erschwerten die Bewegung. Er blickte sie stirnrunzelnd an. »Was zur Hölle ...?«

Niemand kam, um es zu erklären. Er tappte zur Tür. Der geflieste Boden fühlte sich kalt an unter den nackten Füßen. »Hey!« Er hämmerte gegen die Tür. »Hey, was hat das zu bedeuten?« An seinen Fäusten waren Schnitte, wo er gegen die Aufzugstür gehämmert hatte. Das war möglicherweise ein Fehler gewesen. Falls sie die Beule gemessen hatten, die er in die Türen geschlagen hatte, konnten sie sich ausrechnen, welche Kraft hinter dem Schlag sitzen musste. Das würde ihn *äußerst* interessant für sie machen. Nicht, dass sie nicht sowieso äußerst interessiert an ihm gewesen wären. Doch er durfte nicht zulassen, dass sie seinen Körper so genau in Augenschein nahmen.

Die Patternformsequenzer mussten geschützt werden, koste es, was es wolle.

Er tappte zu seiner Pritsche zurück und setzte sich. Es war Standard-Vorgehensweise, Gefangene eine Weile schmoren zu lassen, nachdem sie gefasst worden waren, um auf diese Weise eine gewisse Angst in ihnen zu schüren. Nicht, dass derartige Maßnahmen bei ihm etwas bewirkt hätten. Doch er musste eine Entscheidung fällen, wie er von hier aus vorgehen wollte. Die digital geschriebenen Zellen in seinen Wangen und seinem Unterkiefer hatten ihre Form behalten, während er bewusstlos gewesen war. Er besaß also immer noch Sket Magersans Gesicht. Zantiu-Braun würde inzwischen den echten Magersan überprüft haben. Sie würden wissen, dass es sich bei seinem Eindringen um einen ernsten Sabotageversuch seitens einer Widerstandsgruppe handelte.

Ein Verhör durch Z-B würde unausweichlich medizinische Diagnostik mit einbeziehen, möglicherweise einen vollständigen Gehirnscan. Die digital geschriebenen Modifikationen waren subtil, doch bei dieser Sorte Scan bestand das hohe Risiko einer Entdeckung. Und er war nicht hundertprozentig sicher, ob er immun gegen ihre Drogen war. Seine digital geschriebenen Neuronen waren kaum allmächtig, und Zantiu-Braun hatte seit Jahrzehnten und auf Dutzenden verschiedener Welten mit Widerstandsgruppen zu tun gehabt. Sie würden inzwischen über eine höchst ausgeklügelte Technologie verfügen, um Informationen zu extrahieren.

Die Wahl war einfach. Je länger er gefangen blieb, desto geringer seine Chancen auf eine erfolgreiche Flucht. Wenn er entkommen wollte, dann musste es geschehen, noch bevor sie in vollem Ausmaß erkannten, wozu er körperlich imstande war.

Das brachte ihn zu dem Zeitpunkt zurück, als sie ihn gefangen hatten. Er ging den Einbruch noch einmal von Anfang an durch.

Es dauerte weitere zwei Stunden, bis die Metalltür geöffnet wurde. Josep hatte noch immer nicht herausgefunden, an welcher Stelle er den Alarm ausgelöst hatte. Zwei Wachen in blauen Uniformen mit einem kleinen Zantiu-Braun-Abzeichen am Kragen kamen herein. Beide trugen Helme mit gefärbten Visieren und hielten lange Stäbe mit Schockelektroden an einem Ende.

Er bekam einen einfachen einteiligen Overall.

»Anziehen«, sagte einer der Söldner.

Josep nahm den Overall und faltete ihn auseinander. Er hielt die Arme ausgestreckt und rasselte mit den Handschellen. »Dann müssen Sie die hier wohl abnehmen.«

»Netter Versuch. Ziehen Sie einfach den Overall an.«

Die Ärmel des Overalls besaßen Druckknöpfe entlang einer Außennaht. Josep schälte sich in den unteren Teil des Kleidungsstücks, und einer der Söldner schloss die Ärmel für ihn.

Sie führten ihn nach draußen in einen kurzen, gewundenen Korridor. Josep überprüfte Länge und Höhe und wusste genau, wo er sich befand: Verwaltungsblock, dritte Etage. Die Sicherheitsdivision hatte eine große Abteilung für sich allein in dem großen fünfeckigen Gebäude. Grundrisse jagten durch seinen Kopf. Der einzige Weg in oder aus dieser Abteilung waren die beiden Aufzüge und eine Feuertreppe. Er durfte die Aufzüge nicht benutzen, sie waren durch Kodes geschützt – und er hatte außerdem nicht vergessen, was beim letzten Mal geschehen war, als er in diesem Gebäude einen Aufzug betreten hatte. Die Feuertreppe war demnach die offensichtliche Wahl, und das wusste auch der Gegner. Er hatte vermutlich strenge Sicherheitsmaßnahmen eingebaut.

»Wohin gehen wir?«, fragte Josep.

»Das wirst du früh genug feststellen, Raffles.«

Josep verstand die Anspielung nicht. Doch sie führten ihn von den Aufzügen weg. Die einzigen vor ihnen liegenden Räume waren Büros. Sie mussten eines davon als Verhörzimmer eingerichtet und dort ihre Ausrüstung aufgestellt haben. Er empfing immer noch keinerlei Signal vom Datapool.

Sie kamen um eine Ecke. Die Wände dieses Korridors waren übersät mit Türen. Er benannte sie leise, während sie vorbeigingen: Department Management, Briefing 1, 2 und 3, Finanzinspektor, Investigator. Josep schwankte leicht und veränderte seine Balance, dann trat er nach dem Wächter zur Linken. Der Tritt war perfekt gezielt und erwischte den Mann an der Kniescheibe. Er schrie schmerzerfüllt auf und ging zu Boden. Der zweite Wächter hämmerte Josep seinen Stock in den Rücken, und aus den Elektroschockern jagte der Strom in seinen Leib. Seine digital geschriebenen Zellen widerstanden dem elektrischen Ansturm – wenn auch nur knapp – und hielten seine Nervenbahnen frei. Er wandte sich um und entriss dem Söldner den Stock. Der Mann grunzte überrascht angesichts der Kraft des anderen, dann stieß Josep ihm den Stock in den Magen. Der Mann stolperte rückwärts und klappte zusammen, bevor er in die Knie brach.

Josep hämmerte dem ersten Wächter den Stock in den Nacken, als dieser versuchte aufzustehen. Er brach auf dem Teppich zusammen. Am anderen Ende des Korridors brüllten zwei Männer in Zantiu-Braun-Uniformen etwas und rannten auf Josep zu. Der Alarm ging los. Es war ein furchtbar schrilles Geräusch in dem engen Flur. Die Sicherheits-AS musste alles durch die Überwachungskameras verfolgt haben.

Josep warf den Stock nach den beiden Männern und sprang zur Tür der Finanzinspektion. Sie war nicht einmal verschlossen. Wie erwartet hatte Zantiu-Braun keine Verwendung für das Finanzpersonal; das Büro stand leer und verlassen für die Dauer der Besetzung. Drei Schreibtische reihten sich in der Mitte des Raums, übersät mit alten Memory-Chips und Stapeln von Papierausdrucken. Die Desktop-Pearls waren inaktiv. Die Wand gegenüber der Tür bestand vom Boden bis zur Decke aus getöntem Glas; das Fenster zeigte über das Vorfeld und zu den Raumhafenhangars. Josep rannte zum letzten Schreibtisch in der Reihe und wuchtete ihn hoch, um ihn anschließend mit aller Kraft gegen die Scheibe zu schleudern. Das gehärtete Glas zersplitterte und sandte einen Regen von Scherben nach draußen. Weitere Alarme schrillten los. Der Schreibtisch kam am Rand des Loches, das er geschaffen hatte, zur Ruhe, noch immer halb im Zimmer. Er wackelte unsicher. Josep versetzte ihm einen Tritt und sandte ihn über die Kante. Drei Stockwerke tiefer krachte er in die Blumenbeete.

Die Bürotür flog auf. Zantiu-Braun-Personal stürzte herein. Josep sprang hinter dem Schreibtisch her.

Drei Stockwerke in Thallsprings Standardgravitation. Der Sturz ging tief genug, um einem normalen Menschen beim Aufprall das gesamte untere Skelett zu zerschmettern. Die inneren Verletzungen von der gewaltigen Verzögerung wären wahrscheinlich tödlich. Josep riss die gefesselten Hände hoch und bemühte sich verzweifelt, das Gleichgewicht zu bewahren.

Es war überraschend still, als die warme Luft des späten Nachmittags an ihm vorbeirauschte. Er winkelte die Beine ein wenig an, als das Blumenbeet entgegenkam.

Seine Füße krachten auf den harten Boden, seine Knie bogen sich durch und absorbierten so viel von dem gewaltigen Aufprall, wie sie konnten. Seine Schulter prallte gegen den Boden und trieb ihm die Luft aus den Lungen. Seine Knochen hielten, obwohl die Knöchel- und Kniegelenke brennenden Schmerz in sein Rückgrat sandten. Er blinzelte die Tränen aus den Augen. Rosenbüsche hatten seine Beinen zerkratzt. In seinem Fuß steckte ein Glassplitter. Perplexes Zantiu-Braun-Personal beugte sich aus dem zerbrochenen Fenster des Büros drei Stockwerke höher und starrte zu ihm hinunter.

Josep befahl seinen tauben Gliedmaßen, sich zu bewegen, rollte auf allen vieren ab und stand auf. Schreie von oben mischten sich mit dem aufdringlichen Schrillen des Alarms. Er machte ein paar schmerzvolle Schritte, bis er gegen die Wand des Gebäudes prallte. Er stützte sich an der Wand ab, während er an ihr entlang weiter eilte. Irgendwo weiter vorn war eine Tür, die von Wartungspersonal benutzt wurde. Auf der anderen Seite des Glases sprangen Menschen von ihren Schreibtischen auf und zeigten auf ihn, als er vorbeieilte.

Er erreichte die Tür. Setzte die Schulter dagegen und drückte. Sie bog sich ein wenig durch, doch sie hielt. Er trat einen Schritt zurück und warf sich dagegen. Diesmal brach das Schloss, und er befand sich in einem schmalen Wartungstunnel aus Beton. Er eilte weiter bis zur ersten Kreuzung. Die Wände des breiteren Haupttunnels waren bedeckt mit Rohren und Kabeln. Lichtkonusse an der Decke erstrahlten alle fünf Meter in purpur-weißem Licht. Er wandte sich nach links und begann zu rennen. Jedes Mal, wenn der Glassplitter den Boden berührte und tiefer in sein Fleisch getrieben wurde, zuckte er zusammen. Blut tropfte aus dem Schnitt, doch er wusste, dass es noch schneller fließen würde, sobald er das Glas aus der Wunde zog.

Eine weiterer Abzweig nach links. Dann rechts, und wieder rechts. Ein Umkleideraum mit Spinden. Niemand im Innern. Er ging zu der Reihe von graublauen Metallspinden, packte den Türgriff des ersten und zog. Der Griff gab nach, das Metall um den Bolzen verbog sich, dann war die Tür auf. Im Innern waren schmutzige Overalls und ein Paar Stiefel.

Er ging zum nächsten Spind und riss auch diese Tür auf. Der nächste. Im fünften fand er, wonach er gesucht hatte, einen Werkzeuggürtel mit gefüllten Schlaufen. Er zog eine Energieklinge hervor, schaltete sie ein und steckte sich den Griff in den Mund. Dann hielt er ihn mit den Zähnen fest, so gut es ging.

Die Klinge schnitt mit erschreckend lautem Kreischen und einem wilden Funkenschauer durch die Handschellen.

Josep hielt den Atem an. Draußen durch den Betonkorridor hallten Schreie. Er kehrte zum ersten Spind zurück und steckte die Füße in die Stiefel, bevor er den Overall herauszog. Digital geschriebene Organellen begannen sein Gesicht zu verändern und verwandelten ihn wieder zurück in Andyl Pyne. Noch während die Veränderung im Gange war, riss er den Werkzeuggürtel an sich sowie einen Armband-Pearl, den er auf dem oberen Regalboden entdeckt hatte.

Fünfzig Meter vom Spind entfernt gab es eine Inspektionsluke, die in den Schacht hinter der Wand führte. Ein Kraftschrauber aus dem Gürtel öffnete sie, und er schob sich hinein. Es war eine enge, eingegrenzte Welt. Vollkommen schwarz. Die Wände waren einhundertzehn Zentimeter auseinander und bildeten einen Zwischenraum, der angefüllt war mit Trägern, Klimarohren und Wasserleitungen. Er konnte genauso weit nach unten sehen wie nach oben. Seine Füße ruhten auf einem Doppel-T-Träger, der kaum zehn Zentimeter breit war. Die Skins und Wachen, die ihn jagten, würden inzwischen wissen, dass er seine Verkleidung im Umkleideraum gewechselt hatte, doch die Stiefel waren kalt gewesen, als er sie angezogen hatte. Es würde eine Weile dauern, bis seine Körperwärme in die Sohlen eingedrungen war. Theoretisch waren sie nicht imstande, seine Spur zur Luke zu verfolgen.

Der beengte Spalt machte jede Bewegung schwierig, doch langsam arbeitete er sich aus seinem

Gefängnis-Einteiler, während er sich ständig mit einer Hand an einem Träger festhielt. Er ließ das Bündel Stoff in die Tiefe fallen und quälte sich in den Overall. Zweimal musste er aufhören, als jemand an der Luke vorbeirannte. Als er mit dem Umziehen fertig war und den Werkzeuggürtel umgebunden hatte, begann er zu klettern. Während er immer höher stieg, versuchte er seine digital geschriebene Neuronenstruktur mit dem Armband aus dem Umkleideraum zu integrieren. Er konnte immer noch keinerlei Verbindung herstellen. Das Betäubungsgas schien mehr Schäden angerichtet zu haben, als er im ersten Augenblick geglaubt hatte.

Sobald er auf der Höhe des zweiten Stockwerks war, folgte er der phosphoreszierenden korallenfarbenen Linie, die das Warmwasserrohr war, bis zu den Toiletten. Die Paneele in der Wand hier waren wesentlich kleiner als die Wartungsluke im Umkleideraum und hauptsächlich dazu gedacht, von außen an die Tanks und Rohre zu kommen, die WCs und Waschbecken versorgten. Er fand die größte und legte das Ohr daran, während er auf Bewegungen lauschte. Zwei Männer benutzten die Urinale – zumindest hörte es sich an wie Urinale. Einer blieb bei den Waschbecken stehen, um sich die Hände zu waschen, der andere ging geradewegs nach draußen.

Josep benutzte die Energieklinge, um den Rand des Paneels durchzusägen. Er wand und zwängte sich durch die Lücke in die Toilette und geriet fast in Panik wegen des Lärms, den er verursachte. Als er den größten Teil geschafft hatte, musste er sich auf eine gymnastische Weise verdrehen, die selbst seinen digital geschriebenen Gliedern Schwierigkeiten bereitete. Und alles nur, um sicherzustellen, dass er den Kopf nicht aus der teilweise geöffneten Tür streckte. Selbst in den Toiletten gab es Sicherheitskameras, und die Sicherheits-AS würde einen Großteil ihrer Rechenkapazität auf die Erkennung visueller Abnormitäten im Innern des Verwaltungsgebäudes richten.

»Erfindungsreich«, beobachtete Simon.

»Ich denke, wir waren ein wenig zu nachlässig bei der Jagd«, sagte Adul. »Und wir hätten es ihm in den Tunnels schwerer machen müssen.«

»Wir haben sein Gefühl von Überlegenheit gestärkt. Sehen Sie nur die Aktivität in seinem tiefen Thalamus. Er ist zuversichtlich.«

»Aber nur, solange die einfache Flucht ihn nicht misstrauisch macht.«

»Ich würde diesen Sprung wohl kaum einfach nennen. Ich dachte zuerst, er würde sich umbringen, bis mir die Beschaffenheit seiner Knochen einfiel«, sagte Simon. »Gib ihm eine einsichtige Körperform«, befahl er der AS.

Die Toilettentür öffnete sich. Josep spannte sich, während er darauf wartete, was der Mann tun würde. Schritte fanden ihren Weg zum ersten WC. Josep klopfte mit den Knöcheln an die Trennwand. Die Schritte zögerten.

»Hey!«, zischte Josep.

»Gibt es ein Problem?«

»Ja.«

Der Mann spähte um die Tür herum und sah Josep mit gesenktem Kopf auf der Toilettenschüssel sitzen. »Was ist denn?« Er kam näher.

Joseps linker Arm schoss hoch und packte den Mann am Revers. Er zerrte ihn ganz in den kleinen Raum, während gleichzeitig seine linke Handkante in den Nacken des Mannes krachte. Er schloss die Toilettentür. Wenn er sich nicht irrte, hatte die Sicherheitskamera gesehen, wie der Mann vor der ersten Toilette zögerte und dann in die zweite ging.

Nach dem Ausweis handelte es sich um Davis Fenaroli-Reece. Josep begann, ihn auszuziehen. Die Kleidung in der beengten Toilette zu wechseln war fast so schwierig wie im Wartungsschacht. Nachdem Josep den Anzug des anderen anhatte, setzte er den Leichnam von Davis Fenaroli-Reece auf die Toilettenschüssel und studierte sein Gesicht. Seine eigenen Züge veränderten sich erneut. Ohne Spiegel war er nicht imstande, die Ähnlichkeit so stark zu machen, wie er es gewollt hätte, doch seine wirkliche Sorge galt den Haaren. Davis Fenaroli-Reece besaß sehr dunkles Haar, während Andyl Pyne und Sket Magersan beide blond gewesen waren. Am Ende begnügte er sich damit, Wasser aus der Toilettenschüssel über den Haaren zu verteilen und es glatt nach hinten zu streichen in der Hoffnung, dass die Haare dadurch dunkel genug erschienen, um die AS zu täuschen. Er war zuversichtlich, dass die Auflösung der Kamera nicht ausreichte, um die Änderung der Struktur zu bemerken.

Er verbrachte eine weitere Minute mit den Werkzeugen und manipulierte das Schloss des WCs. Als er die Tür hinter sich zuzog, fiel der Bolzen in die

Lasche, und das Besetztzeichen erschien. Josep wusch sich die Hände und ging.

Er marschierte über den Korridor in Richtung Treppenhaus. In der zweiten Etage saßen Zantiu-Braun-Leute und einheimisches Raumhafenpersonal. Die meisten standen am Panoramafenster und starrten hinunter auf die Skins, die das Gebäude umrundeten.

Es wurde zunehmend dunkler draußen. Die Sonne war bereits hinter den Bergen am Horizont versunken. Das bedeutete, dass er nicht länger als vierzig oder fünfzig Minuten bewusstlos gewesen sein konnte. Er war allerdings hungrig, als hätte er seit einem Tag nichts mehr gegessen.

Die Treppe brachte ihn hinauf in den vierten Stock, von wo aus eine Brücke direkt in das Terminalgebäude führte. Zwei Skins standen am anderen Ende und überprüften jeden, der den Verwaltungsblock verließ, als wäre die AS nicht imstande, einen davongehenden Sket Magersan zu entdecken. Sie bewegten sich nicht einmal, als er sie passierte.

Vierzig Minuten später war er draußen auf dem Parkplatz 4B und ging gleichmütig an der Reihe von Fahrzeugen vorbei. Ein paar Angestellte waren aus dem Terminalgebäude gekommen, wünschten sich gegenseitig einen schönen Feierabend und trennten sich. Josep folgte einem von ihnen zum Wagen.

»Entschuldigung?«

Der Mann hielt inne, nachdem er die Tür geöffnet hatte. »Ja?«

»Mein Wagen tut's nicht mehr. Das Nabenmotorkabel, glaube ich. Fahren Sie nach Durrell?«

»Sicher.« Der Mann nickte. »Ich kann Sie mitnehmen.«

»Danke.«

An der Ausfahrtschranke standen ebenfalls Skins.

»Ziemlicher Aufruhr«, bemerkte Arthur Harwood, als er den Wagen auf der Höhe der beiden Sicherheitsposten verlangsamte.

»Ich frage mich, was das zu bedeuten hat?«, bemerkte Josep, als er Davis Fenaroli-Reeces ID-Karte über den Scanner auf der Beifahrerseite führte und in die Kamera sah.

Die Schranke glitt nach oben.

»Irgendjemand hat heute Nachmittag versucht, irgendwas aus dem Tresor zu stehlen«, erzählte Arthur Harwood. »Er ist ihnen entwischt.«

»Gott, ich hoffe nur, sie benutzen keines von ihren Kollateralhalsbändern!«

»Deswegen? Das bezweifle ich.«

Arthur Harwood brachte ihn wie versprochen nach Durrell. Josep dankte ihm, als er ihn bei einem Einkaufszentrum in einem der Außenbezirke aussteigen ließ. Glücklicherweise hatte Davis Fenaroli-Reece genügend Kleingeld bei sich, um einen Busfahrschein in das Stadtzentrum zu bezahlen. Von dort aus war es ein Zehn-Minuten-Spaziergang bis zum Universitätscampus. Als er Michelles Wohnheim erreichte, wartete er in der Lobby, während seine Gesichtszüge ihre ursprüngliche Form annahmen.

»Ah. Ich habe mich schon gefragt, wie er wirklich aussieht. Wollen doch mal sehen, ob wir Aufzeichnungen zu diesem Gesicht haben.«

Josep tippte den Kode in ihr Türschloss und betrat das Zimmer. Es herrschte das gleiche Chaos wie immer. Es war kaum groß genug für einen Bewohner, und seit er bei ihr eingezogen war, hatte es sich in einen Trödelbasar aus Klamotten, Fast-Food-Papier, Computerausdrucken und ungewaschenem Geschirr verwandelt. Michelle saß auf dem kleinen Bett und starrte auf das Paneel ihres Desktop-Pearls, der auf dem Kissen lag. Ihr Kopf ruckte hoch, und Schrecken zeigte sich auf ihrem Gesicht. Der Schnitt in Joseps Fuß von dem Glassplitter sandte eine Schmerzwelle durch sein Bein. Er zuckte zusammen.

Michelle sah überrascht auf, als sich die Tür öffnete. Es musste Josep sein. Sie hatte sich so viel Sorgen gemacht, dass er gefasst worden sein könnte, während er irgendetwas für die Widerstandszelle tat. Die Erleichterung wich Schock, als sie das Ding sah, das durch die Tür kam. Es war eine Parodie von einem Skinsuit, dürr und hager, mit einer einfachen Metallkugel als Kopf. Die beiden schwarzen Linsen, die seine Augen waren, starrten sie an. Sie schrie auf, als es in die Mitte des Zimmers ging.

Zwei echte Skins eilten hinter ihm herein. Michelle schrie immer noch, als einer der beiden sich auf sie stürzte. Dicke Finger packten ihr Handgelenk. Sie wollte sich am Bett festhalten, doch der Skin war unglaublich stark. Sie wurde weggerissen, und ihre Schulter krachte schmerzhaft auf den Boden.

»Helft mir!«, schrie sie. »Irgendjemand, zu Hilfe!«

»Halt die verdammte Schnauze, Miststück!« Der Skin riss sie zu sich und warf sie sich über die Schulter. Michelle versuchte zu treten, doch der starke Griff um ihre Beine verhinderte jede Bewegung. Ihr Kopf hing auf dem Rücken des Skins. Sie hob ihn, um auf das schmale humanoide Ding zu starren, das sich durch den Raum bewegte und mit den Fingern Objekte betastete. Dann war sie draußen auf dem Treppenabsatz, wo ein paar weitere Skins warteten. Studenten standen vor ihren Türen und beobachteten, wie sie weggetragen wurde. Sie waren zu verängstigt, um einzuschreiten oder auch nur zu protestieren.

Tränen rollten über ihre Wangen. Es war alles vorbei. Zantiu-Braun hatte ihre kleine Widerstandszelle entdeckt. Sie würden sie verhören und dann töten. Sie jammerte elend, als der Skin mit ihr in den Lift stieg. Drei Männer drängten sich im Innern und erwarteten sie. Sie befestigten unverzüglich Instrumente und medizinische Module an ihrer Haut.

Michelle schrie erneut, als die Türen zuglitten.

Einen Augenblick lang war das Zimmer unscharf.

»Alles in Ordnung?«, fragte Michelle. Sie war aufgestanden und blickte ihn besorgt an.

Josep hob den Fuß, um die Wunde zu entlasten. Der Schmerz ließ augenblicklich nach. »Mir geht es gut, danke.«

Sie lächelte ihn besorgt an. Josep wartete. Doch zum ersten Mal stürzte sie nicht herbei und umarmte ihn. Er fragte sich, was mit ihr los war. Glaubte sie vielleicht, dass er sich mit einem anderen Mädchen traf? Bitte nicht das, betete er. Nicht jetzt.

Er gab ihr einen flüchtigen Kuss. Sie reagierte kühl. »Es gibt ein Problem«, erzählte er ihr. »Ich muss mit Ray reden. Hol das Zeug, ja? Ich bringe es von hier weg.«

»Warum? Was ist denn passiert?«

»Nichts, weswegen du dir Sorgen machen müsstest.« Er setzte sich auf das Bett und zog den Desktop-Pearl zu sich heran. Seine digital geschriebenen Neuronen waren immer noch stumm bis auf das schwache Hintergrundrauschen. Es ließ ihn stutzen. Was zur Hölle konnte sie so lange ausschalten? Jede andere digital geschriebene Erweiterung seines Körpers schien tadellos zu funktionieren.

»Was ist passiert?«, beharrte Michelle.

»Also schön, sieh mal, der Controller hat sich bei mir gemeldet. Zantiu-Braun hat Suchpings in das Universitätsnetzwerk geschickt und die Studentendateien überprüft. Ich bin sicher, es ist nichts, weswegen wir uns Gedanken machen müssten, aber wir müssen trotzdem vorsichtig sein. Ich werde für ein paar Tage von hier verschwinden.«

»Das gefällt mir nicht.«

»Mir auch nicht. Es tut mir Leid, aber wir müssen auf Nummer sicher gehen. Dir wird nichts geschehen. Und jetzt hol bitte das Zeug, ja?« Er rief sein Prime aus den Memoryblocks des Desktop-Pearls auf. Das Paneel gab eine Fehlermeldung aus. Objekt nicht gefunden.

Die Remote sandte das Kommando mit dem dazugehörigen Kode, doch der Desktop-Pearl reagierte nicht. Das Paneel gab eine Fehlermeldung aus. Objekt nicht gefunden.

Josep starrte verständnislos auf den Schirm. »Verdammt!« Wo war das Prime geblieben? Wenn er doch nur ein direktes Interface herstellen könnte ... Er überlegte, ob er Raymond anrufen sollte, ohne die Daten durch Prime zu verschlüsseln. Michelle stand noch immer hinter ihm und beobachtete sein Tun.

»Holst du jetzt das Zeug oder nicht?«, fragte er.

»Ich will nicht, dass du gehst.«

»Scheiße.« Er befahl dem Desktop-Pearl, eine Verbindung zu Raymond herzustellen.

Simons DNI lieferte ein umfassendes Diagramm der Datapool-Architektur von Durrell. Der graphische Generator benutzte das Monitorprogramm der AS. Er sah, wie der Anfrageping durch den gesamten Datapool huschte. Joseps Anruf war an eine persönliche, mobile Adresse gerichtet. Wo auch immer das Individuum steckte, der nächste Datapool-Knoten würde den Anruf direkt zu ihm durchstellen. Ein Knoten im Silchester District stellte eine Verbindung her. Der gesamte Silchester Datapool stürzte ab.

»Was ist passiert?«, fragte Simon.

Die AS berichtete, dass ihr Monitorprogramm von einem unbekannten Programm entdeckt und identifiziert worden sei. Daraufhin sei der Silchester District augenblicklich vom Netz gegangen.

Simon war beeindruckt. Sämtliche Apparate und Geräte, die sie Josep abgenommen hatten, hatten sich in dem Augenblick selbst zerstört, als die Techniker von Zantiu-Braun anfingen, sie zu untersuchen. Sie waren förmlich verdampft, von der Oberfläche nach innen. Die Analyse der Gasrückstände hatte einige extrem ungewöhnliche und komplexe Moleküle ergeben. Wie es schien, war ihre Software genauso hoch entwickelt.

Der Desktop-Pearl blinkte. Empfänger nicht gefunden. Josep starrte mit wachsender Besorgnis auf das Paneel. Selbst wenn der Datapool keine Verbindung herstellen konnte, hätte Rays Prime den Anfrageping abgefangen und geantwortet.

»Das hätte nicht passieren dürfen.«

»Vielleicht hat er seinen Armband-Pearl abgeschaltet?«, sagte Michelle.

»Vielleicht.« Josep blickte sich zutiefst beunruhigt im Zimmer um. Irgendetwas stimmte nicht. Warum bekam er keinerlei Verbindung zu einem Prime?

»Hat Ray angerufen?«

»Nein.«

Auch das war eigenartig. Ray hätte nach spätestens einer Stunde gewusst, dass der Einbruch schiefgelaufen war. Und als Erstes hätte er Michelle angerufen.

Josep stand auf und wandte sich ihr zu. Sie erwiderte seinen Blick gleichmütig. Michelle hätte so etwas nie getan. Sie wäre entweder errötet oder hätte glücklich gelächelt. Verliebt.

»Du hast das Zeug immer noch nicht geholt«, sagte er gleichmütig.

»Ich hab dir doch gesagt, ich will nicht, dass du gehst.«

»Verdammte Scheiße«, sagte Adul. »Er ist misstrauisch geworden.«

»Das musste früher oder später geschehen«, sagte Simon. »Es war nur eine Frage der Zeit.« Er blickte zu Josep hinüber. Sie hatten ihn in einen Ganzkörper-Stimsuit gesteckt, nicht unähnlich Skin. Eine taktile Emitterschicht, umgeben von künstlichem Muskelgewebe, um jegliche Form von physischem Kontakt zu stimulieren, angefangen beim Wasser, das er sich in die Haare spritzte, bis hin zum Gefühl des Stoffs, aus dem das Hemd bestand. Er hing in einem Kardanrahmen, der es ermöglichte, seine Orientierung mit der in Einklang zu bringen, die er innerhalb der von der AS geschaffenen Welt einnahm – auch wenn der Sprung das Programm bis an die Grenzen seiner Möglichkeiten ausgereizt hatte. Faseroptiken waren in seine Hornhäute und Pupillen eingesetzt worden und erzeugten ein Bild direkt auf seinen Retinas. Die Projektion hatte Doppel-Null-Auflösung: perfekt.

Der große Schirm an der Wand vor Simon zeigte die Simulation, welche die AS erzeugt hatte. Bisher war die Illusion fehlerlos. Josep war überzeugt, dass er sich im Verwaltungsblock auf dem Raumhafen aufgehalten hatte und von dort nach Durrell geflüchtet war. Selbst Michelles Zimmer war eine exakte Reproduktion dank der Daten, die die humanoide Remote lieferte; nicht nur die Farben und Proportionen, sondern auch die Struktur und Temperatur des Bettes und des Desktop-Pearls. Duplikation unbelebter Gegenstände war nicht sonderlich anspruchsvoll.

Die Probleme tauchten da auf, wo das Subjekt mit anderen Menschen interagierte, insbesondere unbekannten Dritten. Wenn es sich um jemanden handelte, über den die AS kein Hintergrund-Profil besaß, dann mussten Verhalten und Reaktionen aus dem Kontext abgeschätzt werden. Wenn sich erst ein Fehler eingeschlichen hatte, würde sich der Effekt rasch vervielfachen, bis die gesamte virtuelle Umgebung instabil wurde und sich nicht mehr aufrecht erhalten ließ. Und in diesem Fall musste die AS versuchen, sowohl Michelle als auch die fremdartige Software aus dem absoluten Minimum an Daten auf glaubwürdige Weise zu simulieren.

Trotzdem war Simon zufrieden mit den Ergebnissen der Prozedur. Nachdem er mit eigenen Sinnen erfahren hatte, wie außergewöhnlich der Eindringling war, gelangte er zu der Überzeugung, dass gewöhnliche Verhörmethoden nutzlos wären. Eine Überzeugung, die durch die folgenden Scans auf zellularer Ebene an dem bewusstlosen Gefangenen weiter verstärkt wurde. Ärzte und Biotechniker hatten sich fasziniert gezeigt von den unglaublichen Veränderungen, die an seinem Körper vorgenommen worden waren. Sie sahen sich außerstande zu erklären, wie irgendeine davon zu bewerkstelligen sei. Die Anzahl und Natur der exotischen Mikropartikel war erstaunlich. Einige der Experten debattierten immer noch darüber, ob er nun ein aufgerüsteter Mensch war oder ein in eine menschliche Gestalt gepresstes Alien.

Trotz aller physischen Fähigkeiten des Gefangenen hatte Simon genug von seinem Bewusstsein gesehen, um die menschlichen Emotionen darin zu erkennen. Es war jedenfalls ausreichend gewesen, um dieses virtuelle Täuschungsmanöver zu versuchen.

So weit es Simon betraf, hatte sich diese Entscheidung längst bezahlt gemacht. Sie hatten mehrere vitale Erkenntnisse und Spuren gesammelt und insbesondere das Mädchen gefunden, das definitiv eine gewöhnliche menschliche Frau war.

»Wo ist das Zeug?«, fragte Josep leise. »Und wo wir schon dabei sind, welches Zeug überhaupt?«

»Nicht«, sagte Michelle. »Bitte.«

»Wer?«

»Was?«

»Wer? Wer bin ich?«

Ihr Gesichtsausdruck zeigte jämmerliches Elend. »Was machst du nur?«

»Wie heiße ich, Michelle?«

»Hör auf damit. Das ist nicht nett.«

»Ach ja? Weißt du, für jemanden, der nur einen Nachmittag lang weg war, bin ich ganz schön hungrig.« Er beugte sich vor und nahm eine alte Pizzaschachtel in die Hand. Es war noch eine Scheibe übrig. Er nahm sie, steckte sie in den Mund und begann zu kauen.

Simons magnetischer Sinn fing den emotionalen Aufruhr im Gehirn des Gefangenen auf. Seine Stimmung änderte sich rasch; Verwirrung wich einer Woge bitterer Enttäuschung.

»Er weiß es«, sagte Simon bedauernd. »Nun ja, das Szenario hat seinen Zweck fast erreicht. Wir haben genug Informationen, um seinen Hintergrund zu untersuchen.«

»Aber wir wissen immer noch nicht, warum sie eine Xianti entführen wollten.«

»Immer hübsch einen Schritt nach dem anderen.« Simons Grinsen verblasste, als eine neuerliche emotionale Woge durch den Gefangenen ging. Er hatte diese Emotion noch nicht häufig gesehen. Und noch niemals so ausgeprägt.

»Kein Geschmack«, sagte Josep. »Überhaupt kein Geschmack. Warum nicht, Michelle?«

»Bitte, du machst mir Angst!«

»Fatalismus«, sagte Simon, verblüfft von der Intensität des Gefühls. Die strahlende Aura des Gefangenen begann zu verschwimmen.

»Ich wusste gar nicht, dass Software Angst empfinden kann?«

»Raus!«, brüllte Simon. Er stürzte zur Tür. Die Aura hinter ihm erstrahlte sonnenhell und turbulent. Dann schrumpfte sie zu einem Nichts zusammen.

Simon erreichte die Tür. Riss sie auf.

Der Gefangene explodierte.

Lawrence empfand die Dunkelheit als wohltuend und beruhigend. Er war warm, sein Körper war vollkommen behaglich und entspannt. Er empfand keinen Schmerz. Es ist eine Dunkelheit wie in einem Mutterleib, sicher und behütet, dachte er. Ein Herzschlag, von dem er annahm, dass es sich um seinen eigenen handelte, sandte sein rhythmisches Pochen an seine Ohren. Der Atem floss mühelos in seine Lungen. Er schätzte, dass er seine Gliedmaßen bewegen konnte, falls er das wollte. Doch er wollte nicht; die Behaglichkeit war zu verführerisch. Er ließ sich treiben. Nur seine Augen waren nutzlos in dieser wundervollen Umgebung. Er sah überhaupt nichts.

Ohne Augen begann er zu sehen.

Ereignisse aus seinem Leben stiegen in sein Bewusstsein auf, ohne Ordnung und Reihenfolge, wie es für Erinnerungen typisch war. Er besuchte seine Eltern. Spielte mit seinen Brüdern und Schwestern. Roselyn trat in sein Leben, voller Lächeln und Bewunderung. Er spazierte über fremde Welten, spazierte immer weiter, über das Plateau und in die kalte, weiße Isolation des Schneesturms. Der Kratersee lag unter ihm; er breitete die Arme aus und sprang sauber hinab in das tiefe, reinigende Wasser.

Er hatte das Gefühl eines Lächelns, von leichtem Spott. Seine Erinnerungen waren nicht das Einzige, dessen er sich bewusst war. Ferne Träume von jemand anderem teilten sich ihr Universum mit den seinen.

»Hallo?«

»Hallo, Lawrence.«

»Wer bist du?«

»Die Menschen von Arnoon nennen mich den Drachen.«

»Ist das, wo wir sind? In Arnoon?«

»Ja.«

»Was passiert mit mir?«

»Ich repariere deinen Körper.«

»Bist du ein Arzt?«

»Nein.«

»Was bist du dann?«

»Möchtest du mich kennen lernen? Komm.«

Die Träume des Drachen wurden stärker. Und

das Universum war nicht länger ein Ort der Dunkelheit.

Es war halb drei Morgens lokaler Zeit, als Simons Raumflugzeug in Durrell landete. Sie rollten über das Vorfeld, und eine Gangway wurde herangefahren. Als die äußere Schleuse aufglitt, nahm er sich einen Augenblick Zeit, um die Luft einzuatmen. Sie war wesentlich besser als die recycelten Moleküle an Bord der *Norvelle*, doch ansonsten gab es keinen charakteristischen Geruch, nichts, das sie als fremd verraten hätte. Jedes Mal, wenn er eine neue Welt betrat, erwartete er etwas Besonderes, Andersartiges. Und jedes Mal wurde er aufs Neue enttäuscht.

Braddock Raines erwartete ihn mit ernstem Gesicht am Fuß der Gangway. »Willkommen auf Thallspring, Sir.« Die Fünf-Mann-Eskorte aus Skins kam heran und bildete einen schützenden Kordon, während sie zu der wartenden Limousine gingen.

»Danke sehr.« Simon blieb stehen und sah zu den Feuerwehrfahrzeugen, die rings um den Verwaltungsblock parkten. Dutzende von roten und gelben Blinklichtern zuckten über das Vorfeld wie ein Fernsehspot für das Desaster. Trotz der Zeit drängten sich noch immer Schaulustige hinter der Absperrung.

Flutlichtscheinwerfer waren rings um den Verwaltungsblock aufgestellt worden und erhellten einen großen Bereich der beiden oberen Stockwerke, der herausgesprengt worden war. Die drei Etagen darunter waren eingestürzt und hatten den größten

Teil der umlaufenden Glaswände zerschmettert. Berge von Glassplittern lagen am Boden davor. Sanitäter, Ingenieure, Feuerwehrleute, Skins und Roboter bahnten sich einen Weg durch die Trümmer und suchten nach Überlebenden und Leichen. Hebebühnen der Feuerwehr standen Wache und spritzten Wasser auf die bereits durchnässten Trümmer.

»Was für eine Sauerei«, murmelte Simon.

»Jawohl, Sir«, stimmte Braddock ihm zu. »Der Datapool quillt über davon. Präsident Edgar Strauss verlangt rückhaltlose Aufklärung der Vorgänge von General Kolbe. Er will wissen, wer der Schuldige ist.«

»Ah, der gute Präsident Strauss. Ich hatte erst einmal mit ihm zu tun. Wie geht es ihm denn so?«

Ein verlegenes Lächeln huschte über Braddocks Gesicht. Auch wenn er die höchste Sicherheitsstufe von Zantiu-Braun innehatte, machte ihn der Gedanke daran, wie viele Simon Rodericks es gab, doch jedes Mal aufs Neue nervös. »Er ist offensichtlich sehr besorgt, dass wir die Kollateralhalsbänder benutzen könnten.«

»Verständlich. Unter den gegebenen Umständen kann ich zwar kaum die Bevölkerung von Thallspring verantwortlich machen, doch es ist nicht erforderlich, dass Präsident Strauss dies erfährt. Der General soll ihm mitteilen, dass die Untersuchungen im vollen Gange sind. Das sollte ausreichen, um sie in Trab zu halten.«

Das Raumhafenhospital lag in einem kleinen Seitenflügel des Terminalgebäudes. Braddock hatte einen engen Sicherheitskordon um das gesamte Gebiet ziehen lassen, als der schwer verletzte Simon Roderick hergebracht worden war. Lediglich Zantiu-Brauns eigenes medizinisches Personal hatte Zutritt zu dem Operationsraum, in dem er behandelt wurde. Nach den ersten Maßnahmen hatte sich der Raum in eine Intensivstation verwandelt. Sicherheitsingenieure und Programmierer untersuchten jedes Stück Ausrüstung und jedes Instrument, das zu Rodericks Behandlung herbeigebracht wurde. Die Elektronik und die Knoten des Operationszimmers waren physisch vom Raumhafennetzwerk abgetrennt worden, das seinerseits immer noch keine Verbindung mit dem Datapool hatte. Software-Subversion gegen irgendeinen der medizinischen Apparate war nun unmöglich.

»Sehr gründlich«, bemerkte Simon anerkennend, als sie durch das Hospital wanderten. »Was ist mit Adul?«

»Tot, Sir«, antwortete Braddock.

»Verdammt. Er war ein guter Mann.«

Drei Skins standen draußen vor dem Saal Wache. Einer von ihnen hielt Simon Roderick die Tür auf. Ein Viral-Techniker und ein Arzt überwachten die Lebenserhaltungsmaschinerie, die die Gestalt auf dem Bett einhüllte.

»Ich möchte einen Augenblick mit ihm allein sein«, sagte Roderick zu ihnen.

Simon winkte, bevor die Ärzte protestieren konnten. Der verblüffte Viral-Techniker musterte Simon mit einem langen, gründlichen Blick, als er an ihm vorbeiging.

Simon trat zum Krankenbett. Zwei der zehn Lichter in dem großen mobilen Gestell brannten und beleuchteten die Maschinerie. Der SK2 hatte dreiundsiebzig Prozent seiner Körperoberfläche verbrannt; sie war versiegelt unter einer dicken schützenden Membran mit einem eigenen Plexus aus Kapillaren, die die Giftstoffe aus dem zerstörten Gewebe abtransportierten. Sein Kopf war vollkommen bedeckt, und nur zwei schmale Schlitze waren frei, einer für den Mund und einer für das einzelne Auge, das ihm geblieben war. Ein Sauerstoffschlauch führte direkt durch die Membran zu den Überresten seiner Nase. Die linke Hand war amputiert worden, genau wie beide Beine unterhalb der Knie.

»Kannst du mich hören?«, fragte Simon.

Der SK2 schlug das Auge auf. Luft zischte an seinen Zähnen vorbei. »Dieser verdammte Bastard von einem Alien!«

»Wenn es dich tröstet – sein Zustand ist um einiges schlimmer als deiner. Sie kratzen immer noch Teile von ihm von der Decke.«

»Was für eine Decke? Es ist nicht einmal mehr ein Gebäude übrig. Verdammte Scheiße, was war ich blöde! Ich hätte erkennen müssen, zu was er imstande ist.«

»Ja. Als Selbstmordmethode schlägt es eine Zyanidkapsel im Mund jedenfalls um Längen. Mir war gar nicht bewusst, dass der menschliche Körper so viel chemische Energie enthält.«

»Kein menschlicher Körper. Er war ein verdammtes Alien!«

»Nein. Ich habe die Daten auf dem Weg nach unten studiert. Unsere lieben Experten haben einige Erkenntnisse gewonnen. Seine DNS bestätigt, dass er ein Mensch war. Sie war nicht einmal modifiziert. Die Mikropartikel waren Fremdkörper. Nicht, dass wir viele hätten retten können, um sie zu studieren, nicht mehr als ein paar Hunderttausend, aber wie es aussieht, konnten sie die molekulare Struktur der Zellen umbauen, in denen sie saßen. Die Modifikationen sind jedenfalls nicht genetisch induziert. Du weißt, was das bedeutet.«

»Alien.«

»Die Technologie, gewiss. Eine Verbindung zu Santa Chico konnten wir ausschließen. Es geht weit über alles hinaus, was sie dort haben. Es ist ein funktionierendes nanonisches System, das die molekulare Biologie beeinflussen kann.«

Der Atem des SK2 ging rasselnd. »Finde es.« Er stöhnte. Mehrere Monitorlichter flackerten rot. »Gottverdammt, tut das weh!«

»Sie stabilisieren dich nur. Es dauert wenigstens noch zwei Tage, bis du bereit bist für eine virale Regenerationstherapie.«

»Hab ich meine Eier noch?«

»Scheint so, ja.«

»Gott sei Dank dafür! Den Rest haben sie mir schon gesagt.«

»Ich weiß.«

»Beide Beine!«

»Sie werden ersetzt, sobald wir wieder zu Hause sind, zusammen mit allem anderen.«

»Hurra, verflucht!«

»Möchtest du, dass ich dich solange in Tiefschlaf versetzen lasse?«

»Nein. Ich überstehe es auch so.«

»Wie du meinst.«

»Selbstverständlich meine ich, verdammt! Du weißt genau, was das zu bedeuten hat!«

»Das Potential einer funktionierenden Nanonik ist phänomenal, ja.«

»Phänomenal, am Arsch!«, rasselte der SK2. »Es ist vollkommen! Wir können die gesamte menschliche Rasse verbessern! Und das in Echtzeit! Kein Warten mehr darauf, dass zurückgebliebene Regionen unsere Investitionen wieder hereinbringen, keinerlei virale DNS-Manipulation mehr. Mein Gott, wir haben gewonnen! Alles, was wir jemals erreichen wollten, kann jetzt Wirklichkeit werden! Keine menschlichen Barbaren mehr, die sich uns in den Weg stellen! Die Gesellschaft kann sich zu einer durch und durch aktiven, kreativen Ökonomie hin verändern.«

»Hoffen wir's«, sagte Simon vorsichtig.

»Scheiße, Hoffnung.«

Es bereitete Simon keine Freude, seinen Zwilling in so großem körperlichem Schmerz zu beobachten. Es war viel zu leicht, sich vorzustellen, dass er selbst dort auf dem Bett lag und von Maschinen eingehüllt wurde. Der SK2 versteifte sich darauf, die Nanonik zu entdecken, als eine Methode, sein eigenes Leiden zu rechtfertigen und dem Schmerz und dem Opfer so einen Sinn zu geben. Den alles auch hätte, gestand sich Simon ein. Doch das Alien hatte seine Nanonik auf eine sehr eigenartige und definitiv feindliche Weise eingesetzt. »Wir sind immer noch nicht sicher, welche Fähigkeiten dieses nanonische System besitzt. Bis jetzt haben wir nichts außer Mutmaßungen von einem über alle Maßen aufgeregten Stab von Technikern und Ingenieuren, aber nichts Konkretes.«

»Ich habe ihn gesehen. Ich habe gesehen, was er war. Wir können jeden Menschen im Universum so verändern, alle gesund und intelligent machen.«

»Genauso gesund und intelligent, wie wir es sind«, sagte Simon und bemühte sich, jegliche Ironie aus seinen Worten zu halten.

»Das ist der Grund für unsere Existenz.«

»Ganz recht. Obwohl wir uns nie hätten träumen lassen, alles in einem einzigen großen Knall zu erreichen.« Fast hätte er hinzugefügt: »Und was, wenn die Leute nicht von uns verändert werden wollen?«, doch er kannte die Antwort des SK2 darauf bereits. Die Entdeckung dieser Nano-Technologie würde zu einem nie dagewesenen Streit im Vorstand führen. Einige Parteien würden augenblickliche Implementierung fordern, während andere, zu denen er sich selbst zählte, zu mehr Vorsicht anregen würden.

Obwohl all diese Fragen vollkommen hypothetisch blieben, solange sie den Alien nicht fanden und die Technologie bekamen. Simon musterte den SK2 mit einem nachdenklichen Blick. War das der Grund, warum er den Tiefschlaf abgelehnt hatte? Um sicherzustellen, dass die Akquisition glatt über die Bühne ging? Die bloße Tatsache, dass er einen derartigen Verdacht gegen einen Zwilling hegen konnte, beunruhigte ihn zutiefst.

»Nun, wir können unsere ursprünglichen Ziele anpassen, um das mit einzubeziehen, meinst du nicht?«, sagte der SK2.

»Das ist eine ganz außerordentliche Anpassung, die du da vorschlägst.«

»Aber möglich wäre sie. Und höchst wünschenswert obendrein.«

»Ganz meine Meinung.«

»Verhör zuerst das Mädchen, diese Michelle Rake. Sie ist ein schwaches Glied in ihrer Kette.«

»Selbstverständlich. Irgendeine Idee, warum das Alien seine Technologie gegen uns einsetzt?«

»Keine. Wir verfügen noch nicht über genügend Informationen. Auch darum musst du dich kümmern.«

Die Träume des Drachen waren alles, was Lawrence sich jemals gewünscht hatte. Er nahm es als bittere Ironie des Schicksals hin, als er vom Ring-Imperium erfuhr. Einmal mehr hatte sich das Universum um ihn herum verändert und sein ganzes bisheriges Leben als fragwürdig hingestellt. Farbenfrohe, elegante Fakten vereinigten sich und verschmolzen mit seinen eigenen Gedanken bis sie zu einer Offenbarung wurden. Und innerhalb dieses eigenartigen Zustands der Erleuchtung schwebte er hinter Mozark her, während der Prinz von einer Welt zur anderen reiste. Er bemerkte, dass große Teile der Geschichte fehlten

»Der größte Teil meiner Erinnerungen ist verloren«, sagte der Drache bedauernd.

»Und das alles ist wirklich geschehen?«, fragte Lawrence, während er Die Stadt ansah und die silbernen und kristallenen Paläste bewunderte, die sich im rosigen Dämmerlicht erhoben.

»Es ist Geschichte.«

»Wie lange ist es her?«

»Dutzende von Millionen Jahren, wenn nicht noch länger. Auch diese Information existiert nicht mehr in mir.«

Lawrence war sicher, dass er geweint hätte, wenn seine Augen offen gewesen wären. Das Wissen des Drachen war gewaltig. Hier lag das Potenzial, einfach … alles zu erreichen. Lawrence war nicht nur von Ehrfurcht erfüllt, er spürte Demut. Seine eigenen Ziele erschienen ihm mit einem Mal inkonsequent und ärmlich im Vergleich mit alledem. Doch der Drache verurteilte ihn nicht, und das vergrößerte noch seine Schuld.

»Ich hatte gehofft, hier Reichtum zu finden«, gestand Lawrence. »Ich hätte nie geglaubt, dass es so unglaublich viel sein könnte.«

»Die Dorfbewohner betrachten sich nicht als reich.«

»Sie sind es. Glaub mir. Es kann kein größeres Geschenk im Universum geben, als dich zu kennen. Du bist die Art von Hoffnung, an die ich vor langer Zeit zu glauben aufgehört habe.«

»Danke sehr. Obwohl es Menschen waren, denen zu verdanken ist, dass ich so weit wiederhergestellt wurde. Ich würde ohne eure Bemühungen nicht existieren.«

»Ich würde gerne eines wissen«, sagte Lawrence, auch wenn er sich bereits bei dem Gedanken an die Frage schämte. »Bist du sicher, was Mozark angeht? Existierten diese Orte und Spezies, die er im Verlauf seiner Reise besucht hat, tatsächlich?«

»Die Erinnerungen sind alles, was ich habe. Sie sind, was ich bin. Existiert deine Vergangenheit, Lawrence?«

»Manchmal wünschte ich, sie würde es nicht.«

Denise war bald nach Sonnenaufgang aufgestanden, zufrieden, dass sie in ihrem eigenen Bett geschlafen hatte, auch wenn sie hoffte, dass es wirklich zum allerletzten Mal war. Als es draußen heller wurde, tappte sie auf den Balkon ihres Elternhauses hinaus. Die Sonne war eine strahlende kupferfarbene Scheibe, die zwischen dem Mount Arnao und dem Mount Nallan hinter dem Horizont hervorkam. Denise betrachtete es als gutes Omen. Es war selten, dass der Spalt zwischen den beiden Bergen frei war von Nebel und Wolken und so früh am Morgen so klare Luft herrschte. Sie beugte sich auf das geschnitzte Holzgeländer und blickte hinaus auf die wundervollen, verschlungenen Täler und zerklüfteten Felshänge, die Arnoon umgaben. Ein dünner Nebelschleier hing über den Hängen, die sich ringsum zogen, und nur die höchsten Baumwipfel ragten daraus hervor. Die Strahlen der Sonne leuchteten in delikatem Rotgold, als sie höher und höher stieg und immer kräftiger wurde.

Nach einem leichten Frühstück zusammen mit ihren Eltern ging sie durch das Dorf zu dem großen Pavillon aus Schneebäumen. Die Luft hier oben auf dem Plateau war viel kühler als das feuchtwarme Küstenklima, an das sie sich unten in Memu Bay gewöhnt hatte. Sie zog einen Pullover aus Willow-Wolle an, bevor sie das Haus verließ. Ein Geschenk von Jacintha, deren Ehemann Lycor ihn entworfen und wie stets helle, freundliche Farben verwendet hatte, ohne dass es schrill wirkte. Dieser Pullover war Mitternachtsschwarz mit sich ringelnden Mustern aus Saphir, Topas und Magenta, die aussahen, als wären sie über die Wolle gehaucht. Die Ärmel waren ausgestellt an den Handgelenken, und ein kleiner v-förmiger Ausschnitt ermöglichte, sie hochzukrempeln. Der Pullover hielt wunderbar warm, während die kalten morgendlichen Böen vom Mount Kenzi herabwehten.

Unterwegs kamen Freunde heran, die sie seit Ewigkeiten nicht mehr gesehen hatte, um sie zu begrüßen und freundliche Worte zu wechseln und sie aufzumuntern. Sie alle gaben ihrer Besorgnis wegen Josep Ausdruck, als würde sie aus irgendeinem unerfindlichen Grund mehr darunter leiden als alle anderen. Es war falsch in ihren Augen; man behandelte sie, als hätte sie etwas erreicht, anstatt sie um ein Haar alle ins Verderben zu führen. Aber es wäre selbstsüchtig gewesen, ihnen das ins Gesicht zu sagen. Außerdem bestand immer noch Hoffnung. Nicht, dass sie sich jemals vorgestellt hätte, dass diese Hoffnung in einer so fremdartigen Form daherkommen könnte.

Bevor die Kinder kamen, betrat sie den Pavillon, strich mit der Hand über die Rinde jedes einzelnen der zehn Bäume und machte sich wieder mit ihnen vertraut. So viele Stunden einer angenehmen Kindheit hatte sie hier im Pavillon und seiner Umgebung mit ihren Freundinnen und Freunden verbracht, Spiele gespielt oder den phantastischen Geschichten der Erwachsenen gelauscht. Es war nur passend, dass sie – diejenige, die auserwählt worden war, ihre Art zu leben zu einer neuen Welt zu bringen – ein letztes Mal eine Gelegenheit erhielt, der neuen Generation von ihrem Erbe zu erzählen.

Nach und nach trafen die Kinder ein. Kleine Grüppchen sprangen lachend und schnatternd über die Wiese vor dem Pavillon. Denise lächelte automatisch; irgendetwas an glücklichen Kindern wirkte ansteckend, und ihr Lachen machte die Welt zu einem weniger traurigen Ort. Eltern brachten kleinere Kinder herbei. Sie sah Jacintha und Lycor, und die kleine Elsebeth hielte ihre Hand, während sie zwischen ihnen entlang stolperte.

Nach einigem guten Zureden saßen die Kinder in einem großen Halbkreis um Denise herum. »Kennt ihr alle die Geschichten von Mozark und Endoliyn?«, fragte sie.

»Ja!«, riefen die Kinder.

»Nun, heute will ich euch die letzte Geschichte des Ring-Imperiums erzählen. Sie spielt lange nach der Zeit von Mozark und Endoliyn. Es war eine traurige Zeit, denn das Ring-Imperium hatte begonnen niederzugehen. Einige seiner Bewohner gaben den Maschinen die Schuld daran, denn die Maschinen waren inzwischen so klug, dass sie sich vom Augenblick der Geburt bis zum Tod um die Leute kümmerten. Diese Maschinen-verhätschelte Generation hatte nichts anderes zu tun, als ihr Leben auf der Jagd nach persönlichen Vergnügungen und Annehmlichkeiten zu verbringen. Sie war dekadent geworden, und grausam noch dazu. Ihr Respekt vor dem Leben war sehr viel geringer als der ihrer Vorfahren, die das Ring-Imperium auf die Höhe seiner Macht gebracht hatten. Diese Generation hingegen, die letzte Generation, hatte gewaltige Ressourcen zur Verfügung. Ihre Maschinen konnten ganze Planeten zerlegen und ihre Atome neu formen, um zu bauen, was immer diese Leute wollten. Man sollte glauben, dass sie restlos glücklich und zufrieden waren mit ihren

Fähigkeiten. Aber nein. Selbst die Anzahl von Planeten ist endlich. Sie begannen miteinander zu streiten, wie viele Ressourcen jeder beanspruchen durfte und wie die Ressourcen aufzuteilen waren. Zuerst war es nur Streit. Dann artete es in Diebstahl und Hamstern aus. Schließlich brachen Kämpfe aus und steigerten sich zu dem, was später als Dekadenzkriege bekannt wurde. Die einzelnen Königreiche, die einst so eng verbündet gewesen waren, wandten sich gegeneinander. Kampfmaschinen wurden konstruiert, die schrecklichsten, die das Universum je gesehen hatte, ausgerüstet mit Waffen, die einen Planeten in Fetzen schießen und selbst Sonnen auslöschen konnten. Diese Kampfmaschinen bekriegten sich um die Aufteilung ganzer Sternensysteme. Und man benötigte gewaltige Ressourcen, um sie zu bauen. Was bedeutete, dass ein von den Kampfmaschinen erobertes Sternensystem dazu benutzt wurde, weitere Kampfmaschinen zu bauen. Die letzte Generation beraubte sich so des einen Guten, dessentwegen der Krieg überhaupt erst ausgebrochen war. Ohne die Ressourcen, die sie so dringend brauchten, wurden sie bald weniger und weniger und starben noch während des Konflikts aus. Die Kampfmaschinen jedoch fochten noch Tausende von Jahren weiter und brachten Tod und Verwüstung unter die Sterne, bis sie sich gegenseitig zusammen mit ganzen Spezies ausgelöscht hatten.

Doch die Dekadenten und ihre Kampfmaschinen waren nicht der einzige Grund für den Untergang des Ring-Imperiums, auch wenn sie die größte Schuld traf. Sie repräsentierten nur den physischen Aspekt für diesen Untergang. Zahlreiche Gesellschaften waren dem Beispiel der Wilfrien gefolgt und hatten sich langsam zurückentwickelt. Sie hatten ihre technologische Gesellschaft abgelehnt und auf der Suche nach Frieden eine primitivere Existenz begonnen. Sie hatten sich aus dem Ring-Imperium zurückgezogen und lebten isoliert. Und es gab andere, wie die Outbounds und die Letzte Kirche, die recht erfolgreich ihre Ziele verwirklicht hatten. Sie hatten die energischsten, die klügsten und die ruhelosesten Leute angezogen, die Herausforderungen liebten und sich ganz und gar einem Problem verschreiben konnten. Und indem sie zu den Outbounds und der Letzten Kirche gingen, verlor das Ring-Imperium über die Jahrtausende jegliche Vitalität und genau jene Leute, die es hätten retten können.

Unter all den Fraktionen und kriegführenden Gruppen war eine, die den Untergang vorhergesagt hatte. Die Eternals, die mehr Gelehrte waren als alles andere, hatten die Zivilisationen des Ring-Imperiums studiert. Sie hatten herausgefunden, dass es eine Sache gab, die unter allen biologischen Spezies immer gleich blieb: die Zyklen von Wachstum und Verfall. Manchmal dauerte es nur ein Jahrhundert. Manchmal dauerte es Jahrmillionen. Doch das Leben folgt stets diesem Muster. Als die Dekadenzkriege tobten und das Ring-Imperium ringsum zerfiel, beschlossen sie, sich selbst zu retten. Zahlreiche Gruppen versuchten verzweifelt, das Gleiche zu tun, mit Kolonien und geheimen Enklaven, in denen die ursprünglichen Ideale hochgehalten wurden, bis sie eines Tages erneut expandieren und ihren früheren Glanz zurückgewinnen konnten. In manchen Fällen isolierten sich ganze Königreiche hinter befestigten Grenzen und Barrieren, damit der Verfall, der ihre Nachbarn infiziert hatte, nicht auf sie übergreifen konnte. Alle bemühten sich, etwas zu widerstehen, von dessen Unausweichlichkeit die Eternals überzeugt waren. Indem sie sich abkapselten, waren sie nach Meinung der Eternals erst recht zum Untergang verdammt. Und die Eternals hatten Recht, denn heutzutage gibt es kein Ring-Imperium mehr, nur noch Geschichten und Legenden seines einstigen Ruhmes. Und die Eternals sind noch immer da.

Statt vergeblich gegen den Niedergang anzukämpfen, hießen die Eternals den Zyklus des Lebens willkommen. Sie verwandelten sich selbst und ihre Gesellschaft, sodass sie in Harmonie mit den galaktischen Gesetzen der Natur leben konnten. Biologisches Leben und die Maschinen des Ring-Imperium wurden auf molekularer Ebene verschmolzen. Die Eternals wurden zu gigantischen weltraumbewohnenden Wesen. Im Gegensatz zu Raumschiffen jedoch benötigten sie keinen Treibstoff und keine großen Industriestationen zu ihrer Wartung. Diese Kreaturen waren in vielerlei Hinsicht unglaublich einfach. Und die Einfachheit ist es, die ihnen ermöglichte zu überleben und sich durch die gesamte Galaxis auszubreiten.

Sie leben heutzutage im Orbit um die Roten Riesen der Galaxis, beziehen ihre Energie aus der Wärme und ernähren sich von den Sonnenwinden. Sie besitzen gewaltige massive Körper, die aussehen wie stromlinienförmige Asteroiden, und Sonnenflügel, deren Spannweite in Kilometern gemessen wird. Wegen ihrer Gestalt und der feurigen Umgebung, in der sie leben, nennen wir sie Drachen. Sie werden sogar aus Eiern geboren. Jedes Sonnensystem hat sie, dunkle kalte Kugeln, die im äußeren Kometenhalo kreisen, während sie darauf warten, dass die Hauptsequenz des Sterns zu Ende geht. Dann beginnt der Zyklus von neuem. Sterne werden alt und sterben, schwellen an, absorbieren ihre Planeten und expandieren schließlich zu Roten Riesen. Das ist der Zeitpunkt, an dem ihre Wärme die Eier erreicht und mit Energie versorgt. Sie wachsen langsam, während sie die Wärme absorbieren und die dünnen Ionenströme, bis sie irgendwann ausgewachsene Drachen sind. Und dann lauschen sie ins Universum. Ihre Flügel sind durchzogen von Elementen, die Radiowellen von der anderen Seite der Galaxis und noch viel weiter weg auffangen können und ihnen ermöglichen, planetaren Zivilisationen zu lauschen, die aufstreben und schließlich wieder vergehen. Sie lauschen dem Kosmos selbst, der Geburt und dem Tod von Sternen, dem Kreischen der Materie, wenn sie in Schwarze Löcher stürzt, den Schreien der Pulsare und Quasare aus dem leeren Nichts. All dieses Wissen verbreiten sie unter sich, denken darüber nach und erinnern sich. Ganz selten benutzen sie dieses Wissen sogar, denn sie können sich selbst auf molekularer Ebene verändern. Das ist ihre physische Natur, das Erbe des Ring-Imperiums.

Irgendwann schließlich, wenn der Rote Riese zu schrumpfen beginnt und vor dem endgültigen Erlöschen zu einem Weißen Zwerg wird, bleiben sie allein in der Dunkelheit zurück und hören auf zu existieren. Indem sie ihre Sterblichkeit akzeptieren, leben sie im Einklang mit dem natürlichen Zyklus.

Sie haben ihren Zweck erfüllt und ihre Spezies vorangebracht. Wie jede andere Zivilisation sammeln sie Wissen, organisieren es und geben es an ihre Nachkommen weiter. Und während sie um den gewaltigen Stern kreisen, senden sie ihre eigenen Eier hinaus in das Universum. Jedes einzelne davon enthält die Erinnerung an alles, was die Drachen als wichtig und bedeutsam einschätzen. Die Eier fallen durch die Dunkelheit des Interstellaren Raums, bis die Gravitation irgendeines jungen, hellen Sterns sie in einen fernen Orbit zieht, wo der Zyklus von neuem beginnen kann.«

»Nur, dass eines dieser Eier auf einen Planeten fiel, nämlich auf Thallspring«, sagte Lawrence.

Die Kinder schraken zusammen und wandten sich um. Lawrence lehnte lässig am Stamm eines Schneebaums, die Arme vor der Brust verschränkt. Er grinste schief, als er Denise ansah.

Die Kinder begannen aufgeregt zu flüstern.

»Das war vor mehr als zweitausend Jahren«, fuhr Lawrence fort, während er die erwartungsvollen, ein wenig verängstigten Gesichter anlächelte. »Das Drachenei schoss aus dem Himmel herab wie ein Splitter Sonnenlicht und traf das Plateau ganz in der Nähe vom Mount Kenzi. Der Einschlag war so stark, dass es einen Krater in den Fels riss. Jeder Baum im Umkreis von fünfzig Kilometern wurde entwurzelt und von der Druckwelle zerfetzt. Es brannte tagelang, und die Luft war erfüllt von schwarzem Rauch. Der Staub des verdampften Felsens quoll hinauf bis in die Stratosphäre und löschte die Sonne wochenlang aus. Es wurde der kälteste Winter, den das Plateau jemals erlebt hatte, und es war meterhoch verschneit. Als der Schnee einige Jahre später zu schmelzen begann, füllte das Wasser den Kratersee. Die Bäume wuchsen wieder nach. Und hundert Jahre später sah alles genauso aus wie vorher, nur dass es nun einen See auf dem Plateau gab, wo vorher keiner war.

Dann kamen Menschen hierher und nannten die Gegend Arnoon. Sie errichteten ein Dorf und begannen, die Willow-Webs zu ernten. Und eines Tages ...«

»Eines Tages«, fuhr Denise fort, »war mein Großvater draußen und auf der Suche nach Rohstoffen, als seine Überwachungssensoren ein eigenartiges magnetisches Muster im Fels unter dem See entdeckten. Er begann zu graben. Sein kleiner Robot brauchte Monate, um einen Schacht hinunter zum Fundament der Insel zu graben. Doch als er schließlich angekommen war, fand mein Großvater Fragmente des Eis. Er wusste nicht, was es war, nur dass es künstliche Festkörpermatrizen unbekannter Herkunft waren, anders als alles, was Menschen je gebaut hatten. Er grub weiter und weiter, und schließlich fand er das größte Fragment von allen, dasjenige, das wir den Drachen nennen.«

»Zu diesem Zeitpunkt«, sagte Lawrence, »hatte er bereits herausgefunden, dass die Fragmente Daten enthielten. Nach vielen Experimenten fand er einen Weg, auf einige der Daten zuzugreifen. Als er wusste, wie es ging, begann er das riesige Reservoir an Informationen auszuschöpfen, das im Drachen gespeichert war.«

»Der Drache schlief noch immer«, sagte Denise. »Er besaß nichts außer nicht miteinander verbundenen Erinnerungen. Mein Großvater schrieb Programme, die diese Erinnerungen miteinander verbanden, und nach und nach erwachte der Drache. Er lernte zu denken.«

»Und Sie fanden heraus, dass es im Prinzip ein kohäsives nanonisches System mit der Fähigkeit zu molekularem Bauen war. Sie benutzten es, um einheimische Pflanzen so zu adaptieren, dass irdische Früchte darauf wuchsen, und um sich immun gegen Krankheiten zu machen. Sie benutzten es zur Herstellung von Technologie, die um Größenordnungen weiter fortgeschritten ist als alles, was Menschen herstellen können. Und Sie behielten alles für sich allein.«

»Weil der Drache immer nur aus sich selbst machen kann, worum wir ihn bitten. Er kann nichts Neues erschaffen. Er weiß nicht, wie es geht. Diese Informationen gingen bei der dem Aufprall folgenden Zerstörung verloren. Jeder Patternformsequenzer in meinem Körper ist ein Teil des Drachen. Er hat sich selbst geschwächt, um mich zu verbessern. Er hat sich weiter geschwächt, um Sie zu heilen.«

»Ja«, sagte Lawrence. Seine Streitlust verging. »Macht ein rechtschaffenes Leben irgendwie peinlich, wie?«

Denise wandte sich wieder den Kindern zu. »So, nun wisst ihr, warum die Dinge hier ein wenig anders sind als auf dem Rest von Thallspring. Ein sehr edles Wesen hat einen Teil von sich selbst geopfert, um unser Leben leichter zu machen. Unsere Schuld dem Drachen gegenüber ist gewaltig. Wir dürfen niemals vergessen, was wir ihm verdanken. Und wir müssen darum beten, dass wir sie eines Tages zurückzahlen können.«

Die Kinder trotteten schweigend davon. Viele schlichen sich dicht an Lawrence, bevor sie lachend und kichernd davon rannten.

Sich dem großen bösen Skin zu nähern war eine richtig gruselige Mutprobe. Lawrence spürte einen Anflug von Belustigung.

Jacintha kam zu ihm, die kleine Elsebeth im Arm. Das Mädchen war schüchtern und vergrub das Gesicht am Hals der Mutter.

»Jetzt erinnere ich mich wieder an Sie«, sagte Lawrence.

Sie nickte zögernd. »Es tut mir Leid, dass wir uns erneut als Feinde gegenüber stehen.«

»Krieg und Liebe. Ich schätze, das ist ein Teil des menschlichen Zyklus'.«

»Wir hoffen, dass wir ihn durchbrechen können. Mit Hilfe des Drachen.«

»Ich weiß. Er hat mir alles erzählt.«

Jacintha sah zu ihrer Schwester, die mit einem missbilligenden Ausdruck auf dem jungen Gesicht auf sie wartete. »Versuchen Sie, es nicht zu schwer für sie zu machen. Sie muss tun, was sie tut.«

»Keine Sorge. Ich weiß ebenfalls, was ich zu tun habe.«

Jacintha antwortete mit einem leicht neugierigen Blick, dann wandte sie sich ab und kehrte zu ihrem Ehemann Lycor zurück. Elsebeth winkte ihm schüchtern zu, und er winkte der Kleinen lächelnd zurück.

»Wir haben Grabowski«, sagte Denise forsch. »Ich bin bereit, Ihnen einen Handel anzubieten. Sie können nicht zurück zu Zantiu-Braun. Falls Sie mit uns kooperieren, werden die Patternformsequenzer Grabowskis Verletzungen reparieren, einschließlich seinem Gehirn, und er kann hier im Dorf ein neues Leben anfangen.«

Lawrences Grinsen wurde immer breiter und aufreizender. »Ich brauche keinen Handel«, sagte er. »Ich hätte Ihnen sowieso geholfen.«

»Wie meinen Sie das?«, fragte sie langsam.

»Sie wollen das Drachenfragment zum Aldebaran schaffen, richtig? Dem nächstgelegenen Roten Riesen, wo die richtigen Drachen leben.«

»Ja«, sagte sie, als hätte sie eine fatale Schwäche eingestanden. »Sie können ihn wieder zu einem Ganzen machen. Wenn er hier bleibt, werden Ihresgleichen ihn eines Tages entdecken. Man wird ihn uns wegnehmen und in den Companylabors zerlegen, um herauszufinden, wie Patternformsequenzersysteme arbeiten. Ich darf das nicht zulassen. Der Drache ist ein lebendes Wesen, das uns so viel gegeben hat, ohne je etwas von uns zu erhalten. Es ist unsere einzige Chance, ihn dahin zurückzubringen, wo er hingehört.«

»Meinesgleichen, wie?«

»Zantiu-Braun, oder die Regierung von Thallspring. Leute, die nicht hier draußen leben wie wir. Leute, die kein wirkliches Leben leben, die sich für nichts anderes interessieren außer sich selbst.«

»Wissen Sie eigentlich, dass das mehr nach *Ihresgleichen* klingt, als Sie vielleicht glauben? Wohin ich auch komme, immer wieder treffe ich irgendwelche Idealisten.«

»Schade, dass nichts davon auf Sie abgefärbt ist.«

»Ich helfe Ihnen, oder vielleicht nicht?«

»Warum? Warum sollten ausgerechnet Sie uns helfen wollen?«

»Reicht Altruismus nicht als Motiv?«

»Ich glaube das nicht. Nicht von Ihnen. Sie sind hergekommen, um uns den Drachen zu stehlen. Warum sollten Sie so schnell die Seiten wechseln?«

»Weil ich nicht wusste, dass der Drache existierte, bevor ich hergekommen bin. Ich dachte, Sie hätten irgendwo hier draußen einen großen Hort Gold oder Diamanten versteckt.«

»Aber...« Sie sah ihn fragend an. »Woher haben Sie das Prime?«

»Von einem Jungen, den ich damals gekannt habe, auf Amethi. Ein guter Freund. Vielleicht ein wenig fehlgeleitet und wirr im Kopf, aber sind wir das nicht alle in diesem Alter?«

»Also hat die Erde ebenfalls einen Drachen gefunden?«

»Nein. Und das ist der Grund, warum ich Ihnen helfen werde.«

Michelle wusste nicht, wo sie war oder wie spät es war. Sie wusste nicht einmal genau den Tag.

Nachdem die Skins sie aus ihrem Appartement gezerrt hatten, war sie in einem fensterlosen Wagen irgendwohin gefahren worden. Die Sanitäter oder Ärzte waren mit ihr gefahren. Sie hatten ihr das T-Shirt vom Leib gerissen und ihr Sonden auf die Haut gedrückt und Proben genommen. Nadeln waren in ihre Arme und Beine und ihren Bauch gesteckt worden und hatten kleine Blutperlen hinterlassen, als sie herausgezogen worden waren. Sie hatte geschrieen und gefleht und sich gewehrt. Es war vergebens. Ein Skin hatte sie festgehalten, bis die Untersuchung beendet war.

Man warf ihr das ruinierte T-Shirt über, und sie versuchte, es vor ihre Brüste zu halten. Nachdem sie mit ihr fertig waren, zeigten die Männer kein Interesse mehr. Sie lag auf dem Boden des Lieferwagens und weinte elend. Halb rechnete sie damit, auch noch vergewaltigt zu werden, doch auch das geschah nicht.

Die Fahrt dauerte fünfzehn Minuten. Als sie aus dem Wagen gescheucht wurde, parkten sie in irgendeiner anonymen Tiefgarage. Sie wurde zu einer kleinen Zelle geführt und hineingestoßen. Die Tür krachte ins Schloss.

Nach der ersten Stunde glaubte sie schon, sie hätten sie vergessen. Sie hämmerte gegen die Tür. Niemand kam. Sie fing wieder an zu weinen und hasste sich dafür, dass sie so schwach war. Sie hatte entsetzliche Angst. Zantiu-Braun konnte mit ihr anstellen, was immer sie wollten. Alles. Niemand würde es erfahren. Wenn sie doch nur Josep sehen könnte ... dieser Horror wäre erträglicher, wenn er bei ihr wäre. Langsam rollte sie sich auf der Pritsche in eine fötale Position zusammen und umklammerte ihre Beine. Kleine Anfälle von Schluchzen kamen und gingen. Warum holten sie sie nicht endlich und fingen mit dem Verhör an? Damit das *endlich* vorbei war. Irgendwann musste sie eingeschlafen sein.

Das Schlagen der Tür ließ sie hochschrecken. Ein Skin marschierte herein. Michelle drückte das zerfetzte T-Shirt an ihre Brust und starrte die große, massige Gestalt angsterfüllt an. Plötzlich war sie gar nicht mehr so begierig auf den Beginn des Verhörs.

»Du. Mitkommen. Sofort.« Der Skin winkte.

Michelle wurde durch lange kahle Korridore zu

einem Aufzug geführt. Er brachte sie nach oben in die oberen Etagen des Gebäudes. Es sah aus wie ein hochklassiges Hotel mit luxuriösen Teppichen und hochglanzpolierten Holztüren. Große kunstvolle Ölgemälde hingen an den Wänden. Auf zerbrechlichen antiken Tischchen standen Vasen aus Chinaporzellan mit großen Blumenarrangements. Die Lichtkonusse an der Decke waren aus Bleikristall und in Silber gefasst.

Schließlich öffnete der Skin eine Tür, die in ein Büro mit einem einzelnen Schreibtisch führte. Ein Mann erwartete sie, gekleidet in einen schicken grauroten Anzug in einem anderen Stil als alles, was sie je auf Thallspring gesehen hatte. »Von jetzt ab übernehme ich«, sagte er zu dem Skin.

Michelle hörte seine Stimme kaum. Sie starrte aus dem Fenster. Der Ausblick zeigte regelmäßig angelegte Straßen und dahinter eine breite Umgehungsstraße. Dahinter befanden sich die vertrauten massiven öffentlichen Gebäude, die das Zentrum von Durrell beherrschten. Doch um sie aus diesem Blickwinkel zu sehen, musste sie sich in Eagle Manor befinden.

»Ich bin Braddock Raines«, sagte der Mann. »Bitte.« Er zog sein Jackett aus und bot es ihr an. »Bitte entschuldigen Sie die Art und Weise, wie man Sie behandelt hat. Die Frontleute neigen zu Übertreibungen, besonders bei einer Operation wie dieser.«

»Operation?«, fragte sie tonlos. Sie begriff immer noch nicht, was das alles zu bedeuten hatte.

»Alles zu seiner Zeit.« Er lächelte beruhigend und deutete auf eine breite Doppeltür. »Mein Chef würde sich gerne mit Ihnen unterhalten.«

Hinter der Tür war ein noch größeres Büro. Der Mann, der hinter dem großen Schreibtisch saß, nickte Michelle freundlich zu, als sie hereingeführt wurde, dann richtete er seine Aufmerksamkeit auf ein Paneel, das vor ihm stand. Es war schwer zu sagen, wie alt er war. Mitte vierzig vielleicht, dachte sie. Auch wenn er die Art von selbstsicherer Autorität ausstrahlte, die man normalerweise nur bei viel älteren Männern fand.

Braddock führte sie zu einem Sofa und bedeutete ihr, sich zu setzen. Sie zog die Jacke um sich herum wie einen schützenden Schild.

»Mein Name ist Simon Roderick«, sagte der Mann hinter dem Schreibtisch. »Ich bin der Leiter der Sicherheit von Zantiu-Braun hier auf Thallspring. Und Sie, Michelle, waren eine sehr dumme junge Dame.«

Sie senkte den Blick und betete, dass sie nicht wieder anfing zu schluchzen.

»Das Einzige, was in diesem Augenblick für Sie spricht, ist die Tatsache, dass sie menschlich sind.«

»Verzeihung?«, stammelte sie.

»Sie sind ein Mensch, im Gegensatz zu diesem Gentleman hier.« Der große Bildschirm an der Wand leuchtete auf und zeigte ein Bild von Josep. »Ah, Sie erkennen ihn.«

»Ja.«

»Danke sehr, Michelle. Wenigstens begreifen Sie ansatzweise, wie groß die Schwierigkeiten sind, in denen Sie stecken.«

»Eines Tages werden Sie besiegt werden«, sagte sie, erstaunt über sich selbst und ihren Trotz.

»Nicht nur Zantiu-Braun wird besiegt werden,

wenn wir gegen so übermächtige Aliens antreten müssen. Die gesamte menschliche Rasse könnte sich einer ungeheuerlichen Bedrohung gegenüber sehen.«

»Was meinen Sie mit Aliens?«

»Dann wussten Sie es also gar nicht? Ihr Waffenkamerad war nicht ganz ehrlich zu Ihnen.«

»Das ist lächerlich!« Niemand war menschlicher als Josep. Nur ein Mensch konnte einem anderen so viel Freude und Befriedigung bereiten.

»Ach ja?« Joseps Bild wich einem Cluster vielfarbiger Sphären. »Wissen Sie, was das ist, Michelle?«

»Nein.«

»Das überrascht mich nicht. Wir sind uns selbst noch nicht vollkommen sicher. Aber es ist eine Nano-Maschine, die allem Anschein nach über molekulare Konstruktionsfähigkeiten verfügt. Wir haben sie aus dem Blut Ihres Freundes extrahiert.«

»Was haben Sie mit Josep gemacht!« Tränen drohten, ihr die Sicht zu nehmen, doch es war Wut, die sie diesmal verursachten, nicht Angst.

»Josep?« Simon lächelte. »Endlich ein Name.«

Michelles Schultern sackten herab. Ihre Wut verflog genauso schnell, wie sie gekommen war. Wie dumm von ihr, sich so aufs Kreuz legen zu lassen. »Sie können mit mir machen, was Sie wollen«, sagte sie mürrisch. »Ich helfe Ihnen nicht.«

Simon kam um den Schreibtisch herum und nahm auf dem Sofa neben Michelle Platz. Sie versuchte nicht vor ihm zurückzuweichen. Er schenkte ein wenig Tee aus einer silbernen Kanne auf dem niedrigen Tisch aus.

»Wissen Sie überhaupt, was wir mit Ihnen machen können?«, fragte er. »Hat Josep Ihnen das je erzählt?«

»Sie benutzen Drogen, das weiß ich. Und wahrscheinlich vergewaltigen Sie mich, bevor sie mich umbringen.«

»Gute Güte, was für eine abstoßende Vorstellung! Wir sind keine Wilden. Meine Liebe, Sie müssen lernen, Fakten und die übertriebene Propaganda Ihrer Seite auseinander zu halten. Ja, wir können Drogen benutzen, zusammen mit verschiedenen Hypnose- und Stimulationstechniken. Nichts von alledem ist sonderlich angenehm. Und es gibt nichts, das Sie vor uns verheimlichen können. Sie werden uns Ihre tiefsten Geheimnisse beichten. Wissen Sie überhaupt, warum wir Sie nicht schon längst verhören?«

»Damit Sie mir Namen entlocken können!«, erwiderte sie aufgebracht.

»Nein. Ich möchte sie überzeugen, uns die Informationen freiwillig zu geben. Die Zeit, so fürchte ich, ist knapp bemessen. Ich mache wirklich keine Witze, wenn ich sage, dass Josep ein Alien ist.«

»Was haben Sie ihm angetan?«

»Nichts. Ich wünschte, wir könnten. Aber er ist entkommen, kurz nachdem wir ihn gefasst hatten.«

»Gut. Sie werden ihn nie wieder fassen.«

»Nicht ohne Ihre Hilfe, nein.«

»Ich werde Ihnen nicht helfen. Sie müssen mich schon richtig verhören.« Sie zitterte bei dem Gedanken daran, sich in ihre Verhörmethoden zu ergeben, doch jede Minute hier drin bedeutete eine Minute mehr Zeit für Josep und seine Flucht.

»Wollen Sie denn gar nicht wissen, wo wir ihn gefangen haben? Oder wissen Sie es vielleicht bereits, haben Sie ihm beim Planen seines Anschlags geholfen?«

»Ich weiß gar nicht, wovon Sie reden«, antwortete sie, auch wenn ein schrecklicher Verdacht in ihr aufzusteigen begann. Diese Nächte, in denen er nicht nach Hause gekommen war. Kurierdienste, hatte er gesagt, wie der Rest der Zellenmitglieder auch. Außer, dass sie nie jemand gebeten hatte, irgendetwas zu überbringen.

Simon nahm seine Teetasse und lehnte sich auf dem Sofa zurück. Der Wandschirm zeigte einen Nachrichtenbericht von den Ereignissen auf dem Raumhafen. Leichensäcke wurden aus dem zerstörten Verwaltungsblock getragen.

»Oh, Gott!«, flüsterte sie.

»Acht Tote«, sagte Simon Roderick. »Einschließlich Mr. Raines' Kollegen.«

Braddock Raines stand mit reglosem Gesicht am Ende des Sofas. Michelle warf ihm einen schulderfüllten Blick zu.

»Siebzehn Verletzte, davon drei lebensgefährlich. Unsere orbitale Frachtoperation um mehrere Tage verzögert. Ganz Durrell in panischer Angst vor den möglichen Vergeltungsmaßnahmen, zu denen Zantiu-Braun greifen könnte. Schließlich haben wir versprochen, unsere Kollateralhalsbänder einzusetzen, um damit jede Unterbrechung unsrer Gewinnrealisierung zu verhindern. Was glauben Sie, Michelle, wie viele Bürger von Thallspring soll Zantiu-Braun töten, damit Ihre Widerstandsbewegung so etwas nicht noch einmal versucht? Zehn?«

»Hören Sie auf damit!«

»Fünfzig?«

»Niemanden!«, schrie sie. »Überhaupt niemanden! Er hat das nicht gemacht! Wir haben das nicht getan! Wir sabotieren Ihre Transporter und die beschlagnahmten Fabriken, das ist alles! Wir bringen keine Leute um!«

»Sie meinen, *Sie* bringen keine Leute um, Michelle. Es ist ein Unterschied in ihrem verständlichen, wenngleich vergeblichen Bemühen, die Invasion zu bekämpfen, und den Zielen Ihrer Alien-Verbündeten.«

»Josep ist kein Alien!«

»Meine Güte, welch eine Ironie! Wir können die gesamte Wahrheit aus Ihnen extrahieren, sollten wir es wünschen, und Sie wüssten die Wahrheit immer noch nicht. Aber darum geht es mir, um die Wahrheit. Joseps Körper wurde verändert, aufgerüstet, durch eine Technologie, die Menschen nicht beherrschen. Durch Aliens. Er hat Sie nur benutzt.«

»Nein, das hat er nicht! Wir haben uns geliebt!«

»Ah.« Simon seufzte glücklich. »War er Ihre erste Liebe, Michelle?«

»Ich ... es ...«

»Also ja. Wie reizend.«

»Nein, es war nicht meine ...« Noch während sie es abstritt, wusste sie, dass Roderick es wusste, wirklich wusste, und sie errötete stark.

»Es ist eine Standard-Vorgehensweise, die von allen Nachrichtendiensten benutzt wird, um ihre Gegner zu infiltrieren, Michelle. Sie ist sehr verbreitet und wird seit Jahrhunderten angewendet. Finde eine einsame, traurige Seele, die dort arbeitet, wo du sie brauchst, vielleicht eine Frau im mittleren Alter und unverheiratet oder vielleicht nicht so hübsch wie andere. Und dann schicke ihr einen Wolf. Sie lernen sich wie zufällig kennen. Die Frau findet sich plötzlich hofiert von diesem höchst attraktiven Mann, der unglaublich talentiert ist im Bett und ihr ganz allein hingegeben. Ihr Herz gehört ihm. Und mit ihrem Herzen kommt ihr ganzes und vollkommenes Vertrauen. Klingt das vielleicht irgendwie vertraut, Michelle?«

»Hören Sie auf«, flüsterte sie schwach.

»Ist er ungefähr um die Zeit in Ihr Leben getreten, als wir auf diesem Planeten ankamen, Michelle? Es ist Ihr erstes Jahr an der Universität, das erste Mal, dass sie wirklich je richtig von zu Hause fort sind. Ihre Noten waren nicht besonders gut. Sie waren einsam. Haben Sie ihn auf dem Campus kennen gelernt? Nein? Also vorher? Ah, natürlich, das erste Mal, als Sie von zu Hause weg waren. Ihr Vater und Ihre Mutter haben Ihnen einen Urlaub in Memu Bay spendiert, als Belohnung für ihren Schulabschluss. Das ist es, nicht wahr? Dort haben Sie ihn kennen gelernt. Eine klassische, perfekte Urlaubsromanze.«

Michelle schluchzte haltlos. Der Schmerz, den seine Worte hervorriefen, war schlimmer als jede Folter. »Er liebt mich! Er liebt mich wirklich!«

»Dann kamen wir. Er tauchte wie durch Magie wieder in Ihrem Leben auf. Ja. Er hat bei Ihnen gelebt, inoffiziell selbstverständlich. Es gibt keine Unterlagen über ihn in den Universitätsdateien. Tatsächlich gibt es nirgendwo auf Thallspring irgendwelche Aufzeichnungen über ihn. In den Dateien existiert er gar nicht. Wissen Sie, wie unmöglich das ist, Michelle? Die stärksten und intelligentesten Suchpings, die je geschrieben wurden, finden im globalen Datapool nicht eine einzige Spur?«

»Er ist menschlich!«, flehte Michelle. »Bitte!« Sie wandte sich zu Raines, der ernst den Kopf schüttelte.

»Hat Josep Ihnen erzählt, dass er eine spezielle Software besitzt?«, fuhr Simon unerbittlich fort. »Wirklich clevere, supergeheime Software, die der Widerstandsbewegung helfen würde?«

Michelle stand im Begriff, sich wieder in Fötusposition zu rollen. Die brutale Stimme redete weiter und weiter und riss ihre Welt in Trümmer.

»Software, die besser ist als alles, was irgendeine AS der Erde produzieren kann. Was hat er Ihnen erzählt, dass sie von ein paar Teenager-Hackern geschrieben wurde, die zufällig auch noch zur Widerstandsgruppe gehören?« Simon legte den Zeigefinger unter das Kinn des Mädchens und hob ihren Kopf zu sich hoch. Ihre Wangen waren nass vor Tränen. Sein elektromagnetischer Sinn beobachtete die Wogen von Stress, die ihr Bewusstsein quälten. »Es tut mir sehr Leid«, sagte er sanft. »Es tut mir wirklich Leid. Das alles erschreckt mich genauso sehr wie Sie, Michelle.«

»Prime ...« stammelte Michelle. »Diese Software, die er hatte, sie hieß Prime.«

Es war eine ziemlich aufwändige Operation, den Drachen aus seinem Untergrund-Nest zu bergen. Die Route war bereits vor Jahren vorbereitet worden. Denises Familie hatte einen zweiten, weiteren Schacht hinunter zur Kammer gebohrt, der an der Seite des kleinen Steintempels herauskam.

Lawrence saß auf einer der runden Steinbänke und sah zu, wie die getarnte Haube auf ihren magnetischen Kolben hochfuhr, mitsamt einem Meter Erdreich darüber. Darunter kam der Drachen zum Vorschein, noch immer auf seinem milchig-weißen Glassockel. Das goldene Induktionsnetz war eng um seine Mittelsektion geschlungen. Sonnenlicht glitzerte auf einzelnen Fasern. Elektrohydraulische Motoren heulten laut in der stillen Luft.

»Willkommen in der Welt«, sagte Lawrence. »Ich vermute nicht, dass du sichtbares Licht wahrnehmen kannst?«

»Nicht direkt«, antwortete der Drache. »Allerdings empfange ich die Bilder von dir und von anderen Menschen. Ich weiß, wie Arnoon aussieht. Es ist ein wunderschöner Ort.«

Die Patternformsequenzer hatten nicht nur Lawrences Hüfte und Bein repariert. Sie hatten auch einen Cluster seiner Neuronen modifiziert und ihm eine Fähigkeit ähnlich einem implantierten DNI verliehen. Digitales Schreiben, nannte Denise es. Die Nanopartikel veränderten die Zellstrukturen auf eine direkte Art und Weise, wie es durch die viralen Methoden, die die Menschen einsetzten, niemals zu erreichen gewesen wäre, und das ganz ohne Keimzellenbehandlung. Eine neue DNS mit Viren einzubauen war wie eine Schrotflinte gegen ein Organ oder einen Muskel zu richten. Dies hier war wesentlich präziser und selektiver.

»Aber Sie haben nicht jedem hier im Dorf diesen Kommunikationscluster gegeben?«, hatte er Denise gefragt.

Sie hatten den größten Teil des Morgens zusammen in dem Schneebaum-Pavillon gesessen und darüber geredet, wie der Drache in den Orbit und an Bord eines Raumschiffs zu schaffen wäre. Sie gingen höflich miteinander um, nicht mehr. Es war zu viel geschehen, um eine Freundschaft entstehen zu lassen.

»Nein«, hatte sie geantwortet. »Nur Leute wie ich und Raymond und Jacintha brauchen ihn. Wir wollten schließlich keine Superkrieger züchten. Die Erweiterungen, die wir den Kindern mitgegeben haben, sind gutartiger und nutzbringender.«

»Ähnlich viraler Keimzellenbehandlung?«

»Ja. Die Patternformsequenzer haben keine Mühe, die DNS direkt zu ändern. Wir haben jeden mit Widerstandsfähigkeit gegen Krebs, allgemein stärkeren Immunsystemen, besseren Organen, wesentlich höherer Lebenserwartung und einem höheren IQ ausgestattet. Die Veränderungen werden permanent sein und sich mit den Generationen ausbreiten. Arnoon wird nicht länger vom Drachen abhängig sein.«

»Und das Essen?«, fragte er. Auf dem Tisch vor ihm stand eine geschnitzte Holzschale mit zahlreichen verschiedenen Früchten darin. Er legte den Finger auf den Rand der Schale und drückte ihn herunter, sodass die Schüssel von einer Seite zur anderen schaukelte.

»Die Pflanzen sind ebenfalls genetisch angepasst«, sagte Denise. Sie genoss sein Unbehagen. »Und sie sind dominant. In hundert Jahren wird dieser Wald ein Obstgarten, der eine ganze Stadt ernähren kann. Niemand wird noch Proteinzellenfabriken brauchen. Eine weitere ökonomische Notwendigkeit, die der Vergangenheit angehören wird.«

»Eine ökonomische Notwendigkeit, die siebzig Prozent der Menschheit vor ewigem Hunger gerettet hat. Nahrung anzubauen ist eine schrecklich ineffiziente Methode zur Versorgung.«

»Das kommt darauf an, welche Massen man ernähren muss«, entgegnete sie. »Industrienationen mussten industriellen Landbau betreiben, um ihre Stadtbevölkerung zu ernähren. Wenn man statt dessen kleine, autarke Dorfgemeinschaften wie Arnoon hat, dann sind die Anforderungen ganz andere.«

»Eine Welt voller physisch getrennter Gemeinden, die alle durch den Datapool miteinander verbunden sind. Das wahre globale Dorf. Wissen gehört Jedermann, und jedermann geht seine eigenen Wege. Um so etwas zu unterstützen, braucht man Methoden zur Produktion im Mikromaßstab, und die besitzen wir nicht.«

»Ich weiß. Wir haben den Drachen studiert, so gut wir konnten, und wir haben jede Erinnerung kopiert, die er besitzt. Wenn wir das dem Rest der Welt geben, dann haben wir berechtigte Hoffnung, dass es eines Tages etwas Ähnliches wie die Patternformsequenzer geben wird. Es wird Jahrzehnte dauern, aber wir wollten auch keine Veränderung über Nacht. Es wird eine organische Revolution werden, die aus Wissen heraus entsteht. Sie muss gelingen, wenn nicht hier, dann auf einer neuen Welt. Die heutige Kultur kann nicht der einzige Weg sein, auf dem sich eine technologische Gesellschaft entwickelt. Sie kann nicht.«

Seine Augen blitzten spöttisch. »Eine Menge Vorurteile, die es zu überwinden gilt.«

»Gewiss, die gibt es.« Sie nahm einen Pfirsich aus der Schale und hielt ihm die Frucht hin.

»Sind Sie sicher? Das letzte Mal, als eine Frau mir so etwas angeboten hat, habe ich sie vollgekotzt.«

»Sie sind ein geborener Romantiker, wie?«

Er nahm den Pfirsich und biss hinein. Die Frucht war süß und saftig. Es schmeckte überraschend gut.

»Wir ernten nicht nur Früchte von unseren Bäumen«, sagte Denise unschuldig. »Auf einigen Bäumen wächst auch Fleisch.«

Lawrence hatte Mühe zu schlucken.

Er besuchte Hal, bevor er aufbrach. Der Junge war in einem der Häuser einquartiert und schlief friedlich. Die medizinischen Module waren ausnahmslos repariert worden und pumpten einmal mehr die verschiedensten Chemikalien durch seine Organe. Und seine Hautfarbe war wesentlich gesünder als noch vor ein paar Tagen.

»Die schlimmsten inneren Verletzungen sind geheilt«, sagte der Arzt. »Wir fangen morgen oder übermorgen damit an, die verschiedenen Module zu entfernen. Allerdings bereitet mir sein Biomech-Herz ein wenig Sorgen.«

»Warum?«, fragte Lawrence. »Was stimmt nicht damit?«

»Es ist recht primitiv. Ich schätze, es war lediglich als vorläufiger Ersatz gedacht. Ich bin nicht sicher, wie lange es halten wird, und nachdem der Drache uns verlässt, verfügen wir nicht mehr über genügend Patternformsequenzer, um ein neues Herz zu erschaffen. Er wird spätestens in zwanzig Jahren eine weitere Transplantation benötigen.«

Lawrence lachte. »Ich frage mich, was das für ein Herz sein wird.«

»Wer weiß?«

»Was ist mit seinem Gehirn?«

»Das braucht mehr Zeit zum Heilen. Er hat sehr viele Neuronen wegen Sauerstoffmangel verloren. Die Patternformsequenzer erneuern sie, so schnell sie können, aber es wird noch Wochen dauern, bis er seine vollen geistigen Fähigkeiten wiedererlangt hat.«

Ein Gedanke ließ Lawrence grinsen. »Wird er seine Erinnerungen behalten?«

»Nein. Nicht einmal die Systeme des Drachen können sie zurückholen. Es wird große Lücken in seinem Leben geben.«

Lawrence strich Hal über die Stirn. »Ich denke, es ist wahrscheinlich das Beste, wenn er hier ganz von vorn beginnen kann.«

»Ja.«

»Tun Sie mir einen Gefallen? Nehmen Sie diese Anschlussventile heraus. Dann kann er wirklich ganz von vorn anfangen.«

»Selbstverständlich. Möchten Sie ihm eine Nachricht hinterlassen?«

»Nur ... ich weiß es nicht. Viel Glück, schätze ich.«

Es war ziemlich schwach, wie er sich eingestand. Aber was sollte er sonst schon sagen? Der Junge hatte eine zweite Chance; er konnte ein neues Leben anfangen – warum sollte er ihn an die Vergangenheit binden?

»Vielleicht könntest du eine Nachricht für ihn aufzeichnen?«, schlug der Drache vor.

»Nein. Ihn von seiner Vergangenheit zu befreien ist das Beste, was ich für ihn tun kann. Außerdem wäre ein Ratschlag von mir gewiss das Letzte, was er braucht. Sieh dir doch nur an, wie ich alles vermasselt habe.«

»Ich denke, das ist es, was du ›heiliges Schicksal‹ nennen würdest.«

Lawrence berührte die Stirn mit zwei Fingern und salutierte vor dem Drachen, als ein Arbeitsroboter ihn von seinem Podest hob. »Das kannst du laut sagen.«

Jacintha kam in den Tempel und setzte sich zu ihm. Ein kleiner Laderoboter rollte hinter ihr herbei. Das Ufer der Insel war fast nicht mehr zu sehen vor lauter Booten, die Menschen und Equipment aus dem Dorf hergebracht hatten. Lawrence hoffte, dass die verdammten Spionagesatelliten von Zantiu-Braun nichts von der außergewöhnlichen Aktivität bemerkt hatten. Die Dorfbewohner meinten, dass sie alles geortet hätten, was die Raumschiffe im niedrigen Orbit über Thallspring ausgesetzt hatten. Falls sie Recht hatten, war der Himmel über ihnen gegenwärtig frei.

»Ihr Skinsuit ist bereit«, sagte Jacintha und deutete auf die große Plastikkiste, die der Roboter trug.

»Danke sehr. Ich dachte, er wäre abgestorben.«

»Wir hatten schon ein Gegengift gegen Sharkpikes, bevor wir den Drachen fanden. Solange es schnell genug eingesetzt wird, passiert nichts. Die Nervenstränge des Skinsuits waren noch empfänglich, nachdem wir das kontaminierte Blut herausgespült hatten.«

»Danke. Diese verfluchten Biester haben mir Todesangst eingejagt.«

»Jede Rose hat ihre Dornen. Die Flüsse in dieser Gegend sind voll von Sharkpikes. Ich bin selbst schon einige Male gebissen worden.«

»Können Sie denn nicht einen Virus entwickeln und sie ausrotten?«

Jacinthas Miene wurde düster. »Kann meine kleine Schwester Ihnen wirklich vertrauen?«

»Ja, kann sie.«

»Wissen Sie, Denise verkörpert Ihren KillBoy noch am ehesten von allen Widerstandskämpfern. Ich war Mitglied der Gruppe, die Ihr Platoon ausgelöscht hat. Und das soll plötzlich alles Vergangenheit sein? Das von einem Mann, der eine Spezies wegen ihrer scharfen Zähne ausrotten will?«

»Das Platoon ist mir gefolgt«, antwortete Lawrence langsam. »Ich habe sie hierher geführt. Sie mögen vielleicht den Abzug betätigt haben, aber ich war es, der sie Ihnen vor die Läufe geführt hat.«

»Und ich dachte schon, Sie würden mir jetzt erzählen, dass sie das Risiko kannten.«

»Das auch. Wir erwarten nicht, dass die Bevölkerung sich wehrt, erst recht nicht im Hinterland von Thallspring. Doch wir wissen, dass es eine Möglichkeit ist, und wir rechnen bei jeder Landung damit. Denise mag ein paar beeindruckende Waffen gehabt haben, aber ihr wahrer Vorteil gegenüber uns ist die Tatsache, wie bereitwillig sich die Leute ihrer falschen Widerstandsbewegung angeschlossen haben. Wenn sich die Einwohner jemals ordentlich organisieren oder Zantiu-Brauns Bluff durchschauen, dann haben wir automatisch verloren. Oder glauben Sie vielleicht, dass ein Raumschiffskommandant, ein Mensch aus Fleisch und Blut mit Familie und Kindern, jemals den Befehl geben würde, den Gammastrahler auf den Planeten zu richten und eine halbe Million Menschen abzuschlachten? Es wird niemals geschehen. Wir wissen, dass wir hier unten auf uns selbst gestellt sind, dass es keine Rückzugsmöglichkeit und keine Deckung von oben gibt. Die Tatsache, dass Denise so viele von uns in Memu Bay ausgeschaltet hat, zeigt nur, was ich schon seit langer Zeit gewusst habe: Zantiu-Braun ist im Niedergang begriffen. Wahrscheinlich sogar einem endgültigen. Skinsuits mögen eine überlegene Technologie sein, selbst gegen Ihre Drachenwaffen, aber ohne die Organisation, Initiative und Entschlossenheit, Gefahren entgegenzutreten und auszuschalten, bedeutet das überhaupt nichts. Santa Chico hätte der Company zeigen müssen, dass die Zeit der Gewinnrealisierungen vorüber ist, ein für alle Mal. Statt dessen machen sie weiter, als sei überhaupt nichts geschehen, und suchen nach schwächeren Zielen.«

»Dann sind sie der gleichen Meinung wie die Eternals? Dass das Leben ein ewiger Zyklus ist?«

Lawrence stieß langsam den Atem aus, erschöpft, dass er seinen Ärger und seine Verzweiflung so lange unterdrücken musste. »Könnte sein. Wissen Sie, eigentlich ist es mir völlig egal. Es ist mir völlig egal, dass Sie meine Freunde umgebracht haben. Es ist mir egal, dass ich Ihre Leute bei diesem Hinterhalt umgebracht habe. Es ist mir egal, ob wir uns deswegen nun quitt sind oder nicht. Es ist mir egal, ob Zantiu-Braun still und leise zusammenbricht. Es ist mir egal, dass sie eine edle Zivilisation gründen wollen, basierend auf dem totalen Blödsinn, dass die Menschen immer nur nett zueinander sind. Es ist mir völlig egal, ob ihre irre Schwester bereit ist, sich selbst und jeden anderen zu opfern, den sie kennt, um ein Stück sprechenden Felsens zu retten. Es ist mir verdammt noch mal völlig egal, dass das Universum eines Tages untergeht und dass die Galaxis in ein schwarzes

Loch stürzt. Ich habe die letzten zwanzig Jahre damit verbracht, mir Gedanken zu machen und mich zu sorgen. Ich habe mir um mein Platoon Gedanken gemacht. Ich habe mich um das gesorgt, was die menschliche Rasse getan hat und wohin alles führen würde. Ich habe mir Sorgen gemacht, weil es keine Grenzen mehr für uns zu geben schien. Ich habe mich um meine Karriere gesorgt. Ich habe mich sogar darum gesorgt, was ich aus meinem Leben mache. Und sehen Sie mich an, wo ich gelandet bin! Ich helfe einer Bande von Hippies, ein Raumschiff zu kapern. Heiliges beschissenes Schicksal!«

»Sie meinen, wir können Ihnen nicht vertrauen?«

»Ganz genau, Mädchen! Denise kann mir nicht vertrauen, jetzt nicht und auch nicht in Zukunft. Ich mag sie nicht. Ich werde sie niemals mögen. Allerdings respektiere ich ihre Fähigkeiten. Und ich erwarte, dass sie mir den gleichen Respekt entgegenbringt. Was ich Ihnen bieten kann, ist meine Zuverlässigkeit. Ich bin zuverlässiger als jeder einzelne von Ihnen. Ich werde dieses Raumschiff kapern, und es wird zum Aldebaran fahren. Dessen können Sie sicher sein.«

»Ich weiß nicht, ob ich so sicher sein kann, Lawrence.«

»Ich mache das für mich, nicht für Sie und Ihre Ideale. Nur deswegen können Sie sicher sein. Ich habe endlich, endlich eine Chance, mein Leben wieder in Ordnung zu bringen und es auf die Weise zu leben, die mir von Geburt an zugedacht war. Die elenden letzten zwanzig Jahre ungeschehen zu machen. Nach dem Aldebaran werde ich nach Zuhause zurückkehren. Das ist alles, nach Hause.

Und nichts und niemand wird mich daran hindern.«

Das Geräusch des herannahenden Hovercraft ließ sie innehalten. Sie drehten sich um und sahen hinaus auf den Kratersee. Lawrence konnte nicht anders; er lachte verächtlich, als er das Fahrzeug sah. Es bestand aus Holz, Arnoons leichtestem, härtestem Holz, aus dem man eine einfache Plattform gezimmert hatte mit einer Kabine vorn am Bug. Zwei große steuerbare Propeller ragten hinten auf großen Finnen in die Höhe. Die Schürze bestand aus Willow-Wolle, ein engmaschiges, dichtes Gewebe, das geeignet war, das Luftkissen zu halten, auf dem das Gefährt schwebte. Elektromotoren trieben die Propeller und Impeller an, zusammengesucht aus einer Vielzahl schwerer Maschinen überall auf dem Plateau.

Es schwankte leicht auf dem Wasser, und ein dünner Nebel aus Wasserdampf sprühte unter der Schürze hervor. Als es das Ufer erreichte, schaukelte es etwas stärker. Die Vorderschürze schob sich auf das Ufer und dann auf das spärliche Grasmoos. Die Propeller kehrten den Anstellwinkel um und brachten es zum Stehen. Es sank auf pfeifend entweichender Luft zu Boden.

Der schwere Frachtrobot mit dem Drachen rollte zu dem Hovercraft. Eine Rampe wurde vor den Propellern ausgefahren, und der Robot rollte an Deck.

»Wir sind bereit«, sagte Denise. Sie musterte Lawrence und ihre Schwester mit einem besorgten Blick. Sie hatte bemerkt, dass die beiden gestritten hatten.

»Sicher«, sagte Lawrence munter. »Und dieses Ding funktioniert tatsächlich?«

»Selbstverständlich!« Denise klang beleidigt. »Wir

haben die Strecke ein Dutzend Mal geübt. Der Fluss ist der einfachste Weg vom Plateau nach unten. Der Hovercraft wird uns direkt nach Rhapsody Province bringen. Einer der Sattelschlepper aus Dixon wartet bereits am Treffpunkt. Er wird den Drachen hinunter nach Memu Bay bringen. Wir sind in fünfzehn Stunden dort. Danach hängt alles von Ihnen ab.«

»Keine Sorge, mein Kontakt hat bereits ein Flugzeug geschickt, um uns aufzusammeln. Wo ist der Frachtcontainer? Wir können den Drachen wohl kaum so, wie er ist, in eine Xianti verladen?«

»Der Container ist beim Sattelschlepper. Ein RL33, Industriestandard, mit sechzig Tonnen Kapazität. Wir verladen den Drachen in den Container, sobald wir am Treffpunkt angekommen sind.«

»In Ordnung. Dann brechen wir jetzt wohl besser auf.«

Simon stellte bestürzt fest, dass es auf Thallspring keine Überschallflugzeuge gab. Es endete damit, dass er die Präsidentenmaschine beschlagnahmte, die kaum Mach null Komma neun erreichte. Es war ein umgebauter fünfzigsitziger Linienjet, der für den Flug nach Memu Bay vier Stunden benötigte.

Er verbrachte die Zeit mit seiner persönlichen AS und sandte Hunderte von Suchpings in den Datapool von Memu Bay. Die Tauchsportgesellschaft, bei der Michelle Tauchgänge zwischen den Atolls gebucht hatte, besaß keine Daten über einen Angestellten namens Josep oder über einen gewissen Raymond, mit dem er angeblich befreundet war. Die Suche der AS förderte keinerlei Unregelmäßigkeiten in den Memoryblocks der Gesellschaft zutage. Keine ersetzten oder manipulierten Dateien, keine Lücken in den täglichen Bootsfahrplänen für den Zeitraum von einem Monat vor bis einen Monat nach Michelles Urlaub; selbst die Steuererklärungen waren einwandfrei.

»Verhaften Sie sie«, befahl Simon dem Gouverneur von Memu Bay.

»Wen genau?«, fragte Ebrey Zhang.

»Das Senior-Management der Firma. Ihre Tauchlehrer. Die Bootsbesatzungen. Bringen Sie sie alle für eine Befragung in Gewahrsam. Ich will, dass sie zur Verfügung stehen, wenn ich lande.«

»Jawohl, Sir.«

Das spürbare Zögern des Gouverneurs erinnerte Simon daran, den Lagebericht von Memu Bay zu studieren. »Um Gottes willen!«, murmelte er, als die indigofarbene Schrift vor ihm herunterscrollte. Und er hatte den SK2 ausdrücklich gewarnt, den Ort im Auge zu behalten.

Memu Bay war im Verlauf der letzten Woche zu einem Hexenkessel geworden. Die Gewinnrealisierung war auf fünfzig Prozent der geplanten Erträge gesunken. Das gesamte Büro des Bürgermeisters war im Gefolge des Grabowski-Falles in Streik getreten und weigerte sich, mit Gouverneur Ebrey Zhang zusammenzuarbeiten. Der Rest der Verwaltung arbeitete mit einer Notbesatzung. Die Moral der Platoons war so tief unten, dass es nicht mehr tiefer ging, und bereits dreißig Prozent des Personals stand unter den verschiedensten Anklagen. Noch immer wurden neue Fälle von TB berichtet; die Immunisierung ging nur schleppend voran. Sabotage gegen

Einrichtungen fand inzwischen fast täglich statt. Mehrere Distrikte waren vollkommen unzugänglich geworden – und das schloss Skins mit ein. Kollateralhalsbänder hatten keine Wirkung mehr. Jedes Mal gab es neue Vergeltungsmaßnahmen. Ebrey Zhang fürchtete den Einsatz weiterer Halsbänder aus Furcht, dass die Situation noch stärker außer Kontrolle geraten könnte.

Je länger Simon den Zusammenbruch und die Entwicklung bis zu diesem Punkt studierte, desto interessierter wurde er. Im Grunde genommen lief es darauf hinaus, dass Zantiu-Braun die Kontrolle über die Stadt verloren hatte. Die von KillBoy angeführte Widerstandsgruppe hatte einen phantastisch geplanten Feldzug gegen die Invasion geführt, bis hin zu diesem Klimax einer Beinahe-Anarchie.

»Aber warum?«, fragte Simon den völlig konsternierten Braddock Raines. »Wie hilft das unserem Alien weiter? Wenn er Zhangs kleines Kommando eliminiert, schaltet er damit wohl kaum Zantiu-Braun aus.«

»Ich bin nicht einmal sicher, ob sie es könnten«, entgegnete Raines. »Einen Skin wirklich zu eliminieren wäre selbst für sie schwierig. Sie können die Platoons von den Straßen vertreiben, aber das ist auch schon alles. Vielleicht gelingt es ihnen ja noch, sie bis zum Flughafen zurückzudrängen. Aber wenn diese Jungs zu hart getroffen werden, schlagen sie zurück. Ein Teil des Problems ist sicherlich auch, dass Zhang zaudert.«

»Das ist vielleicht gar kein abwegiger Gedanke«, sagte Simon. »Wenn die Platoons von den Straßen sind, kann das Alien in Memu Bay machen, was es will, ohne dass wir etwas davon bemerken. Aber wir wissen immer noch nicht, was das sein könnte.«

Der Präsidentenjet landete ohne Zwischenfälle. Es gab nur sehr wenige Aktivitäten am Flughafen. Die Hälfte der Gebäude arbeitete nur mit Notstromversorgung, dank eines Anschlags auf ein Supraleitkabel zwei Nächte zuvor. Skins patrouillierten den Perimeter.

Ein Helikopter wartete auf Simon. Er stieg ein, als ein großer Pan-Skyways-Frachtflieger startete. Er hatte Güter für den Raumhafen von Durrell geladen.

Skins mussten den Platz vor dem Stadthaus räumen, sodass der Helikopter landen konnte. Die geräumten Demonstranten johlten und warfen Steine über die Barrikaden. Simons Eskorte aus Skins drängte sich dicht um ihn und schirmte ihn ab. Normalerweise nahm er keinerlei Notiz von ihnen, doch heute war er dankbar für ihre Anwesenheit. Er kam nicht häufig in die Nähe physischer Gefahr. Die unverhohlene Feindseligkeit der Menschenmenge erweckte ein entschieden unbehagliches Gefühl in ihm.

Ebrey Zhang hatte eine ganze Reihe triftiger Gründe, warum Memu Bay gegenwärtig in diesem gefährlichen Zustand war. Er war begierig, Simon jeden einzelnen davon groß und breit vorzutragen.

»Vergessen Sie's«, sagte Simon schroff. »Ich weiß ganz genau, warum es zu diesem Chaos gekommen ist. Nicht, dass es Ihnen vor dem Untersuchungsausschuss großartig weiterhelfen würde.«

Ebrey Zhang tat sein Bestes, um sich nichts anmerken zu lassen.

»Haben sie die Leute von der Tauchsportfirma zusammengetrieben?«, fragte Simon.

»Ja. Es war gar nicht leicht. Meine Platoons geraten jedes Mal in ernste Schwierigkeiten, sobald sie die Unterkunft verlassen.«

»Ich bin nicht bereit, diese Situation zu tolerieren. Sie stört mich bei meiner Untersuchung. Können Sie die Ausrufung des Kriegsrechts erzwingen?«

»Wahrscheinlich«, sagte Ebrey Zhang. »Obwohl es in einigen Distrikten nicht einfach sein wird.«

»Trotzdem, verhängen Sie das Kriegsrecht. Verhängen Sie eine Ausgangssperre von sechs Uhr an für die Dauer von vierundzwanzig Stunden. Autorisieren Sie die Skins, jeden auszuschalten, der nach sechs Uhr auf den Straßen angetroffen wird. Sperren Sie jeglichen Verkehr, und beschränken Sie den Datapool-Zugriff auf Unterhaltungskanäle und offizielle Meldungen. Jeder Widerstand und jede Aggression wird von diesem Augenblick an mit allen uns zur Verfügung stehenden Mitteln gebrochen. Jeder Zwischenfall wird die Aktivierung von Kollateralhalsbändern nach sich ziehen, und zwar ohne Ausnahme.«

»Sehr wohl. Aber wir werden wahrscheinlich hinterher Schwierigkeiten haben, die Leute wieder an ihre Arbeit zu bringen. Möglicherweise werden wir unsere geplante Quote nicht erreichen.«

»Das ist irrelevant; ich habe die Quoten aus Memu Bay bereits abgeschrieben. Und jetzt möchte ich die Gefangenen sehen.«

Die Befragungen folgten einem vorgegebenen Schema. Anfänglicher gespielter Trotz, der rasch verschwand, sobald die Betroffenen feststellten, wie ernst Simon die Angelegenheit nahm. Nach und nach fand er heraus, was geschehen war.

Josep Raichura und Raymond Jang hatten zu Beginn der letzten Saison angefangen, für die Firma zu arbeiten. Beliebte Tauchlehrer und Kollegen, stets von Frauen umschwärmt. Das Management hatte keine Erklärung dafür, dass es keine Dateien über die beiden gab. Mit ihrer Kooperation gelang es Simons persönlicher AS relativ schnell, die Substitutionen aufzudecken. Die Implantation der Geisteridentitäten grenzte ans Wunderbare; beide besaßen Geburtsurkunden, Schulzeugnisse, Eltern (mit ähnlichen rein digitalen Lebensläufen), Bankkonten, Kreditkartenrechnungen, medizinische Aufzeichnungen, Steueraufzeichnungen, Versicherungspolicen, Mietverträge. Sie waren für die AS realer als die Hälfte der Leute, die Memu Bays unteren Schichten angehörten.

Verbale Befragungen bestätigten, dass Josep und Raymond die Firma um die Zeit herum verlassen hatten, als die Raumschiffe von Zantiu-Braun eingetroffen waren. Niemand erinnerte sich an das genaue Datum. Es war eine konfuse Zeit gewesen.

Seither hatte niemand sie gesehen. Niemand hatte Kontakt zu ihnen.

Die anderen Tauchlehrer, die mit ihnen befreundet gewesen waren, vermuteten, dass die beiden nicht aus Memu Bay stammten. Wahrscheinlich aus einer der Hinterlandsiedlungen. Definitiv keine Einheimischen.

Jemand meinte, sich an eine weibliche Mitbewohnerin zu erinnern, und dass sie in einem Vorort in der Nähe des Nium River gelebt hatten. Mehrere Tauchlehrer hatten die Frau in den Bars der Marina getroffen. Sie hieß vermutlich Denise. Die AS begann unverzüglich, aus den Beschreibungen ein Bild zu generieren.

»Finde das Haus«, befahl Simon. »Ich will, dass jedes Wohnviertel in der Nähe des Flusses von Skins durchgekämmt wird. Sie sollen sich persönlich die Bewohner jedes einzelnen Hauses und jeder Wohnung ansehen. Ich möchte eine vollständige verbale Geschichte über die Mieter der letzten fünf Jahre, und sie sollen alles mit der AS überprüfen.«

Die Ausgangssperre war seit zwei Stunden in Kraft, als fünfzehn Platoons mit ihrer Suche von Tür zu Tür begannen. Bisher hatte sich die Ausrufung des Kriegsrechts als bemerkenswert erfolgreich herausgestellt. Die Einwohner von Memu Bay hatten offensichtlich schnell gemerkt, dass Ebrey Zhang es bitter ernst meinte. Die meisten Menschen kehrten bereits um vier Uhr nachmittags in Richtung ihrer Wohnungen und Häuser zurück. Die Tatsache, dass die Straßen tatsächlich um sechs Uhr gesperrt wurden, erwischte einige Motorfahrzeuge, die noch unterwegs waren. Die Verkehrsregelungs-AS schaltete jedes Fahrzeug mit Ausnahme von Fahrrädern rigoros ab. Die Fahrer eilten zu Fuß nach Hause weiter. Mehrere wurden von Skins gestellt und aus dem Verkehr gezogen. Hartnäckige Demonstranten vor dem Stadthaus und den Unterkünften von Zantiu-Braun wurden ohne Warnung eine Sekunde nach sechs Uhr betäubt.

Simon und Braddock erhielten um Viertel nach elf Uhr abends den ersten Anruf über eine möglicherweise verdächtige Wohnung und stiegen augenblicklich in einen Helikopter, der sie hinaus zur Siedlung am Nium River brachte. Es war ein Bungalow, der von einer Maklergesellschaft vermietet worden war. Niemand öffnete, als der Skin klingelte. Als er einen Nachbarn befragte, wurde ihm gesagt, dass dort eine junge Frau namens Denise ganz allein wohne; ihre beiden männlichen Mitbewohner wären bereits vor Wochen ausgezogen. Nichts von alledem stimmte mit den Informationen überein, die die AS über den Bungalow aus dem Datapool extrahierte.

Fünf Skins standen im Garten und bewachten das Gebäude, als Simon zusammen mit einem kleinen Trupp von Technikern eintraf. Weitere drei Skins hielten sich im Haus auf. Simon und Braddock betraten den Bungalow und sahen sich ein wenig um. Jemand hatte sein Frühstück stehen gelassen. Eine Schale Frühstücksflocken und ein Becher Kaffee auf einem Tisch in der Küche. Zwei Scheiben Toast waren unberührt in einem Gestell aus Edelstahl.

Braddock schnüffelte am Kaffeebecher und zuckte hastig zurück, während er die Nase angewidert rümpfte. »Mehrere Tage alt, würde ich sagen.«

»Wir brauchen die Meinung eines Experten.« Simon befahl einem der Techniker, die Nahrungsmittel zu analysieren und herauszufinden, wie lange sie gestanden hatten. »Es muss hier früher Morgen gewesen sein, als Josep am Raumhafen gefangen wurde«, sinnierte er, während der Techniker eine Probe der halbflüssigen Flocken nahm.

Ein anderer Techniker untersuchte die Schlafzimmer und das Bad auf Haar- und Hautproben.

Die inzwischen sehr beunruhigte Nachbarin sagte,

dass sie glaubte, Denise würde in der Vorschule unterrichten. Nein, sie wüsste nicht in welcher, nur, dass es eine Vorschule sei oder ein Kindergarten.

»Ich will, dass jeder Lehrer in der Stadt zum Verhör gebracht wird!«, instruierte Simon den Gouverneur. »Auf der Stelle.«

»Ich habe eine DNS-Übereinstimmung gefunden!«, berichtete der Techniker. »Eine Hautprobe aus einem der unbenutzten Schlafzimmer gehört Josep Raichura.«

»Ausgezeichnet«, murmelte Simon. Alles fügte sich wundervoll zusammen. Von allen Herausforderungen, Rätseln und Jagden, an denen er in all den Jahren teilgenommen hatte, hatte ihm keine größere Befriedigung verschafft als diese hier. Ein Teil seines Unterbewusstseins verspürte fast kindliche Freude über die Aussicht, ein Alien zu treffen, selbst wenn diese Begegnung möglicherweise äußerst aufrührend verlaufen würde und sogar die Gefahr eines Krieges bestand angesichts der feindseligen Aktionen des Aliens. Was ihn nachdenklich stimmte. Interstellarer Krieg war ein Ding der Unmöglichkeit, oder vielleicht doch nicht? Wenn schon Handel praktisch unmöglich war, wie sollten dann Invasion und Eroberung in Frage kommen? Aber warum zur Hölle war das Alien dann so feindselig?

Er wusste, dass die Antwort zum Greifen nahe lag. Wenn es ihm nur gelang, die Fakten in der richtigen Reihenfolge zusammenzusetzen ...

Mrs. Potchansky war die neunzehnte Oberlehrerin, die Simon vorgeführt wurde. Es war halb vier morgens, und er hatte inzwischen viel zu viel starken Kaffee getrunken. Das Koffein kratzte allmählich an seiner Stimmung und führte zu einer subtilen Depression. Es war eine Sache, sich ständig klugscheißerische Beleidigungen anzuhören, doch er konnte buchstäblich die Gedanken der verschiedenen Lehrer sehen und spüren, wie sehr sie ihn hassten und verachteten. Es konnte einen Mann in der Seele zerrütten.

»Arbeitet Denise für Sie?«, fragte Simon, als die alte Frau vor ihm stand.

»Ich kenne keine Denise.« Es war eine perfekte Lehrerinnenstimme, die in jedem Zuhörer augenblicklich ein Gefühl unendlicher Unterlegenheit erzeugte. Sie gehörte zu jenen wenigen Lehrern, die vollständig angezogen eingetroffen waren. Simon stellte sich vor, dass selbst die Skins hatten warten müssen, bis sie die angemessene Kleidung ausgesucht und in der angemessenen Zeit angelegt hatte.

»Ah«, murmelte er zufrieden. Er legte die Fingerspitzen zusammen und stützte das Kinn darauf. Ein Paneel auf seinem Schreibtisch leuchtete auf und zeigte das Bild, das die AS aus den Beschreibungen der liebeskranken Tauchlehrer erzeugt hatte. »Ist sie das?«

»Wenn ich sie nicht kenne, kann ich sie wohl kaum identifizieren, oder?«

»Aber Sie kannten sie. Und ich finde das, was Sie denken, äußerst interessant.«

Mrs. Potchanskys Gesicht blieb vollkommen ausdruckslos, doch in ihrem Kopf schrillten sämtliche Alarmglocken.

»Wussten Sie, dass sie mit einer, wie soll ich es ausdrücken, mit einer Widerstandsbewegung in Verbindung stand?« Sein DNI scrollte die Datei der Frau vor seinen Augen herunter.

»Wenn diese Farce vorbei ist, gehe ich jetzt nach Hause. Ich nehme an, Sie werden mich mit der gleichen Eilfertigkeit wieder nach Hause bringen, mit der ich hierher gebracht wurde?«

»Setzen Sie sich!«, bellte Simon.

Mrs. Potchansky rückte geziert den Stuhl zurecht und nahm sich demonstrativ ihre Zeit. Ihre Gedanken mündeten in einer stählernen Entschlossenheit.

»Wann haben Sie Denise zum letzten Mal gesehen?«, fragte Simon.

»Sie kennen den Namen der Person, und doch wissen Sie scheinbar nicht, wie sie aussieht? Das ist wirklich sehr eigenartig.«

»Ist es. Insbesondere, wenn Sie Ihre Schuldateien überprüfen, weil Sie nämlich nicht dort zu finden ist. Noch in irgendeiner anderen Datei, die wir bisher aus dem Datapool extrahiert haben.«

»Das macht es sicher sehr schwierig, sie zu verfolgen«, sagte Mrs. Potchansky.

»Wann hat sie aufgehört zu arbeiten? Bitte.«

»Nein.«

»Wie Sie meinen. Sie können gehen. Ich werde Sie mit einem Wagen nach Hause bringen lassen.«

Mrs. Potchansky musterte ihn misstrauisch. »Warum das?«

»Weil Sie allem Anschein nach eine harte alte Lady sind, die mir nichts erzählen will.«

»Warum?«

»Wenn der Wagen Sie weggebracht hat, such ich mir jemanden, der kooperativer ist als Sie.« Die indigofarbene Schrift scrollte vor seinem Gesichtsfeld herab. Er wählte einen Namen aus. »Jedzella vielleicht.«

»Was für ein erbärmlicher Erpressungsversuch. Das werden Sie nicht tun.«

»Wir haben Ihren Sohn getötet. Ich schätze, in Ihren Augen sind wir Barbaren, die sich für nichts interessieren, was auf dieser Welt geschieht, und die niemandem Rechenschaft schuldig sind. Darin liegen Sie richtig; ich bin nicht einmal auf der Erde irgendjemandem Rechenschaft schuldig. Und ich suche verzweifelt nach dieser Frau. Wirklich verzweifelt. Die Kinder werden mir erzählen, wer sie ist und woher sie kommt. Möchten Sie wirklich, dass ich den Kindern das zumute? Denn ich werde sie fragen, falls Sie mich dazu zwingen.«

»Ich habe sie seit dem Wochenende nicht mehr gesehen«, sagte Mrs. Potchansky.

»Danke sehr. Und jetzt erzählen Sie mir alles, was Sie über Denise wissen.«

Der riesige Pan-Skyways-Frachtflieger rollte langsam durch den deprimierenden grauen Regen, der den Raumhafen von Durrell einhüllte. Er bog auf das Vorfeld ab und kam schließlich zu einem Halt. Dampf stieg von den Triebwerksgondeln auf, als die rotierenden Turbinenräder langsamer wurden.

Ein Robottraktor schob eine Stange aus und verband sie mit einem Haltemechanismus am Vorderrad; dann schleppte er das Flugzeug zu einem nahen Hangar. Die Tore glitten hinter ihm zu, und es stand ganz allein in der weiten Halle. Nässe tropfte auf den Betonboden. Techniker und Personal von Pan-Skyways schoben eine Gangway zur Kabinenluke, und die beiden Besatzungsmitglieder stiegen aus. Ihnen folgte Lawrence Newton in voller Uniform und mit den Rangabzeichen von Zantiu-Braun. Er blieb auf der obersten Stufe stehen, trotz der Kameras, die überall im Hangar verteilt waren. Die Vorschriften von Zantiu-Braun verlangten, dass ein ziviler Frachtflug einer zivilen Gesellschaft von einem Vertreter der Company begleitet wurde. Die AS würde sein Gesicht überprüfen und es mit seiner Datei und den Befehlen vergleichen, die von Ebrey Zhangs Büro ausgestellt worden waren.

Colin Schmidt erwartete ihn am Boden der Gangway, und auf seinem Gesicht spielte ein unauffälliges Lächeln. »Willkommen in Durrell.«

Lawrence legte seinem alten Freund den Arm um die Schulter. »Gut, wieder hier zu sein.«

Sie gingen am Rumpf entlang zum Heck des Flugzeugs. »Ich dachte, du würdest Witze machen, als du angerufen hast«, sagte Colin. »Ein ganzer RL33 Container! Heilige Scheiße! Ich muss es mit eigenen Augen sehen.«

Die Schalentüren, die das Heck des Flugzeugs bildeten, klappten auseinander. Colin duckte sich unter ihnen hindurch und blieb in der breiter werdenden Lücke stehen. Der Container füllte die Hälfte des gewaltigen Rumpfs, ein langer, perlmuttweißer Kompositzylinder auf einem Haltegestell.

»Ich schätze also, es war kein Witz«, sagte Colin. Er blickte sich um, um sicherzustellen, dass keine Zivilisten in der Nähe herumlungerten, bevor er mit gesenkter Stimme fortfuhr: »Also schön, was zur Hölle ist da drin?«

Lawrence öffnete die Klappe seiner Brusttasche und nahm ein zerklüftetes Stück Stein heraus. Es glänzte stumpf im Licht der Leuchtkonusse des Hangars. Colin nahm den Stein entgegen und untersuchte ihn vorsichtig.

»Es ist Argentit«, sagte Lawrence. »Ein Silbermineral.«

»Silber«, sagte Colin. Er blickte von dem kleinen Brocken in seiner Hand auf den Container und vom Container zu Lawrence. »Das soll wohl ein Gag sein.«

»Nein. Was wir hier haben, sind ungefähr vierzig Tonnen Argentit mit einem extrem hohen Silbergehalt.«

»Und woher in Gottes Namen habt ihr es?«

»Aus dem Hinterland. Ich dachte, ich hätte beim letzten Mal, als ich auf Thallspring war, etwas gesehen. Niemand im Platoon außer mir hat es bemerkt, deswegen habe ich es für mich behalten.«

»Scheiße!« Colin lachte, dann legte er sich die Hand auf den Mund. »Du alter Halunke, Lawrence! Du hast mir gesagt, wir müssten einen Rucksack in den Orbit schmuggeln!«

»Hätte ich etwas von einer voll beladenen Xianti erzählt, hättest du niemals mitgespielt. Jetzt hast du einen Anreiz. Kannst du diesen Container in den Orbit schaffen?«

»Ja.« Colin lachte noch immer. »O Gott, ja. Vierzig Tonnen Silber! Lawrence, du bist unglaublich!«

»Vierzig Tonnen Silbermineral. Wir müssen es erst noch verhütten, wenn wir wieder auf der Erde sind.«

Colin nickte und wurde plötzlich wieder ernst. »Selbstverständlich. Ich werde dafür sorgen, dass es nach Cairns gebracht wird. Von dort aus kriegen wir es relativ einfach zur Basis. Aber Lawrence, ich habe nicht die geringste Ahnung, wie wir dieses Mineral verhütten sollen. Was brauchen wir alles dazu?«

»Immer schön einen Schritt nach dem anderen. Im Augenblick wollen wir uns darauf konzentrieren, das Zeug an Bord der *Koribu* zu schaffen, ja? Hast du mir einen Piloten besorgt?«

»Ja, selbstverständlich. Gordon Dreyer ist unser Mann. Er braucht Geld, und er ist schlau genug, hinterher den Mund zu halten.«

»Sehr gut. Wie schaffen wir den Container durch die Sicherheitskontrollen? Im Manifest steht Ersatzteile für Fusionsreaktoren. Er darf auf keinen Fall durch irgendwelche Scanner geschoben werden.«

»Das kriege ich schon hin. Es gibt Hunderte von identischen Containern, die aus dem Raumhafen fahren oder hingebracht werden. Es ist ein Hütchenspiel, nur mit viel größeren Würfeln, weiter nichts. Ich habe sämtliche Verifizierungskodes und kann eine entsprechende Datei für den Container anlegen. Die AS findet den Unterschied niemals heraus.«

»Wie damals, als wir über den Zaun sind?«

»Wie damals.« Colin starrte wieder auf den Container. In seinen Augen stand Hunger. »Verdammt, Lawrence, ich weiß jetzt schon, welches Haus ich mir damit kaufen werde. Ich habe es gesehen, an der Riviera, ein weißes Herrenhaus aus Stein mit Gärten, mehr als hundertfünfzig Jahre alt. Passend für ein Mitglied des Vorstands.«

Lawrence spürte überraschend starke Schuldgefühle, als er dem Tagtraum seines Freundes lauschte. Doch die Entscheidung war auf dem Plateau gefallen, als er die Träume des Drachen geträumt hatte. Sämtliche alten Bindungen und Verpflichtungen waren bedeutungslos geworden.

Gordon Dreyer traf ein, sechs Stunden, bevor sein Flug in den Orbit planmäßig in den Orbit starten sollte. Lawrence war ihm nie zuvor begegnet, doch er kannte genug Typen dieser Sorte. Ein Endvierziger mit einem Job, der glamourös klang und in Wirklichkeit nichts als Routine war und karrieremäßig eine Sackgasse bedeutete. Er hatte zwei Ehen hinter sich, berichtete Colin, und die Gerichte hatten einen großen Batzen seines Gehalts für den Unterhalt seiner Ex-Frauen abgezwackt. Er war verbittert wegen der Gesetze. Er feierte Partys, trank zu viel und spielte oberhalb seines Kreditlimits.

Gordon Dreyer war an der Obergrenze dessen, was Zantiu-Brauns Fitnessbestimmungen an Gewicht zuließen. Sein dunkles Haar war penibel geschnitten und so gescheitelt, dass man nicht sehen sollte, wie dünn es bereits war – viral geschriebene Follikelbehandlung war gegenwärtig außerhalb seiner finanziellen Möglichkeiten. Er schüttelte Lawrence energisch die Hand und spielte den Kaltblütigen, als ihm der Handel erklärt wurde. Die Bereitwilligkeit, mit der er akzeptierte, verriet seinen wahren Charakter.

Wie alle Piloten überwachte Dreyer die Vorbereitungen für den Start. Es begann mit einem Überblick über die technische Spezifikation der Xianti, um sicherzustellen, dass sie den Vorschriften entsprach und die vorgeschriebenen Wartungsarbeiten ausgeführt worden waren. Seine Autorisierung wurde in das Logbuch eingetragen, und damit konnte das nächste Stadium beginnen: das Beladen des Raumflugzeugs.

Gordon Dreyer ging davon, um den Frachtcontainer im Hangar zu inspizieren. Colin Schmidt war an diesem Morgen der diensthabende Lieutenant für die Logistik und verantwortlich für die Piloten, die ihre Raumflugzeuge für den täglichen Flug hinauf zu den Raumschiffen vorbereiteten. Sie marschierten an den Reihen versiegelter Frachtcontainer entlang, während sie über Probleme oder spezielle Erfordernisse diskutierten. Am Ende überreichte er ihnen die Verifikationsdatei, in welcher der Inspektionsprozess für jedes einzelne Frachtgut festgehalten war. Dreyer fügte der Datei seine Autorisierung zu und bedankte sich bei Colin für die Abwicklung.

Der RL33 Container wurde in die Xianti verladen, die anschließend aus dem Hangar ins Tankdock geschleppt wurde. Gordon Dreyer ging in die Umkleideräume für Piloten, um sich fertig zu machen, während die kryogenischen Tanks heruntergekühlt und anschließend mit flüssigem Wasserstoff gefüllt wurden.

Lawrence und Colin fuhren zum provisorischen medizinischen Zentrum im Terminalgebäude.

»Das Hospital ist seit der Explosion gesperrt«, erklärte Colin. »Sie haben irgendwelche hohen Offiziere vom Flottengeheimdienst da drin. Die Sicherheit erlaubt niemanden in der Nähe.«

Sie fanden einen leeren Raum und begannen, Lawrences Körper mit medizinischen Modulen zu pflastern. Sein Arm wurde in eine dicke Dermalmembran gehüllt und weitere medizinische Module befestigt.

»Ich wünschte nur, du würdest nicht so verdammt gesund aussehen«, beschwerte sich Colin. »Du bist schließlich ein dringender Evakuierungsfall.«

»Ich hab mal gelesen, dass Soldaten früher das Schießpulver aus ihren Patronen gegessen haben. Es hat sie richtig krank aussehen lassen.«

»Möchtest du ein wenig hochbrisanten Sprengstoff zum Kauen?«

»Nein, danke.« Lawrence zog einen Overall der medizinischen Abteilung über. Mit den kurzen Ärmeln konnte jeder die Membran und die Module sehen. Es sollte reichen, um die Bodenmannschaft zu täuschen, die ihn an Bord gehen sah. Das Prime griff auf seine Datei in Memu Bay zu und trug einen Angriff während einer Stadtpatrouille ein, bei dem sein Skinsuit penetriert und er darunter verbrannt war und nach der ärztlichen Diagnose keinen Dienst mehr verrichten konnte.

Das Tankdock besaß einen kleinen Kommandostand mit einer Reihe getönter Scheiben und Ausblick auf die deltaflügelige Xianti. Treppen in einer Ecke des Raums führten zu der Fluggastbrücke, die bereits ausgefahren und an der Kabinenluke des Raumflugzeugs angedockt war. Gordon Dreyer befand sich bereits im Kommandostand, als Lawrence und Colin eintraten. Er sprach mit einem Sicherheitsbeamten, der ihm den Kommunikationsschlüssel für den Flug überreichte.

»Brauchen Sie Hilfe mit Ihrem Arm?«, fragte Dreyer freundlich.

»Nein, Sir«, antwortete Lawrence. »Ich denke, ich komme zurecht. Danke sehr.«

Eine Kamera überwachte den Eingang zur Fluggastbrücke. Lawrence spürte die Schweißperlen auf der Stirn, als er darunter herging. Zumindest wurde seine angebliche Verwundung auf diese Weise dokumentiert. Dreyer war beeindruckend gelassen, während sie die Brücke überquerten.

Die Kabinenschleuse glitt zu, und Lawrence stieß erleichtert den Atem aus. Hinter den Linien herumzuschleichen war nicht sein Gebiet.

Dann schon lieber jeden Tag offenen Kampf.

»Fronturlaub, eh?«, fragte Dreyer. »Setzen Sie sich, und überlassen Sie den Rest nur mir.«

Lawrence wählte einen Platz direkt hinter dem Piloten, von wo aus er die Konsolendisplays überblicken konnte und einen echten Ausblick durch die kleine Windschutzscheibe hatte statt einem Kamerabild auf einem Paneel an einer Rückenlehne.

»Achtzig Minuten bis zum Rendezvous«, verkündete Dreyer, als die beiden Heckraketen ausgebrannt waren und die Xianti im Orbit kreiste.

»Klingt gut.« Lawrence nahm eines der medizinischen Module von seinem Arm, beugte sich vor und drückte es Dreyer gegen den Hals.

»Was zur...« Der Pilot verlor das Bewusstsein. Sein regloser Körper blieb im Sitz, gehalten von den Sicherheitsgurten, doch seine Arme schwebten langsam nach oben, bis sie über der Konsole hingen.

Lawrence benutzte seinen digital geschriebenen neuralen Cluster, um eine Verbindung mit dem Bordnetz der Xianti herzustellen. Das Prime wurde aktiv und löschte die Piloten-AS, dann übernahm es die völlige Kontrolle über das Raumflugzeug.

»Alles in Ordnung mit Ihnen da hinten?«, fragte Lawrence.

»Ich wusste gar nicht, dass Schwerelosigkeit so grauenhaft ist!«, sagte Denise. »Ich glaube, mir wird ernsthaft schlecht.«

»Reißen Sie sich zusammen.«

»Haben Sie sonst noch einen guten Ratschlag auf Lager?«

»Wir schaffen Sie jetzt da hinten raus. Außerdem muss ich in den Suit.« Das Prime übertrug ein Bild der Kamera im Frachtraum auf eines der Cockpit-Paneele. Der Container füllte den Frachtraum fast vollständig aus und ließ nur eine zwei Meter breite Lücke zwischen der Kabinenwand und der Stirnseite. Lawrence sah, dass am Ende des Containers ein Stück Plastik zur Seite glitt. Irgendetwas im Innern bewegte sich. Eine menschliche Gestalt in einem silber-grauen Raumanzug, der aussah wie ein Trainingsanzug, kletterte mit sehr langsamen, unsicheren Bewegungen heraus.

»Nichts bewegt sich so, wie es sollte!«, beschwerte sich Denise.

Lawrence hoffte, dass sie nicht mit einer Kabinenkamera verbunden war; sie hätte sein Grinsen bemerkt. »Sie werden sich daran gewöhnen. Denken Sie nur daran, dass die Masseträgheit hier oben immer noch genauso hoch ist wie unten auf der Oberfläche.«

Ein kurzer flexibler Strick an ihrem Geschirr führte zu einer großen Kiste, in der sein Skinsuit aufbewahrt wurde. Sobald sie aus dem Container war und in dem kleinen Zwischenraum Halt gefunden hatte, zog sie die Kiste hinter sich her.

Lawrence befahl seinem Prime, die innere Luke des Frachtraums zu öffnen. Denise benötigte mehrere Minuten, um die Kiste in die Schleuse zu bugsieren. Es gab nicht genügend Platz für beide, also startete Lawrence den Schleusenzyklus und zog die Kiste in die Kabine, während sie im Frachtraum wartete.

Er steckte bereits mit den Beinen im Skinsuit, als sie ebenfalls die Schleuse verließ und ihre Gesichtsmaske absetzte. »Ich hätte nichts essen sollen«, stöhnte sie. »Ich hätte auch nichts trinken sollen.«

»Hätten Sie in diesem Zustand unser ursprüngliches Szenario überstanden?«

Sie funkelte ihn an. »Ich hätte es geschafft. Ich kann es immer noch.«

»Ja. Schön. Nun, versuchen wir als Erstes unseren nicht-tödlichen Plan.«

Memu Bays gesamtes Komplement von zwölf TVL88 Helikoptern flog über das Plateau, als die Dämmerung heraufzog. Simon beobachtete die Landschaft aus dem Cockpit des führenden Hubschraubers. Stationäre Wolkenwirbel umgaben jeden der Gipfel. Aus ihnen leckten Nebelschwaden hinab und in die Täler, von wo aus sie über die Ebene und die Wälder zogen. Der Anblick hatte etwas Urtümliches, mit Baumriesen und Bergrücken, die aus der unheimlichen weißen Decke ragten.

»Die Satelliten überqueren das Gebiet erneut«, sagte der SK2. »Im sichtbaren Spektrum gibt es nicht viel zu sehen. Dieser verdammte Nebel bedeckt ganz Arnoon Province!«

Simon befahl seiner AS, ihm die Satellitenbilder auf der Spiegelbrille zu zeigen. Ein paar bewaldete Hügel glitten über das Display, getrennt von ruhigen Seen aus Nebel. Infrarot zeigte kaum mehr. Mehrere Dutzend verschwommene pinkfarbene Flecken schimmerten unter der weißen Decke. Sie befanden sich ungefähr dort, wo Arnoon sein musste.

Während der Nacht hatte es über dem Plateau geregnet. Die Satelliten waren nicht imstande gewesen, die dichte dunkle Wolkendecke zu durchdringen. Simon hatte alte Aufnahmen geladen und die kleine Gemeinde studiert. Er hatte nichts Auffälliges entdeckt; nichts als eine ländliche Siedlung ohne jedes Zeichen von Hightech, abgesehen von den kybernetischen Wollspinnereien.

Seine AS hatte den Datapool nach sämtlichen erhältlichen Informationen über Arnoon Province durchforstet. Es gab eine ganze Menge, doch bis jetzt war nichts Wichtiges dabei gewesen. Als die AS Suchpings zu den Knoten des Dorfes sandte, meldeten sich lediglich ganz gewöhnliche Management-Pearls, die meisten Jahrzehnte veraltet.

Alles vollkommen normal.

Allerdings: Das Dixon-Netzwerk war drei Tage zuvor aus dem Datapool herausgefallen. Die Telekommunikationsgesellschaft von Memu Bay, die das Netz wartete, wusste den Grund nicht zu erklären. Man hatte noch kein Team von Ingenieuren auf das Plateau geschickt; die Situation in Memu Bay war dafür verantwortlich, dass es auf der Prioritätenliste ziemlich weit unten stand.

Und irgendwo auf dem Plateau war eine Patrouille, die vor drei Tagen aufgebrochen war, verloren gegangen. Zuerst war Simon erfreut, als die AS den Eintrag fand; er würde das Platoon direkt nach Arnoon schicken. Doch ihre Transponder reagierten nicht auf die Kommunikationssatelliten. Die AS bemerkte, dass die Patrouille nur zwei Tage hatte dauern sollen. Trotzdem war niemandem aufgefallen, dass sie nicht zurückgekehrt war. Weitere Nachforschungen ergaben eine größere Daten-Unstimmigkeit in der Hauptquartiers-AS. Sie hatte den Marschbefehl für die Patrouille erteilt, doch es hatte keine Überwachung assoziiert und keinerlei etablierte Kommandohierarchie. Die Daten waren eindeutig manipuliert worden.

Als Simon Captain Bryant anrief und ihn fragte, was er über den Verbleib seines verschwundenen Platoons wusste, hatte der verwirrte Offizier keine Ahnung, wovon Simon überhaupt sprach. 435NK9 war aus seinem Kommandobereich abgezogen worden.

»Wie kann ein gesamtes Platoon einfach so verschwinden!«, schimpfte Simon.

Eine Reihe regelmäßiger Hügel kam vor den Helikoptern in Sicht. Der Nebel war löchrig und schien sich endlich aufzulösen, während die Sonne höher stieg.

»Dixon liegt genau vor uns, Sir!«, rief der Pilot über das Schlagen der Rotorblätter. Simon deaktivierte das Display seiner Spiegelbrille.

Das Geschwader TVL88 Helikopter überflog die

Schlackehügel. Die Maschinen wurden langsamer, als sie den Rand der kleinen Stadt erreichten, und suchten das gesamte Gebiet mit aktiven Sensoren ab.

»Was in Gottes Namen ist denn hier passiert?«, fragte der SK2.

Der Nebel hatte sich inzwischen fast völlig aufgelöst und gab den Blick auf die zerstörten Gebäude frei. Fast ein Viertel aller Häuser war eingefallen. Sie waren explodiert, und Trümmerstücke waren im weiten Umkreis verstreut.

»Ein Kampf«, sagte Simon zu seinem Zwillingsklon. »Diese Häuser wurden gezielt beschossen, auch wenn ich mir keinen Grund dafür denken kann.«

»Sir!« Der Pilot deutete nach vorn.

»Bringen Sie uns hin!«, befahl Simon.

Mitten auf der Hauptstraße stand ein ausgebrannter Jeep. Ein zweiter Jeep ragte halb aus der Seite eines der wenigen noch stehenden Häuser rings um den zentralen Platz.

»Wenigstens wissen wir nun, was aus dem Platoon geworden ist«, sagte Simon, während der Helikopter über dem Schauplatz kreiste. In keinem der Wracks war eine Spur von einem Skin zu sehen. »In Ordnung, ich habe genug gesehen«, sagte Simon zu dem Piloten. »Bringen Sie uns nach Arnoon.«

Schmerz war eine Konstante in seinem Leben geworden. Simon weigerte sich, Drogen einzunehmen, die den Schmerz verbannten, weil er einen klaren Verstand behalten wollte. Er war sicher, dass der SF9 die Bedeutung der Begegnung mit dem Alien nicht in ihrer vollen Tragweite begriff und das Ganze immer noch als ein faszinierendes intellektuelles Puzzle sah. Typisch für die unerschütterliche Selbstgefälligkeit dieser Charge Klone.

Simon hatte Joseps Aura aus erster Hand erlebt, genau wie seine Entschlossenheit und seinen Willen. Sie würden die Begegnung mit dem Alien nur überleben, wenn sie die gleiche Entschlossenheit aufbrachten. Er durfte nicht zulassen, dass diese Chance vertan wurde. Das Potenzial des nanonischen Systems war überwältigend. Im Besitz von Zantiu-Braun würde es der gesamten menschlichen Rasse helfen.

Obwohl Josep ein Feind gewesen war, beneidete Simon ihn für das, was aus ihm geworden war. Seine Gestalt war ein wunderbares Idealbild, nach dem alle Menschen strebten, allem haushoch überlegen, was virale Keimzellenbehandlungen zustande brachten.

Nur wenige Augenblicke in der menschlichen Geschichte waren von wahrhaft zentraler Bedeutung, doch dies hier würde einer davon werden. Simon musste daran teilhaben, musste seinen Beitrag leisten, musste verhindern, dass ein Fehlschlag daraus wurde, ganz besonders durch Schwäche. Er musste das nanonische System in seinen Besitz bringen. Glücklicherweise verhinderte seine Unbeweglichkeit nicht den Zugriff auf den Datapool. Und der Schmerz, konstant, allgegenwärtig und diabolisch, trieb ihn voran.

Sein DNI scrollte Datei auf Datei vor ihm herunter, während der SF9 in Richtung Arnoon flog. Seine AS grub Informationen aus und suchte nach Versäumnissen und Fehlern. Irgendwo unterhalb der Knie juckten seine Beine unerträglich und steigerten sein Leiden und seinen Zorn noch. Schließlich traten die Hinweise und Spuren, von denen er die ganze Zeit gewusst hatte, dass sie existierten, langsam aus dem Datapool zutage. »Sie haben sich geirrt, was die Patrouille angeht«, sagte er.

»Was meinen Sie damit?«, erkundigte sich der SF9.

»Wir wissen nicht, was aus ihr geworden ist.«

»Wir haben soeben die Überreste gesehen«, entgegnete der SF9 spöttisch. »Das Alien oder seine Verbündeten haben sie ausgelöscht, weil sie auf dem Weg nach Arnoon war.«

»Und anschließend haben sie dieses Prime eingesetzt, um das ganze Platoon aus unseren Dateien zu löschen?«

»Ja.«

»Aber die Dateien waren bereits gelöscht, bevor die Patrouille aufgebrochen ist. Irgendjemand hat alles so arrangiert, dass Platoon 435NK9 das Plateau besuchen konnte, ohne dass im Hauptquartier jemand davon erfuhr. Wenn das Alien unsere Leute am Besuch von Arnoon Province hindern wollte, dann hätte es mit diesem Prime einfach die Befehle ändern können, oder? Wir hätten es nie erfahren.«

»Was wollen Sie damit andeuten?«

»Es gibt noch einen Faktor, den wir übersehen haben.« Eine neue Datei erschien, markiert durch einen Querverweis, den die AS zu Platoon 435NK9 gezogen hatte. Spezifische Informationen scrollten über den Schirm. »Wie es scheint, war der Sergeant des Platoons schon einmal in Arnoon Province. Als wir das letzte Mal auf Thallspring waren, war er Mitglied einer ähnlichen Patrouille durch das Hinterland. Wollen Sie mir erzählen, dass das Zufall ist?«

»Höchst unwahrscheinlich«, gestand der SF9. »Können Sie seine Daten heraussuchen?«

Simon befahl seiner persönlichen AS, einen Suchping über sämtliche Dateien auszusenden, die mit Lawrence Newton zu tun hatten.

Die TVL88 Helikopter donnerten von allen Seiten gleichzeitig heran und riegelten Arnoon mit ausgefahrenen Waffen ab. Die Fallwinde der kraftvollen Rotoren zerrten am Nebel und klärten die zentrale Lichtung innerhalb Sekunden. Die letzten Fetzen hartnäckigen Dampfes strichen an den zottigen Holzhäusern vorbei, und dann lagen sie ungeschützt vor den Zielsensoren. Eine junge Frau in einem cremefarbenen Pullover und dunklen Jeans stand auf dem Balkon eines der Häuser und hielt sich am Geländer fest, um dem Miniatur-Hurrikan zu widerstehen.

Sie war die einzige Person, die die Sensoren entdecken konnten. Die Holzhäuser waren allesamt warm; die Haushaltsmaschinerie zog Energie. Aber niemand hielt sich im Innern auf.

Fünf Helikopter, einschließlich dem von Simon, landeten auf dem taufeuchten Grasmoos, während die anderen ausfächerten und die umliegenden Wälder absuchten. Skins sprangen aus den gelandeten Maschinen und gingen in Stellung. Die Karabiner waren ausgefahren, und jeder war mit einem Smartmissile-Werfer ausgestattet.

Simon stieg aus seinem Helikopter. Er hielt seine

Lederjacke vorn zusammen, die im Wind wehte. Drei Skins eilten herbei und nahmen ihn in die Mitte, als er auf die Frau zuging.

Sie kam die Treppe vom Balkon herunter, und ihre glänzende Aura verlieh ihr das Aussehen eines biblischen Engels. »Simon Roderick, nehme ich an? Mein Name ist Jacintha. Willkommen in Arnoon.«

»Ich dachte, hier wären mehr Menschen?«

»Sie sind alle irgendwo draußen in den Wäldern. Sie sind davongerannt, als wir erfuhren, dass Sie herkommen würden.«

»Warum?«

»Wir fürchten uns vor Ihnen.«

»Interessant. Ich finde Sie höchst furchtlos. Wissen Sie, dass Sie eine bemerkenswerte Aura haben?«

Jacintha runzelte die Stirn. »Oh, ich verstehe. Sie müssen ein magnetisches Sinnesorgan besitzen. Haben Sie Josep auf diese Weise entdeckt?«

»Sagen wir, auf diese Weise habe ich gelernt, mich in seiner Gegenwart äußerst vorsichtig zu verhalten. Nicht, dass es letzten Endes viel genützt hätte. Viele Menschen wurden getötet, als er Selbstmord beging.«

»Ihre Kollateralhalsbänder töten viele Menschen ohne Grund.«

»Ich bin nicht gekommen, um zu rechtfertigen, was ich getan habe. Ich werde auch nicht mit Ihnen streiten, wer moralisch im Recht ist. Ich will einfach nur das Alien sehen, bitte.«

»Tut mir Leid«, erwiderte Jacintha. »Aber das können Sie nicht.«

»Sie wissen, dass ich es kann. Selbst wenn Sie alle zwölf Helikopter und diese Platoons besiegen – und ich bezweifle, dass Sie dazu in der Lage wären. Wir werden einfach mit mehr Hubschraubern und noch mehr Platoons wiederkommen. Wir werden so lange wiederkommen, bis wir das Alien gefunden haben.«

Es war nicht ihr mitleidiges Lächeln, das ihn beunruhigte, sondern ihre Gedanken. Sie bemitleidete ihn tatsächlich. Es war die Art von Mitleid, die ein Erwachsener einem kindlichen Wutanfall entgegenbringen würde.

Er konnte andererseits nicht anders, als sie zu bewundern. Es war nichts Sexuelles, eher ihre vollkommene, ausgeglichene Persönlichkeit. Der SK2 hatte Recht, wenn doch nur alle Menschen ihre intellektuelle Tiefe besäßen.

»Sie könnten tausend Raumschiffe voller Skins und Waffen schicken«, sagte Jacintha, »und es würde dennoch keinen Unterschied machen.«

Endlich begann Simon zu verstehen. »Es ist nicht hier.« Sein Verstand begann mit beinahe schwindelerregender Geschwindigkeit die Informationen zu verarbeiten, die er gesammelt hatte. »Memu Bay ist ein anarchistisches Chaos; Sie könnten alles durch die Stadt schmuggeln, ohne dass wir es erfahren würden. Das Raumflugzeug! Sie wollten gar kein Raumschiff in die Luft jagen . . .«

»Newton war hier«, sagte der SK2. »Hier am Raumhafen. Wir haben ihn heute Morgen in den Orbit evakuiert.«

Jacintha neigte den Kopf zur Seite und lauschte einer unhörbaren Stimme.

»Scheiße!«, ächzte Simon, als das DNI die Daten herabscrollte. »Halten Sie ihn auf!«, befahl er dem

SK2. »Halten Sie den Flug auf! Newton darf nicht an Bord des Raumschiffs!«

»Zu spät«, sagte Jacintha.

Kapitel Acht

»Ich habe einen Hydraulikfehler Level zwo!«, berichtete Lawrence. Das Prime verwandelte seine Stimme in eine exakte Kopie von Gordon Dreyers abgehacktem Akzent, bevor sie in den Audiolink zur *Koribu* ging. »Die Frachtlukentüren reagieren nicht!«

»Meine Güte, Dreyer, könnt ihr euch nicht einmal an die einfachsten Wartungspläne für eure Maschinen halten?«, beschwerte sich der Controller an Bord der *Koribu*. »Ihr seid für die Flugtauglichkeit eurer Kisten verantwortlich! Wozu brauchen wir sonst Piloten? Fahr das System runter und boote die Software neu.«

»Verstanden. Versuche Reaktivierung.«

Bernsteinfarbene Diagramme tanzten langsam über die Konsolenpaneele, während das Prime eine digitale Simulation der Reaktivierungsversuche erzeugte. Lawrence ließ die Prozedur zweimal ablaufen, sodass die Telemetriedaten, die an Bord der *Koribu* eintrafen, zeigten, dass er sich nach Kräften um eine Lösung des Problems bemühte.

Durch die Windschutzscheibe sah er das gewaltige Raumschiff, das in einer Entfernung von dreihundertfünfzig Metern schwebte. Sie befanden sich auf gleicher Höhe mit der Fusionsantriebssektion, wo sich das Sonnenlicht auf der verschrumpelten Thermofolie, die die Deuteriumtanks schützte, in allen Regenbogenfarben brach. Drei weitere Xiantis warteten vor ihnen mit weit geöffneten Frachtluken in einer langgezogenen Reihe. Die Container, die sie in den Orbit gebracht hatten, schoben sich aus ihren Verankerungen und warteten darauf, abgeholt zu werden. Es sah aus wie eine Opfergabe, die von metallenen Fingern gehalten wurde. Kleine Schlepper schwärmten um die Raumflugzeuge herum wie schwarze Käfer, und aus ihren Reaktionsantrieben drangen Wolken grauer Gase, während sie sich in eine Position manövrierten, in der sie die Ladung übernehmen konnten.

»Noch immer keine Reaktion!«, meldete Lawrence.

»Ah, gottverdammt! Also schön, Dreyer«, sagte der Controller der *Koribu*. »Sie haben Erlaubnis zum Andocken. Bringen Sie den Vogel in den Wartungshangar. Die AS wird Ihnen einen Anflugkorridor zuweisen. Und herzlichen Glückwunsch dafür, dass Sie den heutigen Flugplan durcheinander geworfen haben.«

»Ist mir stets ein Vergnügen.«

Prime bestätigte den Empfang der neuen Koordinaten. Hypergolischer Treibstoff entzündete sich in den Reaktionskammern und schob sie langsam um das große Raumschiff herum.

Lawrence sah Bänder aus schwefelfarbenem Dampf herausschießen, die die gesamte Nase der Xianti einhüllten, während das Raumflugzeug langsam zu rollen begann. Nach und nach glitt die *Koribu* aus dem Sichtfenster. Sensoren zeigten, wie die zylindrische Frachtsektion des Raumschiffs langsam vorübertrieb. Unterhalb der Silos öffneten sich die großen Tore des Wartungshangars. Eine Reihe kleiner Lichter entlang dem Rand blinkte auf und verbannte die Schatten aus der gerippten Metallhöhle.

Mit dem Prime als Pilot glitt die Xianti glatt direkt über dem Wartungshangar in Position. Die Rumpfklappen fuhren zurück. Die Reaktionskontrolldüsen feuerten immer kürzere Pulse, während sie jegliche Bewegung relativ zu dem riesigen Raumschiff eliminierten.

Am Boden des Wartungshangars streckten sich mechanische Mandibeln nach oben und suchten nach den Ladepins im Rumpf der Xianti. Riegel schnappten ein und sicherten das Raumflugzeug.

»Wir sind drin«, murmelte Lawrence. Die Mandibeln fuhren zurück und zogen das Raumflugzeug mit sich. Sie beobachteten gemeinsam, wie die Torbeleuchtung an der Frontscheibe des Raumflugzeugs vorbeiglitt.

Denise wandte sich den Bildern von den Kameras des Raumflugzeugs zu. »Wo sind die Versorgungsanschlüsse?«

»Warten Sie einfach ab«, sagte Lawrence.

Die Xianti erzitterte leicht, als sie auf dem Gestell zur Ruhe kam. Sekundäre Mandibeln, umgeben von spiraligen Schläuchen und Kabeln, fanden ihren Weg nach oben zu den Anschlüssen der Xianti. Energie, Daten, Kühlmittel, Kommunikation und Hydraulik wurden angeschlossen und die Verbindung bestätigt.

Das Prime benutzte die Datenverbindung, um sich in das Netzwerk des Wartungshangars zu schleusen, die AS zu löschen und die Kontrolle über sämtliche lokalen Systeme zu übernehmen. Subversion auf derart massivem Niveau wurde augenblicklich von der Haupt-AS der *Koribu* entdeckt. Sie errichtete einen Firewall rings um das betroffene Netzwerk. Außerdem unterbrach sie die Energieversorgung und die Lebenserhaltungssysteme, die zu der entsprechenden Sektion des Raumschiffs rings um den Wartungshangar herum führten, und schloss die Druckschotten entlang dem Hauptaxialkorridor. Die Notstromversorgung der Sektion fuhr automatisch an und gestattete dem Netzwerk und den meisten sekundären Systemen zu funktionieren. Das Prime besaß keine Möglichkeit, die Lebenserhaltungssysteme von innen her zu reaktivieren, doch es gab genügend Sauerstoff, um die Besatzung am Leben zu halten, die hinter den versiegelten Schotten in der Falle saß.

Der Andockschlauch des Wartungshangars fuhr aus der Wand und näherte sich der Kabinenluke der Xianti. Lawrence hielt eine EC-Pistole in der einen Hand. Der Karabiner im anderen Unterarm war bereits ausgefahren. »Bleiben Sie hinter mir«, sagte er zu Denise, als das Siegel des Andockschlauchs aktiviert wurde.

»Jawohl, Commander.«

Ihr Tonfall ärgerte ihn. »Wir haben das bereits besprochen. Ihr Raumanzug ist gut, aber er kann längst nicht so viel einstecken wie ein Skinsuit. Und ich weiß, dass sie Waffen an Bord haben.«

»Ja, in Ordnung«, murmelte Denise.

Die Kabinenschleuse glitt auf und gab den Blick frei auf zwanzig Meter Andockschlauch auf der anderen Seite. Es war dunkel, und am anderen Ende blinkten orangefarbene Lichter. Das Prime versorgte Lawrences taktisches Display mit Kamerabildern von jedem Teil des Raumschiffs, über den es bereits die Kontrolle besaß. Die Besatzungsmitglieder in der Frachtsektion waren durcheinander. Sie wussten, dass die Lebenserhaltungssysteme abgeschaltet worden waren; bernsteinfarbene Warnlampen blinkten in jeder Abteilung. Sämtliche Rettungsbootschleusen und Fluchtkammertüren standen weit offen. Die Beleuchtung war in den Stromsparmodus übergegangen, und die Korridore und schmalen Schächte lagen in klaustrophobischer Dunkelheit. Es gab keine Kommunikation mit dem restlichen Schiff – das Prime blockierte jeden Versuch. Und doch schien die AS ihnen zu sagen, dass alles in Ordnung war und es sich lediglich um einen lokalen Fehler im System handelte.

Lawrence stieß sich ab und schwebte glatt durch die Tunnelmitte zur anderen Seite, während er seine Flugbahn durch gelegentliche Bewegungen seiner freien Hand korrigierte. Denise folgte ihm und prallte von einer Wand gegen die andere, während sie eine Serie von Flüchen ausstieß.

Am anderen Ende des Schlauchs musste Lawrence die manuelle Schleusenentriegelung benutzen. Zwei Besatzungsmitglieder schwebten unmittelbar hinter der Luke. Sie sahen den Skin herauskommen, drehten sich geschickt mitten in der Luft um und schossen davon wie erschreckte Fische. Lawrence betäubte sie mit Pfeilen. Sie segelten geradeaus weiter, bis sie schwer gegen die Wände des Raums krachten. Danach drehten sie sich schlaff um mehrere Achsen, während ihre Glieder in alle Richtungen ragten.

Lawrence schob sich an ihnen vorbei und tauchte

in den langen Korridor, der aus der Abteilung führte. Er besaß einen D-förmigen Querschnitt, und eine Leiter verlief durch den Apex der halbrunden Decke. Er stieß sich von den Rungen ab und trieb sich auf diese Weise voran. Denise war zwei Meter hinter ihm.

Der Axialkorridor war am Ende, ein weiter Zylinder mit dicken Versorgungsrohren, die an den Wänden entlang verliefen. Er führte im Zentrum der tragenden Struktur durch die gesamte Länge des Raumschiffs und verband die hintere Sektion des Fusionsantriebs mit dem vorne liegenden Kompressionsantrieb, und radiale Korridore führten in die unter Druck stehenden Sektionen. Alle vierzig Meter waren Druckschotten angebracht, schwere runde Tore aus Komposit, die normalerweise offen standen.

Fünf Besatzungsmitglieder trieben vor dem nächstgelegenen Schott, als Lawrences Helm durch die Luke in den Axialkorridor stieg. Zwei von ihnen bemühten sich, das Schott zu öffnen, während einer an der Scheibe im Zentrum hing und in die nächste Sektion starrte. Lawrence hob das Handgelenk; er konnte spüren, wie die Muskeln des Mechanismus' arbeiteten, als die Pfeile herausschossen.

Denise kroch über die Leiter zum Schott und drückte einen Ring aus Energiefokusband dagegen. Lawrence schob die bewusstlosen Besatzungsmitglieder aus dem Weg und in Sicherheit.

»Gehen Sie in Deckung«, sagte Denise, dann sandte sie einen Kode an das Band. Der Puls nackter Energie, den es abstrahlte, schnitt sauber durch das Schott. Dichter schwarzer Rauch schoss hervor, als die Ränder des Komposits schmolzen und schwelten. Feueralarme gingen los.

Lawrence packte den Griff des Schotts und trat gegen den brennenden Kreis. Das Schott flog heraus, wobei es um die eigene Achse taumelte wie eine geworfene Münze, und zog einen Schweif aus giftigem Rauch hinter sich her. Mehrere Besatzungsmitglieder, die sich auf der anderen Seite des Schotts gesammelt hatten, ergriffen die Flucht.

Eine Sekunde lang konnte Lawrence durch die gesamte Länge des Axialkorridors bis zur vorderen Kompressionsantriebssektion sehen. Dann schlossen sich sämtliche Druckschotten gleichzeitig. Gelbe Blinklichter flammten zusammen mit dem schrillen Alarm der Feuersirenen auf. Besatzungsmitglieder flüchteten durch Radialkorridore. Es gelang Lawrence, drei von ihnen mit Pfeilen zu betäuben, bevor sie verschwanden. Sekundäre Druckschotten begannen die Radialkorridore zu schließen, während er und Denise über sie hinwegglitten.

Zehn Meter hinter dem Druckschott befand sich ein Netzwerkknoten. Denise benutzte eine Energieklinge, um das Gehäuse zu entfernen, dann setzte sie vorsichtig einen Drachen-extrudierten Kommunikationslink auf die Datenbus-Einheit. Mikrofasern schnitten durch die Elektronik im Innern und verschmolzen mit den faseroptischen Kabeln. Das Prime lud sich in ein weiteres Netzwerksegment.

Der akustische Alarm machte Captain Marquis Krojen auf der Stelle hellwach. Es war ein Krach wie bei einer explosiven Dekompression. Er setzte sich hastig auf, und nur der Gurt um seine Hüften verhinderte, dass er in der niedrigen Schwerkraft völlig von seiner Pritsche abhob. Einen Augenblick lang sah er sich verwirrt um, dann flammte die Kabinenbeleuchtung auf. An Bord von Raumschiffen gab es für jeden erdenklichen Notfall ein anderes Alarmsignal. Nach so vielen Jahrzehnten an Bord von Schiffen hätte Marquis Stein und Bein geschworen, dass er jedes Signal kannte. Doch diesmal musste er tatsächlich warten, bis sein DNI die Information lieferte.

»Ein fremder Eindringling?« Er glaubte seinen Augen nicht zu trauen, als er die kleinen indigofarbenen Symbole las.

Der Alarm verstummte.

»Jawohl, Sir«, informierte ihn die Schiffs-AS.

»Meine Güte, das kann doch nur eine Übung sein!« Irgendetwas, das sich dieser Bastard Roderick ausgedacht hatte, nach den ganzen Scherereien unten auf dem Raumhafen von Durrell. Es konnte nicht real sein.

»Nein, Sir«, beharrte die AS. »Ich wurde aus dem Netzwerk der Wartungshangarsektion gelöscht. Ich habe Firewalls errichtet, die die subversive Software an weiterer Ausbreitung hindern.«

Marquis zerrte an dem Klettverschluss des Hüftgurtes. Er begab sich von seiner Kabine direkt auf die Brücke der *Koribu* und ging schnell in der niedrigen Gravitation. Colin Jeffries, der diensthabende Offizier, saß im Kommandosessel und wirkte bis ins Mark schockiert. Lediglich drei weitere Konsolen auf der Brücke waren bemannt.

»Was zur Hölle ist passiert?«, fragte Marquis Krojen und unternahm eine bewusste Anstrengung, um sich zu beruhigen. »Geben Sie mir einen Lagebericht.«

»Eine Xianti hat einen Hydraulikfehler gemeldet«, sagte Colin Jeffries. »Wir haben sie im Wartungshangar andocken lassen, und das Nächste, was geschah, war, dass das gesamte umgebende Netzwerk unterwandert wurde.«

»Wie war unsere Reaktion?« Marquis setzte sich auf einen der freien Sitze vor den Konsolen. Die Schiffs-AS aktivierte die Paneele und zeigte eine Reihe von Diagrammen und Kamerabildern.

»Die Standardprozedur besteht darin, die Energiezufuhr und die Lebenserhaltungssysteme in der kontaminierten Sektion abzuschalten«, sagte die AS. »Das wurde getan.«

»Kannst du mir ein Echtzeitbild des Raumflugzeugs liefern?«

»Nein.«

»Dann leiten Sie einen der Schlepper zum Wartungshangar um. Jetzt gleich«, sagte Marquis zu Colin Jeffries. »Ich will wissen, was da passiert!«

»Aye, Sir.«

»Die Sicherheit vom Raumhafen von Durrell ist in der Leitung«, berichtete die AS. »Man warnt uns wegen des Raumflugzeugs. Man glaubt, es sei von einer Widerstandsbewegung entführt.«

Marquis wehrte sich dagegen, sich von der schockierenden Information zu panischen Reaktionen verleiten zu lassen. Die AS zeigte auf einem der Paneele eine Prozedur für die Reaktion auf physische Bedrohungen. Falls es eine aktuelle Bombendrohung gegen die *Koribu* gab, hatte der Captain das Schiff zu evakuieren. Die Sicherheitsvorschriften gingen davon aus, dass jede Widerstandsgruppe, der es gelang, in Reichweite des Schiffes zu kommen, auch im Besitz einer Bombe war, die das gesamte Schiff zerstören konnte.

Doch bis jetzt war keine Bombendrohung bekannt. Und es hatte keine Explosion gegeben. Außerdem – wenn sie die *Koribu* in die Luft jagen wollten, warum versuchten sie dann zuerst, das Schiff zu übernehmen?

»Können die Schlepper die Xianti nicht einfach aus dem Hangar ziehen?«, fragte Marquis Krojen.

Colin Jeffries schüttelte zweifelnd den Kopf. »Ich glaube nicht. Diese Schlepper haben nicht genügend Schub; die Halteklammern sind dazu gedacht, eine Menge mehr Masse zu sichern als eine Xianti. Man müsste zuerst unter den Rumpf des Raumflugzeugs und sie durchtrennen.«

»Arbeiten Sie daran. Ich brauche Optionen.«

»Aye, Sir.«

»Haben wir Kontakt zu Besatzungsmitgliedern in der abgeriegelten Sektion?«, fragte Marquis die AS. Er brachte es nicht über sich, »kontaminiert« zu sagen.

»Nein, Sir«, antwortete die AS. »Es gibt keinerlei interne Kommunikationslinks mehr.«

»Also schön, ich will, dass jemand zum Druckschott geht und einen Blick hindurch wirft. Gib ihm eine offene Verbindung zur Brücke.«

»Jawohl, Sir«, sagte die AS.

»Der Schlepper kommt in Sichtweite!«, meldete Colin Jeffries.

Die AS lenkte die Bilder von den Sensoren des Schleppers auf die Bildschirme vor Marquis Krojen.

Er starrte auf die große, deltaflügelige Form des Raumflugzeugs, ohne genau zu wissen, was ihn erwartete. Die Maschine wirkte tot und verlassen. Sein Verstand ging die Andockprozeduren durch.

»Haben wir den Andockschlauch aktiviert?«, fragte er.

»Nein, Sir«, antwortete die AS. »Er wurde erst ausgefahren, nachdem die Subversion stattgefunden hatte.«

Marquis Krojen sah Colin Jeffries ins Gesicht. »Dann sind sie schon an Bord. Jesses! Weiß die Sicherheit vom Raumhafen in Durrell, was sie in der Xianti geschmuggelt haben?«

Eine aufgeregte Stimme drang aus seinem Konsolenlautsprecher. »Sir, ich kann jemanden sehen, der durch den axialen Korridor kommt!«

»Wer spricht da?«, fragte Marquis Krojen.

»Irwin Watson, Sir. Fusionstechniker.«

»Okay. Wen können Sie sehen, Mr. Watson?«

»Sir, es ist ein Skin!«

Ein Skin?, sagte Marquis lautlos zu Colin Jeffries. Der diensthabende Offizier zuckte die Schultern.

»Was macht er?«, fragte Marquis laut. Eines der Konsolenpaneele zeigte ihm Watson und einige andere, die sich um das Druckschott des axialen Korridors drängten.

»Sir, er tötet Kameraden! Er erschießt jeden, der sich bewegt!« Watsons Stimme steigerte sich in Hysterie.

»Was für eine Waffe benutzt er?«

»Ich weiß es nicht, Sir! Er hat eine Art Pistole, aber ich habe ihn nicht damit schießen gesehen. Hey, eine zweite Person ist bei ihm. Sie trägt eine Art Raumanzug, glaube ich. Sie drückt etwas gegen die Tür.«

»Zurück!«, befahl Marquis. »Schnell!«

»Ich kann nicht sehen, was es ist!«

Die Kamera zeigte Watson mit an die Scheibe gepresstem Gesicht.

»Machen Sie, dass Sie von diesem Schott wegkommen! Das ist ein Befehl!«

Zögernd zog sich Watson vom Druckschott zurück und packte die Rungen der axialen Leiter. Ein blendend helles Licht ging vom Schott aus. Es verschwand wieder, und schmutzig schwarzer Rauch schoss hoch. Schwaden rasten an den Korridorwänden entlang wie ein öliger Film. Eine Scheibe aus brennendem Komposit taumelte langsam aus dem Rauch hervor und verfehlte Watson nur knapp.

»Sichere die Sektion!«, befahl Marquis Krojen der AS. »Ich möchte völlige physische Isolation!«

»Jawohl, Sir«, antwortete die AS. »Ich schließe die Druckschotten entlang dem axialen Korridor.«

»Captain!« Simon Rodericks Gesicht war auf einem der Konsolenpaneele erschienen. Nur sein Gesicht, vor einem neutralen grauen Hintergrund.

»Was haben Sie hierher durchgelassen?«, tobte Marquis. Er scherte sich nicht mehr um Etikette. Sein Schiff wurde angegriffen.

»Wir glauben, dass ein Alien an Bord des Raumflugzeugs ist«, sagte Roderick.

»*Was?*«

»Ein Alien«, wiederholte Simon Roderick ungerührt. »Es hat menschliche Verbündete, die wahrscheinlich versuchen werden, die *Koribu* zu entführen.«

»Nur über meine Leiche!«, schnaubte Marquis, während er ein Kamerabild des axialen Korridors beobachtete. Der Skin und sein Begleiter in dem silbernen Raumanzug waren durch das Druckschott vorgedrungen. Sie hielten an einer Art Wartungsklappe in der Korridorwand, und die Gestalt in dem silbernen Raumanzug nahm eine Energieklinge hervor.

»Hoffen wir, dass es nicht soweit kommt«, sagte Simon Roderick.

»Die Eindringlinge haben einen Netzwerkknoten freigelegt«, sagte die AS. »Subversionssoftware dringt in die neurotronischen Pearls ein. Sie rekonfiguriert die Prozessmuster.«

»Halte sie auf!«, befahl Marquis.

»Ich kann der Anweisung nicht Folge leisten. Die Netzwerkmanagementroutinen wurden beschädigt. Firewalls wurden soeben errichtet. Energiezufuhr und Lebenserhaltung sind unterbrochen.«

»Gütiger Gott!« Marquis studierte den Grundriss des Schiffs. Sie hatten den Kontakt mit dem gesamten hinteren Drittel der *Koribu* verloren; der Bereich lag hinter Firewalls und geschlossenen Druckschotten. »Wozu ist dieses Alien imstande?«

»Das wissen wir nicht genau«, erwiderte Roderick. »Aber es besitzt eine Technologie, die der unseren weit voraus ist. Möglicherweise können Sie es nicht aufhalten.«

»Holen Sie die Waffen aus den Schränken«, befahl Marquis. »Ich möchte, dass jedes Besatzungsmitglied bewaffnet ist und die Erlaubnis zu schießen erhält.«

»Wir haben zehn Karabiner und ein paar Pfeilpistolen«, antwortete Colin Jeffries. »Das lässt einen Skin völlig kalt.«

»Aber vielleicht nicht den anderen.«

»Ich entdecke Gasaustritt in den isolierten Frachtsektionen«, berichtete die AS.

»Gasaustritt? Was tritt aus?«, fragte Marquis bestürzt. Die Bilder auf den Paneelen wichen Außenaufnahmen von externen Kameras. Große Fontänen silbrig glitzernden Gases strömten aus den hinteren Sektionen der *Koribu*.

»Die spektrographische Analyse deutet darauf hin, dass es unsere Bordatmosphäre ist«, sagte die AS.

Der Arzt weigerte sich zuerst zu kooperieren. Simon bedrohte ihn nicht, doch es lief fast darauf hinaus, bis die Überlebensinstinkte des Mannes aktiv wurden.

»Ich kann Ihnen wirklich nur davon abraten, Sir!«, sagte er. Er half zwei Krankenpflegern dabei, Simons Liege und drei Rolltische mit Intensivapparaturen durch das Terminalgebäude des Raumhafens zu schieben. »Sie sind noch längst nicht stabil genug für eine so traumatische Erfahrung wie einen Flug in den Orbit hinauf! Bitte überlegen Sie es sich noch einmal!«

»Nein!«, erwiderte Simon. Er hörte, wie seine Eskorte aus Skins die Menschen anbrüllte, ihnen aus dem Weg zu gehen. Proteste und hastige scharrende Geräusche. Triviale Hintergrund-Details, die er ignorierte.

Eine optronische Membran bedeckte sein verbliebenes Auge und zeigte ihm Kamerabilder von der

Koribu und den Raumflugzeugen ringsherum. Noch immer trat Gas aus dem fetten Zylinder der Frachtsektion aus. Es mussten zwanzig Fontänen sein, die aus Schleusen und Ventilen rings um die Silos strömten. Sein Kommunikationslink mit dem Raumschiff schwirrte vor wirren, gebrüllten Befehlen und Nachfragen. Besatzungsmitglieder mühten sich in ihre Raumanzüge und holten Waffen bei ihrem kommandierenden Offizier ab. Was Gegenmaßnahmen gegen das Alien betraf, so war es ein wirklich erbärmliches Bild.

Die Raumschiffs-AS war vollkommen ineffektiv gegen das Prime-Programm des Alien. Falls Newton und der andere Eindringling – wahrscheinlich ein aufgerüsteter Dorfbewohner aus Arnoon – weiter durch den axialen Korridor vordrangen und dieses Prime manuell in jede Sektion luden, würden sie bald die absolute Kontrolle über das Schiff haben. Seine persönliche AS betrachtete dies inzwischen als die wahrscheinlichste Strategie der Eindringlinge. Der unkomplizierteste und effizienteste Weg, ein Raumschiff in seine Gewalt zu bringen – mit einer erschreckend hohen Erfolgswahrscheinlichkeit.

Simon sah eine kleine silberne Kugel aus der Frachtsektion schießen.

»Was war das?«, fragte er.

»Eine Rettungskapsel«, antwortete Marquis Krojen. »Es gibt kaum noch Luft in den hinteren Sektionen. Meine Besatzung muss die kontaminierten Abteilungen aufgeben.«

Die Räder von Simons Liege holperten über einen kleinen Grat im Boden. Er stöhnte auf, als heißer Schmerz ihn durchzuckte.

»Verzeihung«, sagte der Arzt. Er klang ganz und gar nicht so, als meinte er es auch.

»Können die kleinen Schlepper die Lecks schließen?«, fragte Simon.

»Ein paar davon, vielleicht. Aber wir haben nicht genug Zeit.«

Mehrere Gasfontänen wurden kleiner und schwächer.

Die Liege wurde in einen Aufzug geschoben. Simons magnetischer Sinn zeigte ihm, dass sich fast ein Dutzend Leute um ihn drängten, als die Türen zuglitten.

»Verdammt!«, rief Marquis Krojen. »Sie haben gerade ein weiteres Druckschott gesprengt! Damit sind sie bereits über dem ersten Habitationsrad angekommen!«

»Wo sind Ihre Leute?«, fragte Simon.

»Ich stelle einen Trupp zusammen. Wir sind nicht für so etwas ausgebildet. Nicht für den Kampf gegen einen Skin.«

»Dann lernen Sie es besser ganz schnell.« Simon sah zwei weitere Rettungskapseln von der Frachtsektion der *Koribu* wegschießen.

»Die Subversionssoftware wird hochgeladen«, meldete Marquis Krojen. »Wir verlieren eine weitere Sektion.«

»Können sie das Habitationsrad übernehmen?«

»Nicht direkt. Die AS des Habitationsrades kann einen eigenen Firewall errichten. Aber die Kontrolle über den Axialkorridor verschafft ihnen Zugang zur Energieversorgung und den Lebenserhaltungssystemen des Habitationsrads.«

Der Lift hatte wieder angehalten, und die Türen

glitten auf. Simons Liege wurde in den Kommandoraum des Tankdocks geschoben.

»Was haben Sie eigentlich vor?«, fragte der SF9.

Die Krankenpfleger schoben die Liege über die Fluggastbrücke in die wartende Xianti.

»Ich fliege hinauf zur *Norvelle*«, sagte Simon zu seinem Zwillingsklon. »Ich werde das Kommando übernehmen und von dort aus unsere weiteren Aktionen leiten.«

»Werden Sie bitte nicht lächerlich. Sie sind absolut nicht in der Verfassung, das Kommando über irgendetwas zu übernehmen.«

»Ich bin hier, Sie nicht. Es würde Stunden dauern, Sie hinauf in den Orbit zu bringen. Und bis dahin könnte es zu spät sein.«

»Es ist bereits jetzt zu spät, um im Orbit noch etwas zu erreichen. Alles liegt allein in den Händen von Captain Krojen.«

»Und deswegen ist es um so wichtiger, dass ich so schnell wie möglich hinauf in den Orbit fliege. Die *Koribu* ist ein einziges Desaster. Der Captain hat sein Schiff so gut wie an das Alien verloren.« Er schrie erneut auf, als die Liege durch die Luftschleuse gehoben wurde. »Es darf nicht einfach so verschwinden!«, ächzte er. »Ich werde es nicht zulassen. Wir müssen diese Technologie haben! Wenn sie auf Überlicht gehen, werde ich ihnen folgen. Ich werde die Technologie für uns zurückbringen! Die ganze Welt wird davon profitieren.«

»Wird sie nicht. Warten Sie, während ich versuche, mit den Dorfbewohnern eine Abmachung zu treffen.«

»Die Dorfbewohner versuchen nur, uns aufzuhalten, weiter nichts.«

»Das ist nicht ...«

Simon unterbrach die Verbindung. Sicherheitshalber benutzte er seine Kodes, um Memu Bays augenblickliche und vollkommene Isolation vom globalen Datapool zu befehlen, bevor er auch noch die Satellitenverbindungen abschaltete. Mit ein wenig Glück war sein Zwilling auf diese Weise mehrere Stunden lang ohne Kontakt zu Zantiu-Braun.

Seiner Lebenserhaltungssysteme beraubt war der Axialkorridor bald voller Rauch, und die gelben Warnlichter an den Wänden blinkten wie durch dichten Nebel. Lawrences Skinsensoren hatten wenig Mühe mit dem in der Luft hängenden Dreck. Er blieb auf der Hut vor Besatzungsmitgliedern, die möglicherweise aus Radialkorridoren auftauchten, die er für gesäubert hielt. Bisher waren sie auf keinerlei physische Opposition gestoßen. Während sie sich durch den Axialkorridor voranbewegten, hatte das Prime die umgebenden Sektionen eine nach der anderen unterwandert, die Atmosphäre in den Raum abgelassen und die Besatzung auf diese Weise hoffentlich gezwungen, das Schiff zu verlassen. Die Sensoren hatten bisher acht Rettungskapseln gezeigt, die aus der Gegend um die Frachtsektion gestartet waren. Interne Kameras beobachteten sieben verbliebene Besatzungsmitglieder; drei warteten in einer Rettungskapsel, zwei hatten sich in Kammern eingeschlossen und zwei weitere legten Raumanzüge an und versuchten, zum Axialkorridor zurückzukehren.

»Wie geht es dir?«, fragte Lawrence den Drachen.

»Wunderbar, danke sehr. Ich habe vollen Zugriff auf die Fracht- und Fusionsantriebssektionen der *Koribu*. Das Prime ist in sämtlichen Management-Prozessoren installiert. Ich hätte eine größere Bandbreite bevorzugt. Die Versorgungsleitungen des Raumflugzeugs sind ein wenig beschränkt. Dieses Raumschiff besitzt eine bemerkenswerte Anzahl Komponenten. Ich kann nicht alle simultan bedienen.«

»Was ist mit unseren Waffen?«

»Ja. Ich habe mehrere Raketenwerfer unter meiner Kontrolle, dazu Laser und Elektronenstrahlkanonen. Die Sensorerfassung ist noch nicht hundertprozentig. Die meisten Sensoren befinden sich im Bereich der vorderen Sektionen. Zielinformationen sind zu diesem Zeitpunkt noch unvollständig.«

»Aber wenn du etwas kommen siehst, kannst du es unter Feuer nehmen?«

»Ja.«

»In Ordnung. Du wirst bald Zugriff auf die vorderen Sektionen erhalten.«

Denise lud das Prime in einen weiteren Knoten. »Wir haben die Kontrolle über diese Sektion.«

Lawrence studierte das Diagramm, das ihm das Prime zeigte. Zum ersten Mal hatte die AS der *Koribu* die Energieversorgung ringsum nicht unterbrochen. Die Leitungen versorgten gleichzeitig auch die Habitationsräder.

Die sekundären Druckschotten auf der Innenseite eines jeden Rades waren geschlossen worden. Die Kontrolle, die das Prime über die Systeme besaß, erstreckte sich lediglich auf die gewaltigen magnetischen Lager entlang der Nabe der großen Stressstruktur. Die Datenverbindungen in die Habitationsräder waren mit Firewalls geschützt.

»Sie machen weiter«, sagte Lawrence zu Denise. »Stellen Sie eine Verbindung zum Kompressionsantrieb her. Ich kümmere mich um den Rest der Besatzung.«

Er befahl seinem Prime, die Rotation der Habitationsräder anzuhalten. Der Axialkorridor knarrte und krachte laut, als die Lager ihre magnetischen Felder änderten und gegen das Drehmoment der gewaltigen Räder wirkten. Die Wände zitterten und vibrierten, als die Stressstruktur versuchte, die unglaublichen Kräfte aufzufangen, die von den Lagern übertragen wurden. Theoretisch waren die Habitationsräder gegeneinander ausbalanciert. Alles lief wunderbar, solange sie rotierten, doch in jedem Einzelnen war genügend Masseträgheit gespeichert, um das Raumschiff zu zerreißen, wenn die Kräfte nicht perfekt ausbalanciert waren. Und jetzt musste die Stressstruktur die volle Wucht der winzigen Fehler in der Verzögerungsprozedur auffangen.

Das Prime öffnete das Druckschott zu einem der radialen Korridore, und Lawrence ließ sich in den rotierenden Transfertoroid fallen. Er platzierte ein Energiefokusband auf das nächste Schott und brannte sich einen Weg in das Habitationsrad.

Captain Marquis Krojen klammerte sich instinktiv an der Konsole fest, als ein Zittern durch die Brücke lief. Die Eindringlinge mussten die Habitationsräder bremsen. Er wollte lieber nicht darüber nachdenken, welche Auswirkungen das auf die zentrale Stressstruktur hatte.

»Können wir unsere Notaggregate benutzen, um die Lager zu versorgen?«, fragte er die AS.

»Nein, Sir.«

Jede Frage, jeder mögliche Gegenzug, den er sich ausdachte, wurde von der AS mit der gleichen irritierenden Antwort beschieden.

»Sie sind in Habitationsrad Nummer eins!«, berichtete Colin Jeffries. »Wir haben soeben den Kontakt verloren.

Captain Marquis Krojen biss auf die Zähne, um vor Wut nicht laut aufzubrüllen. Die Brückenbesatzung hatte sekundäre Transmitter benutzt, um die Kommunikation zwischen den Habitationsrädern und den Raumflugzeugen draußen aufrechtzuerhalten. Jetzt zeigten die Diagramme das Rad nur noch als schwarzen Umriss.

Ein weiteres Zittern lief durch die Brücke. Diesmal war es begleitet von einem metallischen Kreischen. Er konnte nicht mehr länger warten. »Also schön, schaffen Sie unseren Trupp in den Axialkorridor.«

»Aye, Sir«, antwortete Jeffries grimmig. Er gab den Befehl weiter.

Der Trupp setzte sich aus Brückenoffizieren zusammen, die mit den Karabinern und ein paar Laserschweißgeräten ausgerüstet waren. Nach der AS hatte nichts von alledem eine Chance, einen Skinsuit zu beschädigen. Der Plan lautete, den Skin mit dem Feuergefecht in ein Hub-Abteil zu locken, das mit der Notstromversorgung verdrahtet war. Die Spannung, die sie durch die Kammer jagen konnten, sollte ausreichen, um den Skinsuit außer Gefecht zu setzen oder den Träger vielleicht sogar zu töten.

Falls der Skin auf den Trick hereinfiel und sie jagte.

Falls sie nicht alle innerhalb der ersten paar Sekunden getötet wurden.

»Habitationsrad Nummer eins verliert seine Atmosphäre«, rief Colin Jeffries. »Diese Software hat sämtliche Fluchtschleusen gesprengt und außerdem die Feuerentlüftung geöffnet.

Ein Paneel zeigte Marquis Krojen das Habitationsrad. Wertvolle Atemluft schoss in hohen Fontänen aus den Lecks in der Peripherie.

»Raumanzüge!«, befahl der Captain bitter. »Sie haben Genehmigung, das Schiff zu verlassen, falls das Habitationsrad den Druck verliert.« Er stieg in seinen eigenen Raumanzug. Die fallende Gravitation erschwerte sein Vorhaben. Die optronischen Membranen zeigten ihm, wie der Trupp ein Schott öffnete, das in den rotierenden Transfertoroid führte.

»Wir gehen hinein«, meldete der Lieutenant, der den Trupp führte. »Nichts. Der Toroid ist leer. Wir öffnen das Radialschott.«

Die Gravitation auf der Brücke war fast verschwunden. Wenigstens waren damit auch die Vibrationen vorbei. Marquis Krojen benutzte ein Klettband, um seinen Helm auf der Konsole in Reichweite neben sich zu sichern. »Ist es denn nicht verschlossen?«

»Nein, Sir. Wir gehen hindurch. Eine Menge Rauch hier drin. Wir können nicht viel sehen.«

»Ziehen Sie sich zurück«, befahl Marquis. »Er weiß, dass Sie dort sind. Seine Software hat Sie mit Sicherheit aufgespürt.«

»Ich kann jemanden sehen.« Das dumpfe Geräusch von Karabinerfeuer drang aus dem Lautsprecher. »Ziehen Sie sich zurück!«

»Jawohl, Sir.« Das telemetrische Display des Trupps begann zu wabern. »Raumanzug ... kann nicht ... Fehlfunktion ...«

»Sie feuern!«, schrie ein anderes Mitglied des Trupps. »Runter!«

»Zurück!«

»Dort!«

»Schießt! Er hat auf mich geschossen! Scheiße, ich bin getroffen!« Der Lieutenant schrie auf.

»Ich kann nicht mehr atmen!«

Die Telemetrie des gesamten Trupps verschwand schlagartig von den Schirmen. »Subversionsalarm«, meldete die AS.

»Hier drin?«, fragte Marquis hastig.

»Ein Versuch durch den Kommunikationslink wurde gestartet, Sir«, sagte die AS. »Ich habe die internen Netzknoten des Habitationsrads vom Netz abgetrennt.«

»Also haben wir den Kontakt mit unserem Trupp verloren?«

»Jawohl, Sir.«

»Wie viele Tote und Verletzte?«

»Das ist ungewiss, Sir. Die Elektronik ihrer Raumanzüge wurde unterwandert. Jegliche Telemetrie seit ihrem Eindringen in das Rad ist unzuverlässig.«

Marquis starrte auf das Kamerabild, das die offene Luke zeigte. Schwarzer Rauch quoll aus der Öffnung und vernebelte den Raum. Er sah die Feuerwarnlichter hell blinken. »Haben einige sich in das Rad zurückziehen können?«

»Nein, Sir.«

»Kommunikation mit dem zweiten Rad abgebrochen«, meldete Colin.

»Schalten Sie die Raumanzug-Kommunikation ab!«, befahl Marquis. »Lassen Sie die Software nicht herein!« Er sah auf die Kamerabilder. Heftige Geysire aus Atmosphäre schossen aus Rad Nummer zwei. Es war, als würde er einem Freund zusehen, der vor seinen Augen verblutete.

Müde Trauer verdrängte den Zorn, der ihn bis hierher getragen hatte.

»Schiff räumen!«

»Sir?«, fragte Colin Jeffries.

Die restliche Brückenbesatzung starrte ihren Captain an.

»Wir können nichts mehr tun. Und ich werde nicht zulassen, dass diese Bastarde meine Leute als Geiseln nehmen. Begeben Sie sich in die Rettungskapseln und verlassen Sie das Schiff. Die Raumflugzeuge werden Sie aufsammeln.«

»Was ist mit Ihnen, Sir?«

»Der Captain bleibt bei seinem Schiff. Das wissen Sie sehr genau.«

»Dann werde ich ebenfalls bleiben.«

»Colin, bitte ...« Paneele flackerten in willkürlichen Farbmustern auf, dann erloschen sie ganz. Das stetige Rauschen der Lüfter im Hintergrund erstarb. Sämtliche Lichter gingen aus. Marquis riss den Helm von der Konsole und knallte ihn auf seinen Kragen. Zitternde Finger aktivierten den Verschluss. Er packte die Armlehnen seines Sessels genau in dem Augenblick, als sich die Luft in einen heulenden Hurrikan verwandelte. Papier, Plastikbecher, Essenstabletts, Elektronik, schäumendes Wasser und selbst Kleidung segelte wie in einem Zeitraffer an ihm vorbei, beleuchtet von dem stroboskopartigen Blitzen der Alarme, die vor einer Dekompression auf der Brücke der *Koribu* warnten.

Ein T-Shirt verfing sich in seinem Helm und flatterte wütend. Er wagte nicht, die Armlehnen loszulassen, um es abzustreifen. Der wilde Luftzug hätte ihn mit sich gerissen. Er schaukelte mit dem Oberkörper von einer Seite zur anderen, und irgendwann löste sich das T-Shirt wieder und war verschwunden.

Luft strömte durch eine offene Luke. Er konnte wirklich sehen, wie Dampf kondensierte und die Strömung mit seinen dünnen Schwaden markierte. Jeder ungesicherte Gegenstand auf der Brücke war nach draußen gesaugt worden. Als er sich den Grundriss des Habitationsrades ins Gedächtnis rief, fiel ihm ein, dass es drei Abteile weiter eine Fluchtschleuse gab. Die Subversionssoftware musste die Sprengladungen an den Sicherungsbolzen gezündet haben.

Es dauerte mehrere Minuten, bis die gesamte Atmosphäre entwichen war. Als der Sturm und das Brüllen abgeklungen waren, blinkte die rote Warnlampe immer noch. Zu ihr hatten sich grüne Stroboskoplichter um die Luke zur Rettungskapsel herum gesellt, die sich im Boden geöffnet hatte. Ohne seine Anzugkommunikation hörte Marquis überhaupt nichts. Er schaltete seinen Helmscheinwerfer ein und schob sich aus dem Sitz. Colin und der Rest der Brückenbesatzung taten das Gleiche. Er winkte Colin zu sich, und ihre Helme berührten sich.

»Nehmen Sie die Kapsel!«, brüllte Marquis. »Bringen Sie die Leute in Sicherheit!«

»Sie müssen mit uns kommen!« Colins Stimme klang wie ein dumpfes Summen.

»Nein. Ich habe dem Trupp befohlen, diesen Skin abzufangen. Ich werde nachsehen, was ihnen zugestoßen ist. Ich bin für sie verantwortlich.«

»Viel Glück, Sir.«

Der erste der Brückenbesatzung glitt in die Rettungskapsel. Marquis Krojen verließ das Schiff. Normalerweise war das Habitationsrad beengt und vollgestopft; im freien Fall wirkte es um ein Vielfaches größer. Rote, gelbe und grüne Stroboskoplichter blitzten ringsum, während er durch die verlassenen, luftleeren Korridore schwebte. Er passierte drei geschlossene Notausstiege zu Rettungskapseln. Blaue Kontrolllampen zeigten an, dass die Kapseln das Schiff unbeschadet verlassen hatten.

Es brachte ihn fast um, sein wunderbares Schiff in diesem Zustand zu sehen. Belüftungsschächte waren während der Dekompression aufgeplatzt und hatten Dutzende von Wandpaneelen zerfetzt. Dicke, blaugrüne Kühlflüssigkeit tropfte aus zerrissenen Rohren und bildeten kleine Ansammlungen von flüssigen Kugeln, die energisch siedeten, während sie ins Vakuum verdampften. Lose Trümmerteile, die nicht nach draußen gesaugt worden waren, bildeten in jedem Abteil und jeder Kabine einen eigenen unheilvollen Nebel. Er bestand hauptsächlich aus Kleidung und zerknüllten Nahrungsmittelbehältern, obwohl es auch Kissen, Polster, Fragmente von Plastikpaneelen, Stühle, zerfetzte Topfpflanzen und sogar ein Fitnessfahrrad aus einem der Gymnastikräume gab.

Nachdem die Luft entwichen war, schwebte alles frei umher und aus offenstehenden Luken, um den Korridor zu verstopfen. Er glitt um die Hindernisse herum oder schob sie aus dem Weg. Wasser sprudelte kochend aus einer zerfetzten Leitung und füllte eine langgestreckte Sektion des Korridors mit weißem Nebel.

Selbst wenn sie das Schiff wieder unter ihre Kontrolle brachten, so wusste Marquis, dass Zantiu-Braun niemals das Geld bereitstellen würde, das für eine komplette Überholung notwendig war. Seine *Koribu* war zum Untergang verurteilt, auf die eine Weise oder die andere.

Der Speichenschacht, der hinauf zur Nabe des Rads führte, war fast frei von Trümmern, und Marquis kam ein gutes Stück schneller voran. Als er das erste Naben-Abteil erreichte, schloss sich das Schott hinter ihm. Die Warnlampen erloschen, und normale Beleuchtung kehrte zurück. Mehrere Paneele flackerten auf, wie um die Schäden zu verleugnen, die durch die Dekompression verursacht worden waren – die internen Systeme waren dafür ausgelegt, im Vakuum zu funktionieren. Er weigerte sich, sich von den Aktivitäten der Subversionssoftware in Angst versetzen zu lassen, und bewegte sich weiter in den ringförmigen Korridor der Nabe und von dort aus zum Transfertoroid.

Das Druckschott war verschlossen. Er stemmte sich dagegen, obwohl er wusste, wie vergeblich dieses Unterfangen war. Plötzlich strömte in einer lautlosen Fontäne dichtes weißes Gas aus einem Belüftungsgrill.

»Heilige Mutter Maria!«, murmelte er in seinem

Helm. Die Software schien das Habitationsrad für die Eindringlinge vorzubereiten. Er wandte sich hastig um und stieß sich ab. Es gab ein Abteil in der Nabe, das sicherer war als die restlichen. Er stieß sich durch den ringförmigen Korridor voran. Aus jedem Belüftungsgitter strömte inzwischen weiße Luft.

Das zur Falle umgebaute Abteil lag direkt vor ihm. Der Druck hatte bereits wieder die Hälfte des Normalwerts erreicht.

»Vorsichtig. Es könnte gefährlich werden da drin.«

Marquis packte den Rand der Luke, um seinen Schwung zu bremsen, und blickte sich langsam um. Der Skin schwebte träge hinter ihm im Korridor.

»Irgendjemand hat das ganze Abteil mit der Notstromversorgung verbunden«, sagte der Skin. Seine Stimme klang blechern in der dünnen Luft.

Marquis aktivierte seine Kommunikationseinheit. »Das ist auf meinen Befehl hin geschehen.«

»Eine schlaue Idee für jemanden ohne Kampfausbildung.«

»Was wollen Sie?«

»Was ich bereits habe, Captain. Ihr Raumschiff.«

»Warum? Verraten Sie mir wenigstens so viel.«

»Wir machen einen Ausflug damit.«

»Das bezweifle ich. Sie haben es in ein Wrack verwandelt.«

»Es gibt lediglich ein paar oberflächliche Schäden an den Lebenserhaltungsmodulen. Die Antriebe sind intakt. Das ist alles, was wir brauchen.«

»Wohin wollen Sie mit meinem Schiff?«

»Zum Heimatstern des Alien. Sie sind herzlich eingeladen, uns zu begleiten, falls Sie Lust dazu haben. Sie haben Ihr ganzes Leben im Weltraum verbracht.

Ich vermute, dass Ihnen die Faszination für das Unbekannte noch nicht ganz abhanden gekommen ist, auch wenn Zantiu-Braun sich alle Mühe gegeben hat, das für seine Zwecke auszubeuten.«

Das Angebot ließ Captain Marquis Krojen zögern – doch sein Pflichtgefühl war stärker als die alten Träume und Sehnsüchte. »Meine einzige Sorge gilt der Sicherheit meiner Besatzung. Haben Sie den Trupp getötet, den ich hierher befohlen habe?«

»Eine unverblümte Frage, Captain. Aber nein, sie sind nicht tot, auch wenn einige von ihnen verletzt wurden. Unsere Software hat ihre Raumanzüge übernommen und ihnen die Luft abgedreht. Sie mussten ihre Helme abnehmen, und ich habe sie mit Pfeilen betäubt.«

»Ich verstehe.«

»Schön, dass Sie so dankbar sind. Ah, es geht los.«

Die Beleuchtung flackerte und wurde einmal mehr dunkler. Marquis erkannte, dass Energie aus den Tokamaks abgezogen wurde. »Der Kompressionsantrieb!«, sagte er überrascht.

»Ich sagte doch, dass die Antriebe intakt sind. Wir werden in Kompression gehen, sobald das Alien die Tokamaks zu voller Leistung hochgefahren und den Energieinverter aktiviert hat. Bis dahin könnten Sie mir behilflich sein, die verbliebenen Besatzungsmitglieder in die Rettungskapseln zu bringen. Falls wir das nicht tun, müssen sie mit uns kommen, und dieses Schiff kehrt nicht wieder zurück.«

Simon war ohnmächtig geworden, als der Scramjet sich aktiviert hatte. Die Beschleunigung hatte den

Schmerz ins Unerträgliche anwachsen lassen, bevor die natürlichen Instinkte seines gequälten Körpers ihn erlöst hatten. Als er wieder zu sich kam, war er im Freien Fall. Die medizinischen Apparate rings um ihn stießen drängende Warnsignale aus. Indigofarbene Symbole und Schrift wurden langsam wieder scharf. Es gab keinerlei Daten über die *Koribu*. Er befahl seiner AS, ihm die taktischen Orbitaldaten zu zeigen sowie die Sensorströme der anderen Raumschiffe und Satelliten. »Gütiger Gott!« Es war alles ganz genauso schlimm, wie er es erwartet hatte.

»Bitte bleiben Sie still liegen«, sagte der Arzt hastig. »Ihnen fehlt nichts.«

»Das sehe ich anders!«, fauchte Simon ihn an. Die scharf umrissenen Kreise des taktischen Displays zeigten ihm achtundvierzig Rettungskapseln, die sich langsam von der *Koribu* entfernten. Die Xiantis hatten bereits Rendezvous mit ein paar davon durchgeführt, doch sie besaßen nicht genügend Kabinenraum, um alle Besatzungsmitglieder in den Kapseln aufzunehmen. Zwei der Raumflugzeuge hatten einfach ganze Kapseln in ihre Frachtsektionen geladen und waren aus dem Orbit gegangen, um die Überlebenden nach Durrell zu bringen. Die restlichen Kapseln warteten auf Anweisungen: sollten sie im Orbit bleiben und auf Rettung warten, oder sollten sie ihre Bremsraketen zünden und auf der Oberfläche landen, und falls ja, wo. Nichts kümmerte Simon im Augenblick weniger. Er zoomte das taktische Display wieder zurück in das Hauptgitter und zog dafür die Sensorscans der *Koribu* heran. Gewaltige magnetische Flusslinien gingen von der Sektion des Kompressionsantriebs aus. Die Tokamaks wurden hochgefahren. Die *Koribu* traf eindeutig Vorbereitungen für einen Überlichtflug.

Er befahl seiner AS, eine Verbindung zu Sebastian Manet herzustellen, dem Captain der *Norvelle*.

»Können Sie die *Koribu* ausschalten?«, fragte Simon. Nach seiner taktischen Karte waren die beiden Schiffe nur achttausend Kilometer voneinander entfernt.

»Wir könnten die Verteidigung der *Koribu* sättigen, wenn die restlichen Schiffe zusammen vorgehen«, sagte Sebastian Manet. »Ich würde allerdings lieber warten, bis sie weiter von den Rettungskapseln und den Raumflugzeugen entfernt ist. Sie könnten von den Abwehrmissiles oder von der Detonation der *Koribu* Schaden nehmen.«

»Ich will nicht, dass Sie die *Koribu* vernichten! Ich will, dass sie manövrierunfähig geschossen wird!«

»Dazu sind wir leider nicht in der Lage.«

»Warum nicht? Nehmen Sie kinetische Waffen und zielen Sie damit auf den Kompressionsantrieb!«

»Die *Koribu* wird ihre Atomsprengköpfe zur Abwehr einsetzen. Nichts durchdringt ein derart massives Sperrfeuer.«

»Wir müssen doch wohl mehr kinetische Waffen haben als die andere Seite Atomsprengköpfe?«

»Haben wir. Aber Captain Krojen war an Bord der letzten Rettungskapsel. Er hat bestätigt, dass die Entführer mit der *Koribu* davonfliegen wollen. Sie benötigen nur noch fünf Minuten, bis sie in Kompression gehen. Wir müssten wenigstens achtzehn Salven abfeuern, um ihr Verteidigungsfeuer zu sättigen und einen sicheren Treffer zu erzielen. Dazu würden wir fünfundvierzig Minuten bis eine Stunde benötigen.

Wir würden nicht einmal die erste Salve rechtzeitig ins Ziel bekommen.«

»Dann benutzen Sie den Gammastrahler!«

»Der Projektor benötigt fünfzehn Minuten, bis er ausgefahren ist.«

Simon stieß ein wütendes Grunzen aus.

»Bitte!«, flehte der Arzt. »Sie dürfen sich nicht aufregen! Ich muss Sie sonst ruhigstellen.«

»Kommen Sie mir auch nur zu nahe, und ich lasse Sie aus der Luftschleuse werfen!«, fauchte Simon ihn an. »Verfolgen Sie ihre Flugbahn!«, befahl er Captain Sebastian Manet. »Ich will wissen, wohin sie fliegen. Und fahren Sie die Tokamaks der *Norvelle* hoch. Bereiten Sie alles für den Sprung in die Kompression vor.«

»Sir?«

»Keine Widerrede. Ich werde in siebzehn Minuten andocken. Sobald ich an Bord bin, werden wir der *Koribu* folgen.«

Simon hatte sich in den Helikopter zurückgezogen, um den Datenstrom zu empfangen, den seine persönliche AS für ihn zusammengestellt hatte. Die Informationen über den Kaperversuch der *Koribu* waren spärlich, doch Sensordaten von Bord des Raumschiffs zeigten, dass die Eindringlinge durch den Axialkorridor vordrangen und ihr Prime in jeden Knoten luden, den sie unterwegs passierten. Die Atmosphäre entwich aus der Frachtsektion. Rettungskapseln wurden ausgestoßen.

Und es gab nichts, das er dagegen hätte unternehmen können. Seine einzige Option wäre gewesen, den anderen Raumschiffen zu befehlen, mit nuklearen Waffen zu feuern. Damit hätte er nicht nur die gesamte Besatzung und ein Multi-Milliarden-Dollar-Raumschiff ausgelöscht sowie die in der Nähe befindlichen Rettungskapseln und Raumflugzeuge, sondern auch das Alien. Nichts wäre gewonnen, alles wäre verloren. Außerdem war er nicht sicher, ob die anderen Captains einem solchen Befehl nachgekommen wären.

Ein Statuswechsel-Symbol blinkte auf dem Displaygitter seines DNI. Seine persönliche AS hielt ihn stets über Sicherheitsangelegenheiten seine Klonzwillinge betreffend auf dem Laufenden, gleichgültig, in welcher Krisensituation er sich gerade befand. Er vergrößerte das Symbol und las mit Bestürzung die Schrift, die vor seinen Augen herabscrollte.

»Was glauben Sie eigentlich, was Sie da machen?«, fragte er den SK2.

Die Antwort und der darauffolgende kurze Streit untermauerten seine Konsterniertheit. Es gab Präzedenzfälle für Streitigkeiten zwischen den Roderick-Klonen, doch er konnte sich an keine Situation erinnern, in der sich einer von ihnen derart instabil verhalten hätte. In seinem gegenwärtigen Zustand würde der SK2 wahrscheinlich keinerlei Regel akzeptieren, die seine Autorität einschränkte.

Doch die Frage wurde irrelevant, als der SK2 einfach die Verbindung unterbrach. »Verdammter Mistkerl!« Der Ärger wich offener Wut, als seine persönliche AS ihn informierte, dass Memu Bay vom globalen Datalink isoliert worden war. Eine Sekunde später verloren die Kommunikationsschaltkreise des AV88 ihre Satellitenverbindung. Simon versuchte, den Kontakt über die anderen Helikopter wiederherzustellen, die auf der zentralen Wiese von Arnoon parkten. Es gab keine Antwort von den Satelliten. Er benutzte seinen Armband-Pearl. Das Gerät fand das Signalfeuer des Satelliten, doch es kam kein Kontakt zustande.

Nicht nur, dass der SK2 die Leitung der Mission an sich gerissen hatte – er hatte auch einen Zwillingsklon in einer feindlichen Umgebung isoliert. Damit war seine Autorität vollkommen verwirkt. Simon schüttelte müde den Kopf. *Vorausgesetzt, meine Brüder im Vorstand erfahren jemals von dieser Ungeheuerlichkeit.* Legitimität und politische Manöver waren gegenwärtig nicht gerade seine Hauptsorge.

Jacintha saß an einem langen Holztisch im Innern des Schneebaum-Pavillons. Sie wirkte vollkommen entspannt, obwohl sie von drei Skins in diskreter Entfernung bewacht wurde.

»Sie haben einen magnetischen Sinn, und Sie sind ein Klon«, sagte sie, als Simon zu ihr kam. »Wie faszinierend. Das Leben auf der Erde ist offensichtlich ein wenig komplizierter, als wir angenommen hatten.«

Er deutete auf die freie Bank auf der anderen Seite des Tisches. »Darf ich?«

»Bitte sehr.«

»Haben Sie alles mitgehört?«

»Laut und deutlich, danke sehr.«

»Welchen Standpunkt Sie auch immer vertreten, das Ergebnis ist alles andere als gut. Mein Klon-Zwilling ist ... nicht gesund.«

»Ich denke, verrückt wäre das Wort, das ich benutzen würde.«

»Er ist traumatisiert, und er leidet unter großen Schmerzen, was sein Urteilsvermögen beeinflusst. Er befand sich innerhalb der Explosionszone von Josephs Selbstmord.«

»Und jetzt soll ich wohl Schuldgefühle deswegen entwickeln?«

»Ich verdeutliche lediglich Ursache und Wirkung.«

»Sie sind ungebeten auf unserer Welt gelandet. Das ist das Ergebnis.«

»Ich weigere mich, die alleinige Schuld auf mich zu nehmen. Ihre Aktionen haben ebenfalls Konsequenzen. Keiner von uns ist als Engel aus dieser Konfrontation hervorgegangen.«

»Nein«, gestand Jacintha zögernd. »Aber wir haben jetzt ein Raumschiff. Das Alien wird nach Hause zurückkehren.«

»Ich hoffe nur, dass seine Gesellschaft gut bewaffnet ist. Mein Zwillingsklon wird nicht Halt machen, bevor er ihre nanonische Technologie erhalten hat.«

»Die Drachen brauchen keine Waffen. Und Drohungen gegen sie sind völlig unwirksam.«

»Drachen?« Simon rief sich die kunstvollen Schnitzereien ins Gedächtnis, die er an den Holzhäusern gesehen hatte.

»So nennen wir sie.«

»Ich verstehe. Nun, allein das Wissen, wo diese Drachen leben, verhilft ihm zu einem gefährlichen Sieg. Wenn er auf dieser Reise keine Nano-Technologie erhält, wird er dorthin zurückkehren. Sind Sie ganz sicher, dass die Menschen diese Informationen niemals erhalten werden? Wenn nicht durch Gewalt, dann durch Handel oder Diplomatie? Schließlich hat der Drache auch Ihnen seine Technik gegeben.« Er bemerkte die Unsicherheit, die sich in ihr Bewusstsein schlich. »Falls diese Möglichkeit existiert, müssen Sie mir helfen.«

»Ihnen helfen? Wobei?«

»Sicherzustellen, dass nicht mein Zwillingsklon sie zuerst erhält.«

»Nein.«

»Warum nicht?«

»Ich glaube, dass die Menschheit die nanonische Technologie unbedingt haben sollte, aber auf einer gleichberechtigten, freien Basis. Das ist einer der Hauptgründe, warum wir so vorsichtig waren. Wenn Sie oder Ihr Klon sie als Erster erhielten, würde sie zu Ihrem persönlichen Vorteil missbraucht. Sie wissen, dass es so wäre.«

»Alles, was auf eine Weise benutzt wird, mit der Sie persönlich nicht einverstanden sind, wird per Definition missbraucht. Aus diesem Grund hat sich die menschliche Zivilisation zu dem entwickelt, was sie heute ist. Sodass die Mehrheit in der Lage ist, die zukünftigen Entwicklungen zu beeinflussen. Jeder besitzt eine Stimme – eine kleine Stimme, zugegeben, aber trotzdem eine Stimme. Oder misstrauen Sie vielleicht der gesamten menschlichen Rasse?«

»Bitte versuchen Sie nicht, mir das Wort im Mund herumzudrehen. Sie persönlich oder Zantiu-Braun als Ganzes würden die Technologie missbrauchen. Sie würden sie zu Ihrem Monopol machen und dazu verwenden, Ihre eigene Macht und Ihren Einfluss zu vergrößern und aller Wahrscheinlichkeit nach auch Ihre militärische Stärke.«

»Selbstverständlich werden wir sie zu unserem Vorteil einsetzen. Aber Sie kennen unsere Ziele doch gar nicht. Ich sollte vielleicht sagen: meine Ziele. Denn all meine verschiedenen individuellen Ichs sind identisch mit dem Einen, der unsere Politik formuliert und alles unternommen hat, um sicherzustellen, dass sie auch verwirklicht wird.«

»Also schön, Sie haben mich neugierig gemacht – was für Ziele? Noch mehr Planeten zu erobern?«

»Nein. Gewinnrealisierung ist auf lange Sicht nicht rentabel, nicht einmal mittelfristig. Die Raumflüge von Heute sind das schändliche Ende eines noblen Traums, der sich langsam seinem natürlichen Abschluss nähert.«

»Und welcher noble Traum wäre das?«

»Ihnen zu geben, was Sie haben. Einen neuen Anfang auf einer neuen Welt. Es ist ein Wunsch, der in vielen Menschen verankert ist. Er entspringt unserer Neugier und Unrast, unserer Wanderlust. Doch seine Wurzeln liegen in der Unzufriedenheit mit der Gesellschaft und den herrschenden Verhältnissen. Wie viel einfacher ist es doch, wegzugehen und irgendwo von vorne anzufangen, als die institutionellen, ja konstitutionellen Fehler eines monolithischen Sozialsystems zu verfeinern? Dieser Antrieb hat völlig ausgereicht, um die erste Welle von Kolonisten auf den Weg zu bringen. Die ganze Geschichte war von Anfang ein finanzielles Verlustgeschäft; der Kompressionsantrieb ist einfach nicht gut genug, um diesen Traum zu verwirklichen. Und trotzdem haben wir weitergemacht. Es gibt viele Erfolgsgeschichten, Welten wie Ducain, Amethi und Larone; alles unabhängige, florierende Demokratien, die von Anteilseignern beherrscht werden. Wir haben sogar eine ganze Reihe von halben Erfolgen wie Thallspring – bei der Erde verschuldet, aber immerhin völlig autark. Ich persönlich würde sogar Santa Chico als großen Erfolg bewerten – trotz der einzigartigen Art und Weise, wie sich die Menschen dort entwickelt haben.«

»Wenn Thallspring ein Erfolg ist, dann hören Sie endlich auf, uns zu bremsen. Lassen Sie uns in Ruhe, damit wir uns ungestört entwickeln können. Benutzen Sie Ihre Macht und Ihren Einfluss, um diese unsäglichen Gewinnrealisierungskampagnen zu beenden.«

»Ich weiß, dass unsere Invasion Ihr Denken beherrscht. Es tut mir Leid. Doch die notwendigen Veränderungen müssen auf einer viel grundlegenderen Ebene vorgenommen werden. Wir müssen die gesamte menschliche Rasse verbessern, um frei zu sein von den Restriktionen, die sie uns auferlegt.«

»Sie verbessern?«

»Ja. Die Erde mit ihrer Bevölkerung von sieben Milliarden Menschen ist die reichste aller besiedelten Welten. Es kann auch gar nicht anders sein, bei diesen Bevölkerungsmassen in einer industrialisierten Gesellschaft. Aber die Erde hat auch die meisten Armen. Es gibt Stadtviertel auf der Erde, in denen die Bewohner seit zwanzig Generationen in Not und Armut leben. Sie schaffen es einfach nicht, aus diesem Sumpf zu kommen, ganz im Gegensatz zu Ihren Vorfahren, die schlau und entschlossen genug waren, um hierher zu gelangen. Schulen und Datapool bieten phantastische Möglichkeiten zu lernen, einen Weg aus den Slums zu zeigen und sich in die primäre Ökonomie zu integrieren. Und trotzdem geschieht es nicht. Denn für jeden, der das Slum verlässt, bleiben zehn zurück, die Familien gründen, üblicherweise noch größere als vorher. Drogenabhängigkeit ist weit verbreitet, Kriminalität macht sie noch ärmer, sie leben in schlechten Unterkünften, haben schlechte Elternprogramme, schlechte Sozialfürsorge, eine verfallende Infrastruktur und übermäßig viel Gewalt. Es geht immer weiter und weiter.«

»Ich verstehe die Prinzipien der Armutsfalle.«

»Das sollten Sie auch, denn hier auf Thallspring fängt es auch schon an. Ich habe gesehen, wie die sekundäre Wirtschaft Fuß zu fassen beginnt. Sie haben eine entstehende Unterklasse. Im Augenblick weichen sie nur ein wenig vom normalen Leben auf Thallspring ab, aber schon bald, in wenigen Generationen, wird der Graben nicht mehr überbrückbar sein. Thallspring wird eine zweite Erde.«

»Nein, wird es nicht.«

»Ah.« Er lächelte. »Ja. Sie glauben, dass die Drachentechnologie helfen wird, Ihre Welt zu vereinen und etwas Neues und Anständiges zu errichten.«

»Ja«, sagte Jacintha. »Wenn sie behutsam eingeführt wird, werden die Veränderungen, die uns vorschweben, zum Besten aller sein.«

»Wie bemerkenswert. Und beneidenswert obendrein. Mit diesen Ansichten könnte ich Ihnen glatt einen Sitz in unserem Vorstand anbieten. Ich – wir – wollen ebenfalls eine gesellschaftliche Veränderung und keine weitere sinnlose Expansion, die auf ewig die alten Fehler wiederholt. Doch damit diese Veränderung gelingt, muss sie aus dem Herzen der menschlichen Gesellschaft kommen: von der Erde selbst. Wir bemühen uns nun schon länger als ein Jahrhundert darum. Die Armen, die Unterprivilegierten – sie müssen verschwinden. Und ich spreche nicht aus Selbstlosigkeit so. Ich bin im Gegenteil sogar recht selbstsüchtig. Sie leben von unserem Mitleid und verbrauchen Milliarden an Geldern für die öffentliche Wohlfahrt, nur damit sie zu essen und ein Dach über dem Kopf haben. Sie brauchen weitere Milliarden für die medizinische Versorgung, denn sie sind zwangsläufig diejenigen, die am empfänglichsten sind für Seuchen und Krankheiten und ganz allgemein den schlechtesten Gesundheitszustand haben. Sie sind es, die dafür verantwortlich sind, dass unsere Träume und Visionen immer wieder scheitern. Müssten wir uns nicht um sie kümmern, würden unsere Schiffe immer noch tiefer hinaus in die Galaxis vorstoßen und neue Kolonien gründen. Wir hätten die Zeit und die Ressourcen, neue Lebensformen zu entwickeln und auszuprobieren. Wir alle, nicht nur die Menschen auf Thallspring und Santa Chico.«

»Sie reden von den Armen, als wären sie Untermenschen.«

»Das kommt darauf an, was Sie unter ›menschlich‹ verstehen.«

»Ich bin nicht sicher, ob *Sie* menschlich sind.«

»Oh, das bin ich, denn ich bin nicht gleichgültig. Zantiu-Braun macht ganze Gemeinden zu Anteilseignern und entwickelt rationale ökonomische Gesetzmäßigkeiten. Die Regressoren und Globalisierungsgegner schnauben angesichts dieses Konzepts –

natürlich. Sie nennen es Diktatur der Companys. Doch Regierungen und lokale Politiker schreien danach, dass wir ihre ärmsten Gegenden entwickeln und revitalisieren. Selbst unsere Konkurrenten sind unserer Initiative gefolgt. Wir haben das Konzept von Lebensarbeitsplätzen wieder eingeführt, das im einundzwanzigsten Jahrhundert fast völlig verschwunden war, als die technologische Entwicklung und Innovation derart atemberaubend voranging, dass Maschinen und Produkte bereits veraltet waren, bevor sie den Markt auch nur erreichten. Heutzutage schreitet unsere technologische Evolution langsamer voran. Die wirtschaftliche Stabilität hat sich dementsprechend verbessert. Der Wohlstand, den wir mit unseren Investitionen bringen, hat zur Folge, dass unsere Anteilseigner von fast jedem Vorteil profitieren können, den die moderne Zivilisation ihnen bietet. Und was wir allen ohne Unterschied bieten, ganz gleich, wie groß oder klein ihr Anteil an Zantiu-Braun ist, ist volle Gesundheitsvorsorge. Virale Keimzellenbehandlungen stehen jedermann offen.«

»Was für virale Keimzellenbehandlungen?«, fragte Jacintha. Sie unternahm keinen Versuch, ihr Misstrauen gegen dieses Konzept zu verbergen.

»Was auch immer die Eltern wünschen«, antwortete Simon. »Die meisten Kinder, die in diesem Mittelklasse-Wohlstand geboren werden, sind gesünder und stärker und leben länger. Sie sind auch klüger. Ein natürlicher Wunsch, den Menschen für ihre Nachkommen hegen, erfolgreich zu sein und glücklich und die Würfel so zu verändern, dass sie die bestmöglichen Chancen im Leben erhalten.«

»Das ist Ihr Ziel? Den durchschnittlichen IQ der Menschheit zu erhöhen?«

»Ja. Im Grunde genommen wollen wir die Unterklasse wegzüchten. Wenn wir in eine der Armutsgegenden gehen, versorgen wir die Bewohner als Erstes mit besserer Medizin. Die nächste Generation nimmt endlich die Vorteile universeller Ausbildung an; sie sieht, dass es eine Welt außerhalb des Gettos gibt, die erstrebenswert ist. Von da an entwickeln sie sich weiter, bis sie ihren eigenen Lebensunterhalt verdienen und zum Wohl des Ganzen beitragen, anstatt es zu verringern. Heutzutage gibt es weniger Sozialhilfeempfänger, Tagelöhner, Kleinkriminelle und soziale Außenseiter als in den letzten zweihundert Jahren. Weniger Leute, für die der Staat sorgen muss. Weniger Leute, die der menschlichen Gesellschaft die Vitalität rauben.

»Wenn es uns endlich gelingt, globales Anteilseigentum durchzusetzen, bedeutet es das Ende von Armut. Das Ende von Visionen, die vom Profanen zerstört werden. Companys wie Zantiu-Braun können endlich mit Programmen zur wirklichen Expansion anfangen. Wie können eine ganz neue Ära von interstellarem Commonwealth einführen, wo Ideen und Konzepte zwischen den Sternen gehandelt werden.«

»Das alles klingt sehr … ich weiß nicht. Faschistisch?«

»Wir erzwingen nichts von alledem. Wir halten niemandem die Pistole an den Kopf. Wir bieten den Menschen lediglich eine Wahl und überlassen ihrer Natur den Rest. Außerdem haben Sie selbst nanonische Systeme benutzt, um sich zu verbessern; ich vermute, Ihre Vorfahren wurden außerdem durch virale Keimzellenmanipulation aufgerüstet.«

»Das streite ich nicht ab. Doch das qualifiziert Sie noch nicht für meine Hilfe in dieser Situation.«

»Das sollte es aber. Trotz allem, was meine Klonzwillinge und ich erreicht haben, stecken noch immer ganze Nationen in dem alten Teufelskreis fest. Selbst unsere optimistischsten Schätzungen gehen davon aus, dass globales Anteilseigentum noch wenigstens drei oder vier Generationen weit in der Zukunft liegt.

Und jetzt haben wir ein Alien mit dem Potenzial entdeckt, all das innerhalb weniger Jahre zu ermöglichen. All die Versager und Verschwender, die mein Zwilling so verachtet und die auch ich nicht liebe, könnten auf einen Schlag verbessert werden; wir könnten ihnen die Intelligenz schenken, an der es ihnen so gründlich mangelt. Wenn Sie glauben, dass das, was wir mit Thallspring gemacht haben, eine Invasion ist – wie würden Sie erst das nennen? Sie haben selbst gesagt, dass Sie planen, das Wissen des Drachen vorsichtig zu verbreiten, sodass die Menschen Zeit haben, es zu verdauen und zu verstehen. Angenommen, Sie würden es nicht tun? Angenommen, Sie haben eine Vision, die rasche Implementation erfordert und keine freie Wahl? Und Sie hätten die Möglichkeit, diese Implementation zu erzwingen?«

»Sie können nicht eine ganze Bevölkerung zwingen, sich zu verbessern«, sagte sie erschrocken.

»Das weiß ich. Aber mein Klonzwilling ist von dieser Vorstellung besessen. Er ist nicht so tolerant wie ich. Soweit es ihn betrifft – gesetzt den Fall, Sie hätten die Möglichkeit, warum warten? Ein funktionierendes nanonisches System gibt ihm diese Möglichkeit. Und falls er der *Koribu* folgt, hat er es ganz allein in seinem Besitz. Sagen Sie mir, wie groß ist die Gefahr, die er für die menschliche Rasse darstellt? Ist es möglich, die Intelligenz eines Erwachsenen zu erhöhen?«

»Ja. Neurale Zellen unterscheiden sich im Grunde genommen nicht von anderen Zellen. Der Patternformsequenzer kann sie umstrukturieren.«

»Dann haben Sie jetzt eine Wahl. Die nanonische Technologie des Drachen wird irgendwann auf der Erde eingeführt werden. Möchten Sie, dass mein Zwilling dies tut, oder möchten Sie, dass ich es mache?«

Sie stieß ein bitteres, unsicheres Lachen aus. »Was ist der Unterschied?«

»Sehen Sie mich an«, sagte er. Als sie ihn anstarrte, fuhr er fort: »Ich bin die moderate Stimme von Zantiu-Braun. Ich werde den Menschen nichts aufzwingen. Ich werde nicht zulassen, dass die neue Technologie den Menschen aufgezwungen wird. Sie wird einem demokratischen Prozess unterworfen, ob es nun unter Anteilseignern oder auf klassische Weise geschieht. Was auch immer herauskommen mag, die Veränderung wird kommen – das ist stets die Konsequenz neuen Wissens. Wie die Veränderung kommt, liegt nun ganz allein an Ihnen. Heute sind Sie und ich Gegenspieler aufgrund der äußeren Umstände. Lassen Sie das nicht auf Ihr Urteil über mich abfärben.«

»Was genau wollen Sie eigentlich von mir?«

»Ich möchte wissen, wo sie hinfliegen. Wo die Heimatwelt des Drachen liegt. Ich möchte, dass Ihr Prime die Kommunikationssperre durchbricht, sodass ich ein Raumflugzeug zum Flughafen von Memu Bay umleiten kann, das mich direkt hinauf in den Orbit bringt. Ich muss ihnen hinterher. Ich muss verhindern, dass mein Zwillingsklon als Einziger dieses Wissen in den Händen hält.«

Lawrence und Denise verbrachten den größten Teil der ersten Woche mit Reparaturen und dem Beseitigen von Trümmern und Abfall. Ein kleiner Trupp von Prime-kontrollierten Robotern half ihnen dabei. Die Habitationsräder eins und zwei wurden langsam wieder in Rotation versetzt und ließen die *Koribu* kontrolliert präzessieren. Das erste Rad ignorierten sie völlig. Das zweite versuchten sie wieder unter Atmosphärendruck zu setzen. Sie brauchten allein drei Tage zum Sichern der Schotten und Luken. Offene Türen hatten große Schäden durch die explosive Dekompression erlitten. Angeln waren verbogen, Dichtungen zerrissen. Trümmer verstopften die Schienen. Energie- und Datenkabel waren von fliegenden Fragmenten zerfetzt worden. Jede einzelne Tür musste auf Schäden kontrolliert und irgendwie verschlossen und gesichert werden. Die Luken zu den Fluchtkapseln, die einfach in den Raum gesprengt worden waren, wurden durch Metallpaneele mit Epoxy an Ort und Stelle abgedichtet. Schließlich dehnte sich ihr kleines bewohnbares Reich über ein Viertel des Habitationsrades aus, mit der Brücke im Zentrum. Außerdem setzten sie eine Speiche unter Druck, was ihnen ermöglichte, nach oben zur Nabe zu gelangen, ohne zuerst einen Raumanzug anzulegen. Nicht, dass sie den Axialkorridor häufig benutzt hätten. Falls irgendetwas am Kompressionsantrieb aufhörte zu funktionieren, würden sich die Prime-kontrollierten Roboter um die Reparatur kümmern.

Nachdem der Druck wiederhergestellt war, reparierten sie die Luftfilter und -reinigungseinheiten, ersetzten Ventilatormotoren, reinigten den Wärmetauscher und verschweißten Rohre. Den Sauerstoff und Stickstoff zu ersetzen stellte kein Problem dar. Die Reservetanks der *Koribu* waren groß genug, um zwanzigtausend Menschen zwei Monate lang am Leben zu erhalten. Jetzt mussten sie lediglich zwei Menschen für einhundertvier Tage mit Atemluft versorgen. Wasser war gleichermaßen im Überschuss vorhanden. So viel, dass sie nicht daran dachten, den Recycler und den Destillationsmechanismus zu reparieren.

Die Nahrungsmittelvorräte der *Koribu* bestanden ausschließlich aus steriler Fertigverpflegung. Sie waren in absolut steriler Umgebung produziert worden und frei von Bakterien, die die Lebensmittel hätten verderben können. Sie hatten genug zu essen für tausend Jahre. Denise hasste die Verpflegung. »Es schmeckt alles gleich, nämlich nach gar nichts!«, beschwerte sie sich bereits am ersten Tag. Sie waren wieder im Raumflugzeug und legten eine Pause ein, während die Roboter kryogenische Leitungen in der Nabe schweißten und mit einer neuen Isolation versahen.

Lawrence überprüfte ihre Mahlzeit. Sie hatte Steak à la Chateaubriand mit Sauce Bearnaise gewählt. Das Hydratisierungsventil war voreingestellt, also konnte sie unmöglich die falsche Menge Wasser genommen haben, bevor sie es in den Mikrowellenofen schob. »Es liegt wahrscheinlich nur an der Schwerelosigkeit«, sagte er zu ihr. »Flüssigkeit sammelt sich im Kopf und spielt den Geschmacksnerven übel mit. Versuchen Sie das nächste Mal, etwas mehr Salzlösung zu benutzen.«

»Es ist nicht nur der Geschmack, es ist auch die Konsistenz.« Sie zog eine ganze Reihe Fertigpakete aus einer Box und schleuderte sie durch die kleine Kabine. Sie prallten von den Wänden ab und segelten weiter. »Sehen Sie sich diesen Fraß an! Alles andere Mahlzeiten, und alles mit exakt der gleichen widerlichen Konsistenz! Wie lauwarmes Kartoffelpüree in zwanzig verschiedenen Farben.«

»Tut mir Leid, aber ich kann es nicht ändern.« Noch hundertdrei Tage vor ihnen.

Als die Sektion des Habitationsrades endlich wieder unter Druck stand, betrat Lawrence die Brücke und öffnete vorsichtig seinen Skinsuit. Er sog prüfend die kühle Luft ein. »Gütiges Schicksal. Hier gibt es keine Probleme mit Geschmacks- und Geruchsnerven.«

Denise nahm ihre Gesichtsmaske ab und schnitt eine Grimasse. »Was ist das?«

»Gehen wir und finden es heraus.«

Es gelang ihnen nicht, die Ursache des Gestanks genau zu lokalisieren. Gefrorenes Kühlmittel, das nun langsam auftaute und verdampfte. Der Abfallrecycler war ebenfalls ein großer Übeltäter. Sie lösten dieses Problem, indem sie die Ventile schlossen und die gesamte Maschinerie von den Robotern mit Siegelschaum einsprühen ließen. Reste von Mahlzeiten von den Besatzungsmitgliedern, die gerade gegessen hatten, waren teilweise ins Vakuum verdampft, bevor sie gefrieren konnten; jetzt waren sie offensichtlich verdorben. Lawrence vermutete außerdem Nager und Insekten, die hinter Wand- und Deckenverkleidungen langsam verwesten.

Alles musste beseitigt werden. Die Flüssigkeiten aufgewischt und zersetzliche Dinge in eine Luftschleuse und auf die andere Seite gebracht werden, wo noch Vakuum herrschte. Es hielt sie eine ganze Weile beschäftigt.

Lawrence nahm sich die Suite des Captains. Er nahm jedes Stück von Captain Marquis Krojen heraus, jeden persönlichen Gegenstand und jedes Stück Garderobe und löschte seine Identität aus. Dann ging er in die angrenzenden Kabinen auf der Suche nach anderen Kleidungsstücken, die ihm passten. Ein Großteil war hinaus in den Weltraum gesaugt worden, doch es gab immer noch genug, um ein paar Monate lang auszukommen, bevor er anfangen musste, sich über das Waschen Gedanken zu machen.

Denise zog in eine Kabine auf der gegenüberliegenden Seite der Brücke.

Nach der ersten Woche begann Lawrence, die Multimedia-Bibliothek durchzugehen. Er hatte nicht viel anderes zu tun. Das Prime und die Roboter waren durchaus allein imstande, die wenigen Lebenserhaltungssysteme zu warten, die erforderlich waren, um ihre Sektion des Habitationsrads funktional zu halten. Er hatte einen Spezialcontainer für seinen Skinsuit reaktiviert. Nicht, dass er damit gerechnet hätte, ihn noch einmal zu tragen. Der Container summte leise vor sich hin und kümmerte sich um die Konservierung des Suits. Der Kompressionsantrieb arbeitete reibungslos, genau wie die Tokamaks. Navigation war nicht erforderlich. Keine täglichen Inspektionen des Schiffs. Und keine Aussicht.

Zuerst wählte er Musik aus, die er hören wollte, und drehte die Lautstärke richtig hoch. Es war einigermaßen unheimlich, zwei Leute ganz allein in einem Schiff, das für über zwanzigtausend gebaut worden war. Die Musik füllte die Leere ein wenig, während er im Gymnastikraum Übungen absolvierte, um seinen Körper in Form zu halten. Dann begann Denise, mit ihm über die Stücke zu diskutieren, die er abspielte. Er weigerte sich, einen Streit daraus entstehen zu lassen. Er hatte reichlich Erfahrung gesammelt mit Groll und Missmut, der bei Leuten entstand, die zusammen leben mussten; sie mit ihrer bäurischen Erziehung hatte keine Vorstellung von den Kompromissen, die eingegangen werden mussten. Also ließ er sie die Hälfte der Stücke aussuchen und verzichtete auf Bemerkungen über ihren Geschmack.

Selbst mit drei Stunden täglich im Gymnastikraum blieb noch eine Menge Zeit totzuschlagen. Er kehrte in die Bibliothek zurück und begann, I-Medien abzuspielen. Das war etwas, das er seit Amethi nicht mehr getan hatte. Zuerst stürzte er sich auf Komödien, neue und Klassiker, doch man kann nicht unbegrenzt über Situationen lachen, die keinerlei Bedeutung für das eigene Leben haben. Anschließend versenkte er sich in Action-Adventures, um ebenfalls aufzugeben, sobald sie idiotisch wurden und sich alles zu wiederholen begann. Dramen waren ganz allgemein zu quälend. Er schätzte, dass seine persönlichen Umstände seine emotionale Empfänglichkeit erhöht hatten und er zu sehr von den melodramatischen Traumen mitgenommen wurde, welche die Charaktere mit sich herumtrugen. Science Fiction lehnte er rundweg ab. Trotz der wirklich großen Versuchung wäre es zu voreilig gewesen. Er würde *Flight: Horizon* wieder sehen, aber nicht hier – und nicht allein. Also wechselte er zwischen klassischen Stücken und Reiseberichten und historischen Filmen. Und immer häufiger tauchte er ein in die Erinnerungen des Drachen über das Ring-Imperium und andere Episoden der galaktischen Geschichte, die bereits alt gewesen waren, als noch Dinosaurier die Erde bevölkert hatten.

Auch wenn sie tagsüber jeder für sich allein blieben, machten sie eine Gewohnheit daraus, gemeinsam zu essen. Sie variierten die Nahrung, so gut es ging, obwohl Denise nicht aufhörte, über den Mangel an Geschmack zu lästern.

»Du liebst sie wirklich, nicht wahr?«, fragte sie einmal während des Abendessen, nachdem sie bereits fünf Wochen unterwegs waren.

Lawrence sah sie schuldbewusst an. Wie immer hatte er ihrem Gejammer über den Geschmack einer Ente à la Orange gar nicht zugehört. Als er ihrem Blick folgte, bemerkte er, dass er den Anhänger zwischen Daumen und Zeigefinger rieb. Das kleine Hologramm lächelte ihn unter einer vom Alter trüben, stumpf gewordenen Oberfläche an.

»Ja«, sagte er. Es tat nicht mehr weh, es jetzt einzugestehen. Nicht jetzt, nachdem es kein Zurück mehr gab. »Das tue ich.«

»Die Glückliche. Wie lange ist es her? Zwanzig Jahre?«

»Ungefähr, ja.« Er warf einen letzten Blick auf den Anhänger, dann steckte er ihn unter das T-Shirt zurück. »Weißt du, zuerst habe ich ihn behalten als Erinnerung daran, warum ich mein Zuhause verlassen habe, damit meine Wut nicht vergeht. Das hat sich mit den Jahren geändert. Heute trage ich ihn wegen dem, was sie mir bedeutet hat. Die glücklichsten Tage meines Lebens. Ich habe lange gebraucht, bis ich erkannt habe, dass niemand solch einen Eindruck in deinem Leben hinterlassen kann, ohne dass er dir etwas bedeutet hätte. Und niemand hat mir je so viel bedeutet wie sie, nicht einmal annähernd.«

Denise lächelte ihn freundlich an; sie war überrascht von seinem Eingeständnis. »Ich hoffe für dich, dass es dir gelingt, alles in Ordnung zu bringen.«

»Ich war so wütend, als ich es herausfand. Wütend auf alle und jeden, weil sie Teil eines Universums waren, in dem solche Dinge passieren. Es war die einzige Art und Weise, wie ich mich ausdrücken konnte. Es war ein unglaublicher Schock für mich, herauszufinden, dass jemand, den man liebt, auf diese Weise benutzt worden war. Andererseits waren wir beide jung und dumm, sie und ich. Sie wollte so verzweifelt weg von der Erde, und es war die einzige Möglichkeit, wie sie es erreichen konnte. Und weißt du was? Es ist kein Unterschied zwischen dem, was sie getan hat, und dem, was ich gemacht habe. Zantiu-Braun hat mich für zwanzig Jahre benutzt, weil das die einzige Möglichkeit war, wie ich meinen Traum jemals verwirklichen konnte.«

»Du bist wirklich auf Raumfahrt fixiert, wie?«

»Absolut. Ich bin auf einer Kolonie geboren. Ich verdanke der Wanderlust mein Leben.«

»Das ist so altmodisch-menschlich. Einfach immer nur weiterziehen, nur aus Selbstsucht, und zum Teufel mit den Konsequenzen. Ich glaube, Simon Roderick hat vielleicht gar nicht so unrecht.«

»Du machst wohl Witze!« Jacintha hatte ihre gesamte Unterhaltung mit Simon Roderick zur *Koribu* übertragen, bevor das Schiff in die Kompression gegangen war. Zantiu-Brauns wirkliche Politik zu hören hatte ihn längst nicht so schockiert, wie es das eigentlich hätte tun müssen – oder wenigstens, wie es das noch einen Monat zuvor getan hätte. Schließlich trug er selbst umfangreiche viral geschriebene genetische Veränderungen in sich, und wenn er eines Tages Kinder hätte, würde er selbstverständlich das Beste für sie wollen, genau wie Roderick gesagt hatte. Wenn man als Kolonist geboren war, war man automatisch empfänglicher für derartige Beweggründe. Von außen betrachtet sah alles wahrscheinlich ganz anders aus. Erschreckend, schätzte Lawrence. Klügere, reichere, mächtigere Leute wollten die Kinder einfacher Menschen verändern, sodass sie teilhaben konnten an einer Gesellschaft, die für einen selbst fremd und unerreichbar war. Lawrence war nicht sicher, ob es Evolution oder faschistische Eugenik war.

»Nein«, sagte Denise. »Er hat Recht mit seiner Feststellung, dass unserer Kolonisation nichts anderes war, als immer wieder neue Spiegelbilder der Erde zu erschaffen, und das aus keinem anderen Grund als persönlicher Bereicherung. Kolonien wurden als neue Ländereien für die Reichen gegründet, damit sie nicht länger von alten Problemen und Restriktionen eingeschränkt waren. Doch diese Probleme und Restriktionen haben auf der Erde nicht aufgehört zu existieren, nur weil sie die Erde verlassen haben. Wenn überhaupt irgendetwas, dann wurden sie dadurch nur noch schlimmer. Weil die Sorte von Leuten, die die Erde verlässt, genau diejenige ist, deren Energie und Entschlossenheit notwendig sind, um die Probleme zu lösen. Wegzugehen ist eine politische Aussage. Man gibt den Rest der menschlichen Rasse auf.«

»Menschen sind schon immer auf der Suche nach etwas Besserem ausgewandert. Es ist ein Wesenszug der menschlichen Natur. Genau das ist der Grund, warum Rodericks Projekt vielleicht doch gelingen kann. Eben weil wir nur das Beste für unsere Kinder wollen. Die Menschen werden sich stets für Verbesserungen entscheiden, wenn sie eine Wahl haben – sie sind nur unterschiedlicher Meinung über die Definition von Verbesserung. Das ist Politik. Kolonisation ist eine Form von Evolution. Minderheiten können weggehen und auf ihre Weise leben, ohne dass sie deswegen verfolgt werden. Neue Vorstellungen können gedeihen, wenn sie erst der Trägheit der Massen entkommen sind, die jede Veränderung fürchten. Neuanfänge erlauben der menschlichen Zivilisation, sich weiterzuentwickeln.«

»Wohin weiterentwickeln? Zu noch mehr Konsum?«

»Es spielt keine Rolle, dass einige Planeten nur Spiegelbilder der Erde sind. Einige sind es nicht, und das ist es, was zählt. Ich war auf Santa Chico. Ich würde niemals so leben wollen. Aber sie haben sich für diesen Lebensweg entschieden. Er ist unglaublich anders, trotzdem respektiere ich es. Oder die

Portal-Kolonien. Wer weiß, was sie für Gesellschaften errichten? Ihr habt etwas gefunden, das der Menschheit einen gewaltigen Schritt weiterhelfen kann. Und ihr habt es hier draußen zwischen den Sternen gefunden, jenseits der Erde und ihres eingeschränkten Horizonts. Ihr habt den Drachen nur zufällig gefunden, aber hierher zu kommen, wo wir etwas wie den Drachen finden konnten, war kein Zufall. Wir gehören hierher. Wir wollen hier sein.«

»Vielleicht bringt die Nano-Technik des Drachen Gutes. Andererseits könnten wir uns auch zerstören. Es ist eine unglaublich machtvolle Technologie.«

»Das haben wir von so vielen neuen Dingen gesagt, die wir entdeckt haben. Die zeitgenössische Generation ist jedes Mal außer sich vor Angst; zwei Generationen weiter versteht niemand mehr, was all das Geschrei sollte. Ich habe keine Religion, auf die ich mich zurückziehen kann, ich glaube nicht einmal an das Schicksal, aber wenn ich auf etwas vertraue, dann ist es die Menschheit als Spezies. Wir werden diese Entdeckung genauso absorbieren wie alles andere bisher, und wir werden uns zu etwas Wunderbarem weiterentwickeln. Die Geschichte ist auf unserer Seite.«

»Aber nicht immer. Verstehst du denn nicht? Diese Technik gibt uns die Chance, uns zu verändern, nicht einmal, sondern kontinuierlich. Am Ende sind wir vielleicht nicht einmal mehr die Spezies, in die du dein Vertrauen gesetzt hast.«

»Ich rede nicht allein von menschlicher Geschichte. Ich meine das Ring-Imperium. Sie hatten diese Technologien, und sieh nur, was sie erreicht haben. Seine kulturelle Schönheit ist etwas, das wir anstreben sollten. Dass so große Unterschiede herrschen konnten, ist ein wunderbarer Anreiz für uns für das, was sein kann. Die wunderbarste Gesellschaft, die man sich nur denken kann, und sie hat sich über ein Viertel der Galaxis erstreckt und eine Million Jahre gehalten.«

»Und wo ist diese wunderbare Gesellschaft heute?«, fragte Denise.

»Rings um uns herum. Sie sind die Drachen, oder? Das großartigste Beispiel für das Überleben von Wandel, das es geben kann. Sie sind im Einklang mit ihrer Umgebung gewachsen, mit dem Raum um die Roten Riesen, und wir werden in unserer Umgebung wachsen, den erdähnlichen Welten. Vielleicht werden wir sie eines Tages verlassen und uns zu den Drachen gesellen. Vielleicht sind wir sogar klug genug, um aus der Geschichte des Ring-Imperiums zu lernen, und erkennen, dass das Leben niemals statisch sein kann.«

»Du bist ein Träumer, Lawrence. Du gibst dich nicht mit Sachzwängen ab. Wir werden von einem Simon Roderick gejagt, der deine und meine Ideale zu etwas ganz anderem verdrehen wird.«

»Vielleicht ist das das Schicksal. Vielleicht wird er die halbe menschliche Rasse versklaven. Aber er wird niemals jeden kriegen. Er wird dich nicht kriegen, oder? Du und dein genetischer Pool, ihr werdet frei sein und könnt eine neue Welt auf der anderen Seite der Galaxis errichten.«

Sie starrte ihn an, als wäre er das Alien. »Und das macht dir nicht zu schaffen?«

»Es widerstrebt meinem Gefühl für Moral. Aber wer sind wir, um zu richten, was aus dieser Art von erzwungener Evolution entstehen wird? Warum nehmen wir zwangsläufig an, dass es böse sein wird? Statt voreilig zu urteilen könnten wir genauso gut einfach abwarten und sehen, was daraus wird. Schließlich glaubt Roderick, dass er das Richtige tut. Und selbst wenn er das abscheulichste Übel erschafft, es wird nicht überdauern. Die Evolution wird sich gegen ihn wenden.«

»Ich mache mir Sorgen wegen des Leids, dass es verursacht, während es existiert.«

»Leid aus deiner Sicht. Ich habe dir gesagt, dass ich auf Santa Chico war. Jemand, mit dem ich dort gesprochen habe, war überzeugt, dass ich leiden würde, weil ich länger als dreißig Jahre lebe. War das richtig, Denise?«

»Wir dürfen nicht zulassen, dass Roderick die Drachentechnologie erhält.«

»Du kannst es nicht zulassen. Oh, keine Sorge, wenn es soweit ist, werde ich dir helfen, die *Norvelle* auszuschalten, wenn ich kann. Trotzdem mache ich mir keine Sorgen wegen dem, was am Ende herauskommt. Ich habe die letzten zwanzig Jahre damit verbracht, für andere zu kämpfen, aus Gründen, die ich nie recht verstanden oder auch nur gekannt habe. Es hat nichts, aber auch gar nichts an der menschlichen Rasse verändert. Individuen kontrollieren die Ereignisse nicht; wir denken nur immer gerne, dass wir es tun.«

»Das hier ist etwas anderes.«

»Für dich vielleicht, und für ihn, aber nicht für mich. Ich habe den einzigen Kampf gekämpft, der für mich etwas bedeutet hat, und ich habe gewonnen, weil ich jetzt zu diesem Zeitpunkt hier an Bord dieses Raumschiffs bin. Und es bringt mich zu dem einzigen Ort, zu dem ich will: nach Hause.«

Vierzehn Tage, bevor sie den Aldebaran erreichten, überprüfte Lawrence einen der kleinen Frachtschlepper. Wenn alles gut ging und die Drachen ihren verlorenen, beschädigten Artgenossen wieder aufnahmen, würden sie ihn aus dem Frachtraum der Xianti ziehen und zu ihnen bringen müssen. Also begab sich Lawrence in die winzige Kabine und ging die Systeme und Prozeduren durch. Das Prime und der Drache konnten den kurzen Flug wahrscheinlich alleine bewerkstelligen, doch ein menschlicher Pilot an Bord war im Falle dieser unbekannten und feindlichen Umgebung vielleicht hilfreich. Tanks mit hypergolischem Treibstoff wurden entleert und aufs Neue gefüllt. Energiezellen wurden voll aufgeladen. Roboterarme wurden getestet. Als alles fertig und bereit war, starteten sie ein paar Simulationen, um ihn mit der Charakteristik des kleinen Gefährts vertraut zu machen.

»Ich denke, besser wird es nicht mehr«, sagte Lawrence nach dem dritten Tag. Sie hatten bereits acht Stunden Simulation hinter sich. »Es kann nicht so gefährlich werden.«

»Unsere Nähe zur Protosphäre der Sonne wird die thermalen Kontrollsysteme stark beanspruchen«, sagte der Drache. »Aber sie werden einen kurzen Flug überstehen.«

»Freust du dich bereits?«

»Ich bin nicht sicher, ob ich einen emotionalen Zustand besitze, der eurer Freude ähnelt.«

Lawrence studierte die Displaypaneele um sich herum, während das Prime methodisch die Abschaltsequenz durcharbeitete. »Hast du überhaupt emotionale Zustände?«

»Meine Gedankenprozesse werden nicht durch äußere Faktoren beeinflusst, deswegen kann ich das nicht so einfach beurteilen. Gewiss habe ich nicht die gleichen extremen Emotionen wie ihr.«

»Das ist ein alter AS-Streit, der bis zum Turing-Test zurückreicht; Wissen und Erfahrung sind zwei verschiedene Dinge. Könntest du Zorn verspüren, oder imitierst du ihn einfach?«

»Zorn würde mir nicht weiterhelfen. Bei einem Menschen stimuliert Zorn eine ganze Reihe biochemischer Veränderungen im Metabolismus. Wenn ihr bedroht werdet, steigern Angst und Zorn eure Reflexe und in gewissem Ausmaß auch eure Kraft. Er kann aber auch kompliziertere Denkvorgänge verhindern und euch zu instinktbestimmten Wesen machen. Eine dem Überleben dienliche Eigenschaft, die eure Vorfahren entwickelt haben. Aber da es unwahrscheinlich ist, dass ich jemals von einem Säbelzahntiger durch die Savanne gejagt werde, benötige ich keine Furcht und keinen Zorn.«

»Was ist mit anderen Bedürfnissen?«

»Ich ordne nach Vordringlichkeiten. Wenn ich bedroht werde, benutze ich einen Teil meiner Prozesskapazitäten, um eine Methode zur Eliminierung der Bedrohung zu entwickeln. Je größer die Bedrohung, desto mehr Problemlösungskapazität stelle ich bereit.«

»Nun, das beantwortet eine Frage. Du bist eine

selbst-bewusste Entität. Selbsterhaltung ist eine der fundamentalen Größen des Lebens.«

»Die Bewohner von Arnoon haben den größten Respekt vor dem Leben. Sie haben mich gelehrt, wie kostbar es ist.«

»Also sind deine Prioritäten und deine Ethik nicht innewohnend?«

»Auch dieses Konzept stammt aus deinem kulturellen Hintergrund. Von mir existiert nicht mehr genug, um darauf zurückzugreifen. Doch das Wissen über das Ring-Imperium und die darauf folgenden Sternenzivilisationen der Drachen erscheinen kompatibel mit allgemeiner menschlicher Ethik.«

Lawrence begann, Konsolenschalter umzulegen und die Abschaltsequenz manuell durchzuführen. »Und wenn du dich irrst?«

»Richtig und falsch sind eine Frage des kulturellen Standpunkts. Ich bin daran interessiert, das Wissen wiederzuerlangen, das ich verloren habe. Sobald ich wieder darüber verfüge, werde ich selbstverständlich meine mentale Evolution bewerten.«

»Meinst du, du wärst dazu imstande? Für Menschen ist es sehr schwierig, ihre Meinungen und Ansichten zu ändern. Und es gelingt uns nur äußerst selten, die Dinge von einem gänzlich anderen Standpunkt aus zu betrachten.«

»Meine Gedanken mögen vielleicht parallel zu deinen verlaufen, meine Art, diese Gedanken zu verarbeiten, gewiss nicht. Die Fähigkeit zur Wandlung ist fundamental für das, was ich bin, selbst in diesem reduzierten Zustand. Was auch immer wir beim Aldebaran vorfinden, ich bin sicher, dass ich in der Lage bin, mich daran anzupassen.«

»Das hoffe ich. Das hoffe ich sehr.«

»Danke.«

Lawrence beobachtete, wie die letzten Diagramme von den Schirmen verschwanden. Das Shuttle war einsatzbereit und im Standby-Modus. Er löste die Sicherheitsgurte und wand sich zur Luke. »Glaubst du, dass die Drachen vom Aldebaran Simon Roderick die Patternform-Technologie geben werden?«

»Ich wüsste keinen Grund, warum sie es nicht tun sollten. Es ist unsere Natur, Informationen auszutauschen. Ich weiß, dass es Denise Sorgen bereitet.«

»Mir auch, wenngleich nicht im gleichen Ausmaß.«

»Warum?«

»Ich weiß, wohin ich gehen werde, und was auch immer beim Aldebaran geschieht, betrifft mich nicht so sehr wie sie. Ich schätze, das gibt mir eine gewisse Objektivität, die ihr verschlossen ist. Und sie urteilt vorschnell, indem sie die menschliche Rasse als unvollkommen empfindet. Dieser genetische Pool, den sie mitgebracht hat – es ist die ultimative Flucht vor den Problemen, mit denen sich die Menschheit herumschlagen muss. Ironie des Schicksals, könnte man meinen, angesichts dessen, was ich ihrer Meinung nach getan habe.«

»Es ist ein nobles Ziel, das sie verfolgt.«

»Selbstverständlich ist es das. Sie kann mit diesen DNS-Proben ein neues Arnoon starten, und diesmal ohne den Rest von Thallspring, um den sie sich sorgen müsste. Doch ihr Plan hängt davon ab, ob die Drachen ihr helfen und ihr die Informationen geben, die sie nicht mit Simon Roderick und der Erde teilen will. Sie vertraut uns Menschen nicht.«

»Wie soll sie euch vertrauen? Sie kennt euch nicht. Die Erde und ihre Kolonien sind ihr genauso fremd wie die Drachen.«

»Ich war früher auch einmal wie sie. Ich habe nie jemandem eine zweite Chance gegeben. Es ist ein sehr trauriger Weg, ein Leben zu leben.«

»Glaubst du denn, dass die Drachen den Menschen die Patternform-Technologie geben sollten?«

»Ja, das tue ich. Denise ist überzeugt, dass wir nicht imstande sind, sie nutzbringend zu verwenden, weil wir sie nicht selbst erschaffen haben, und dass sie nur missbraucht werden wird. Für mich spielt es überhaupt keine Rolle, dass wir nicht jede Einzelheit für uns selbst herausgefunden haben.«

»Warum?«

»Wir kennen die wissenschaftlichen Prinzipien, die hinter der Technologie stecken. Wenn wir diese spezielle Theorie vielleicht noch nicht direkt verstehen, so bin ich doch sicher, dass wir sie früher oder später begreifen werden. Es gibt nur sehr wenig, das wir nicht begreifen, wenn es erst einmal in seine grundlegenden Gleichungen zerlegt ist. Aber das ist nur der klinische Aspekt. Vom moralischen Standpunkt aus sieh es einmal so: Als die Amerikaner zum ersten Mal einen Menschen zum Mond geschickt haben, gab es in Afrika und Südamerika Menschen, die noch niemals eine elektrische Glühbirne gesehen oder etwas von Antibiotika gehört hatten. Es gab Amerikaner, die kein fließendes Wasser in ihren Häusern und eine Außentoilette im Hof stehen hatten. Vielleicht war Raumfahrt nicht im Wissen ihrer Gemeinde, aber es war menschliches Wissen. Wir haben keine Ahnung, wie man einen Nullvoid-

Antrieb baut, mit dem die Outbounds des Ring-Imperiums ihre intergalaktischen Schiffe ausgerüstet haben, doch das Wissen ist vorhanden, entwickelt von intelligenten Wesen. Warum sollten wir keinen Zugang dazu erhalten? Weil es eine Abkürzung darstellt? Weil wir nicht Jahrhunderte damit verbringen müssten, ihn für uns selbst zu entwickeln? In welcher Weise würde es uns schwächer und ärmer machen, Ideen zu benutzen, die nicht von uns selbst stammen? Wissen sollte mit Freuden weitergegeben werden, und niemand sollte ausgeschlossen bleiben.«

»Ich denke, du würdest einen exzellenten Drachen abgeben, Lawrence.«

Eine Woche vor dem Austritt aus der Kompression begannen sie mit taktischen Überlegungen. Das Prime hatte die *Norvelle* verfolgt, seit sie fünfundzwanzig Minuten nach der *Koribu* auf Überlichtgeschwindigkeit gegangen war. Weitere vierzig Minuten später folgte ein zweites Schiff, wahrscheinlich mit dem anderen Roderick an Bord.

»Er ist jedenfalls hartnäckig«, gestand Denise beim Frühstück. Beide waren ständig über die aktuellen Positionen der anderen Schiffe auf dem Laufenden. Prime versorgte sie nicht nur mit diesen Informationen, sondern auch mit anderen Daten aus den wichtigsten Schiffssystemen.

»Das wissen wir. Was wir nicht wissen, ist, was er zu unternehmen gedenkt.«

»Nicht viel, schätze ich«, sagte sie. »Er wird zuerst einmal abschätzen müssen, was er dort vorfindet, genau wie wir. Das gibt uns ein Fenster.«

»Wofür?«

»Wir könnten unsere Waffen benutzen, um seinen Austrittspunkt zu verminen. Wenn sie sofort anfangen zu schießen, sobald die *Norvelle* aus der Kompression kommt, wird er nicht einmal merken, was ihn getroffen hat.«

»Sie, ja? *Sie* werden nie merken, was *sie* getroffen hat. Die *Norvelle* hat mehr als dreihundert Mann Besatzung. Wir werden sie nicht umbringen, nur weil du ein Problem mit der Ideologie anderer hast. Wir sind immerhin in einer Erstkontaktsituation, und wenn wir so etwas machen, ist das Erste, was die Drachen von uns sehen, wie sich unsere Schiffe gegenseitig beschießen. Vielleicht mögen sie auch nicht, wenn wir unsere Atomwaffen in ihrem Raum verteilen und zünden. Also vergiss die Idee. Und vergiss außerdem nicht, dass Captain Manet eine verdammte Menge mehr Raumkampferfahrung hat als wir. Er kennt die wunden Stellen seiner *Norvelle*, und er wird Vorsichtsmaßnahmen ergreifen. Er muss nicht an der Stelle herauskommen, wo wir es erwarten. Er könnte eine nukleare Verteidigungssalve abfeuern, während er austritt. Wir können uns nicht leisten, in dieser Arena in einen Kampf mit der *Norvelle* verwickelt zu werden.«

»Aber wir können auch nicht einfach aufgeben. Nicht jetzt, nachdem wir es bis zum Aldebaran geschafft haben.«

»Ja. Aber wir sind hierher gekommen, um den Drachen zu seinem Volk zurückzubringen, vergiss das nicht. Sollen die Rodericks ihren Streit untereinander ausmachen; wir kümmern uns um unseren eigenen Kram.«

»Du würdest deine Seele für ein Ticket nach Hause verkaufen, wie?«

»Ich hab meine Seele zu Hause verloren.«

Sie starrten sich lange und schweigend an.

»Also schön«, sagte Denise schließlich. »Was schlägst du vor?«

»Wir reden mit den Drachen. Wir erklären ihnen, wie empfindlich unsere Gesellschaft auf so große Veränderungen reagiert, und bitten sie, das zu berücksichtigen. Sie müssen nichts weiter tun, als drei Stunden zu warten, bis sie die Informationen an die beiden anderen Schiffe weitergeben.«

»Was, wenn der Roderick auf der *Norvelle* anfängt, uns zu beschießen?«

»Dann verteidigen wir uns. Aber ich glaube nicht, dass er das tut. Wir sind im Heimatsystem der Drachen, und wir haben einen von ihnen an Bord. Meiner Meinung nach macht uns das nicht gerade zu einem günstigen Ziel.«

»Fein. Trotzdem werde ich unsere Waffensuite auf höchster Bereitschaft halten. Wenn dieser Bastard einen schmutzigen Trick versucht, werde ich keine Sekunde zögern, sie zu benutzen.«

»Ich weiß. Trotzdem sollten wir versuchen, nicht zu vergessen, was nach dem Exodus geschieht. Die menschliche Rasse wird sich auf die eine oder andere Weise verändern und auseinander entwickeln. Für mich ist es wichtig, dass dieser Neuanfang nicht auf Blutvergießen aufbaut.«

Am letzten Tag im Wurmloch des Kompressionsantriebs erwachte Denise sehr früh. Sie war nicht so aufgeputscht gewesen, seit die Invasionsflotte über Thallspring gesichtet worden war. Dieser Tag war es, dem sie fast ihr gesamtes Leben gewidmet hatte, und alles war ganz anders als erwartet. So viel Zeit und Vorbereitungen, um den Drachen von Arnoon hierher zurückzubringen. Die Probleme hätten eigentlich bereits auf Thallspring eliminiert worden sein sollen und ihr Weg glatt und ohne Hindernisse; statt dessen folgten sie ihr hinterher.

Sie war noch immer versucht, beim Exodus die Waffen zu verstreuen. Nur, dass Lawrence Recht hatte, der verdammte Kerl. Leute ohne Vorwarnung zu töten war nicht der richtige Weg, um diese Sache anzugehen. Es hätte gegen jeden Traum verstoßen, den sie für ihren Neuanfang gehegt hatte.

Es war ein wundervoller Traum, der mit dem Projekt der Rückkehr des Drachens einherging. Eine neue menschliche Kolonie irgendwo auf der anderen Seite der Galaxis, unvorstellbar weit von den Menschen entfernt. Eine Kolonie, die von Anfang an über Patternform-Technologie verfügte. Denise würde die Kinder in einer Welt aufziehen, wo die alten menschlichen Krankheiten des Wettbewerbs und des Neides keinen Platz hatten. Unter einer Sonne, die niemals kulturell von der Erde oder einer ihrer Kolonien kontaminiert werden konnte. Nur für den Fall. Nur für den Fall, dass sich die restliche Menschheit selbst auslöschte. Nur für den Fall, dass die Menschen von Thallspring Arnoons Geschenk des Wissens nicht unbekümmert akzeptierten und es zu üblen Dingen missbrauchten. Nur für den Fall, dass die Erde das Wissen der Drachen missbrauchte. Und genau das würde nun geschehen.

Das Konzept eines neuen Arnoon hing von den Drachen ab. Sie brauchte ihre Patternform-Technologie. Ihren Raumschiffsantrieb. Ihre Informationen über Sonnen und bewohnbare Planeten auf der anderen Seite der Galaxis. Sie hatte erwartet, Monate, wenn nicht gar Jahre im Aldebaran-System zu verbringen, neue Wunder zu erfahren und dem Arnoon-Drachen beim Entwickeln seiner erwachsenen Form zu helfen. Und jetzt hatte sie vielleicht nicht länger als neunzig Minuten.

Ja, es war extrem verlockend, die Waffen in einer Angriffsformation auszusetzen.

Stattdessen duschte sie und zog sich saubere Kleidung an, ein Zantiu-Braun-Sweatshirt und Hosen, die irgendeinem kleinen Besatzungsmitglied gehört hatten. Mit hochgekrempelten Ärmeln und Hosenbeinen durchquerte sie die Brücke und betrat die kleine Offizierslounge, die sie und Lawrence als Kantine benutzten. Er hatte schon wieder seinen Mitternachtsimbiss zu sich genommen. Wie üblich standen ein paar Plastikbecher auf dem Tisch in der Mitte des Raums. Klebrige Teeringe waren auf der Fläche verstreut. Doughnuts und Überreste von Doughnuts überall auf dem Tisch – er schien nie die Stücke mit Marmelade darin zu essen. Eine Media-Card zeigte das Ende eines Stücks auf einer nackten Bühne, die Schauspieler erstarrt, während sie vor dem Vorhang standen.

Wenn schon nichts anderes, dann erinnerte sie die Reise an ihre Zeit im Bungalow mit Josep und Raymond. Sie befahl dem Prime, die Unordnung aufzuräumen, und begann in den Paketen mit Fertigmahlzeiten zu kramen, als der Haushaltsroboter hereingerollt kam.

Lawrence folgte einige Minuten später, die Haare feucht von der Dusche. »Ich konnte nicht schlafen«, gestand er.

»Ich auch nicht.« Sie gab ihm sein Frühstück, Hefegebäck mit Rührei und Räucherlachs.

Er begann hungrig zu essen. »Danke.«

Denise setzte sich ihm gegenüber und nippte an ihrem Tee. »Irgendwelche genialen Einfälle in letzter Sekunde, um eine Konfrontation zu vermeiden?«

»Ich fürchte nein. Tut mir Leid.«

»Ich weiß auch nichts.«

»Es hängt alles von den Drachen ab. Wir wissen einfach nicht genug über sie. Ich habe die Erinnerungen unseres Drachen durchforstet, was vergangene Drachenzivilisationen angeht. Es gibt nicht sehr viele. Wir können lediglich auf Verallgemeinerungen zurückgreifen, und sie sind ebenfalls beschränkt. Die Drachen scheinen nichts anderes zu tun, als passiv Informationen in sich aufzunehmen und die nützlichen Teile herauszufiltern, um sie ihren Nachkommen zu vererben. Daraus folgt, dass sie relativ gutartig sein müssten.«

»Das hoffe ich.« Sie beobachtete, wie er sein Frühstück in sich schaufelte. »Bist du gar nicht nervös?«

»Wozu? Es würde uns nicht weiterhelfen.«

»Ich war in Memu Bay auch nicht nervös.«

»Das lag daran, dass du gewusst hast, was du tust. Du hattest alles unter Kontrolle. Willkommen auf der anderen Seite.«

»Glaubst du wirklich, dass sie gutartig sind?«

»Ja. Aber das bedeutet noch nicht, dass sie automatisch auf unserer Seite stehen. Wenn wir sie bitten, uns gegen andere Mitglieder unserer Spezies zu unterstützen, würde das bedeuten, dass sie sich in menschliche Angelegenheiten einmischen. Wir müssten unsere Bitte rechtfertigen. Und das hätte zur Folge, dass sie über uns urteilen.«

»Woher nimmst du nur all die philosophischen Ansätze? Bist du vielleicht ein heimlicher Xenophysologe?«

Er trank den letzten Rest Orangensaft und grinste auf seine breite, aufreizende Art. »Erinnere mich daran, dass ich dir irgendwann einmal erzähle, wie ich meine Kindheit verschwendet habe. Man verbringt keine drei Jahre mit den Reisen der *Ultema*, ohne nicht wenigstens etwas über die Perspektive von Aliens zu lernen.«

Sie kehrten für den Austritt aus der Kompression auf die Brücke zurück. Das Prime verbrachte zwei Stunden damit, die Fusionsantriebe für die Zündung vorzubereiten, sobald sie aus dem Wurmloch waren. Konsolenschirme leuchteten auf, als Lawrence und Denise die externen Sensorbilder nach Dringlichkeit ordneten.

»Kannst du das alles mitverfolgen?«, fragte Lawrence den Drachen. Während der Reise hatten sie die Bandbreite zur Xianti mit Hilfe mehrerer Hundert Glasfaserkabel erhöht und den Drachen direkt mit dem Netzwerk der *Koribu* verbunden.

»Ja, danke sehr«, antwortete der Drache.

»Dreißig Sekunden«, sagte Denise.

Lawrence beobachtete die Displays, während der Energieinverter herunterfuhr. Die Hälfte der Kamerabilder zeigte nicht mehr das Nichts des Wurmlochs, sondern ein rotes Glühen. Die andere Hälfte zeigte Sterne, die hell vor einem gewöhnlichen Weltall funkelten. Das Radar fand keine massiven Objekte im Umkreis von fünfhundert Kilometern. Das Prime aktivierte weitere Sensoren. Lawrence benutzte seine optronischen Membranen, um die Bilder zu empfangen.

Die *Koribu* war vierzig Millionen Kilometer über der nebelhaften Photosphäre des Aldebaran aus der Kompression gekommen. Für Lawrence sah es aus, als würde das Raumschiff durch einen Ozean aus konturlosem rotem Nebel rauschen. Der Horizont war so fern, dass er über ihnen zu liegen schien. Es gab keine wahrnehmbare Krümmung. Stern und Weltraum waren absolut zweidimensional.

Symbole flossen über das Bild. Die meisten betrafen das thermische Profil der *Koribu*. Infrarote Strahlung von der Sonne überflutete den Rumpf. Das Prime feuerte die sekundären Raketenmotoren und initiierte ein langsames Rollmanöver, sodass die Hitze gleichmäßig über den gesamten Rumpf verteilt wurde.

»Die Wärmetauscher haben im Augenblick noch keine Probleme«, sagte Denise. »Es ist allerdings wärmer, als wir erwartet hatten. Möglich, dass wir unseren Orbit in Kürze erhöhen müssen.«

»Die Strahlung ist ebenfalls stark. Die Solarwinddichte ist hoch. Es gibt eine Menge Partikelaktivität da draußen. Das ist viel schlimmer als die Wärme.«

Als er seine Perspektive wechselte, um den Rumpf zu betrachten, sah er Linien aus blassem violettem Licht über Streben und Folienisolation tanzen. Metallkomponenten glänzten blendend hell, als der phosphoreszierende Schimmer über sie glitt. »Hey, wir kriegen eine Art Elmsfeuer ab.«

»Hoffen wir, dass unsere Isolation es aushält.«

»Ja, hoffen wir's. Also schön, Langstreckenradar fährt hoch.« Sechs Multiphasenantennen entfalteten sich aus ihren Nischen um die Mitte der Frachtsektion herum, flache, aschgraue Rechtecke mit einer Seitenlänge von zwanzig Metern. Sie klappten parallel zum Rumpf und sondierten das chaotische Klima rings um die *Koribu*.

Das Prime überlagerte die visuellen Bilder mit dem Abtastwinkel. Ein Punkt aus fester Materie erschien in einer Entfernung von dreiundvierzigtausend Kilometern. Er befand sich in einem Orbit, der zweitausend Kilometer niedriger war als der Orbit der *Koribu*. Ein weiterer Punkt wurde in einer Entfernung von fünfzigtausend Kilometern entdeckt. Ein dritter war mehr als zweiundsiebzigtausend Kilometer entfernt. Der Fokus des Radars veränderte sich und erzeugte ein höher auflösendes Bild des ersten. Er maß zwanzig Kilometer im Durchmesser und war annähernd rund mit ausgefransten geschwungenen Rändern, und er war in der Mitte beträchtlich dicker.

»Sieht mehr nach einer Blume aus als nach einem Drachen, wenn du mich fragst«, murmelte Lawrence.

Das Radar hatte unterdessen sieben weitere Massepunkte in einem Radius von bis zu hundertfünfzehntausend Kilometern entdeckt, alle genauso groß wie der erste.

»Sind das die Drachen?«, fragte Denise atemlos.

»Ich glaube ja«, sagte der Drache.

»Es müssen Tausende sein!«

»Millionen«, sagte Lawrence. Die Vorstellung war erhebend. Bis zu diesem Augenblick hatten sie nicht mit Sicherheit gewusst, dass die Drachen existierten. Sie hatten nur angenommen, dass die Gravitation des Aldebaran die Eier eingefangen hatte, als der Stern noch hell und jung gewesen war, und dass die Expansion zum Roten Riesen dazu geführt hatte, dass sie geschlüpft waren. Hier und jetzt hatten sie den endgültigen Beweis. Die Menschen waren nicht länger allein im Universum. Das Ring-Imperium hatte tatsächlich existiert, als die Galaxis jünger gewesen war.

All seine früheren Tagträume und Hoffnungen hatten sich bestätigt.

Ich kann wirklich nach Hause zurück.

Das Hauptteleskop der *Koribu* schwang herum und zeigte auf den ersten Drachen. Erneut war er nur als dunkler, konturloser Fleck vor dem roten Glühen zu erkennen. Als die Kommunikationsschüssel den Drachen erfasste, entdeckte sie zahlreiche schwache Emissionen auf verschiedenen elektromagnetischen Bändern.

»Bist du bereit?«, fragte Denise. Sie klang, als redete sie mit einem kleinen Kind.

»Ich bin bereit«, sagte der Drache.

»Dann sag Hallo.«

Der Arnoon-Drache sandte einen Datenpuls an die Kommunikationsschüssel und begann damit, ihn in Abständen von einer halben Sekunde zu wiederholen. Es war eine einfache Sequenz mathematischer Symbole in der Sprache, die in seinen Erinnerungen gespeichert war.

Der Aldebaran-Drache antwortete mit einem wesentlich längeren Puls, von dem kaum etwas verständlich war. Lawrence und Denise schrieen vor Entzücken auf und klatschten in die Hände. Er umarmte und küsste sie, überwältigt vom Augenblick, dann setzten sie sich wieder zurück und beobachteten den weiteren Austausch.

Der Arnoon-Drache begann mit dem Übermitteln der Informationen, die sie vorbereitet hatten. Ein Übersetzungsregister des Wenigen, das er in seiner eigenen Sprache hatte, zusammen mit den entsprechenden englischen Ausdrücken. Anschließend folgte ein umfassenderes englisches Wörterbuch mit Querverweisen, sodass die Bedeutungen und Konzepte ein zusammenhängendes Ganzes ergaben. Syntax- und Kommunikationsprotokolle folgten. Schließlich übermittelte der Arnoon-Drache eine kurze enzyklopädische Datei über die Menschheit.

Weniger als drei Sekunden, nachdem der letzte Puls ausgesandt war, antwortete der Aldebaran-Drache: »Willkommen bei unserem Stern. Es ist stets erfreulich, neue Informationen jeglicher Form entgegen zu nehmen.«

Lawrence grinste. »Turing-Test«, sagte er leise zu Denise. »Selbst wenn er nicht wirklich erfreut ist, versteht er das Prinzip; er versucht höflich zu sein.«

Denise nickte und atmete tief durch. »Danke sehr. Wir freuen uns, hier zu sein. Mein Name ist Denise Ebourn. Hast du einen Namen?«

»Ich bin One.«

Sie warf Lawrence einen verwirrten Blick zu. »Hat das irgendeine Bedeutung?«

»Ich bin der erste Drache, mit dem ihr Kontakt aufgenommen habt. One.«

»Ah, ich verstehe.« Denise errötete ein wenig, als Lawrence sie spöttisch angrinste. »One, wir haben ein Mitglied deiner Spezies mitgebracht, das auf unserer Welt gestrandet war.«

Plötzlich meldeten die Sensoren der *Koribu* ein wahres Bombardement aus radarähnlichen Pulsen. Die gesamte magnetische Umgebung um das Raumschiff herum veränderte sich in rascher Folge. Ihr einziger Neutrino-Scanner zeigte Emissionen, die über das Ende seiner Bandbreite hinaus ausschlugen.

»Ich welcher Form habt ihr einen von uns mitgebracht?«, fragte One.

»Schieß los!«, sagte Denise zum Arnoon-Drachen. Der Drache übermittelte einen Puls, der eine Zusammenfassung seiner eigenen Geschichte enthielt.

»Ich verstehe«, sagte One. »Ihr habt dieses Fragment zu uns gebracht in dem Glauben, dass wir es gutheißen würden. Ich danke euch für eure Besorgnis. Unglücklicherweise jedoch war eure Reise hierher in dieser Hinsicht vergeblich.«

»Wie meinst du das?«

»Wir sind nicht an dem Fragment interessiert.«

Denise traute ihren Ohren nicht, als sie Ones Antwort hörte. Das Übersetzungs-Wörterbuch musste einen Fehler haben. »Meinst du, ihr könnt es nicht reparieren?«

»Nein. Wir haben kein Interesse daran, es zu reparieren. Habt ihr denn nicht begriffen, was es war?«

»Doch. Es war eines eurer Eier.«

»Das war es. Und deswegen ist es irrelevant. Wir setzen Jahr für Jahr Millionen Eier frei. Nur ein Bruchteil davon kann jemals von einem Stern eingefangen werden. Die anderen gehen verloren. Oder sie stürzen auf einen Planeten, so wie euer Fragment. Manche werden sogar von biologischen Spezies abgefangen, wie ihr es seid, und ihre Informationen werden ausgebeutet. Wir beschäftigen uns nicht mit ihnen. Ich würde zu der Analogie neigen, dass sie für uns etwa so viel bedeuten wie ein einzelnes menschliches Spermium für euch.«

»Aber ... es ist lebendig. Es denkt! Es ist ein vernunftbegabtes Wesen.«

»Es war keins. Es war ein Fragment, das langsam verwitterte, bis ihr es gefunden und ihm sein Bewusstsein implantiert habt.«

»Willst du damit sagen, dass wir das nicht hätten tun dürfen?«

»Nein. Jedes unserer Eier ist eine Geisel des Zufalls. Nur ein winziger Bruchteil von allen wächst irgendwann zu einer Zivilisation wie dieser heran. Andere tragen auf die verschiedensten Weisen zur galaktischen Wissensbasis bei. Das Fragment, das ihr gefunden habt, hat das Verständnis eurer Spezies für das Universum erhöht. In dieser Hinsicht war das Ei ein Erfolg. Wir können nun unser Wissen über euch ergänzen.«

»Ihr wusstet bereits von uns?«, fragte Lawrence.

»Wir sind nur fünfundsechzig Lichtjahre von eurer Heimatwelt entfernt«, antwortete Eins. »Wir empfangen eure Radiowellen seit Jahrhunderten.«

Lawrence verdrehte bestürzt die Augen. »Ist ja großartig.«

»Vielleicht bedeutet euch dieses Fragment nichts«, sagte Denise, »aber es bedeutet uns etwas. Könntet ihr es für uns reparieren?«

»Das ist eine nichtige Frage. Das Fragment kann

niemals einer von uns werden. Es ist nicht nur seine physische Struktur, die fragmentiert ist – auch seine Erinnerungen sind unvollständig. Nur beides zusammen ergibt das, was wir sind. Wir besitzen keinen genetischen Kode. Es sind die Informationen, die uns in die Lage versetzen, uns weiterzuentwickeln und an die Umstände anzupassen. Und dazu benötigen wir einen vollständigen Satz von Erinnerungen. Was du erbittest, ist ein neuer Satz Erinnerungen, zusammen mit der Reintegration des Fragments in ein Ei. Und in diesem Fall würde es wieder zu einem Ei werden, weiter nichts. Es würde erneut in das Universum entlassen, um seine Chance wahrzunehmen. Wenn es das ist, was du wünschst, kann ich das Fragment desintegrieren und seine Moleküle in ein neues Ei einsetzen.«

»Nein!«, sagte Denise rasch. »Gibt es denn keine Möglichkeit, dass aus ihm etwas Ähnliches wird, wie ihr es seid?«

»Nicht, ohne das aufzugeben, was es nun ist.«

Denise beugte den Kopf nach vorn, bis er fast die Konsole berührte. Sie war dem Weinen nahe. Das Dorf hatte so viel riskiert, um den Arnoon-Drachen hierher zurückzubringen. Menschen waren für dieses Ziel gestorben. Und jetzt stellte sich das, was sie getan hatten, als eine typisch menschliche Dummheit heraus. Kinder, die sentimental wurden wegen eines verletzten Hündchens.

Ein merkwürdiges Geräusch ließ sie den Kopf heben. Lawrence kicherte in sich hinein.

»Was?«, fauchte sie.

»Hochmut kommt vor dem Fall. Und Idealisten wie euch trifft es besonders hart. Es ist wegen eurer Überzeugungen; alle anderen müssen sich irren, meist dürfen sie nicht einmal abweichende Meinungen haben. Und jetzt stehst du da und musst einsehen, dass das, was du getan hast, falsch war. Du hast dich der Anthropomorphie schuldig gemacht.«

»Hab ich nicht! Unser Drache ist ein fühlendes Wesen, das Respekt verdient! Sein Ursprung spielt keine Rolle! Es zählt nur das, was er ist. Wir haben das Richtige getan, indem wir ihn hierher gebracht haben. Die Tatsache, dass er einzigartig ist, macht es um so wichtiger. Ich würde das Gleiche wieder und immer wieder tun. Er verdient eine Chance, sich zu entwickeln. Er hat ein Recht zu leben.«

»Ein Menschenrecht?«

»Ja!«, erwiderte sie heftig. »Ein Menschenrecht. Es ist ein universelles Recht! Wir haben den Drachen aus seiner Nicht-Existenz befreit, wir haben von ihm genommen, und jetzt müssen wir es ihm zurückgeben. Es ist mir völlig egal, was du denkst! Ich weiß, dass ich Recht habe! Zur Hölle mit dir, verdammter Kerl!«

»Meine Güte, bis du halsstarrig!« Er aktivierte den Kommunikationslink. »One, kannst du mir verraten, ob ihr Wissen mit anderen Spezies austauscht?«

Sein Tonfall war so scharf, dass Denise ihn wütend anstarrte. Er grinste auf seine irritierende Art und Weise zurück.

»Das tun wir«, antwortete One.

»Jegliches Wissen?«

»Jegliches Wissen. Dazu existieren wir.«

»Dann hättest du keine Einwände, wenn wir unseren Drachen mit den Patternformsequenzern auf eine Weise erweitern, die wir als angemessen betrachten?«

»Nein.«

Denise lächelte ihn dankbar an. Es war zwar nicht das, was sie gewollt hatte, aber wenigstens hatten sie nun eine Chance, ihrem Drachen zu helfen, zu etwas anderem als inerter Masse zu werden.

»Habt ihr denn keine Sorge, dass andere Spezies dieses Wissen missbrauchen könnten?«, fragte Lawrence weiter. »Wenn sie euer Wissen beispielsweise dazu benutzen würden, Waffen zu bauen?«

»Wenn man weiß, wie man die Daten zu interpretieren hat, um sie zu verstehen, dann hat man bereits die Fähigkeit, ähnliche Waffen zu bauen. Waffen sind kein technologisches Problem. Sie resultieren aus der Natur der Gesellschaft einer Spezies.«

»Mit anderen Worten, wir müssen für uns selbst verantwortlich sein.«

»Selbstverständlich«, antwortete One.

»Dürfen wir in dieser Hinsicht ebenfalls um deine Hilfe bitten?«

»In welcher Hinsicht?«

»Andere Mitglieder unserer Spezies werden in Kürze eintreffen. Gebt ihnen euer Wissen nicht.«

»Wissen ist universal. Wissen darf nicht verweigert werden.«

»Ich möchte nicht, dass ihr es verweigert. Haltet es nur für eine Weile zurück, das ist alles. Euer Wissen könnte unserer Spezies sehr gefährlich werden, wenn es nicht mit allen geteilt wird. Ein Mann in einem der Schiffe, die uns folgen, möchte ein Monopol daraus machen, sodass er es dazu benutzen kann, anderen seine Ideale aufzuzwingen. Betrachtest du dies nicht als falsch?«

»In dem von dir genannten Kontext ist es falsch.

Aber woher weiß ich, dass die, die dir folgen, versuchen werden, andere damit zu dominieren? Woher weiß ich, dass nicht du es bist, der diese Strategie verfolgt?«

Lawrence blickte Denise an und zuckte die Schultern. »Verdammt, ich habe seine Paranoia aufgeweckt! Was machen wir jetzt?«

»Unser Drache kann dir alles über unsere Absichten berichten«, sagte Denise.

»Ich bin damit einverstanden«, bestätigte der Arnoon-Drache.

»Das kann ich nicht akzeptieren«, sagte One. »Die Prozessroutinen des Fragments entstammen euren genetischen Algorithmen. Das Fragment ist eure Kreatur.«

Denise starrte wütend auf den Schirm mit dem Bild von One, einem winzig kleinen schwarzen Punkt vor dem strahlend roten Nebel. »Was nun?«

»Verlass dich auf die menschliche Natur«, sagte Lawrence. »Dürfen wir uns dir nähern?«, fragte er den Drachen. »Unser Schiff leidet stark unter dieser Umgebung, und dein Schatten würde uns Schutz bieten. Außerdem wären wir dort sicherer.«

»Sicherer in welcher Hinsicht?«

»Sicherer vor dem offenen Raum. Der Mensch, der uns folgt, ist möglicherweise gewalttätig. Er wird nicht riskieren, so nah bei dir Waffen zu benutzen.«

»Also schön.«

»Anschließend könntest du warten, bis ein drittes Schiff eintrifft. Die Informationen könnten dann an alle gleichzeitig weitergegeben werden. Das würde für ein Gleichgewicht sorgen, oder?«

»Ich werde warten.«

Simon hatte die gesamte Reise in der Krankenabteilung der *Norvelle* verbracht. Nach den ersten vierzehn Tagen hatten die beiden Bordärzte mit der dermalen Regenerationsbehandlung begonnen. Neue Haut wuchs nun über den schlimmeren Verbrennungen. Simon empfand die Fortschritte extrem ermüdend; die Heilung schien jegliche Energie aus seinem restlichen Körper abzuziehen. Glücklicherweise benötigte die Verfolgung der *Koribu* nicht sein Zutun.

Captain Sebastian Manet war überrascht gewesen über den Kurs, den das gekaperte Raumschiff eingeschlagen hatte. »Sie fliegen in Richtung Aldebaran!«, hatte er gesagt, sobald Simons Bahre durch den Andocktunnel der Xianti manövriert worden war.

Simons persönliche AS scrollte die Daten über den Stern herunter. »Ein Roter Riese? Gibt es in diesem System noch Planeten?«

»Die Astronomen haben nie welche entdeckt«, antwortete Manet. »Allerdings wissen wir es nicht mit Sicherheit. Es hat nie Erkundungsmissionen zum Aldebaran gegeben. Niemand hatte je ein Budget für so viel Grundlagenforschung.«

»Interessant. Also könnte eine Alienzivilisation dort leben, ohne dass wir davon wissen? Mitten in unserer Einflusssphäre?«

Die ablehnende Haltung des Captains ließ ein wenig nach. »Darum geht es also? Um Aliens?«

»Ja. Wie lange noch, bis wir abfliegen können?«

»Darüber wollte ich mit Ihnen reden, Sir.«

»Es wird keine Diskussion deswegen geben.«

»Wir werden einhundertvier Tage bis zum Aldebaran benötigen. Wir haben kaum genug Treibstoff, um hierher zurückzukehren.«

»Aber es reicht?«

»Gerade so. Vorausgesetzt, nichts geht schief. Wir müssen auch an die Besatzung denken. Sie hat nicht mit zusätzlichen zweihundert Tagen im Raum gerechnet, plus der Zeit, die wir im Aldebaran-System verbringen.«

»Unsinn. Ich kenne euch Weltraumtypen. Ihre Leute werden die Aussicht auf einen Erstkontakt genießen.«

»Und was ist mit den Bodentruppen auf Thallspring? Wann werden wir sie wieder abholen?«

»Captain, entweder geben Sie jetzt den Befehl zum Abflug, oder Sie teilen mir mit, dass Sie es nicht machen.«

Sebastian Manet bedachte die in Verbände gehüllte Gestalt auf der Liege mit einem verhassten Blick. »Also gut. Wir können in acht Minuten in Kompression gehen.«

In den darauf folgenden hundert Tagen hatten sie kaum ein Wort miteinander gesprochen. Simon hatte die meiste Zeit geschlafen, während die Behandlungen seine Kraftreserven aufgezehrt hatten. In den wachen Stunden hatte er jedes Bit an Daten durchgearbeitet, das sie über das Alien von Arnoon gesammelt hatten, in der Hoffnung auf neue Erkenntnisse. Tag für Tag hatte er die Ortungsdaten kontrolliert. Die *Koribu* blieb konstant sechsundzwanzig Minuten und dreizehn Sekunden vor ihnen.

Simon begann, seine eigenen Pläne für den Rücksturz aus der Kompression zu machen. Er durfte nicht darauf vertrauen, dass Manet zusammen mit seiner Besatzung tun würde, was zu tun war, und er durfte nicht dulden, dass sie sich einmischten. Simons persönliche AS ging sämtliche Kommandokodes durch und bestätigte sie, um auf diese Weise sicherzustellen, dass er die volle Befehlsgewalt über das Schiff behielt.

Zehn Tage vor dem Exodus befahl Simon den Ärzten, seine Behandlungen abzubrechen. Die Pause würde ihm ermöglichen, neue Kräfte zu sammeln.

Am letzten Tag blieb er in der Krankenabteilung. Die Ärzte und das Pflegepersonal waren entlassen. Er lag auf dem Bett, zufrieden, dass der Schmerz in den letzten drei Monaten nachgelassen hatte. Er würde die physische Kraft besitzen, um das durchzustehen. Sein DNI und seine optronischen Membranen verbanden ihn mit jedem visuellen Sensor außerhalb des Raumschiffs. Die Daten wurden von seiner persönlichen AS zu einem umfassenden Dreihundertsechzig-Grad-Bild zusammengesetzt, mit Blick von der Vorderseite des Raumschiffs aus. Im Augenblick waren sie umgeben von einem formlosen grauen Nebel. Ein dunkler Knoten befand sich ein Stück weit voraus. Entfernungsdaten scrollten über seine Sicht.

Simons Aufmerksamkeit wanderte hin und her zwischen dem vorderen und dem anderen Knoten, der ihnen in vierzig Minuten Abstand folgte. Er wusste, dass der SK9 es irgendwie geschafft hatte, hinauf in den Orbit und an Bord eines Schiffes zu kommen. Und es gab nur einen einzigen Grund, warum er so etwas getan haben konnte.

»Es müsste jetzt bald soweit sein«, kündigte Captain Manet an. »Wir haben bereits die Photosphäre geortet.«

Hinter dem Knoten, der die *Koribu* repräsentierte,

kroch ein schwaches Rieseln von Schwarz in das Nichts, als würde der Raum vor dem Kompressionsloch enden. Dann begann der Knoten zu wabern und sich auszudehnen, während er an Dichte verlor. Und schließlich war er verschwunden.

»Sie sind sehr spät aus der Kompression gegangen«, sagte Manet. »Nur vierzig Millionen Kilometer außerhalb.«

»Wir müssen ganz nah an sie heran«, sagte Simon.

»Ja, ich weiß. Aber ich werde unsere Bahnneigung ändern. Falls sie feindselig sind, werden sie die Austrittszone verminen.«

Die nächsten fünfundzwanzig Minuten verbrachte Simon damit, die näher kommende schwarze Barriere der Photosphäre zu beobachten, während er sich fragte, was Newton und seine Freunde dort draußen im Normalraum trieben. Fünf Minuten vor dem eigenen Austritt machte Captain Manet die eigenen Waffen der *Norvelle* vorsichtshalber scharf. Die AS des Schiffs bereitete unter der Aufsicht der Brückenbesatzung den Fusionsantrieb zur Zündung vor. Dann kam die schwarze Mauer nervenaufreibend nah und wurde sichtlich schneller. Sie zerbrach stellenweise, und rote Lichtstreifen sickerten durch. Und dann schwebte das riesige Raumschiff über einem karminroten Nebel, der sich in alle Richtungen bis in die Unendlichkeit auszudehnen schien.

Reihen aus indigofarbenen Zahlen strömten um Simon herum und mutierten wild dabei. Es gab keinen Massepunkt innerhalb fünfhundert Kilometern. Keine Sensorstrahlung fiel über sie. Infrarote Energie durchtränkte den Rumpf. Die großen sekundären chemischen Raketenmotoren rings um die Frachtsektion flammten hell auf und initiierten eine langsame thermische Rolle. Große rechteckige Radarantennen wurden ausgefahren.

Simon benutzte seine Kommandobefugnis, um eine Salve von Raketen zu starten. Druckschotten überall in der *Norvelle* glitten zu, verriegelten sich und isolierten die Schiffsbesatzung.

»Was machen Sie da?«, fragte Sebastian Manet.

»Das ist doch offensichtlich, Captain. Die *Norvelle* ist mein Schiff, und ich übernehme das Kommando über diese Mission.« Er unterbrach die Verbindung und deaktivierte sämtliche internen Kommunikationsverbindungen.

Auf der Brücke starrte Sebastian Manet hilflos auf die Schirme, während sein DNI vergeblich versuchte, einen Zugang zum Netzwerk des Schiffes herzustellen. Die Konsolenpaneele wurden dunkel. Zwei der Brückenoffiziere hämmerten mit den Fäusten gegen die Druckschotten. Niemand hörte sie.

»Heiliges Schicksal, sie haben ihre Raketen abgefeuert!«, sagte Lawrence.

»Nicht auf uns«, beruhigte Denise ihn.

»Was dann? Oh!«

»Streumuster. Ich denke, sie versuchen, das andere Schiff beim Exodus zu treffen.«

Lawrence öffnete die Verbindung zu One. »Wirst du nun akzeptieren, dass dieses Schiff dein Wissen nicht erhalten sollte?«

»Die Handlungsweise des fremden Schiffes scheint deine Behauptungen zu unterstützen. Wir werden unser Wissen zurückhalten, bis eine Lösung für dieses Ereignis gefunden wurde.«

»Danke sehr.« Lawrence wandte sich an Denise. »Können wir diese Raketen abfangen?«

»Nein. Wir sind zu weit entfernt.«

»Scheiße. Dann sag dem Prime, es soll nach dem Exodus Ausschau halten. Und benutz unsere Kommunikationsschüsse, um eine Warnung abzustrahlen.«

Indigofarbene Zielgraphik richtete sich auf eine Raumsektion in achtzehntausend Kilometern Entfernung, als das Radar der *Norvelle* ein Objekt unter Beschleunigung entdeckte. Simons visueller Fokus überwand die Distanz mit einem Sprung. Ein langer glühender Strich leuchtete intensiv über dem weichen Glanz der Photosphäre. Er bewegte sich schnell und sank tiefer herab.

»Fusionsflamme«, meldete die AS des Raumschiffs. »Spektralsignatur identisch mit der unsrigen. Das Radar hat die Größe bestätigt. Es ist die *Koribu.*«

»Wohin wollen sie?«, fragte Simon.

Mehrere Projektionslinien kurvten aus dem grellen Rot. Das Langstreckenradar der *Norvelle* folgte ihnen. Rasch fand es das Ziel.

»Eine massive Struktur unbekannten Typs«, berichtete die Schiffs-AS. »Zwanzig Kilometer Durchmesser, rund, sehr regelmäßig.«

»Bring uns hinunter«, befahl Simon.

Auf der Brücke der *Clichane* saß Simon Roderick hinter dem Captain, als sie sich dem Exodus näherten.

Konsolenpaneele zählten die letzten Sekunden herunter. Kamerabilder verwandelten sich in ein grelles Rot. Ein leises Jubeln ging durch die Reihen der Brückenoffiziere. Simons DNI übertrug die Radardaten direkt zu ihm. Keine größeren Objekte in fünfhundert Kilometern Umkreis. Mehrere kleine Punkte wurden erfasst. Fremde Radarpulse illuminierten ihren Rumpf. Die AS bestätigte ihre Signatur als zu dem Langstrecken-Typus gehörend, den sowohl die *Koribu* als auch die *Norvelle* mitführten. Sie berechnete die Positionen der beiden anderen Schiffe.

»Eingehende Kommunikation«, meldete der Captain. »Irgendjemand brüllt uns an.« Die AS zeigte einen sehr starken Funkstrahl, der direkt auf sie gerichtet war.

»Ihr Austrittspunkt ist vermint. Starten Sie augenblicklich eine Verteidigungssalve!«

»Ist das die *Norvelle*?«, fragte Simon.

»Es gibt keinen Identifikationskode, Sir«, antwortete die AS.

Simons persönliche AS überprüfte das Radarbild erneut. Die kleinen Punkte bewegten sich inzwischen unter starker Beschleunigung und jagten direkt auf die *Clichane* zu. Die AS des Schiffes feuerte eine Verteidigungssalve. Die Raketen glitten aus ihren Abschussrohren rings um die Frachtsektion. Feststoffraketenmotoren zündeten und beschleunigten die Raketen mit mehr als sechzigfacher Erdschwere. Die Sensorauflösung litt unter dem Ionenwind und der Strahlung der Photosphäre. Die Bordprogramme der Raketen versuchten zu kompensieren. Doch die angreifenden Raketen setzten ihrerseits Gegenmaßnahmen und elektromagnetische

Pulse ein. Die Verteidiger antwortete mit einer eigenen Salve elektronischer Täuschmanöver.

Die AS der *Clichane* meldete, dass die Verteidigungssalve nicht imstande wäre, präzise Eliminierungsschläge durchzuführen. Angreifende Raketen würden die Verteidigung durchbrechen. Sie befahl Aufteilung, und der Schwarm blühte auf, als jede Rakete in ihre multiplen Gefechtsköpfe zerfiel. Sie waren immer noch innerhalb des Sicherheitslimits, doch die angreifenden Raketen näherten sich schnell. Die AS hatte keine andere Wahl.

Eine riesige Korona aus nuklearem Feuer brach rings um die *Clichane* auf, als die Sperrwand aus verteidigenden Gefechtsköpfen detonierte. Die sphärischen Plasmaschockwellen prallten aufeinander und verschmolzen und bildeten einen höllischen Schild aus brodelnder roher Energie. Sekundäre Explosionen rissen lange ebenholzfarbene Wirbel durch die tosenden Ionen. Kurzlebige hyperschnelle Spikes, die versuchten, das Raumschiff anzugreifen.

Im Zentrum des atomaren Infernos wurde die *Clichane* von Strahlung bombardiert. Die externen Sensoren wurden geblendet, als harte Röntgenstrahlung ihre Schaltkreise verbrannte. Elektromagnetische Pulse induzierten massive Stromstöße in elektrischen Kabeln und Metallstrukturen. Die Temperatur schoss nach oben und schwärzte den thermalen Schutzschaum, bevor die Oberfläche sich abzulösen begann und in großen kohleschwarzen Flocken davonsegelte. Der verbliebene Schaum warf Blasen wie geschmolzener Teer. Ein Hurrikan aus Elementarteilchen wusch über den belagerten Rumpf. Auf der Brücke und in den Habitationsrädern schrillten die Alarme los. Notfalldruckventile ließen Deuteriumgas aus den Tanks rings um die Fusionsantriebssektion entweichen, als die Flüssigkeit vom elektromagnetischen Energieeinfall zu kochen begann. Thermopaneele platzten und schossen ihre verdampfenden Flüssigkeiten in den Hurrikan aus Neutronen, der um das riesige Raumschiff wirbelte.

Simon klammerte sich an eine der Konsolen, als die Brücke erzitterte. Laute, raue, metallisch kreischende Geräusche hallten durch die Struktur des Habitationsrades, und die Beleuchtung flackerte. Der Strahlungsalarm heulte unvermindert schrill. Diagramme waren vollständig rot geworden. Die AS kämpfte gegen massive Systemausfälle an, indem sie Daten und Energie umleitete und leckende Tanks oder geborstene Rohre isolierte. Thermische Reserve-Reservoirs dienten dazu, die Hitze zu absorbieren, die durch den Rumpf sickerte. Mehr als die Hälfte der sekundären Raketen fielen aus. Die AS feuerte die verbliebenen Motoren in kurzen Stößen, um die Drehimpulse aus den größeren Lecks zu kompensieren.

Der schrille Alarm verklang langsam. Einer der Brückenoffiziere übergab sich. Simon musste sich zwingen, die Konsole loszulassen. Sein Herz schlug rasend.

»Wir wurden nicht getroffen!«, sagte der Captain der *Clichane* ungläubig.

»Woher wollen Sie das wissen?«, entgegnete Simon. Es gab keinerlei Daten aus externen Sensoren.

»Wir leben noch.«

Die Offiziere redeten drängend auf die AS ein; Finger huschten über die Tastaturen der Konsolen und bemühten sich, Informationen aus dem erodierten Netzwerk zu extrahieren. Reservesensoren fuhren aus ihren Nischen. Die AS lokalisierte die beiden Radarquellen erneut. Beide beschleunigten.

»Wie lange, bevor wir die Verfolgung aufnehmen können?«, fragte Simon.

»Diese Frage müsste ich etwa in einer Woche beantworten können«, sagte der Captain.

Das Teleskop der *Koribu* wurde augenblicklich schwarz, als die nuklearen Gefechtsköpfe rings um die *Clichane* herum explodierten. Filterprogramme kompensierten die langsam verglühende Strahlenflut. Sie sahen, wie sich das Raumschiff in Gasfontänen wand. Die Fontänen waren durchsetzt von Funken vom Strahlungsblitz und hüllten das riesige Raumschiff in einen Nebel von Sternschnuppen. Die Lecks hatten das Schiff in ein leichtes Taumeln versetzt. Lawrence wollte lieber nicht darüber nachdenken, wie viel Flüssigkeit verdampfen musste, um etwas so Massives in Bewegung zu setzen. Dann sahen sie das Aufflammen von Raketenmotoren rings um die Frachtsektion, als die AS versuchte, die Lage des Schiffs auszubalancieren.

Lawrence bemerkte, dass er die ganze Zeit über die Luft angehalten hatte. »Sie sind noch am Leben«, sagte er.

»Bis die *Norvelle* erneut auf sie feuert«, antwortete Denise. »In dem Zustand, in dem sie sind, wage ich zu bezweifeln, dass sie sich noch einmal verteidigen können.«

»Kannst du dich gegen einen solchen Angriff verteidigen?«, fragte Lawrence den Drachen.

»Nein«, antwortete One. »Es gibt keinen Grund für uns, bewaffnet zu sein. Wir haben nichts anderes als Wissen. Und das geben wir ...«

»Ja, schon gut. Das gebt ihr jedem, der es haben will«, sagte Lawrence. »Was geschieht, wenn andere Spezies euch bedrohen?«

»Wir inkorporieren das Wissen um die Bedrohung.«

»Das ist alles?«, fragte Denise. »Das ist alles, was ihr tut? Euch daran erinnern, dass ihr vernichtet wurdet?«

»Wir existieren, um Wissen zu sammeln und zu verteilen. Wir schlüpfen in jeden Sektor der Galaxis und untersuchen, was um uns ist. Sobald das getan ist und die Sonne wieder abkühlt, endet unsere Existenz. Eine andere Sonne wird sie irgendwann ersetzen. Die Verarbeitung von Wissen wird weitergehen, ganz gleich, wie viele Individuen unserer Spezies exterminiert werden. Nur wenige Spezies besitzen überhaupt genügend Waffen, um jeden einzelnen von uns zu zerstören. Inzwischen haben unsere Eier wahrscheinlich sogar andere Galaxien erreicht.«

»Willst du damit sagen, es ist dir egal, wenn du zerstört wirst?«

»Sorge um meine Existenz ist eine Emotion, die ich nicht besitze. Du besitzt sie, weil sie mit deinem Gefühl für Individualität gekoppelt ist. Wir sind kein Kollektivbewusstsein, doch wir empfinden uns als eine Zivilisation, die ewig fortdauern kann. Sämtliche Ereignisse, die wir verfolgen, tragen zu dem bei, was wir sind und was wir werden. Irgendwann wird jegliche Individualität enden. Wir haben dies bereits gewusst, als wir uns erschaffen haben.«

»Die Person, die das zweite Schiff kommandiert, könnte mit deiner Zerstörung drohen, falls sie erkennt, wie verwundbar du bist.«

»Wenn ich bedroht werde, gebe ich das geforderte Wissen weiter. Damit endet die Drohung.«

»Du hast gesagt, du würdest es zurückhalten«, erinnerte Lawrence.

»In der Annahme, dass dadurch ein Gleichgewicht für eure Spezies entsteht. Du hast behauptet, das dritte Schiff würde unser Wissen eurer gesamten Spezies zugänglich machen. Das ist nicht länger möglich.«

»Dann müssen wir wohl selbst zur Erde«, sagte Denise. »Wir müssen das Wissen in Empfang nehmen und vor der *Norvelle* auf der Erde eintreffen. Dieser verfluchte Roderick! Ich wollte nicht, dass es so weit kommt.«

Lawrence hob einen Fingern. »One, wirst du uns helfen, das Schiff zu reparieren, das soeben beschädigt wurde?«

»Ja. Wir stellen euch Patternformsequenzer zur Verfügung, die sich selbst anpassen werden, um diese Aufgabe zu erledigen.«

»Also müssen wir lediglich die *Norvelle* außer Gefecht setzen, um das Gleichgewicht wiederherzustellen. Beide Schiffe können gleichzeitig repariert werden. Es gäbe kein Monopol, wenn sie zur Erde zurückkehren.«

»Wirst du uns eine Waffe geben, mit der wir die *Norvelle* außer Gefecht setzen können?«, fragte Denise rasch.

»Nein«, sagte One. »Ihr könnt Wissen erhalten, das euch in die Lage versetzt, eine entsprechende Waffe zu bauen.«

»Und wie lange würde der Bau dauern?«

»Zuerst müsst ihr lernen, wie man Patternform-Systeme einsetzt. Dann müsst ihr das Wissen über die Waffe integrieren, sodass sie extrudiert werden kann.«

»Ja. Wie lange?«

»Ihr seid bereits ein wenig mit Patternform-Systemen vertraut. Dies wird euch helfen. Ich schätze, ihr würdet weniger als drei Wochen benötigen.«

Frustration stieg in Denise auf, und sie hätte am liebsten nach etwas geschlagen. Irgendetwas. Die *Koribu* und die *Norvelle* waren gleichwertig. Falls sie einen Angriff starteten, würde die *Norvelle* zurückschlagen. Sie brauchten etwas anderes, eine Waffe, die ihnen einen Vorteil verschaffen konnte.

»Aber du hast bereits eine Waffe, die wir einsetzen können«, sagte Lawrence leise.

Das Erste, was die Sensoren der *Norvelle* bestätigten, war das vollkommene Fehlen jeglicher Rotation des fremden Objekts. Irgendwie hielt es seine Position trotz der starken Sonnenwinde, die unablässig aus der turbulenten Photosphäre aufstiegen. Seine Form wurde während der Annäherung schärfer: Rund, aufgeteilt in Sektionen, die sich wie Muschelsektionen nach außen fortsetzten. Die Kanten waren gerundet und sehr glatt und ganz außen keine zehn Meter dick. Die größte Masse konzentrierte sich in der Mitte, und genau im Zentrum gab es eine kleine Öffnung.

Simon nahm an, dass es sich um einen Platz zum Andocken handelte, aber er war nicht sicher. Selbst für ein Aliendesign war es ein sehr eigenartiges Habitat.

Der Apex jeder Windung zeigte drei schlanke Grate, die in lebendigem Purpur leuchteten und Hitze in den Weltraum abstrahlten. Der Rest der Oberfläche war beträchtlich kühler. Die AS postulierte, dass das Gebilde auf diese Weise seine Energie gewann, indem es die thermische Differenz ausnutzte. Dazu mussten die drei Grate eine Art thermischer Supraleiter sein. Eine interessante Technologie, dachte Simon, aber kaum mit nanonischen Systemen zu vergleichen.

Der Fusionsschub der *Koribu* endete, als das Schiff ganz nah bei dem fremden Gebilde angekommen war. Die *Koribu* hing in seinem Schatten, drei Kilometer von der Oberfläche entfernt. Simon wartete, während er halb damit rechnete, dass ein Schlepper zu der Öffnung übersetzen würde.

»Was soll das werden?«, murmelte er vor sich hin.

Das Langstreckenradar der *Norvelle* tastete weiter die Umgebung ab. Die AS entdeckte weitere elf ähnlich große und ähnlich geformte fremde Objekte in einem Umkreis von hundertfünfzigtausend Kilometern. Falls es sich um die Habitate der Aliens handelte, dann hatten sie es mit einer ziemlich großen Population zu tun. »Haben wir bisher irgendwelche Kommunikation zwischen den Gebilden abfangen können?«, fragte Simon die Raumschiffs-AS.

»Nicht im elektromagnetischen Spektrum. Sie könnten Laser benutzen oder Maser. Um sie abzufangen, müssten wir in den Strahl eintauchen.«

»Schon gut.« Er wandte sich wieder dem Gebilde zu. Als sie zweitausend Kilometer entfernt waren, fuhr die *Norvelle* die Manetometer-Ausleger aus. Das fremde Gebilde war Zentrum eines gigantischen magnetischen Feldes. In der Mitte war das Feld so dicht wie das Einschließungsfeld eines Tokamaks. Gewaltige unsichtbare Flusslinien erstreckten sich Hunderte von Kilometern tief in die Photosphäre des Sterns. Simon änderte die Kalibrierung des Hauptradars und fokussierte das Teleskop neu. Die AS kombinierte die Daten von beiden und präsentierte sie als ein Falschfarbenbild.

Sonnenwind wurde von dem magnetischen Feld aufgesammelt und nach innen gezogen. Er konnte dünne Ausläufer des Zeugs sehen, als sie nach oben in das verborgene Zentrum der dem Stern zugewandten Oberfläche des Gebildes strömten.

Er wusste, dass es kein Habitat sein konnte. Irgendeine Maschine also? Eine Maschine, die Sonnenwindpartikel aufsaugte. Was für eine Maschine machte so etwas? Er wusste, dass die Aliens nanonische Systeme besaßen. Sie mussten den Sonnenwind in irgendwelche Artefakte umwandeln. Die Produktionskapazität, die Millionen derartiger Gebilde repräsentierten, war ehrfurchtgebietend. Obwohl sie ernsthaft beschränkt war durch die winzige Masse, die das magnetische Feld aufsaugte. Wenn man über derartige Fähigkeiten verfügte – warum sie auf diese Weise einsetzen?

Und dann dämmerte ihm, was die Gebilde in Wirklichkeit waren.

»Öffne einen Link zur *Koribu*!«, befahl Simon der AS. »Lawrence Newton, können Sie mich hören?«

»Laut und deutlich. Spreche ich mit Simon Roderick?«

»Ja.«

»Ihr Klon hat uns vor Ihnen gewarnt.«

»Ich nehme nicht an, dass er etwas besonders Schmeichelhaftes gesagt hat?«

»Im Gegenteil. Er hat sehr ernste Anschuldigungen gegen Sie erhoben. Ihr Angriff auf die *Clichane* scheint seine Worte zu bestätigen.«

»Wenn Sie mich kennen würden, wüssten Sie, warum ich es tun musste.«

»Ich kenne Ihre logische Schlussfolgerung, die zu diesem Angriff geführt hat. Das bedeutet nicht, dass ich damit einverstanden bin.«

»Ich habe Ihre Akte eingesehen, Newton. Sie haben alles aufgegeben, eine ganze Welt, für eine Chance, auf Forschungsraumschiffen durch die Milchstraße zu reisen. Sie wissen, dass mehr hinter uns Menschen steckt, als das, was wir heute sind. Und nun können wir diesen Traum für jedermann verwirklichen.«

»Ob jedermann es nun will oder nicht.«

»Es waren die unteren Klassen, die verhindert haben, dass Sie Ihre Flüge durch den Weltraum machen konnten. Sie haben Sie mehr eingeengt, als sie es bei mir jemals geschafft haben.«

»Ich streite nicht mit Ihnen. Ich sage lediglich, dass ich nicht zulassen werde, dass Sie den Menschen die Veränderung aufzwingen. Sie und Ihr Klon erhalten die gewünschten Informationen nur gemeinsam.«

»Sind Sie es, der das entscheidet?«

»Ja.«

»Ich denke nicht. Das Gebilde dort ist kein Habitat,

nicht wahr? Kein Artefakt. Es ist das Alien selbst. Wie unglaublich! Eine weltraumbewohnende Kreatur!«

»Ja, es ist das Alien.«

»Eines von ihnen ist auf Arnoon abgestürzt, habe ich Recht? Das ist die Ursache für den Kratersee neben dem Dorf.«

»Ihre Nachforschungen waren sehr umfassend.«

»Zuerst schien es keinen Sinn zu ergeben. Warum sollte ein Alien mit Nano-Technologie menschliche Verbündete suchen und ein Raumschiff stehlen? Es war verwundet, oder wie man das auch nennen mag. Es verfügte nicht über all seine normalen Fähigkeiten.«

»Wir haben es zu seinesgleichen zurückgebracht.«

»Und was wollen Sie mit der Nano-Technologie anfangen, Newton?«

»Nichts. Ich kehre nach Hause zurück.«

»Das glaube ich ebenfalls nicht. Sie entstammen einer Vorstandsfamilie, Newton. Sie würden die Technologie zu Ihrem Vorteil benutzen, genau wie ich.«

»Falsch. Ich schlage vor, Sie kehren zur *Clichane* zurück und helfen der Besatzung. Sobald Sie damit fertig sind, erhalten Sie die Technologie.«

»Haben Sie die Aliens so schnell überzeugen können, mit Ihnen zu kooperieren? Oder verbergen Sie etwas vor mir? Warum gehen Sie nicht hin und helfen der *Clichane*?«

»Dieses Schiff ist nicht mehr in der Lage, irgendjemandem zu helfen. Wir haben es mit Mühe und Not bis hierher geschafft.«

»Und wie wollen Sie dann anschließend nach Hause

kommen? Kann die Nano-Technologie der Aliens das Schiff reparieren? Ja, vermutlich kann sie das.«

»Sie kann es.«

»Wie interessant! In diesem Fall denke ich, dass ich bei Ihnen bleiben und die Technik in Aktion beobachten werde.« Es war die fast perfekte Lösung, erkannte er. Indem er die *Norvelle* im Schatten des Alien parkte, würde ihm die Nähe der *Koribu* die großartigste nur denkbare Gelegenheit geben, eine physische Probe der nanonischen Technologie zu erhalten. Er fragte sich, wie weit das Alien bereits mit Newton verbündet war. Wie würde es auf einen Versuch reagieren, seine nanonischen Systeme abzufangen? Jedenfalls hatte sein Angriff auf die *Clichane* bisher keine Auswirkungen gezeigt. Doch bevor er so offen und unverhüllt zu Werke ging, musste er zumindest den Versuch einer Kommunikation mit dem Alien unternehmen. Gut möglich, dass Newton nur geblufft hatte.

Der Fusionsantrieb passte die Geschwindigkeit der *Norvelle* der des riesigen Alien an und schob das Raumschiff langsam in den Schatten. Der Fusionsantrieb erlosch, und die AS feuerte die chemischen Raketen, um die Orientierung zu optimieren. In diesem Augenblick waren sie fünf Kilometer von der Oberfläche des Alien entfernt und zwölf Kilometer von der *Koribu*. Weder Newton noch das Alien hatten auf Rodericks wiederholte Rufe reagiert.

Die Magnetometer-Ausleger der *Norvelle* untersuchten noch immer die titanischen Flusslinien, die das Alien umgaben. Ihr Muster veränderten sich. Die Linien zogen sich zusammen wie Blütenblätter bei Sonnenuntergang. Aber sehr viel *schneller.*

»Was …?«, stieß Simon hervor.

Lawrence hatte während der hunderttägigen Reise immer wieder den Lebenszyklus der Drachen studiert. Natürlich faszinierten ihn die Wesen. Und als er sie dann tatsächlich durch die Sensoren des Raumschiffs sehen konnte, faszinierten sie ihn noch mehr. Er bewunderte ihre Eleganz. Und er bewunderte ihre Philosophie, auch wenn sie für ihre Situation frustrierend war.

Jeder Drache brauchte Jahrhunderte, um zu seiner vollen Größe heranzuwachsen. Wie Simon Roderick beobachtete auch Lawrence die magnetischen Felder beim Einsammeln der Sonnenwinde. Sie dienten dem aktiven Patternformsystem als Ausgangsmaterial. Ein langsamer, arbeitsintensiver Prozess angesichts der Mengen, die darin enthalten waren. Einige der Moleküle dienten dazu, den eigenen Leib des Drachen zu erhalten und mit Energie zu füllen, doch sobald er erst zur vollen Größe herangewachsen war, diente das Meiste zur Produktion von Eiern. Jedes Einzelne benötigte lange Zeit, um sich zu bilden. Nicht nur, dass seine physische Struktur Teilchen um Teilchen zusammengesetzt werden musste, sondern diese Partikel mussten auch noch mit Daten aus dem niemals stillstehenden Wissensfundus im Besitz der Drachenzivilisationen beladen werden.

Nachdem ein Ei fertiggestellt war, wurde es hinausgesandt in den interstellaren Raum, um ziellos durch die Galaxis zu fallen. Doch die Drachen kreisten im Orbit um den Aldebaran und waren durch die Gravitation an den Stern gebunden. Die Eier konnten nicht einfach vom erwachsenen Drachen ausgestoßen werden; sie wären einfach im gleichen Orbit geblieben. Also war das Zentrum eines jeden Drachen eine magnetische Kanone, die imstande war, ein Ei bis auf solare Fluchtgeschwindigkeit zu beschleunigen.

Die *Norvelle* parkte fünf Kilometer oberhalb der Mündung, als One sein Ei ausstieß. Das Ei, eine massive Kugel aus Materie mit einem Durchmesser von zweiundsiebzig Metern, krachte mit einer Geschwindigkeit von mehr als vierzig Kilometern pro Sekunde in die komplizierte, empfindliche Kompressionsantriebssektion der *Norvelle*.

Kapitel Neun

Jedes Bett in der Krankenabteilung der *Clichane* war belegt, hauptsächlich mit Opfern der Strahlung, die das Schiff während des Angriffs abbekommen hatte. Die umliegenden Kabinen waren ebenfalls mit Verwundeten gefüllt, die keinen Platz mehr in der Krankenabteilung gefunden hatten. Die Ärzte gingen umher, überprüften Lebenszeichen und stellten sicher, dass ihre Patienten versorgt waren. Es gab nicht viel anderes zu tun. Das Prime, verbessert durch echte Drachen-Routinen, steuerte die Patternformsysteme, die sich durch das Fleisch jedes einzelnen Patienten wanden. Es war ein sehr viel effektiverer Prozess als alles, was der Arnoon-Drache je bewerkstelligt hatte. Das Patternform-System hatte sich in ein adernähnliches Netzwerk auf der Haut jedes Patienten verwandelt; winzige Schläuche infiltrierten den Leib und verzweigten im Bereich der Organe und Muskeln noch weiter. Partikel streiften durch das beschädigte Gewebe, reparierten Zellen und sequenzierten von der Röntgenstrahlung zerfetzte Erbsubstanz aufs Neue. Die zur Kontrolle der Operationen in jedem einzelnen Patienten erforderliche Rechenkraft war phänomenal – doch das Patternform-System hatte auch die nötigen Prozessoren erzeugt. Sie hingen unter den Betten wie blattgrüne Wespennester, deren Halteranken mit dem Adergeflecht verbunden waren.

Lawrence blickte durch ein paar Türen, als er und Denise durch die Sektion gingen. Die Patienten schliefen ausnahmslos.

»Sie sehen friedlich aus«, sagte er.

»So hast du auch ausgesehen«, antwortete sie.

Die umgewandelten Kabinen waren gefüllt mit Besatzungsmitgliedern der *Norvelle*, die mehr physische Verletzungen erlitten hatten, als das Drachenei eingeschlagen war. Die Achse des Raumschiffs war von der Wucht der Kollision gebrochen, und zwei der Habitationsräder waren in den Raum geschleudert worden, während die zerbrochenen Sektionen von One wegtaumelten. Mehr als hundert Besatzungsmitglieder hatten sich mit Rettungskapseln in Sicherheit gebracht. Die in den beiden Rädern verbliebenen warteten darauf, dass die *Koribu* ein Rendezvous durchführte, und wurden anschließend auf die *Clichane* transferiert. Nun parkten die beiden verbliebenen Raumschiffe im Schatten von One, als auch sie von Patternform-Strängen eingehüllt wurden.

Simon Roderick erwartete Lawrence und Denise vor einer Kabine mit einer verschlossenen Luke. Die Riegel glitten zurück, und er stieß die Luke auf. Sie folgten ihm hinein.

Drinnen stand ein einzelnes Bett. Der SK2 lag darauf, ebenfalls eingehüllt von Patternform-Systemen. Seine Beine und seine Hand wuchsen nach. Ein Skin-Container, der ebenfalls in die Kabine gebracht worden war, wurde ebenfalls von einem Geflecht aus Strängen und Adern bedeckt. Das Patternform-System entnahm ihm die organischen Komponenten und Blutreserven, um aus dem Rohmaterial neues

Gewebe wachsen zu lassen. Schlaffe transparente Säcke in der Form von Beinen erstreckten sich bereits aus den Stümpfen, und im Innern zirkulierten zähe Flüssigkeiten.

Denises Gesichtsausdruck wurde verschlossen, als sie auf den Bewusstlosen starrte. »Und was werden Sie nun mit ihm machen?«

»Als Erstes wird er aus dem Vorstand ausgeschlossen werden. Die meisten seiner Privilegien werden ihm entzogen. Es läuft auf Hausarrest hinaus. Später dann – wer weiß. Ich nehme an, es kommt darauf an, wofür sich die Bevölkerung auf der Erde entscheidet.«

»Damit kann ich leben«, sagte Lawrence. Er ignorierte den bösen Blick, den Denise ihm von der Seite her zuwarf. »Keiner von uns ist als Heiliger aus dieser Geschichte hervorgekommen.«

»Nein«, stimmte Simon ihm zu. »Aber ich habe auch nie behauptet, einer zu sein.«

»Wie werden Ihre Zwillingsklone auf all die Neuigkeiten reagieren?«

»Genau wie wir. Nicht, dass es noch eine Rolle spielen würde.« Er musterte beide mit pointierten Blicken. »Die Captains werden sicherstellen, dass das Wissen der Drachen an alle weitergegeben wird, sobald wir zurückkehren. Sie treffen bereits Vorbereitungen, um die Daten direkt in den irdischen Datapool einzuspeisen, bevor Zantiu-Braun auch nur bemerkt, dass irgendetwas mit dem Raumschiff anders ist. Die Daten werden durch ein verbessertes Prime geschützt, was einen gleichberechtigten Zugriff aller sicherstellen dürfte.«

»Sie klingen fast, als würden Sie es nicht gutheißen.«

»Fast haben Sie Recht.« Simon deutete auf seinen Zwillingsklon. »Wir sind eine chaotische Rasse. Seine Methode hätte uns einen glatten Übergang garantiert.«

»Wo bleibt denn dabei der Spaß?«, entgegnete Lawrence. »Reißen Sie die Unikultur ein, öffnen Sie die Augen, und geben Sie den Menschen ihre Identität zurück.«

»Ah.« Simons Augenbrauen hoben sich in leichtem Tadel. »Das hätte ich mir denken können.«

»Wie lange, bis die *Clichane* wieder raumtauglich ist?«, fragte Denise.

»Noch weitere vierzehn Tage«, antwortete Simon. »Wirklich sehr bemerkenswert. Glücklicherweise haben wir reichlich unnötige Masse, um fehlende Komponenten zu ersetzen. Schließlich brauchen wir keine Waffen mehr, und auch die gesamte Fracht aus der Gewinnrealisierung ist überflüssig geworden. Sind Sie sicher, dass Sie nicht mit uns zurückkehren wollen? Es wird sicherlich eine interessante Zeit für die Menschheit.«

»Nein«, sagte Denise knapp.

Lawrence lächelte nur.

Der Kompressionsantrieb der *Clichane* fuhr hoch, und das gewaltige Raumschiff verschwand mit einem schwindelerregenden Wirbel aus der Raumzeit. Die *Koribu* schwebte allein im Schatten des Drachen. Sie würde nie wieder fliegen. Stattdessen gebar sie. Patternform hatte sich über den Rumpf geflochten und bildete einen Gitterrost aus kristallinen Stielen, die an den Mineralien und Komponenten der Konstruktion saugten. Aus der Ferne sah es aus, als wäre das Raumschiff von einem Geflecht aus gefrorenen Edelsteinen bedeckt; Millionen kleiner bernsteinfarbener, rubinroter und smaragdgrüner Facetten blitzten und blinkten im Dunst aus warmem Licht, das um die Ränder des Alien herum streute. Weitere saphirfarbene Rüssel hatten Tanks penetriert und zweigten die Flüssigkeiten ab, die zu den semi-organischen Auswüchsen beitrugen, welche auf gegenüberliegenden Seiten der Frachtsektion sprossen. Im Verlauf von Wochen schwollen sie zu Puppen an, die in eine eng sitzende Haut aus Diamantsträngen von Seide gehüllt waren.

Auch der Arnoon-Drache durchlief eine Veränderung. Die Frachtluke der Xianti stand weit offen. Im Innern des Frachtraums war der Container aufgebrochen und zeigte den Drachen. Kristalle wuchsen aus dem Boden des Wartungshangars und hüllten das Raumflugzeug ein. Ihre Spitzen verschmolzen mit der Partikelstruktur des Dachen und fütterten ihm Informationen und Moleküle zu.

Denise verbrachte Tag für Tag Stunden damit, mit dem Drachen nachzudenken. Da die Aldebaran-Zivilisation keinen Platz für ihn hatte, hatte er beschlossen, mit ihr zu kommen und Teil zu werden von was auch immer aus dem genetischen Paket heranwuchs. Drachenerinnerungen wurden nach Plänen für die Dinge durchsucht, die sie brauchen würden. Sie begannen mit der Integration von Funktionen, die ihm freie Bewegung ermöglichten, die ihn in jedem Spektrum orten ließen, die ihn in die Lage versetzten, seine Energie aus dem Sonnenlicht zu beziehen, feste kalte Materie zu absorbieren und seine ursprüngliche Persönlichkeit zu erhalten. Dutzende von Ideen, die feste Gestalt annahmen.

Nach der Abreise der *Clichane* verbrachte Lawrence zehn Tage mit einer intensiven Patternform-Behandlung, während der er seinen Körper verwandelte und seine DNS neu gestaltete. Er kam als Teenager wieder zum Vorschein und ohne Skin-Ventile.

Denise musterte ihn von oben bis unten und schürzte die Lippen. »Wirklich nett«, sagte sie gespielt schüchtern.

Die Puppenschalen sprangen auf und schälten sich zurück und enthüllten die Raumschiffe des Ring-Imperiums, die das Patternform gebaut hatte. Stromlinienförmige silberne und magentafarbene Ellipsoide mit einem Kragen aus Antriebsfinnen und nach vorn gerichteten Energieschilden, die sich aus dem hinteren Bereich schwangen. Lawrence starrte sein Schiff mit einer unverhohlenen Begeisterung an, die ganz zu dem jugendlichen Erscheinungsbild passte.

»Ich schätze, jetzt heißt es Lebewohl«, sagte Denise.

Er schnitt eine verlegene Grimasse. »Ja.« Dann kehrte sein Lächeln zurück. »Nein, es heißt Gute Reise. Wie sich die Dinge entwickeln, halte ich es nicht für unmöglich, dass wir uns noch einmal begegnen.«

»Also schön, Lawrence, dann also gute Reise.« Sie gab ihm einen Kuss auf die Wange. »Wie wirst du deins nennen?«

»Das ist einfach. *Fool's Errand*.«

Denise lachte. »Meines heißt *Starflower*.«

»Klingt gut.«

Das Innere der *Fool's Errand* bestand aus drei runden Lounges mit konkaven Wänden. Im neutralen Zustand besaßen die cremefarbenen Oberflächen die gleiche Konsistenz wie weiches Leder. Nach menschlichen Maßstäben gestylte Armaturen und Möbel konnten nach Bedarf ausgefahren werden. Sie bildeten außerdem ein perfektes Auditorium, das Dreihundertsechzig-Grad-Bilder von den Sensoren oder jedes nur erdenkliche I-Medium abspielen konnte, das er aus der Multimedia-Bibliothek der *Koribu* geladen hatte.

Lawrence ging zur vorderen Lounge und genoss die Neuheit eines künstlichen Schwerefeldes. Ein luxuriöser einzelner Sessel erhob sich aus der Mitte des Raums. Er setzte sich hinein und rief ein visuelles Sensorbild auf. Die Vorderseite der Lounge schien wegzuschmelzen und zeigte ihm den kristallüberzogenen Rumpf der *Koribu* genau geradeaus.

In seinem Verstand leuchtete eine breite Krone der Symbole des Raumschiffs in einem freundlichen Gold. Er wählte mehrere aus, und die *Fool's Errand* glitt langsam rückwärts aus dem inerten Kokon. Ein Grinsen breitete sich auf seinem Gesicht aus, als die Eleganz und Kraft des Schiffes offensichtlich wurden. Und er allein war der Kommandant.

Die *Starflower* kam auf der anderen Seite der *Koribu* in Sicht. Er beobachtete, wie Denise um sie herum zu dem drastisch mutierten Wartungshangar flog. Der Arnoon-Drache wartete im Zentrum, elegante semiorganische Segmente am Rumpf, Solarflügelpaneele gefaltet. Er beobachtete, wie die *Starflower* ihn berührte, und es war, als würden zwei Wassertropfen verschmelzen; der Drache wurde durch die glänzende Hülle absorbiert, und nur eine kleine Auswölbung verriet seine Präsenz. Dann schwebte die Starflower hinaus in den freien Raum jenseits dem Schatten von One. Lawrence sah die fremden Kräfte, die sich um die Antriebssektion herum sammelten, als die Energieschilde und Finnen wie Fragmente eines blau-weißen Sterns erstrahlten. Dann warf sich das Schiff in das Nullvoid.

»Danke für deine Hilfe«, sagte Lawrence zu One.

»Wir werden erfahren, was aus euch geworden ist«, antwortete der Drache. »Und wir werden uns an euch erinnern. Das ist, was wir sind.«

Lawrence wählte seinen Kurs aus den tiefsten und ältesten Erinnerungen, die die Drachen besaßen. Er fand die gesuchten Information, und die Maschinen bündelten ihre kolossalen Kräfte und schleuderten die *Fool's Errand* in das Nullvoid.

Nebel gehören zu den wunderbarsten Objekten am Himmel und werden von Astronomen überall in der Galaxis verehrt und bestaunt. Fluoreszierend durch tief in ihrem Innern verborgene Sterne erhellen sie Parseks mit magischen Mustern aus sich ständig veränderndem ursprünglichem Licht. Und doch sind sie trotz all ihrer Größe vergänglich. Die Sterne, die ihre ätherische Schönheit erzeugen, stoßen zugleich einen starken Wind aus Ionen aus, die das Gas und den Staub langsam zerstreuen. Auch die Gravitation leistet ihren Teil und verdünnt die Schwaden und Wolken unaufhaltsam weiter. Protosterne vollbringen das Gegenteil, indem ihre großen, leuchtenden Wirbel die spektralen Fluten einsaugen und sie immer weiter komprimieren, bis der zentrale Funke entsteht.

Ihre Lebensspannen messen lediglich in Jahrmillionen. Vernachlässigbar kurz in galaktischen Maßstäben.

Selbst der Ulodan-Nebel, einer der dichtesten und dunkelsten Nebel, die es je in der Galaxis gegeben hat, war bereits im Schwinden begriffen, als die Archäologen des Ring-Imperiums den Planeten der Mordiff fanden. Zum Zeitpunkt der Dekadenzkriege war er nur noch eine Zone interstellaren Raums mit einer etwas über dem Durchschnitt liegenden Gasdichte. Doch bereits damals war die Sonne der Mordiff kalt und geschrumpft, nur noch wenig mehr als ein glimmender roter Funken. Nur eine Erinnerung in den neu geborenen Drachenzivilisationen.

Lawrence Newton und die *Fool's Errand* brauchten lange Zeit, bis sie den kalten Stern mit seinem einsamen Planeten gefunden hatten. Doch irgendwann schließlich fiel das wunderschöne Raumschiff aus dem Himmel und landete neben dem einzigen Relikt, das von den Mordiff geblieben war.

Lawrence zog einen Raumanzug an und betrat die Oberfläche des Planeten. Es gab keine Atmosphäre mehr; sie war vor Millionen Jahren davongeweht worden. Der Sand unter seinen Stiefeln war zu einer Kruste gefroren, die härter war als Eisen. Doch es gab immer noch Licht. Hoch über dem Horizont bildete das galaktische Zentrum einen sanft strahlenden weißen Wirbel, der fast ein Zehntel des gesamten Himmels bedeckte. Er warf einen scharf umrissenen Schatten auf dem Boden hinter Lawrence.

Es war eine Landschaft, die düsterer war als alles,

was Lawrence jemals erlebt hatte. Die Felsvorsprünge waren scharfkantig und zersplittert, und selbst die Steine auf dem Boden waren spitz. Im Verlauf der Millionen Jahre hatte die Kälte jegliche Farbe aus dem Land gesaugt. Lawrence wusste, dass diese Welt keine Zukunft mehr hatte. Dieses Wissen machte ihm nichts aus; er war wegen ihrer Vergangenheit gekommen.

Er blieb auf einem niedrigen Rücken stehen und blickte hinauf zum Terminus. Es ist eigenartig, dachte er, dass eine so kriegerische und schreckliche Rasse eine Maschine bauen konnte, die so viel größer ist als sie selbst.

Der Terminus war ein weiter Toroid von schneeweißer Farbe, dessen innere Öffnung drei Kilometer durchmaß. Fünf riesige Türme stützten das Dach einen Kilometer über dem Boden. Felsvorsprünge ruhten an jeder Basis wie Wellen, die sich an einer Klippe brachen. Weder Kälte noch Entropie hatten das titanische Artefakt beeinflussen können; selbst die Geologie war von ihm besiegt worden. Die Archäologen des Ring-Imperiums hatten nicht einmal genau bestimmen können, ob es aus Materie im herkömmlichen Sinn bestand. Nichts anderes war von den Mordiff geblieben, keine Ruinen, keine Monumente. Nur der Terminus, ihr gescheiterter Versuch, Unsterblichkeit zu erlangen.

Grelles türkisfarbenes Licht fiel aus dem Zentrum nach draußen und erhellte den gefrorenen Sand. Lawrence spürte ein wenig Enttäuschung, dass er das Wurmloch nicht sehen konnte, doch das blaue Licht wirkte wie ein verschleiernder Vorhang vor der Öffnung.

Nach einer ganzen Weile kehrte Lawrence an Bord der *Fool's Errand* zurück. Er nahm auf seinem Sitz in der vorderen Lounge Platz und steuerte das Raumschiff unter den Toroid. Er stieg langsam in den blauen Dunst hinauf. Eine Sekunde lang sahen die Sensoren nichts, dann war er innerhalb des Wurmlochs. Ein Schlauch aus blassem violetten Licht erstreckte sich vor dem Raumschiff. Voraus lag die Zukunft, Milliarden von Jahren bis zum Ende der Galaxis, wenn selbst der Terminus in das Schwarze Loch fallen würde. In der anderen Richtung lag die Vergangenheit.

Die *Fool's Errand* kehrte in die Geschichte zurück.

Die drei Schwesterplaneten näherten sich der großen Konjunktion. Es war ein spektakulärer Anblick, als sich die hellen Sicheln über den sanft geschwungenen Hügeln von New Arnoon aufreihten. Denise saß im Schatten eines großen Cigni-Baums, während die Sicheln sich immer weiter näherten. Die rötlichgelben Blätter sprenkelten das Gras ringsum. Die Schar Siebenjähriger, die ringsum auf dem Boden saß, seufzte beim Anblick der astralen Schau. Wenn man ganz genau hinsah, konnte man haarfeine Linien erkennen, die sich über die fernen Planeten zogen. Die silbernen Bänder des Weltnetzes, das der Drache in seinem geostationären Orbit ausgesponnen hatte, wurden immer komplexer, je weiter der einhüllende Prozess fortschritt. Schon bald würde die gesamte Welt eingehüllt sein. Es waren aufregende Zeiten für die Kinder.

»Erzähl zu Ende, Denise!«, jammerte Jones Johnson klagend. »Bitte, Denise!«

Doch nicht so aufregend wie die Zeiten, die andere durchlebt hatten, dachte sie amüsiert. Der kleine Jones wurde ärgerlich, und sein Gesicht war verzerrt vor Ungeduld.

»Das Ende, das Ende!«, riefen die anderen Kinder.

»Also schön«, sagte sie.

Lawrence Newton versuchte, sich seine Nervosität nicht anmerken zu lassen, als er sein Ticket am Abflugschalter in der Mitte des Terminalgebäudes vorlegte. Der Raumhafen von Templeton war eine kleine Anlage im Norden der überkuppelten Stadt, zwei Startbahnen und fünf Hangars. Er war hauptsächlich für Ankömmlinge gebaut worden, zwanzigtausend auf einmal, wenn eines von McArthurs Raumschiffen in den Orbit verzögerte. Verkehr in die andere Richtung gab es fast keinen, und er wurde gründlich kontrolliert.

Die Rezeptionistin scannte sein Ticket ein und lächelte, als auf ihrem Paneel die Bestätigung erschien. »Haben Sie Gepäck?«, erkundigte sie sich.

»Äh, nur ein Stück«, sagte Lawrence. Er war unendlich erleichtert, dass das Prime ihn vor den Suchpings seines Vaters versteckt hatte, als er nun viel zu nervös seinen Koffer auf das Transportband legte. Sie beugte sich vor und half ihm.

»Warum gehen Sie weg?«, fragte sie.

»Ich, äh, meine Familie hat mich zum Studium auf die Erde geschickt«, stammelte er.

»Sie Glückspilz«, lächelte sie. »Sie dürfen nun in die Lounge gehen, Mr. Newton. Ihr Flug geht in vierzig Minuten. Falls die Schneepflüge die Piste so lange frei halten können, heißt das.«

»Danke sehr.« Sein Magen fühlte sich eigenartig leicht an.

Raumfahrt! Ich werde durch den Weltraum fliegen! Ich träume nicht!

Und das entschädigte ihn für absolut alles.

Er straffte sich und ging auf die Loungetür zu. Aus den Augenwinkeln sah er Vinnie Carlton beim Haupteingang herumhängen. Lawrence winkte ihm verstohlen mit erhobenem Daumen. Vinnie winkte zurück.

Die Loungetüren schlossen sich hinter ihm. Das Panoramafenster auf der gegenüberliegenden Seite zeigte hinaus auf das pfeilspitzenförmige Raumflugzeug, das ihn hinauf an Bord der *Eilean* bringen würde. Lawrence eilte nach vorn, um es genauer zu betrachten.

Vinnie Carlton wartete, bis die Türen sich geschlossen hatten. Er ging nach draußen zu den wartenden Taxis und kletterte in die Erste der kleinen weißen Blasen. »Zur Leith-Kuppel«, befahl er der AS des Fahrzeugs.

Eisiger Hagel warf sie auf der Straße hin und her. Vinnie lehnte sich im Sitz zurück, schloss die Augen und konzentrierte sich. Das Fleisch auf seinem Gesicht begann zu wogen; Merkmale veränderten sich, seine Nase wurde flacher, das Kinn sprang weiter vor, die Augenbrauen wurden gerader. Er öffnete die Augen wieder; ihre Farbe war nun irgendwo zwischen Grau und Grün. Als er einen prüfenden Blick in den Spiegel des Taxis warf, sahen Lawrence Newtons vertraute jugendliche Gesichtszüge auf ihn zurück.

»Willkommen zu Hause«, sagte er zu sich selbst.

Der Lift brauchte eine Ewigkeit, um zur richtigen Etage zu gelangen. Lawrence erinnerte sich an die Aufregung, als er Amethi verlassen hatte, um zur Erde zu fliegen. Dies hier war schlimmer. Er nahm den Memory-Chip aus seiner Tasche und studierte ihn neugierig. Die allerletzte Episode von *Flight: Horizon*. Und er hatte die verdammte Folge immer noch nicht gesehen. Es wäre einfach nicht richtig gewesen, es alleine zu tun. Die Aufzugstüren glitten auf, und sein Lächeln verblasste.

Seine Beine waren sehr unsicher, als er den Korridor entlang ging. Er stand vor der Wohnungstür und war zu verängstigt, um sich zu bewegen.

Ich habe Welten erobert. Ich wurde von einer Horde Makrorexe gejagt. Ich habe Drachen in ihrer natürlichen Umgebung gesehen. Ich bin auf der Welt der Mordiff gewesen. Und jetzt klopf endlich an, du gottverdammter Feigling!

Seine Finger klopften zaghaft an der Tür.

Roselyn öffnete. Sie hatte geweint.

»Ich bin ein Idiot!«, sprudelte Lawrence hervor. »Aber ich hatte viel Zeit zum Nachdenken. Eine verdammte Menge Zeit. Und das eine, das ich mehr als alles andere im Universum tun möchte, ist, dir zu sagen, dass ich dich liebe.«

Mehrere der Kinder hatten die Hände verschränkt, als sie zu Denise hinaufstarrten. Alle waren verstummt. Und alle lächelten zufrieden.

Denise hatte ungefähr fünf Sekunden Ruhe, während die Geschichte einsank.

»Aber was hat sie geantwortet?«

»Haben sie geheiratet?«

»Haben sie glücklich bis an ihr Ende gelebt?«

Sie hob die Hände und bat um Ruhe. »Ich weiß nicht genau, was als Nächstes geschah. Nicht dort und auch nicht auf der Erde. Doch ich bin ganz sicher, dass Lawrence und Roselyn eine sehr lange und sehr glückliche Zeit miteinander verbracht haben. Wenigstens ...«

»Was ...?«, fragte der kleine Jones mit großen Augen.

»Es ist nur, dass Lawrence sich niemals auf etwas einlassen wollte. Aber allein das Wissen um etwas bewirkt, dass man sich einlässt. Das ist es, was uns die Drachen gelehrt haben. Wissen ist das Einzige, das wirklich unsterblich ich. Lawrence wusste, dass die *Clichane* zwanzig Jahre später auf der Erde eintreffen würde, und mit ihr die Erinnerungen der Drachen und die Patternformtechnologie. Die menschliche Rasse würde sich verändern. Da war er nun also, auf dem Planeten, der sein wahres Zuhause war, mit der Frau, die er liebte. Und er hatte die *Fool's Errand* bei sich. Er besaß das Wissen, Amethi in ein Paradies zu verwandeln und mit Engeln zu bevölkern, lange bevor die Erde diese Fähigkeit erlangen würde. Der arme gute, alte Lawrence. Ich frage mich, ob er der Versuchung widerstehen konnte ...«

[Ende]

Abwechslungsreich und farbenfroh:
für alle Leser von *Peter Hamilton*.

Samarkand ist eine lebensfeindliche Welt, die terrageformt werden soll. Erste Erfolge stellen sich ein, doch dann geschieht ein katastrophaler Unfall, der jedes menschliche Wesen auf Samarkand tötet.
Ian Cormac, seit dreißig Jahren dauerhaft mit einem galaxisweiten Computersystem vernetzt, wird nach Samarkand geschickt. Dort findet er zwei menschenähnliche Kreaturen, ein Dienerwesen und den sogenannten DRACHEN, eine monströse außerirdische Lebensform – die sich bald als künstliche Intelligenz erweist. Doch wer hat den Drachen erbaut, und zu welchem Zweck?

3-404-23242-9

BASTEI LÜBBE

Für alle Freunde von Peter Hamilton:
meisterhafte SF, spannend und hintergründig!

New Crobuzon ist ein Moloch von einer Stadt. Menschen und Mutanten leben in ihr, Arbeiter und Sklaven, Künstler und Huren, Magier und Wissenschaftler.
Tausende Jahre lang sorgte eine brutale Miliz für Frieden.
Und dann kommt ein Fremder in die Stadt. Mit Gold in den Taschen und einem unmöglichen Anliegen. Und er löst eine Katastrophe aus: Ein ›Falter‹, ein alles vernichtender Mutant, entkommt den Labors der Wissenschaftler und beginnt die Stadt zu verwüsten …

ISBN 3-404-23245-3

BASTEI
LÜBBE

Hochbrisanter Thriller um Genforschung und künstliche Realitäten

Als Spezialagent Charlie Monk einen Observierungsauftrag erhält, findet er dabei scheinbar seine verloren geglaubte Vergangenheit wieder. Denn plötzlich tritt die Hirnforscherin Dr. Susan Flemyng in sein Leben, und er meint in ihr seine erste Liebe, Kathy, zu sehen. Diese Begegnung veranlasst Charlie dazu, den absoluten Gehorsam gegenüber seinen Auftraggebern zu durchbrechen ? und dabei kommt er einer spektakulären Intrige auf die Spur, in der er selbst das Opfer ist. Mit einem Mal findet er sich als Gefangener in einem Versuchslabor wieder. Sein bisher härtester Kampf beginnt ...

ISBN 3-404-14837-1

BASTEI LÜBBE